Jilliane Hoffman

# CUPIDO

Thriller

Deutsch von Sophie Zeitz

Lizenzausgabe der Axel Springer AG, Berlin
1. Auflage April 2012

Lizenzausgabe mit freundlicher Genehmigung der Rowohlt Verlag GmbH

Copyright © 2003 by Jilliane P. Hoffman

© 2004 by Rowohlt Verlag GmbH, Reinbek bei Hamburg

Konzeption und Gestaltung: Klaus Fuereder, Berlin
Projektkoordination: Stephan Pallmann, Alexandra Wesner

Satz: CPI – Ebner & Spiegel, Ulm
Druck und Verarbeitung: CPI – Ebner & Spiegel, Ulm

ISBN 978-3-942656-17-7

Für meine große Liebe Rich,
der nie gezweifelt hat,
und für Amanda und Katarina,
die immer geglaubt haben.

# ERSTER TEIL

# 1.

*Juni 1988, New York City*

WIE IMMER WAR CHLOE LARSON in fürchterlicher Hetze. Sie hatte nur noch zehn Minuten, um sich für *Das Phantom der Oper* umzuziehen und zu schminken – derzeit der Renner am Broadway und ein Jahr im Voraus ausverkauft –, und der Zug von Bayside in die Stadt fuhr um 18:52 Uhr. Drei Minuten brauchte Chloe allein mit dem Auto von ihrer Wohnung zur Bahnstation. Sie hatte also eigentlich nur noch sieben Minuten. Sie wühlte sich durch den voll gestopften Kleiderschrank, den sie schon letzten Winter hatte ausmisten wollen, und entschied sich schnell für einen schwarzen Seidenrock mit passendem Jackett und ein pinkfarbenes Top. Mit dem einen Schuh in der Hand fischte sie, Michaels Namen vor sich hin murmelnd, aus einem großen Haufen auf dem Boden hektisch einen Schuh nach dem anderen heraus, bis sie ihn endlich gefunden hatte: den dazugehörigen zweiten Lackpump.

Sie hastete ins Bad, schlüpfte unterwegs in die Schuhe. *So hatte es eigentlich nicht sein sollen*, dachte sie, während sie sich mit einer Hand die blonde Mähne über den Kopf bürstete und mit der anderen die Zähne putzte. Sie hätte entspannt und sorglos sein sollen, aufgeregt und voll Vorfreude, sie hätte den Kopf frei haben sollen von allen Ablenkungen, wenn er die Frage aller Fragen endlich stellte. Kein übernächtigtes Hin und Her, kein Gehetze vom Intensivkurs zur AG mit ihren nervösen Kommilitonen, kein bevorstehendes Anwaltsexamen, das alles andere überschattete. Sie spuckte die Zahnpasta aus, besprühte sich mit Chanel No. 5, rannte zur Tür. Nur noch vier Minuten, die nächste Bahn käme erst um 19:22 Uhr, und dann verpassten sie wahrscheinlich den ersten Akt. Vor ihrem geistigen Auge tauchte das Bild eines genervten Michael auf, der vor dem Majestic Theater auf sie wartete, eine Rose in der

Hand, ein Schächtelchen in der Tasche, und dabei ständig auf die Uhr sah.

*So hatte es eigentlich nicht sein sollen. Sie hätte vorbereitet sein sollen.*

Sie lief durch den Innenhof zu ihrem Wagen. Fahrig steckte sie sich auf dem Weg die Ohrringe an, die sie sich eben noch vom Nachttisch geschnappt hatte, und spürte dabei im Rücken den Blick ihres sonderlichen Nachbarn aus dem ersten Stock, der wie jeden Tag oben an seinem Wohnzimmerfenster stand. Er beobachtete sie, als sie den Innenhof überquerte, hinaus in die Welt, in ihr Leben. Doch so schnell, wie es gekommen war, schüttelte Chloe das kalte, unangenehme Gefühl wieder ab und stieg ins Auto. Das war der falsche Moment, über Marvin nachzudenken. Oder ans Examen oder ans Repetitorium oder an die AG. Nein – im Moment wollte sie nur über ihre Antwort auf die Frage aller Fragen nachdenken, die Michael ihr heute Abend mit Sicherheit stellen würde.

Drei Minuten. Sie hatte nur noch drei Minuten, dachte sie, als sie das Stoppschild an der Ecke ignorierte und am Northern Boulevard bei Dunkelgelb über die Ampel fuhr.

Das ohrenbetäubende Schrillen der Trillerpfeife drang ihr in die Ohren, als sie mit Riesenschritten die Treppe zum Bahnsteig hinaufrannte. Die Türen schlossen sich genau in dem Augenblick, als sie dem Zugführer, der gewartet hatte, dankbar zuwinkte und in den Waggon sprang. Sie lehnte sich in den roten Plastiksitz zurück und versuchte, nach diesem Spurt wieder zu Atem zu kommen. Die Bahn fuhr an, Richtung Manhattan. Beinahe hätte sie den Zug verpasst.

*Ganz ruhig, entspann dich, Chloe,* ermahnte sie sich, während Queens in der Dämmerung am Fenster vorüberglitt. Denn heute war ein ganz besonderer Abend: Das hatte sie im Gefühl.

# 2.

DER WIND HATTE AUFGEFRISCHT, und die dichten immergrünen Büsche, die seinen reglosen Körper verbargen, raschelten und schwankten. Ein Blitz zerriss den Himmel im Westen: Weiße und violette Zickzackstreifen flammten hinter der glitzernden Skyline von Manhattan auf. Jetzt würde es auch noch anfangen zu schütten, und zwar bald. Er kauerte sich ins Unterholz und knirschte mit den Zähnen, während sein Nacken sich beim Grollen des Donners versteifte. *Das hatte gerade noch gefehlt! Ein Wolkenbruch, während er hier draußen hockte und wartete, dass die Schlampe endlich heimkam.*

In seinem Versteck im Dickicht der Büsche, die das Apartmenthaus umgaben, regte sich kein Hauch; die Hitze unter der dicken Clownmaske war so unerträglich, dass er das Gefühl hatte, ihm würde das Gesicht zerfließen. Hier unten war der Geruch von modernden Blättern und feuchter Erde stärker als das Immergrün, und er zwang sich, durch den Mund zu atmen. Etwas krabbelte an seinem Ohr vorbei. Er versuchte, sich das Ungeziefer nicht vorzustellen, das vermutlich gerade über seinen Körper kletterte, die Ärmel hinauf, in die Stiefel hinein. Nervös spielte er mit der scharf gezahnten Klinge, die er zwischen den behandschuhten Fingern hielt.

Der Innenhof war menschenleer. Alles war ruhig, bis auf den Wind, der durch die Äste der gewaltigen Eichen rauschte, und das beständige Rattern der Klimaanlagen, die über ihm gefährlich weit aus der Hauswand hervorragten. Gebüsch überwucherte praktisch die ganze Seite des Gebäudes, sodass er selbst aus den Apartments direkt über seinem Kopf nicht gesehen werden konnte. Der Teppich aus Unkraut und vermodernden Blättern knisterte leise, als er sich aufrichtete und sich durch das Gestrüpp langsam in Richtung ihres Fensters vorarbeitete.

Sie hatte die Jalousien nicht geschlossen. Das Licht der Straßenlaterne sickerte durch die Hecken und fiel in messerscharfen Streifen in ihr Schlafzimmer. Drinnen war alles still und dunkel. Ihr Bett war ungemacht, die Schranktür stand weit offen. Schuhe – Pumps, Sandalen, Turnschuhe – lagen in einem Haufen vor dem Schrank. Auf einer Kommode neben dem Fernseher saß eine

Sammlung Teddybären: Dutzende von schwarzen Glasaugen starrten ihn durch das Dämmerlicht an. Der rote Schein des Weckers zeigte 00:33.

Er wusste genau, wo er hinsehen musste. Er richtete den Blick auf die Kommode und leckte sich die trockenen Lippen. Aus der offenen Schublade quollen farbige BHs und passende Spitzenslips.

Wie automatisch legte er sich die Hand an die Jeans und spürte, wie sein Schwanz hart wurde. Schnell glitt sein Blick zum Schaukelstuhl hinüber, an dem ihr weißes Spitzennachthemd hing. Er schloss die Augen und rieb sich schneller; im Geist tauchte mit allen Einzelheiten die Szene vor ihm auf, die er letzte Nacht beobachtet hatte: Ihre großen, festen Titten hüpften unter dem durchsichtigen weißen Stoff auf und nieder, während sie auf ihrem Freund saß und ihn fickte. Den Kopf in Ekstase zurückgeworfen, die vollen, geschwungenen Lippen vor Lust weit geöffnet; sie war ein böses Mädchen, hatte die Jalousien offen gelassen. Böses, böses Mädchen. Seine Hand bewegte sich noch schneller. Jetzt stellte er sich vor, wie sie aussah, wenn sie nichts als halterlose Nylonstrümpfe trug und die hochhackigen Schuhe aus ihrem Schrank. Und wie er sie an den schwarzen Stöckeln packte, ihr die Beine hoch, hoch, hochriss und weit auseinander spreizte, während sie schrie. Zuerst vor Angst, doch dann vor Lust. Ihre blonde Mähne breitete sich um ihren Kopf aus wie ein Fächer, die Hände waren ans Kopfende des Betts gefesselt. Die spitzenbesetzte Mitte des hübschen rosa Slips und ihr dichter blonder Busch lagen genau vor seinem Mund. *Mmmmh!* Im Innern stöhnte er auf, und sein Atem zischte, als er durch das winzige Luftloch in dem verzerrten Grinsen der Maske entwich. Er bremste sich, bevor er kam, und öffnete die Augen. Die Schlafzimmertür war angelehnt und der Rest des Apartments dunkel und leer. Er kroch zurück in das Immergrün. Schweiß lief ihm über das Gesicht, der Latex saugte sich an seiner Haut fest. Wieder rollte ein Donner. Er fühlte, wie sein Schwanz in der Hose zusammenschrumpfte.

Sie hätte seit Stunden zu Hause sein sollen. Mittwochabends kam sie nie nach 22:45 Uhr. Und heute, ausgerechnet *heute* war sie zu spät! Er kaute auf der Unterlippe, bis die Wunde, die er sich vor einer Stunde aufgebissen hatte, wieder blutete; er konnte es salzig im Mund schmecken und musste gegen den fast unwiderstehlichen Drang zu schreien ankämpfen.

*Gottverdammte beschissene Schlampe!* Was für eine Enttäuschung! Wie aufgeregt er gewesen war, richtig ekstatisch, hatte die Minuten gezählt. Er hatte sich vorgestellt, wie sie um 22:45 Uhr in ihrer engen Gymnastikhose direkt an ihm vorbeigehen würde, nur ein paar Schritte entfernt. Über ihm würden die Lichter angehen, und er würde sich langsam vor ihrem Fenster aufrichten. Wieder hätte sie die Jalousien offen gelassen, absichtlich, und er würde ihr zusehen. Zusehen, wie sie sich das verschwitzte T-Shirt über den Kopf zog, die engen Shorts über die nackten Schenkel gleiten ließ. Zusehen, wie sie sich fürs Bett fertig machte. *Für ihn fertig machte!*

Aufgeregt wie ein Schuljunge vor dem ersten Date hatte er im Gestrüpp vor Freude in sich hineingekichert. *Wie weit gehen wir heute Abend, meine Süße? Zungenkuss? Petting? Oder das ganze Programm?* Doch die Minuten waren verstrichen, und zwei Stunden später hockte er immer noch wie ein Penner hier in diesem Gebüsch mit all dem unsäglichen Ungeziefer, das ihm in sämtliche Ritzen kroch und wahrscheinlich in seinen Ohren Eier legte. Die Vorfreude, die ihn angetrieben, seine Fantasien gefüttert hatte, war verflogen. Und langsam hatte sich die Enttäuschung in Wut gewandelt, eine Wut, die mit jeder verstreichenden Minute eisiger wurde. Seine Kiefer mahlten, und sein Atem zischte. Nein, Sir: Er war nicht mehr aufgeregt. Er war nicht ekstatisch. Er war überaus verärgert!

Er kaute auf seiner Lippe herum. In der Dunkelheit schienen die Minuten wie Stunden. Blitze zuckten auf, der Donner rollte lauter, und er beschloss, dass es Zeit war zu gehen. Grimmig zog er die Maske ab, nahm die Tasche mit dem Spielzeug und schälte sich aus dem Gestrüpp. Dann eben beim nächsten Mal.

In diesem Moment glitt ein Scheinwerferpaar über die dunkle Straße, und hastig sprang er von der asphaltierten Auffahrt zurück ins Gebüsch. Ein silberner BMW hielt in zweiter Reihe vor dem Apartmentkomplex, keine zehn Meter von seinem Versteck entfernt.

Nach einer Ewigkeit öffnete sich die Beifahrertür, und zwei lange Beine, die schönen Füße in schwarzen, lacklederen Stöckel-

schuhen, schwangen heraus. Er wusste sofort, dass sie es war, und eine unendliche Ruhe durchströmte ihn.
*Wenn das nicht Schicksal ist ...*
Dann zog sich der Clown ins Immergrün zurück. Und wartete.

# 3.

DER TIMES SQUARE und die 42. Street leuchteten grell im Neonlicht, und selbst an einem gewöhnlichen Mittwochabend herrschte hier nach Mitternacht noch geschäftiges Treiben. Chloe kaute nervös an ihrem Daumennagel und sah aus dem Fenster, während sich der BMW in Richtung 34. Street und Midtown-Tunnel durch die Straßen von Manhattan schlängelte.

Eigentlich hätte sie heute Abend gar nicht ausgehen dürfen. Die lästige kleine Stimme in ihrem Kopf hatte es ihr den ganzen Tag vorgebetet, aber sie hatte nicht auf sie gehört. Obwohl es nur noch vier Wochen bis zum New York State Bar Exam waren, hatte sie für dieses Rendezvous die AG geschwänzt.

Wenn es sich wenigstens gelohnt hätte! Aber der Abend war alles andere als romantisch geworden – mit dem Erfolg, dass Chloe jetzt nicht nur unglücklich, sondern auch noch panisch war, denn sie litt unter fürchterlicher Prüfungsangst. Michael schwafelte endlos über seinen Tag in der Business-Hölle, und weder ihr Kummer noch ihre Panik schienen ihm aufzufallen, geschweige denn ihr Desinteresse. Oder falls doch, kümmerte es ihn vielleicht nicht.

Michael Decker war Chloes Freund. Möglicherweise ihr zukünftiger Exfreund. Als vielversprechender Anwalt bemühte er sich um die Partnerschaft bei der renommierten Wall-Street-Kanzlei White, Hughey & Lombard. Chloe hatte Michael im Sommer vor zwei Jahren kennen gelernt, als sie als Praktikantin für ihn arbeitete. Sie hatte schnell begriffen, dass Michael ein Nein nicht als Antwort gelten ließ, wenn er ein Ja hören wollte. Am ersten Tag hatte er sie noch angeschrien, sie solle sich die Präzedenzfälle besser durchlesen; am zweiten hatte er sie dann leidenschaftlich im

Kopierraum geküsst. Er sah gut aus, war intelligent und hatte so eine romantische Aura, die Chloe unerklärlich, aber auch unwiderstehlich fand. Also hatte sie sich ein neues Praktikum gesucht, sie hatten eine Beziehung angefangen, und heute Abend jährte sich ihr erstes Date zum zweiten Mal.

Seit zwei Wochen hatte Chloe Michael gebeten, ja geradezu angefleht, ob sie die Feier dieses Jahrestags verschieben und nach ihrem Examen begehen könnten. Trotzdem hatte er am Nachmittag angerufen und sie mit Theaterkarten für die heutige Vorstellung von *Das Phantom der Oper* überrascht. Michael kannte die Schwächen seiner Mitmenschen, und wenn nicht, dann fand er sie heraus. Als Chloe nein gesagt hatte, nutzte er einfach ihren tief im Unterbewusstsein verwurzelten irisch-katholischen Schuldkomplex aus. *Wir sehen uns kaum noch, Chloe. Du lernst viel zu viel. Wir brauchen das, dass wir ab und zu Zeit miteinander verbringen. Es ist wichtig, Baby. Du bist mir wichtig.* Und so weiter und so fort. Dann hatte er noch erwähnt, dass er die Theaterkarten einem von ihm abhängigen Klienten praktisch gestohlen hatte. Schließlich war sie weich geworden und hatte eingewilligt, sich mit ihm zu treffen. Sie hatte die AG abgesagt, hatte sich nach dem Repetitorium hektisch umgezogen und den Pendlerzug in die Innenstadt genommen. Es war ihr sogar fast gelungen, die mahnende kleine Stimme ihres Gewissens zu ignorieren, die immer lauter geworden war.

Und nach alledem war sie nicht einmal sonderlich überrascht gewesen, als ein freundlicher alter Platzanweiser ihr zehn Minuten nach dem letzten Klingeln die Nachricht überbracht hatte, dass Michael in einem dringenden Meeting festsaß und sich verspäten würde. Gleich in diesem Moment hätte sie gehen sollen, aber ... sie tat es nicht. Jetzt starrte sie aus dem Fenster, als der BMW durch den Tunnel unter dem East River glitt und draußen verschwommen gelb die Lichter vorüberflogen.

Zum letzten Akt war Michael mit einer Rose in der Hand erschienen und hatte die altbekannten Entschuldigungen heruntergeleiert, ehe Chloe ihm eine knallen konnte. Eine Milliarde Erklärungen später hatte er es dann irgendwie geschafft, sie zu überreden, doch noch Essen zu gehen. Während sie auf dem Weg quer durch die Stadt zu *Carmine's* waren, hatte Chloe sich gefragt, wann genau ihr eigentlich das Rückgrat abhanden gekommen war. Wie sie ihre irisch-katholische Erziehung hasste. Das hier grenzte ja schon an Selbstverachtung!

Wenn der Abend da geendet hätte, wäre alles noch im grünen Bereich gewesen. Doch über einem Kalbsschnitzel mit Marsalasauce und einer Flasche Cristal hatte Michael dann den Vogel abgeschossen. Chloe hatte gerade angefangen, sich ein wenig zu entspannen und den Sekt und die Atmosphäre zu genießen, da hatte Michael ein Schächtelchen hervorgezogen, dem sie auf einen Blick angesehen hatte, dass es zu groß war.

»Alles Gute zum Jahrestag.« Er hatte sanft gelächelt, dieses perfekte Lächeln, seine sinnlichen braunen Augen hatten im Kerzenschein geflackert. Ein Geigentrio hatte angefangen, sie einzukreisen – wie Haie auf der Jagd. »Ich liebe dich, Baby.«

*Aber du willst mich offensichtlich nicht heiraten,* hatte sie gedacht, als sie das in Silberfolie eingewickelte Kästchen mit der übergroßen weißen Schleife gemustert und sich gescheut hatte, es zu öffnen. Sich gescheut hatte, entdecken zu müssen, was *nicht* darin war.

»Mach schon, pack es aus.« Er hatte Sekt nachgeschenkt, und sein Lächeln war noch selbstgefälliger geworden. Er hatte wohl gedacht, ein bisschen Alkohol und irgendein Klunker könnten wieder geradebiegen, was er durch seine Verspätung verbockt hatte. Er hatte ja keine Ahnung, wie sehr er sich da schon verirrt hatte – er bräuchte einen Kompass, um zurückzufinden. *Oder täuschte sie sich doch? Wollte er sie mit der großen Schachtel nur aufziehen?*

Aber nein. In der Schachtel hatte eine zarte Goldkette gelegen, mit einem Anhänger aus zwei ineinander verschlungenen Herzen, die durch einen strahlenden Diamanten verbunden waren. Das Schmuckstück war schön, aber es war nicht rund, und es passte auch nicht auf ihren Finger; und vor lauter Wut auf sich selbst und ihre Erwartungen waren Chloe heiße Tränen in die Augen geschossen. Noch bevor sie ein Wort herausgebracht hatte, war er aufgestanden, um sie herumgegangen, hatte ihr blondes Haar hochgehoben und ihr die Kette umgelegt. Dann hatte er sie auf den Hals geküsst. Anscheinend hielt er ihre Tränen für Freudentränen. Oder sie waren ihm gar nicht aufgefallen. Er hatte ihr ins Ohr geflüstert: »Du siehst hinreißend damit aus.«

Michael hatte sich wieder hingesetzt und Tiramisu bestellt, das fünf Minuten später gekommen war, mit einer brennenden Kerze und drei singenden Italienern. Nach kurzer Zeit hatten auch die Geiger von der Party Wind bekommen, sich dazugesellt, und dann hatten alle aus vollem Hals »Tanti Auguri« geschmettert. Aber Chloe hatte nur gedacht: Wäre ich bloß zu Hause geblieben.

Jetzt waren sie auf dem Long Island Expressway in Richtung Queens, und noch immer schien Michael ihr Schweigen nicht zu registrieren. Draußen fing es zu nieseln an, und am Himmel zuckten Blitze. Im Rückspiegel sah Chloe, wie nach Lefrak City und Rego Park die Skyline von Manhattan immer kleiner wurde, bis sie fast ganz aus dem Blickfeld verschwand. Nach zwei Jahren musste Michael doch wissen, was sie wollte – auf jeden Fall keine Halskette. Zum Teufel mit ihm. Sie hatte genug Stress mit dem Anwaltsexamen; diese emotionale Krise kam ihr ungefähr so gelegen wie ein Loch im Kopf.

Kurz vor ihrer Ausfahrt auf dem Clearview Expressway hatte Chloe fürs Erste beschlossen, das Thema ihrer gemeinsamen Zukunft – oder der nicht vorhandenen gemeinsamen Zukunft – zu verschieben. Nach dem Examen! Das Letzte, was sie gebrauchen konnte, war herzzerreißender Liebeskummer. Immer schön ein Stressfaktor nach dem anderen. Aber hoffentlich vermittelte ihr eisiges Schweigen dem Herrn schon einmal einen Vorgeschmack.

»Es sind nicht nur die Anhörungen«, fuhr Michael offensichtlich ahnungslos fort. »Wenn ich jedes Mal zum Richter rennen muss, weil ich den Geburtstag oder die Sozialversicherungsnummer brauche, dann geht dieser Fall in dem Berg von Genehmigungen unter, die ich einholen muss.«

Er bog auf den Northern Boulevard. An einer Ampel musste er anhalten. Sie schienen zu dieser späten Stunde die Letzten auf der Straße zu sein. Endlich unterbrach Michael sich. Er sah Chloe vorsichtig an. »Was hast du denn? Seit wir von *Carmine's* weg sind, hast du aber nicht mehr viel gesagt. Du bist doch nicht immer noch sauer wegen vorhin, oder? Ich habe dir doch erklärt, dass es mir Leid tut.« Mit beiden Händen packte er das Lederlenkrad, als wollte er sich für den Streit, der in der Luft hing, rüsten. Seine

Stimme klang kühl und abwehrend. »Du weißt doch, wie es in der Kanzlei zugeht. Ich kann nicht einfach gehen, so ist das eben. Der Deal hing davon ab, dass ich dabei war.«

Die Stille in dem kleinen Wagen war ohrenbetäubend. Aber ehe sie antworten konnte, hatte er den Tonfall und das Thema gewechselt. Jetzt berührte er den Herzanhänger auf ihrem Dekolleté. »Ich habe ihn extra für dich anfertigen lassen. Gefällt er dir?« Es war ein sinnliches, lockendes Flüstern.

Nein, nein, nein. Da würde sie nicht mitmachen. Heute Nacht nicht. *Euer Ehren, ich verweigere die Aussage, weil ich mich damit selbst belasten würde.*

»Ich bin mit den Gedanken woanders, das ist alles.« Dann fasste sie sich an den Hals und sagte ausdruckslos: »Es ist sehr hübsch.« Verdammt, sie würde ihm nicht den Gefallen tun, beleidigt und am Boden zerstört zu wirken, weil sie nicht den Verlobungsring bekommen hatte, den sie erwartet hatte – und all ihre Freundinnen und ihre gesamte Familie auch. Michael musste sich mit dieser Antwort begnügen; sollte er ruhig ein paar Tage darauf herumkauen. Die Ampel schaltete auf Grün, und sie fuhren schweigend weiter.

»Ich weiß, was los ist. Ich weiß, was du denkst.« Er stieß einen theatralischen Seufzer aus, lehnte sich in den Fahrersitz zurück und schlug mit der flachen Hand auf das Lenkrad. »Es geht um dein Examen, nicht wahr? Himmel, Chloe, du lernst seit fast zwei Monaten quasi ununterbrochen, und ich hatte die ganze Zeit Verständnis. Aber diesen einen Abend wollte ich mit dir verbringen, nur diesen einen. Ich habe einen extrem harten Tag hinter mir, und dann herrscht während des ganzen Abendessens diese ... diese Missstimmung zwischen uns. Entspann dich endlich mal! Das würde ich wirklich sehr begrüßen!« Er klang genervt, dass er diese Diskussion überhaupt führen musste, und schon wieder hätte Chloe ihm am liebsten eine geknallt. »Vertrau einem, der es hinter sich hat, und hör auf, dir den Kopf zu zerbrechen. Du gehörst zu den Besten deines Semesters, auf dich wartet eine fantastische Stelle – natürlich wirst du bestehen.«

»Tut mir Leid, wenn dir meine Gesellschaft beim Abendessen den schweren Tag nicht versüßen konnte, Michael, aber ich glaube, dein Kurzzeitgedächtnis versagt. Erinnerst du dich an gestern Nacht? Da waren wir auch zusammen, und ich würde nicht sagen, ich hätte dich vernachlässigt. Darf ich dich auch daran erinnern, dass ich heute Abend gar nicht feiern wollte? Was ich dir auch gesagt habe, aber du hast es vorgezogen, meine Wünsche zu ignorieren. Und was den schönen Abend angeht, hätte ich vielleicht bessere Laune gehabt, wenn du nicht zwei Stunden zu spät gekommen wärst.« Wunderbar. Zusätzlich zu dem schlechten Gewissen, das sie als Dessert zu verdauen hatte, begann es jetzt in ihrem Kopf zu hämmern. Sie rieb sich die Schläfen.

Vor dem Eingang ihres Apartmenthauses angekommen, sah er sich nach einem Parkplatz um.

»Du kannst mich hier rauslassen«, sagte sie scharf.

Er sah sie verwirrt an und hielt in zweiter Reihe vor dem Eingang an.

»Was? Du möchtest nicht, dass ich heute Abend mit reinkomme?« Er klang überrascht. Verletzt. Gut. Da hatten sie ja etwas gemeinsam.

»Ich bin todmüde, Michael, und diese Diskussion führt doch zu nichts. Außerdem konnte ich heute nicht zum Aerobic und gehe stattdessen morgen früh, vor dem Repetitorium.«

Wieder herrschte Schweigen. Michael starrte durch die Scheibe, während sie Jacke und Handtasche zusammenraffte. »Chloe, es tut mir echt Leid wegen heute Abend. Wirklich. Ich wollte, dass es etwas Besonderes wird; das ist offenbar in die Hose gegangen, und dafür entschuldige ich mich. Und ich verstehe doch auch, dass du dir wegen des Examens Sorgen machst. Ich hätte dich eben nicht so anfahren dürfen.« Seine Stimme klang jetzt aufrichtig und viel sanfter. Dass er plötzlich den Einfühlsamen spielte, brachte Chloe durcheinander.

Er lehnte sich zu ihr hinüber und ließ einen Finger über ihr Dekolleté den Hals hinaufgleiten. Während er ihr über die Wange strich, kramte sie in der Tasche auf ihrem Schoß nach dem Schlüssel und versuchte, seine Berührung zu ignorieren. Jetzt vergrub er die Hand in ihrem honigblonden Haar, zog ihren Kopf zu sich heran und berührte ihr Ohr mit den Lippen. Er flüsterte:

»Und wegen dem Sport – da könnte ich dir ein paar Übungen zeigen ...«

Michael machte sie schwach. Seit jenem Tag im Kopierraum. Und nur selten schaffte sie es, ihm zu widerstehen. Chloe roch die Süße seines warmen Atems und spürte seine kräftigen Hände in ihrem Kreuz. Der Kopf sagte ihr, dass sie sich diesen Schmus nicht anhören durfte, doch ihr Herz ... Aus irgendeinem verrückten Grund liebte sie ihn. Aber heute Nacht – heute Nacht würde er sie nicht rumkriegen. Auch die schlimmste Rückgratlosigkeit hatte Grenzen. Schnell öffnete sie die Wagentür, stieg aus und holte tief Luft. Als sie sich noch einmal hineinlehnte, klang ihre Stimme beherrscht.

»Heute nicht, Michael. Die Versuchung ist groß, aber es ist schon fast eins. Marie holt mich um Viertel vor neun ab, und ich kann nicht schon wieder zu spät dran sein.« Sie knallte die Beifahrertür zu.

Jetzt stellte er den Motor ab und stieg ebenfalls aus. »Schon gut, schon gut, ich habe verstanden. Verdammt toller Abend«, sagte er finster und donnerte auch seine Tür zu. Sie warf ihm einen bösen Blick zu, drehte sich auf dem Absatz um und marschierte über den Hof zu ihrem Eingang.

»Verdammt«, murmelte er und lief ihr hinterher. Noch auf dem Bürgersteig holte er sie ein und packte sie am Arm. »Warte, bitte warte. Schau mal, ich bin frustriert. Außerdem bin ich ein unsensibler Klotz. Ich gebe es ja zu.« In ihren Augen forschte er nach einem Hinweis, ob es klug war, weiterzumachen. Die signalisierten immer noch Vorsicht, aber immerhin machte sie sich nicht von ihm los, und das nahm er als gutes Zeichen. »So, jetzt ist es heraus. Ich bin ein Ekel, der Abend war eine Katastrophe, und es ist alles meine Schuld. Komm schon, bitte, vergib mir«, flüsterte er. »Lass uns nicht so auseinander gehen.« Er legte ihr die Hand in den Nacken und zog sie an sich. Ihre vollen Lippen schmeckten süß.

Einen Moment später machte sie einen Schritt zurück und legte sich zögernd eine Hand an den Mund. »Schön. Vergeben. Aber du schläfst heute Nacht trotzdem nicht hier.« Es klang kühl.

Heute Abend musste sie allein sein. Nachdenken. Wohin das

alles überhaupt führte, außer ins Bett? Die Straßenlaternen warfen dunkle Schatten auf den Gehweg. Der Wind hatte aufgefrischt, und die Bäume und Büsche raschelten und wiegten sich. In der Ferne bellte ein Hund, und am Himmel rumorte es.

Michael sah auf. »Ich glaube, es gießt gleich«, sagte er abwesend, und nahm ihre schlaffe Hand. Schweigend gingen sie nebeneinander her zum Hauseingang. An der Schwelle lächelte er und schlug einen leichten Ton an: »Verdammt. Und ich dachte, ich wäre unwiderstehlich. Sensibilität soll bei euch Frauen doch ankommen. Ein Kerl, der Gefühle zeigt, sich nicht schämt, zu weinen.« Er lachte und hoffte auf ein Lächeln ihrerseits, dann knetete er ihre Hand, küsste sie sanft auf die Wange und ließ die Lippen zu ihrem Mund wandern. Ihre Augen waren geschlossen, die vollen Lippen leicht geöffnet. »Du bist heute Abend so wunderschön, dass ich bestimmt weinen muss, wenn ich dich nicht haben kann.« *Was beim ersten Versuch nicht klappt ...* Seine Hände wanderten über ihr Kreuz zu ihrem Rock hinunter. Sie bewegte sich nicht. »Noch ist es nicht zu spät, du kannst deine Meinung noch ändern«, murmelte er. »Ich muss nur schnell parken.«

Seine Berührung war elektrisierend. Doch schließlich schob sie ihn weg und öffnete die Tür. Verdammt, sie würde heute Nacht ein Zeichen setzen, und nicht einmal ihre Libido würde sie davon abbringen können.

»Gute Nacht, Michael. Lass uns morgen telefonieren.«

Er machte ein Gesicht, als hätte er einen Schlag in die Magengrube bekommen. Oder woanders hin.

»Alles Gute zum Jahrestag«, sagte er leise, als sie in der Halle verschwand. Quietschend schloss sich die Glastür hinter ihr.

Mit dem Schlüssel in der Hand ging Michael langsam zum Wagen zurück. Verdammt. Heute hatte er es wirklich versaut. Auf ganzer Linie. Er wartete, bis Chloe im Wohnzimmerfenster erschien und ihm zuwinkte, das Zeichen, dass alles in Ordnung war. Sie sah immer noch sauer aus. Dann zog sie den Vorhang zu und war verschwunden. Michael stieg in den BMW, und auf dem Weg nach Manhattan überlegte er, wie er Chloe wieder versöhnen konnte. Vielleicht sollte er ihr morgen Blumen schicken. Das war es. Langstielige rote Rosen mit einer Entschuldigung und einem

»Ich liebe dich«. Das sollte ihm den Weg zurück in ihr Bett ebnen. Während das Gewitter näher kam und der Donner immer heftiger wurde, bog Michael auf den Clearview Expressway und ließ Bayside hinter sich.

## 4.

DER CLOWN beobachtete gierig durch die Zweige, wie ihre knackigen Beine aus der Beifahrertür des BMW schwangen. Sie waren lang, und die Bräune stammte wahrscheinlich aus irgendeinem schicken Solarium. Sie hatte einen kurzen, engen, *sehr engen* schwarzen Rock an und ein pinkfarbenes Seidentop, das viel von ihren Titten zeigte. Über einem Arm trug sie das dazugehörige schwarze Jackett. Pink war ihre Lieblingsfarbe – und seine auch. Er freute sich, dass sie mit ihrem heutigen Outfit seinen Geschmack getroffen hatte. *Pretty in pink!* Ein genüssliches Grinsen zog sich über sein Gesicht, und er hatte das Gefühl, dass dieser Abend doch noch gut ausgehen würde. Die Dinge begannen *Gestalt* anzunehmen. Er presste die Hand auf den Mund, um ein Kichern zu unterdrücken.

Die lange blonde Mähne fiel ihr in zarten Locken auf den Rücken, und er konnte ihr süßes, sexy Parfüm riechen, wie es schwer in der feuchten Luft hing. Ihr Lieblingsparfüm, er erkannte es sofort – Chanel No. 5. Er begann zu schwitzen, der Rücken und die Achseln seines T-Shirts wurden feucht.

Wollte sie sich denn noch ewig mit diesem unsympathischen kleinen Popper, der ihr Freund war, unterhalten? Sie sah nicht einmal glücklich dabei aus. Bla, bla, bla. Wussten sie nicht, wie spät es war? Zeit nach Hause zu gehen. *Zeit ins Bett zu gehen.* Ungeduldig trommelte er mit den Fingern auf die schwarze Nylontasche. Die Tasche mit dem Spielzeug.

Jetzt schlug sie die Wagentür zu. Doch auf einmal stieg der Popper ebenfalls aus dem Auto und knallte mit der Tür. Irgendwo auf der Straße fing ein Hund an zu bellen. Der Clown bekam zittrige Knie. *Wenn bloß kein neugieriger Nachbar aufwacht!*

Aber kein Nachbar kam heraus, um mitzuspielen, und der Popper holte sie jetzt auf dem Bürgersteig ein. Er packte sie am Arm, und sie wechselten Worte, die der Clown nicht verstehen konnte. Dann küsste er sie auf den Mund. Hand in Hand liefen sie zum Eingang des Gebäudes. Ihre hohen Absätze klapperten auf dem Betonweg so nah an ihm vorüber, er hätte nur die Hand nach ihr ausstrecken müssen. Wieder überkam ihn Panik. *Kam ihr Freund etwa mit rein?* Der Popper hatte doch gestern schon seinen Spaß mit ihr gehabt. Heute Nacht war er an der Reihe.

Vor der Haustür küssten sie sich noch einmal, dann betrat sie das Haus allein. *Kein Glück heute Abend, was, Popper?* Der Clown kicherte stumm.

Mit hängendem Kopf drehte sich der Popper um und ging langsam zu seinem Wagen zurück. Brav wartete er, bis in ihrem Apartment das Licht anging und sie aus dem Wohnzimmerfenster winkte, dann fuhr er in die Nacht hinaus.

Der Clown lächelte. *Wie putzig! Der Popper bringt sie zur Tür und gibt ihr einen Gutenachtkuss. Träum was Schönes! Und dann wartet er sogar, bis sie sicher und wohlbehalten in der Wohnung ist; nicht dass der schwarze Mann da drinnen lauert. Wirklich zum Totlachen!*

Fünf Minuten später ging im Schlafzimmer das Licht an und erleuchtete die Büsche hell. Er zog sich tiefer ins Dickicht zurück. Die Klimaanlage über ihm setzte sich ratternd in Gang, und Kondenswasser tropfte ihm durch das Immergrün auf den Kopf. Er sah ihren Schatten über die Büsche hüpfen, während sie im Schlafzimmer umherging, aber dann schloss sie die Jalousien, und das Licht wurde schwächer.

Nachdem es schließlich ganz dunkel geworden war, wartete er zwanzig Minuten vollkommen reglos ab. Der Donner wurde jetzt lauter. Es hatte angefangen zu nieseln. Zuerst leicht, aber der Regen würde stärker werden. Die Windböen wurden immer heftiger; die Büsche schwankten hin und her, im Licht der Straßenlaternen sah es aus, als tanzten sie einen seltsamen Tanz. Das Gewitter war jetzt fast genau über ihnen. Sie war gerade noch rechtzeitig nach Hause gekommen.

Er nahm die Tasche mit dem Spielzeug und schob sich an der Mauer entlang, bis er sich genau unter ihrem Wohnzimmer befand, unter dem Fenster mit dem kaputten Riegel. Um genau 1:32 Uhr zog sich der Clown die Maske über das Gesicht. Er wischte sich die Hände an der inzwischen *sehr engen* Jeans ab. Dann öffnete er lautlos das Fenster und glitt aus dem Regen in das dunkle Zimmer.

## 5.

CHLOE BEOBACHTETE DURCHS FENSTER, wie Michael langsam zu seinem Wagen ging, abgewiesen, mit hängendem Kopf. Sie winkte ihm halbherzig zu, und als er zurückwinkte, zog sie absichtlich die Vorhänge zu. Noch eine Botschaft.

Allein stand sie in ihrem Wohnzimmer und sah sich um. Das Apartment war still, einsam und unerträglich heiß. Das kleine Triumphgefühl verflüchtigte sich so schnell, wie es gekommen war. Jetzt bereute Chloe fast, dass sie ihn weggeschickt hatte.

Wem wollte sie eigentlich etwas vormachen? Natürlich würde sie morgen früh nicht um sechs Uhr aufstehen, um zum Aerobic zu gehen. Das war wirklich die fadenscheinigste Ausrede der Welt. Und da sie sich der Frage, was aus ihr und Michael werden sollte, in den nächsten zwei Wochen sowieso nicht stellen wollte – was hätte es schon geschadet, wenn er bei ihr übernachtete?

*Du warst wütend, dass du zu diesem wunderbaren Jahrestag nicht das bekommen hast, was du wolltest, und deshalb sollte er auch nicht bekommen, was er wollte.*

Großartig, sogar ihr schizophrenes Gewissen fand jetzt, dass sie eine Zicke war. Doch selbst wenn Michael heute die Nacht bei ihr verbracht hätte: dann hätte sie die Diskussion mit ihrem Gewissen eben um drei Uhr früh gehabt, in diesem Fall, weil sie sich verhielt wie eine rückgratlose Marionette. Egal, was sie tat, sie zog immer den Kürzeren. Das Ganze war einfach nur noch anstrengend und deprimierend, und sie hoffte, ein Aspirin würde wenigstens das Pochen in ihrem Kopf besänftigen.

In ihrer Wohnung war es heiß wie in einem Backofen. Die Fenster waren den ganzen Tag geschlossen gewesen, und sogar die Möbel strahlten noch immer Wärme ab. Sie nahm sich die Post, die im Schlitz in der Wohnungstür steckte, und ging in die Küche.

Als sie das Licht in der Küche anknipste, blendete sie die gleißende Helligkeit. Chloe seufzte, als sie die Unordnung auf dem Esstisch sah, die Frühstücksteller von heute Morgen, das Geschirr vom Vorabend, Federn und Wellensittichkörner. Auch Pete, den Wellensittich, blendete das Licht, und er fiel mit einem Plumps von seiner Stange auf den Käfigboden.

Chloe räumte die Teller in das bereits überfüllte Abwaschbecken, spritzte grünes Spülmittel darüber und ließ Wasser über den Geschirrberg laufen. Pete hatte sich mittlerweile würdevoll aufgeplustert und hockte wieder auf seiner Stange. Er beschimpfte Chloe wütend und wirbelte winzige grüne und weiße Federn durch die Käfigstäbe auf den Tisch. Chloe knirschte mit den Zähnen und warf ein Handtuch über seinen Käfig. Sie betrachtete das Küchenchaos noch einmal und beschloss, das Licht zu löschen und am nächsten Morgen einfach beim *Merry-Maids-Notfallraumpflegeservice* anzurufen. Sie nahm zwei Aspirin und spülte sie mit einem Schluck Maaloxan herunter, dann zog sie sich endlich in die klimatisierte Oase ihres Schlafzimmers zurück.

Sie warf die Post aufs Bett, stellte die Klimaanlage auf volle Kraft und suchte in der Kommode nach ihrem Lieblingsschlafanzug aus rosa Flanell; die spitzenbesetzten dünnen Nachthemdchen, die Michael ihr über die letzten zwei Jahre geschenkt hatte, schob sie beiseite. In der untersten Schublade wurde sie fündig: Baumwolle, Übergröße und kein bisschen sexy. Draußen schabten die Zweige der Büsche mit einem hoffnungslos wimmernden Geräusch an ihrem Fenster entlang, und der Regen trommelte gegen die Scheibe. Die Wettervorhersage hatte für heute Nacht schwere Gewitter angekündigt. Chloe stand einen Moment am Fenster und sah zu, wie sich die Bäume im Wind wie Strohhalme bogen, dann ließ sie die Jalousien herunter und schaltete den Fernseher an. Es lief eine alte Folge von *Brady Bunch*.

Chloe machte es sich auf dem Bett bequem, nahm sich die Post vor und drückte auf die Taste des Anrufbeantworters. Rechnungen, Rechnungen, Reklame, das neue *People*-Heft, noch mehr Rechnungen. Es nahm gar kein Ende.

Die weibliche Computerstimme des Anrufbeantworters ertönte: *Sie haben keine neuen Nachrichten.*
Seltsam. Auf dem Display leuchtete die Zahl 3, das hieß, dass drei neue Nachrichten eingegangen waren. Und bevor sie aus dem Haus gegangen war, hatte sie alle alten Nachrichten gelöscht. Sie drückte auf Wiedergabe.
*Sie haben drei gespeicherte Nachrichten.*
*Erste gespeicherte Nachricht: Heute, neunzehn Uhr neunzehn.* Die müde Stimme ihrer Mutter. »Chloe, ich bin's, Mum. Wahrscheinlich bist gerade bei der AG.« Prompt drehte das schlechte Gewissen Chloe den Magen um. »Ruf mich an, wenn du heimkommst. Ich möchte mit dir über unseren Besuch nächsten Monat sprechen. Dein Dad und ich finden, dass wir lieber im Hotel übernachten sollten, deine Wohnung ist einfach zu klein. Ich bräuchte die Adressen von ein paar netten Hotels in Manhattan, die nicht zu teuer sind und in einer guten Gegend liegen. Ruf mich an.«
Na, super. Das war in der teuersten Stadt der USA natürlich gar kein Problem!
Sie widmete sich wieder der Post. Wo hatte sie nur die Zeit hergenommen, das ganze Zeug zu kaufen, für das sie jetzt die Rechnungen bekam?
Werbung für eine Kreditkarte. Wunderbar, die brauchte sie dringend, damit noch mehr Rechnungen ins Haus flatterten.
Schließlich, unter dem Berg Rechnungen, ein cremefarbener Umschlag mit der vertrauten Handschrift ihres Vaters. Chloe lächelte. Seit sie aus Kalifornien nach New York gezogen war, um Jura zu studieren, schrieb Dad ihr zuverlässig mindestens einmal die Woche, und seine lieben lustigen Briefe waren immer eine willkommene Atempause. Manchmal schrieb er seitenweise, dann wieder nur ein paar Zeilen, doch jeder Brief begann mit der gleichen Anrede: »Hallo, Beany! Wie geht es meinem großen Mädchen in der großen Stadt?« Beany war der Spitzname, den er ihr mit fünf Jahren gegeben hatte, eine zärtliche Anspielung auf ihre Vorliebe für Jelly Beans. Auch heute, mit vierundzwanzig, war sie noch sein kleines Mädchen. Sie hob sich den Brief für später auf und blätterte durch das *People*-Heft.
*Zweite gespeicherte Nachricht: Heute, zwanzig Uhr zehn.* Es war

Marie. »Danke, dass du uns heute Abend versetzt hast, Chloe. Es war echt ein Mordsspaß. Du hast unsere heiße Diskussion über das Gesetz gegen Unveräußerlichkeiten verpasst. Mit Sicherheit viel spannender als *Das Phantom der Oper*. Ach, und vergiss nicht, dass wir morgen den Test in Bundesrecht haben, ich komme schon um halb neun bei dir vorbei. Nicht verschlafen! Hm ... vielleicht hätte ich lieber acht sagen sollen. Na ja, bis morgen.«

Verdammt. Den Test hatte sie total vergessen. Noch ein Grund, sauer auf Michael zu sein.

*Dritte gespeicherte Nachricht: Heute, dreiundzwanzig Uhr zweiunddreißig.* Ein langes Schweigen. Im Hintergrund hörte Chloe ein Rascheln, wie das gedämpfte Geräusch von Papier, das zerrissen wurde. Dann flüsterte eine männliche Stimme in höhnischem Singsang: »*Chloe. Chloe. Wo bist du, Chloe?*« Wieder Rascheln. Für einen kurzen Moment hörte Chloe schweres Atmen, dann legte der Anrufer auf.

Unheimlich. Sie starrte das Gerät an.

*Keine weiteren Nachrichten.*

Das musste einer der Typen aus ihrer AG gewesen sein. Sie paukten immer bis spät in die Nacht. Wahrscheinlich Rob oder Jim, die ihr einfach einen Streich spielen wollten. Sie dachten wahrscheinlich, dass Chloe schon zu Hause war und sich amüsierte, während die anderen arbeiteten, und wollten es ihr heimzahlen, indem sie Chloe mit so einer Nachricht nervten, während sie sich womöglich in einer kompromittierenden Lage befand. Das musste es sein. Chloe drückte auf den Knopf.

*Nachrichten gelöscht.*

Dann schlüpfte sie unter das Laken und stopfte sich ein Kissen in den Rücken, um den Brief ihres Vaters zu lesen. Sie war ein Einzelkind, und für ihre Eltern war es schwer gewesen, als sie von daheim wegging, um an der St. John's Law School in New York City zu studieren. Noch schwerer war es, als Chloe ihnen kürzlich mitteilte, dass sie nicht zurückkommen würde. Sie mochten New York beide nicht und waren voller Sorge. Chloe war in einer Kleinstadt im nördlichen Kalifornien aufgewachsen. Für ihre Eltern war es ebenso exotisch, einen Hund auf einer asphaltierten Straße auszuführen und fünfzig Stockwerke über dem Boden zu leben, wie in einem Iglu zu wohnen. Und vor die Wahl gestellt, hätten sie sich wahrscheinlich für das Iglu entschieden. Ihre Mutter rief zwei- bis dreimal die Woche an, nur um sich zu versichern, dass Chloe noch nicht beraubt, vergewaltigt, überfallen oder ausgeplündert worden war, denn sie hielt die große Stadt für eine Räuberhöhle mit drei Millionen Dieben, Vergewaltigern, Einbrechern und Plünderern. Und Chloes Vater schrieb natürlich seine Briefe.

Sie warf die restliche Post zu den Lernheften auf dem Nachttisch und griff nach der Brille. Als sie den Brief umdrehte, runzelte sie die Stirn.

Der Umschlag war sorgfältig geöffnet worden. Der Brief fehlte.

## 6.

CHLOE SETZTE SICH IM BETT AUF, ein kalter Schauer lief ihr über den Rücken. Gänsehaut kroch ihr die Arme hinauf, und Marvin fiel ihr ein. Sie starrte nervös an die Decke, als hätten die Wände Augen, und zog das Laken enger um sich.

Marvin war der sonderbare Nachbar, der in der Wohnung genau über ihr wohnte. Der arbeitslose Außenseiter lebte schon ewig hier, lange bevor Chloe vor ein paar Jahren eingezogen war, und Chloe wusste, dass etwas mit ihm nicht stimmte. Alle wussten das. Jeden Morgen stand er an seinem Wohnzimmerfenster und überwachte den Hof. Aus seinem offenen karierten Bademantel ragte sein großer, nackter, haariger, alternder Bauch hervor und weiß Gott was noch. Aber das verdeckte gnädigerweise die Fensterbank. Dem Himmel sei Dank. Marvins dickes, wulstiges Gesicht war immer von grauen und braunen Stoppeln überzogen, und über den eng zusammenstehenden Augen trug er eine schwarze Plastikbrille. In einer Hand hielt er einen schwarzen Kaffeebecher. Was er in der anderen hatte, wollte Chloe lieber nicht wissen.

Im Waschkeller ging das Gerücht, dass Marvin emotional gestört war und von der Sozialhilfe seiner alten Mutter lebte. Hinter seinem Rücken hatten ihn die Hausbewohner Norman getauft und spekulierten, was mit seiner Mutter geschehen war, die man seit einer Weile nicht mehr gesehen hatte. Chloe hatte ihn immer für seltsam, aber harmlos gehalten. Ab und zu traf sie ihn im Treppenhaus oder auf dem Flur. Er lächelte nie, sondern machte nur ein grunzendes Geräusch, wenn er an ihr vorbeiging.

Vor zwei Monaten hatte Chloe den dummen Fehler begangen, Marvin bei seiner morgendlichen Wache am Fenster vom Hof aus zuzuwinken. Am gleichen Abend hatte er dann mit ihrer Post vor der Tür auf sie gewartet. Er lächelte sie schief an, entblößte die kurzen gelben Zähne und nuschelte irgendetwas von wegen der Postbote habe die Briefkästen verwechselt. Dann war er wieder die Treppe hoch zu seinem Wohnzimmerausguck geschlurft, von dem aus er sein Reich bewachte.

Seitdem verwechselte der unfähige Postbote die Briefkästen anscheinend mindestens drei Mal pro Woche, und Marvin hatte ein neues Hobby, er goss die Pflanzen in der Eingangshalle, praktischerweise immer dann, wenn Chloe von der Uni kam. Wenn sie morgens zu ihrem Auto lief, spürte sie seinen starr auf sie gehefteten Blick, genau wie abends, wenn sie ihn bei den Briefkästen traf. Dann fing sein Eierkopf zu schwitzen und zu wippen an wie die Wackelfigur auf einem Armaturenbrett, und Chloe spürte, wie sein Blick über ihren Körper wanderte. In letzter Zeit hatte sie den Hinterausgang im Waschkeller benutzt, um das Haus zu betreten und zu verlassen.

Vor zwei Wochen fingen dann die seltsamen Anrufe an, das Telefon klingelte, und sobald sie abnahm, hängte der Anrufer ein. Wenn sie auflegte, hörte sie jedes Mal, wie die Decke über ihr knarrte – Marvin, der in seiner Wohnung auf- und abging. Vielleicht war es Marvin gewesen, der heute Abend auf dem Anrufbeantworter war – vielleicht hatte er endlich den Mut gefunden, etwas zu sagen.

Und erst gestern Abend hatte sie einen Moment lang die Wäsche im Trockner gelassen, um aus ihrer Wohnung noch ein paar Münzen zu holen. Im Treppenhaus begegnete sie Marvin, der so tat, als gösse er die Blumen. Als sie die Wäsche dann später in ihrer Wohnung zusammenfaltete, merkte sie, dass zwei Höschen fehlten.

Und jetzt hatte jemand ihre Post geöffnet und den Brief herausgenommen. Bei der Vorstellung, dass Marvin an ihren Höschen herumfingerte und ihre Briefe las, während er im Bett über ihrem Kopf seinen fetten Leib befriedigte, wurde ihr schlecht. Nach dem Examen würde sie sich nach einer neuen Wohnung umsehen müssen – in New York nicht gerade ein Kinderspiel. Jedenfalls konnte sie nicht länger im gleichen Haus wie dieser Spanner leben. Bis heute Abend hatte sie noch darüber nachgedacht, mit Michael zusammenzuziehen, aber jetzt ...

Zu viele Gedanken schossen ihr durch den schmerzenden Kopf. Wie lange musste sie warten, bis sie noch ein Aspirin nehmen durfte? Sie stand auf und ging durchs Wohnzimmer zur Wohnungstür, um nachzusehen, ob sie verriegelt war. Als sie einen Blick durch den Spion warf, rechnete sie fast damit, den fetten Marvin nackt vor ihrer Tür hocken zu sehen, in der einen Hand einen Kaffeebecher, in der anderen eine Topfpflanze. Doch draußen stand niemand, und im Gang war es dunkel.

Chloe versicherte sich, dass die Tür zweimal abgeschlossen war, dann klebte sie einen Streifen Paketband von innen über den Postschlitz, damit Marvins Wurstfinger ja keinen Spalt aufdrücken könnten, durch die sein gieriger Blick in ihre Wohnung fände. Gleich morgen früh würde sie ein Brett darüber nageln und ein Postfach beantragen.

Sie beeilte sich, um in die Kühle ihres Schlafzimmers zurückzugelangen. Dort angekommen, schloss sie die Tür. Dann suchte sie noch einmal die Decke ab, um sicherzugehen, dass Marvin kein neues Hobby hatte – Heimwerken zum Beispiel. Doch nachdem sie keine Löcher in der Decke und auch sonst nichts Ungewöhnliches entdecken konnte, zappte sie noch ein bisschen durch die Kanäle, bis sich das Pochen in ihrem Kopf legte. Draußen grollte ein Donner, und die Lichter flackerten. Das Gewitter hörte sich heftig an – vielleicht gab es heute Nacht noch einen Stromausfall. Sie schaltete den Fernseher und das Licht aus, rollte sich in ihrem Bett zusammen und lauschte den Tropfen, die gegen ihr Fenster klatschten. Noch trommelte der Regen sanft, beruhigend, doch Chloe ahnte, dass in kurzer Zeit Sturzbäche herunterpladdern würden. Umso besser. Vielleicht würde ein Wolkenbruch die Dinge ein bisschen abkühlen – diese Hitzewelle war unerträglich gewesen.

Körperlich und seelisch erschöpft, fiel sie endlich in tiefen Schlaf. Sie war gerade mitten in einem seltsamen und komplizierten Traum über ihr Examen, als sie über sich die heisere, gedämpfte Stimme hörte:

»Hallo, Beany. Wie geht es meinem großen Mädchen in der großen Stadt? Wollen wir ein bisschen Spaß haben?«

# 7.

ES WAR SO LEICHT GEWESEN, durch das Wohnzimmerfenster mit dem kaputten Riegel in ihr Apartment zu steigen. Mittlerweile regnete es in Strömen, und er war klatschnass geworden. In dem stockdunklen Zimmer mit den zugezogenen Vorhängen sah man die Hand vor Augen nicht. Kein Problem: Er kannte sich bestens in der Wohnung aus. Die Küchenuhr zwei Zimmer weiter tickte laut. Vorsichtig tastete er sich an dem scharfkantigen Sideboard aus Holz und Glas und dem niedrigen Couchtisch vorbei, auf dem die Zeitungen der letzten drei Tage lagen.

Er war schon oft hier gewesen. Hatte in ihrem Wohnzimmer gestanden, ihre Zeitungen und Magazine gelesen, ihre Jurabücher in die Hand genommen. Er war ihre Post durchgegangen, hatte ihre Rechnungen angesehen und wusste sogar, dass das Sideboard von Pier One Imports noch nicht bezahlt war. Er wusste auch, dass sie Größe 34 trug, hatte ihre Kleider berührt, ihre Seidenblusen angefasst, an ihrer Wäsche gerochen, die zart nach Weichspüler duftete. Er hatte heimlich an einem Pizzarest aus dem Kühlschrank geknabbert – ihr Lieblingsbelag: Würstchen und Fleischbällchen mit extra viel Käse. Er wusste, dass sie Pantene-Shampoo benutzte und dass Chanel No. 5 ihr Lieblingsparfüm war. Er hatte in ihrem blassgrünen und gelben Bad vor dem Spiegel gestanden, nackt, hatte sich genüsslich mit ihrer nach Freesien duftenden Bodylotion eingeschmiert und sich dabei vorgestellt, wie es sich anfühlen würde, wenn es endlich *ihre* Hände an seinem Schwanz wären. Tagelang hatte er diesen Duft nicht abgewaschen; eine berauschende ständige Erinnerung an sie. Er wusste auch, dass der Mädchenname ihrer Mutter Marlene Townsend war und dass ihr Vater bei einer kleinen Lokalzeitung arbeitete. Er wusste alles, was es über Chloe Joanna Larson zu wissen gab.

Jetzt stand er still in ihrem Wohnzimmer und atmete ihren Geruch ein. Er ließ die Finger über die Couch gleiten, berührte ihre Sofakissen. Er nahm das Jackett in die Hand, das sie heute Abend getragen und danach auf die Couch geworfen hatte, befühlte es, roch daran, durch die winzigen Luftlöcher seiner Maske. Ganz langsam machte er sich auf den Weg in ihr Schlafzimmer am Ende des kurzen Flurs.

Plötzlich flatterte Pete in seinem Käfig in der Küche mit den Flügeln und erzeugte ein hohles Echo, das von den Metallstangen des Käfigs durch das stille Apartment hallte. Er erstarrte mitten in der Bewegung und lauschte, Schweißtropfen sammelten sich auf seinem Gesicht unter der Maske. Sein Atem war jetzt schnell und gepresst, aber er hatte sich unter Kontrolle. Der Überraschungseffekt war wichtig. Es würde nicht funktionieren, wenn sie jetzt herauskäme. Das entspräche nicht *dem Plan*. Der große Zeiger der billigen grauen Uhr an der Küchenwand tickte hörbar jede Sekunde ab, und er verharrte regungslos. Nach etwa zehn Minuten war in der Wohnung immer noch alles ruhig.

Dann stand er endlich vor der Schlafzimmertür. Er konnte jetzt kaum noch an sich halten – endlich war er da, der große Moment. Er hörte die Klimaanlage im Schlafzimmer brummen, das Summen wurde tiefer, wenn sie zurückschaltete. Er griff nach dem runden gläsernen Türknopf und hielt ihn kurz fest, während er spürte, wie die Energie dieses Augenblicks ihm einen Stromstoß durch die Adern jagte.

*Horch, was kommt von draußen rein!*

Unter der Maske lächelte der Clown, dann öffnete er einfach mit einem Quietschen die Tür und betrat sachte das Zimmer.

# 8.

PANIK DURCHFUHR CHLOES KÖRPER. Sie hatte einen Angsttraum gehabt, in dem sie fünf Minuten zu spät zum Examen kam und die Aufsicht anbetteln musste, sie noch hineinzulassen. Den Bruchteil einer Sekunde wollten ihre Augen sich nicht öffnen, während ihr Hirn hektisch versuchte, das Flüstern, das sie gerade gehört hatte, mit der Handlung des Traums zu vereinbaren.

Dann, einen Augenblick später, spürte sie die glatte Kühle von Gummi auf ihrem Gesicht und schmeckte den kalkig-bitteren Geschmack von Latex auf den Lippen. Ein unglaubliches Gewicht drückte plötzlich auf ihre Brust, presste ihr die Lungen zusammen und raubte ihr den Atem. Sie versuchte zu schreien, bekam aber keinen Ton heraus. In diesem Moment wurde ihr etwas Glattes, Weiches in den Mund gedrückt, immer tiefer in die Kehle, bis sie würgen musste. Jetzt riss sie die Augen weit auf und versuchte die Schwärze des Zimmers zu durchdringen. Sie fuhr mit den Händen zum Gesicht, doch etwas packte sie an den Handgelenken, riss ihre Arme nach oben und fesselte sie mit einer Schnur an das metallene Kopfende des Bettes. Im nächsten Moment wurden ihre Beine festgehalten und, weit auseinander gespreizt, an die metallenen Bettpfosten rechts und links vom Fußende ihres Bettes gebunden.

*Das kann nicht sein. Es muss ein Albtraum sein. Bitte, lieber Gott, lass mich aufwachen! Lass mich sofort aufwachen!*

Das alles hatte keine Minute gedauert, und nun war sie völlig wehrlos. Langsam gewöhnten sich ihre Augen an die Finsternis, panisch warf sie den Kopf von einer Seite zur anderen und suchte den Raum nach ihrem Angreifer ab.

Am Fuß des Bettes kauerte eine Gestalt mit gesenktem Kopf und schnürte gerade ihren linken Knöchel endgültig fest. Chloes Magen krampfte sich zusammen. Gesicht und Kopf der Gestalt leuchteten fahl im Schein ihres Weckers. Zwei rote Haarbüschel standen auf beiden Seiten des Kopfes ab. In diesem Moment sah die Gestalt zu ihr herüber, und jetzt erkannte Chloe das breite rote Grinsen, die dicke Nase. Es war das Gesicht eines Clowns, eine Maske. Und in der rechten Hand hielt der Clown ein großes Messer.

*Vielleicht will er nur Geld. Bitte, bitte, nimm den Fernseher, nimm die Stereoanlage. Meine Handtasche liegt auf dem Couchtisch im Wohnzimmer.* Sie wollte ihn anflehen, aber der Knebel machte das unmöglich.

Mit behandschuhten Fingern strich er über die gezahnte Klinge seines Messers, während er um das Fußende des Bettes kam. Die Augen starr auf sie gerichtet, beobachtete er sie aus den leeren schwarzen Löchern der Maske. Sie spürte seinen Blick, hörte sein Atmen, roch seinen Schweiß. Panisch zerrte Chloe mit Armen und Beinen an den Fesseln an ihren Füßen und Handgelenken, aber sie kam nicht los. Die Schnur grub sich tiefer ein und ihre Fingerkuppen wurden taub. Sie versuchte den Knebel auszuspucken und zu schreien, aber sie konnte die Zunge nicht bewegen. Ihr Körper wand sich hilflos auf dem Bett, während er immer näher kroch. Am rechten Pfosten der Fußseite blieb er stehen.

Mit dem Finger berührte er ihre Zehenspitze und dann ließ er ihn langsam, ganz langsam ihre Wade hinaufgleiten, über das Knie und den Schenkel hinauf, bis er den Saum ihres Pyjama-Oberteils erreichte. Chloe wand sich unter der Berührung. Doch sie konnte ihm nicht ausweichen. Sie hörte ihr eigenes Herz wild gegen den Brustkorb hämmern.

Die Klimaanlage schaltete herunter und summte tiefer. Draußen trommelten jetzt schwere Regentropfen gegen das Fenster. Das Gewitter war angekommen. Das Krachen des Donners zerriss die Luft, ein Blitz zuckte auf, und in dem Licht, das durch die Ritzen der Jalousien drang, flackerte die Gestalt momentlang auf. Sie sah die struppigen roten Augenbrauen, die schwarze Kontur seines Grinsens. Strähnen weißblonden Haars klebten an seinem bloßen Nacken.

Plötzlich wandte er sich von ihr ab und legte das Messer auf den Nachttisch. Er öffnete die Schublade und nahm zwei Duftkerzen und ein Päckchen Streichhölzer heraus. Sie beobachtete, wie er sie anzündete, die Flammen verströmten weiches Licht und erfüllten das Zimmer mit süßlichem Kokosgeruch. Minutenlang starrte er sie schweigend an, sein Atem unter dem winzigen Loch im Gummi ging schnell. Im Kerzenlicht war sein Schatten an der Wand riesig und verzerrt.

»Hallo, Chloe.« Das Gummigesicht mit dem klaffenden Lächeln sah auf sie nieder. Seine Worte pfiffen durch das schmale Loch der Maske. Sie meinte, durch die Gucklöcher in eisblaue Augen zu sehen.

»Ich habe dich vermisst, Chloe. Ich hatte schon gedacht, du kommst gar nicht mehr heute Nacht.« Er drehte sich um, nahm das Messer vom Nachttisch und wandte sich ihr wieder zu. »Hast du etwa deine Aerobicstunde geschwänzt, nur um den Abend mit deinem Freund zu verbringen? Böses Mädchen, na, na, na.« Er kicherte heiser.

Chloes Haut wurde kalt und feucht. Er kannte ihren Namen. Er wusste, dass sie Aerobic machte. *Arbeitete er im Fitnessstudio?* Sie versuchte verzweifelt, seine Stimme irgendwo einzuordnen. Sie war von der Gummimaske tief und gedämpft. Hörte sie da den Hauch eines Lispelns heraus und vielleicht einen Akzent, den er zu verbergen versuchte? Einen britischen Akzent?

Er beugte sich herunter und kniete neben ihr nieder. Das Gummigesicht war jetzt auf der Höhe ihres Ohrs. Er strich ihr eine Haarsträhne von der Wange. Sie konnte den Latex riechen und einen Hauch von Quorum, dem Eau de Toilette, das sie Michael einmal zu Weihnachten geschenkt hatte. Sein Atem roch nach kaltem Kaffee.

»Du hättest ihn lieber hier übernachten lassen sollen, findest du nicht?« Der Clown flüsterte ihr direkt ins Ohr. Noch ein Blitz erhellte das Schlafzimmer, und sie sah, wie das Messer aufblinkte, das plötzlich über ihr schwebte, nur wenige Zentimeter über ihrem Bauch. Ihre Augen weiteten sich.

Er lachte und stand auf. Mit einem Finger fuhr er über ihren Körper, ihren Arm, die Schulter und die vom Pyjama bedeckte Brust. Und über seinem Finger schwebte, nur wenige Zentimeter darüber, die ganze Zeit das Messer. »So ein hübsches Mädchen wie meine Chloe sollte man nicht alleine lassen.« Plötzlich senkte er die Klinge und schnitt mit einer schnellen Bewegung den untersten Knopf ihres Pyjamaoberteils ab.

»Weil man nie weiß, was einem Mädchen in der großen Stadt alles passieren kann.« Das Messer köpfte den nächsten Knopf. Fast gleichzeitig mit dem Blitz erschütterte ein krachender Donner die Luft. Irgendwo ging die Alarmanlage eines Autos los.

»Aber keine Angst, Beany. Ich werde mich gut um mein großes Mädchen kümmern. Ach, wie werde ich dich verwöhnen!« Ein weiterer Knopf fiel ab.

Sie erschauerte. Um Himmels willen, woher kannte er ihren Spitznamen?

Er schnüffelte übertrieben durch die Löcher in seiner Maske.

»Mmmmh, Chanel No. 5. Wunderbar. Ich hoffe, du trägst es nur für mich. Es ist nämlich nicht nur dein Lieblingsparfüm.«

O Gott, er kannte sogar ihr Lieblingsparfüm.

»Was hast du heute Abend sonst noch für mich?« Der letzte Knopf wurde abgeschnitten und rutschte seitlich über ihre Brust, bevor er zu Boden fiel. Mit einem leisen Geräusch kam er auf dem Teppich auf. Jetzt öffnete der Clown mit der Spitze des Messers das Pyjamaoberteil. Langsam, bedächtig schob die Klinge erst die eine Seite weg, die seitlich aufs Bett rutschte. Dann fuhr das Messer über den bloßen Bauch und den Bauchnabel zur anderen Seite hinüber, sodass ihr Busen freigelegt war. Er starrte sie an. Sein Atem wurde heftiger.

Er fuhr mit dem Messer langsam über beide Brüste, die angststarren Brustwarzen, dann ihren Nacken hinauf. Chloe fühlte die kalte, scharfe Spitze, die sich tief in ihre weiche Haut drückte, ohne sie einzuschneiden. Er stoppte an dem Herzanhänger, der auf ihrer Kehle lag, und zögerte. Dann schob er die Klinge unter die Kette und riss sie hoch. Der Anhänger glitt über ihren Hals auf die Kissen. Er wartete. Chloe spürte seine durchbohrenden Blicke, wie sie über ihren Körper wanderten.

*O Gott, o Gott, bitte tu es nicht.*

Das Messer ratschte wütend an ihrem Bein hinunter und zerfetzte, was von ihrem liebsten Pyjama übrig war. Ihre nackten Beine strampelten, rissen an der Schnur um die Knöchel. Er strich mit dem Messer über ihre nackte Haut aufwärts, von den Zehen die Wade hinauf, den Knöchel, die Innenseite ihres Schenkels. Die Klinge drückte fester und tiefer zu, aber die Haut verletzte sie noch nicht. Dann schob er sie unter die Schnürchen ihres Tangas und schnitt sie durch. Jetzt lag Chloe vollkommen nackt da.

»Du bist so lecker, so richtig zum Anbeißen«, kicherte er.

*O Gott, nein, nein, nein. Das muss ein Albtraum sein. Bitte mach, dass das ein Albtraum ist.* Sie hörte die Stimme ihres Vaters. *Pass auf dich auf, Chloe. New York ist eine riesige Stadt mit sehr vielen unterschiedlichen Menschen, und längst nicht alle meinen es gut mit dir.*

Chloe kämpfte mit dem Knebel in ihrem Mund. Sie hatte das Gefühl, dass ihr das Herz in der Brust explodierte. Ihre Arme rissen verzweifelt an der Schnur, sie merkte, wie sie sich die Handgelenke aufschürfte.

Er sah zu, wie sie sich vor ihm auf dem Bett aufbäumte. Dann legte er das Messer auf den Nachttisch und zog sich das schwarze T-Shirt aus. Er war braun gebrannt und seine Brust war glatt und muskulös, der Bauch stramm und hart. Er öffnete den Reißverschluss seiner Jeans, stieg vorsichtig erst aus einem Bein, dann aus dem anderen, und legte die Hose ordentlich gefaltet über eine Stuhllehne. Auf dem Handrücken seiner linken Hand entdeckte Chloe genau über dem Handgelenk eine hässliche geschwollene S-förmige Narbe, die sie aus irgendeinem Grund an das Warnschild für »gefährliche Kurven« erinnerte.

»Du hast Glück gehabt, Chloe, dass du nicht zu spät nach Hause gekommen bist«, sagte er. »Jetzt haben wir immer noch eine Menge Zeit füreinander.« Als Letztes schlüpfte er aus seiner Unterhose, und sie sah seine Erektion.

*Details. Merk dir Details, Chloe. Merk dir seine Stimme. Merk dir seine Kleidung. Narben, Kennzeichen, Tätowierungen. Irgendwas. Egal was.*

»Ach, fast hätte ich es vergessen. Ich habe hier eine ganze Tasche voller Spielzeug für dich! Ich kenne ein paar lustige Spiele, die wir miteinander spielen können.« Er griff nach einem schwarzen Nylonsack, der auf dem Boden lag, und öffnete ihn. Dann nahm er etwas heraus, das aussah wie ein verbogener Kleiderbügel, eine schwarze Glasflasche und Isolierband. Er sah sich im Zimmer um.

»Ich brauche nur noch eine Steckdose.«

Innerlich schrie sie auf, ihr Körper wand sich auf dem Bett.

»Schau, liebe Chloe, gib fein Acht, ich hab dir etwas mitgebracht«, flüsterte er heiser und kicherte. Und dann stieg der Clown auf sie und vergewaltigte sie, bis der Morgen graute.

# 9.

ER PFIFF VOR SICH HIN, als er über dem weißen sauberen Waschbecken das Blut vom Messer spülte. Auf dem Beckenrand stand ein lindgrüner Porzellanbecher mit zwei Zahnbürsten, seine und ihre, auf der anderen Seite ihre Freesien-Bodylotion. Das Wasser floss rot von der Klinge in den Abfluss. Wie hypnotisiert beobachtete er, wie der Strudel in dem weißen Becken langsam hellrot, dann rosa und schließlich klar wurde.

Er fühlte sich stark. Die Nacht war gut gelaufen, und sie hatten sich beide ziemlich gut amüsiert. Das hatte sogar sie zugeben müssen. Na ja, es gab da den Moment, als er ihr den rosa Seidenslip aus dem großen roten runden Mund genommen hatte, und statt dankbar zu sein, hatte die Schlampe geheult und gejammert und ihn angefleht, aufzuhören. Das hatte ihn geärgert. Sehr sogar. Aber kaum war das Messer wieder zum Spielen draußen, hatte sie Ruhe gegeben, ja, ihn sogar brav um mehr gebeten. Als sie nach einer Weile dann von neuem zu winseln anfing, hatte er es satt gehabt und ihr den Slip einfach wieder in den Mund gestopft.

Er trocknete das Messer mit dem hübschen mintgrünen Gästehandtuch ab und legte es sorgfältig zurück in die Tasche zu den anderen frisch gesäuberten Spielzeugen. Er hatte die Maske vom Gesicht geschoben und wusch sich jetzt die behandschuhten Hände, dann spritzte er sich kaltes Wasser ins Gesicht und auf den Nacken und trocknete sich mit dem Handtuch ab. Was er im Spiegel sah, gefiel ihm, sein fester, harter Körper. Dann putzte er sich mit ihrer Zahnbürste die Zähne und kontrollierte anschließend sorgfältig, ob sie auch wirklich sauber waren. Schließlich zog er sich die Maske wieder übers Gesicht und ging zurück ins stille Schlafzimmer.

Wie friedlich sie da auf den blutgetränkten Laken lag. Mit den geschlossenen Augen sah sie aus wie ein Engel. Er summte vor sich hin, während er in Jeans und T-Shirt schlüpfte, in seine Arbeiterstiefel stieg und sie mit einem Doppelknoten zuband. Sie hatte immer noch den Slip im Mund, doch jetzt gab sie keinen Ton mehr von sich, nicht einmal ein Wimmern. Seltsam, jetzt fehlte es ihm fast.

Er blies die weit heruntergebrannten Kerzen aus. Dann beugte er sich über sie, küsste sie durch den Schlitz im Gummi auf die Wange und ließ seine Zunge ein letztes Mal über ihre weiche, salzige Haut gleiten.

»Bye-bye, Beany, meine Liebe. Meine wunderschöne Chloe. Was für eine Nacht!«

Auf dem Laken neben ihr lag die zerrissene Kette mit dem Herzanhänger. Er hob sie auf und steckte sie in die Hosentasche.

»Als Andenken an unsere gemeinsame Zeit.«

Er warf ihr noch eine Kusshand zu und zog leise die Schlafzimmertür hinter sich zu. Dann holte er die Nylontasche aus dem Bad und ging ein letztes Mal durch den kleinen Flur, an der Küche vorbei zum Wohnzimmer. Auf dem Sideboard sah er die kleine Jadefigur der drei weisen Affen, die sich Augen, Ohren und Mund zuhielten: nichts hören, nichts sehen, nichts sprechen. Ein Mitbringsel von der Asienreise ihrer Eltern, wie er wusste. Es hieß, dass die Affen Schutz und Glück in jedes Heim brachten, in dem sie willkommen waren. *Nicht immer,* dachte der Clown und lächelte. Daneben stand ein Foto von Chloe und ihrem Popper-Freund vor dem Empire State Building. Er ließ den Finger über das Bild gleiten; im Geist bewahrte er seinen eigenen Schnappschuss dieser besonderen Nacht auf.

Leise schob er das Wohnzimmerfenster auf und sprang in die Büsche hinunter. Das Immergrün triefte immer noch vor Nässe, obwohl das sintflutartige Gewitter längst weitergezogen war. Leise und unbemerkt verschwand der Clown in die Dämmerung, gerade als orangefarbene Streifen den Himmel aufzuschlitzen begannen und über den noch menschenleeren Straßen von New York City der Tag anbrach.

# 10.

MARIE CATHERINE MURPHY stand vor dem Apartment 1b und wusste, dass hier irgendetwas nicht stimmte. Es war schon zehn vor neun, Marie hatte sich verspätet, und ihre Freundin Chloe machte die Tür einfach nicht auf. An sich war es nichts Ungewöhnliches, dass Chloe verschlief, einer der Gründe für ihre dicke Freundschaft, aber sonst ging sie zumindest an die Tür. Zwar häufig noch im Schlafanzug, aber dafür mit einer unschlagbaren Entschuldigung sowie zwei großen Bechern heißem Kaffee und ein paar Stella-Dora-Schokokeksen. Seit drei Jahren hatten sie jetzt eine Fahrgemeinschaft zur Uni, und Marie konnte sich an kein einziges Mal erinnern, dass Chloe nicht aufgemacht oder auf sie gewartet hätte. Egal wie spät Marie gekommen war, um sie abzuholen.

Eine ältere Dame hatte sie ins Gebäude gelassen, und Marie klingelte mittlerweile mindestens seit fünf Minuten ununterbrochen Sturm. Sie wusste, dass Chloe und Michael gestern Abend ausgegangen waren, und zuerst dachte sie, dass Michael vielleicht bei Chloe war und sie beide verschlafen hätten. Bei dem Gedanken hielt Marie einen Moment inne, Hauptsache, Michael machte ihr nicht in Unterhosen die Tür auf. Kaffee hin oder her, auf diesen Anblick konnte Marie gut verzichten. Aber als sich nach fünf Minuten Klingeln immer noch nichts tat, wurde Marie langsam nervös. Sie versuchte durch Chloes Postschlitz zu spähen, aber er war entweder zugeklebt oder zugenagelt.

Marie ging wieder nach draußen und zündete sich eine Zigarette an. Oben, hinter seiner Fensterscheibe, sah sie Chloes sonderbaren Nachbarn, der in den Hof herunterstarrte, mit einem schwarzen Kaffeebecher in der Hand. Er war wirklich ekelhaft, so halb nackt mit seiner dicken Brille und dem unheimlichen Grinsen auf dem Gesicht. Marie bekam eine Gänsehaut. Sie sah, dass Chloes Vorhänge zugezogen und die Jalousien im Schlafzimmer geschlossen waren. Ihr Wagen stand nicht auf seinem Parkplatz, und auch Michaels BMW war nirgends zu sehen.

*Keine Panik. Bestimmt ist alles in Ordnung.*

Sie ging um das Backsteingebäude herum nach hinten, wo Chloes Küchenfenster war. Das Fenster war geschlossen, aber die Vorhänge waren auf. Marie war nur eins achtundfünfzig groß, und die Fensterbank befand sich rund fünfundzwanzig Zentimeter über ihr. Sie seufzte. Am Nachmittag musste sie arbeiten, und deshalb trug sie ausgerechnet heute einen Rock und hohe Absätze. Während sie die Handtasche auf den Boden legte, verfluchte sie sich, dass sie nicht einen Hosenanzug und vernünftige flache Schuhe angezogen hatte, dann drückte sie ihre Zigarette aus. Sie stieg auf die niedrige Mauer an der Kellertreppe, und von dort aus stellte sie sich mit einem Bein auf die Mülltonne und zog ihren stämmigen Körper an der Fensterbank hoch. Sie klammerte sich am Sims fest, um nicht die Balance und damit auch ihr junges Leben zu verlieren, und spähte hinein. Vor ihr auf dem Küchentisch stand Petes mit einem Tuch zugedeckter Käfig. Links im Spülbecken stapelte sich das Geschirr. Durch die Küchentür konnte sie in den Flur und ins Wohnzimmer sehen, wo sie unter einem Zeitungsberg den Couchtisch erkannte. Marie war ein wenig beruhigt. Ein aufgeräumtes Apartment wäre eine Garantie dafür gewesen, dass etwas nicht stimmte. Stattdessen wirkte es so, als wäre Chloe gestern Abend einfach nicht mehr nach Hause gekommen.

*Wahrscheinlich ist sie mit zu Michael gegangen. Sie hat bei ihm übernachtet und vergessen mich anzurufen. Wahrscheinlich sind sie heute Morgen bei Dunkin Donuts vorbeigefahren und er hat sie mit einem Becher heißen Kaffee und einem Boston Cream Doughnut an der Uni abgesetzt, wo sie jetzt fürs Examen büffelt, um eine berühmte Anwältin zu werden, während ich hier meinen fetten Hintern in den Wind hänge und wie eine Vollidiotin in ihr Küchenchaos starre.*

Jetzt ärgerte sie sich. Außerdem kam sie zu spät zu dem Bundesrecht-Test. Sie war gerade mitten im gefährlichen Abstieg von der Mülltonne, als ihr plötzlich ein Gedanke durch den Kopf schoss. *Wenn Chloe gestern Abend nicht heimgekommen ist, wer hat dann Petes Käfig zugedeckt?* Sie zögerte einen Moment, und dann fiel ihr noch etwas ein, etwas, das sie glaubte auf dem Teppich im Flur gesehen zu haben, genau vor der Küche. Irgendetwas zwang sie umzukehren und genauer nachzusehen. Also kletterte sie noch einmal auf die Mülltonne und presste sich die Nase an der Scheibe platt. Sie beschirmte die Augen mit den Händen und blinzelte.

Es dauerte ein paar Sekunden, bis sie erkannte, dass die dunklen Flecken, die sie anstarrte, Fußspuren waren. Es dauerte noch ein paar Sekunden, bis sie begriff, dass sie aussahen wie aus Blut.

Und dann fiel Marie Catherine Murphy von der Mülltonne und begann zu schreien.

## 11.

»WIR HABEN EINEN PULS«, bellte eine Stimme in der Dunkelheit.
»Atmet sie?« Eine zweite Stimme.
»Kaum. Ich gebe ihr Sauerstoff. Sie hat einen Schock.«
»Mein Gott. Alles voller Blut. Wo kommt das bloß alles her?« Noch eine Stimme.
»Frag lieber, wo es *nicht* herkommt! Sie ist übel zugerichtet. Ich glaube, die stärkste Blutung ist vaginal. Wahrscheinlich innere Verletzungen. Mann, dieser Psycho hat sich wirklich an ihr ausgetobt.«
»Schneid die Fesseln durch, Mel.«
Eine vierte Stimme. Tief, schwerer New Yorker Akzent. »Langsam, Leute, die Schnur ist Beweismaterial. Macht sie nicht kaputt. Zieht euch Handschuhe an. Die Spurenermittlung muss alles eintüten und beschriften.« Scheinbar war das Zimmer jetzt voller Menschen.
»Jesus, ihre Handgelenke sind total zerfetzt.« Eine entsetzte, völlig verstörte Stimme.
Aus Polizeifunkgeräten krächzte und bellte es Kommandos. Schrille Sirenen, mehr als eine, wurden lauter. Das Klicken einer Kamera, das Zischen eines Blitzlichts.
Jetzt ärgerliche Stimmen. »Vorsicht, Vorsicht! He, Mel, wenn du das hier nicht verkraftest, dann steh auf und geh raus. Das ist der falsche Moment, um zusammenzuklappen.«
Ein paar Sekunden herrschte Stille, dann wieder Stimme Nummer eins: »Leg eine Infusion und gib ihr Morphium. Sie ist ungefähr eins fünfundsechzig, 50 bis 55 Kilo schätze ich. Ruf die Unfallstation im Jamaica Hospital an und sag ihnen, wir haben eine vierundzwanzigjährige Weiße mit zahlreichen Stichwunden, möglicherweise innere Blutungen, höchstwahrscheinlich Vergewaltigung, schwerer Schock.«
»Okay, okay, jetzt hebt sie vorsichtig hoch. Vorsichtig! Auf mein Kommando. Eins, zwei, drei.«
Heftig, beißend wogte der Schmerz durch ihren Körper. »Mein Gott. Das arme Mädchen. Weiß irgendjemand ihren Namen?«

»Ihre Freundin draußen sagt, sie heißt Chloe. Chloe Larson. Sie ist Jurastudentin am St. John's.«

Die Stimmen wurden leiser, und die Dunkelheit verschluckte sie wieder.

## 12.

ALS CHLOE DIE AUGEN AUFSCHLUG, blendete sie grelles Licht. Einen Moment lang dachte sie, sie wäre tot und im Himmel und würde vielleicht in wenigen Augenblicken vor ihrem Schöpfer stehen.

»Bitte folgen Sie dem Licht.« Vor ihren Augen bewegte sich eine kleine Taschenlampe. Es roch betäubend nach Desinfektionsmitteln und Chlor, und sie begriff, dass sie im Krankenhaus war.

»Chloe? Chloe?« Der junge Arzt im weißen Kittel leuchtete ihr wieder mit der Taschenlampe in die Augen. »Gut, dass Sie aufwachen. Wie fühlen Sie sich?« Chloe las sein Namensschild. Lawrence Broder, M. D.

Dämliche Frage, dachte Chloe. Sie versuchte zu antworten, doch die Zunge lag ihr schwer und trocken im Mund. Sie brachte nur ein Flüstern zustande. »Nicht gut.«

Alles tat ihr weh. Sie betrachtete ihre Arme, die beide mit dicken weißen Bandagen verbunden waren, und sah die Schläuche, die überall befestigt waren. In ihrem Unterleib pochte ein unerträglicher Schmerz und wurde immer noch stärker.

Michael saß auf einem Stuhl in der Ecke. Vornübergebeugt, die Ellbogen auf den Schoß gestützt, die Hände unter dem Kinn gefaltet. Er wirkte besorgt. Durch das Fenster konnte sie den Himmel sehen, er färbte sich rosa und orange, Dämmerung. Es sah nach Sonnenuntergang aus.

An der Tür stand ein weiterer Mann in einem grünen Kittel. Chloe nahm an, dass auch er Arzt war.

»Sie sind im Krankenhaus, Chloe. Sie haben ein ziemlich traumatisches Erlebnis hinter sich.« Dr. Broder hielt inne und sah sich um. Die drei Männer wechselten befangene Blicke. »Wissen Sie, warum Sie hier sind, Chloe? Können Sie sich daran erinnern, was passiert ist?«

Chloes Blick verschwamm. Eine Träne rollte ihr über die Wange. Sie nickte langsam. Das Gesicht des Clowns tauchte wieder vor ihr auf.

»Sie wurden letzte Nacht das Opfer eines Verbrechens. Eines Sexualverbrechens. Ihre Freundin hat Sie heute Morgen gefunden, und der Notarzt hat Sie hierher gebracht, ins Jamaica Hospital in Queens.« Er zögerte und verlagerte das Gewicht von einem Bein auf das andere, offensichtlich fühlte er sich unwohl. Jetzt sprach er schneller. »Sie haben schwere Verletzungen erlitten. Ihr Uterus war stark in Mitleidenschaft gezogen, und Sie haben zahlreiche innere Traumata. Sie haben sehr viel Blut verloren. Leider war Dr. Reubens deshalb gezwungen, eine Not-Hysterektomie durchzuführen, um die Blutung zu stillen.« Er deutete auf den Arzt in Grün, der an der Tür die Stellung hielt, mit gesenktem Kopf wich er Chloes Blick aus. »Das war die schwerste Verletzung, also war das schon die schlimmste Nachricht. Ansonsten haben Sie am ganzen Körper Schnittwunden, für die wir einen plastischen Chirurgen hinzugezogen haben, er hat sie so vernäht, dass die Narben auf ein Minimum reduziert sein werden. Die Verletzungen sind aber nicht lebensgefährlich, und die gute Nachricht ist, dass Sie vollständig wieder auf die Beine kommen werden.«

*Das war schon die schlimmste Nachricht? Das war's? Mehr nicht, Jungs?* Chloe sah die drei Männer an. Alle, Michael eingeschlossen, wichen ihrem Blick aus, sie sahen weg, schienen unsichtbare Gegenstände auf dem Fußboden zu inspizieren.

Ihre Stimme war kaum mehr als ein Flüstern. »Eine Hysterektomie?« Selbst die Worte schmerzten, als sie ihr über die Lippen kamen. »Bedeutet das, dass ich keine Kinder kriegen kann?«

Lawrence Broder, M. D., verlagerte das Gewicht wieder auf das andere Bein und runzelte die Stirn. »Bedauerlicherweise wird es Ihnen nicht möglich sein, einen Fötus auszutragen, das ist richtig.« Sie merkte, dass Mr. Broder, M. D., dieses Gespräch am liebsten sofort beendet hätte.

Aber er fuhr hastig fort, wobei er nervös mit der Taschenlampe herumspielte. »Eine Hysterektomie ist ein schwerer Eingriff, und

Sie müssen ein paar Tage im Krankenhaus bleiben. Normalerweise beträgt die Rekonvaleszenzzeit sechs bis acht Wochen. Wir beginnen morgen mit eingeschränkter Physiotherapie, die wir nach und nach ausweiten werden. Haben Sie jetzt Schmerzen im Unterleib?«

Chloe nickte wimmernd.

Dr. Broder bat den schweigsamen Dr. Reubens ans Bett. Dann zog er den Vorhang zu, versperrte Michael damit die Sicht und schlug das Laken zurück. Chloe sah weiße Verbände um ihren Bauch, ihre Brüste. Dr. Reubens klopfte ihr sanft den Unterleib ab, glühende Pfeile schossen ihr durch den Körper.

Er nickte, dann sagte er zu Dr. Broder, nicht zu Chloe: »Die Schwellung ist normal. Die Nähte sehen gut aus.«

Dr. Broder nickte zurück und lächelte Chloe an. »Ich sage der Schwester, sie soll die Morphiumdosis in der Infusion erhöhen. Dann müsste es besser werden.« Er deckte sie wieder zu und trat von einem Fuß auf den anderen. »Draußen warten zwei Police-Detectives, die sich gerne mit Ihnen unterhalten möchten. Geht es Ihnen gut genug, um mit ihnen zu sprechen?«

Chloe zögerte, dann nickte sie.

»Ich schicke sie herein.« Er zog den Vorhang zurück. Dann marschierten Dr. Broder, und der wortkarge Dr. Reuben in Richtung Tür, sichtlich erleichtert, dass das Gespräch beendet war. Als Dr. Broder zur Klinke griff, hielt er noch einmal inne. »Sie haben Fürchterliches durchgemacht, Chloe. Wir sind alle für Sie da.« Er lächelte freundlich und ging hinaus.

*Opfer eines Sexualverbrechens. Hysterektomie. Keine Kinder.* Der Albtraum war Wirklichkeit. Die Worte kamen viel zu schnell, es war zu viel Information, die sie aufnehmen musste. Bilder des Clowns mit dem verzerrten Lächeln, seines nackten Körpers, der blanken, gezahnten Klinge blitzten in ihrem Kopf auf. Er hatte über sie Bescheid gewusst. Er kannte ihren Spitznamen. Er kannte ihr Lieblingsrestaurant. Er wusste, dass sie die Aerobicstunde geschwänzt hatte. Er hatte gesagt, er beobachte sie, immer.

*Keine Angst, Chloe. Ich werde immer in deiner Nähe sein. Dich beobachten. Warten.*

Sie schloss die Augen und erinnerte sich an das Messer. An den

Schmerz, der sie durchflutet hatte, als er zum ersten Schnitt ansetzte. Michael kam jetzt ans Bett und ergriff ihre Hand.

»Alles wird gut, Chloe. Ich bin bei dir.« Er sprach leise. Sie schlug die Augen wieder auf und merkte, dass er nicht sie ansah, sondern an ihr vorbei, auf irgendeinen Fleck an der Wand. »Ich habe mit deiner Mom gesprochen, deine Eltern sind auf dem Weg. Sie kommen heute Abend an.« Seine Stimme klang erstickt, und er atmete langsam und hörbar aus. »Hättest du mich doch bloß gestern bei dir übernachten lassen! Wäre ich doch bloß geblieben! Ich hätte dieses kranke Schwein umgebracht. Ich hätte …« Er biss sich auf die Lippe, sein Blick wanderte über die Silhouette ihres Körpers unter dem blütenweißen Krankenhauslaken. »Mein Gott, was hat er dir nur angetan … dieser gottverdammte Perverse …« Seine Stimme erstickte, er ballte die Fäuste und drehte sich zum Fenster.

*Hättest du mich doch bloß gestern bei dir übernachten lassen.*

Ein leises Klopfen unterbrach sie, und die Tür öffnete sich langsam. Auf dem Flur herrschte hektisches Treiben. Wahrscheinlich war gerade Besuchszeit. Eine kleine füllige Frau mit krausem karottenfarbenem Haar und einem unmodern gewordenen rotschwarzen Hosenanzug trat ein. Sie trug kein Make-up, hatte nur versucht, die dunklen Ringe unter den Augen mit Abdeckstift zu verbergen, hatte ihn aber zu dick aufgetragen. Sie wirkte fahl und abgespannt. In ihrem Gesicht zeichneten sich für ihr Alter zu viele Linien ab, Chloe schätzte sie auf ungefähr 35. Gefolgt wurde sie von einem älteren Mann in einem billigen blauen Anzug, der sie um mindestens einen Kopf überragte. Er sah aus, als ginge er bald in Rente; das dünne graue Haar hatte er sich strategisch über die kahlen Stellen gekämmt. Er roch nach kaltem Rauch. Beide sahen müde aus. Sie waren ein seltsames Paar; ein Hot Dog und ein Hamburger, musste Chloe unwillkürlich denken.

»Hallo, Chloe. Ich bin Detective Amy Harrison. Ich bin von der Queens County Special Victims Unit, die sich um sexuelle Gewaltverbrechen kümmert. Das ist mein Partner, Detective Benny Sears. Ich weiß, das ist sehr schwer für Sie, aber wir müssen Ihnen ein paar Fragen über die Ereignisse der letzten Nacht stellen, solange Ihre Erinnerung noch frisch ist.«

Detective Harrison sah zu Michael hinüber, der am Fenster stand. Es entstand einen Pause.

Dann kam Michael herüber und streckte ihr die Hand entgegen. »Ich bin Mike Decker. Ich bin Chloes Freund.«

Detective Harrison schüttelte seine Hand und nickte. Sie wandte sich an Chloe. »Chloe, wenn es leichter für Sie ist, kann Mike dabei sein. Aber nur, wenn Sie das auch wirklich möchten.«

»Natürlich bleibe ich bei ihr.« Michaels Stimme klang scharf.

Chloe nickte langsam.

Detective Sears lächelte sie an, dann bedeutete er Michael, dass er bleiben konnte, schniefte, ließ sein Kaugummi schnalzen und zog Block und Kugelschreiber hervor. Er stellte sich hinter Detective Harrison ans Fußende des Krankenbetts, die auf einem Stuhl an Chloes Seite saß. Jetzt überragte er seine Partnerin fast um einen Meter.

Detective Harrison räusperte sich. »Fangen wir an. Kannten Sie die Person, die Ihnen das angetan hat?«

Chloe schüttelte den Kopf.

»War es ein Täter oder waren es mehrere?«

Langsam: »Nur einer.«

»Glauben Sie, Sie würden ihn wieder erkennen, wenn Sie ihn sehen? Ich schicke Ihnen einen Polizeizeichner, der mit Ihnen arbeitet ...«

Tränen liefen Chloe über die Wangen. Sie schüttelte den Kopf, ihre Stimme war kaum hörbar: »Nein. Er hatte eine Maske auf.«

Michael stieß ein Geräusch aus, das wie ein Schnauben klang. Er zischte: »Dieser gottverdammte perverse Bastard ...«

»Bitte, Mr. Decker ...« Detective Harrisons Ton wurde scharf.

Detective Sears verzog keine Miene. »Was für eine Maske?«

»Eine Clownmaske aus Gummi. Ich konnte sein Gesicht nicht sehen.«

Detective Harrison fuhr sanfter fort. »Ist schon gut, Chloe. Erzählen Sie uns einfach, woran Sie sich erinnern. Lassen Sie sich Zeit.«

Chloe konnte die Tränen nicht länger zurückhalten, sie strömten ihr übers Gesicht. Sie begann am ganzen Körper zu zittern, erst leicht, dann heftiger, sie war machtlos dagegen. »Ich habe geschlafen. Im Traum hörte ich plötzlich diese Stimme. Ich glaube, er nannte mich Beany. Ich habe versucht aufzuwachen, ich habe es versucht.«

Sie fuhr sich mit den Händen ans Gesicht und sah die verbundenen Handgelenke. Da fiel ihr das Seil wieder ein, und sie zuckte zusammen. »Aber er packte meine Hände, und dann fesselte er mich, und ich konnte mich nicht ... ich konnte mich nicht mehr rühren. Ich konnte nicht atmen, ich konnte nicht schreien ... er hat mir irgendwas in den Mund gesteckt.« Sie berührte mit der Hand die Lippen, auf der Zunge schmeckte sie immer noch etwas Trockenes, Glattes, Schweres. Sie würgte, und wieder bekam sie keine Luft.

»Er hat mir etwas in den Mund gesteckt, und dann hatte er meine Arme und meine Beine ... und ich konnte mich überhaupt nicht mehr bewegen. Ich konnte einfach nicht ...« Sie sah von Detective Harrison weg und suchte Michaels Hand, um sich festzuhalten, doch der stand mit dem Rücken zu ihr am Fenster, die Fäuste geballt.

*Hättest du mich doch bloß gestern bei dir übernachten lassen!*

Detective Harrison warf einen Blick in Michaels Richtung, dann legte sie Chloe eine Hand auf den Arm. »Viele Vergewaltigungsopfer geben sich selbst die Schuld, Chloe. Aber Sie müssen wissen, dass es nicht Ihre Schuld war. Mit nichts, was Sie hätten tun oder lassen können, hätten Sie das verhindern können.«

»Er wusste alles. Er wusste, wo meine Kerzen waren, da, in der Schublade. Er hat meine Kerzen angezündet, und ich ... ich konnte mich einfach nicht rühren!«

»Hat er irgendetwas zu Ihnen gesagt, Chloe? Erinnern Sie sich, was er gesagt hat?«

»O Gott. Ja, ja, ja, das war das Allerschlimmste. Er redete die ganze Zeit mit mir, so, als ob er mich kennen würde.« Sie zitterte und begann zu schluchzen. »Er wusste alles, alles. Er sagte, er würde mich immer beobachten, er sagte, er würde immer in meiner Nähe sein. Immer. Er wusste, dass ich letztes Jahr in Mexiko Urlaub gemacht habe; er wusste, dass Michael Dienstagnacht bei mir war; er wusste den Namen meiner Mutter, er wusste, welches mein Lieblingsrestaurant ist, er wusste sogar, dass ich nicht zum Aerobic gegangen war. Er wusste alles!« Ein Schmerz in den Brüsten durchfuhr sie, und ihr fiel sofort wieder ein, warum.

»Er hatte ein Messer, er hat einfach den Pyjama von mir heruntergeschnitten, und dann hat er ... er hat mich aufgeschnitten. Ich konnte fühlen, wie er mich aufschlitzte, und ich konnte mich nicht rühren. Dann war er auf mir und ... Michael, bitte, ich konnte mich nicht wehren! Ich habe es versucht, die ganze Zeit, aber ich konnte mich einfach nicht bewegen. Ich habe ihn einfach nicht von mir runtergekriegt!« Sie schrie, bis ihre Stimme heiser wurde.

Detective Harrison seufzte und streichelte sanft Chloes Arm. Sie sagte noch einmal, dass sich Chloe nicht selbst die Schuld geben dürfe. Detective Sears atmete hörbar aus und schüttelte den Kopf. Dann schlug er die nächste Seite des Notizblocks auf und ließ den Kaugummi schnalzen.

Schluchzend sah sich Chloe nach Michael um, doch der stand immer noch am Fenster, die Fäuste geballt, und wandte ihr den Rücken zu.

# 13.

ES REGNETE IN STRÖMEN, als Chloe am Dienstagnachmittag aus dem Jamaica Hospital entlassen wurde. Gerade mal sechs Tage, nachdem sie bewusstlos auf einer Trage hereingerollt worden war, kam Dr. Broder in ihr vor Blumen überquellendes Zimmer und teilte Chloe lächelnd mit, dass es ihr jetzt wieder »gut« gehe und dass sie am gleichen Nachmittag nach Hause könne. Diese Nachricht hatte ihr Angst eingejagt – sie zitterte schon den ganzen Tag, und ihr Puls raste, während der Zeitpunkt ihrer Entlassung immer näher rückte.

Ihre Mutter war widerwillig Chloes Ratschlag gefolgt und hatte in der *New York Times* anstatt der Immobilienanzeigen die Todesanzeigen studiert. Innerhalb von zwei Tagen hatte sie auf diese Weise eine Zweizimmerwohnung für Chloe gefunden, im achtzehnten Stockwerk der North Shore Towers in Lake Success, jenseits der Grenze zwischen Queens und Nassau County. Eine neunzigjährige Witwe hatte sich die Wohnung mit ihrem siebzehnjährigen Kater Tibby geteilt. Tibby hatte Pech gehabt: Die Witwe war vor ihm gestorben. Mit Hilfe zweier druckfrischer Hundertdollarscheine konnte Chloe sofort einziehen. Ihre Mutter sagte, es sei hübsch, für New Yorker Verhältnisse.

Chloe hatte beschlossen, nie wieder einen Fuß in das Apartment 1b auf der Rocky Hill Road zu setzen. Niemals. Auch Bayside würde sie nie wieder betreten. Außer Pete, dem Wellensittich, wollte sie nichts aus ihrer alten Wohnung wieder sehen, vor allem nichts aus dem Schlafzimmer. Sie bat ihre Eltern von ihrem Krankenhausbett aus, alles zu verkaufen, zu verbrennen oder zu verschenken. Sie sollten damit tun, was sie wollten, Hauptsache nichts und niemand, Michael und ihre Eltern eingeschlossen, fuhr jemals auf direktem Weg von ihrem alten Apartment zu ihrem neuen.

Ihr war klar, dass Michael sie für reichlich paranoid hielt. Es schien ihm sehr weit hergeholt, dass der Vergewaltiger abwartete und sie alle beobachtete und verfolgte, um herauszufinden, wo Chloe hinzog. Michael fand es richtig, dass sie aus Bayside fortging, doch er verstand nicht, warum sie nicht einfach bei ihm einzog. Und er weigerte sich grundsätzlich, sein Apartment in Manhattan aufzugeben.

»Chloe, hast du eigentlich eine Ahnung, wie schwer es ist, hier ein mietpreisgebundenes Apartment zu finden?«, fragte er. »Ich habe anderthalb Jahre lang danach suchen müssen!«

Es quälte sie, ihm ihre Argumente aufzuzählen. »Michael, er weiß *alles*. Er weiß alles über mich, und er weiß alles über dich. Wahrscheinlich hat er mich auf dem Weg zu dir beschattet, oder er ist dir bis nach Hause gefolgt. Vielleicht ist er auch einer *deiner* Nachbarn, und er ist mir von *deiner* Wohnung aus nachgegangen. Und vielleicht bist du bereit, es für deine blöde Mietpreisbindung darauf ankommen zu lassen, aber ich bin es nicht. Und ich werde deine Wohnung nie wieder betreten. Niemals. Das musst du doch kapieren!«

Es war ein hitziges Gespräch gewesen. Zu hitzig. Sie war in Tränen ausgebrochen, und er hatte sehr vernehmlich geseufzt. Um sie zu trösten, versprach er, »zu tun, was er konnte«, aber er könnte unmöglich sofort auszuziehen. Also schlug er vor, dass sie erst einmal ein neues Apartment für sie fanden. Er ging aus dem Zimmer, um zu telefonieren, und nach zehn Minuten kam er zurück und verkündete, er müsse jetzt ins Büro. Zwei Stunden später kam ein Blumenstrauß mit einem Brief, in dem einfach nur stand: »In Liebe, Michael.« Das war am Freitag gewesen. Das ganze Wochenende lang hatte er gearbeitet.

Also hatte Chloes Mom für sie die Wohnung in den North Shore Towers gefunden, deren Fenster hoch über der Straße lagen. Sie bot einer allein stehenden Frau in der Großstadt alle Vorzüge: einen Pförtner, doppelte Sicherheitsschlösser, ein Alarmsystem mit Bewegungsmelder und eine moderne Gegensprechanlage. Am Sonntag hatten ihre Eltern den Fernseher, Küchentisch und -stühle und Pete herübergebracht. Alles andere besorgten sie bei Sears neu. Am Montag fuhr die Heilsarmee mit einem großen roten Lastwagen in der Rocky Hill Road vor. Zwei muskulöse Arbeiter zerrissen die Reste des gelben Absperrbands der Polizei, die noch an der Tür von Apartment 1b hingen, und dankbar wuchteten sie alles, was von Chloes früherem Leben übrig war, auf die Ladefläche. Auf dem leeren Wohnzimmerboden hinterließen sie eine Quittung. Und so ging an einem regnerischen grauen Montagnachmittag, unter den Blicken einiger weniger neugieriger Hausbewohner, Chloes Leben in Bayside, Queens, leise zu Ende. Ihr Vater richtete ihr noch Grüße von Marvin aus.

Ihre Eltern hatten natürlich versucht, sie zu überreden, wieder nach Kalifornien zu ziehen. Irgendwohin in Kalifornien. Irgendwohin in den Westen. Egal wohin, solange es nicht New York City war. Chloe hatte Michael darauf angesprochen, aber er hatte sofort abgewunken. Seine Karriere, ihr zukünftiger Arbeitgeber, seine Familie, ihr gemeinsames Leben – all das war in New York. Also hatte Chloe ihre Eltern angelogen und ihnen erzählt, dass sie und Michael mit dem Gedanken spielten, aber zuerst müsse sie das Examen in New York machen und den neuen Job anfangen, den sie bereits fest zugesagt habe. Dann hob sie zu einer reichlich hohl klingenden Rede an: Sie würde nicht zulassen, dass dieser Verrückte ihr Leben zerstörte und sie aus der Stadt vertrieb. Bla, bla, bla. Chloe war sich nicht so sicher, dass sie auch meinte, was sie da sagte.

In Wahrheit wusste sie nicht mehr, was sie eigentlich wollte. Was ihr noch vor fünf Tagen wichtig erschienen war, schien jetzt völlig unbedeutend. Das Examen, der Job, die Verlobung. Neidisch sah sie von ihrem Krankenbett aus durch ihren Fernseher zu, wie sich die Welt um sie herum weiterdrehte, als sei nichts geschehen. Wie Menschen sich morgens durch den Berufsverkehr und am Abend wieder nach Hause kämpften, vollauf damit beschäftigt, einfach nur hin- und zurückzukommen. Und die Nachrichtensprecher, die emsig über das tägliche Einerlei berichteten, als besäßen diese Ereignisse irgendeinen Nachrichtenwert.

*Bitte umfahren Sie die Baustelle auf dem Long Island Expressway großräumig. In Richtung Manhattan weichen Sie auf den Grand Central Parkway aus. Tom Cruise und weitere Stars zeigten sich auf einer Hollywood-Premiere in Los Angeles. Wieder wurde vor Key West ein Schiff mit kubanischen Flüchtlingen entdeckt. Bitte spenden Sie für die hungernden Kinder der Welt. Das Wochenendwetter bringt voraussichtlich anhaltende Gewitter; sorry für die Leichtmatrosen unter euch! Aber nächstes Wochenende habt ihr dann mehr Glück, da sieht es bis jetzt vorwiegend heiter aus.*

Chloe hätte am liebsten laut geschrien.

Die Polizisten, die während der ersten zwei Tage ihre Tür bewacht hatten, waren fort, mussten sich wahrscheinlich um ein neueres Opfer kümmern. Detective Sears hatte ihr versichert, die Wache sei abgezogen worden, weil sie sich nicht länger in »akuter Gefahr« befinde. Und obwohl die Polizei »dem Täter aktiv auf der Spur« war und »zahlreiche Hinweise verfolgte«, hatte Detective Harrison ihre täglichen Besuche in Chloes Krankenhauszimmer am Montag eingestellt und rief stattdessen an, um zu hören, wie es ihr ging. Chloe ahnte, dass auch die Anrufe in wenigen Tagen auslaufen würden, wenn ihr Fall zur Seite geschoben wurde, um Neuzugängen Platz zu machen.

Ihr ganzes Krankenhauszimmer stand voller duftender Blumensträuße, die wohlmeinende Freunde, Bekannte und Kollegen geschickt hatten, aber Chloe konnte sich immer noch nicht dazu aufraffen, irgendjemand anzurufen. Außer Marie wollte sie keinen ihrer Freunde sehen. Sie wollte nicht, dass sie die Verbände sahen und sich dann die fürchterlichen Dinge vorstellten, die all diese

Verletzungen hervorgerufen haben konnten. Sie wollte nicht über jene Nacht sprechen, aber zu trivialem Smalltalk mit den Neugierigen fühlte sie sich auch außerstande. Und sonst, das merkte sie, hatte sie nicht viel zu sagen. Was hätte sie darum gegeben, die Zeit zurückdrehen und einfach wieder Chloe sein zu können, mit ihren Alltagsproblemen und kleinen Lasten; aber sie wusste natürlich, das ging nicht. Dafür hasste sie ihn am meisten. Er hatte ihr Leben gestohlen, und sie wusste nicht, wie sie es sich zurückholen könnte.

Michael verschanzte sich im Büro und kam nur am Montag während der Mittagspause noch einmal für eine Stunde herein. Natürlich, er fand Krankenhäuser grässlich. Und der Anblick ihrer Verbände und Infusionen, der Medikamente und der Ärzte und des Krankengymnasten machte ihn frustriert und hilflos. Ja, der ganze *Vorfall*, wie er es nannte, machte ihn wütend. Aber irgendwie war es ihr ziemlich egal geworden, wie er sich fühlte. Sie machte es mindestens genauso wütend, dass er sein Leben weiterlebte wie bisher, als sei nichts geschehen – während in Wirklichkeit alles geschehen war und nichts je wieder so sein würde, wie es gewesen war, für sie alle beide.

Heute war Dienstag, und sie durfte nach Hause. Obwohl sie gedacht hatte, dass sie das wollte, zitterte sie am ganzen Körper, seit Dr. Broder ihr die Neuigkeit überbracht hatte. Michael hätte sie abholen sollen, doch dann saß er den ganzen Nachmittag in einer schwierigen Konferenz fest. Stattdessen wurde sie jetzt von ihrer Mom und Marie im Rollstuhl zum Ausgang gebracht, wo ihr Dad im Mietwagen wartete. Sie konnte zwar schon wieder laufen, doch die Krankenhausordnung schrieb den Rollstuhl vor, bis sie im Auto saß.

Die Fahrstuhltür öffnete sich im Erdgeschoss, und Marie schob Chloe in die geschäftige Eingangshalle. Überall waren Menschen. Alte Leute saßen auf Bänken in der Ecke, Polizisten lehnten an der Informationstheke. Entnervte Eltern hielten weinende Kinder im Arm, und Schwestern und Krankenhauspersonal schwirrten zwischen den Gängen und den Fahrstühlen hin und her.

Schnell suchte Chloe die Halle nach irgendeinem Zeichen von ihm ab. Manche Leute musterten sie mit trägem Interesse in ihrem Rollstuhl. Sie achtete genau auf ihre Augen, ihre Bewegungen.

Manche waren in Gespräche vertieft, andere hatten die Köpfe in Zeitungen vergraben, und wieder andere starrten einfach nur vor sich hin. Nervös suchte Chloe die Menge ab. Ihr Herz raste, und sie spürte das Adrenalin, das ihr durch die Adern schoss. Doch die traurige und bittere Wahrheit war, dass es jeder gewesen sein konnte, den sie hier vor sich sah. Ohne die Maske würde sie ihn nicht wiedererkennen.

Der kleine Schritt vom Rollstuhl ins Auto jagte sengende Schmerzen durch ihren Unterleib. Marie und ihre Mom halfen ihr, als sie mit der Tüte der rezeptpflichtigen Medikamente vorsichtig auf den Rücksitz kletterte. Durch die regennasse Scheibe sah sie auf den großen Parkplatz hinaus. Es ging über den geschäftigen Northern Boulevard, und dann würden sie sich auf den Long Island Expressway einfädeln, der immer stark befahren war. So viele Gesichter, so viele Fremde. Er konnte überall sein. Er konnte jeder sein.

»Sitzt du gut da hinten, Honey?« Sie antwortete nicht gleich. »Beany?«, fragte ihr Dad sanft.

»Ja, Dad, kann losgehen.« Zögernd fügte sie dann leise hinzu: »Daddy, bitte nenne mich nie wieder so.«

Er schien traurig. Dann nickte er nüchtern und sah zu, wie seine Tochter das erschöpfte Gesicht wieder dem Fenster zuwandte. Er fuhr los und schlängelte sich von der Krankenhausauffahrt über den Parkplatz zur Atlantic Avenue. Das Jamaica Hospital verblasste im strömenden Regen. Und während der ganzen Reise zu ihrem neuen Apartment in Lake Success, vorbei an unzähligen Autos, an unzähligen Fremden, starrte Chloe aus dem Fenster.

## 14.

JEDEN MORGEN SAH SICH CHLOE IM SPIEGEL AN und sagte: *Heute musst du noch durchstehen, ab morgen wird es sicher besser.* Doch es schien immer schlimmer zu werden. Zwar heilten die Wunden, und die gezackten Narben begannen abzuschwellen, aber die Angst in ihrem Innern wucherte wie ein unheilbarer Krebs. In den Nächten quälte Schlaflosigkeit sie, an den Tagen eine grenzenlose erschöpfende Müdigkeit.

Ihr zukünftiger Boss bei Fitz & Martinelli, wo sie nach dem Examen ihre brillante Karriere als Anwältin für Arzthaftungsrecht beginnen sollte, rief besorgt an, um zu fragen, wie es ihr ginge und ob sie wie vorgesehen im September anfangen könnte oder mehr Zeit für die Rekonvaleszenz benötigte. *Es geht mir gut,* antwortete sie. *Alles verheilt, und in drei Wochen mache ich wie geplant das Examen. Vielen Dank für die Fürsorge.*

Und sie glaubte sogar, was sie da sagte. Zu jedem. Jeden Tag. Aber dann überfiel sie plötzlich aus heiterem Himmel ein unermessliches Grauen, das wie mit dürren Klauen nach ihr griff – so körperlich, dass sie es fast riechen konnte. Sie konnte sich nicht mehr bewegen, das Atmen wurde schwer und schmerzhaft, und alles begann sich zu drehen. In der U-Bahn schmeckte sie auf einmal den Knebel, spürte die kalte Messerspitze. Im Fahrstuhl hörte sie seine Stimme, roch den widerlich süßen Geruch der Kokoskerzen. Im Rückspiegel sah sie das hässliche Clownsgrinsen und fühlte die Latexfinger kalt auf ihrem Hals. Dann war es, als würde die Zeit zurückgedreht, und sie befand sich plötzlich wieder in jener Nacht. Sie versuchte mit aller Kraft, ihren Alltag zu bewältigen und so etwas wie ein normales Leben zu führen. Aber aus Tagen wurden Wochen, und sie spürte, wie sich die mikroskopisch kleinen Risse in ihrer Fassade vertieften und ausbreiteten. Irgendwann wurde ihr klar, dass es nur eine Frage der Zeit war, bis sie eines Tages in Millionen Splitter zerspringen würde.

Nach vierzehn Tagen in New York hatten ihre Eltern schließlich die Koffer gepackt und waren nach Sacramento zurückgeflogen. Chloes gespielte Tapferkeit und die Floskeln, die sie ihren Eltern mit einem undurchdringlichen Lächeln servierte, hatten sie überzeugt. Sie umarmten und küssten einander zum Abschied. Während sie auf den Fahrstuhl warteten, baten ihre Eltern sie noch einmal, mit nach Kalifornien zurückzukehren.

*Es geht mir gut. Alles verheilt, und in zwei Wochen mache ich wie vorgesehen das Anwaltsexamen.*

Lächelnd winkte sie zum Abschied, als sich die Fahrstuhltür vor dem tränenüberströmten Gesicht ihrer Mutter schloss. Dann drehte Chloe sich um, rannte in ihre Wohnung zurück und verriegelte hastig die Tür. Sie setzte sich auf den Fußboden und konnte drei Stunden lang nicht aufhören zu weinen.

Für das Examen lernte sie nun zu Hause. Das war besser, als die Vorlesungen besuchen und einerseits die Blicke völlig Fremder und andererseits die Fragen wohlmeinender Freunde ertragen zu müssen. Stattdessen hatte ihr der Repetitor Videokassetten gegeben. Die meisten Tage verbrachte sie inmitten von Gesetzestexten auf dem Wohnzimmerteppich und starrte mit dem Block im Schoß auf den Fernsehbildschirm. Sie sah, wie der Mund des Professors sich bewegte, doch die Worte, die sie hörte, ergaben keinen Sinn mehr für sie. Sie konnte sich einfach nicht konzentrieren und wusste, dass sie die Prüfung nicht bestehen würde.

Am Abend vor dem Examen übernachtete Michael bei ihr, und um sieben Uhr morgens fuhr er sie zum Jacob Javitts Center in Manhattan, wo die Prüfung stattfand. Sie trug sich mit den anderen dreitausend Studenten in die Liste ein, setzte sich auf ihren Platz und erhielt um Punkt acht Uhr den dicken Umschlag mit den Unterlagen. Konzentriertes Schweigen senkte sich über den Konferenzraum. Um 8:05 Uhr sah Chloe hinter sich, neben sich, vor sich, auf das Meer von unbekannten Gesichtern. Jedes einzelne machte ihr Angst. Panik überfiel sie. In ihrem Kopf begann es zu hämmern, sie zitterte am ganzen Leib, der kalte Schweiß brach ihr aus. Übelkeit überkam sie. Sie hob die Hand und wurde von der Aufsicht zur Damentoilette begleitet. Dort stolperte sie gerade noch in eine Kabine, bevor sie sich übergab. Später benetzte sie sich Gesicht und Hals mit kaltem Wasser, dann verließ sie die Toiletten und lief geradewegs zur Pforte des Kongresszentrums hinaus. Um 8:26 Uhr nahm sie ein Taxi nach Hause.

Detective Harrison rief nicht mehr an, aber Chloe erkundigte sich jeden einzelnen Tag telefonisch bei Special Victims nach dem Stand der Ermittlungen. Die Antwort war immer die gleiche.

»*Sie können sicher sein, dass wir jede Spur aktiv verfolgen, Chloe. Wir hoffen, dass wir den Täter bald haben. Wir wissen Ihre nachhaltige Mitarbeit zu schätzen.*«

Chloe hätte gewettet, dass die Kommissarin ihre tägliche Antwort aus einer Broschüre vorlas: »Behördliche Auskunft zur Beruhigung von nervenden Opfern ungelöster Fälle«. Tage und Wochen vergingen, und noch immer fehlte von einem Täter jede Spur. Chloe wusste, dass ihr Fall langsam in Richtung Archiv wanderte. Ohne Identifizierung, ohne Fingerabdrücke oder andere Indizien würde er höchstwahrscheinlich ungelöst bleiben, wenn es nicht noch ein Geständnis oder einen ähnlich unwahrscheinlichen Glücksfall gäbe. Trotzdem rief sie Detective Harrison täglich an, und sei es nur, um ihr ein schlechtes Gewissen zu machen und zu zeigen, dass es sie immer noch gab.

Nach dem Fiasko mit dem Anwaltsexamen war die Beziehung mit Michael endgültig in die Brüche gegangen. Er war empört, weil sie hinausgelaufen war, ohne es auch nur versucht zu haben. Seit dem *Vorfall*, wie er es noch immer nannte, hatten sie nicht mehr miteinander geschlafen, und inzwischen hatte selbst jedes Händchenhalten einen künstlichen Beigeschmack. Statt jeden Abend kam er jetzt nur noch am Wochenende zu ihr. Und er wurde immer verständnisloser, dass sie die Wohnung nicht verlassen, nicht einmal mit ihm Essen gehen wollte. Zwischen ihnen war eine unausgesprochene eisige Distanz, die täglich wuchs, und keiner von beiden wusste, wie sie zueinander zurückfinden könnten. Chloe wusste nicht einmal mehr, ob sie das überhaupt wollte. Sie hatte das Gefühl, dass Michael heimlich ihr die Schuld gab für das, was geschehen war. Sie erkannte es in seinen Augen, wenn er sie ansah – und vor allem, wenn er sie nicht ansehen konnte. Und das konnte sie ihm einfach nicht vergeben.

*Hättest du mich doch bloß gestern bei dir übernachten lassen!*

Chloe ging davon aus, dass sie beide wussten, dass es vorbei war, aber keiner derjenige sein wollte, der es zuerst aussprach. Michael hatte wahrscheinlich Angst vor der Lawine der Schuldgefühle, die ihn überrollen würde, falls er den Schlussstrich zog. Chloe fragte sich, was sie wohl empfinden würde, wenn er ihr irgendwann eröffnete, dass er nicht sein Leben mit ihr verbringen könne, auch wenn er sie immer lieben werde; ob sie nicht Freunde bleiben könnten. Erleichterung? Schuld? Wut? Traurigkeit? Und so plätscherte die Beziehung über den Sommer dahin, um im Herbst mehr und mehr zu verblassen. Sie sahen einander immer weniger, und keiner von beiden beklagte sich darüber.

Bei Fitz & Martinelli wollte man, dass Chloe die Prüfung im Februar wiederholte, und bot ihr solange eine Stelle als Anwaltsgehilfin an. Sie lehnte ab. Allein die Idee, dass sie dort in der Kaffeeküche von ihr als dem »Vergewaltigungsopfer« reden würden, überforderte sie restlos. Und inzwischen war sie ja auch noch ein »Vergewaltigungsopfer, das ihr Examen geschmissen hatte«.

Bei der Nachuntersuchung nach drei Monaten riet der Gynäkologe ihr zu psychologischer Betreuung: »Vergewaltigungsopfer tragen Narben davon, die wir anderen nicht sehen können«, sagte er.

»Eine Therapie wäre ratsam, um Sie dabei zu unterstützen, mit all dem zurechtzukommen.«

*Es geht mir gut. Alles ist verheilt. Ich habe nur nicht wie vorgesehen das Examen gemacht. Vielen Dank für die Fürsorge.* Dann verließ sie die Praxis und schwor sich, nie wiederzukommen.

Im Oktober bewarb sie sich auf eine Stelle als Telefonistin für die Nachtschicht im Marriott Hotel am LaGuardia-Flughafen – einem großen, rund um die Uhr belebten Hotel mit Hunderten von Mitarbeitern, von denen keiner wusste, wer sie war. Sie arbeitete mit einem Kopfhörer in einem Hinterzimmer, sicher abgeschirmt vor der Öffentlichkeit und ihren neugierigen Blicken. Hier würde sie zwar kaum einen Mann kennen lernen, und ihre Eltern wären auch nicht stolz, wenn sie davon gewusst hätten. Michael war natürlich entsetzt über Chloes »mangelnden Ehrgeiz«, wie er es nannte. Aber ihr gewährte dieser Job während der fürchterlichen Stunden der Nacht Sicherheit und die Anonymität in der Masse, die Chloe brauchte, um aufdringlichen Gesprächen auszuweichen. Und sie verdiente Geld. Ihre Schicht ging von 23:00 Uhr bis 7:00 Uhr morgens.

Sie war gerade vier Wochen dort, als sie den Anruf erhielt. Es war fast sechs, die letzte Stunde ihrer Schicht hatte begonnen.

»Marriott LaGuardia. Reservierungsannahme. Wie kann ich Ihnen helfen?«

»Ich habe leider meinen Flug verpasst, und jetzt kriegt mich American Airlines bis morgen früh nicht aus der Stadt. Ich brauche wohl ein Zimmer. Haben Sie etwas frei?« Sie erkannte Bachs Arie »Schafe können sicher weiden«, die leise im Hintergrund spielte.

»Ich sehe sofort nach, Sir. Sind Sie Mitglied im Marriott Rewards Club?«

»Nein, das bin ich nicht.«

»Einzel- oder Doppelzimmer?«

»Einzelzimmer.«

»Raucher oder Nichtraucher?«

»Nichtraucher, bitte.«

»Mit wie vielen Personen reisen Sie, Sir?«

»Ich bin allein. Außer du hast Lust, zu mir zu kommen, Chloe.«

Ihr Herz machte einen Aussetzer. Sie riss sich den Kopfhörer vom Kopf, warf ihn zu Boden und starrte ihn an wie eine Kakerlake. Adele, die Empfangschefin, kam zu ihr nach hinten, gefolgt von mehreren Mitarbeitern der Rezeption. Vom Fußboden war die leise Stimme zu hören: »Miss? Miss? Hallo? Ist da jemand?«

»Alles in Ordnung?«, fragte Adele. Chloe zuckte unter ihrer Berührung zurück.

*Hatte sie das wirklich gehört?*

Die Risse vertieften sich, breiteten sich immer mehr aus. Die Fassade würde springen. Sie starrte auf den Kopfhörer, den Adele vom Boden aufhob.

»Hallo, Sir? Entschuldigen Sie. Hier spricht Adele Spates vom Empfang. Kann ich Ihnen helfen?«

Chloe ging rückwärts zur Tür und schnappte sich ihre Handtasche vom Tisch, während Adele die Reservierung entgegennahm. Das Zimmer drehte sich. In ihrem Kopf wurden Stimmen laut.

*Ein hübsches Mädchen wie meine Chloe sollte man nicht alleine lassen.*

*Du bist so lecker, so richtig zum Anbeißen.*

*Hättest du mich doch bloß gestern bei dir übernachten lassen!*

*Sie können sicher sein, dass wir aktiv auf der Suche nach dem Täter sind.*

Chloe rannte über den Hotelparkplatz, als wäre der Teufel selbst hinter ihr her. Sie hatte ihren Mantel vergessen, und der kalte Herbstwind fegte durch ihre Kleider. Mit Tempo 120 raste sie über den Grand Central Parkway nach Hause, hektisch blickte sie immer wieder in den Rückspiegel in der Erwartung, dass aus dem Auto hinter ihr das Clownsgesicht sie angrinsen und augenzwinkernd aufblenden würde.

Sie stieg aus dem Wagen und flog zum Fahrstuhl, vorbei an dem Wachmann, der friedlich in der Lobby schlief. In ihrer Wohnung knipste sie alle Lichter an, machte die Alarmanlage scharf und verriegelte alle Schlösser der Wohnungstür.

Chloe packte eine Angst, wie sie sie noch nie erlebt hatte, sie zitterte unkontrollierbar am ganzen Körper. Voller Panik raste sie durch ihre Zimmer, öffnete jeden Schrank, sah unter dem Bett nach, hinter dem Duschvorhang. Sie holte die kleine Pistole Kaliber .22 aus der Nachttischschublade, die ihr Vater ihr vor seiner Rückkehr nach Kalifornien gekauft hatte. Sorgfältig sah sie zweimal nach, ob die Waffe auch wirklich geladen war.

Im Wohnzimmer blinkten das rote Licht des Bewegungsmelders und das grüne Licht der Alarmanlage.

Chloe saß auf der Couch und hielt die Pistole in der schweißnassen Hand, in tödlicher Umklammerung, ihr Zeigefinger spielte nervös mit dem Abzug. Kater Tibby kroch unter ihren Arm und schmiegte sich schnurrend an sie. Die Sonne ging auf, und gelbes Licht kroch durch die Ritzen der zugezogenen Vorhänge. Der Wettermann hatte gesagt, vor ihnen liege ein wunderschöner Tag. Chloe starrte die weiße Wohnungstür an und wartete.

Die Fassade war zersprungen. In eine Million Splitter.

# ZWEITER TEIL

# 15.

*September 2000*

DIE EINST SO HÜBSCHEN GESICHTER starrten ihn jetzt mit toten, leeren Blicken an. Meergrüne und rauchig veilchenblaue leblose Augen blickten trüb ins Nichts, die langen Wimpern manchmal noch schwarz getuscht. Augen, deren letzter Anblick unfassbares Grauen gewesen war. Geschminkte Münder, die jetzt nur noch verzerrte schwarze Löcher waren. Erstarrt in einem ewigen stummen Schrei.

Dominick Falconetti, Special Agent des Florida Department of Law Enforcement, saß allein in der Zentrale der Sonderkommission und betrachtete die Fotomontage an der Wand. Den Kopf auf die Hände gestützt, rieb er sich mit den Zeigefingern sanft die Schläfen, die unter dem stetig wachsenden Druck schmerzhaft pochten. Polizeiberichte, grüne Folder mit Ermittlungsberichten, Zeitungsausschnitte und Verhörprotokolle waren über die ganze Länge des Konferenztischs verstreut. Eine Zigarette brannte irgendwo neben einem alten Starbucks-Becher und einer leeren Burger-King-Tüte. Im Hintergrund, in einer Ecke des voll gestopften Raums, zeigte ein Fernsehbildschirm Schneegestöber, nachdem die Kassette mit dem grausigen Video zu Ende war. Gleißende Neonröhren an der Decke beleuchteten die fünf neuen grob gerasterten Fotos, die vor ihm auf dem Tisch lagen. Eine Neue für die »Mauer«.

Die Familien der elf vermissten jungen Frauen waren jeweils gebeten worden, ein aktuelles Foto der Mädchen für die Identifizierung abzuliefern. Bilder von Abschlussbällen, von Schul- und College-Festen, Jahrbuchfotos und Bewerbungsfotos lächelten von der braunen Korkwand herunter, die von den Mitgliedern der Sonderkommission düster »die Mauer« genannt wurde. Meistens wurden mehr Fotos als nötig abgeliefert, drei, fünf, in einem Fall sogar zehn. Aus siebzehnjähriger Erfahrung bei der Mordkommission wusste Dominick, dass es unmenschlich war, jemanden als Zusammenfassung des ganzen Lebens seines Kindes oder seiner Schwester nur ein einziges Bild auswählen zu lassen. Es wäre fast schon zynisch, so etwas zu verlangen. Also landeten jeweils die hilfreichsten Fotos jedes Mädchens an der »Mauer«, und die restlichen wurden schweigend zu den Akten gelegt. Die hübschen Gesichter waren in chronologischer Reihenfolge an die Korkwand gepinnt, vom Datum ihres Verschwindens ausgehend, nicht demjenigen, an dem ihre Leichen schließlich entdeckt worden waren.

Unterhalb der fröhlichen Schnappschüsse hingen, in verstörendem Kontrast, die Bilder der nackten und gebrochenen Körper von neun der vermissten Frauen, die allerletzten Fotos, die je von ihnen gemacht werden würden. Neonfarbene Reißzwecken hielten die Collagen aus jeweils fünf Fotos von Tatort und Autopsie an der Korkwand, die inzwischen fast die gesamte Länge des Konferenzraums einnahm. Ein gespenstisches Album von Vorher- und Nachher-Bildern.

Eingezwängt zwischen die Lebens- und die Todesfotos steckten ordentlich ausgedruckte Karteikarten mit Namen, Alter und einer kurzen Beschreibung der Frau, Datum und Ort ihres Verschwindens. Die letzte Zeile gab Datum und Ort der Entdeckung der Leiche an und den vom Gerichtsmediziner geschätzten Zeitpunkt des Todes. Die Angabe der Todesursache war überflüssig. Die Hochglanzfotos an der »Mauer« dokumentierten sie allzu offensichtlich.

Dominick nahm einen Schluck kalten Starbucks-Kaffee und betrachtete, wie schon hunderte Male zuvor, das erschütternde Gesicht eines jeden Mädchens, ihre einst so vertrauensvollen, im Tod angstgeweiteten Augen. *Was hatten sie in den letzten Augenblicken ihres kurzen Lebens sehen müssen, bevor es schwarz um sie wurde und sie erlöst wurden?*

Sie waren alle so jung. Die meisten in ihren frühen Zwanzigern, drei hatten nicht einmal das Glück gehabt, so alt zu werden. Die Jüngste war kaum achtzehn, die Älteste fünfundzwanzig. Die Fotos aus Lebzeiten zeigten neckische Schmollmünder, strahlend einladendes Lächeln. Blonde Locken ringelten sich bis auf die Schultern; eine andere trug das platinblonde Haar kurz und verwuschelt, und wieder eine andere hatte eine glatte honigblonde Mähne, die ihr bis auf den Rücken fiel. Alle waren blond gewesen und zu Lebzeiten sehr schön. So schön, dass bei sechs der Mädchen die Setkarten ihrer Model-Agenturen an der »Mauer« hingen.

In den letzten achtzehn Monaten waren elf Frauen in der tropischen Nacht von Miami verschwunden, verloren gegangen in überfüllten Nachtclubs und an szenigen Treffpunkten in South Beach, unter den Palmen des Ocean Drive und der Washington Avenue, wo die Reichen, Schönen und Berühmten tanzten und feierten. Wochen, manchmal erst Monate nach ihrem Verschwinden waren die verstümmelten nackten Leichen von neun der Frauen entdeckt worden, an abgelegenen, verlassenen Orten quer über das County verteilt. Die Fundorte waren weit verstreut und unvorhersehbar: eine alte Zuckerraffinerie in den Everglades, ein von der Polizei geschlossenes Crack-Haus mitten in Liberty City, ein verlassener Supermarkt in Kendall. Der Killer hatte jedoch nicht versucht, die Leichen zu verstecken oder seine Verbrechen zu vertuschen; vielmehr hatte er sie für ihre letzte Entdeckung richtiggehend inszeniert. Und es war offensichtlich, dass er den Tod einer jeden Frau genau so systematisch arrangierte wie ihr Verschwinden, und zwar mit einer Grausamkeit, die selbst dem dickfelligsten Ermittler den Magen umdrehte.

All diese vergewaltigten Leichen trugen die grässliche, kranke Signatur eines Serienkillers. Jemand, der sich seine menschliche Beute scheinbar willkürlich in der Menge suchte, aus Gründen, die nur sein verdrehtes Gehirn verstehen konnte. Ein Teufel, der so abgebrüht war, dass er seine Opfer bewusst vor Hunderten von Zeugen auswählte; der sich so barbarisch an ihnen verging, dass seine Brutalität ihm den makaberen Spitznamen Cupido eingebracht hatte.

Jede der Frauen war im wahrsten Sinne des Wortes aufgeschlitzt worden: einmal senkrecht von der Kehle bis zum Bauch und einmal waagerecht unter den Brüsten entlang. Dann waren ihnen mit einem unbekannten Objekt der Brustkorb aufgestemmt und die Rippen gebrochen, ja zertrümmert worden. Und schließlich waren den Opfern die Herzen aus der Brust geschnitten worden. Die waren bis heute verschwunden geblieben. Die zerstörte Brust hatte Cupido offen gelassen; wo das Herz gewesen war, gähnte ein blutiges Loch. Jede der jungen Frauen war nackt gefunden worden, in einer letzten obszönen Position, und jede war vor ihrem Tod sexuell missbraucht worden, sowohl vaginal als auch anal, mit einem oder mehreren unbekannten Objekten. Manche sogar noch nach ihrem Tod.

Zwölf Beamte und Ermittler waren jetzt Vollzeit für die Sonderkommission Cupido abgestellt worden: Sie kamen aus den Police Departments von Miami Beach, City of Miami, Miami Dade und North Miami. Auf Veranlassung von Gouverneur Bush hatte das Florida Department of Law Enforcement den Konferenzraum in ihrem Regional Operations Center als Zentrale für die Sonderkommission umgerüstet. Außerdem hatte man die Dienste einer Profilerin und einer Halbtagssekretärin, ein Faxgerät und einen Kopierer gestiftet. An der Wand der neuen Zentrale hatten die Ermittler dann die Korkwand installiert. Zuerst war es noch eine normale Pinnwand von etwa 90 mal 60 cm gewesen. Dann, nach zehn Monaten, sechs vermissten Frauen, drei Leichen und nicht der geringsten Spur, hatte das FDLE außerdem die Dienste von Special Agent Dominick Falconetti zur Verfügung gestellt. Dominicks erste Amtshandlung war es gewesen, eine größere Korkwand anzuschaffen.

Zwei billige Holzregale und ein Aktenschrank waren in die Ecken geschoben worden, um dem Kopierer, drei Computern und den vielen Pappkartons Platz zu machen, die sich an den Wänden stapelten. Die dort zuvor aufgehängten Andenken und Medaillen, Trophäen, Preise und Fotos hatten der »Mauer« weichen müssen und lagen jetzt in einem unordentlichen Haufen oben auf dem Aktenschrank. In den Pappkartons stapelten sich die grünen Folder mit den Ermittlungsberichten, die Vermisstenanzeigen, Polizeiberichte, Hinweise und Vernehmungsprotokolle. Material, das jedes Detail der letzten Monate, Tage und Minuten im Leben der jungen Frauen genau beleuchtete. Ein weiterer Stapel von Kisten enthielt die Kontoauszüge der Opfer, ihre Tagebücher, Kalender, Briefe, Fotoalben und E-Mails. Ihre persönlichsten und intimsten Besitztümer, ihre geheimsten Gedanken, Fakten und Details – sie waren für immer ein Teil des Archivs des Staates Florida geworden.

Dominick holte die Schachtel mit den Reißzwecken, die auf

dem Aktenschrank in der Ecke neben einem weiteren Kaffeebecher lag, dieser von 7-Eleven. Mit neonrosa Pins heftete er langsam fünf Fotos an die Korkwand, unter die Karteikarte mit der Aufschrift MARILYN SIBAN, 19.

Ohne diese Karten wäre es so gut wie unmöglich, die Fundort-Fotos mit dem richtigen Porträt des Opfers zusammenzubringen. Die einst makellosen Gesichter waren verquollen und aufgedunsen; pfirsichfarbene Haut war jetzt aschfahl, bleigrau oder, schlimmer noch, ein faulendes, nässendes Schwarz. Wo vorher ein weißes Lächeln strahlte, wanden sich jetzt Maden auf einer geschwollenen bläulichen Zunge. Einst goldene Locken oder platinblonde Mähnen waren mit schwarzem Blut verkrustet. Im heißen und feuchten Klima Floridas schritt die Verwesung schnell voran. Oft waren die Leichen so gut wie nicht mehr erkennbar – man konnte sie nur noch anhand ihres Gebissabdrucks identifizieren.

Dominicks Blick wanderte über die Korkwand, auf der Suche nach etwas, das nicht zu sehen war. Nicolette Torrence, dreiundzwanzig; Andrea Gallagher, fünfundzwanzig; Hannah Cordova, zweiundzwanzig; Krystal Pierce, achtzehn; Cyndi Sorenson, vierundzwanzig; Janet Gleeder, zwanzig; Trisha McAllister, achtzehn; Lydia Bronton, einundzwanzig. Marilyn Siban, neunzehn. Zwei weitere Porträtfotos lächelten vom Ende der »Mauer« zu ihm herunter, ihre Karteikarten noch nicht vollständig ausgefüllt. Morgan Weber, einundzwanzig, war zuletzt am 20. Mai 2000 in der Clevelander Bar in Miami Beach gesehen worden, und Anna Prado, vierundzwanzig, am 1. September 2000 in einem Nachtclub namens Level in South Beach. Noch zwei Vermisste. Alle beide vermutlich tot.

Dominick nahm einen letzten Zug von der Zigarette und drückte sie aus. Eigentlich rauchte er seit ein paar Jahren nicht mehr, aber seit man Cyndi Sorenson und Lydia Bronton letzten Monat innerhalb von einer Woche gefunden hatte, war er ziemlich inkonsequent geworden. Er sah aus dem kleinen Fenster. Im Licht der Straßenlaternen warf der Stacheldrahtzaun um die Asservatenhalle gegenüber zackige Schatten auf den leeren FDLE-Parkplatz. Die Leute, die dort arbeiteten, hatten längst Feierabend gemacht, und draußen war es stockdunkel. Auf dem Konferenztisch lag ein dicker brauner Ordner, dessen Inhalt über die Polizeiberichte und Notizblöcke verteilt war. Der Ordner war nagelneu. Quer über den Umschlag hatte jemand geschrieben: »MARILYN SIBAN GEB: 16. 04. 81/VERMISST: 07. 07. 00/GEF: 17. 09. 00«.

Aufgrund des fortgeschrittenen Verwesungsstadiums von Marilyns Leiche hatte der Gerichtsmediziner sich nicht auf einen genauen Todeszeitpunkt festlegen können. Er schätzte, dass der Tod irgendwann innerhalb der letzten vier bis zwei Wochen eingetreten war. Das bedeutete, dass Cupido sie mindestens zwei Wochen lang gefangen gehalten hatte, bevor er ihr schließlich gestattete, zu sterben. In der rechten oberen Ecke des Ordners war die Zahl 44 gekritzelt mit einem Kreis darum, die Anzahl der Autopsie- und Fundortfotos. Fünf davon hatte Dominick an die »Mauer« gepinnt.

Erst vor zwei Tagen hatten Polizeibeamte des Miami Dade County während eines SWAT-Trainings mit Spezialwaffen in der Nähe der Everglades die Leiche der Neunzehnjährigen gefunden, in einem verlassenen Raketensilo und Waffenlager westlich von Florida City, das der U.S. Navy gehörte. Als die Trainingseinheit bei einer Razzia-Übung die Metalltür des Silos auftrat, schlug den Beamten der unverwechselbare Gestank nach Verwesung entgegen. In einer Ecke der verlassenen Anlage hatte jemand eine Fläche von zwei mal zwei Metern mit ein paar alten Laken und Decken abgetrennt, die mit Hilfe einer straff gespannten Nylonschnur ein behelfsmäßiges Zelt bildeten. Zuerst dachten die Beamten, es handelte sich um das Lager eines Obdachlosen, oder vielleicht waren Kinder in das alte Gebäude eingebrochen und hatten sich ein Fort gebaut; der Gestank kam wohl von einem toten Tier. Bis sie die Decken zurückzogen und die Überreste des ehemaligen Fotomodels entdeckten.

Marilyns nackter Körper war auf den schmutzigen Zementboden gesetzt worden, der Kopf lehnte unnatürlich aufrecht an einem rostigen Ölfass. Ihr langes, aschblondes Haar war zu einem straffen Pferdeschwanz gebunden, den der Täter mit Klebeband am Deckel der Tonne festgeklebt hatte, sodass ihr Kopf mit durchgestrecktem Hals nach oben gezerrt wurde. Mund und Augen standen offen. Der Großteil der Haut an ihrem Körper faulte und schlug in der Hitze Blasen, zum Teil fiel die Haut ab und entblößte verwesendes

Gewebe und Muskelfasern. Die Beine waren aus der Hüfte ausgerenkt und weit gespreizt, in einen grotesken Spagat gezwungen, die Arme hingen nach unten, die Knochen, die von den Fingern übrig geblieben waren, steckten in der Scham. Und wie bei allen Opfern hatte Cupido seine Unterschrift hinterlassen. Die Brust war aufgeschnitten, und dort, wo das Brustbein aufgebrochen war, gähnte ein Loch. Die große Menge Blut auf dem Zement unter ihrem Körper und das Muster der Blutspritzer an den Laken sprachen dafür, dass sie an Ort und Stelle getötet worden war. Als Todesursache wurde die Durchtrennung der Aorta und die Entfernung des Herzmuskels festgestellt. Der Gerichtsmediziner konnte nicht sagen, ob Marilyn bei Bewusstsein gewesen war, aber auf jeden Fall hatte sie noch gelebt, als man ihr das Herz aus der Brust schnitt.

Sie war an einem Freitagabend vor etwa zwei Monaten aus dem Liquid Club in South Beach verschwunden. Die vier Freunde, mit denen sie den überfüllten Nachtclub besucht hatte, hatten ausgesagt, sie habe sich nur an der Bar einen Drink holen wollen, doch sie kam nie zurück. Ihre Clique war davon ausgegangen, dass sie jemanden kennen gelernt hatte, mit dem sie dann gegangen war, und so wurde Marilyn erst zwei Tage später bei der Polizei von Miami Beach als vermisst gemeldet, als sie in dem Restaurant, in dem sie nebenher kellnerte, nicht zu ihrer Schicht erschien. Das Foto, das ihre Eltern der Polizei gegeben hatten, stammte von ihrem letzten Shooting für einen Gebrauchtwarenhändler in den Keys, gerade mal zwei Tage vor ihrem Verschwinden.

Die Spurenermittlung würde die nächsten fünf Tage damit verbringen, jeden Zentimeter des Silos, des Lagers und der Umgebung umzudrehen, doch Dominick machte sich keine allzu großen Hoffnungen. Falls dieser Fundort auch nur ansatzweise den anderen acht Fundorten ähnelte, gäbe es keine Fußabdrücke, kein Sperma, keine Haare, keine fremde DNA, nichts. Das forensische Team des FDLE aus Key West und die Spurenermittlung des MDPD hatten die letzten achtundvierzig Stunden damit verbracht, die unmittelbare Umgebung nach Reifenabdrücken, Fußspuren, Zigarettenkippen, Kleidern oder irgendwelchen Waffen abzusuchen – ohne Erfolg. Der ehemalige Militärkomplex befand sich in einem Ausläufer der Everglades, weitab von jeder befahrbaren Straße und möglichen Zeugen. Die nächste Tankstelle war fast zehn Kilometer entfernt. Das Gelände war nur mit einem Maschendrahtzaun gesichert und zahlreichen Schildern, die den Zutritt untersagten; am Tor hing ein Vorhängeschloss, das sogar ein zweijähriges Kind hätte knacken können.

Das Ganze war so verdammt frustrierend. Nach acht Monaten Sonderkommission waren sie dem Mörder noch kein bisschen näher gekommen. Oder den Mördern. Und die Frequenz der Fälle beschleunigte sich. Die alarmierende Gewalt, die jedem Körper angetan wurde, wurde immer extremer – und dabei blieb das Vorgehen des Killers weiterhin seltsam systematisch und kontrolliert. Aber er wurde immer abgebrühter, immer selbstsicherer. Er forderte die Polizei heraus. Manche Opfer hatte er am Fundort getötet, andere hatte er erst gefoltert und ermordet und die Leichen dann erst an den Ort gebracht und provokant inszeniert, wo sie irgendwann gefunden werden mussten. *Wieso verfuhr er mit manchen so und mit manchen anders?* Alle Fundorte waren sorgfältig konstruiert und vorsätzlich ausgesucht worden. *Wieso? Was für eine Botschaft steckte dahinter?* Zwei der früheren Opfer, Nicolette Torrence und Hannah Cordova, hatte man nach Schätzung des Gerichtsmediziners nur wenige Tage nach ihrem Tod gefunden. Und sie waren beide in der Woche vor ihrer Entdeckung als vermisst gemeldet worden. Inzwischen gönnte Cupido sich offensichtlich mehr Zeit mit seinen Opfern, er schien zu experimentieren. Denn es vergingen Monate zwischen dem Verschwinden einer Frau und der Entdeckung ihrer Leiche.

In den Medien wurde ständig und gnadenlos über den Serienkiller berichtet. An jedem Fundort veranstaltete die Presse einen Riesenzirkus mit ihren Ü-Wagen, Livereportagen und Blitzlichtgewittern. Nachrichtensender aus dem ganzen Land, ja der ganzen Welt hatten ihr Lager in Miami aufgeschlagen, um von den »zahllosen bestialischen Morden« zu berichten, die »die Polizei restlos überforderten«. Dreiste, ehrgeizige Reporter prügelten sich vor den Leichensäcken darum, die Ersten zu sein. Bei der landesweiten Übertragung konnten sie dann nur mühsam ihre Begeisterung darüber, dass ein weiteres Cupido-Opfer gefunden worden war, überspielen. *Und jetzt zurück ins Studio.*

Dominick fuhr sich mit der Hand durch das dichte schwarze Haar und nahm noch einen Schluck kalten Kaffee. In den letzten zwei Tagen hatte er kaum vier Stunden geschlafen. Er zupfte an seinem kurzen grau melierten Ziegenbärtchen, das er sich seit ein paar Monaten stehen ließ. Neuerdings war der Bart mehr grau als meliert. Auch wenn er noch ganz gut aussah – zumindest angezogen –, im Innern begann er die Last jedes einzelnen seiner neununddreißig Jahre zu spüren.

Es war der Beruf – und solche Fälle. Sie saugten jegliche Lebenskraft aus ihm heraus, wie sehr er auch versuchte, alles auf Distanz zu halten. In jedem der jungen, hübschen, frischen Gesichter sah er eine Tochter, eine Freundin, eine Schwester. Wenn er in die toten Augen blickte, sah er seine eigene Nichte, die gestern noch auf der Reifenschaukel im Garten in Long Island geschaukelt hatte; inzwischen wurde sie zur Frau und ging nach Cornell studieren. Er arbeitete seit siebzehn Jahren bei der Mordkommission, die ersten vier beim NYPD in der Bronx und die letzten dreizehn Jahre als Special Agent beim Violent Crimes Squad des FDLE. Jedes Jahr schwor er sich, dies würde das letzte sein, nahm sich vor, eine Versetzung ins Betrugsdezernat zu beantragen, wo es immer so ruhig war, dass alle um fünf Uhr Feierabend machten. Doch die Jahre kamen und gingen, und da war er nun und quälte sich immer noch mit Leichen und mit Durchsuchungsbefehlen um drei Uhr früh herum. Aus irgendeinem seltsamen Grund hatte er das Gefühl, er könnte nicht anders. Er würde keine Ruhe finden, bis der letzte Mörder gefasst war, das letzte Opfer gesühnt. Und das würde wohl leider nie passieren.

Dominick wusste, dass jeder Verbrecher Fehler machte. Jeder einzelne. Und selbst Serienkiller hinterließen eine Visitenkarte. Er hatte in seiner Karriere vier Serienmorde bearbeitet, darunter Danny Rolling aus Gainesville und den Tamiami-Würger in Miami. Wenn man sich die Tatorte berüchtigter Serienmörder, die gefasst worden waren, noch einmal ansah, waren ihre Fehler, aus sozusagen historischer Sicht, ganz offensichtlich. Man musste nur wissen, wo man zu suchen hatte. Sams Sohn, der Würger von Boston, John Wayne Gacey, Ted Bundy, Jeffrey Dahmer.

*Man musste nur wissen, wo man zu suchen hatte.*

Er betrachtete die »Mauer« und versuchte, das fehlende Bindeglied zu finden, das keiner sah. An der gegenüberliegenden Wand hingen Luftaufnahmen von South Beach und Miami Dade County, gespickt mit roten und blauen Reißzwecken. Die roten Punkte konzentrierten sich in SoBe, wie das Art-déco-Viertel South Beach kurz genannt wurde. Sie kennzeichneten die Orte, an denen die Opfer verschwunden waren. Die blauen dagegen verteilten sich über den gesamten Umkreis von Miami.

Es war neun Uhr abends. Im Schein der Neonröhren griff Dominick nach seiner Brille und las noch einmal die Befragung von Shelly Hodges, einer der letzten Personen, die ihre Freundin Marilyn Siban lebend gesehen hatten. »Es war zu voll, um bei der Bedienung zu bestellen. Die brauchten einfach ewig. Marilyn sagte, sie habe an der Bar ein paar Leute gesehen, die sie kannte, und wollte sich dort einen Martini holen. Das war das letzte Mal, dass ich sie gesehen habe.«

*Ein paar Leute, die sie kannte.* Plural. Konnte es wirklich mehr als ein Täter sein? Normalerweise arbeiteten Serienmörder allein, aber es gab denkwürdige Ausnahmen, die Hillside-Würger zum Beispiel, zwei mordende Vettern aus Kalifornien. Nur mal angenommen, dass es mehr als einer war, musste Marilyn ihre Mörder gekannt oder ihnen zumindest so weit vertraut haben, um freiwillig das Lokal mit ihnen zu verlassen. Eine Weile hatten sie vermutet, dass alle Opfer ihren Mörder gekannt hatten. Warum sonst hätten sie freiwillig ihre Freunde in überfüllten Bars einfach stehen lassen sollen? Doch in dem Fall hätte sich ein Bindeglied zwischen den Personenkreisen um wenigstens einige der Opfer finden lassen müssen. Aber soweit sie es ermittelt hatten, kannten sich weder die Opfer untereinander, noch hatten sie gemeinsame Bekannte. Keine zwei der Mädchen hatten für den gleichen Kunden oder die gleiche Agentur gemodelt. Sie hatten überhaupt keine Verbindung finden können. Dominicks Gedanken drehten sich im Kreis, und er sah wieder auf die Korkwand.

*Man musste nur wissen, wo man zu suchen hatte.*

Es war Zeit, nach Hause zu gehen. Heute Abend gab es nichts mehr zu tun, und es war auch niemand mehr da, der es hätte tun können. Dominick sammelte die Berichte vom Tisch und steckte sie zurück in den neuen braunen Ordner. Er holte das Video von Marilyn Sibans Tatort aus dem Recorder und klappte seinen Laptop zu. In diesem Moment klingelte sein Mobiltelefon.

»Falconetti.«

»Agent Falconetti, hier spricht Sergeant Lou Ribero vom Miami Beach P. D. Hören Sie, ich glaube, wir haben gute Neuigkeiten für Sie und Ihre Kollegen von der Sonderkommission. Es sieht so aus, als hätten wir Ihren Cupido geschnappt. Und sein letztes Opfer hat er auch dabei.«

## 16.

MIT BLAULICHT jagte Dominick im Zickzackkurs von Spur zu Spur über den Dolphin Expressway in Richtung Miami Beach. Selbst um halb zehn Uhr abends war der Highway noch verstopft. Die Leute in Südflorida waren die schlechtesten Autofahrer des Landes. Die allerschlechtesten. Sie schlugen sogar die New Yorker noch. Entweder fuhren sie 30 Stundenkilometer unter dem Tempolimit oder 30 Stundenkilometer darüber, dazwischen gab es nichts. Außer Stillstand natürlich, wenn der Hase den Igel eingeholt hatte, in die Eisen steigen musste und damit kilometerlange Schlangen von roten Bremslichtern und Auffahrunfällen provozierte.

Kurz nach der Auffahrt der I-395 zum McArthur Causeway war der Verkehr komplett zum Erliegen gekommen. Weiter vorne auf der Gegenfahrbahn blinkte ein Meer aus blauen und roten Lichtern. Der Causeway teilte sich hier und erhob sich in zwei langen Brücken über den Intracoastal Waterway, sodass es keine Möglichkeit gab, auf die andere Seite zu wechseln, es sei denn, man schwamm. Dominick verfluchte den Vollidioten von Cop, der sich für seine Fahrzeugkontrolle ausgerechnet den McArthur Causeway ausgesucht hatte. Er schwenkte nach rechts auf den Seitenstreifen und fuhr einen knappen Kilometer am Stau der Gaffer vorbei – Hasen und Igel, jetzt in ihrer Neugier vereint, verrenkten sich die

Hälse und reckten die Köpfe zum Fenster hinaus, um einen besseren Blick auf den greulichen Verkehrsunfall zu erhaschen, den sie weiter vorn vermuteten. Dominick war jetzt auf Höhe der Armada von fünfzehn bis zwanzig Streifenwagen, die auf der anderen Fahrbahn versammelt war. Ein Polizeihubschrauber hob eben ab. Der Verkehr war in beide Richtungen gesperrt, und auf beiden Seiten des Causeway saßen in den ersten Reihen blutlüsterne Schaulustige auf den Dächern und Motorhauben ihrer Autos und sahen zu, wie sich das Schauspiel vor ihnen entwickelte. Andere waren einfach nur frustriert und hupten.

Als er die Barrikade der Polizei passiert hatte, raste Dominick bis ans Ende des Causeway. Dort nahm er die Ausfahrt und versuchte, in westlicher Richtung auf den Causeway zurückzukommen. Das stellte sich als unmöglich heraus, denn der Verkehr stand still und staute sich schon auf der Auffahrt. Dominick musste einen Highway Trooper anfunken, um die Auffahrt räumen zu lassen, damit er überhaupt auf die Brücke kam.

Endlich war er vorbei an einer weiteren Straßensperre und einer weiteren Schlange von Gaffern und parkte seinen zivilen Pontiac Grand Prix hinter einer Kette von mindestens zehn Streifenwagen. Anscheinend war hier jedes einzelne Police Department in Miami Dade County vertreten. Die beiden rechten Spuren waren mit Leuchtsignalen abgegrenzt, und ein sommersprossiger Trooper von höchstens neunzehn Jahren versuchte, die Gaffer auf der linken Spur zum Weiterfahren zu bewegen.

Vor den Streifenwagen parkten Ambulanz und Feuerwehr. Ein weißer Wagen mit der Aufschrift MIAMI DADE COUNTY MEDICAL EXAMINER stand einzeln etwas weiter vorn. Der Wagen hatte kein Blaulicht an. Hätte Dominick nicht gewusst, worum es ging, er hätte geschworen, es handele sich um eine Massenkollision mit mehreren Toten.

Er lief an den leeren Streifenwagen mit den blinkenden Blaulichtern vorbei. Ein einsamer schwarzer Jaguar XJ8 stand unversehrt auf dem Randstreifen zwischen der Brückenmauer und weiteren leeren Streifenwagen. Verdammt. *Gott und die Welt war hier draußen. Das wird ja ein Fest für die Medien.*

Genau hinter dem Causeway, über dem Ufer des Intracoastal

Waterway, erhob sich das Gebäude des *Miami Herald*. Die Fenster des neunten Stocks befanden sich praktisch auf gleicher Höhe wie die Brücke. *Na, wunderbar. Die Reporter mussten nicht mal aus ihren Büros raus, um das Foto für die Titelseite zu schießen.* Die Fenster des Gebäudes waren erleuchtet und mit dunklen Umrissen gespickt. Irgendein Praktikant mit Teleobjektiv machte wahrscheinlich in ebendiesem Moment eine Großaufnahme von Dominicks Nasenhaaren.

Der Jaguar war leer, die Heckklappe stand offen. Im Kofferraum sah Dominick ein weißes Laken, das von der tropischen Brise über dem Kanal sanft hin und her bewegt wurde. Ein paar Polizisten in unterschiedlichen Uniformen standen fünf Meter weiter zusammen und unterhielten sich. Ihre Körper schirmten den Kofferraum unbewusst ab. Aus den Funkgeräten rauschten und krächzten in breiigem, unverständlichem Polizeijargon die unterschiedlichsten Informationen.

Im Westen am einen Ende des Causeway leuchtete die prächtige Skyline von Miami in Neonrosa und Hellblau, mit zitronengelben Tupfern von den Lichtern der Schwebebahn, die sich um die ganze Stadt wand. Auf der anderen Seite, im Osten, glitzerten die weißen Lichter der Hochhäuser von Miami Beach.

Direkt hinter dem nagelneuen Jaguar parkte ein Streifenwagen des Miami Beach P. D. Dominick sah auf dem Rücksitz hinter dem Gitter, das den Fahrer vom Fond trennte, die dunkle Silhouette einer einzelnen Gestalt.

Dominick ging zu den Polizisten hinüber und zeigte seine Marke. »Weiß jemand, wo ich Sergeant Ribero vom Beach Department finde?«

Noch so ein Neunzehnjähriger, diesmal in der Uniform des Miami Beach P. D., nickte und zeigte auf ein paar Polizisten, die hinter dem Wagen der Spurensicherung standen. Dominick sah drei Uniformierte im Gespräch mit zwei Blues-Brothers-Verschnitten in dunklen Anzügen – nur die Sonnenbrillen fehlten. Die Blues Brothers hörten aufmerksam zu und machten sich Notizen. Dominick erkannte den einen – FBI – und knirschte unwillkürlich mit den Zähnen.

Die Polizisten vor dem Jaguar traten einen Schritt zur Seite, um

Dominick zum Wagen durchzulassen. Das Kofferraumlämpchen beleuchtete das Tuch; rote Flecken begannen durch den dichten Stoff zu sickern. Er zog ein Paar Gummihandschuhe aus der Hosentasche. Plötzlich legte sich ihm von hinten eine große, schwere Hand auf die Schulter: »Ich hoffe, du hast heute Abend noch nichts gegessen, Kumpel. Es ist ziemlich schlimm.«

Hinter Dominick stand Manny Alvarez vom City of Miami P. D., der seit einem Jahr der Sonderkommission zugeteilt war. Er hatte eine Zigarette im Mund, die Ärmel seines verschwitzten, ehemals weißen Hemdes waren hochgerollt und entblößten haarige Arme, an denen zu viele Goldketten hingen. Sein Hemd mit Kragenweite 44 war am Hals aufgeknöpft und hing schlaff über die gelockerte orange-blaue Miami-Dolphins-Krawatte, von der Dominick das schwarzweiße Porträt von Dan Marino angrinste. »Wo zum Teufel hast du dich herumgetrieben?«

»Ich bin auf dem verfluchten Causeway im Stau stecken geblieben.« Dominick schüttelte den Kopf und sah sich um. »Offensichtlich hat vor mir die halbe Welt Bescheid gewusst. Was für ein Affenzirkus.«

Mit seinen stattlichen hundertzehn Kilo und einem Meter sechsundneunzig war Manny, auch Bär genannt, einen halben Kopf größer und rund dreißig Kilo schwerer als Dominick Falconetti. Sein massiger Körper war fast vollständig behaart, sogar auf seinen Fingern kräuselten sich schwarze drahtige Locken. Er trug einen dichten Schnurrbart und einen Dreitagebart, der bei anderen als Vollbart durchgegangen wäre. Selbst aus dem Kragen wuchsen ihm Haare. Alles an Manny dem Bär war haarig – bis auf den Schädel, den er so glatt und blank rasiert trug wie eine Billardkugel. Er sah aus wie ein fieser kubanischer Meister Proper.

»Du weißt doch – wer zu spät kommt, den bestraft das Leben. Hast du unseren besten Freunden vom *Herald* schon zugewinkt?« Manny deutete auf das Gebäude und wedelte übertrieben mit dem Arm. Wahrscheinlich landete er morgen auf der Titelseite.

»Schon gut, schon gut. Ich sag ja gar nichts. Was haben wir?«

Manny Alvarez zog an seiner Marlboro und lehnte sich gegen die Betonmauer. Zwölf Meter unter ihnen plätscherte leise der Kanal. »Ungefähr um Viertel nach acht heute Abend sieht Chavez, ein

Neuling beim Beach Department, einen schwarzen Jaguar die Washington Avenue in Richtung McArthur hinunterheizen. Mit ungefähr siebzig, achtzig Sachen. Er folgt ihm auf den I-395 und sieht, dass er auch ein kaputtes Rücklicht hat. Also winkt er ihn raus. Im Auto sitzt nur ein Kerl. Er fragt nach Führerschein, Wagenpapieren und so weiter.

Chavez sagt, der Typ spielt Mr. Cool, aalglatt, keine Schweißperle, kein Zucken, nichts. Er zeigt ihm einen in Florida ausgestellten Führerschein auf den Namen Bantling. William Bantling. Wohnhaft in der LaGorce Avenue in South Beach. Chavez geht um den Wagen herum, um dem Typ einen Strafzettel zu verpassen, als ihm so ein komischer Geruch in die Nase steigt, der anscheinend aus dem Kofferraum kommt. Also bittet er Bantling um die Erlaubnis, in den Kofferraum zu sehen. Aber der Typ sagt nein.

Irgendwas ist da im Busch, denkt Chavez. Nach dem Motto, weshalb hat der Typ was dagegen, dass ich in seinen Kofferraum schaue? Also fordert er Unterstützung und eine Hundestaffel an und hält ihn hier fest, bis die Kavallerie kommt. Zwanzig Minuten später ist die K-9 da, und der Köter reagiert sofort auf den Kofferraum, du weißt schon, kratzen, bellen, das ganze Programm. Die Jungs denken natürlich an Koks! Papa hat ein bisschen Puderzucker im Auto versteckt. Sie brechen die Haube auf und ... Überraschung! Unser Freund hier hat ein totes Mädchen im Kofferraum. Sie hat ein großes Loch in der Brust, und ihr fehlt das Herz.

Na, da sind alle ausgerastet. Und haben sich an die Funkgeräte gehängt. Innerhalb von kürzester Zeit hatten wir jede Behörde hier unten, und jeder Cop hat seinen eigenen Sergeant dabei. Der reinste Jahrmarkt. Mein Boss hat sich sogar im Heli einfliegen lassen, um einen Blick darauf zu werfen. Du hast ihn gerade verpasst. Er war bei irgendeiner schnieken Spendenparty für den Gouverneur oder so. Als er davon hörte, hat er einfach behauptet, er würde sofort hier gebraucht. Und statt die zwanzig Minuten vom Biltmore Hotel zu *fahren*, hat er sich und den Gouverneur von den Jungs einfliegen lassen. Wir mussten den Causeway in beide Richtungen sperren, damit der Heli landen konnte. Dann ist er mit seinem fetten Wanst angewackelt gekommen, hat sich die Sneak Preview auf das Gemetzel gegeben und konnte dann auf dem Rückflug zu Steak und Pommes frites dem Gouverneur mit seinen neuesten Erkenntnissen den Sack kraulen. Kannst du das alles fassen?«

Manny schüttelte den Kopf und schnippte die Zigarette in den schleppenden Verkehr auf der linken Spur. Hoffentlich fiel sie irgendeinem Gaffer ins offene Fenster. Direkt auf den Schoß, und versengte ihm die Eier.

Dominick nickte in Richtung des Wagens von der Spurenermittlung. »Wer sind die Blues Brothers?«

Manny grinste. »Muss ich das wirklich sagen? Natürlich unsere lieben, treuen Freunde von der Bundespolizei. Pünktlich zur Stelle, um für die Lösung eines Falls, in dem sie nie ermittelt haben, die Lorbeeren zu kassieren.« Er rollte mit den Augen. »Stevens und Carmedy. Sie schleimen sich gerade bei den Jungs vom Beach Department ein, damit sie auf der Pressekonferenz, die sie morgen zweifellos geben werden, wenigstens die Fakten kennen.«

»Warum hat das FBI vor mir davon erfahren?« Dominick sah sich um und schüttelte den Kopf. »Verflucht nochmal, Manny, die ganze verdammte Welt ist hier.«

»Der Special Agent in Charge von Miami war auch beim Spendendinner. Aber soweit ich weiß, sind die Bundesbeamten, bescheiden wie sie nun einmal sind, im Auto hergekommen. Die anderen Jungs, na ja, du weißt schon, die wollen einfach nur dabei sein in diesem historischen Moment.«

Dominick schüttelte wieder den Kopf. Der Mann vom FBI in Miami war Mark Gracker. Er und Dominick waren schon einmal aneinander geraten, lange vor dem Cupido-Fall. Es ging um einen Mord im organisierten Verbrechen. Gracker und seine Bundeskollegen hatten ihm den Fall weggenommen – bequemerweise, nachdem Dominick ihn gelöst und den Verdächtigen identifiziert hatte. Eine Minute, nachdem er beim Kriegsrat der großen Häuptlinge von FBI und FDLE den Namen des Verdächtigen hinter einer verschlossenen Tür geflüstert hatte, musste Dominick fassungslos in den Nachrichten zusehen, wie Gracker dem Typen Handschellen umlegte und gleichzeitig Julia Yarborough von *Channel 6* ein Interview gab. Zehn Tage später beförderte das FBI Gracker zum Special Agent in Charge von Miami.

Die Beamten vom Bureau versuchten sich immer genau dann

einzuschalten, wenn sie am Ende als Helden dastehen konnten. Seit Waco und Ruby Ridge mussten sie dringend ihr Image aufpolieren. Aber Marilyn Sibans Leiche war auf Bundesgebiet gefunden worden, damit fiel ihr Fall unter Bundesrecht, und deshalb konnte Dominick Gracker schlecht sagen, dass er sich verpissen solle. Er warf einen Blick in den Kofferraum. »Ist das Mädchen identifiziert?«

»Es ist Anna Prado, die kleine Biene, die aus dem Level verschwunden ist. Sie ist erst seit ein paar Wochen vermisst. Die Leiche ist jedenfalls noch ziemlich fit. Kann nicht länger als einen Tag oder so tot sein. Was für ein Jammer, Mann. Eine echte Schönheit.« Dominick zog sich die Gummihandschuhe über und hob das weiße Laken an. Noch ein Paar leere tote Augen, das ihn hilflos anstarrte. Diesmal babyblau.

»Hat sie jemand bewegt? Angefasst?«

»Nope. Du kriegst, was du siehst. Die Blues Brothers haben mal reingelinst, aber sie nicht angerührt. Ich hab den Babysitter gespielt. *Nur gucken, Freunde, und seid nett zu den Kollegen!* Die Spurenermittlung hat schon mal alles fotografiert. Damit sind sie vor ungefähr zehn Minuten fertig geworden.«

Anna Prados nackter Körper lag auf dem Rücken, die Knie waren angewinkelt, die Unterschenkel nach hinten geknickt. Die Arme waren über dem Kopf mit Nylonschnur gefesselt. Darunter breitete sich das lange, platinblonde Haar aus. Die Brust war mit zwei Schnitten geöffnet, die ein Kreuz bildeten, das Sternum sauber aufgebrochen. Das Herz fehlte. Unter der Leiche hatte sich Blut gesammelt, aber nicht besonders viel, offensichtlich war sie woanders getötet worden.

»Wahrscheinlich wollte er sie gerade an ein einsames Plätzchen bringen und dort noch ein bisschen mit ihr spielen. Dann hätten wir in ein paar Monaten als Weihnachtsgeschenk ein Skelett gefunden, das es mit einem Abflussrohr treibt, oder so was. Falls du es noch nicht gewusst hast, Dom, die Welt ist voller kranker Arschlöcher.« Er stand auf und zündete sich noch eine Zigarette an. Dann grinste er zu einem langsam vorbeifahrenden Wagen hinüber und zeigte ihm den Mittelfinger. »Wie dieses Geschmeiß da, das unbedingt was wirklich Übles sehen will.«

»Sie sieht frisch aus, Manny.« Dominick berührte ihren Arm. Fleisch und Muskeln bewegten sich, die Haut war kalt. Die Totenstarre war eingetreten und hatte wieder nachgelassen, doch nicht vor allzu langer Zeit. Er schätzte, sie war erst seit einem Tag tot. Er trat einen Schritt zurück. Unter dem Schuh hörte er ein leises Knirschen. Er bückte sich und hob etwas auf, das wie der Splitter eines Rücklichts aussah. Er steckte ihn in die Hosentasche. »Womit haben sie den Kofferraum aufgebrochen?«

»Ich glaube, mit einem Brecheisen. Piedmont vom Beach Department war der Einzige, der den Kofferraum angefasst hat, nachdem er offen war. Die Spurensuche wird sich drüber hermachen, sobald die Leiche bei der Gerichtsmedizin ist. Ich wollte nur, dass du den Fundort siehst, bevor es weitergeht.«

»Wer ist dieser Bantling? Hat er eine Akte?« Dominick sah sich nach dem Streifenwagen um, der drei Meter entfernt stand. Die Gestalt auf der Rückbank saß aufrecht und unbeweglich da. In der Dunkelheit konnte er das Gesicht nicht erkennen.

»Fehlanzeige. Wir haben seinen Namen durch den Computer gejagt. Nichts. Ich habe Jannie angerufen, die Psychotante, und während wir hier sprechen, ist sie gerade dabei, sein schmutziges kleines Leben auseinander zu nehmen, vom ersten Mal, als er sich in die Windeln geschissen hat, bis zum letzten Mal, dass er pinkeln war. Morgen beim Frühstück wissen wir mehr.«

»Was macht er? Wo ist er her? Ich habe noch nie was von ihm gehört. Er tauchte auf keiner unserer Listen auf, oder?«

»Auf keiner. Er ist einundvierzig und arbeitet als Einkäufer für Tommy Tan's Interior Design, so ein piekfeiner Laden in Miami Beach. Er reist viel nach Südamerika und Indien. Hat behauptet, er sei auf dem Weg zum Flughafen, als Chavez ihn angehalten hat. Wir wissen nur so viel, dass er zurückgezogen lebt. Wir haben eine ganze Armee Cops zu seinem Haus geschickt, sie befragen die Nachbarn und warten eigentlich nur noch auf den Durchsuchungsbefehl. Bis jetzt hören wir von den Nachbarn den üblichen Quark: *Eigentlich ein netter Kerl, aber ich hatte immer schon so ein Gefühl!*, und so weiter. Morgen treten sie dann in der Jerry-Springer-Show auf, wo sie der Nation erklären, warum sie Hellseher und wir Idioten sind.

Außerdem habe ich schon bei der Staatsanwaltschaft angerufen. Von unseren Jungs arbeiten Masterson und Bowman an den Durchsuchungsbefehlen. C. J. Townsend von der Staatsanwaltschaft kaut sie dann mit ihnen durch, und am Schluss gehen sie dann alle zum Richter und bekommen Milch und Kekse und die Unterschrift.«

»Hat Bantling ausgesagt?«

»Der schweigt wie ein Grab. Er hat kein Wort mehr gesagt, seit er Chavez die Erlaubnis verweigert hat, den Kofferraum aufzumachen. Wir haben ihn hinten in Lou Riberos Wagen verkabelt und hören ihn ab, aber der atmet nicht mal. Ich habe den Leuten gesagt, keiner darf mit ihm sprechen, wir machen das schon. Die Bundescops haben ihn auch nicht befragt. Jedenfalls noch nicht, auch wenn das sicher ganz oben auf ihrer Liste steht.«

»Na gut. Die Forensiker sollen weitermachen. Lass die Leiche abholen. Sie sollen unbedingt die Hände eintüten, bevor sie bewegt wird.« Dominick winkte den zwei Kollegen von der Gerichtsmedizin und den fünf Technikern von der Spurensicherung zu, die am Straßenrand hockten und versuchten, möglichst unauffällig zu wirken mit ihren blauen Jacken, auf denen in großen gelben Leuchtbuchstaben POLICE und MEDICAL EXAMINER stand. Jetzt fielen sie wie die Termiten über den Kofferraum her.

Dominick nickte der Gruppe von Polizisten zu, die immer noch um den Wagen herumstanden, und schob sich wieder zwischen ihnen durch. Am Himmel dröhnte der unüberhörbare Lärm eines Hubschraubers, der über ihnen schwebte. Grelle Scheinwerfer blendeten von oben.

»He Manny, bitte sag mir, dass das dein fettwanstiger Boss ist, der zur zweiten Visite kommt.«

Manny Alvarez sah nach oben und blinzelte. Dann schüttelte er genervt den Kopf. »Leider nein. Das, mein Freund, sind die sensationsgeilen Katastrophen-Reporter von *Channel 7*. Sieht aus, als hätten wir das große Los gezogen. Zu den Nachrichten um elf sind wir auf Sendung. Vergiss nicht zu lächeln.«

»Scheiße. Die Horden greifen an. Na gut, schaffen wir den Kerl ins Büro und sprechen wir mit ihm, bevor er begriffen hat, was ihm hier blüht, nach einem Anwalt heult und die Bürgerrechtsbewegung auf den Plan ruft. Mit unseren Freunden von der Bundespolizei rede ich später. Wir dürfen bloß keinen Zweifel daran aufkommen lassen, dass er *unser* Verdächtiger ist.«

Dominick öffnete die hintere Tür des MBPD-Streifenwagens und lehnte sich hinein. Der Mann auf der Rückbank starrte geradeaus. Im schwachen Licht sah Dominick, dass sein rechtes Auge blau und geschwollen war, aus einem Schnitt auf dem Wangenknochen quoll Blut. An seinem Hals waren rote Kratzer zu sehen. Er musste auf dem Weg zum Streifenwagen gestolpert sein. Es erstaunte Dominick immer wieder, wie ungeschickt sich die Verdächtigen anstellten. Vor allem hier in Miami Beach.

»Mr. Bantling, ich bin Special Agent Dominick Falconetti vom Florida Department of Law Enforcement. Ich muss Sie bitten, mit mir zu kommen. Ich muss Ihnen ein paar Fragen stellen.«

William Bantling starrte weiter geradeaus, ohne eine Miene zu verziehen. Er zwinkerte nicht einmal.

»Ich weiß, wer Sie sind, Agent Falconetti. Und ich kann Ihnen versichern, dass es nichts gibt, was wir in Ihrem Büro oder sonst irgendwo zu bereden hätten. Ich berufe mich auf mein Recht zu schweigen. Ich will mit meinem Anwalt sprechen.«

## 17.

MARISOL ALFONSO WARTETE AM EMPFANG der Staatsanwaltschaft Miami Dade ungeduldig auf ihre Chefin. Sie war klein und üppig und lief mit einem pinkfarbenen Notizblock vor den Fahrstühlen auf und ab. Es war 9:02 Uhr, und offiziell war sie seit einer Stunde und zwei Minuten hier, auch wenn sie eigentlich erst um 8:15 Uhr ins Büro gekommen war. Ihr reichte es – sie würde sich diesen Mist einfach nicht mehr gefallen lassen. Dafür war der Job zu schlecht bezahlt.

Die Fahrstuhltüren öffneten sich, und Marisol starrte die Aussteigenden an. Hinter einigen der Uniformierten und Schlipsträger entdeckte sie in einem schlichten grauen Anzug und mit einer dunklen Sonnenbrille die Person, auf die sie gewartet hatte.

»Wo bleiben Sie denn?«, fauchte sie wütend. »Wussten Sie, dass ich über dreißig Nachrichten für Sie entgegennehmen musste?« Theatralisch blätterte sie durch ihren Block und rannte ihrem Opfer durch die Sicherheitstüren in die Räume der Major Crimes Unit hinterher, bis in das kleine Büro mit der Aufschrift C. J. TOWNSEND, ESQU. ASSISTANT CHIEF. Jetzt wedelte Marisol mit dem Block über ihrem Kopf. »Die ganzen Nachrichten, alle für Sie!«

Der letzte Mensch, dem C. J. Townsend morgens als Erstes begegnen wollte, war ihre zickige Sekretärin Marisol. Ein Tag, der mit ihr begann, konnte gar kein guter Tag mehr werden. Heute war keine Ausnahme. C. J. stellte ihre Aktentasche auf den Schreibtisch, setzte die Sonnenbrille ab und betrachtete die zornige Person, die vor ihr stand: die Hände mit den knallig lackierten künstlichen Nägeln in die Hüften gestemmt, die üppigen Formen in ein neonrosa Lycra-Top und einen geblümten Rock gezwängt, der zwei Nummern zu klein und fünfzehn Zentimeter zu kurz war.

»Soweit ich informiert bin, Marisol, gehört es zu Ihren vertraglichen Aufgaben, ans Telefon zu gehen und Nachrichten entgegenzunehmen.«

»Aber nicht so viele. Ich bin ja zu gar nichts anderem mehr gekommen. Warum haben Sie nicht angerufen und mir erklärt, was ich den Leuten von der Presse sagen soll?«

Als ob sie irgendetwas täte. C. J.s gezwungenes Lächeln verbarg das Zähneknirschen nur halbherzig. »Sagen Sie der Presse einfach, von unserer Seite gibt es keinen Kommentar, und machen Sie weiter Ihre Arbeit. Ich rufe die zurück, bei denen es nötig ist. Ich habe um zehn Uhr eine Anhörung, auf die ich mich vorbereiten muss. Bitte sorgen Sie dafür, dass ich nicht gestört werde.« Dann konzentrierte sie sich auf ihre Aktentasche und beendete das Gespräch, in dem sie ihre Unterlagen herausnahm.

Marisol schnalzte missbilligend, knallte C. J. den Block auf den Tisch und drehte sich auf den hohen rosa Absätzen um. Sie murmelte ein paar spanische Flüche und stürmte aus dem Büro.

C. J. sah zu, wie sie den Flur hinunter zum Schreibpool stöckelte, wo sie sich wahrscheinlich die nächsten zwei Stunden lang bei den Kolleginnen über die dramatischen Ereignisse des Morgens und ihre schreckliche Chefin beschweren würde. Und wenn es das Letzte war, was C. J. in ihrem Amt erreichte, irgendwann würde sie diese Person versetzen lassen. Am liebsten in die Sozialbehörde ans andere Ende der Stadt. Keine leichte Aufgabe. Marisol war seit zehn Jahren dabei und damit praktisch unkündbar. Wahrscheinlich würde man sie eher mit den Füßen voran in einem übergroßen rosa Leichensack hinaustragen, als dass der Oberstaatsanwalt den Mut zusammenkratzte, sie wirklich zu schassen.

C. J. blätterte durch den rosa Notizblock. *NBC Channel 6, WSVN Channel 7, CBS Channel 2, Today Show, Good Morning America, Telemundo, Miami Herald, New York Times, Chicago Tribune*, sogar die *Daily Mail* aus London. Die Liste hörte gar nicht mehr auf.

Die Nachricht von der Festnahme eines Verdächtigen in der Cupido-Mordserie hatte sich in den Medien in den frühen Morgenstunden wie ein Lauffeuer verbreitet, und die wilde Jagd nach Informationen hatte begonnen. Das Zeltlager der Pressefritzen auf der Treppe des Justizgebäudes gegenüber hatte C. J. schon durchs Fenster des Büros gesehen, mit Direktverbindungen via Satellit nach New York und Los Angeles.

Vor einem Jahr hatte der Oberstaatsanwalt C. J. dazu eingeteilt, die Sonderkommission Cupido bei ihren Ermittlungen zu unterstützen. C. J. war an den Fundorten und bei einigen der Autopsien dabei gewesen, hatte Bevollmächtigungen aufgesetzt, sich beim Gerichtsmediziner informiert, war die Polizei- und Laborberichte durchgegangen und hatte Zeugenaussagen aufgenommen. Auch einen Teil der scharfen Kritik hatte sie abbekommen, mit der sie wegen des Ausbleibens von Erfolgen täglich von der Presse überschüttet wurden. Und jetzt hatte ihr der Einsatz für die Jungs in Blau den Hauptgewinn beschert: Sie würde den Prozess gegen den schlimmsten Serienmörder der Geschichte von Miami führen. Eine Rolle, die sie in den Augen der Medien zum Star des Tages machte, ein Phänomen, das sie aus tiefstem Herzen verabscheute.

In ihren zehn Jahren bei der Staatsanwaltschaft hatte sie Prozesse gegen alle möglichen Straftäter geführt, angefangen bei dem Fischer, der außerhalb der Fangzeit Langusten fing, bis zum dreifachen Mord, begangen von einer Gang von Siebzehnjährigen. Sie hatte beim Richter auf Geldstrafen plädiert, auf Gemeindearbeit, auf Bewährung, Gefängnis, auf »lebenslänglich«. Vor fünf Jahren war sie mit einer Verurteilungsrate von fast hundert Prozent belobigt und zur Major Crimes Unit befördert worden, einer kleinen Spezialeinheit, in der die zehn besten Staatsanwälte versammelt waren. Hier hatten sie und ihre Kollegen zwar eine sehr viel kleinere Zahl von Fällen zu bearbeiten als die anderen 240 Anwälte der überaus beschäftigten Staatsanwaltschaft, doch es handelte sich nicht nur um die schwersten Verbrechen, sondern auch um die, die am schwierigsten zu beweisen waren. Fast immer ging es um Mord, immer war es eine hässliche Sache, und immer musste man mit erhöhtem Medieninteresse rechnen. Organisiertes Verbrechen, Kindsmorde, Hinrichtungen im Bandenmilieu, frustrierte Väter, die nach Feierabend ihre Familie auslöschten. Jeder Fall war ein potenzielles Medienspektakel, einige landeten auf der Titelseite, während andere als Notiz im Lokalteil untergingen. Manche der Verbrechen schafften es gar nicht in die Zeitung, falls sie von einem noch schrecklicheren Mordfall, einem Tornado oder einer schmählichen Niederlage der Dolphins gegen die Jets überschattet wurden.

Während ihrer fünf Jahre bei Major Crimes hatte C. J. ihren Namen nicht nur einmal in der Zeitung entdeckt. Die Aufmerksamkeit machte sie jedes Mal nervös, und sie hasste es immer noch, Interviews zu geben. Sie machte ihre Arbeit, und das tat sie gut. Aber nicht etwa für die Öffentlichkeit oder das Rampenlicht, sondern für die Opfer – für die, die aus ihren Gräbern nicht mehr sprechen konnten. Und für deren unschuldige Freunde und Familien, die, nachdem der Trubel sich wieder gelegt hatte und die Kameras ausgeschaltet waren, immer noch fassungslos waren. C. J. wollte den Opfern einen Eindruck von Gerechtigkeit vermitteln, damit sie sich nicht ganz so ohnmächtig fühlten. Doch in diesem Fall würde das Rampenlicht noch unerbittlicher sein als sonst schon, denn hier hatte C. J. zum ersten Mal die nationalen und internationalen Medien am Hals und nicht nur die Lokalpresse.

Als Manny Alvarez gestern Nacht bei ihr zu Hause anrief, um ihr zu sagen, dass sie im Cupido-Fall einen Verdächtigen hatten, war ihr sofort klar, dass es eine große Sache werden würde. Wahrscheinlich der größte Fall ihrer ganzen Karriere.

Die halbe Nacht hatte sie an den Durchsuchungsbefehlen für Bantlings Haus und seine zwei Autos gesessen. Den Rest der Nacht verbrachte sie damit, sich auf Bantlings erste Anhörung vor Gericht vorzubereiten, die auf zehn Uhr angesetzt war. Und zwischendurch hatte sie noch den Schauplatz auf dem Causeway besichtigt und war in der Gerichtsmedizin vorbeigefahren, um sich die Leiche anzusehen. Dann hatte sie nach drei Nachrichten auf ihrem Anrufbeantworter Oberstaatsanwalt Jerry Tigler zurückgerufen, der aufgebracht darüber war, dass er zwar bei der gleichen Spendenparty für den Gouverneur war wie der Polizeichef von Miami City und der FBI-Heini, man ihn aber offensichtlich nicht zur Afterhour-Party auf dem Causeway eingeladen hatte wie die anderen hohen Tiere. Tigler wollte, dass sie herausfand, warum man ihn übergangen hatte. Und über all dem hatte C. J. schlicht vergessen zu schlafen.

Bantling hatte innerhalb von vierundzwanzig Stunden nach seiner Festnahme das Recht auf eine erste förmliche Anhörung, in der ein Richter entschied, ob die vorläufige Festnahme wegen Mordes an Anna Prado rechtmäßig war. Bestand hinreichender Tatverdacht, dass er das Verbrechen begangen hatte, dessen er beschuldigt wurde? Es war davon auszugehen, dass eine zerstückelte Leiche im Kofferraum als hinreichend verdächtig galt. Normalerweise war die erste Anhörung reine Formsache, eine Affäre von zwei Minuten, die über Monitor gehandhabt wurde, der Beschuldigte saß vor einem Bildschirm im Bezirksgefängnis, und vor dem zweiten Bildschirm in einem winzigen Gerichtssaal auf der anderen Straßenseite saß ein schlecht gelaunter, überarbeiteter Richter mit einem täglichen Anhörungspensum von zweihundert minderen Delikten und fünfzig Schwerverbrechen.

Der schlecht gelaunte Richter verlas das Verhaftungsprotokoll und den Tatvorwurf, erklärte, dass hinreichender Tatverdacht bestand, legte eine Kaution fest oder lehnte diese ab und ging dann zum nächsten Beklagten in der langen Schlange über, die sich durch das Gefängnis wand. Und das war's. Es war so schnell vorüber, dass der Beschuldigte meistens nicht einmal merkte, dass sein Name aufgerufen worden war. Er wartete auf der Gefängnistribüne, starrte mit leerem Blick vor sich, bis man ihn herunterholte und in die andere Schlange stellte, die darauf wartete, zurück in die Zellen gebracht zu werden. Staatsanwalt und Verteidiger saßen zwar beim Richter im Gerichtssaal, doch sie waren reine Staffage. Es gab keine Zeugen, keine Aussagen, nichts weiter, nur den Richter, der das Verhaftungsprotokoll verlas. Und er fand immer einen hinreichenden Tatverdacht. Ohne Ausnahme. So war es nun einmal – das gute Rechtssystem des alten Südens.

Aber bei diesem Fall – bei diesem Fall würde alles ganz anders sein. Heute wurde der Beschuldigte sogar vom Gefängnis über die Straße in das Gerichtsgebäude eskortiert, wo er zu einem eigenen Termin in einem eigenen Gerichtssaal eine erste förmliche Anhörung ganz für sich allein bekam. Nur er, sein Verteidiger, die Staatsanwältin, der heute nicht ganz so schlecht gelaunte Richter – und das gesamte Presse-Corps, das über Nacht auf der Treppe des Gerichtsgebäudes kampiert hatte, um einen Sitzplatz im Saal zu ergattern. Eine nette, trauliche Angelegenheit, die zeitgleich von Millionen von Zuschauern vor dem Fernseher im ganzen Land und auf der ganzen Welt verfolgt werden würde. Und dann noch einmal in den Fünf-Uhr-, den Acht-Uhr- und den Elf-Uhr-Nachrichten.

C. J. hatte so eine Ahnung, dass es diesmal nicht in zwei Minuten erledigt sein würde.

Der Richter war der Ehrenwerte Irving J. Katz, ein echter Pressehund. Er war alt und schrullig und war vermutlich schon Richter gewesen, als es in Miami noch nicht einmal ein Gericht gegeben hatte. Zu Richter Katz' Missfallen ließ der Oberste Richter ihn keine Prozesse mehr führen, sondern hatte ihn stattdessen zum König der ersten Anhörungen gemacht, einem üblicherweise ereignislosen und nervtötenden Posten. Bei einem Fall wie diesem wurde es Richter Katz natürlich warm ums Herz. C. J. erwartete, dass er die ersten fünf Minuten der Anhörung einfach nur seinen schweigenden, fürchterlichen Blick der Verdammung auf Bantling richten würde. Und in die Kameras. Dann würde er vom Gerichtsdiener das Verhaftungsprotokoll verlangen und dazu übergehen, langsam den Tatvorwurf zu intonieren, wobei er jede Silbe vor Verachtung triefen ließe. Er würde so tun, als lese er das Verhaftungsprotokoll mit den Fakten über

Bantlings Festnahme zum ersten Mal – natürlich hatte er das schon zehnmal in seinem Büro getan, aber jetzt würde seine ehrwürdige, runzlige Braue sich theatralisch vor Schock und Abscheu verziehen. Er würde fragen, was Bantling zum Tatvorwurf zu sagen habe, obwohl das bis zur Vernehmung zur Anklage in drei Wochen nichts zur Sache tat. Dann würde er seinen Auftritt mit einer kurzen dramatischen Rede abrunden: »Ich bete, dass diese hässlichen Anschuldigungen nicht zutreffen, dass diese barbarischen, bösen Taten nicht von Ihnen begangen wurden, William Rupert Bantling. Doch wenn Sie derartiger Verbrechen schuldig sind, dann möge Gott Gnade mit Ihrer Seele haben, denn dafür werden Sie in der Hölle schmoren!« Oder so etwas Ähnliches. Das wäre dann die Schlagzeile für das Extrablatt des *Miami Herald: Richter: Cupido soll in der Hölle schmoren!* Natürlich würde Katz hinreichenden Tatverdacht feststellen. Wahrscheinlich musste C. J. nicht einmal das Wort ergreifen. Trotzdem wollte sie gut vorbereitet sein für den Fall, dass sie von Bantlings Anwalt herausgefordert würde.

Der Richter, der gestern Abend den Durchsuchungsbefehl für den Wagen ausgestellt und später, um fünf Uhr morgens, im Bademantel die Durchsuchungsbefehle für Bantlings Haus und Zweitwagen unterschrieben hatte, war Richter Rodriguez. Im Moment nahmen mindestens vier Polizeitrupps jeden Quadratzentimeter von Bantlings Leben auseinander. Doch bis zu ihrem letzten Rapport um acht Uhr hatten sie noch keine »rauchende Pistole« gefunden; kein Versteck mit entwendeten Menschenherzen, keine geheime Kammer, in der neben den Fotos der toten Opfer ein Zettel am Spiegel hing, auf dem stand: »Ich habe ihnen das angetan, und sie haben es nicht anders verdient!«

Das verkomplizierte die Sache natürlich. Es verkomplizierte die Sache, weil Bantling sich seit gestern Abend auf sein Recht zu schweigen und sein Recht auf einen Anwalt berief und vollkommen dichtgemacht hatte. Um ihn mit den anderen neun toten Mädchen in Verbindung bringen zu können, brauchte C. J. mehr Beweise als nur Anna Prados Leiche.

Es verkomplizierte die Sache auch, weil es vollkommen im Bereich des Möglichen lag, dass William Bantling nur ein Trittbrettfahrer war und dass der echte Cupido heute Morgen seine Zeitung las und sich bei einer heißen Tasse Kaffee und einem Croissant über sie alle kaputtlachte.

## 18.

C. J. BLÄTTERTE EIN LETZTES MAL durch die Polizeiberichte und das rosa Verhaftungsprotokoll und sah auf die Uhr. Es war schon nach halb zehn. Sie machte sich noch ein paar letzte Notizen, dann nahm sie die Aktentasche und ging hinüber ins Gericht. Sie nahm die Hintertreppe und den Nebeneingang, um den Presserummel zu vermeiden, der vor dem Eingang ihres Gebäudes und auf der Freitreppe des Gerichts auf sie lauerte. Das Gericht betrat sie unbemerkt durch die Parkgarage, wo sie dem gelangweilten Wachmann zuwinkte und den Aufzug betrat.

Die Fahrstuhltüren öffneten sich im dritten Stock, und C. J. sah auf einen Blick, dass die Anhörung ein noch größeres Ereignis würde, als sie ursprünglich gedacht hatte. Schon auf dem Flur vor Gerichtssaal 410 drängte sich ein aufgeregter Pulk von Kameramännern und plappernden Journalisten. Unter Hochdruck wurden Scheinwerfer aufgebaut, Mikrophone gecheckt und Lippenstift nachgezogen.

C. J. konzentrierte sich auf die riesige Mahagonitür und marschierte mit gesenktem Kopf zielstrebig durch die Menge, das kinnlange dunkelblonde Haar verdeckte ihr Gesicht. Sie schien ungerührt von der ganzen Hysterie, die um sie herum tobte.

Die unerfahrenen Reporter, die ihre Hausaufgaben nicht gemacht hatten, platzten hektisch heraus: »Ist sie das? Ist das die Staatsanwältin? Ist das die Townsend?« Die alten Hasen drängelten sich nach vorn, bevor die anderen auch nur die Chance hatten, die Mikrophone anzuschalten.

»Ms. Townsend, welche Spuren wurden in William Bantlings Haus gefunden?«

»Kein Kommentar.«

»War Mr. Bantling auf der Liste der Verdächtigen der Sonderkommission?«

»Kein Kommentar.«

»Werden Sie ihm auch die anderen neun Morde anlasten?«

»Kein Kommentar.«

»Worauf werden Sie plädieren?«

Für diese Frage schoss C. J. der kecken Journalistin einen finsteren Blick zu. Die Türen schlossen sich mit einem schweren Knall hinter ihr.

C. J. durchschritt den walnussgetäfelten Gerichtssaal und nahm ihren Platz auf der rechten Seite am Tisch der Staatsanwaltschaft ein. Richter Katz hatte sich für seine Anhörung natürlich den prächtigsten Gerichtssaal des ganzen Gebäudes ausgesucht. Die Decken waren rund sieben Meter hoch, und der Mahagonithron des Ehrenwerten Richters erhob sich mindestens zwei Meter über dem Zuschauerraum und einen Meter über dem Zeugenstand. Kronleuchter mit Metallrotunden, unverkennbar aus den Siebzigern, hingen quer durch den ganzen Raum.

Der Gerichtssaal war bereits voller Zuschauer, die meisten darunter Journalisten, und überall waren Kameras in den abenteuerlichsten Winkeln auf ihren Stativen postiert. An den Wänden des Saals standen Beamte des Miami Dade P. D. in blauen Uniformen, und die Tür wurde von vier grün-weiß uniformierten Gefängniswärtern gesichert. Weitere vier bewachten den Hintereingang, durch den die Gefangenen über einen Flur und eine Brücke vom Gefängnis herübergebracht wurden. Noch einmal vier hielten die Stellung an der Tür, die zu den Räumen des Richters führte. In der ersten Reihe des Zuschauerraums entdeckte C. J. ein paar Kollegen von der Staatsanwaltschaft und nickte ihnen zu.

Sie öffnete die Aktentasche und warf einen Blick nach links. Vier Meter von ihr entfernt saß die prominente Strafverteidigerin Lourdes Rubio. Neben ihr, in einem maßgeschneiderten schwarzen Anzug, grauer Seidenkrawatte und glänzenden Handschellen, saß ihr Mandant, William Rupert Bantling.

Der Anzug sah nach Armani aus und die Krawatte nach Versace. Bantling trug das blonde Haar glatt zurückgegelt, auf seiner gebräunten Nase saß eine teuer aussehende italienische Sonnenbrille, hinter der sich, wie C. J. bemerkte, ein dickes Veilchen verbarg. Wahrscheinlich mit den besten Wünschen des Miami Beach Police Department. Obwohl C. J. ihn von ihrem Platz nur im Profil sehen konnte, war es offensichtlich, dass er ein attraktiver Mann war. Ausgeprägte Wangenknochen, kräftiges Kinn. *Na wunderbar. Ein eleganter, schöner Serienmörder. Die Liebesbriefe der Einsamen und Gestörten würden wahrscheinlich ab morgen Nachmittag das Gefängnis von Dade County überfluten.*

C. J. fiel außerdem auf, dass er unter den Handschellen eine Rolex trug und im linken Ohr einen fetten Brillanten. Deswegen also saß Lourdes Rubio neben ihm. Sie war gut, aber auch nicht gerade billig. Die Handschellen waren an einer Kette befestigt, die sie mit den Fußketten verbanden. Offensichtlich hatten die Jungs vom Gefängnis sich Mühe gegeben, ihn fürs Fernsehen schön zu machen. C. J. wunderte sich nur, dass sie ihm nicht auch noch eine Maske verpasst hatten wie Hannibal Lecter in *Das Schweigen der Lämmer.*

In diesem Moment wandte Bantling den Kopf und beugte sich lächelnd zu Lourdes herüber. C. J. bemerkte seine perfekten Zähne. Ohne das blaue Auge sah er unbestreitbar gut aus. Er wirkte bestimmt nicht wie ein Serienmörder – aber das hatte Ted Bundy auch nicht getan. Wie oft entpuppte sich der nette Großvater von nebenan als Kinderschänder; wie oft war der Vorstandsvorsitzende eines Großunternehmens ein gewalttätiger Ehemann. Die Dinge waren eben nie so, wie sie schienen. Und wahrscheinlich war es sein gutes Aussehen gewesen, mit dem Bantling die Mädchen hatte aus den Clubs locken können. Sie rechneten mit einem ausgewiesenen Ungeheuer, einem schmierigen, ekelhaften, dreiäugigen Monster mit Mundgeruch und einem Messer, in dem sie auf den ersten Blick Cupido erkennen würden. Aber nicht mit einem charmanten Cappuccino-Trinker im Armani-Anzug mit Rolex, Jaguar und dem perfekten Lächeln.

»Bitte erheben Sie sich!« Die Gerichtsdienerin öffnete die hintere Tür des Gerichtssaals, und herein trat ein resoluter Richter Katz. Als Erstes warf er einen finsteren Blick in die grobe Richtung von William Bantling.

Er kletterte auf den Richterstuhl und setzte sich. Er rückte sich die Brille auf der Nasenspitze zurecht, und dann warf er weitere finstere Blicke in den Saal.

»Die Verhandlung ist eröffnet!«, bellte die Gerichtsdienerin.

»Den Vorsitz führt der Ehrenwerte Richter Irving J. Katz! Setzen und Ruhe, bitte.«

Richter Katz sah sich mit verachtungsvollen Blicken schweigend in seinem Reich um. Minutenlang erfüllte nervöses Schweigen die Luft, nur hier und da war ein Rascheln von Papier oder ein gedämpftes Husten zu hören. Endlich räusperte er sich und begann:

»Wir sind hier zusammengekommen im Fall *Der Staat Florida gegen William Rupert Bantling*, Aktenzeichen F zweitausend-eins-sieben-vier-zwei-neun. Die anwesenden Anwälte, bitte weisen Sie sich für das Protokoll aus.« Sehr förmlich. C. J. und Lourdes standen beide auf.

»C. J. Townsend für den Staat Florida.«

»Lourdes Rubio für den Beschuldigten.«

Der Richter fuhr fort. »Der Tatvorwurf lautet auf Mord. Sie treten hier zu Ihrer ersten Anhörung auf, Mr. Bantling, wie sie das Gesetz von Florida vorschreibt, um festzustellen, ob hinreichender Tatverdacht vorliegt und damit der Haftbefehl, der sich auf die Vorwürfe gegen Sie begründet, rechtmäßig ist. Wird hinreichender Tatverdacht festgestellt, werden Sie ohne Kaution bis zum Prozessbeginn in die Untersuchungshaft im Dade-County-Gefängnis zurückgeschickt. Nachdem das geklärt ist, Madame Clerk, bitte reichen Sie mir das Verhaftungsprotokoll, damit ich es lesen kann.«

Richter Katz war forsch, er sprach klar und betonte sorgfältig jedes Wort. Im Fernsehen würde er großartig rüberkommen. An jedem anderen Tag hätte er in der gleichen Zeit mindestens zehn Angeklagte abgefertigt. Während er nun so tat, als lese er das Verhaftungsprotokoll, raschelte und flüsterte es im Gerichtssaal. Kameras sirrten und Gerichtszeichner zeichneten.

»Ruhe bitte!«, kläffte die Gerichtsdienerin, und es wurde still.

Nachdem Richter Katz fünf Minuten lang angestrengt die Stirn gerunzelt hatte, blickte er von dem dreiseitigen Protokoll auf. Mit einer Stimme, die vor Verachtung nur so triefte, erklärte er laut: »Ich habe das Verhaftungsprotokoll gelesen. Und ich stelle hiermit fest, dass hinreichender Tatverdacht vorliegt, aufgrund dessen William Rupert Bantling wegen Mordes an Ms. Anna Prado vor Gericht gestellt wird. Es wird keine Kaution festgesetzt. Der Beklagte bleibt im Gewahrsam der Justizvollzugsanstalt.« Er machte eine dramatische Pause und lehnte sich hinunter in Richtung des Beklagten. »Mr. Bantling, das Gericht kann nur hoffen –«

Plötzlich erhob sich Lourdes Rubio. »Euer Ehren, wenn ich vorsprechen darf. Ich unterbreche nur ungern, doch ich fürchte, dass das Gericht gerade dabei ist, zu einem Schluss zu kommen, ohne die Seite des Beschuldigten gehört zu haben.

Euer Ehren, mein Mandant ist ein angesehenes Mitglied der Gemeinde. Er ist nicht vorbestraft. Er lebt seit sechs Jahren in Miami und hat hier Wurzeln geschlagen. Hier ist seine Arbeitsstelle und sein Zuhause. Er erklärt sich bereit, bis sich die Sache geklärt hat, dem Gericht seinen Pass zu übergeben, elektronische Handschellen zu tragen und sich unter Hausarrest stellen zu lassen, sodass er für die Vorbereitung seiner Verteidigung zur Verfügung stehen kann. Wir bitten das Gericht mit allem Respekt, diese Faktoren mit zu bedenken und eine Kaution festzusetzen.«

Jetzt erhob sich auch C. J., doch ihr wurde sofort klar, dass das gar nicht nötig war. Richter Katz' kahler Kopf färbte sich rot, und er schoss eisige Blicke in Lourdes Rubios Richtung. Sie hatte ihm den bis jetzt makellosen Auftritt verdorben. »Ms. Rubio, Ihr Mandant ist der Verdächtige in einer Serie von fürchterlichen, gewalttätigen Morden. Er ist mitten in Miami mit einer geschändeten Leiche im Kofferraum aufgegriffen worden. Er ist kein Tourist, der das Nachtleben in South Beach ein bisschen zu intensiv genossen hat, Ms. Rubio. Ich habe keine Angst davor, dass er *flieht*, Frau Anwältin, ich habe Angst, dass er *mordet*. Er stellt eindeutig eine Gefahr für die Gesellschaft dar. Es wird keine Kaution festgesetzt. Er wird Ihnen von seiner Zelle aus zur Verfügung stehen.«

Richter Katz sah Lourdes Rubio an, als hätte er eben erst gemerkt, dass sie weiblich war. Mit tiefer Stimme setzte er hinzu:

»Und es ist gut möglich, dass *Sie* mir eines Tages dafür noch dankbar sind.« Dann lehnte er sich wieder nach vorn und setzte sein Abschlusswort fort. »Nun, Mr. Bantling, ich kann nur um Ihretwillen hoffen, dass Sie des schrecklichen Verbrechens, dessen Sie angeklagt werden, nicht schuldig sind. Denn falls Sie –«

Auf einmal stand Bantling auf, er riss sich von seinem Tisch los, und sein Stuhl fiel krachend gegen das Holzgeländer hinter ihm. Aufgebracht schrie er Richter Katz an: »Das ist doch lächerlich! Euer Ehren, ich habe nichts getan. Nichts! Ich hatte diese Frau noch nie im Leben gesehen. Das Ganze ist doch Scheiße!«

C. J. sah Bantling an, und in ihrem Kopf begann sich alles zu drehen. Er wandte sich jetzt an Lourdes Rubio, packte sie mit gefesselter Hand am Ellbogen und schrie: »Tun Sie was. Tun Sie doch was! Ich bin nicht schuldig. Ich gehe nicht ins Gefängnis!« C. J.s Mund wurde trocken. Sie starrte Bantling an, unfähig, sich zu bewegen, während drei Gefängniswärter zu seinem Tisch rannten, um ihn wieder auf seinen Stuhl zu drücken. C. J. sah, wie der Richter mit dem Hammer auf den Tisch schlug, sah die Journalisten, die aufsprangen, Kameras wurden geschwenkt, als die Szene live im Fernsehen übertragen wurde. Doch sie hörte nichts, nur Bantlings Stimme, die wieder und wieder schrie: »Tun Sie etwas! Sie müssen doch etwas tun!«

C. J. starrte auf seine Hand, mit der er Lourdes' Jackett gepackt hielt, auf die S-förmige Narbe, links, genau über dem Handgelenk. Sie kannte diese Stimme. Wie der Blitz traf sie in diesem fürchterlichen Augenblick mitten im Gerichtssaal die Erkenntnis, wer William Rupert Bantling war. C. J. begann am ganzen Körper zu zittern. Vor ihren Augen wurde Bantling von der Anklagebank zum Ausgang geschleppt, er schrie immer noch, Lourdes solle etwas tun. C. J. starrte ihm nach, noch lange nachdem er verschwunden war, und hörte nicht einmal, dass Richter Katz von der Richterbank ihren Namen rief.

Dann spürte sie zwei starke Hände auf den Schultern. Es war FDLE-Agent Dominick Falconetti, der aufgestanden war und sie jetzt sanft schüttelte. Sie blickte ihn verständnislos an, sah, wie sein Mund ihren Namen formte. Sie hörte immer noch nichts, der Gerichtssaal klang wie ein Vakuum, und sie hatte das Gefühl, sie würde in Ohnmacht fallen.

»C. J.? C. J.? Alles in Ordnung? Der Richter ruft dich auf.«

Langsam begannen die Geräusche wieder zu ihr vorzudringen. Rauschend, donnernd wie Wellen in der Brandung. »Ja, ja. Alles in Ordnung«, murmelte sie. »Ich habe mich nur etwas erschreckt.«

»Du siehst nicht gut aus«, sagte Dominick. »Du bist kreidebleich.«

Der Richter war inzwischen puterrot. Seine ganze Show war ruiniert. Ruiniert! »Ms. Townsend, hätten Sie die Güte, sich jetzt wieder Ihren Aufgaben als Staatsanwältin zu widmen? Denn dieses Gericht hat für heute mehr als genug ertragen müssen!«

»Ja, Euer Ehren. Entschuldigen Sie bitte.« Sie wandte sich der Richterbank zu.

»Danke. Ich fragte Sie, ob es von Seiten des Staates Florida noch etwas hinzuzufügen gibt, sonst können wir die Sitzung für heute schließen.«

»Nein, ich habe nichts hinzuzufügen, Herr Richter«, sagte sie abwesend, den Blick wieder auf den leeren Stuhl in der Anklagebank neben Lourdes Rubio geheftet. Lourdes sah C. J. seltsam an. Genau wie der Protokollführer und die Gerichtsdienerin.

»Schön. Dann ist die Anhörung hiermit geschlossen.« Richter Katz warf einen letzten Blick in die Runde, dann stürmte er von der Richterbank und ließ die Tür zu seinem Flur laut zuschlagen.

Eine Traube von Reportern rannte zum Geländer, sie forderten einen Kommentar und streckten C. J. die Mikrophone ins Gesicht. C. J. klaubte ihre Unterlagen zusammen und drängte sich an ihnen vorbei, ohne ihre Fragen zu hören. Sie musste raus, aus dem Gerichtssaal, aus dem Gebäude, nur weg hier, irgendwohin fliehen.

C. J. hastete den Flur hinunter zu den Fahrstühlen, statt auf den Aufzug zu warten, schob sie sich auf der überfüllten Rolltreppe an den trägen schwatzenden Reihen von Angeklagten, Opfern und Anwälten vorbei, bei jedem Schritt zwei Stufen auf einmal nehmend. Ohne auf Dominick Falconetti zu warten, der von oben hinter ihr herrief, eilte sie durch die Lobby und zu den Glastüren des Gerichtsgebäudes hinaus in die heiße Sonne.

Doch sie konnte nirgendwohin fliehen. Der Albtraum hatte von neuem begonnen.

# 19.

C. J. MARSCHIERTE EILIG ÜBER DIE STRASSE in ihr Büro im Graham Building, gefolgt von einer Traube von Reportern, die Mühe hatten, Schritt zu halten. Mit erhobener Hand wehrte sie alle Fragen ab – kein Kommentar – und ließ die Presse bettelnd am Sicherheitscheck in der Lobby scheitern, während sie in Riesensätzen die Treppe hinauflief. Sie rannte zur Damentoilette und warf einen schnellen Blick unter die Kabinentüren, um sicherzugehen, dass sie allein war. Dann ließ sie die Aktentasche auf die Fliesen fallen und verabschiedete sich von ihrem Frühstück.

Sie lehnte die Stirn gegen die kühle, hustensaftpink gekachelte Wand, bis sich nicht mehr alles um sie drehte. Über das Waschbecken gebeugt, schob sie die Brille hoch und spritzte sich literweise Wasser auf Gesicht und Hals. Ihr Kopf fühlte sich an, als wöge er einen Zentner, und sie musste alle Kraft zusammennehmen, um ihn anzuheben und sich wieder aufzurichten. Vor dem hässlichen schweinchenrosa Hintergrund starrte sie aus der Spiegelwand ihr Abbild an.

Sie sah eine bleiche, verängstigte Frau. C. J. war in den letzten zwölf Jahren viel zu schnell gealtert. Ihre Mähne hatte sie abgeschnitten und trug sie jetzt schulterlang mit einem schlichten Seitenscheitel. Sie benutzte eine haselnussbraune Tönung, um das Honigblond abzudunkeln. Wenn sie ihr Haar nicht hochgesteckt oder in einem Pferdeschwanz trug, fiel es ihr immerzu ins Gesicht. Ständig hatte sie eine Hand im Haar und klemmte es sich hinters Ohr. Eine von mehreren nervösen Angewohnheiten, die sie sich über die Jahre zugelegt hatte. Dazu gehörte auch das Rauchen.

C. J. klemmte sich das Haar hinters Ohr, lehnte sich vor und studierte ihr Spiegelbild. Sie sah die tiefen Sorgenfalten auf ihrer Stirn und die stetig wachsenden Krähenfüße, die sich um ihre grünen Augen ausbreiteten wie Risse in einem Teller. Dunkle Schatten darunter, halbherzig mit getönter Creme abgedeckt, bewiesen, dass sie immer noch unter Albträumen litt und unter der erschöpfenden Schlaflosigkeit, die ihnen folgte. Aber normalerweise half die schlichte Brille mit dem Goldrand, sie zu verbergen. Ihre üppigen Lippen waren ernst und beinahe schmal geworden, und an den Rändern begannen kleine Fältchen aufzutauchen. Die Bezeichnung Lachfältchen hielt sie für einen schlechten Scherz. Sie schminkte sich kaum, benutzte nur einen Hauch Wimperntusche. Sie trug keine Ohrringe, Ketten, Ringe oder Armreifen: überhaupt keinen Schmuck. Ihr anthrazitfarbener Hosenanzug war schick, aber konservativ; Röcke trug sie fast nie, außer im Prozess selbst. Nichts an ihrer Person zog Aufmerksamkeit auf sich. Sie war eine graue Maus, ein Niemand. Alles an ihr war nichts sagend, sogar ihr Name.

C. J. wusste: Es war seine Stimme. Sie hatte sie sofort wieder erkannt. Nach zwölf langen Jahren hörte sie sie immer noch in ihren Albträumen, den gleichen heiseren, kehligen Bariton mit dem Anflug eines britischen Akzents.

C. J. war sich sicher, sie bildete sich das nicht ein. Wie ein Sägemesser schnitt der Klang durch ihr Hirn, und in ihrem Kopf hatte eine innere Sirene aufgeheult, dass sie am liebsten auf ihn gezeigt und laut geschrien hätte: »Das ist er! Das ist der Mann! Hilfe! Haltet ihn!«

Doch sie hatte sich nicht bewegt. Hatte sich – wie damals – nicht rühren können. Sie war wie gelähmt gewesen, als spielte sich die Szene im Gerichtssaal auf einem Fernsehbildschirm ab. Zu Hause auf der Couch konnte man die Schauspieler wenigstens anbrüllen: *Mach doch was, steh nicht einfach rum!* Selbst wenn sie es nicht hörten, die Szene weiterlief und das nächste rehäugige Opfer von dem Irren mit dem Hackebeil abgeschlachtet wurde.

Beim Klang dieser Stimme hatte ihr jedes einzelne Härchen am Körper zu Berge gestanden, sie hatte eine Gänsehaut bekommen – und im selben Moment hatte sie gewusst, dass er es war. Zwölf Jahre waren vergangen, doch ein Teil von ihr hatte immer geahnt, dass sie diese Stimme eines Tages wieder hören würde, und die ganze Zeit hatte sie darauf gewartet. Die Zickzacknarbe an seinem linken Handgelenk war nur die letzte Bestätigung gewesen.

Er jedoch schien sie nicht wieder zu erkennen. Nach allem, was er ihr angetan hatte, ihr genommen hatte, war es fast schon komisch, wie er sie keines Blickes würdigte, ihre Anwesenheit im Gerichtssaal ignorierte. Sie hatte sich wohl vollkommen verändert seit damals, seit jener Ewigkeit, war ein schwacher Schatten ihres früheren Selbst. Die Frau im Spiegel versuchte die Tränen zurückzuhalten. Manchmal erkannte sie sich selbst nicht mehr.

Auch wenn Jahre vergangen waren seit jener fürchterlichen Nacht – in ihrem Fall hatte die Zeit die Wunden nicht geheilt und auch die Erinnerung nicht verblassen lassen. Jede Minute, jede Sekunde, jedes Detail, jedes Wort jener Stunden war ihr immer noch präsent. Auch wenn sie, äußerlich zumindest, mit ihrem Leben vorangekommen war – es gab Dinge, die sie nicht überwinden konnte, egal wie sehr sie sich bemühte; und noch heute war es manchmal ein wahrer Kraftakt, einfach nur durch den Tag zu kommen. Damals, in jener Nacht, hatte ihr altes Leben geendet, war ihr alles abhanden gekommen, was Sicherheit und Schutz bedeutete. Es waren nicht so sehr die körperlichen Narben, die waren verblasst. Aber da war die ständige Angst. C. J. hasste es, damit leben zu müssen. Sie konnte nicht einfach mit ihrem Leben weitermachen, die Vergangenheit hinter sich lassen. Es war, als wäre sie im Leerlauf stecken geblieben und fürchtete sich einerseits vor der Vergangenheit und andrerseits vor der Zukunft. Sie wusste, dass genau das ihre Beziehungen zerstörte, aber sie konnte nichts dagegen machen; sie trug noch immer das gleiche schwere Gepäck mit sich herum, das sie vor Jahren bei dem überteuerten Psychiater in New York hätte abgeben sollen.

Nach einem Nervenzusammenbruch und zwei Jahren intensiver Therapie musste sie der Tatsache ins Auge sehen, vor der sie sich die ganze Zeit gefürchtet hatte: Selbstbestimmtheit war eine Illusion. Es gab sie einfach nicht. In jener Nacht hatte sie die Kontrolle über ihr Leben verloren, und dann hatte sie zwei Jahre gebraucht, um festzustellen, dass sie sie wahrscheinlich nie gehabt hatte. Das Leben war nur eine Laune des Schicksals, und das war auch die Erklärung dafür, warum manche Leute auf dem Rückweg von einer Beerdigung vom Bus überfahren wurden und andere zweimal im Lotto gewannen. Man konnte nur versuchen, dem Bus auszuweichen, indem man dunkle Straßen mied.

Sie dachte daran, wie Michael jene Nacht immer als *den Vorfall* bezeichnet hatte. Michael, ihr charakterloser Freund, der sich schließlich mit seiner dünnen, rothaarigen Sekretärin verlobt hatte. Nachdem C. J. zusammengeklappt war, hatte er versprochen, ihr die Zeit und den Raum zu geben, die sie brauchte, um wieder auf die Beine zu kommen. Er hatte ewig warten wollen, wenn es ihr nur half, *die Sache durchzustehen*. Doch anscheinend war ewig eine sehr lange Zeit, und so hatte er schon in der Woche darauf die kleine Rothaarige ins Tavern on the Green im Central Park zum Essen ausgeführt. Sechs Monate später waren sie verheiratet gewesen. Seitdem hatte C. J. nichts mehr von ihm gehört. Ein paar Jahre darauf hatte sie in einem kleinen Artikel im *Wall Street Journal* von ihrer Scheidung gelesen; die kleine Rothaarige war inzwischen eine üppige Blondine geworden und hatte Michael auf sein ganzes, inzwischen beträchtliches Vermögen verklagt.

Doch das Schlimmste an den letzten zwölf Jahren war die Ungewissheit. Dass sie nicht wusste, wer ihr Vergewaltiger war – und wo er war. Angst war ihr ständiger Begleiter, und sie ließ sich nie abschütteln. War er in der gleichen U-Bahn? Im Lokal? Auf der Bank? Stand er auf der Rolltreppe oder in der Schlange im Supermarkt? War er ihr Arzt, ihr Steuerberater, ihr Freund?

*Ich werde immer in deiner Nähe sein, Chloe. Dich beobachten. Warten.*

In New York hatte sie diesem Gedanken nicht entfliehen können, und so hatte sie nach zwei Jahren beschlossen, dass sie es auch nicht länger versuchen würde. Sie ließ ihren Namen ändern, machte die Anwaltsprüfung in Florida und zog nach Miami. Die Anonymität half ihr, nachts besser zu schlafen, wenn sie denn überhaupt einmal schlief. Vielleicht, dachte sie, würde die Laufbahn als Staatsanwältin ihr ein wenig Kontrolle zurückgeben – in dieser verrückten Welt voller Sinnlosigkeit, Chaos und Wahnsinniger. Vielleicht könnte sie so etwas tun für die Machtlosen, für die, denen die Illusionen gerade erst verloren gegangen waren.

Bilder jener Nacht schossen ihr durch den Kopf, blitzten auf wie im Stroboskoplicht. Doch jetzt hatte er ein Gesicht. Und mit dem Gesicht einen Namen. Sie musste Ruhe bewahren und überlegen, was zu tun war. Sollte sie Jerry Tigler, dem Oberstaatsanwalt, alles erzählen? Sollte sie die alten Ermittler in New York, Sears und Harrison, anrufen? Sollte sie der Sonderkommission davon berich-

ten? Kein Mensch in Miami, mit Ausnahme ihres Therapeuten, kannte ihre Vergangenheit, wusste von dem *Vorfall*.
*Geh vor wie in jedem anderen Fall auch.*
Sie atmete tief durch. Als Erstes musste sie herausbekommen, ob Bantling irgendwo aktenkundig war, und sich in New York nach den »Auslieferungsbestimmungen« erkundigen. Sie würde den damaligen Polizeibericht zu ihrem Fall hinzuziehen. Bantling war nicht auf Kaution freigekommen; er würde in Hochsicherheitsgewahrsam sitzen, bis in frühestens vierzehn Tagen ein Termin für das so genannte Arthur Hearing festgesetzt wurde. In dieser Anhörung würde der Richter die Zeugen vernehmen, um festzustellen, ob »die Beweislage eindeutig und der Verdacht begründet war«, dass Bantling einen Mord begangen hatte.

Wenn diese Frage mit Ja beantwortet wurde, würde der Richter die Freilassung auf Kaution abermals verweigern, und Bantling müsste, ganz gleich, wann der Prozess stattfand, bis zu diesem in U-Haft sitzen. Er kam also fürs Erste garantiert nicht raus.

Sie musste gründlich und logisch nachdenken. Musste sich Zeit nehmen. Er durfte ihr nicht durch die Lappen gehen. Wenn man sie je dafür zur Rede stellte, dass sie bei Gericht, bei den Ermittlungen nicht aufrichtig gewesen sei, konnte sie immer noch sagen, sie sei sich anfangs nicht sicher gewesen, ob er es wirklich sei ...

Die Tür zur Damentoilette wurde aufgerissen, und hastig setzte C. J. die Brille wieder auf. Es war ausgerechnet Marisol in Begleitung einer anderen Sekretärin. In einer Hand trug sie ein rosa glitzerndes Kosmetiktäschchen und eine Dose Haarspray in der anderen.

»Hallo, Marisol.« C. J. zog sich das Jackett glatt und hob die Aktentasche auf. »Ich bin vom Gericht zurück, wie Sie sehen, aber ich habe noch eine Menge zu erledigen. Bitte halten Sie mir die Anrufe vom Leib. Vor allem die von der Presse.« C. J. merkte, dass ihre Stimme zitterte. Sie klemmte sich das Haar hinters Ohr und ging zur Tür. Dann drehte sie sich noch einmal um und fügte hinzu: »Ach, Marisol, bitte rufen Sie den Verteidiger im Jamie-Tucker-Fall an und versuchen Sie die Anhörung umzulegen. Jetzt, mit der Bantling-Sache, brauche ich noch mindestens zwei Wochen. Ich glaube, der Termin war nächsten Mittwoch.«

Auf Marisols Gesicht spiegelte sich pure Entrüstung.
»Gibt es ein Problem?«, fragte C. J.
»Nein. Schön. Wie Sie wollen.« Affektiert schlenderte Marisol zu den Waschbecken hinüber, die Hand abgewinkelt, und warf ihrer Freundin einen Blick zu, der besagte: *Was bildet diese überspannte Schnepfe sich eigentlich ein?*

C. J. verließ die Toiletten und ging den Flur hinunter zu ihrem Büro. Es war gerade erst elf Uhr, und sie war vollkommen erschöpft. Als Erstes würde sie Juan vom Ermittlungsdienst der Staatsanwaltschaft anrufen und ihn bitten, Bantlings komplette Vergangenheit zu recherchieren, vor allem die in New York. Vielleicht konnte sie von Dominick Falconetti heute Nachmittag einen Computerausdruck von Bantlings zivilem Leben bekommen, den so genannten AutoTrackback: Danach wüsste sie, wo Bantling in den letzten zehn Jahren gelebt, gearbeitet, Steuern gezahlt oder ein Auto angemeldet hatte. Dominick hatte das wahrscheinlich längst angefordert, und C. J. könnte sich einfach bei ihm in der Sonderkommission eine Kopie holen. Anschließend würde sie früh Schluss machen, um wieder einen klaren Gedanken fassen zu können, und die Telefongespräche mit New York einfach von zu Hause aus führen. Sie brauchte nur noch ihre Handtasche und die Cupido-Akten, die auf ihrem Schreibtisch lagen.

Ein unverwechselbarer Geruch nach fettigem Fastfood und kaltem Zigarettenrauch hing im Flur vor ihrem Büro. Als sie die Tür öffnete, wusste sie, dass ihr Fluchtplan durchkreuzt war.

Mit den Rücken zu ihr saßen Dominick Falconetti und Manny Alvarez vor ihrem Schreibtisch. Vor ihren Füßen stand ein neuer Karton mit Akten.

## 20.

MANNY HING ÜBER DEM SCHREIBTISCH und war in verschiedene Tätigkeiten gleichzeitig vertieft: Er aß sein Frühstücks-Burrito, trank Café con leche und las den *Herald*, den er quer über ihre Akten ausgebreitet hatte. Dominick redete in sein Handy. Beide drehten sich zu ihr um, als die Tür aufging.

Manny sah vom Frühstück auf und lächelte. »Hallo, Boss! Wie geht's dir? Du hast uns eben ja einen ganz schönen Schrecken eingejagt.«

Dominick sah C. J. an und beendete sein Gespräch. »Bis später dann. Die Staatsanwältin kommt gerade vom Gericht zurück.« Er legte auf und musterte sie. Er wirkte ernstlich besorgt.

»Wo hast du denn gesteckt? Wir hatten schon Angst, dass du vielleicht durchgebrannt bist.« Manny streckte ihr einen Styroporbecher mit heißem kubanischen Kaffee entgegen. Allein vom Duft des puren, flüssigen Koffeins wuchsen ihr Haare auf der Brust. »Café con leche? Ich hab dir extra einen mitgebracht. Und ein Pastelito mit Guavenmarmelade.« Er schob ihr ein kubanisches Törtchen mit rosa Füllung zu. »Ach, übrigens«, sagte er zwischen zwei Bissen in sein Burrito, »ich hab hier ein paar von Prados Autopsiefotos; vielleicht isst du lieber, bevor du sie dir ansiehst.«

C. J. knallte die Aktentasche auf einen Schrank. »Wie seid ihr hier reingekommen?«

»Deine Sekretärin Marisol hat uns reingelassen«, erklärte Manny und wischte sich Eigelb und Soße vom Schnurrbart. »Hey, Boss, die ist ne scharfe kleine Nummer. Könntest du sie mir vielleicht mal vorstellen?«

C. J.s Meinung von Manny Alvarez, der bisher als Kriminalbeamter hoch in ihrer Achtung gestanden hatte, sank ins Bodenlose. Sie ignorierte seine Frage.

»Also, was war los mit dir im Gerichtssaal?«, wollte Dominick wissen und versuchte, nicht allzu mitfühlend auszusehen. »Warum hat er dich so aus der Fassung gebracht?«

»Was für ein blöder Wichser«, unterbrach Manny. »Hat der doch echt gedacht, dass er auf Kaution rauskommt! Dass der Richter ihn nicht direkt ins Kittchen schickt, wenn er mit einem toten Mädchen im Kofferraum durch die Gegend fährt. Gehen Sie nicht über Los, Amigo; ziehen Sie keine viertausend Dollar ein. Ich hör ihn noch kreischen, da drüben im Bau, wie ein Mädchen.« Manny verstellte die Stimme: »Nein! Nicht ins Gefängnis! Nicht ich – das halte ich nicht aus! Das ist ein Irrtum! Ich wollte ihr das Herz nicht rausschneiden, Euer Ehren, das Messer ist mir einfach aus der Hand in ihre Brust geflutscht!« Er aß sein Burrito auf und fuhr fort. »Na, der wird sich noch wundern, wenn er später drüben im Staatsknast seinen neuen besten Freund Bubba kennen lernt. Da hat er dann einen echten Grund zum Heulen.«

Dominick hatte seinen Blick noch immer auf C. J. geheftet. Mannys kleine Rede hatte ihn nicht von seiner Frage abgelenkt.

»Er ist bestimmt ein Psycho. Aber dass er so ausflippt, hätte ich nicht gedacht.« Dominick war aufgestanden und versuchte ihr in die Augen zu sehen. »Andererseits hast du in deinem Leben schon viel Psychos gesehen, C. J., und ich hätte auch nicht gedacht, dass du ausflippst.«

C. J. wich ihm aus und starrte stattdessen auf Mannys Unordnung auf ihrem Schreibtisch. Sie hoffte, ihre Stimme klang jetzt wieder normal. »Stimmt, er hat mich einen Moment lang aus der Fassung gebracht. Ich habe nicht damit gerechnet, dass er so herumschreit.« Dann wechselte sie das Thema. »Wie war es heute Morgen in der Gerichtsmedizin?«

Sie sah sich die ausgebreitete Zeitung an. Auf der Titelseite des *Miami Herald* waren die Passbilder von allen zehn Opfern dramatisch aufgereiht. Darunter war ein großer Schnappschuss von Bantlings schwarzem Jaguar zu sehen, umzingelt von Streifenwagen auf dem MacArthur Causeway. Daneben der coole, attraktive Bill Bantling, lächelnd, in Badehose mit einer Dose Bier in der Hand. Offensichtlich nicht das Foto für die Verbrecherkartei. Oberhalb dieser bunten Collage schrie die fett gedruckte Schlagzeile: *Cupido-Verdächtiger festgenommen! Verstümmelte Leiche des zehnten Opfers im Kofferraum entdeckt!*

Manny wischte die Krümel von dem Skandalblatt. »Neilson sagt, dass Prado vierzehn, höchstens fünfzehn Stunden tot war, wahrscheinlich eher zehn. Er meint, die Leiche hatte erst zwei bis drei Stunden im Kofferraum gelegen, bevor wir sie gefunden haben. Todesursache: Durchtrennung der Aorta. Aus der Sauerstoffmenge in den Lungen schließt der Doktor, dass sie noch am Leben war, als ihr das Herz rausgeschnitten wurde.«

Joe Neilson war der Medical Examiner von Miami Dade County. Er war gut und genoss großes Ansehen bei der Staatsanwaltschaft.

C. J. atmete tief durch und betrachtete die Reihe schöner, toter Mädchen. »Ist es der gleiche Täter, oder haben wir es mit einem Trittbrettfahrer zu tun?«

Dominick öffnete den Karton auf dem Boden und zog zehn Polaroids aus einer Mappe. »Die Wunden sind identisch. Zuerst ein vertikaler Schnitt entlang des Brustbeins, mit einem scharfen Instrument, wahrscheinlich einem Skalpell. Dann der horizontale Schnitt darunter. Die gleichen Schnitte an der Aorta. Es war jedenfalls kein Pfuscher.«

»Kann er feststellen, ob die Schnitte vom gleichen Messer stammen?« Anna Prados aschgraues Gesicht starrte sie aus dem Foto an. Platinblondes Haar, das auf dem Stahltisch glatt zurückgekämmt war. Nahaufnahmen zeigten die zwei tiefen kreuzförmigen Einschnitte, die aufgebrochenen Rippen und das gähnende Loch, wo ihr Herz hätte sein sollen. Die Schnitte waren glatt, wie bei den anderen. Nicht wie C. J.s eigene gezackte Narben.

»Wahrscheinlich«, sagte Manny, »er ist mit der Obduktion noch nicht durch, aber er hat noch was Interessantes gefunden, Boss. Sieht aus, als hätte Prado vielleicht eine Droge im Blut. Genau wie Nicolette Torrence, die Leiche, die wir im Oktober letztes Jahr in dem Crack-Haus auf der 79th Street auf dem Dachboden gefunden haben. Sie hatte nur ein paar Tage dort gelegen.«

»Neilson sagte, das Gewicht ihrer Lungen spricht dafür, dass sie irgendein Narkotikum intus hatte. Wir wissen aber nichts Genaues, bis die toxikologischen Gutachten da sind«, setzte Dominick hinzu.

»Was ist mit sexuellem Missbrauch?«

»Ja, sie wurde mit einem stumpfen Instrument vergewaltigt, sowohl vaginal als auch anal«, sagte Dominick langsam. Sie spürte, dass es diese Details waren, die ihm am meisten zu schaffen machten. »Schwere Verletzungen an Cervix und Uterus. Neilson geht davon aus, dass er mehr als einen Gegenstand benutzt hat, daher die unterschiedlichen Schnitte und Abschürfungen an der Gebärmutterwand. Es gab keine Spermaspuren. Aber er entnimmt noch Proben von allem. Und er fotografiert jeden Zentimeter ihres Körpers, falls wir irgendwas übersehen und es später nochmal brauchen.«

»Was ist mit den Fingernägeln?« Es war bekannt, dass Opfer beim Versuch, einen Angriff abzuwehren, häufig ihren Angreifer kratzten und dieser dabei oft unwillentlich ein winziges Stückchen von sich preisgab – wenn auch nur mikroskopische Hautschuppen. Damit hinterließ er eine genetische Visitenkarte, seine DNA, die direkt zu seiner Haustür führen konnte, falls die Ermittler ein Vergleichsmuster bekamen.

»Nichts. Auch diesmal nichts dergleichen, soweit Neilson sehen kann.« In diesem Fall war es umgekehrt: Sie hatten jetzt das Vergleichsmuster, aber keine biologische Spur am Opfer.

»Ich setze den Antrag auf, um Haar- und Schleimproben von Bantling zu bekommen. Man weiß ja nie. Vielleicht hat er dieses Mal gepatzt. Oder vielleicht haben wir bei den anderen etwas übersehen.« Sie zuckte die Schultern und klemmte sich schon wieder das Haar hinters Ohr. »Die Information über die Droge ist wertvoll. Das könnte eine Verbindung zu wenigstens einem weiteren Opfer herstellen. Ich rufe Neilson heute Nachmittag an, um zu hören, ob bei der Autopsie noch mehr herausgekommen ist.

Dominick, hast du die vollständige Akte angefordert? Gibt es etwas über Bantling im NCIC?« NCIC stand für National Crime Information Center. Dort wurden auf Bundesebene alle Polizeiakten zusammengetragen, und dort würden sie auch erfahren, ob Bantling in einem anderen Staat auffällig geworden war. Sie merkte, wie ihre Stimme unwillkürlich höher wurde, als sie die letzte Frage stellte.

»Nein. Soweit wir sagen können, ist er vollkommen sauber.«

»Ich will alles über diesen Typ wissen. Ich brauche außerdem einen AutoTrackback, wenn es geht, heute Nachmittag noch. Und seht euch bitte seinen Pass an. Ich will wissen, wo er überall gewesen ist.«

»Ich sage Jannie, dass sie seinen Namen überall einspeist. Ich glaube, Manny hat sie schon gebeten, bei Interpol nachzufragen, ob außerhalb des Landes irgendwas gegen ihn läuft – er soll doch der Super-Duper-Einkäufer bei Tommy Tan's sein. Den Auto-Trackback haben wir schon. Der Mann ist ständig umgezogen. Ich mache dir heute noch eine Kopie.«

Plötzlich stand C. J. auf und beendete das Gespräch. »Ich habe heute noch ein paar Dinge zu erledigen, deshalb gehe ich jetzt schon. Ich rufe dich nachher an, Dominick, mal sehen, was sonst noch über ihn auftaucht.«

Dann sah sie Manny an, der sich schon eine Marlboro aus dem Päckchen genommen hatte. Für unterwegs, damit er sie anzünden konnte, sobald er draußen war. »Und rauch bitte nicht mehr in meinem Büro, Manny. Ich kriege ständig Ärger deshalb.«

Der Bär sah überrascht aus, wie ein Kind, das mit der Hand in der Keksdose erwischt wird und trotzdem am liebsten leugnen würde. »Wir haben ja nicht gewusst, ob du zurückkommst, Boss«, stotterte er. Aber dann kam ihm eine geniale Entschuldigung in den Sinn: »Außerdem hat mich deine scharfe Sekretärin so verrückt gemacht, dass ich mich irgendwie beruhigen musste ...« Er grinste breit.

C. J. schüttelte sich. »Alles, nur das nicht, bitte.«

Sie brachte die beiden zur Tür. Marisol stand am anderen Ende des Flurs bei den anderen Sekretärinnen. Sie lächelte, als sie Manny sah. Dann leckte sie sich kokett über die glänzenden Lippen. C. J. konnte sich gerade noch beherrschen, nicht die Tür zuzuknallen. Manny setzte sich in Bewegung.

Dominick war im Büro geblieben, und jetzt schloss er die Tür noch einmal. Er lehnte sich mit dem Rücken dagegen und sah C. J. an, seine kastanienbraunen Augen blickten ernst und eindringlich. Er hatte geduscht, bevor er ins Gericht gefahren war, und roch frisch, nach Seife. Sein Haar war verwuschelt, als hätte er keine Zeit gehabt, sich zu kämmen.

»Was ist los mit dir? Ist alles in Ordnung?«

»Es geht mir gut, Dom, alles bestens.« Sie senkte den Kopf, wich seinem Blick aus. Sie klang müde und bedrückt.

»Heute im Gerichtssaal sah es aber gar nicht so aus, und das passt nicht zu dir, C. J.« Dominick berührte sanft ihre Hand, die noch immer auf dem Türknopf lag. Seine Finger waren rau, schwielig; doch die Berührung war sanft und aufrichtig. »Du siehst auch jetzt nicht so aus, als ginge es dir gut.«

Sie hob den Kopf und sah in seine ernsten Augen. Sie musste all ihre Kraft zusammennehmen, um ihn anzulügen. Ein paar kritische Sekunden vergingen, dann sagte sie leise: »Mir geht es prima, ehrlich. Ich bin nur müde, weißt du, ich habe letzte Nacht nicht viel geschlafen, der ganze Papierkram und der Richter und die Vorbereitungen für die Anhörung.« Sie atmete tief durch. »Er hat mich im Gericht einfach einen Moment aus der Fassung gebracht. Ich hatte nicht mit so einer Reaktion gerechnet.« Am liebsten hätte sie geweint, aber sie biss sich in die Wange und hielt die Tränen zurück.

Er suchte nach Zeichen dafür, ob sie die Wahrheit sagte, und seine raue Hand berührte jetzt ihr Gesicht. Sie zuckte zusammen. Er ließ die Hand sinken. »Ich glaube, da steckt mehr dahinter. Du verschweigst mir etwas.« Er drehte sich um und öffnete die Tür. »Ich besorge dir den AutoTrackback, sobald wir mit Bantlings Haus durch sind«, sagte er noch, als er mit dem Rücken zu ihr den Gang hinunterging.

Es war klar, dass er sich ernsthafte Sorgen machte. Verdammt, das tat sie auch.

# 21.

DAS ZWEISTÖCKIGE WEISSE HAUS mit den gepflegten dunkelgrünen Markisen und den Glasbausteinen an der Frontseite stand leicht zurückgesetzt von der Straße. Den Weg zu der dunkel gebeizten Eichentür markierten rote Ziegelsteine. Eine hohe weiße Mauer mit gusseisernem Tor verwehrte den Blick in den üppig wuchernden Garten hinter dem Haus. Dahinter ragte eine mächtige Zypresse auf, und eine an die sechs Meter hohe Fächerpalme beugte sich majestätisch herüber. Es war ein hübsches Haus in einer hübschen Wohngegend in Midbeach, dem Abschnitt zwischen dem eher reservierten North Miami Beach und dem schicken SoBe. Bevor die Pressehorden um acht Uhr heute Morgen hier eingefallen waren, hatten die Anwohner der LaGorce Avenue, gesittete Bürger der oberen Mittelschicht, wahrscheinlich nie weiter über ihren attraktiven, stets gut angezogenen Nachbarn nachgedacht. Jetzt war er plötzlich der Hauptverdächtige der heißesten

Menschenjagd in Miami, seit Andrew Cunnanen Gianni Versace auf dem Ocean Drive in SoBe erschossen hatte.

Uniformierte Polizisten schwärmten wie Ameisen durchs ganze Haus. In der Einfahrt parkten die zwei weißen Kastenwagen der Spurensicherung. Mit Manny im Schlepptau lief Dominick den ordentlichen Gartenweg hinauf, vorbei an Kübeln mit leuchtend blühenden Bougainvilleen. Ein junger, höchstens zwanzigjähriger Cop aus Miami Beach stand nervös an der Haustür Wache; wahrscheinlich war ihm klar, dass jede seiner Bewegungen von den zwei Dutzend oder mehr Fernsehteams aufgenommen und live analysiert wurde, die auf der anderen Straßenseite hinter den Absperrungen der Polizei Position bezogen hatten. *CNN* brachte eine Live-Übertragung, ebenso *MSNBC* und *Fox News*. Dominick zeigte dem Cop seine Marke und stellte sich den Untertitel der Live-Nachrichten vor, der vermutlich genau in diesem Moment über eine Million Fernsehschirme lief: *Beamte der Sonderkommission nähern sich dem Haus des mutmaßlichen Mörders auf der unerfreulichen Suche nach Körperteilen und anderen Beweismitteln.*

Im Innern des Hauses wimmelte es von Technikern auf Spurensuche – mit Latex-behandschuhten Fingern tasteten sie jeden Quadratzentimeter von Bantlings Lebensraum ab, sie sammelten und verwahrten forensische Muster der alltäglichsten Dinge in einem Fall, der nun wirklich alles andere als das war. Jeder einzelne Gegenstand war potenzielles Beweismaterial, und von jedem Zentimeter des Haushalts wurde ein Stückchen sichergestellt, versiegelt und zur Untersuchung ins Labor geschickt.

Blitze flammten auf, während die Fotografen der Spurensicherung jedes Zimmer des Hauses aus jedem denkbaren Winkel fotografierten. Feiner schwarzer Puder bedeckte jede Oberfläche, auf der ein Fingerabdruck zu finden sein könnte, und auch manche, auf denen das unmöglich war. Im Wohnzimmer war bereits ein großes Stück aus dem teuer aussehenden Berberteppich geschnitten worden, und aus der senfgelben, mit Schwammtechnik getünchten Wand wurde ein 60 mal 60 cm großes Stück herausgesägt. Der Orientteppich aus dem Eingangsbereich und der türkische Läufer im Flur waren schon am Morgen, als die ersten Ermittler ankamen, als Beweismaterial aufgerollt und eingepackt worden. Der

Inhalt jedes Papierkorbs im Haus, Staubsaugerbeutel, Besen und Wischmopps, Staubwedel, das Flusensieb aus dem Trockner – alles wurde vorsichtig in die weißen Plastiktüten der Spurensicherung verpackt und im vorderen Flur gesammelt, von wo es in die Kastenwagen gebracht wurde.

In der Küche arbeiteten die Techniker daran, den Siphon der Spüle auszubauen, und das würden sie anschließend an jedem Waschbecken im Haus tun. Miami Beach Detectives waren dabei, gefrorenes Fleisch aus dem Tiefkühlschrank in transparente Asservatensäcke zu packen. Ein ganzes Set rasiermesserscharfer Sabatier-Küchenmesser und Steakmesser war einzeln verpackt und versiegelt worden. Im Labor würden die Siphons auf Blut- und Gewebespuren untersucht werden, die jemand vielleicht versucht hatte abzuwaschen. Das Fleisch würde aufgetaut und analysiert werden, um auszuschließen, dass es sich um Menschenfleisch handelte. Die Messer würden man darauf überprüfen, ob sie die Schnitte in Anna Prados Brust verursacht haben konnten.

Im oberen Stockwerk war bereits jedes Bett abgezogen und das Bettzeug asserviert worden, Wäsche und Handtücher aus den Schränken waren ordentlich in große schwarze Plastiksäcke gesteckt worden, die jetzt im Flur aufgereiht waren. Der unangenehm scharfe Geruch von Luminol kam aus der geschlossenen Tür des Gästezimmers, wo die Experten die Chemikalie gerade auf die rustikal verputzten Wände und die Edelholzdielen gesprüht hatten, auf der Suche nach mikroskopischen Blutspuren. Luminol brachte ansonsten unsichtbare Blutflecke im Dunkeln zum Leuchten – Spuren, die Wasser und Seife nicht abwaschen konnten und die, sobald das Licht aus war, einen ganzen Roman erzählten.

Im zweiten Gästezimmer saugten die Techniker den Teppich gerade mit einem speziellen keimfreien Stahlzylinder, der jede kleinste Faser, jede Schuppe, jedes Haar aufnahm. Die Vorhänge wurden von den Gardinenstangen geholt und ebenfalls als Beweismaterial eingepackt.

Dominick fand MDPD-Detective Eddie Bowman und Special Agent Chris Masterson in Bantlings Schlafzimmer auf dem Boden, wo sie Videokassetten durchgingen, die sie stapelweise in einer großen dekorativen Korbtruhe gefunden hatten. Beide Detectives gehörten der Sonderkommission seit ihrer Gründung an. In dem massiven Eichenschrank an der Wand lief ein Großfernseher mit voller Lautstärke.

»Hallo, Eddie. Wie läuft die Haussuchung? Habt ihr was gefunden?«

Eddie Bowman sah von seinem Videostapel auf. »Hallo, Dom. Fulton hat versucht dich anzurufen. Er steckt unten im Schuppen.«

»Ja, ich habe gerade mit ihm gesprochen. Ich geh gleich zu ihm.«

Im Fernseher lag gerade eine dralle Rothaarige im Schottenrock einer katholischen Schuluniform und Strapsen über den Knien eines nackten Mannes, dessen Kopf vom Bildschirmrand abgeschnitten war. Dominick stellte fest, dass die Schuluniform reichlich knapp geschnitten war. Vor allem für eine kirchliche Schule. Der nackte Hintern des Karottenkopfes reckte sich weit in die Luft und wurde von dem Kerl mit einer Stahlstange versohlt. Das Mädchen schrie. Es war nicht ersichtlich, ob vor Schmerz oder Vergnügen.

»Wie war's im Gericht?«, fragte Eddie, anscheinend ungerührt von der Geräuschkulisse.

»Gut. Der Richter hat den Tatverdacht festgestellt und die Kaution abgelehnt.« Dominick starrte die Frau auf dem Video an. Dann warf er einen Blick in die Korbtruhe. Da lagen noch mindestens hundert Kassetten. Er konnte das Etikett auf einer lesen: *Blonde Lolita 4/99.*

Jetzt war auch Manny angekommen, noch ganz außer Atem von der Treppe und dem kurzen Weg über den Flur. »Dom, du lässt das Beste immer weg. Du hast überhaupt keinen Sinn für Humor, was?« Er lehnte sich gegen den Eichenschrank, holte Luft und wandte sich an Eddie Bowman. »Bantling ist total ausgeflippt. Er hat vor dem Richter geplärrt wie ein Weib: *Nicht ins Gefängnis, o nein, bitte nicht.*« Er kicherte. »So eine Heulsuse.«

Es vergingen ein paar Sekunden, bis Manny das Bild auf dem Fernseher bemerkte, das die anderen anstarrten. »Was für einen Dreck guckst du denn da, Bowman?« Er klang echt angewidert.

»Röchelst du deswegen so, Bär?«, gab Bowman zurück.

»Blödmann. Ich brauch nur dringend eine Zigarette, das ist alles, aber mein Freund Dommy hier lässt mich an seinem Tatort ja nicht rauchen.« Dann blickte er wieder auf die Mattscheibe und rümpfte die Nase. »Was ist das denn für ein krankes Zeug, Bowman, das ich mir hier ansehen muss? Das ist doch nicht deine Frau, oder?«

Eddie ignorierte die Bemerkung. »Das ist das Zeug, das sich Mr. Bantling gern reinzieht. Nicht wirklich jugendfrei. Er hat offensichtlich stapelweise solche Heimvideos. Ich bin ja nicht prüde, aber ein paar von den Sachen, die Chris und ich heute gesehen haben, sind echt krass. Sieht aus, als wären beide einverstanden, aber wer weiß das schon.«

Bantlings männlich wirkendes Schlafzimmer wurde von einem großen Eichenbett mit einem riesigen schokoladenfarbenen Lederkopfteil beherrscht. Das Bett war bis auf den Holzrahmen konfisziert worden. Außer dem Bett waren die Truhe und der Schrank die einzigen Möbelstücke hier.

Aus dem Fernseher kam jetzt ein spitzer Schrei. Die Rothaarige schien inzwischen völlig in Tränen aufgelöst und schrie etwas auf Spanisch.

»Manny, was sagt sie da?«, fragte Dominick.

»*Hör auf, bitte. Ich bin auch ganz brav, bitte hör auf. Es tut so weh.* Das ist ja widerlich, Bowman.«

»Ich habe es nicht gedreht, Bär. Ich hab's nur gefunden.«

Der Mann ohne Kopf ging nicht auf sein Opfer ein. Die Stange klatschte laut auf ihre Haut, die inzwischen rot und voller blutiger Striemen war.

Dominick beobachtete das verstörende Bild auf dem Fernseher.

»Wie viel von dem Zeug hast du dir angesehen, Eddie?«

»Bis jetzt erst drei Kassetten. Aber es müssen Hunderte von Videos sein.«

»Hast du eins der Mädchen von unsrer »Mauer« gesehen?«

»Nein, so ein Glück hatte ich nicht. Noch jedenfalls nicht. Manche haben Aufkleber mit dem Datum, andere nur mit dem Namen, und viele sind überhaupt nicht beschriftet. Chris hat unten im Schrank auch eine Sammlung von ganz normalen Filmen gefunden. Auch nochmal fünfzig oder mehr.«

»Pack sie ein. Vielleicht hat er ja *Kiss the Girls* mit seiner eigenen Version überspielt. Wir müssen sie uns alle ansehen. Möglicherweise können wir ein paar der Stars auf den Heimvideos ausfindig machen.« Das Klatschen der Hiebe ging weiter, genauso wie das

Weinen des Mädchens. Dominick sah wieder auf den Fernseher. »Ist das Bantling mit der Stahlstange?«

»Weiß nicht. Er sagt nicht viel, und ich hab auf den Videos keins der Zimmer hier wiedererkannt. Wahrscheinlich schon, allerdings hab ich Bantling nie nackt gesehen.«

»Was ist auf den anderen drei Tapes?«, fragte Dominick.

»Der gleiche widerliche Kram. Total sadistisch, aber es könnte mit Einverständnis sein. Schwer zu sagen. Er steht auf junge Dinger, aber ich glaube, die Mädchen sind volljährig. Kann man auch nicht wissen. Vielleicht ist es in jedem Video der gleiche Mann, aber sein Gesicht ist nie zu sehen, deswegen ist das nur mühsam festzustellen. Wir hoffen natürlich auf den Volltreffer, dass wir eins finden, auf dem er eins der toten Mädchen bumst.«

»Du bist echt krank, Bowman.« Manny stand jetzt vor dem begehbaren Kleiderschrank. »Sag mal, habt ihr den Schrank hier noch nicht durchsucht?«

»Nein. Die Forensiker haben Fotos gemacht, gefilmt und gestaubsaugt. Chris asserviert den Schrank und die Schuhe, wenn wir mit der Inventur der Videos fertig sind. Dann gehen sie heute Abend hier und im Bad mit Luminol drüber.«

»Mann, Mr. Psycho hat da ein paar hübsche Designer-Klamotten«, rief Manny aus dem Schrank heraus. »Zieht euch das rein: Armani, Hugo-Boss-Anzüge, Versace-Hemden. Warum bin ich Idiot bloß ein Cop geworden. Als schwuchteliger Inneneinrichter wäre ich heute ein reicher Mann.«

»Er ist *Einkäufer* für so einen lauwarmen Bruder«, korrigierte Eddie Bowman, »nur der Einkäufer. Und jetzt stell dir mal die Garderobe von seinem Boss vor.«

»Toll. Da geht es mir doch gleich viel besser, Bowman. Ich hätte Einkäufer werden sollen. Machen die wirklich so viel Geld, oder hat sich der Psycho hier ein bisschen was dazuverdient?«

Dominick betrat Bantlings Bad, das direkt vom Schlafzimmer abging. Überall italienischer Marmor – der Fußboden, zwei Waschbecken, die Dusche. Feiner schwarzer Staub bedeckte jede Oberfläche und bewirkte, dass der milchkaffeebraune Marmor furchtbar dreckig aussah. Dominick rief ins Schlafzimmer zurück: »Tommy Tan, sein Boss, sagt, dass er letztes Jahr hundertfünfundsiebzigtausend Dollar allein an Kommission verdient hat. Keine Kinder, keine Frau – alles Spielgeld.«

»Keine Kinder, keine *Exfrauen*, meinst du wohl. Die sind es, die einem jeden Monat die Haare vom Kopf fressen.« Er sprach aus Erfahrung: Manny hatte drei Geschiedene zu versorgen. »Jesus! Der hat mindestens zehn Anzüge, die jeder so viel kosten, wie ich im Monat verdiene! Und alles ist so ordentlich.« Er steckte wieder den Kopf zur Schranktür heraus. »Bowman, schau dir das an – seine Hemden hat er der Farbe nach geordnet, und an jedem Hemd hängt eine passende Krawatte. Was für ein Freak.«

»Ja, stell dir vor, Manny. Ein Typ mit eleganten Schlipsen, auf denen keine Comicfiguren oder Footballspieler drauf sind. Höchst verdächtig.« Bowman bewegte sich nicht von seinem Platz vor dem Fernseher weg.

»Was willst du, Mann? Ich bin ein echter Fan. Außerdem, Bowman, warst du es nicht höchstpersönlich, der sich meine Bugs-Bunny-Krawatte ausleihen wollte? Das kann hier im Zimmer jeder bezeugen.«

»Das war für Halloween, du Blödmann. Ich wollte mich als Oscar aus *Ein seltsames Paar* verkleiden.«

Dominick zog ein Paar Latexhandschuhe aus der Hosentasche und öffnete die Türen des Holzschranks unter dem Waschbecken. Ordentlich aufgereiht Shampoo und Spülung, eine ganze Palette Seife, Toilettenpapierrollen, ein Föhn. Daneben in einem Korb Kämme und Bürsten, noch mehr Klopapier und eine Packung Kondome. »He, Eddie, Chris«, rief er. »Was hat die Spurensicherung bis jetzt im Bad gemacht? Sie haben noch nichts eingepackt, oder?«

Chris Masterson rief zurück: »Nur Fingerabdrücke. Nach den Videos wollte ich mir den Schrank und das Bad vornehmen. Fulton hat gesagt, er kommt nach dem Schuppen rauf, um uns zu helfen, aber ich habe seit einer Weile nichts mehr von ihm gehört.«

Manny streckte wieder den Kopf zum Schrank heraus. »Ihr zwei faulen Säcke! Wir haben den ganzen Tag lang geschuftet, um diesen Irren hinter Gitter zu bringen, und ihr hockt hier rum und glotzt Pornos. Müsst ihr die Videos wirklich *zusammen* dokumentieren, oder könnte das vielleicht der eine machen, während der andere schon mal irgendwas anderes anpackt, solange ihr auf Fulton wartet?«

»Verschon mich, Bär«, konterte Bowman. »Wir haben bei unserm Spezialprogramm eine kleine Werbepause eingelegt und die Anhörung live im Fernsehen gesehen – wir wissen, dass sie nur zwanzig Minuten gedauert hat. Wahrscheinlich hast du die letzten anderthalb Stunden im Pickle Barrel gesessen, Café con leche getrunken und versucht, die Telefonnummer von Mrs. Alvarez Nummer vier rauszukriegen.«

»Jungs, hört auf euch zu streiten«, rief Dominick aus dem Bad. Er öffnete den Arzneischrank. Fläschchen mit Aspirin, Paracetamol und Ibuprofen standen ordentlich neben einer Dose Wick Vaporub, einer Tube K-Y-Gleitcreme und einer Flasche Maaloxan. Im nächsten Fach Pinzette, Zahnbürste, Mundwasser, Zahnseide, Rasierschaum und -klingen. Alle Etiketten waren nach vorn gedreht, alle Behälter standen absolut gerade und akkurat an ihrem Platz wie in einer Apotheke. Zwei schmale braune Röhrchen mit Medikamenten. Jedoch nichts von Interesse. Eins enthielt das Antibiotikum Amoxicillin, verschrieben im Februar 1999 von einem Arzt in Coral Gables. Das andere Mittel war gegen Schnupfen, auf dem Etikett stand der gleiche Arzt, im Juni 2000.

Dominick zog die Schubladen des Schränkchens heraus. Neben einer Reihe von Reinigungs- und Feuchtigkeitscremes stand ein Korb mit Wattebäuschen. Ordentlich gefaltete Waschlappen in cremefarbenen und schwarzen Stapeln am Ende der Schublade. Dominick griff hinter die Waschlappen und zog sie heraus. Ganz weit hinten fand er ein weiteres durchsichtig braunes Behältnis. Es war noch mehr als halb voll.

»Volltreffer«, flüsterte Dominick, als er das Fläschchen mit William Rupert Bantlings verschreibungspflichtigem Haldol in seiner Hand betrachtete.

## 22.

SIE VERLIESS DEN FAHRSTUHL und durchquerte unauffällig die in Grau und Pink gehaltene Lobby des Graham Building, in dem die 240 Mitarbeiter der Staatsanwaltschaft untergebracht waren. Jetzt, zu Beginn der Mittagspause, war die Lobby voller Menschen. Assistenten und Kollegen unterhielten sich, während sie darauf warteten, dass Freunde und Partner vom Gericht zurückkamen, mit denen sie zum Lunch verabredet waren. C. J. brachte kaum ein Nicken zustande, als sie auf dem Weg zum Parkplatz an ihnen vorbeiging.

Sie betete, dass sie normal wirkte, dass ein wenig von der Farbe, die ihr morgens aus dem Gesicht gewichen war, auf ihre Wangen zurückgekehrt war. Und sie hoffte, dass die Leute, falls sie wirklich auffällig elend aussah, es auf Schlafmangel und den Stress mit dem Cupido-Fall schoben und nicht zu spekulieren anfingen, wie es Anwälte so gerne taten. Klatsch und Tratsch war auf den Fluren des fünfstöckigen Gebäudes an der Tagesordnung. Die Nachrichten von Scheidungen und Schwangerschaften machten oft die Runde, bevor die Betroffenen überhaupt die Papiere bekommen hatten oder sich der Streifen auf dem B-Test hellblau gefärbt hatte. C. J. hoffte, dass ihre Angst heute Morgen nur Dominicks scharfem Blick aufgefallen war; dass nicht auch alle anderen gesehen hatten, wie ihr Leben ganz plötzlich aus der Bahn geriet. Sie setzte sich die Sonnenbrille auf, als sie hinaus in das grelle Mittagslicht trat. Niemandem schien etwas aufzufallen. Ein paar der Kollegen winkten ihr zu, dann tauchten sie wieder in ihre Gespräche ein.

C. J. kletterte in ihren Jeep Cherokee, warf Akten und Tasche auf den Beifahrersitz und durchwühlte das Handschuhfach verzweifelt nach dem alten Marlboropäckchen für Notfälle, das sie hinter Bergen von nutzlosen Straßenkarten und Papiertaschentüchern aufbewahrte. Noch nie hatte sie sich so auf eine Zigarette gefreut. Oder, besser gesagt, noch nie hatte sie sie so nötig gebraucht. Als sie die letzte heute Morgen um fünf Uhr ausgedrückt hatte, war sie so naiv gewesen zu denken, dass sie vielleicht wieder einmal versuchen sollte aufzuhören. Aber heute war nun wirklich nicht der richtige Tag dafür.

Die Flamme tanzte am Streichholz und flackerte in ihren noch immer zittrigen Händen. Endlich fingen die aromatischen Krümel des Tabaks Feuer, der Glimmstängel glomm orange auf, und der vertraute, tröstliche Geruch breitete sich im Wagen aus. C. J. lehnte sich im Fahrersitz zurück, schloss die Augen, inhalierte tief bis in die Lunge und atmete den Rauch langsam wieder aus. Das Nikotin gelangte in ihr Blut und raste durch die Adern, bis das Gift schließlich ihr Hirn und das zentrale Nervensystem erreichte – und plötzlich, wie durch Zauberei, ließ die Anspannung nach. Dieses Gefühl könnte ein Nichtraucher nie nachvollziehen, dafür, dachte C. J., wahrscheinlich jeder Drogenabhängige. Der Alkoholiker beim ersten Scotch des Tages, der Junkie, wenn er endlich seinen Fix bekam. Und auch wenn ihre Hände immer noch zittrig waren, spürte sie zum ersten Mal an diesem Morgen, wie eine Art Ruhe sie durchströmte. Sie blies einen Rauchring durch das Lenkrad und merkte wieder einmal, dass sie es nie schaffen würde aufzuhören. Nie. Dann fuhr sie den Jeep vom Parkplatz und bog auf die Auffahrt 836 West in Richtung des I-395 nach Fort Lauderdale.

Dominick. Sie dachte an sein Gesicht in ihrem Büro, die besorgten Falten auf seiner Stirn. Sie dachte an seine Hand auf ihrer Hand, ihrem Gesicht – und an die Enttäuschung, die in seinen Augen aufflackerte, als sie unter seiner Berührung zurückwich. An seine intuitiv richtigen letzten Worte. *Ich glaube, da steckt mehr dahinter. Du verschweigst mir etwas.*

Sie hatte ihn zurückgewiesen. Unbewusst zwar, aber dennoch. Sie wusste nicht, was sie davon halten sollte. In dem Augenblick, als sie Bantling erkannte, hatte eine emotionale Schockwelle sie überflutet und all ihre Gefühle taub werden lassen. Dominicks Berührung zu erwidern schien in diesem Moment falsch, fehl am Platz. Wieder war die Zeit zum Stillstand gekommen. Es war fast wie vor zwölf Jahren: Sie hatte ein langweiliges und aufregendes und wunderbar normales Leben gehabt mit einer langweiligen und aufregenden und wunderbar normalen Zukunft, und dann – rums! – innerhalb einer Sekunde war alles über den Haufen geworfen. Bantling hatte sie schon wieder überfallen. Ein paar Augenblicke im Schlafzimmer, im Gerichtssaal, und ihre Welt war nicht mehr dieselbe.

Zwölf Stunden zuvor wäre sie nicht vor Dominicks Fingern zurückgewichen. Vielleicht hätte sie sich an ihn gelehnt oder hätte sonst irgendwie positiv auf seine Zärtlichkeit reagiert. Seit sie gemeinsam für die Sonderkommission arbeiteten, war zwischen ihnen etwas gewesen, ein unausgesprochener Flirt, eine Möglichkeit. Eine wunderbare, aufregende Spannung, die zu wachsen schien, und keiner wusste, wann, wie, ja, ob sie sich überhaupt entladen würde. C. J. war aufgefallen, dass er sie in Bezug auf juristische Dinge öfter anrief, als nötig war. Und auch sie meldete sich häufiger als nötig bei ihm, wenn es um Polizeikram ging. Um den Schein zu wahren, besprachen sie irgendeine Sachfrage, und dann wurde ihre Unterhaltung leicht und lustig und jedes Mal ein bisschen persönlicher. Sie fühlte sich von ihm angezogen, spürte die starke Chemie, die zwischen ihnen herrschte, und hatte sich mehr als einmal die Frage *Was wäre wenn?* gestellt. Wenn sie sich bisher seiner Gefühle nicht sicher gewesen war, dann hatte sie jetzt Gewissheit. Seine Besorgnis im Gerichtssaal und die Umsicht in seiner Stimme, als sie von der Anhörung zurückkam, die forschenden Fragen und die Berührung an der Tür.

Aber sie hatte sich zurückgezogen, und er war gegangen. Das war es dann wohl. Sie hatte die Kränkung in seinem Blick gesehen, dann die Überraschung und die Verwirrung darüber, dass er die Situation, ja ihre Beziehung zueinander so falsch interpretiert hatte. Sie hatte es vermasselt. Vielleicht endgültig. Es wäre bestimmt vernünftiger, wenn sie nicht mehr an Dominick dächte, aber sie bekam ihn einfach nicht aus dem Kopf. Sie zündete sich noch eine Zigarette an und versuchte sich mit aller Kraft auf etwas anderes zu konzentrieren. Das war nicht der richtige Zeitpunkt für Beziehungsprobleme. Ganz bestimmt nicht mit einem Mann, der so kompliziert war wie Dominick Falconetti. Und der dann auch noch mit der Festnahme und der Strafverfolgung von William Rupert Bantling zu tun hatte.

An der palmengesäumten Einfahrt zu ihrem Apartmentkomplex grüßte sie den Wachmann in der klimatisierten Kabine. Er war in ein Buch vertieft und hob nur lässig die Hand. Ohne richtig von seiner Lektüre aufzusehen, öffnete er das Tor. Zum großen Teil waren diese Sicherheitsbeamten in Florida genauso nutzlos wie eine billige Autoalarmanlage auf einem einsamen Gelände. Auch wenn sie mit einer Skimaske vorgefahren wäre, auf der Rückbank ein Gewehr und einen Lageplan – *Haus des Opfers: Die Beute ist hier* –, er hätte sie trotzdem hereingewinkt.

Sie parkte auf ihrem Parkplatz in der Tiefgarage der Port Royale Towers und nahm den Fahrstuhl in den elften Stock. An der Wohnungstür begrüßte sie hungrig und empört miauend Tibby II; sein dicker weißer Bauch war ganz schmuddelig von den Wollmäusen, die er fing, wenn er über die Fliesen wischte.

»Schon gut, Tibby, einen Moment. Lass mich erst mal rein, dann kriegst du ja dein Fressen.«

»Fressen« war Tibbys Lieblingswort, und so hielt er mit seinem kläglichen Gemaunze erst einmal inne. Er beobachtete mit der gelangweilten Neugier, die nur eine Katze zustande bringt, wie C. J. die Tür hinter sich abschloss und die Alarmeinlage einstellte; dann folgte er ihr in die Küche und rieb ein Vlies schwarzer und weißer Haare auf die Hosenbeine ihres frisch gereinigten Anzugs. Sie ließ die Akten und die Tasche auf den Küchentisch fallen und füllte Tibbys rote Schüssel mit Brekkies auf. Von dem Geruch wachte jetzt auch Lucy auf, C. J.s zehnjährige, schwerhörige Basset-Hündin. Sie hievte sich aus ihrem Körbchen und trottete schnüffelnd in die Küche. Nach kurzem, glücklichem Gekläff kaute Lucy neben Tibby an ihrer Portion halb aufgeweichten Trockenfutters, und die Welt war in Ordnung. Wenigstens für die beiden. Die nächste schwere Entscheidung, die ihnen bevorstand, war, wo sie ihr Nickerchen fortsetzen sollten, im Schlaf- oder im Wohnzimmer.

C. J. setzte sich einen Kaffee auf, suchte das Päckchen Marlboro, das sie auf dem Heimweg gekauft hatte, und ging ins Gästezimmer.

Im obersten Fach ihres Schranks, ganz hinten, unter dem Geschenkpapier, den Papiertüten, Schleifen und Schachteln, stand ein unscheinbarer Pappkarton. Sie warf die andern Dinge auf das Schlafsofa und zog den halb leeren Kasten heraus. Sein Inhalt raschelte. Dann setzte sie sich auf den Boden, holte tief Luft und nahm den Deckel ab.

Es war zehn Jahre her, dass sie zuletzt hineingesehen hatte. Der stockige Geruch nach altem Papier kam ihr entgegen. Sie nahm drei Papphefter und einen dicken gelben Umschlag heraus, holte sich aus der Küche Kaffee und Zigaretten und setzte sich mit allem auf den windgeschützten kleinen Balkon, der auf das funkelnde Blau des Intracoastal Waterway hinausging.

Sie starrte auf die Mappe, auf die handschriftlich POLIZEIBERICHTE geschrieben war. An das Deckblatt war die Visitenkarte von Detective Amy Harrison vom NYPD geheftet. Sie kaute an ihrem Bleistift, während sie überlegte, was sie sagen würde, wie sie es sagen würde. Gott, wie gerne hätte sie ein Drehbuch gehabt, an das sie sich halten könnte. Sie zündete sich eine Zigarette an und wählte die Nummer.

»Detective Bureau, Queens County.« Im Hintergrund herrschte ein enormer Geräuschpegel. Hektische, eilige Stimmen in verschiedenen Tonlagen, klingelnde Telefone, Sirenen, die in der Ferne heulten.

»Ich möchte bitte mit Detective Amy Harrison sprechen.«

»Mit wem?«

»Detective Amy Harrison, Sexualdelikte.« Es war schwer, das Wort über die Lippen zu bringen. *Sexualdelikte*. Seltsam eigentlich, denn sie hatte im Lauf ihrer Karriere problemlos Hunderte von Malen bei den Stellen für sexuellen Missbrauch eines jeden Police Departments im Süden Floridas angerufen.

»Bleiben Sie am Apparat.«

Dreißig Sekunden später meldete sich eine schroffe Stimme mit schwerem New Yorker Akzent. »Special Victims, Detective Sullivan.«

»Detective Amy Harrison, bitte.«

»Wer?«

»Amy Harrison, zuständig für die Sexualdelikte draußen in Bayside, Einheit eins elf?«

»Hier gibt es keine Harrison. Wann soll das gewesen sein?«

Tief einatmen. Langsam ausatmen. »Vor ungefähr zwölf Jahren.«

Der schroffe New Yorker stieß einen Pfiff aus. »Zwölf Jahre, Jesus Christ. Es gibt hier niemand mehr, der so heißt. Warten Sie einen Moment.« Sie hörte, wie er die Hand über den Hörer legte und rief: »Kennt hier jemand Detective Amy Harrison? Hat vor zwölf Jahren für die Special Victims Unit gearbeitet.«

Jemand aus dem Hintergrund. »Ja – ich kannte Harrison. Hat aufgehört und das Department vor drei oder vier Jahren verlassen. Sie ist zur Michigan State Police gegangen, glaube ich. Wer fragt denn nach ihr?«

Der Schroffe wollte die Information weitergeben, aber C. J. unterbrach ihn. »Ich hab's gehört. Und wie steht es mit Detective Benny Sears? Er war ihr Partner.«

»Sears. Benny Sears«, rief die schroffe Stimme, »sie will wissen, was mit einem Benny Sears ist.«

»Meine Güte«, wieder der aus dem Hintergrund. »Benny ist schon seit sieben Jahren tot. Hat auf der 59. Street im Berufsverkehr einen Herzinfarkt gehabt. Wer will denn das alles wissen?«

»Haben Sie das auch gehört? Detective Sears ist vor ein paar Jahren gestorben. Kann ich Ihnen sonst irgendwie weiterhelfen?« Weggegangen. Tot. Aus irgendeinem Grund hatte sie mit so etwas nicht gerechnet. Ihr Schweigen wurde mit einem ungeduldigen Seufzer auf der anderen Seite quittiert. »Hallo? Sind sie noch da?«

»Wer wäre denn jetzt für ihre alten Fälle zuständig? Ich brauche Unterstützung bei ... bei einem Fall, an dem die beiden damals, 1988 zusammengearbeitet haben.«

»Haben Sie das Aktenzeichen? Hat es eine Festnahme gegeben?«

Sie öffnete den Hefter und blätterte hastig durch die vergilbten Seiten. »Ja, das muss hier irgendwo sein ... Eine Sekunde ... Nein, es ist niemand verhaftet worden, soweit ich weiß. Also, hier ist das Aktenzeichen –«

»Keine Festnahme? Dann müssen Sie mit dem Cold Case Squad reden. Ich verbinde Sie. Einen Moment.« Dann war die Leitung still.

»Detective Bureau. Detective Marty.«

»Hallo, Detective. Ich brauche Hilfe bei einem ungelösten Sexualdelikt aus dem Jahr 1988. Ein Kollege von der Special Victims Unit hat mich an Sie weitergeleitet.«

»John McMillan bearbeitet die ungelösten Sexualdelikte. Er hat heute frei. Kann er Sie zurückrufen, oder möchten Sie es selbst noch einmal versuchen?«

»Ich rufe morgen wieder an.« Sie legte auf. Das war vollkommen fruchtlos gewesen.

Dann nahm sie den Hörer wieder in die Hand und wählte eine andere Nummer.
»Staatsanwaltschaft Queens County.«
»Die Auslieferungsstelle, bitte.«
In der Leitung wurde es still, dann ertönte klassische Musik.
»Ermittlungen, Michelle am Apparat. Wie kann ich Ihnen helfen?«
»Es geht um eine Auslieferung.«
»Da sind Sie bei uns richtig. Was kann ich für Sie tun?«
»Ich muss mit dem Staatsanwalt sprechen, der sich um die Auslieferungen aus anderen Bundesstaaten zurück nach New York beschäftigt.«
»Das wäre Bob Schurr. Leider ist er im Moment nicht da.«
Arbeitete eigentlich irgendjemand in der Stadt, die niemals schlief? »Verstehe. Wann erwarten Sie ihn zurück?«
»Er ist beim Mittagessen und danach hat er, glaube ich, eine Besprechung. Er ist wahrscheinlich am späten Nachmittag wieder im Büro.«
C. J. hinterließ ihren Namen und ihre Telefonnummer zu Hause. Dann legte sie auf und starrte aufs Wasser hinaus. Die Sonne tanzte auf den sanften Wellen, Lichtreflexe funkelten wie Diamanten. Eine leichte Brise kam von Osten, und das Glockenspiel auf ihrem Balkon begann zu klimpern. Heute waren eine Menge Boote draußen, mitten am Mittwochnachmittag. Frauen in Bikinis bräunten sich auf kleinen Handtüchern auf dem Bug, während stolze Kapitäne in Badehosen, ein Bier in der Hand, den Kurs hielten. Noch besser waren die sonnenöligen Badenixen, die sich auf ausgewachsenen Yachten in Lounge-Sesseln räkelten. Hier lagen Badehosen und Bikinis gemeinsam auf dem Heck, Martini in der Hand, während sich die Mannschaft ums Steuern kümmerte. Und ums Kochen. Und ums Putzen. Das Kielwasser dieser Schiffe spritzte die Handtuchbikinischönheiten nass, und wegen ihrer Bugwelle schwappte dem stolzen Kleinkapitänen das Bier über. C. J. beobachtete die reichen Anwohner mit der gesunden Bräune und den kühlen Martinis und auf den Speedos die grellbunten Touristen mit Piña Coladas und Sonnenbrand, wie sie vollkommen unbekümmert nebeneinander hertrieben. Neid auf diese Sorglosig-

keit versetzte C. J. einen wohl bekannten Stich, doch sie wehrte ihn ab. Wenn sie als Staatsanwältin eins gelehrt hatte, dann, dass die Dinge nicht immer so waren, wie sie schienen. Und wie ihr Dad zu sagen pflegte: *Bevor du jemandem die Schuhe abkaufst, lauf erst mal selbst eine Meile damit, Chloe. Vielleicht willst du sie dann gar nicht mehr.*

Ihre Gedanken wanderten zu ihren Eltern. Sie lebten immer noch im ruhigen Norden Kaliforniens und hatten immer noch Angst um Chloe, die wieder ganz allein in einer Großstadt war, einer gnadenlosen Stadt voller Fremder und Verrückter. Schlimmer noch, jetzt arbeitete sie sogar mit ihnen, unter ihnen, jeden Tag, beschäftigte sich mit dem Abschaum dieser Erde – Mördern, Vergewaltigern, Pädophilen –, versuchte verzweifelt in einem Spiel zu gewinnen, in dem man nur verlieren konnte. Denn wenn die schrecklichen Fälle auf ihren Tisch kamen, war schon alles zu spät. C. J. hatte nicht auf ihren Rat, auf ihre Warnungen gehört, und für ihre Eltern war es schmerzhaft und ermüdend, sich weiter Sorgen machen zu müssen, wo sich C. J. dem Unglück geradezu selbstmörderisch in die Arme warf. Was C. J. anging, so war die emotionale Distanz, die seit dem *Vorfall* zwischen ihnen entstanden war, sogar willkommen. Sie hatte ihr eigenes Päckchen zu tragen; sie konnte sich nicht auch noch den emotionalen Ballast der anderen aufbürden. Genauso war es mit all den Bekanntschaften aus ihrem alten Leben gegangen, egal wie eng sie einmal gewesen waren. Selbst mit Marie hatte sie seit Jahren nicht gesprochen.

Sie trank den letzten Schluck Kaffee und schlug die dicke Mappe mit den Polizeiberichten auf. Die Ecken des Durchschlagpapiers waren vergilbt, und die Buchstaben verblassten. Das Datum auf dem ersten Bericht war Donnerstag, 30. Juni 1988, 9:02 Uhr. Die Uhr drehte sich zurück, als wäre es gestern gewesen, und heiße Tränen liefen ihr über das Gesicht. C. J. wischte sie mit dem Handrücken weg und begann von der Nacht zu lesen, in der sie vor zwölf Jahren vergewaltigt worden war.

# 23.

»FALCONETTI, BIST DU DA? DOM?«

Das Funkgerät an Dominicks Gürtel hatte sich eingeschaltet. Auf dem Display stand »Special Agent James Fulton«.

»Ja, ich bin da, Jimbo. Schieß los.« Auf der Suche nach einer Beweismitteltüte ging er aus dem Bad ins Schlafzimmer rüber. »He, Chris, wo sind die Beutelchen?«

Chris drückte ihm ein Bündel mit durchsichtigen Plastiktüten, dem roten Band und weißen Etiketten in die Hand, und Dominick kehrte ins Bad zurück.

»Wir haben hier was echt Interessantes im Schuppen hinterm Haus. Wo steckst du?« Jimmy Fulton hatte einen starken, nicht immer leicht verständlichen Südstaatenakzent. Er gehörte zu den Älteren, ein beschlagener Ermittler, der seit sechsundzwanzig Jahren beim FDLE war und es zum Special Agent Supervisor bei der Drogenfahndung gebracht hatte. Seine Erfahrungen mit schweren Verbrechen und Haussuchungen machten ihn unersetzlich.

»Ich bin oben im Bad. Ich habe selber gerade eine kleine Sensation gefunden. Bantling hat eine ganze Flasche Haloperidol in der Schublade, besser bekannt als Haldol.«

»Haldol? Kriegt man das nicht, wenn man ne Schraube locker hat?« Dominick sah ihn förmlich vor sich, wie er an seinem dichten grauen Bart zupfte, unter der schwarzen Sonnenbrille, die er selbst im dunkelsten Schuppen nicht absetzte.

»Genau, Jimbo. Du sagst es. Und ein Arzt in New York hat es unserem Freund verschrieben.« Dominick ließ das Fläschchen in eine der Tüten fallen und versiegelte sie.

»Halleluja! Aber ich glaube, ich setz noch eins drauf.«

»Ach ja? Wie das?« Er klebte ein Etikett auf den Beutel und schrieb mit einem schwarzen Stift seine Initialen darauf, DF.

»Eins nach dem anderen. Sieht aus, als wollen uns die Freunde von der Bundespolizei gerade einen Anstandsbesuch abstatten, Dom. Sie stehen draußen auf der Straße, schütteln Hände und tätscheln Kindern die Wange. Und natürlich geben sie der Presse auch gratis Interviews über den Stand *ihrer* Ermittlungen.«

Dominick biss sich auf die Lippe. »Du willst mich auf den Arm nehmen, Jimbo. Bitte sag, dass das nicht wahr ist.«

»Leider doch, mein Freund, leider doch.« – »Wer ist es?«

»Lass mich mal sehen. Übrigens, der Beach Boy, der an der Haustür Wache hält, hat sie nach ihrer Visitenkarte gefragt! Ist das zu glauben? Er hat sie nicht reingelassen, und jetzt stehn sie auf dem Rasen und schlagen Krawall. Erinner mich dran, Chief Jordan vom Beach Department anzurufen, damit er dem Knaben einen Bonus gibt.«

Dominick war jetzt wieder im Schlafzimmer und sah aus dem Fenster. Es stimmte, die beiden Blues Brothers vom Causeway standen jetzt mit ihren dunklen Sonnenbrillen neben der Bougainvillea auf dem manikürten Rasen und taten sich wichtig. Sprachen hektisch in ihre Telefone und machten sich Notizen. Sie sahen aus wie Mulder und Scully – im Fummel. Im Fließtext des Livemitschnitts bekämen die *MSNBC*- und *CNN*-Zuschauer jetzt zu lesen: *FBI-Ermittler übernehmen den Fall von den Behörden des Staates Florida. Oder besser: Polizei wird wieder einmal vom FBI in die Pfanne gehauen.* Natürlich hatten sie so vorm Haus geparkt, dass sie die Wagen der Spurensicherung blockierten.

»Also, Dom, ich habe ihre Karten hier, es ist ein Agent Carl Stevens und ein Agent Floyd Carmedy. Kennst du die Jungs?«

»Ja, die kenn ich, Jimbo. Die haben mir gestern schon auf dem Causeway reingepfuscht. Ich geh runter und rede mit ihnen. Wir haben das FBI nicht eingeladen. Und wenn sie nicht auf der Gästeliste sind, dann kommen sie auch nicht rein. Sag Chief Jordan, er soll den Bonus verdoppeln und darauf achten, dass seine Jungs das Gesindel draußen halten.«

»Okay, Dom, du bist der Boss. Und ich bin mächtig froh darüber. Da kommt nämlich gerade noch einer vom Bureau, der mitspielen will, und ich möchte nicht derjenige sein, der ihm sagt, dass er leider draußen bleiben muss. Auf seiner Visitenkarte steht Special Agent in Charge Mark Gracker. Wenn du aus dem Fenster schaust, er ist der, der grade auf dem Rasen die Rede hält.«

Verdammt. *Gracker*. Dominick fuhr sich durch die Haare und schloss die Augen.

»Alles klar, Jimbo. Ich kümmer mich um die Feds. Ich komm

jetzt runter. Ich muss nur noch den Regional Director vorwarnen, dass heute Nachmittag wohl ein Tornado über ihn wegfegt.« Regional Director Black war der Leiter des FDLE. Dominicks Boss. Der würde sich freuen, wenn er ihm sagte, dass er mit dem Special Agent in Charge des FBI Wettpinkeln spielte. Das Gute an Black war, dass er die Feds genauso wenig leiden konnte wie Dominick; nur konnte er es auf seinem Posten nicht laut sagen. Öffentlich würde er den Hahnenkampf zwischen den Behörden kritisieren, aber wenn die Kameras aus waren und die Türen zu, wäre er es, der Dominick auftrug, es den FBI-Idioten heimzuzahlen. Black war nämlich schon Regional Director gewesen, als Gracker ihm die Lorbeeren in dem Fall mit dem organisierten Verbrechen abgejagt hatte.

»Aber bevor du rausgehst, Dom, hab ich noch ein paar Sachen für dich, oder hast du schon vergessen, dass ich eins draufsetzen wollte?«

»Na, ich hoffe, dass jetzt die gute Nachricht kommt. Und gegen die von eben muss sie richtig gut sein. Schieß los, Jimbo, versüße mir den Tag.«

»Oh, keine Sorge, das schaff ich leicht. Sieht aus, als hätten wir Blut hier unten im Schuppen gefunden. Und vielleicht sogar ne Mordwaffe. Yippieh-Yeh.«

## 24.

DOMINICK WIES MASTERSON UND BOWMAN AN, sich mit den Videokassetten und dem Bad zu beeilen, und überließ Manny die Armani-Anzüge im Wandschrank. Dann ging er hinaus auf den Rasen vor dem Haus. Der junge Cop vom Beach Department stand immer noch an der Tür Wache. Er sah wütend aus.

In schwarzen Anzügen, schwarzen Krawatten und schwarzen Sonnenbrillen standen Stevens und Carmedy draußen auf der Wiese und machten sich Notizen. Stevens hielt sich außerdem ein Telefon ans Ohr, aber Dominick vermutete, dass das nur Show für die Fernsehkameras auf der anderen Straßenseite war. Er kannte Stevens von einer gemeinsamen Organized Crime Task Force. Er war schwul, *maricón*, wie Manny das auf Spanisch nannte. Und wahrscheinlich hatte er seine Mutter an der Strippe, die ihn fragte, was er sich zum Abendessen wünsche.

Auf der anderen Straßenseite, neben der schwarzen Ford-Taurus-Flotte des FBI, die die Backsteineinfahrt blockierte, stand der FBI Special Agent in Charge Mark Gracker. Und neben ihm stand der Star von *Channel 10*, Lyle McGregor. Gracker machte ein ernstes, finsteres Gesicht. Lyle strahlte.

Dominick wollte nicht so unhöflich sein, Gracker bei seinem Live-Interview zu unterbrechen, nur um ihm zu sagen, dass er einen Durchsuchungsbefehl der Bundespolizei auftreiben müsste, falls er mit den andern Kindern im Sandkasten spielen wollte. Er ließ Stevens mit seiner Mama plaudern und befasste sich erst einmal mit Mulder alias Carmedy. Wie ein Löwe, das schwächste Opfer zuerst.

»Hallo, Floyd. Floyd Carmedy, richtig? Vom Bureau? Ich bin FDLE Special Agent Dominick Falconetti.« *Von vorneherein klarstellen, wessen Territorium das hier ist. Hier bist du nicht FBI Agent Carmedy. Hier bist du einfach Floyd.* Dominick streckte ihm eine Hand entgegen.

Floyd Carmedy schüttelte sie. »Agent Falconetti. Freut mich. Sind Sie hier der Leiter?«

»Das bin ich, Floyd, das bin ich. Was kann ich für Sie tun?« Inzwischen hatten sich die Scheinwerfer von Gracker abgewandt und hielten auf einen Techniker der Spurenermittlung, der gerade eine große schwarze Plastiktüte aus der Eingangstür herausbeförderte. Gracker musste Dominick bemerkt haben. Er setzte sich die schwarze Sonnenbrille wieder auf und kämpfte sich auf seinen kurzen Beinen über den Rasen. Die hohen Absätze seiner schwarzen Lederslipper versanken im Gras.

Floyd wollte gerade etwas sagen, doch als er Gracker im Augenwinkel sah, bremste er sich und trat respektvoll einen Schritt zurück, um Gracker den ihm gebührenden Platz in der Runde einzuräumen.

Mark Gracker stolzierte heran, die Brust unter dem schwarzen Anzug stolz geschwellt, die schwarze Krawatte baumelte über seinem Bierbauch, und schob sich vor Carmedy.

»Agent Falconetti. Ich habe den ganzen Tag versucht, Sie zu erreichen. Wir müssen ins Haus«, erklärte er mit grabesschwerer Stimme. *Nur die Fakten, Ma'am.* Er war gute zehn Zentimeter kleiner, und Dominick konnte ihm auf den Kopf sehen, wo das Haar dünner wurde und die bleiche Haut durchschien.

Dominick warf einen Blick in Richtung von Lyle McGregor und seinem Kamerateam. *Hatte Gracker ihn über die Medien zu erreichen versucht? Gehofft, dass Falconetti die Mittagsnachrichten sah?*

»Hallo, Mark. Lange nicht gesehen.«

Mark Grackers bleiches Teiggesicht wurde rot, und er presste die Lippen aufeinander. Dominick wusste, wie Gracker es hasste, beim Vornamen genannt zu werden. Egal wo, egal von wem. Wahrscheinlich musste sogar seine Frau Special Agent in Charge Gracker zu ihm sagen, wenn sie vögelten.

»Ja, ist eine Weile her, *Dominick*. Sie wissen, dass ich jetzt FBI Special Agent in Charge in Miami bin, oder?«

»Ja, habe ich gehört. Herzlichen Glückwunsch. Ist sicher eine Menge los bei Ihnen.«

»Ja, das ist es. Bei Ihnen ist aber auch eine Menge los. Das FBI muss den Tatort in Augenschein nehmen, und der kleine Scheißer vom Miami Beach Department da draußen lässt uns nicht durch.« Gracker trat von einem Fuß auf den anderen, versuchte sich auf die Zehenspitzen zu stellen, da ihm der Größenunterschied zu Dominick offenbar nicht behagte.

»Hm. Das ist ein Problem. Wissen Sie, uns liegt nur ein Durchsuchungsbefehl der örtlichen Behörde vor, und danach haben nur hiesige Mitarbeiter Zugang zum Gegenstand der Haussuchung. Ich fürchte, das Federal Bureau of Investigation taucht darauf nicht auf. Wir werden Ihre Unterstützung in diesem Fall nicht brauchen.«

Kleine Schweißperlen tauchten über Grackers dicker Oberlippe auf. »Sie wissen, dass der Siban-Mord unter unsere Zuständigkeit fällt. Er ist auf Bundesgebiet verübt worden. Das FBI übernimmt die Ermittlungen.«

»Das ist prima. Gratuliere. Doch Bantling wurde wegen des *Prado*-Mords festgenommen.« Er betonte den Namen *Prado*, als bringe er einem Vorschüler das Buchstabieren bei. »Und wir sind hier aufgrund von Hinweisen, die wir bei der Ermittlung zu *diesem*

Fall zusammengetragen haben. Wenn wir etwas finden, das ihn irgendwie mit dem gewaltsamen Tod von *Siban* in Verbindung bringt, melde ich mich bei Ihnen.«

Gracker war jetzt dunkelrot im Gesicht. *Wo war Lyle mit seiner Kamera, wenn man ihn wirklich mal brauchte?* »Sie zwingen mich also, einen Durchsuchungsbefehl der Bundesbehörde zu beantragen?«

»Ja, ich fürchte, das wird sich nicht umgehen lassen. Und das Haus steht dem FBI natürlich jederzeit offen – wenn wir hier fertig sind.«

»Ich glaube, ich werde mich in dieser Sache an Director Black wenden müssen.«

»Director Black ist über die Lage bereits unterrichtet, und er bittet schon mal im Voraus um Verzeihung, falls das alles dem FBI Unannehmlichkeiten bereiten sollte. Wenn Sie mich jetzt entschuldigen würden, ich muss wieder an die Arbeit.«

Dominick drehte sich um und ließ einen fassungslosen und stinkwütenden Mark Gracker auf dem Rasen zurück. Scully und Mulder stierten einfältig in die Gegend, wobei sie verzweifelt versuchten, vor den Kameras, die sich jetzt wieder auf sie richteten, wichtig auszusehen. Dominick lief die Stufen zur Haustür hinauf und sagte leise zu dem jungen Cop vom Beach Department: »Gut gemacht.«

»So ein Arsch!«, murmelte der Beach Boy.

Dann drehte sich Dominick noch einmal um und rief über die Wiese: »Schön, Sie wieder zu sehen, Mark. Und nochmal herzlichen Glückwunsch zu Ihrer Beförderung.«

Und kehrte ins Haus zurück.

# 25.

ER GING DURCHS HAUS ZUR TERRASSENTÜR, die hinaus in den Garten führte. Hinter dem Pool stand unter der Fächerpalme in einem Winkel des Gartens eine weiße Hütte mit einem kleinen Fenster.

Sie wirkte weniger wie ein Schuppen als wie ein nettes kleines Häuschen, dessen Dach sogar mit Schindeln gedeckt war. Die schwarzen Vorhänge vor dem Fenster waren zugezogen. Dominick traf Jimmy Fulton an der Tür.

»Und, wie hat es Special Agent in Charge Gracker aufgenommen, dass er nicht gebraucht wird?«

»Gar nicht gut. Er steht auf der Wiese und schmollt.« Dominick stellte sich vor, wie ein puterroter Mark Gracker Stevens und Carmedy mit Flüchen bespuckte, während sie in ihrem klimatisierten FBI-Mobil davontuckerten, und er musste grinsen. Gracker hatte vermutlich schon bei RD Black angerufen und Dominicks Dienstmarke auf einem Silbertablett verlangt. Zusammen mit dem Durchsuchungsbefehl, den er brauchte, um ins Haus zu kommen. Und keins von beidem würde er kriegen.

»Jimbo, das wird schlimme Folgen haben«, seufzte er. »Andererseits, wie Clemenza im Paten so schön zu Al Pacino sagte: *Solche Dinge passieren alle fünf Jahre. So wird das böse Blut gereinigt.* Black steht jedenfalls hinter uns. Er meinte nur, ich soll Gracker nicht ins Gesicht sagen, was ich von ihm halte.«

»Ich schätze, das will er selbst erledigen.«

»Was für ein Tag.« Dominick fuhr sich durchs Haar. »Was gibt's im Schuppen?«

»Sie machen noch ein paar Fotos, lassen wir sie noch kurz in Ruhe. Ich erzähle dir so lange, was wir haben. Wusstest du, dass Bantlings Hobby Tiere ausstopfen war? Der Schuppen ist voll von präparierten Eulen und Vögeln, die von der Decke hängen. Mit ausgefahrenen Klauen und allem. Als ich rein bin, dacht ich, liebe Zeit, die sind echt. Aber dann hab ich die Brille rausgeholt und gesehen, dass sie ausgestopft sind. Und er hat da drin auch so eine Metallpritsche, wie im Krankenhaus. Die ist blitzsauber, keine Fingerabdrücke, frisch abgewischt. Also dachten wir, da ist wahrscheinlich nichts mehr zu holen.«

In diesem Moment kamen die Fotografen der Spurensicherung heraus. »Gehört wieder Ihnen, Agent Fulton«, rief einer, »wir sind durch.«

»Prima. Danke.« Jimbo nickte ihnen zu. Er wandte sich an den Forensiker vom MDPD, der mit seiner schwarzen Arzttasche an der Tür wartete. »Warte noch ne Sekunde, bevor du das Blut untersuchst, Bobby. Ich will es erst mal Agent Falconetti zeigen.«

Sie betraten das schmucke Häuschen. Über ihnen baumelten zwei Eulen an unsichtbaren Nylonschnüren von den Deckenbalken, die Glasaugen weit aufgerissen, die Schwingen im Flug ausgebreitet. Genau dazwischen hing eine einzelne Lampe mit einem schwarzen runden Metallschirm. Es war ein erstaunlich großer Raum, mit Estrichboden und Bruchsteinmauern. Alles war blitzsauber, vor allem für einen Gartenschuppen. Der weiße Fußboden schien makellos. Die Metallpritsche stand bündig an der längeren Wand. Darüber hing eine Reihe Resopalschränke. In der Ecke stand ein prächtiger Silberreiher mit leicht gespreizten Flügeln, der aussah, als wollte er sich gerade in die Lüfte schwingen, der lange gebogene Hals und der gelbe Schnabel zeigten nach oben, die schwarzen Glasaugen waren starr auf den Stahltisch gerichtet.

»Schau dir das mal an.« Jimbo kniete sich neben die Pritsche. Am Fußboden hinter der Pritsche war ein Kreidekreis um drei sehr kleine rotbraune Flecken gezeichnet. Jimbo leuchtete sie mit der Taschenlampe an. Sie glänzten leicht.

»Noch nass?«

»Nein. Aber ziemlich frisch. Bobby meint, das Muster der Spritzer und die Höhe der Pritsche deuten darauf hin, dass die Leiche auf der Pritsche lag und das Blut von dort runtergetropft ist.« Er strahlte die Wand ungefähr dreißig Zentimeter über dem Boden an.

Winzige rotbraune Tupfer sprenkelten die Wand. »Und hier – hier ist das Blut vom Boden wohl zurück gegen die Wand gespritzt. Das würde wieder zu der Theorie passen, dass Blut von der Liege heruntergetropft ist. Wir sind ziemlich sicher, dass es Blut ist.«

»Gut, Jimbo, aber ist es auch Menschenblut?« Dominick musste an den starren Blick des majestätischen Reihers denken.

»Das wissen wir bald. Das Labor sagt uns Bescheid, sobald sie es rausgefunden haben. Aber schau dir das mal an –« Er deutete auf eine weitere Kreidemarkierung auf dem Estrich, genau unter einem Ende der Liege. Diese Stelle war sehr viel größer, sie hatte einen Durchmesser von fast einem Meter.

Dominick hielt die Taschenlampe auf die Stelle und sah blasse braune Kreise und dunkle Streifen. »Sieht aus, als ob da einer was wegwischen wollte.«

»Genau. Die Jungs sehen sich das mit Luminol an, sobald die Spurensicherung durch ist. Vielleicht finden wir raus, wie groß die Sauerei war, bevor gewischt wurde.«

»Ihr müsst auch die Rollen an der Liege untersuchen.« Dominick beugte sich hinunter und leuchtete die Gummiräder an der Unterseite der Pritsche an. »Vielleicht ist er durch irgendwas durchgerollt.«

»Ja, die Rollen nehmen wir auch gleich mit.«

»Was ist mit der potenziellen Tatwaffe?«

»Ach ja, das Beste hab ich vergessen. Schau dir das an.« Jimmy Fulton öffnete den mittleren Hängeschrank. Im untersten Fach befand sich ein großes rechteckiges Metalltablett. Darauf lagen in ordentlichen Reihen unterschiedliche Skalpelle und Scheren in allen Größen. »Der Idiot sollte uns allen die Zeit sparen und einfach ein Geständnis ablegen. Der Prozess wird ein Kinderspiel.«

In Dominicks Funkgerät krächzte es wieder.

»Dommy Boy, oh, Dommy Boy, the pipes are softly calling …«

Es war Manny, der sich mit seinem kubanischen Akzent an einem irischen Volkslied versuchte. Dominick ließ ihn eine Weile schmoren, bevor er antwortete. Jimbo und Bobby grinsten. Dann dämmerte es Manny, dass vielleicht noch andere zuhörten. Nach ein paar Takten brach er ab und bellte: »He, Dom, bist du da?«

»Ja, Bär. Ich bin mit Jimmy Fulton hinterm Haus. Wie steht's bei dir? Packst du den Schrank zusammen?«

»Ja, das tue ich. Und ich muss nochmal fürs Protokoll festhalten, in meinem nächsten verdammten Leben will ich Möbeldesigner werden.«

»Er ist *Einkäufer*, Bär.« Eddie Bowmans Stimme aus dem Hintergrund. »Du willst Möbel-*Einkäufer* werden, wenn du groß bist.«

»Halt's Maul, Bowman. Behalte lieber deine Alte in der Glotze im Auge.« Dann sprach er wieder mit dem Funkgerät. »Der Perverse hat die schicksten Klamotten. He, wenn er bald in der Hölle schmort, meinst du, ich könnte sie vielleicht kriegen?«

»Wenn du vierzig Kilo abnimmst und zwanzig Zentimeter schrumpfst, vielleicht, Bär: Keine Pastelitos mehr!« Dominick kniete sich hin und sah Bobby, dem Forensiker des MDPD, zu, der drei Proben von der braunen Substanz auf dem Boden nahm und sie in drei langen, sterilen zylindrischen Röhrchen konservierte.

»Aber die Krawatten könnte ich doch tragen. Was für eine Verschwendung. Wie ging's mit den Blues Brothers? Ich wette, dass der *maricón* einen Anfall hatte.«

»Sie waren nicht froh, Bär, gar nicht froh. Muss ich noch was sagen?«

»Na ja, jedenfalls bin ich hier im Schrank so gut wie fertig – er ist übrigens etwa so groß wie mein Schlafzimmer. Und so verdammt ordentlich. Zu ordentlich, wenn du mich fragst. Weißt du, dass er sein ganzes Zeug sortiert hat? Und zwar wirklich alles! Er hat so einen schwarzen Kleidersack, auf dem steht SMOKINGS, Plural, hörst du? Und dann hat er eine Kiste, auf der steht WINTER-PULLOVER, und auf einer anderen steht WINTER-SCHUHE. Vielleicht ist er doch nicht unser Mann, denn ich hab nämlich das verdammte Gefühl, dass er ne Tunte ist. Oder so ein verkappter Homo, der alle Frauen hasst, weil sie ihn an seine Mutter erinnern. Das wär doch ein Motiv. Immerhin würde das Bowmans heutige Strafarbeiten erklären. Und hör dir das an – ich habe in einer Kiste Halloween-Kostüme gefunden, natürlich fein säuberlich zusammengefaltet. Er scheint sich gern zu verkleiden, er hat da nämlich eine ganze Menge Kram: ne fiese Alien-Maske, ne Batman-Maske, so eine Frankensteinmaske, einen Cowboyhut und diese schwulen Lederhosen ohne Hintern – du weißt schon, so Flaps, die man sich über die Jeans zieht.«

»Die heißen Chaps, nicht Flaps.«

»Dann eben Chaps – mir doch egal. Er hat sogar ne Clownmaske. Stell dir dieses Schwein auf dem Geburtstag deiner Kinder vor.«

Dominick betrachtete die Streifen auf dem Boden, einen halben Meter weiter die schwimmhäutigen Füße des ausgestopften Reihers. Das Luminol, das die Techniker hier gleich versprühten, würde überall dort leuchten, wo Blut gewesen war. Im Laufe seiner Jahre als Ermittler der Mordkommission hatte Dominick immer wieder ganze Räume gesehen, die im Dunkeln unheimlich gelb geglüht hatten, inklusive der voll gespritzten Decke. *Wie würde die-*

*ses von außen so niedliche Gartenhäuschen dann aussehen? Welches grausige Gemälde würde die Finsternis hier enthüllen?*

»Gut, pack einfach alles ein, Bär. Wir wissen nicht, was in diesem Fall noch wichtig ist und was nicht.«

## 26.

OBWOHL ES EIGENTLICH NICHT VIEL ZU LESEN GAB, brauchte sie über zwei Stunden, um alle Polizeiberichte, Krankenhausunterlagen und Laborberichte durchzugehen. Nach der Hälfte musste sie eine Pause machen. Sie lief durch die Wohnung, setzte frischen Kaffee auf, legte die Wäsche zusammen, wischte Staub – alles um die enorme Last der Erinnerungen, die über sie hereinbrachen, besser ertragen zu können. Es war erstaunlich: Wie selten wusste sie abends noch, was sie mittags gegessen hatte, aber an jede Sekunde, jedes Geräusch, jeden Geruch jener Nacht vor über einem Jahrzehnt erinnerte sie sich genau. Als sie die Aussage ihres ehemaligen Nachbarn Marvin Wigford las, musste sie zwischendurch ins Bad gehen und sich zum zweiten Mal an diesem Tag übergeben. Marvin gab an, dass Chloe mit der Art sich anzuziehen die Männer im Gebäude »provoziere« und in Röcken »durch den Hof stolziere, die sich für die Studentin einer katholischen Universität nicht gehörten«. Er folgerte, es sei »kein Wunder, dass ihr irgendwann so etwas passiert sei, denn sie mache die Männer absichtlich heiß«. Die Schuldgefühle und Selbstvorwürfe, die sie so lange Jahre niederkämpft hatte, kamen wieder hoch. Obwohl die Vernunft ihr sagte, dass Marvin doch nur ein gestörter Widerling war, fühlte sie sich trotzdem schmutzig und gedemütigt. Ganz tief in ihr begraben hatte ein Teil von ihr immer sich selbst für das, was geschehen war, verantwortlich gemacht. Jahrelang war in ihrem Kopf herumgespukt, was sie alles hätte tun oder lassen oder anders machen sollen, um die Untat zu verhüten, und welche Wendung ihr Leben dann genommen hätte. Das war der schwerste Teil der Therapie – zu lernen, sich nicht selbst die Schuld zu geben.

Nach dem Ausflug ins Bad stellte sie sich ans Balkongeländer, sah noch einmal dem Kommen und Gehen der Boote zu, und trank dabei etwa die zehnte Tasse Kaffee an diesem Tag. Der Berufsverkehr hatte eingesetzt, und in Pompano Beach auf der anderen Seite des Kanals begannen die Straßen immer voller zu werden. Ihr Pager hatte sie ein paar Mal aus der Vergangenheit gerissen, und gewissenhaft rief sie jeden zurück. Die Gespräche lenkten sie kurzfristig von den Polizeiberichten und Zeugenaussagen ab, von der wohl bekannten, kalten Angst, der Panik und den Schuldgefühlen, vor allem die Telefonate mit der überforderten Marisol. Später machte C. J. mit Lucy einen Spaziergang am Wasser, bevor es dafür zu dunkel wurde.

Als sie wieder heimkam, verbrachte sie eine weitere Stunde mit den Berichten, darunter auch ihre eigene Aussage, in der sie jedes grausame Detail, jeden bewussten Augenblick des 30. Juni 1988 schilderte. Es begann mit dem Streit mit Michael im Auto, der sich im Innenhof fortgesetzt hatte; dann, wie sie vom Geschmack von Latex auf den Lippen und dem erstickenden Gewicht auf der Brust aufgewacht war, der Schmerz, als er auf sie stieg, sein Penis in sie eindrang, während sie vergebens versuchte, sich zu wehren. Der Bericht endete mit ihrer letzten bewussten Erinnerung, als das kalte Messer wütend in die zarte Haut ihrer Brüste schnitt, ihr letzter Blick auf die sich rot färbenden Laken. Jetzt, zurück auf dem Balkon, zurück in der Gegenwart, hatte sie eine Hand schützend auf ihre Brust gelegt, mit der anderen fasste sie sich an den Hals, wie um sich vom unsichtbaren Würgegriff der Angst zu befreien.

In diesem Moment klingelte das Telefon. Auf der Caller-ID-Anzeige stand *Queens DA*. C. J. wischte sich die Tränen fort und räusperte sich.

»Hallo?«

»Ist da eine Miss …« Der Mann am anderen Ende stockte, anscheinend versuchte er eine unleserlichen Nachricht zu entziffern.

»… Tooso?«

»Hier spricht Ms. Townsend. Kann ich Ihnen helfen?«

»Entschuldigen Sie. Meine Sekretärin hat mir einen verstümmelten Namen hinterlassen, der wie Tooso aussieht. Verzeihung.

Hier spricht Bob Schurr von der Staatsanwaltschaft Queens, Sie hatten angerufen. Was kann ich für Sie tun?«

C. J. versuchte sich zu sammeln. »Ja, Mr. Schurr, vielen Dank für Ihren Rückruf. Also, es geht um das Auslieferungsverfahren eines Straftäters zurück nach New York. Ich müsste wissen, was das Protokoll bei Ihnen vorsieht.« Sie war jetzt ganz die Anklägerin, als ginge es hier um eine völlig fremde Person.

Ein langes Schweigen entstand. »Sie sind von der Staatsanwaltschaft?«

»Ja. Entschuldigen Sie. Bei der in Miami.«

»Ach so. Also gut. Um wen geht es, und weswegen wird er in New York gesucht?«

»Na ja, in New York liegt noch kein Haftbefehl gegen ihn vor. Es geht um ein unaufgeklärtes Verbrechen, und wir glauben, dass wir hier einen Verdächtigen haben.«

»Ein ungelöster Fall? Sie meinen, es gibt noch keine Anklage? Keinen Haftbefehl?«

»Nein. Noch nicht. Die Behörden hier unten haben die Person eben erst als möglichen Verdächtigen identifiziert.« Sie wusste, dass sie sich mehr als schwammig ausdrückte.

»Haben Sie denn mit den ermittelnden Beamten in New York gesprochen? Werden Sie einen Haftbefehl beantragen?«

»Noch nicht. Ich glaube, der Fall ist bei den Cold Cases gelandet. Wir sind eben in diesem Moment mit den Ermittlern dort im Gespräch wegen des Haftbefehls und allem anderen, das nach New Yorker Gesetz nötig ist, um in Florida einen Verdächtigen festzunehmen.«

»Also, zuerst mal muss Anklage erhoben werden. Dann können Sie einen Haftbefehl beantragen, und damit können Ihre Ermittler die Festnahme durchführen und ihn so lange in Miami festhalten, bis wir die ganzen Papiere für die Auslieferung fertig haben. Aber vielleicht bin ich auch ein bisschen voreilig. Wie alt ist der Fall denn?«

Sie schluckte. Siedend heiß fiel ihr etwas ein, das sie als Staatsanwältin nicht hätte vergessen dürfen. »Ich glaube, das Verbrechen ist vor über zehn Jahren passiert, aber ich müsste nochmal mit den Detectives reden, die hier unten an der Sache arbeiten.«

Bob Schurr pfiff durch die Zähne. »Zehn Jahre? Oh, oh. Sagen Sie mir, es geht um Mord, dann können wir loslegen.«

»Nein, kein Mord.« Ihre Hände waren feucht. Sie wollte die Antwort auf ihre nächste Frage gar nicht hören. »Warum das ›Oh, oh‹?«

»Weswegen habt ihr den Kerl am Wickel? Angenommen natürlich, es ist ein Kerl. Das haben Sie noch nicht gesagt.«

Sie räusperte sich und hoffte, dass ihre Stimme einigermaßen normal klang. »Es geht um ein Sexualdelikt. Schwere Vergewaltigung. Und versuchten Mord.«

»Tja, deswegen das ›Oh, oh‹. Sie haben kein Glück, tut mir Leid. In New York sind solche Verbrechen nach fünf Jahren verjährt. Außer natürlich Mord. Mord verjährt nicht. Wenn innerhalb von fünf Jahren nach der Tat keine Anklage erhoben wurde, können Sie dem Kerl nichts mehr anhaben. Aus und vorbei ...«

Sie schwieg, also fuhr er fort. »Es tut mir Leid. Dies Elend passiert immer wieder, vor allem bei Sexualdelikten. Wenn man den Typ endlich findet, anhand einer DNA-Analyse oder so, kann man ihm nichts mehr anhaben. Erst vor kurzem hat man angefangen, gegen die DNA-Stränge selbst Anklage zu erheben, in den Fällen, in denen es noch keinen konkreten Verdächtigen gibt und wo die Zeit knapp wird. Vielleicht ist das auch bei Ihrer Sache geschehen – haben Sie die Cold-Case-Leute gefragt?«

»Nein, aber das werde ich tun. Vielleicht haben die so etwas veranlasst. Ich hoffe es«, sagte sie, obwohl sie genau wusste, dass nichts gefunden worden war, was für eine DNA-Probe gereicht hätte, die wiederum für eine solche Anklage hätte dienen können. Sie merkte, dass ihre Stimme immer leiser wurde. »Danke für Ihre Hilfe. Ich rufe Sie wieder an, wenn ich mehr habe.«

C. J. legte auf. Das konnte nicht wahr sein. Die Verjährung. Eine willkürliche Zeitspanne, die irgendwelche dummen Gesetzesmacher in Stein gemeißelt hatten, um zu definieren, was ein fairer Zeitraum war, innerhalb dessen man jemanden vor Gericht stellen konnte. Wie lange sollte sich jemand mit der Frage plagen müssen, wann seine Verbrechen ihn wohl einholten? Was konnte dem Angeklagten zugemutet werden? Vergiss das Opfer – Hauptsache der Täter wurde geschützt!

Langsam begann ihr die Tragweite der Information zu dämmern. Bantling würde nicht für das zur Verantwortung gezogen werden, was er ihr angetan hatte. Niemals. Er könnte sich auf die Spitze des Empire State Building stellen und seine Schuld hinausschreien, mit all den ekelhaften, grausigen Details, und trotzdem käme er nie vor Gericht. Er würde den Fahrstuhl nach unten nehmen und ungestraft von dannen ziehen. C. J. hätte an die Verjährung denken sollen, aber in Florida verjährten bestimmte Sexualdelikte nicht, und ehrlich gesagt – es war ihr überhaupt nicht in den Sinn gekommen. Sie war so damit beschäftigt gewesen, Bantling nach den Regeln des Gesetzes nach New York zu schicken – und ihren eigenen Dämonen dabei ins Gesicht zu sehen, ohne durchzudrehen –, dass sie die Frage völlig vergessen hatte, ob er dafür überhaupt belangt werden *konnte*. Sie hatte die Scheuklappen des Opfers getragen und es einfach für selbstverständlich gehalten.

Wieder hatte sie das Gefühl, alles bräche auseinander, und sie müsste es verzweifelt zusammenhalten. Sich durch den Nebel der Angst kämpfen, der sie zu erdrücken schien.

Sie lief in der Wohnung auf und ab. Die Sonne war hinter dem Horizont versunken, und die Luft kühlte schnell ab. C. J. kippte den kalten Kaffee aus und holte stattdessen eine Flasche Chardonnay aus dem Kühlschrank. Sie schenkte sich ein Glas ein, nahm einen tiefen Schluck und griff wieder zum Telefon. Es klingelte viermal, dann nahm Dr. Chambers den Hörer ab.

»Hallo?« Der Klang seiner Stimme hatte sofort eine tröstliche Wirkung.

»Ich hatte gehofft, dass Sie noch da sein würden. Sogar um die Uhrzeit. Hallo, Dr. Chambers. Wie geht es Ihnen? Hier spricht C. J. Townsend.« Sie kaute an ihrem Daumennagel, während sie auf Strümpfen und mit dem Weinglas in der Hand durch ihr Wohnzimmer tigerte.

»Hallo, C. J.« Er klang überrascht, ihre Stimme zu hören. »Der übliche Kampf mit dem Bürokram. Sie haben mich gerade noch erwischt. Was kann ich für Sie tun?«

Sie sah zu, wie draußen ein Restaurantschiff vorbeiglitt. Durch die Luft wurden Gelächter und Musik herübergetragen.

»Es ist etwas passiert, und ich fürchte, ich muss Sie sehen.«

## 27.

GREGORY CHAMBERS setzte sich in seinem Ledersessel auf. Er hörte deutlich die Bedrängnis und Verzweiflung in C. J. Townsends Stimme und war sofort voll da. »Kein Problem, C. J., kein Problem. Wie sieht es morgen aus?«

»Morgen wäre gut ... sehr gut.« Papier raschelte, er blätterte wahrscheinlich in seinem Terminkalender.

»Können Sie um zehn Uhr hier sein? Ich werde meine Termine einfach etwas umschichten.«

Sie stieß einen Seufzer der Erleichterung aus. »Vielen Dank. Ja. Zehn Uhr passt bestens.«

Dr. Chambers lehnte sich in den Sessel zurück und runzelte die Brauen. Ihre Stimme klang Besorgnis erregend, aufgewühlt und völlig fertig. »Möchten Sie jetzt reden, C. J.? Ich habe Zeit.«

»Nein, nein. Ich will erst meine Gedanken sortieren. Alles durchdenken. Aber morgen auf jeden Fall. Vielen Dank, dass Sie mich dazwischenschieben.«

»Jederzeit. Rufen Sie jederzeit an. Wir sehen uns dann morgen.« Er machte eine Pause. »Und Sie wissen, egal wann, Sie können mich auch vorher anrufen.«

Sie drückte den Knopf des schnurlosen Telefons und sah sich rastlos im Wohnzimmer um. Das Restaurantschiff war davongeglitten, und es war wieder still, bis auf den Wind, der in den Palmen rauschte, und das Wasser, das sanft gegen die Kaimauer klatschte. Tibby II rieb sich an ihrem Bein und miaute laut. Der Tag war vergangen, und es war schon wieder Zeit zu fressen.

Plötzlich klingelte das Telefon in ihrer Hand. Erschrocken ließ sie es fallen. Jetzt nicht. Aber es klingelte noch einmal. Auf dem Display erschien Falconetti. Zögernd nahm sie ab.

»Hallo?«

»Hallo. Ich bin's. Ich habe den AutoTrackback.« Den hatte sie völlig vergessen. Der Tag war nur noch ein verschwommener Nebel.

»Ach so, ja«, stotterte sie. »Ich, äh, ich komme morgen früh bei dir im FDLE vorbei und hole ihn mir ab. Ab wann bist du da?« Sie griff nach dem Weinglas und begann wieder im Wohnzimmer auf und ab zu gehen.

C. J. klang aufgewühlt, erschöpft, nicht bei der Sache.

»Nein. Du verstehst nicht. Ich habe den AutoTrackback hier, jetzt, ich stehe unten an der Tür deines Gebäudes. Lass mich rein.«

Nein. Nicht heute Abend. Sie konnte ihm einfach nicht gegenübertreten. Konnte mit niemandem sprechen.

»Weißt du, Dominick, es ist gerade nicht so günstig. Wirklich nicht. Ich komme lieber morgen vorbei und hole ihn mir ab.« Sie nahm einen tiefen Schluck aus dem Glas. »Oder steck ihn in meinen Briefkasten. Nummer zwölf zweiundzwanzig. Dann hole ich ihn mir später raus.« Sie wusste, dass das vollkommen albern klang, aber sie konnte es nicht ändern. Egal, was er über sie dachte. Hauptsache, er ging wieder.

Es entstand eine lange Pause. Sie suchte draußen auf dem Balkontisch nach den Zigaretten. Dann brach er das Schweigen.

»Nein. Keine Chance. Ich komme rauf, also lass mich rein.«

## 28.

DREI MINUTEN SPÄTER klopfte er an die Wohnungstür. Durch den Spion sah sie Dominick. Er trug immer noch das Hemd und die Anzughose, die Ärmel hatte er hochgekrempelt, und seine Krawatte hing lose um den offenen Kragen. Die goldene FDLE-Marke baumelte ihm an einer Kette um den Hals, und die Pistole steckte im Halfter unter der Achsel. C. J. stellte die Alarmanlage ab und schloss die Tür auf, doch sie öffnete sie nur bis zur Hälfte.

Er lächelte, aber sie sah ihm an, wie erschöpft er war. In einer Hand hielt er ein paar Bogen Papier, die an einer Ecke zusammengeheftet waren, und wedelte damit vor ihr herum.

»Danke fürs Vorbeibringen, Dom.« Sie nahm ihm die Dokumente ab. »Das war nicht nötig. Ich hätte es mir auch abholen können.« Sie bat ihn nicht herein.

»Du hast gesagt, du brauchst es heute, also bekommst du es auch heute. Sogar mit drei Stunden Spielraum. Es ist erst neun.«

»Vielen Dank. Woher weißt du eigentlich, wo ich wohne?« Die Vorstellung, dass man sie finden konnte, war ihr unangenehm. Sie war sehr vorsichtig mit ihrer Adresse und gab sie niemandem. Und weil sie Staatsanwältin war, wurde sie auch im Büro unter Verschluss gehalten.

»Hast du vergessen, dass ich ein Cop bin? Wir werden dafür bezahlt, solche Dinge rauszukriegen. Ehrlich gesagt, habe ich einfach bei dir im Büro angerufen, Marisol hat mir deine Adresse gegeben, und dann habe ich im Internet beim Stadtplandienst nachgesehen, wo es ist.«

C. J. nahm sich vor, Marisol am nächsten Morgen die Hölle heiß zu machen.

Es entstand eine peinliche Pause. Schließlich fragte Dominick: »Meinst du, ich könnte vielleicht einen Moment reinkommen? Ich wollte dir noch von der Haussuchung erzählen. Außer, du hast gerade keine Zeit.« Sein Blick schweifte an ihr vorbei in die Wohnung.

Sie antwortete schnell, zu schnell wahrscheinlich: »Ich bin allein.« Dann biss sie sich auf die Lippe und fuhr langsamer fort. »Na ja, ich bin nur ein bisschen müde, und ich habe Kopfschmerzen und …« Sie sah ihm in die Augen und merkte, dass er seine eigenen Schlüsse zog. Sie bemühte sich zu lächeln und normal zu wirken. »Ach, was soll's, tut mir Leid, komm schon rein.« Sie machte ihm die Tür auf, und er trat ein. Einen Augenblick oder zwei standen sie im Flur voreinander, dann drehte sie sich um und ging in die Küche.

»Möchtest du ein Glas Wein, oder bist du noch im Dienst?«

Er folgte ihr. »Ich dachte, du hättest Kopfschmerzen.«

»Habe ich auch«, antwortete sie und öffnete den Kühlschrank. »Wein ist gut gegen Kopfschmerzen. Man vergisst einfach, dass man welche hatte.«

Er lachte. »Na, dann nehme ich auf jeden Fall ein Glas, danke.« Er sah sich in ihrer Wohnung um. Sie war farbenfroh und geschmackvoll eingerichtet. Die Küche war strahlend sonnengelb gestrichen, auf Tischhöhe lief eine Borte mit bunten Früchten entlang. Das Wohnzimmer war dunkelrot, und moderne Kunst hing an den Wänden. Dominick war überrascht. C. J. wirkte immer so ernst. Irgendwie hatte er erwartet, dass ihre Wohnung ganz in Weiß- und Grautönen gehalten wäre, vielleicht mit einem Hauch von Creme – und dass die Wände kahl wären.

»Schön hast du es hier. So bunt und so fröhlich.«

»Danke. Ich mag bunte Farben. Sie beruhigen mich.«

»Die Wohnung ist super. Was für eine Aussicht.« Die Glastüren, die vom Wohnzimmer auf den kleinen Balkon gingen, standen offen. Von unten war das sanfte Plätschern des Kanals zu hören, und auf der anderen Seite glitzerten die Lichter von Pompano Beach.

»Ja, ich bin ganz froh hier. Ich habe sie jetzt schon seit gut fünf Jahren. Sie ist ein wenig klein. Nur drei Zimmer. Aber wir sind ja auch nur zu dritt, Lucy und Tibby und ich. Viel mehr Platz brauchen wir eigentlich nicht.«

»Lucy? Tibby?«

»Tibby ist der, der gerade seine weißen Haare auf deiner schicken schwarzen Hose verteilt.« Wie auf Stichwort ließ Tibby von unten ein herzzerreißendes Miauen hören. Dominick streichelte dem dicken Kater den Kopf, und Tibby schnurrte so kläglich, als hätte er noch nie im Leben Liebe bekommen.

»… und das ist Lucy. Mein Baby.« Lucy hatte gerochen, dass der Kühlschrank offen stand, und schlappte in die Küche. Sie entdeckte C. J.s ausgestreckte Hand und schob sich in Stellung, um sich hinter den langen Ohren kraulen zu lassen. »Sie hört nicht mehr so gut, aber das macht nichts. Stimmt's, Mädel?« C. J. beugte sich zu ihr herunter, und Lucy wedelte eifrig mit dem Schwanz.

»Schön ruhig hier. Ein ganz anderes Tempo als in Miami.«

»Ich mag das. Wie in jeder Großstadt gibt es in Miami einfach zu viele Verrückte. Ich sehe sie täglich, muss mich schon den ganzen Tag mit ihnen herumplagen. Ich brauche sie nicht auch noch da, wo ich wohne. Nicht dass Fort Lauderdale das Epizentrum der Normalität wäre, aber es ist wenigstens etwas stiller. Außerdem halte ich gern Arbeit und Wohnung voneinander getrennt.«

»Wegen der Anonymität?«

»Auch deshalb. Das alles hier ist die fünfunddreißig Minuten Fahrt ins Büro wert.«

»Ich bin wohl schon zu lange in Miami. Die Stadt ist mir ins Blut übergegangen. Ich könnte nicht mehr weiter als zwanzig Minuten von einem guten kubanischen Mitternachtssandwich entfernt leben.«

»Bis ins Dade County braucht man nur eine Viertelstunde. Schwarze Bohnen und Reis gibt es auch in Broward. In Hollywood und Weston ist das Zeug nur ein bisschen teurer.«

»Das stimmt. Vielleicht lass ich mich in die Außenstelle des FDLE in Broward versetzen. Dann fahre ich als Undercover-Cop durch die Gegend und jage streunende Schulschwänzer.«

»Jetzt übertreibst du aber. Das hier ist ja auch nicht Langweilhausen in Iowa. Schön wär's. Es passiert viel zu viel jenseits der County-Grenze, und jedes Jahr wird es mehr.«

»War doch nur Spaß. Natürlich hat Broward auch seine Probleme, und die wachsen ständig. Selbst die Verrückten expandieren, sie brauchen einen Wohnsitz außerhalb des Bereichs, wo ihre Hausverbote gelten, aber immer noch innerhalb des 80-Kilometer-Radius ihrer Bewährungshelfer.« Er dachte kurz nach und strich sich über sein Bärtchen. »Ich mag Miami einfach. Ich habe mich dran gewöhnt. Und ich lebe gern in einer vertrauten Umgebung. Wahrscheinlich bin ich einfach nur faul.«

»Gut. Gut zu wissen«, sagte sie sanft.

Beide schwiegen einen Moment und tranken einen Schluck Wein. Sie wirkte müde, ausgelaugt. Einzelne Strähnen hatten sich aus dem lockeren Haarknoten gelöst und umrahmten ihr leicht gebräuntes Gesicht. So, ohne Brille, kannte Dominick sie kaum. Sie sah auch ungeschminkt gut aus. Sehr gut sogar. Sie besaß eine natürliche Schönheit, die selten war. Merkwürdig, dass sie immer zu versuchen schien, sie zu verbergen. Aber das Strafrechtssystem war wohl eine Männerwelt, vor allem hier im Süden. Sogar in einer Stadt, die sich so kosmopolitisch gab wie Miami. In den Gerichten wimmelte es immer noch von chauvinistischen Richtern, Cops und Staatsanwälten. In seinen dreizehn Jahren beim FDLE hatte er viele Frauen gesehen, die darum kämpfen mussten, von ihren Kollegen und der Richterschaft ernst genommen und respektiert zu werden. Das Problem hatte C. J. nicht. Sie war wahrscheinlich eine der anerkanntesten Staatsanwältinnen überhaupt. Sie genoss sogar mehr Ansehen als ihr komischer Boss Tigler. Dominick sah den grauen Blazer über dem Küchenstuhl und bemerkte, dass sie immer noch die Anzughose trug.

»Bist du heute nicht früher nach Hause gegangen?«

»Doch. Wieso?«

»Weil du dich gar nicht umgezogen hast.«

»Dazu bin ich einfach nicht gekommen. Ich habe mir Arbeit mitgenommen.« Sie lenkte ab. »Wie ist die Haussuchung gelaufen? Habt ihr was gefunden?« Als sie einen Blick unter den Tisch warf, bemerkte sie, dass Dominick Tibby und Lucy gleichzeitig streichelte.

»Oh, ja. Eine ganze Menge. Es wundert mich, dass Manny dich noch nicht angerufen hat, um dir alles brühwarm zu erzählen.«

»Er hat mich vorhin angepiept, aber als ich zurückrief, ging er nicht ran. Ich habe eine Nachricht hinterlassen, so vor zwei Stunden.«

»Na ja, sie haben erst vor einer Dreiviertelstunde aufgehört. Ich bin direkt hierher gekommen. Wir haben Blut im Schuppen hinter dem Haus gefunden. Nicht viel, drei kleine Tropfen, aber es reicht. Die vorläufigen Tests kamen vor einer Stunde. Es ist menschliches Blut. Wir machen eine DNA-Analyse und vergleichen es mit der DNA von Anna Prado. Das dauert allerdings ein paar Wochen. Und vielleicht haben wir auch eine Tatwaffe. Bantling hat in seinem Schuppen anscheinend gerne Tiere ausgestopft – weißt du, wie man das nennt?«

»Taxidermie?«

»Ja. Von den Deckenbalken im Schuppen hingen ein paar Vögel. Aber er hat dort zirka sechzehn verschiedene Skalpelle. Und an einem haben wir vielleicht Blut gefunden. Neilson holt einen Experten für Messerschnitte dazu, vielleicht stimmt eins der Skalpelle mit den Schnitten in der Brust der Mädchen überein – bei denjenigen, die nicht zu stark verwest sind. Wir lassen die mikroskopischen Geweberverletzungen vergleichen.«

C. J. schauderte. Sie fühlte sich langsam ein bisschen zu direkt betroffen und wusste nicht, wie lange sie dieses Gespräch heute Abend noch führen konnte.

»Wir haben alles verpackt und ins Labor geschickt, und jetzt warten wir nur noch auf die Ergebnisse. Sie haben das ganze Haus mit Luminol eingesprüht. Nichts. Keine Spur von Blut.«

»Und der Schuppen?«

»Der hat geglommen wie ein Schwarm Glühwürmchen. Bantling hat anscheinend versucht sauber zu machen, aber ein paar Spritzer am unteren Teil der Wand hat er vergessen. Jedenfalls ist alles voller Blut gewesen. Sogar die Decke hat geleuchtet, und das Spritzmuster sieht aus, als hätte er Anna Prado gleich dort auf der Metallpritsche getötet. Wenn die Aorta verletzt wird, spritzt das Blut wie ein Vulkan. Wir zeigen es Leslie Bickins. Sie ist Expertin für so was. Morgen kommt sie vom FDLE in Tallahassee rüber und sieht sich die Sache an. Ein Problem ist natürlich, dass er in dem Schuppen auch tote Tiere aufgeschnitten und ausgestopft hat. Die Frage des Tages ist also: Wessen Blut klebt an der Wand?«

»Sonst noch was?«

»Ja. Ich habe ein Röhrchen Haloperidol gefunden, das Bantling von einem Arzt in New York hat. Du kennst es vielleicht als Haldol – ein Antipsychotikum. Es wird gegen Wahnzustände verschrieben. Bantling hat also offensichtlich auch eine psychiatrische Krankengeschichte. Das würde ins Muster passen, und es würde auch die Grausamkeit der Morde erklären. Dann hat er noch eine ganze Truhe voller selbst gedrehter Sado-Maso-Pornos. Immer andere Frauen, manche sehen sehr jung aus, viele ungefähr so alt wie unsere Opfer. Wir haben noch nicht alle durchgesehen, weil es über hundert sind. Den Titeln nach vor allem mit Blondinen.«

C. J. war kreidebleich geworden.

»Geht es dir gut? Jesus, du siehst schon wieder aus wie heute Morgen vor Gericht.«

Er lehnte sich über den Tisch und berührte ihren Arm. Sie presste die Hand um den Stiel ihres Glases, die Knöchel waren ganz weiß.

»Was ist los mit dir, C. J.? Vielleicht kann ich dir helfen.«

»Es geht mir gut … Ich glaube, ich werde ein bisschen krank. Nichts weiter.« Sie merkte, wie zerstreut und geistesabwesend sie klang. Es war Zeit, das Gespräch zu beenden. Bevor sie komplett zusammenbrach. Sie zog den Arm zurück und stand auf. Seinem

Blick ausweichend, sah sie sich den AutoTrackback auf dem Tisch an. »Danke, dass du mir den vorbeigebracht hast. Ich werde ihn mir gleich ansehen.« Ihre Stimme schien jetzt aus weiter Ferne zu kommen. Sie blätterte die Papiere durch, dann sah sie Dominick an. »Und danke, dass du dir den weiten Weg gemacht hast. Das wäre nicht nötig gewesen.«

Jetzt stand auch er auf und folgte ihr zur Tür. Er bemerkte die vier verschiedenen Sicherheitsschlösser. Und die ausgefeilte Alarmanlage an der Wand. *Was versuchte sie auszuschließen, hier oben in ihrem Turm im netten, ruhigen, kleinstädtischen Fort Lauderdale mit seinen Yachten und Ausflugsbooten?*

C. J. öffnete die Tür und konnte Lucy gerade noch daran hindern, zu entwischen. »Nein, Lucy. Nein. Wir waren heute Abend schon draußen.«

Sie blickte Dominick an. Da sah er sie überdeutlich – die Angst in ihren grünen Augen. »Also, danke, Dom«, sagte sie leise. »Wir sehen uns ja morgen. Ruf mich an, wenn du mit Neilson gesprochen hast. Vielleicht treffen wir uns dort. Und – tut mir Leid, dass ich so … abwesend bin. Es ist nur …«

Er griff nach ihrer Hand auf dem Türknauf und hielt sie fest. Sein Gesicht war jetzt sehr nahe vor ihrem, und sie spürte seinen warmen Atem auf ihrer Wange. Er roch süß und kühl, nach Pfefferminz und Chardonnay. Sein Blick war ernst, aber auch sanft. Er sah ihr in die Augen. »Sag jetzt nichts«, flüsterte er. »Sag nichts, oder was jetzt kommt, wird nicht passieren.«

Dann berührten seine Lippen ihre Wange, glitten sanft über ihre Haut, bis sie ihren Mund fanden. Die rauen Stoppeln seines Bärtchens kitzelten sie am Kinn. Zu ihrer Überraschung merkte sie, dass ihre Lippen bereits leicht geöffnet waren und seinen Mund erwarteten. Sie wollte den Kuss, wollte seine süße, pfefferminzige Zunge auf ihrer spüren.

Ihre Lippen fanden sich, und ein leichtes Zittern ging durch ihren Körper. Forschend glitt seine Zunge über ihre Lippen. Er drückte sie gegen die Tür, und selbst durch die Kleider spürten sie beide die Hitze zwischen sich. Sie fühlte seine Erregung an ihrem Schenkel. Er hielt immer noch ihre Hand. Jetzt ließ er sie los und streichelte ihren Arm, liebkoste ihre Schulter durch die Seidenbluse, dann glitten seine Finger zur Taille hinunter. Er legte ihr eine warme Hand ins Kreuz. Mit der anderen hielt er ihr Gesicht, sein Daumen war überraschend weich und sanft auf ihrer Wange. Der Kuss wurde heftiger, leidenschaftlicher. Seine Zunge drang tiefer in ihren Mund ein, sein kräftiger Brustkorb drängte sich eng an sie, so nah, dass sie sein Herz klopfen spürte.

Diesmal wich sie nicht vor ihm zurück. Stattdessen legte sie ihm zögernd die Hand in den Nacken und zog ihn noch näher heran. Ihre Fingerspitzen wanderten über seinen Rücken, ertasteten seine Muskeln durch das Hemd. Eine Welle von Gefühlen erfasste sie, die sie meinte für immer begraben zu haben. Der Augenblick überwältigte sie vollkommen.

Er spürte ihre heißen Tränen auf seiner Wange. Der Kuss endete abrupt. Sie hielt den Kopf gesenkt, beschämt. Sie hätte nicht zulassen dürfen, dass er sie so sah. Aber dann nahm er ihr Gesicht in seine warme, raue Hand, hob ihr Kinn und sah ihr in die Augen. Wieder sah sie seine Besorgnis. Und als hätte er ihre Gedanken gelesen, flüsterte er: »Ich werde dir nicht wehtun, C. J. Niemals.« Sanft küsste er ihr die Tränen fort. »Und wir werden die Sache langsam angehen lassen. Ganz langsam.«

Dann küsste er sie noch einmal auf die Lippen, zärtlich, zurückhaltend. Und das erste Mal seit sehr langer Zeit fühlte sich C. J. sicher, hier, in den Armen dieses Mannes.

## 29.

UM SIEBEN UHR MORGENS saß sie mit einem Kaffee in der Hand am Schreibtisch und blätterte durch die Papiere, die sich an einem einzigen Nachmittag angehäuft hatten. Trotz des süßen Gutenachtkusses war der Schlaf in der letzten Nacht nicht ohne Träume zu ihr gekommen – furchtbare, blutgetränkte Träume. Die Clownmaske war fort – ersetzt durch das glatte, lächelnde Gesicht von William Rupert Bantling. Er lächelte sie strahlend an, während er ihr mit der Rolex-Hand die Haut in Fetzen schnitt. Sie war sich nicht einmal sicher, ob sie träumte, oder ob sie wach war und die Erinnerung ihr mit den quälenden Bildern nach Mitternacht noch eine Zugabe bescherte. Jedenfalls beschloss sie, als sie die Augen endlich öffnete, keinesfalls wieder einschlafen zu wollen. Um vier Uhr morgens setzte sie sich in ihr dünnes Laken eingewickelt auf den Balkon und sah zu, wie über Fort Lauderdale und Pompano Beach die Sonne aufging.

Nachdem Dominick gegangen war, hatte C. J. versucht, darüber nachzudenken, was sie in der Cupido-Sache tun wollte, tun müsste. Sollte sie Tigler über ihre Befangenheit unterrichten? Oder den Fall schweigend, ohne Erklärung, an einen Kollegen abgeben? Ein radikaler Gedanke schoss ihr immer wieder durch den Kopf, obwohl ihr klar war, dass diese Lösung eigentlich nicht in Frage kam: Sollte sie einfach weitermachen, ohne etwas zu sagen?

Wenn sie Tigler ins Vertrauen zog, müsste die ganze Staatsanwaltschaft von dem Fall zurücktreten und ihn an einen anderen Bezirk abgeben, der dann einen neuen Ankläger ernennen würde. Das wäre mehr als problematisch bei einem so komplexen Fall, bei dem sich alles in Miami abspielte. Das Team des Elften Bezirks war außerdem sehr viel erfahrener in Schwerverbrechen dieser Kategorie. In manchen der anderen Bezirke gab es überhaupt nur drei oder vier Ankläger, und noch nie war dort ein Serienmord vor Gericht gekommen. In diesen alten, traditionsreichen Bezirken in Florida galt Miami als Sündenpfuhl, als das schwarze Schaf. Keiner würde freiwillig einen Fuß hersetzen, geschweige denn gerne einen Fall hier bearbeiten.

C. J. hingegen war vertraut mit jedem einzelnen Mord. Sie war praktisch an jedem Fundort gewesen, hatte jede Leiche gesehen, die Angehörigen, Freunde, Liebhaber jedes Mädchens befragt, mit dem Gerichtsmediziner gesprochen, und sie hatte jede einzelne richterliche Verfügung beantragt. Sie hatte für diesen Fall ein Jahr lang gelebt, geatmet und gearbeitet. Keiner kannte die Fakten so gut wie sie, und sie bezweifelte auch, dass jemand anders sich noch einmal so gut einarbeiten konnte.

Selbst wenn sie den Fall stillschweigend an einen Kollegen der Major Crimes Unit abtrat, gab es immer noch das Problem, dass der Neue nicht auf dem Laufenden war. Und sie müsste den Grund für ihr Handeln erklären. Warum sollte sie plötzlich den wichtigsten Fall ihrer Karriere abgeben wollen? Einen Fall, von dem jeder Strafverfolger nur träumen konnte? Ihr Verhalten würde mehr Fragen aufwerfen, als sie zu beantworten bereit war.

Was die letzte Möglichkeit anging, so könnte sie zumindest fürs Erste weitermachen. Sie würde schweigen, bis ohne den geringsten Schatten eines Zweifels feststand, dass es Bantling damals in Bayside gewesen war. Bis sie vollkommen sicher war. Sie musste ja noch mit McMillan vom Cold Case Squad in New York sprechen. Vielleicht hatte durch irgendeine seltsame Fügung in den letzten zehn Jahren jemand in den Fall hineingesehen, nachdem sie aufgehört hatte, die Detectives täglich anzurufen. Vielleicht waren ihre Laken, ihr Pyjama, ihr Slip aus jener Nacht noch einmal untersucht worden, und plötzlich waren doch Körperflüssigkeiten aufgetaucht, wo man vorher nichts gefunden hatte. Vielleicht hatte man durch einen Zufall doch Anklage gegen Bantlings DNA erhoben. Vielleicht. Vielleicht. Vielleicht.

Sie wollte das Richtige tun, aber sie war sich nicht sicher, was das war. Sie wollte Bantling vor Gericht bringen. C. J. seufzte und sah aus dem Fenster ihres Büros auf die Thirteenth Avenue, wo die Straßenverkäufer bereits ihre Stände mit Hot Dogs und Getränkedosen aufstellten, dabei war es noch nicht einmal neun Uhr. An einem anderen Stand stapelten sich unter dem gestreiften Schirm frische Mangos, Papayas, Bananen und Ananas, und der Verkäufer bewegte sich zu lateinamerikanischen Rhythmen, die aus einem Kassettenrecorder unter seiner Theke kamen.

Letzte Nacht, als sie auf ihrem Balkon saß, hatte sie all diese Gedanken eine Million Mal in ihrem Kopf gedreht und gewendet. Und natürlich hatte sie über Dominick nachgedacht. Von allen Zeitpunkten war dieser für so etwas wie Liebe oder Leidenschaft der ungünstigste. Doch ausgerechnet jetzt war es passiert, und sie hatte ihn nicht weggestoßen. Geistesabwesend berührte sie ihre Lippen und dachte daran, wie sich sein Mund auf ihrem angefühlt hatte. Sie rief sich den Pfefferminzgeruch seines Atems und den besorgten Ausdruck seiner Augen zurück. Er hatte sie einfach nur gehalten, dort, an ihrer Wohnungstür, ihr über den Rücken gestrichelt, mit seinem warmen Atem an ihrem Ohr, und das Gefühl von

Sicherheit war, wenn auch nur für fünf Minuten, überwältigend gewesen.

Sie war seit einer Ewigkeit mit keinem Mann mehr zusammen gewesen. Der letzte war ein Börsenmakler namens Dave gewesen, den sie betrunken in einer Bar kennen gelernt hatte und mit dem sie sich dann ein paar Monate lang traf. Sie fand ihn lustig und nett. Bis er plötzlich nicht mehr anrief. Rein zufällig genau, nachdem sie das erste Mal miteinander geschlafen hatten. Als sie ihn fragte, weshalb er die Beziehung so plötzlich beende, sagte er, sie schleppe »zu viel Ballast« mit sich herum. Das war ein paar Jahre her. Die Nähe eines Mannes machte ihr Angst, es warf zu viel durcheinander, brach zu viele Wunden auf. Seitdem hatte sie zwar ein paar Rendezvous gehabt, doch nichts Ernstes, und vor allem kam ihr keiner zu nahe. Über ein Abendessen im Restaurant ging es kaum hinaus.

Und dann gestern Abend. Und dann Dominick. Es war ein Kuss gewesen, weiter nichts, und er hatte sich verabschiedet, als sie ihn darum gebeten hatte. Doch ihr gingen seine Worte nicht mehr aus dem Kopf. Er hatte so ehrlich geklungen, und das Gefühl von Sicherheit hatte so gut getan. Aber Dominick war viel zu sehr in diesen Fall verwickelt, als dass er die Wahrheit erfahren dürfte. Und was war eine Beziehung ohne Aufrichtigkeit? Wie viele dünne Ausreden und Lügen würde sie spinnen müssen? Und selbst wenn es zur Debatte stünde, ihm alles zu erzählen, könnte sie jemals mit einem Mann über jene Nacht reden? Weshalb ihr Körper aussah, wie er aussah, wenn das Schlafzimmerlicht noch brannte?

Auf ihrem Schreibtisch stapelten sich die rosa Telefonnotizen. Sie würde den Pressesprecher der Staatsanwaltschaft bitten, auf die Anrufe der Zeitungen und Fernsehanstalten aus dem ganzen Land zu reagieren. Auf den obersten Zettel hatte Marisol in riesigen Großbuchstaben geschrieben: DAS IST DIE 3. NACHRICHT!! WARUM HABEN SIE NICHT ZURÜCKGERUFEN?! In dem Holzkasten auf ihrem Schreibtisch lag reichlich Post von heute. Neben Cupido war C. J. noch an zehn anderen Mordfällen dran, zwei davon würden in den nächsten zwei Monaten verhandelt werden. Sie hatte einen brisanten

Haftprüfungsantrag nächste Woche, verschiedene Hearings und Treffen mit Angehörigen. Kein Termin durfte wegen Cupido vernachlässigt werden. Sie würde mit allen Bällen jonglieren müssen und konnte nur hoffen, dass sie keinen fallen ließ.

Sie sah sich die Rückseite von Bantlings dreiseitigem Festnahmeprotokoll an. Ungefähr fünfundzwanzig Cops waren dort aufgelistet. Anfangsbuchstabe des Vornamens, Nachname, Department und die Nummer der Dienstmarke. Sie alle waren Zeugen. Der Polizist, der Bantling angehalten hatte, die ersten Kollegen vor Ort, die Hundestaffel, die Beamten, die den Kofferraum aufgebrochen und Anna Prados Leiche gefunden hatten, die Ermittler der Sonderkommission, Special Agent D. Falconetti, FDLE #0277.

Vom Tag seiner Festnahme an hatte sie einundzwanzig Tage Zeit, um von der Grand Jury eine Anklage gegen Bantling wegen Mordes zu erwirken. Das bedeutete, sie musste alle Zeugen verhören, die Aussagen sammeln und ein Memo für die Grand Jury erstellen, das dann Tiglers Stellvertreter Martin Yars bekam. Yars war der einzige Ankläger im ganzen Haus, der Fälle vor der Grand Jury vertreten durfte. Also würde er auch die Anklage gegen Bantling erwirken, wahrscheinlich aufgrund der Aussage von Dominick Falconetti, in Funktion des Leiters der Sonderkommission Cupido. Die Grand Jury trat immer nur mittwochs zusammen. Da heute bereits Donnerstag war, hatte sie nur noch zwei Termine zur Verfügung. Wenn sie es nicht schaffte, den Fall innerhalb dieser Zeit vor die Grand Jury zu bringen, müsste sie zumindest eine »normale« Strafanzeige wegen Totschlags erstatten – ebenfalls innerhalb der drei Wochen – und dafür müsste sie Beweismaterial vorlegen, das den Angeklagten belastete. Dann würde sie die Anklage wegen Mordes nachreichen, sobald Yars das nächste Mal vor die Grand Jury treten konnte. So oder so brauchte sie also die vereidigten Aussagen aller Zeugen. Einundzwanzig war die magische Zahl, und einundzwanzig Tage waren nicht besonders viel Zeit.

Sie trank den letzten Schluck des Dunkin'-Donuts-Kaffees und massierte sich die Schläfen. In ihrem Kopf hämmerte es. Sie musste einen Entschluss fällen, wie sie weitermachen würde. *Ob* sie weitermachen würde. Zeit war der springende Punkt, und sie konnte sich keine Bedenkfrist leisten. Alle Cops mussten einbestellt und ihre

Aussagen aufgenommen werden, und das auch nur zu organisieren würde schon ein paar Tage dauern.

Sie sah auf die Uhr. Es war schon halb zehn. Sie nahm die Handtasche und die Sonnenbrille und ging eilig hinaus, vorbei am Sekretariat und der muffigen Marisol, die heute von Kopf bis Fuß lila Lycra trug.

C. J. schwor sich, eine Entscheidung zu treffen, so oder so.

Wenn sie zurückkam.

## 30.

ES WAR EIN KLEINES ZWEISTÖCKIGES HAUS auf der Almeria Road in Coral Gables, einem reichen Vorort von Miami. Gebaut im alten spanischen Stil, wahrscheinlich vor gut sechzig Jahren, war es vollkommen quadratisch, ockergelb verputzt und das Satteldach mit orangebraunen Ziegeln gedeckt. Die schönsten Blumen wuchsen in den Terrakottakästen auf den Fensterbänken, und üppige Rabatten säumten den gepflasterten Weg zu einer Eichentür mit gusseiserner Klinke. Es wirkte überhaupt nicht wie eine psychiatrische Praxis. Aber genau über dem Briefkasten hing ein kleines Schild: Dr. Gregory Chambers.

C. J. öffnete die Tür und trat ein. Das Wartezimmer mit den mexikanischen Fliesen war in Hellgelb und Blassblau gehalten. Friedliche, beruhigende Farben. Große Palmen standen in jeder Ecke des Raums, dazwischen, an den Wänden, einladende Ledersessel. Auf einem riesigen Mahagonitisch stapelten sich alle möglichen Zeitschriften, und im Hintergrund sang Sarah Brightman Schuberts »Ave Maria«. Leise, entspannende Musik. Damit die reichen Irren sich nicht aufregten oder gar überschnappten, wenn sie den Onkel Doktor besuchten.

Estelle Rivero, die Sekretärin, saß hinter einer blassgelben Wand, die die Gesunden vor den Kranken schützte. Durch ein kleines Glasfenster sah man nur ihre dramatisch hochtoupierte, herbstlaubfarbene Frisur.

Das Wartezimmer war leer. C. J. klingelte sacht mit der kleinen Metallglocke neben dem Fenster. Es läutete hell, und Estelle schob die Scheibe zur Seite.

»Hallo, Ms. Townsend! Wie geht es Ihnen?«

*Das geht Sie gar nichts an!*

»Gut, Estelle. Wie geht es Ihnen?«

Estelle stand auf. Das Haar verschwand aus dem Blickfeld, dafür sah man jetzt ihr Gesicht. Sie war höchstens ein Meter fünfundfünfzig groß.

»Sie sehen gut aus, Ms. Townsend. Ich habe Sie gestern in den Nachrichten entdeckt. Was für ein kranker Kerl, nicht wahr? Was hat er diesen armen Mädchen bloß angetan!«

*Mehr als Sie glauben, Estelle. Mehr als Sie glauben.*

»Ja, er ist definitiv gestört.« Sie trat ungeduldig von einem Bein aufs andere.

Estelle legte die faltigen Patschehändchen an den Mund und schüttelte den Kopf. Auf jedem ihrer fünf Zentimeter langen Fingernägel klebte eine goldene Träne. »Es ist furchtbar. All diese hübschen Kinder. Dabei sieht er ganz normal aus, wie ein netter, anständiger Mann. Aber man kann in die Menschen eben nicht hineinsehen.« Sie beugte sich vor und flüsterte. »Ich hoffe, Sie sperren ihn weg, Ms. Townsend. Wo er keinem Mädchen mehr wehtun kann.«

*Da wo er hingeht, Estelle, braucht sich – bis auf Lizzie Borden vielleicht – keine Frau mehr Sorgen zu machen.*

»Ich tue mein Bestes, Estelle. Ist Dr. Chambers da?«

»Oh – ja, ja. Er erwartet Sie. Bitte gehen Sie einfach rein.« Peinlich berührt drückte Estelle hastig den Summer, und die Kranke durfte die Zone der Gesunden betreten. Die Tür zu Dr. Chambers' Sprechzimmer am Ende des Flurs stand offen. C. J. konnte ihn sehen, wie er über den Mahagonischreibtisch gebeugt dasaß. Er blickte lächelnd auf, als er sie hörte, ihre Absätze klackten leise auf den Fliesen.

»C. J.! Schön, Sie zu sehen. Kommen Sie rein.«

Das Sprechzimmer war in einem zarten *Bleu* gestrichen. Elegante Chintzvorhänge mit Blumenmuster waren kunstvoll über die Bogenfenster drapiert. Die geschlossenen, hölzernen Fensterläden ließen das Sonnenlicht in goldenen Streifen über den Berberteppich und die bequemen blauen Ledersessel fallen.

»Hallo, Dr. Chambers. Das ist aber schön geworden! Es gefällt mir.« Sie war in der Tür stehen geblieben.

»Danke. Wir haben vor ungefähr drei Monaten renoviert. Es ist schon eine Weile her, dass Sie zuletzt da gewesen sind, C. J.«

»Ja, ja, ich weiß. Der Job frisst mich auf.«

Es entstand eine Pause, dann erhob er sich und kam hinter dem großen Tisch hervor. »Schön. Bitte, nur hereinspaziert«, sagte er und schloss die Tür hinter ihr. »Setzen Sie sich.«

Dr. Chambers führte sie zu einem der großen Ohrensessel und setzte sich ihr gegenüber auf den anderen. Er beugte sich vor, die Arme auf die Knie gestützt, die Hände ineinander verschränkt. Er wirkte sehr locker, fast schon leger. C. J. wusste nicht, ob er bei all seinen Patienten so war oder ob er sie anders behandelte, weil sie sich schon so lange und gut kannten. Jedenfalls hatte Greg Chambers ihr immer das Gefühl gegeben, dass ihre Probleme zu lösen waren.

»Ich habe gestern Abend in den Nachrichten die Anhörung zu den Cupido-Morden gesehen. Herzlichen Glückwunsch, C. J.«

»Danke. Aber wir haben noch einen langen Weg vor uns.«

»Ist er denn wirklich der Täter?«

Sie schlug nervös die Beine übereinander. »Es sieht so aus. Wenn Anna Prados Leiche in seinem Kofferraum als Beweis nicht schon reicht – das, was wir gestern Abend bei ihm zu Hause gefunden haben, räumt wohl die letzten Zweifel aus.«

»Wirklich? Dann wünsche ich Ihnen viel Glück.« Er sah sie mit blauen Augen forschend an. »Ich weiß, es ist ein sehr anstrengender Fall, mit dem Medienrummel und so weiter.« Bei »und so weiter« hob er fragend die Stimme, und sie wusste, dass er ihr ein Stichwort liefern wollte.

Sie nickte und sah auf die Knie. Es war mehrere Monate her, seit sie zuletzt hier gesessen hatte. Nach all den Jahren war es an der Zeit gewesen auszuprobieren, ob die Therapie geholfen hatte, ob der Vogel fliegen gelernt hatte, ob sie allein in der Welt zurechtkam. Konnte sie über die Erinnerungen hinwegkommen, die immer wieder an ihr zerrten? Also hatte sie – unter vielen Ausreden –

immer weniger Termine gemacht, war nur noch selten da gewesen, bis sie es im Frühling schließlich ganz hatte sein lassen. Und jetzt musste sie reumütig an seiner Tür kratzen.

»Bearbeiten Sie den Fall mit jemand zusammen?« Er klang wie ein Vater, besorgt, dass sie nicht genug aß oder schlief.

»Nein. Bis jetzt mache ich es allein, außer Tigler ruft noch jemanden auf.«

»Wer ist der leitende Ermittler? Dominick Falconetti?«

»Ja. Und Manny Alvarez von der City.«

»Ich kenne Manny. Guter Detective. Ich habe mit ihm vor ein paar Jahren in Liberty City an einem vierfachen Mord gearbeitet. Und ich glaube, Falconetti habe ich einmal auf einer Forensik-Konferenz in Orlando kennen gelernt.«

Greg Chambers' schwarzes Haar war grau meliert, ein lebendiges, glänzendes Grau, das seine blauen Augen betonte und ihn insgesamt besser aussehen ließ. Die Zeit hatte in sein an sich recht durchschnittliches Gesicht Linien auf der Stirn und um die Augen gegraben, aber auch das stand ihm, und C. J. schätzte, dass er jetzt, mit Ende vierzig, attraktiver war als in seinen Zwanzigern. Dann fielen ihr die eigenen Falten ein, die sie gestern im Spiegel entdeckt hatte. Es war einfach unfair: Männern stand das Alter so viel besser als Frauen.

»Sie machen mir wirklich Sorgen, C. J. Ich habe Ihnen gestern Abend angehört, dass etwas nicht in Ordnung ist. Was ist los?«

C. J. überkreuzte die Beine in die andere Richtung. Ihr Mund war trocken. »Also. Eigentlich geht es um den Cupido-Fall.«

»Brauchen Sie meinen Rat als Fachmann?«

Genau da lag das Problem. Er war nicht nur seit zehn Jahren ihr Psychiater gewesen, Gregory Chambers war außerdem ein Kollege. Als Kriminalpsychologe der Gerichtsmedizin unterstützte er die Staatsanwaltschaft und die Polizei regelmäßig bei der Aufklärung von Schwerverbrechen. Immer wieder hatte er für ihr Büro als Zeuge ausgesagt. Er erklärte der Jury, wie es dazu hatte kommen können. Die gleichen Eigenschaften, die es so leicht machten, mit ihm als Psychiater zu sprechen, erleichterten es auch, ihm als Experten zuzuhören. Mit seinem freundlichen Gesicht, dem verbindlichen Lächeln und reichlich beeindruckenden Referenzen konnte

Gregory Chambers das Unfassbare auch für den Laien verständlich machen: erwachsene Männer, die sich an unschuldigen Kindern vergriffen, weil sie pädophile Neigungen hatten; junge Männer, die ihre Freundin mit einer AK47 abknallten, weil sie Psychopathen waren; Mütter, die ihre Kinder töteten, weil sie unter manischen Depressionen litten; Teenager, die ihre Klassenkameraden kaltblütig erschossen, weil sie eine Borderline-Persönlichkeitsstörung hatten.

Seine Diagnosen trafen immer direkt ins Ziel. Er war bei der Polizei hoch angesehen, genau wie bei seinem privaten Patientenkreis. In dieser erfolgreichen Praxis im schicken Coral Gables berechnete er 300 Dollar die Stunde. Man musste schon reich sein, um es sich leisten zu können, verrückt zu sein. C. J. bekam glücklicherweise einen Kollegenrabatt. Er hatte nie in einem von C. J.s Prozessen ausgesagt. Da passte sie auf, damit es vor Gericht zu keinem Interessenkonflikt kommen konnte. Aber sie hatten gemeinsam Konferenzen, Tutorien und Seminare besucht, und C. J. hatte ihn oft unter vier Augen um professionellen Rat gefragt. Dann war er sowohl Kollege als auch ein Freund, und bei solchen Gelegenheiten nannte sie ihn einfach Greg. Doch heute war er Dr. Chambers.

»Nein. Ich bin nicht wegen des Falls da. Dann hätte ich Sie nicht um neun Uhr abends angerufen.« Sie lächelte matt.

»Nett von Ihnen, aber es macht mir überhaupt nichts aus. Und übrigens, andere sind da nicht so höflich. Jack Lester hat mich schon um ein Uhr früh angerufen.« Er zwinkerte verschwörerisch. Jack Lester war ebenfalls Staatsanwalt bei der Major Crimes Unit. C. J. konnte ihn nicht ausstehen.

»Jack Lester ist ein aufgeblasener, arroganter Blödmann. Sie hätten einfach auflegen sollen. Ich hätte das getan.«

Er lachte. »Das mache ich dann beim nächsten Mal – und das kommt so sicher wie das Amen in der Kirche.« Doch dann wurde er wieder ernst. »Wenn Sie keinen professionellen Rat brauchen, dann …« Er ließ den Satz offen.

Sie rutschte auf ihrem Sessel herum. Die Sekunden tickten in ihrem Kopf.

Als sie sprach, war ihre Stimme kaum mehr als ein Flüstern. »Sie wissen, warum ich damals zu Ihnen gekommen bin. Weshalb ich Ihre ... Patientin bin.«

Er nickte. »Die Albträume? Sind sie wieder da?«

»Nein, leider ist es diesmal schlimmer.« Sie sah sich verzweifelt im Zimmer um und fuhr sich mit beiden Händen durchs Haar. Ein Königreich für eine Zigarette!

Er sah sie besorgt an. »Was ist es dann?«

»Er ist wieder da«, flüsterte sie, ihre Stimme brach. »Aber diesmal wirklich. In Fleisch und Blut. Es ist William Bantling. Cupido! Er ist es gewesen!«

Dr. Chambers schüttelte den Kopf, als verstünde er nicht, was sie da sagte.

Sie nickte trotzig, und die Tränen, die sie so lange krampfhaft zurückgehalten hatte, strömten ihr übers Gesicht. »Verstehen Sie, was ich Ihnen sage? Cupido ist der Mann, der mich vergewaltigt hat. Er ist der Clown!«

## 31.

DR. CHAMBERS WAR ÜBERRASCHT. Er atmete tief durch und sagte dann mit ruhiger Stimme: »Warum glauben Sie das, C. J.?« Er war Psychiater, und es war sein Job, gekonnt zu reagieren.

»Seine Stimme im Gericht. Ich habe seine Stimme in dem Moment erkannt, als er anfing, Richter Katz anzuschreien.« Sie schluchzte und versuchte verzweifelt, sich zusammenzureißen. Er griff nach dem Kleenex auf seinem Tisch und reichte C. J. die ganze Schachtel.

»Hier. Nehmen Sie sich ein Taschentuch.« Dann lehnte er sich in den Ohrensessel zurück und rieb sich über das Kinn. »Sind Sie da ganz sicher, C. J.?«

»Ja. Absolut. Wenn man zwölf Jahre lang eine Stimme im Kopf hat, erkennt man sie, wenn man sie wieder hört. Außerdem habe ich auch seine Narbe gesehen.«

»Die auf dem Arm?«

»Ja. Genau über dem Handgelenk, als er im Gerichtssaal an Lourdes Rubios Jacke zog.« Jetzt blickte sie ihn direkt an. In ihren Augen standen Tränen und Verzweiflung. »Er ist es. Ich weiß es. Aber was soll ich denn jetzt bloß machen?«

Dr. Chambers nahm sich einen Moment Zeit zum Überlegen. C. J. nutzte die Pause, um ihre Fassung zurückzugewinnen. Dann sprach er schließlich: »Nun, wenn er es wirklich ist, dann ist das auch eine gute Nachricht. Sie wissen, wer er ist, wo er ist. Das ist doch endlich eine Art Abschluss. Die Gerichtsverhandlung in New York wird sicher eine harte Prüfung, aber –«

Sie unterbrach ihn. »Es wird keine Gerichtsverhandlung in New York geben.«

»C. J., nach allem, was Sie durchgemacht haben, zwölf Jahre lang, sind Sie nicht bereit, gegen ihn auszusagen? Es gibt nichts, wofür Sie sich schämen müssten. Es gibt keinen Grund, sich weiter zu verstecken. Sie haben in Ihrer beruflichen Laufbahn doch genug unwillige Zeugen betreut, um zu wissen –«

Sie schüttelte den Kopf. »Oh, ich würde nur zu gerne aussagen. Ohne eine Sekunde zu zögern. Aber es wird keine Gerichtsverhandlung geben, weil die Verjährungsfrist abgelaufen ist – vor sieben Jahren. Verstehen Sie jetzt? Er *kann* nicht dafür verurteilt werden, dass er mich vergewaltigt hat, mich fast umgebracht hat, mich ... mich ... zerstückelt hat.« Sie hatte die Arme vor ihrem Körper verschränkt, die Hände um die Ellbogen gelegt und saß leicht nach vorn gebeugt da, wie um ihren Unterleib zu schützen. »Egal, was er getan hat, er kann dafür nicht mehr vor Gericht kommen.«

Dr. Chambers schwieg. Dann atmete er ganz langsam und bewusst aus. »C. J., sind Sie sich sicher? Haben Sie mit den New Yorker Behörden gesprochen?«

»Die Ermittler von damals, die auf meinen Fall angesetzt waren, haben aufgehört oder sind tot. Der Fall ist jetzt beim Cold Case Squad. Es hat nie einen Verdächtigen gegeben, nie eine Festnahme.«

»Woher wissen Sie dann, dass man nichts mehr machen kann?«

»Ich habe mit der Auslieferungsstelle der Staatsanwaltschaft Queens gesprochen, und einer der Leute dort hat mich aufgeklärt.

Ich hätte früher an die Verjährungsfrist denken sollen, aber ich … ich bin noch nicht mal auf die Idee gekommen, dass ich, wenn ich ihn endlich gefunden hätte, nichts gegen ihn unternehmen könnte. Rein gar nichts.« Tränen liefen ihr wieder übers Gesicht.

Wieder entstand ein Schweigen. Zum ersten Mal in den zehn Jahren, die sie ihn kannte, war Dr. Chambers sprachlos.

Schließlich sagte er leise: »Wir kriegen Sie da durch, C. J. Alles wird gut. Was wollen Sie jetzt tun?«

»Das genau ist mein Problem. Ich weiß es nicht. Was ich will? Ich will ihn schmoren sehen. Ich will seinen Hals. Nicht nur meinetwegen, sondern auch wegen der elf Frauen, die er umgebracht hat. Ganz zu schweigen von der Dunkelziffer weiterer Opfer, die es bestimmt auch noch gegeben hat. Am liebsten würde ich ihn persönlich auf den Stuhl schnallen. Ist das etwa falsch?«

»Nein«, sagte Dr. Chambers leise. »Es ist nicht falsch. Es ist ein Gefühl. Ein gerechtfertigtes Gefühl.«

»Wenn es ginge, *würde* ich ihn natürlich nach New York schicken. Ich würde allen dort verkünden, dass er der Dreckskerl ist, und dann würde ich dafür sorgen, dass er dort weggesperrt wird. Ich hätte ihm ins Gesicht gesehen und gesagt: ›Du Schwein! Du hast mich nicht kleingekriegt! Freu dich auf deine Zellengenossen, denn deren Ärsche sind das Einzige, was du in den nächsten zwanzig Jahren zu sehen kriegst!‹« Sie blickte Dr. Chambers flehentlich an.

»Aber das geht jetzt nicht mehr. Worauf ich zwölf Ewigkeiten lang gewartet habe. Sogar das hat er mir genommen …«

»Aber es gibt ja immer noch den Fall hier, C. J. Für die Frauenmorde muss er mit der Höchststrafe rechnen, nicht wahr? Und ganz bestimmt wird er nicht als freier Mann aus dem Gerichtsgebäude laufen.«

»Schon, aber genau damit quäle ich mich rum. Ich weiß, dass ich die Anklage nicht vertreten kann und darf, aber wenn ich Tigler darüber informiere, dann besteht ein Interessenkonflikt für unser ganzes Office, und der Fall muss abgegeben werden! Dann kriegt ihn irgendein Anfänger aus Ocala, der mit seinem Trecker in die Stadt getuckert kommt, um sich an seinem ersten Mordfall zu versuchen. Und ich muss von der Seitenlinie aus zusehen, wie er aus irgendeinem hanebüchenen Grund den Fall verpfuscht und Bantling freikommt!«

*Sie können sicher sein, dass wir jede Spur aktiv verfolgen, Chloe. Wir hoffen, dass wir den Täter bald haben. Wir wissen Ihre nachhaltige Mitarbeit zu schätzen.*

»Es wird sich eine Lösung finden. Vielleicht bekommt Tigler die vom Siebzehnten oder vom Fünfzehnten Bezirk dazu, den Fall zu übernehmen?« Der Siebzehnte Gerichtsbezirk war Broward County. Der Fünfzehnte war Palm Beach.

»Tigler hat das nicht zu entscheiden. Es ist reine Glückssache, und ich bin nicht bereit, das Risiko einzugehen. Das kann ich einfach nicht. Sie wissen doch, wie komplex Serienmorde sind. Vor allem, wenn man zehn Leichen hat, aber kein Geständnis und keine Belastungszeugen. Und bis jetzt haben wir ihn auch nur für einen Mord dran. Für die anderen neun ist er nicht mal angeklagt. Da kann so leicht ein Fehler passieren. Viel zu leicht.«

»Ich verstehe Sie, C. J., aber ich mache mir große Sorgen. Ich weiß, dass Sie es könnten. Wahrscheinlich sind Sie eine der stärksten Frauen, die ich kenne. Aber niemand, egal wie hart im Nehmen und überzeugt er ist, sollte einen derartigen Prozess gegen den Menschen führen müssen, der ihm solche Gewalt angetan hat. Ich glaube, das Problem ist, dass Sie nicht loslassen können.«

»Vielleicht will ich das nicht, bis jemand eine Lösung hat, die erfolgversprechend aussieht.«

»Wie wäre es, wenn Sie den Fall an ein anderes Mitglied Ihrer Staatsanwaltschaft abgeben? Was ist mit Rose Harris? Sie ist gut, und sogar sehr gut, wenn es um DNA und Expertengutachten geht.«

»Wie soll ich ihn weiterreichen, ohne dass es einen Skandal gibt? Vor allem jetzt, wo der Spaß richtig losgeht? Jeder weiß, wie viel ich in diese Sache investiert habe – verdammt, ich arbeite seit einem Jahr daran! Ich habe mir jede einzelne aufgeblähte, verweste Leiche angesehen, jedes Familienmitglied kennen gelernt, jedes Autopsiefoto gesehen, jeden Laborbericht gelesen, so gut wie jede richterliche Verfügung ausgestellt – ich lebe in diesem Fall. Wie soll ich da plötzlich meinem Boss und den Medien erklären: Ich höre auf. Außer, wenn ich sterbenskrank wäre, weiß jeder, der mich kennt, dass ich ihn niemals freiwillig abgeben würde. Und selbst dann wahrscheinlich nicht.

Natürlich kommen die ganzen Fragen nach dem Warum und Wie und Was, denn die sind unvermeidlich. Die Presse wird wühlen, wühlen, wühlen, bis sie was finden, irgendwas. Einer wird bestimmt die Vergewaltigung ausgraben, und damit meine Befangenheit, die ich verschwiegen habe. Und genau hier kommt wieder der Idiot aus Ocala ins Spiel: Und ich muss mit ansehen, wie er *meinen* Vergewaltiger, *meinen* Serienmörder anklagt – und wie er alles verpfuscht und Bantling freikommt. Nur darf ich mir das dann im Fernsehen zu Gemüte führen, denn dann habe ich keinen Job mehr, weil ich aus der Staatsanwaltschaft ausgeschlossen worden bin.

Dr. Chambers, sagen Sie mir, was ich tun soll, und ich tue es. Aber nur, wenn ich eine Garantie dafür bekomme, dass er verurteilt wird; dass er für das bezahlt, was er getan hat. Und ich weiß – die kann kein Mensch mir geben. Aber wenn der Fall schon verpfuscht werden muss, will *ich* es sein, die daran schuld ist. Und niemand anderes.«

»Was meinen Sie damit, C. J.?« Sie spürte, dass er sehr vorsichtig mit der Formulierung seiner Frage war. »Ich frage Sie noch einmal: Was wollen Sie tun?«

Sie schwieg lange.

Ihre Worte klangen überlegt, bestimmt, als wäre ihr gerade eine Idee gekommen, die sie jetzt formulierte, und deren Klang ihr gefiel. »Ich muss innerhalb von einundzwanzig Tagen Anklage wegen Mordes oder Totschlags erheben. So oder so, alle Zeugen müssen antreten und ihre Aussagen machen, die Berichte müssen gesammelt werden, die Beweisstücke gesichtet ...« Sie machte eine Pause, und jetzt wurde ihre Stimme noch fester. »Ich glaube, es ist zu spät, jetzt den Pitcher auszuwechseln. Ich muss das Inning selbst zu Ende bringen. Zumindest, bis die Anklage steht. Danach kann ich immer noch jemanden mit ins Boot nehmen, vielleicht Rose Harris. Wenn alles gut geht, überlasse ich ihr diskret die Zügel; schiebe irgendeine geheimnisvolle Krankheit vor, sobald ich weiß, dass sie es allein schafft.«

»Und was ist mit dem Interessenkonflikt der ganzen Staatsanwaltschaft?«

»Bantling war im Gerichtssaal so damit beschäftigt, seinen Hals aus der Schlinge zu ziehen, dass er mich nicht mal erkannt hat. Ein besserer Witz, wenn man bedenkt, was er mir angetan hat. Gestern hat er nicht mal einen Blick in meine Richtung geworfen«, sagte sie leise. »Wahrscheinlich hat er so viele Frauen vergewaltigt, dass er den Überblick verloren hat. Und ich sehe heute weiß Gott auch völlig anders aus als damals.« Sie lächelte bitter und klemmte sich die Haare hinters Ohr. »Nur ich weiß, was er getan hat. Und wenn es irgendwann rauskommt, kann ich immer noch sagen, ich wäre mir nicht sicher gewesen. Ich hätte es nicht gewusst. In New York kann er sowieso nicht mehr verurteilt werden, also opfere ich nichts, wenn ich sage, ich könnte ihn nicht identifizieren. Es gibt keinen Fall mehr in New York.« Sie klang jetzt überzeugt.

»C. J., das ist kein Spiel. Ganz abgesehen von den offensichtlichen ethischen Fragen, die das aufwirft, glauben Sie wirklich, dass Sie es emotional verkraften, die Verhandlung gegen diesen Mann zu führen? Sich immer wieder anzuhören, was er mit diesen Frauen gemacht hat? Und dabei zu wissen, was er Ihnen angetan hat? Es jeden Tag neu zu durchleben, jedes Mal, wenn sie noch ein scheußliches Detail, noch ein Foto zutage fördern?« Dr. Chambers schüttelte den Kopf.

»Ich *weiß*, was er diesen Frauen angetan hat. Ich habe es ja oft genug gesehen. Und – ja, es wird hart, und ich weiß nicht, wie ich das schaffen soll, aber wenigstens weiß ich, dass es gut gemacht wird. Und ich weiß, wo er ist, jede einzelne Minute des Tages.«

»Und was ist mit Ihrer Zulassung? Sie enthalten dem Gericht einen Interessenkonflikt vor.«

»Nur ich weiß, dass es den gibt. Und keiner kann nachweisen, dass ich es weiß. Da müsste ich schon zugeben, dass ich es von vornherein gewusst hätte. Aber ich kann sehr gut damit leben, das abzustreiten.« Sie zögerte einen Moment: Warum war ihr das nicht früher eingefallen? »Bringe ich Sie damit in eine unangenehme Situation, Dr. Chambers?«

Als Arzt war er verpflichtet, der Polizei Bericht zu erstatten, wenn ein Patient drohte, ein Verbrechen zu begehen. Aber C. J.s Verheimlichung war nur eine Verletzung des ethischen Kanons, an den sich ein Anwalt halten musste, und unterlag damit wie alles andere, was in der Sitzung besprochen wurde, der ärztlichen Schweigepflicht. Ein Verbrechen war es nicht.

»Nein, C. J. Was Sie da vorhaben, ist ja nicht kriminell. Alles, was wir in diesem Zimmer besprechen, ist selbstverständlich vertraulich. Aber ich persönlich bin mir nicht sicher, ob ich mit Ihrem Plan einverstanden bin, weder aus therapeutischer Sicht noch aus der eines Kollegen.«

Sie dachte über seine Worte nach. »Ich muss wieder das Gefühl bekommen, ich hätte mein Leben unter Kontrolle. Haben Sie mir das nicht immer gesagt, Dr. Chambers?«

»Ja, das habe ich gesagt.«

»Und jetzt ist der Zeitpunkt gekommen. Jetzt sitze ich an den Schalthebeln. Weder irgendwelche müden Kommissare aus New York City, noch ein Idiot aus Ocala. Und auch der Clown nicht. Cupido nicht.«

Sie wartete einen Moment, dann nahm sie ihre Handtasche und stand auf. Die Tränen waren getrocknet, und jetzt hatte Wut die Verzweiflung in ihrer Stimme verdrängt. »*Ich*. Ich habe alles in der Hand. Ich habe die Macht. Und ich werde nicht zulassen, dass dieser Bastard sie mir noch einmal nimmt.«

Dann drehte sie sich um, winkte Estelle zum Abschied, ließ die Beschaulichkeit der schicken blaugelben Praxis hinter sich und trat auf die Straße.

## 32.

»GERICHTSMEDIZINISCHES INSTITUT, GUTEN TAG.«

»Agent Dominick Falconetti und Detective Manny Alvarez. Wir sind um halb zwölf mit Dr. Joe Neilson verabredet.«

»Dr. Neilson erwartet Sie in der Lobby.«

Das Tor schwang automatisch auf, und von der belebten 14. Street fuhr Dominick in die Einfahrt und parkte den Pontiac auf einem Parkplatz mit dem Schild »Nur Polizei«, genau vor der Glastür des zweigeschossigen roten Backsteingebäudes. Und genau neben einem nagelneuen schwarzen Leichenwagen.

Manny öffnete langsam die Beifahrertür und stieg aus. Auf der Fahrt von der Zentrale zur Gerichtsmedizin war er ungewöhnlich still gewesen. Als Dominick ihm nicht sogleich folgte, beugte er sich in den Wagen und rief: »Kommst du, Dom?« Es lag eine nervöse Schärfe in seiner Stimme.

»Ja, gleich, Bär, ich komme nach. Ich muss nur noch mal telefonieren.« Dominick kramte sein Handy aus der Tasche. Ganz offensichtlich wartete er, dass Manny vorging.

Manny Alvarez warf einen Blick auf das Backsteingebäude und verzog das Gesicht. Er hasste das Institut. Es war der einzige Teil seines Jobs, der ihm immer noch Schwierigkeiten bereitete, selbst nach sechzehn Jahren und hunderten von Mordopfern. Dabei waren es weniger die Toten in den Kühlkammern, die ihm zusetzten. Er konnte den ganzen Tag neben einer Leiche sitzen, ohne dass es ihm etwas ausmachte. Selbst die Verwesten oder die »Schwimmer« ließen ihn kalt, denen oft die Augen oder ganze Körperteile fehlten und die fast schon täglich aus einem der viertausend Kanäle, Seen und Teiche in und um Miami gezogen wurden. Ganz zu schweigen von denen, die plötzlich im Miami River neben den Fischern auftauchten oder im Atlantik die Surfer zu Tode erschreckten. All das rührte Manny nicht, außer natürlich, es war ein Kind. Er konnte es nicht ausstehen, wenn das Opfer ein Kind war – das war immer schlimm. Aber prinzipiell waren es nicht die Leichen, die ihm zusetzten, sondern das, was mit ihnen in diesem Institut passierte.

Natürlich, die Obduktionen waren ein Teil seines Jobs, und als leitender Detective in einem Mordfall musste er immer wieder dabei sein. Welche der dreizehn Kugeln, die dem Opfer den Rücken durchschlugen, war fatal gewesen? Welcher Stich tödlich? War es Selbstmord oder Mord? Er hatte also seinen Teil an Autopsien gesehen, und deswegen würde er auch nicht gleich den Beruf aufgeben. Aber er hasste es aus tiefster Seele, die klinische Kälte der ganzen Prozedur. Er hatte es immer verabscheut und sich nie daran gewöhnen können. Die mannshohen Kühlschränke, die eisigen, weiß gekachelten Räume, die Stahltische, das grelle Licht, die Organwaagen, die Knochensägen und Rippenhebel, der schwarze Faden, mit dem die Leichen am Ende wieder zugeflickt wurden. Bei der Leichenöffnung waren die Toten keine Opfer mehr; sie waren nur noch Kadaver – Objekte, mit denen ein paar Freaks sich amüsierten, denen das auch noch Spaß machte, die gerne Leichen aufschnitten – die sich jeden Tag auf ihre Arbeit freuten. In diesen arktischen Räumen lagen die Leichen nackt und bloß auf dem Stahltisch, und jeder konnte sie angaffen, vom Hausmeister bis zum Studenten. Bis dann so ein Arzt mit einem Allesschneider kam und ihnen die Schädeldecke auffräste, um reinzuglotzen, was drin war und wie viel es wog. Manny war das alles viel zu klinisch, und er fand es grässlich. Schlicht und einfach. Und er fand, dass Leichenbeschauer sowieso unheimliche Menschen waren. Warum suchte sich jemand das zum Beruf aus, tote Körper aufzuschnippeln und mit Eingeweiden herumzuspielen? Wenn er ehrlich war, musste er zugeben, dass man sich das so ähnlich auch bei einem Mitglied der Mordkommission fragen konnte. Mit einigem Recht sogar ... Vielleicht lag es ja daran, dass Manny sich immer vorstellen musste, selbst eines Tages auf dem Stahltisch zu liegen, nackt und kalt und jeder Würde beraubt, während die Elektrosäge kreischte und der Gerichtsmediziner und sein Praktikant Witze über die Größe seines Schwanzes und die Menge seines Fettgewebes machten.

 Heute wollten er und Dominick sich nur mit Dr. Neilson treffen, um ihm ein paar Fragen zur gestrigen Obduktion von Anna Prado zu stellen. Doch allein schon das Gebäude, das Bewusstsein, was unten im Keller vor sich ging, während sie oben bei Kaffee und Keksen saßen, bereitete Manny Herzflattern. Und falls er heute auf dem kalten Fliesenboden einem Infarkt erlag, wollte er auf keinen Fall, dass es Dr. Neilson wäre, der an ihm herumfummelte.

 Manny warf Dominick durch die offene Wagentür einen flehentlichen Blick zu. *Tu mir das nicht an, Amigo.*

 »Bei Neilson krieg ich Gänsehaut. Er ist abartig.« Nervös sog der Bär die letzten Züge seiner Zigarette ein.

 »Bei jedem Gerichtsmediziner kriegst du Gänsehaut, Manny.«

 »Ja, aber ...« Er sah Dominick noch einmal an, der immer noch das Telefon in der Hand hielt und darauf wartete, dass Manny sich endlich verzog. »Okay, okay. Weißt du was? Du machst deinen

Anruf, und ich warte so lange an der Tür auf dich. Besser gesagt, *vor* der Tür.«

»Für einen großen, gefährlichen Cop bist du wirklich ein ziemlicher Schisshase, Bär. Also gut. Ich treffe dich *vor* der Tür. Eine Minute.«

Sobald Manny außer Sichtweite war, wählte Dominick noch einmal C. J.s Durchwahl im Büro in der Hoffnung, sie persönlich an die Leitung zu bekommen. Aber es meldete sich nur der Anrufbeantworter. Er hinterließ eine kurze Nachricht. »Hallo. Hier ist Dominick. Manny und ich sind jetzt bei Neilson. Ich habe dich angepiept, aber du hast den Pager wohl nicht dabei. Ich dachte, du wolltest dazukommen. Melde dich, wenn dich diese Nachricht erreicht. Meine Nummer ist drei-null-fünf-sieben-sieben-sechs-drei-acht-acht-zwei.«

Er hielt das Telefon noch einen Moment in der Hand und beobachtete den ungepflegten alten Mann, der auf dem Fahrersitz des Leichenwagens ein Sandwich aß und aus einer Flasche in einer braunen Papiertüte trank. In Anbetracht seines Berufs schätzte Dominick, es war Bier, mit dem er seinen Lunch hinunterspülte.

Gegen alle Vernunft begann Dominick sich schon wieder Sorgen um C. J. zu machen. Gleich morgens früh hatte er bei Marisol die Nachricht hinterlassen, dass sie sich um 11:30 Uhr bei Dr. Neilson trafen, und er wusste, dass C. J. ins Büro gekommen war. Aber sie hatte ihn nicht zurückgerufen. Er hatte sie ein paar Mal angepiept, doch er hatte immer noch nichts von ihr gehört, und das war untypisch für sie. Auf jeden Fall hätte er das vor vierundzwanzig Stunden noch gedacht. Irgendwas war los mit ihr seit Bantlings Anhörung, das konnte sie abstreiten, soviel sie wollte. Er hatte die Angst in ihren Augen gesehen, ihre Körpersprache im Gerichtssaal beobachtet, als sie totenbleich wurde und vor Richter Katz diesen Aussetzer hatte. Und dann, gestern Abend, als der Name Bantling fiel, war ihr wieder alle Farbe aus dem Gesicht gewichen, und sie hatte ihn ziemlich schnell nach Hause geschickt. Dominick war kein Superhirn, aber das brauchte es auch nicht, um zu merken, dass C. J. Townsend, die eiserne Staatsanwältin, vor irgendetwas Todesangst hatte. *Doch wovor bloß? Und wie hing das mit William Rupert Bantling zusammen?*

Außerdem versuchte Dominick mühsam, sich über seine Emotionen klar zu werden. Als er C. J. so gesehen hatte, im Gerichtssaal, in ihrer Küche – wie sie so ängstlich und bedrückt und verletzlich gewirkt hatte –, da hatte er sie plötzlich nur noch beschützen wollen. Er wollte sie in seine Arme nehmen und alles Böse von ihr fern halten. Das war seltsam, denn solche Gefühle sahen ihm überhaupt nicht ähnlich. Na gut, sie hatten in den letzten Monaten ein wenig geflirtet, und natürlich gefiel sie ihm. Wichtiger noch, er respektierte C. J. Er mochte ihren Scharfsinn, ihre Unabhängigkeit, ihre Bereitschaft, sich in einem System zurechtzufinden, das mehr Fallgruben hatte als festen Boden. Sie kämpfte vor Gericht leidenschaftlich für ihre Schützlinge, die Opfer, fast als müsste sie nicht nur den zwölf Geschworenen etwas beweisen, sondern auch sich selbst. Es war großartig zuzusehen, wie sie am Schluss ein Plädoyer hielt oder komplizierte Einsprüche gegen die besten, die egoistischsten, die narzisstischsten Staranwälte von Miami durchbrachte. Das alles mochte er an ihr.

Während der letzten Monate, in denen sie sich immer ungezwungener unterhalten hatten, merkte er, dass sie mehr gemeinsam hatten als nur Mandanten, Richter und Verteidiger. Vor der Cupido-Sonderkommission hatte er sie als Staatsanwältin respektiert. Doch jetzt mochte er sie auch als Mensch, als Frau. Er hatte daran gedacht, sie vielleicht einmal zum Essen einzuladen oder ins Kino, aber in den letzten zehn Monaten hatte er sechzehn Stunden täglich an diesem Fall gearbeitet, sieben Tage die Woche, und irgendwie war er einfach nicht dazu gekommen. Oder vielleicht hatte er sich aus anderen Gründen die Zeit auch nicht genommen? Wahrscheinlich der gleiche Psychokram, den er laut seinem Seelenklempner schon vor fünf Jahren hätte bewältigen sollen. Als Natalie gestorben war. Aber gestern Abend hatte er alles beiseite geschoben, was immer es auch war, das ihn bewusst oder unbewusst belastete, und hatte an der Tür einem Impuls nachgegeben. Das bereute er jetzt. Vielleicht hatte er sie mit dem Kuss verschreckt.

Der Mann im Leichenwagen hatte sein Sandwich aufgegessen. Wahrscheinlich war ihm klar geworden, dass Dominick nicht zufällig auf dem Polizeiparkplatz stand, denn von der braunen Papiertüte war nichts mehr zu sehen.

Dominick stieg aus und lief die Zementstufen zum Eingang hinauf. Eine Frau, die er als eine der Empfangsdamen erkannte, stand draußen und rauchte unter dem Vordach eine Zigarette. Dabei unterhielt sie sich mit einem Ermittler der Gerichtsmedizin, der doppelt so alt sein musste wie sie. Dominick kannte ihn, er war früher Detective beim MDPD gewesen und war wegen der besseren Rentenansprüche und Arbeitszeiten hierher gewechselt. Sie amüsierten sich zu gut, als dass sie über Berufliches reden konnten, und so ging Dominick vorbei, ohne Hallo zu sagen. Er sah sich um. Manny war nirgends zu sehen. Entweder er hatte sich im Gebüsch bei der Rollstuhlrampe versteckt, oder aber er war von Joe Neilson, dem fürchterlichen Chef der Gerichtsmedizin, bei lebendigem Leib ins Haus gezogen worden. Als Dominick an die Glastür kam, stellte er fest, dass Letzteres der Fall war.

Joe Neilson hatte Manny mit dem Rücken zu dem türkis-braunen Siebziger-Jahre-Sofa in der Lobby gedrängt und ihm damit den Fluchtweg abgeschnitten. Neilson trug seinen grünen Chirurgenkittel und eine mintgrüne Kopfbedeckung aus Zellstoff. Dominick sah, wie er aufgeregt redete, er gestikulierte wild vor Mannys Gesicht herum. Nach der Kleidung zu urteilen, war der gute Doktor im Keller bei der Arbeit gewesen, bevor er zu den Lebenden heraufgestiegen war. Wenigstens hatte er sich die Handschuhe ausgezogen, bevor er Detective Manny Alvarez die Hand schüttelte – der inzwischen ziemlich bleich war und aussah, als bräuchte er dringend eine Kotztüte oder wenigstens eine Zigarette.

Edel, wie er nun mal war, rettete Dominick Manny aus den Klauen des Feindes. »Hallo, Dr. Neilson. Ich hoffe, ich habe Sie nicht warten lassen. Ich musste nur schnell telefonieren.«

Dr. Neilson ließ Manny stehen und schüttelte Dominick kräftig die Hand. »Nein, überhaupt nicht. Ich habe Detective Alvarez nur gerade gefragt, wie die Ermittlungen laufen. Und ich habe ihm gesagt, dass ich mich schon auf unser Treffen gefreut habe. Wir haben da etwas sehr Interessantes, das ich Ihnen unten zeigen muss.«

Joe Neilsons ungehemmte Begeisterungsfähigkeit für seinen Beruf war einer der Gründe, warum Manny Alvarez sich bei ihm so unwohl fühlte. Neilson war groß, sehr dünn und sehnig und hatte tief liegende Augen. Dominick fragte sich, ob er als Kind ADS gehabt hatte, denn er war ein Mann, der nie stillsitzen konnte. Seine Hände, seine Füße, seine Gedanken, seine Augen, irgendwas bewegte sich immer. Wenn man ihn zu lange an einem Fleck festhielt, trat er von einem Fuß auf den andern, begann heftig zu blinzeln und mit der Nase zu zucken. Es war, als würde sein Kopf gleich explodieren.

»Sehr gut. Prado oder eine der anderen Frauen?«

»Also, im Moment habe ich mir Prado noch einmal vorgenommen. Aber ich habe die Akten der anderen herausgeholt und glaube, ich muss mir alle noch einmal ansehen, jetzt, wo ich weiß, wonach ich suche. Sollen wir loslegen, Kollegen?« Dr. Neilsons Augenbrauen hüpften auf und nieder, und er begann schneller zu zwinkern. Es war höchste Zeit. Der Zug musste abfahren. Jetzt sofort.

Manny sah fürchterlich elend aus. Er war richtig grün im Gesicht.

»Manny, geht's dir gut? Möchtest du lieber draußen bleiben?«

»Natürlich möchte er das nicht verpassen!«, rief Neilson aufgeregt dazwischen. »Kommen Sie, Kollegen. Unten im Labor gibt es frischen Kaffee. Der wird sie aufmöbeln!« Dr. Neilson ging voran zum Fahrstuhl.

»Ja, ja, ich bin ja schon unterwegs.« Der Bär klang resigniert.

Die Fahrstuhltüren öffneten sich, und alle drei betraten die Stahlkammer, die groß genug war, eine Bahre zu befördern.

»Dr. Neilson, die Staatsanwältin wollte eventuell auch dazukommen. Ich habe ihr eine Nachricht hinterlassen …« Doch der Arzt schnitt Dominick das Wort ab.

»C. J. Townsend? Die hat vor einer halben Stunde angerufen. Sie schafft es nicht. Sie kommt morgen oder übermorgen allein vorbei, wir sollen schon mal ohne sie loslegen. Sie hat im Gericht zu tun oder so was.«

Dr. Neilson drückte auf »U«, und die Metalltüren schlossen sich leise. Dann glitt der Fahrstuhl in den Keller hinunter.

# 33.

ANNA PRADOS LEICHE lag mit geschlossenen Augen auf einem Stahltisch. Dominick musste an ihr Gesicht auf dem Familienfoto an der »Mauer« denken: Die einst cremeweiße Haut war jetzt aschgrau, und ihre hellen Sommersprossen auf der Nase waren unter der fahlen Totenblässe kaum noch zu sehen. Ihr langes blondes Haar umrahmte strahlenförmig Kopf und Schultern. Einige mit getrocknetem Blut verklebte Strähnen hingen von der Kante herunter. Ein weißes Laken bedeckte den Körper bis zum Hals und verbarg die Scheußlichkeit darunter.

»Als Sie gestern anriefen und sagten, sie hätten im Haus des Verdächtigen Haloperidol gefunden, habe ich noch ein paar Tests gemacht, und die Resultate sind heute Morgen gekommen.« Dr. Neilson stand neben der Leiche und spielte geistesabwesend mit der Hand, die über die Tischkante hing. Dominick fielen die langen, aber ungepflegten Fingernägel auf. Der pinkfarbene Lack war fast überall abgeplatzt.

»Haloperidol ist ein sehr starkes Antipsychotikum, das verschrieben wird, um das Delirium psychotischer oder schizophrener Patienten zu lindern. Besser bekannt ist es als Haldol, der Name, unter dem es auf dem Markt ist. Ein starkes Beruhigungsmittel. Es entspannt und beruhigt den Patienten und bringt akustische Halluzinationen und Wahnvorstellungen unter Kontrolle; selbst gewalttätige Psychotiker werden fügsam. In extremen Fällen kann es intramuskulär gespritzt werden, um die sofortige Unterwerfung zu erzielen. Bei starker Dosierung kann Haloperidol zu Katatonie, Bewusstlosigkeit, Koma und sogar zum Tod führen. Ahnen Sie schon, worauf ich hinauswill, Kollegen?« Dr. Neilsons Lider flatterten. »Das Problem mit Haloperidol ist – unsere toxikologischen Standardtests, die wir bei jeder Autopsie durchführen, weisen es nicht nach. Um Haloperidol zu finden, muss man wissen, wonach man sucht.

Wir haben zwar aufgrund des Lungengewichts vermutet, dass Nicolette Torrence und Anna Prado beide unter Drogen standen, aber über die Standardliste der Beruhigungsmittel hinaus, das heißt

Valium, Darvocet oder Hydrocodon, wussten wir nicht, wonach wir suchen könnten. Wir haben sogar noch auf Rohypnol, Ketamin und Gammahydroxybuttersäure getestet, besser bekannt als Roofies, Special K und Liquid Ecstasy. Nichts.

Aber nachdem Sie mich gestern angerufen hatten, Agent Falconetti, war mir gleich klar, dass Haloperidol passen würde, unbestreitbar. Es ist ein sehr starkes Narkotikum. Das war ganz schön aufregend! Also habe ich noch eine toxikologische Testreihe gemacht und ... voilà!« Er tippte auf den gelben Zettel vom Labor an seinem braunen Klemmbrett. »Da haben wir's! Haloperidol! Ich habe mir zuerst nochmal Ms. Prados Mageninhalt angesehen, ob ich vielleicht etwas übersehen hätte. Nein. Nichts. Aber das hieß noch nicht viel, denn Haloperidol hat eine Halbwertszeit von vielleicht sechs Stunden. Also nur, wenn der Tod innerhalb von sechs Stunden nach Einnahme des Medikaments eintritt, würde man noch Spuren davon im Gewebe und im Blut finden, selbst nach vollständiger Verdauung.

Also habe ich verschiedene Möglichkeiten durchgespielt. Bitte hören Sie einen Moment zu, Kollegen, und überlegen Sie, ob das zu einer Ihrer Theorien passt. Das Rezept auf dem Fläschchen, das Sie gefunden haben, verschrieb eine Dosis von zwanzig Milligramm zweimal täglich. Das ist eine extrem starke Dosierung, selbst für einen großen Mann, der bereits eine Verträglichkeit entwickelt hat. Für eine Person, die diese Verträglichkeit nicht hat und dazu noch ein niedrigeres Körpergewicht, würde eine solche Menge ausreichen, sie vollkommen außer Gefecht zu setzen. Wenn Ihr Verdächtiger Ihrem Opfer zum Beispiel eine Pille in einem Getränk verabreicht hat oder sie ihr vielleicht als ›E‹ verkauft hat, würde die Person innerhalb von fünfzehn Minuten zu lallen und zu torkeln beginnen wie beim Alkoholrausch, die gleiche Grobmotorik und gedrosselte Reaktionsfähigkeit. Ihr Gehirn würde nicht mehr einwandfrei arbeiten. Die Person wäre äußerst leicht zu manipulieren.

Doch wie ich bereits sagte, Haloperidol kann auch injiziert werden. Dann ist die Wirkung unmittelbar und hält auch länger an. So bekommen Patienten, die ihre Medikation nicht nehmen, ihr Haloperidol regelmäßig gespritzt. Die Wirkung hält zwei bis vier

Wochen an. Also habe ich die Leiche noch einmal unter die Lupe genommen.«

Neilson spannte sein Publikum durch eine dramatische Pause auf die Folter. Dann zog er wie ein Zauberer das weiße Laken von Anna Prados Leiche. Manny rechnete fast mit einem »Abrakadabra!«. Doch da saß kein weißes Kaninchen. Stattdessen lag Anna Prados nackte, geschändete Leiche auf dem kalten Stahltisch. Und jetzt rollte Dr. Neilson sie auf die Seite und zeigte den Ermittlern mit der Begeisterung eines Gebrauchtwagenhändlers ihren Hintern.

An der dunklen Verfärbung unter der Haut an ihrem Gesäß, den Ellbogen und den Kniekehlen war deutlich zu sehen, dass sie auf dem Rücken liegend gestorben war. Nachdem ihr Herz zu schlagen aufgehört hatte, übernahm die Schwerkraft das Regiment, und das Blut, das bis dahin durch ihre Adern geflossen war, sammelte sich an den tiefsten Stellen ihres Körpers. Dieses Phänomen war das, was man im Volksmund Leichenflecken nannte.

»Jetzt sehen Sie sich das mal an!« Neilson reichte Manny und Dominick ein Vergrößerungsglas. Ein kleines Stück Haut und Gewebe war entfernt worden. Daneben befand sich ein winziger, stecknadelgroßer Einstich, kaum sichtbar für das bloße Auge.

»Davon gibt es zwei. Ich hatte sie übersehen, da die Leichenflecken bereits aufgetreten waren. Und ich hatte ursprünglich ja auch nicht danach gesucht. Ich habe eine Gewebeprobe genommen, wie Sie sehen, um die Verletzung der Blutgefäße an dieser Stelle genauer zu untersuchen. Beide Einstiche, meine Herren, stammen von Spritzen. Wie ich vermute, von Haloperidol-Injektionen.«

Manny blieb skeptisch. Wollte der etwa plötzlich Quincy, das Superhirn der Leichenhalle, spielen? »Moment mal, Doc. Diese Frauen wurden vor ihrem Tod mit allem möglichen abartigen Zeugs gefoltert. Könnte es nicht sein, dass der Irre ihr Nadeln in den Hintern gesteckt hat, nur wegen dem Kick? Warum sind Sie so sicher, dass es Spritzen waren?«

Dr. Neilson sah fast beleidigt aus, doch er erholte sich schnell. Er ignorierte Mannys Einwurf einfach und fuhr mit einem kleinen Grinsen fort – *Ich weiß etwas, das du nicht weißt*. »Also, Kollege, nachdem ich das hier entdeckt hatte, habe ich weitergesucht. Und ich habe etwas noch Interessanteres gefunden.« Er drehte Anna Prado wieder auf den Rücken, dann griff er nach ihrem rechten Arm. Beide Arme wiesen Prellungen auf, vor allem an den Handgelenken, wo sie wahrscheinlich mit einem Seil oder mit Klebeband gefesselt worden war. Dr. Neilson zeigte auf eine kleine violette Stelle in ihrer Ellenbeuge. »Noch ein Einstich, der zu einer Kanüle passt. Aber das hier ist nicht einfach ein Nadeleinstich. An dieser Vene hat eine Infusion gelegen. Offensichtlich musste er es erst ein paar Mal probieren, ich habe nämlich zwei weitere zerstochene Venen gefunden, eine am anderen Arm und eine am Knöchel.«

»Eine Infusion? Wozu denn das?« Jetzt war Dominick verwirrt.

»Sie glauben also, er hat ihr erst Haldol gespritzt und dann noch eine Infusion gelegt? Warum beides? Das ist doch unsinnig.« Die Hillside-Würger fielen ihm ein, die mordenden Vettern aus Kalifornien, die den Frauen, die sie entführt hatten, Glasreiniger und andere Putzmittel gespritzt hatten, nur um zu sehen, was passierte.

»Nein. Nein, natürlich nicht.« Dr. Neilson wurde immer ungeduldiger. Für solche Einwürfe hatten sie jetzt keine Zeit. Er klopfte mit dem Fuß auf den Fliesenboden und knirschte hektisch mit den Zähnen. »Ich habe also noch einmal zu suchen angefangen und noch mehr Tests gemacht, und dann habe ich noch etwas gefunden. Etwas, nach dem ich normalerweise nie gesucht hätte. Aber es würde die Infusion erklären.«

»Was denn? Was zum Teufel meinen Sie?« Manny war gereizt. Er fand weder die Zeit noch den Ort passend für eine Quizshow.

Dr. Neilson wandte sich an Dominick. »Bei diesen Tests habe ich noch eine Substanz in ihrem Körper gefunden«, sagte er schnell. »Mivacuriumchlorid.«

»Mivacuriumchlorid? Was ist das?«, fragte Dominick.

»Es ist unter der Marke Mivacron im Handel und kann nur intravenös verabreicht werden. Es ist ein reines Skelettmuskelrelaxans. Ursprünglich war es als Anästhetikum und Muskelrelaxans während chirurgischer Eingriffe entwickelt worden. Aber nach einer Versuchsreihe an Patienten in Afrika hat man festgestellt, dass es zwar ein überaus effektives Muskelrelaxans ist, aber leider überhaupt keine betäubende oder schmerzstillende Wirkung hat. Das

Problem wurde jedoch erst *nach* der Operation klar, *nachdem* die Wirkung nachgelassen hatte und die Patienten wieder sprechen konnten. Zumindest diejenigen, die überlebt hatten. Denn erst dann konnten sie den Ärzten mitteilen, dass sie während der Operation bei Bewusstsein gewesen waren. Die ganze Zeit.«

»Und sie konnten sich einfach nicht bemerkbar machen …« Dominicks Stimme verlor sich, als ihm die grauenhafte Tragweite dieser Information allmählich bewusst wurde.

»Das ist korrekt. Ihre Zungen und Gesichtsmuskeln waren paralysiert, und sie konnten nicht sprechen.« Neilson wartete einen Augenblick, um das sacken zu lassen. Nach der Mimik seiner Kollegen zu schließen, begriffen sie. So hatte er Starsky und Hutch doch noch überrascht. Dann sagte er etwas zu heiter: »Ich muss schon sagen, Sie haben da einen außergewöhnlich einfallsreichen Sadisten gefangen!«

»Wie viel von dem Zeug haben Sie gefunden, lässt sich das sagen?«

»Ich kann die genaue Menge nicht bestimmen. Der Wert des Haloperidols war relativ übersichtlich. Ich glaube, damit hat er sie vor ihrem Tod eine Weile ruhig gestellt. Was das Mivacuriumchlorid angeht – wahrscheinlich genug, um sie vollständig zu lähmen. Aber vergessen Sie nicht, Mivacron hat keine Wirkung auf das Bewusstsein. Sie war also wach, aber unfähig, sich zu bewegen. Das Mittel wirkt nur kurz, deshalb muss es auch als Infusion gegeben werden, und nach dem Tod hat es eine geringe Halbwertszeit, sodass sie wahrscheinlich gestorben ist, während sie noch am Tropf hing. Das erklärt auch, warum das Hämatom so frisch ist. Die Infusion wurde kurz vor ihrem Exitus gelegt.«

»Dieser Psycho hat also – und wenn er Haloperidol braucht, ist er ja wirklich ein Psycho –« Vor Zorn über das unglaubliche, kranke Bild, das sich in seinem Kopf zusammenfügte, konnte Dominick nicht weitersprechen. Als wäre der Tod dieser jungen Frauen nicht sowieso schon tragisch genug gewesen! Oder nicht bestialisch genug! Er riss sich zusammen und fragte: »Was bedeutet das überhaupt, Dr. Neilson? Ist er ein Schizo, ein Manisch-Depressiver oder ein Psychopath? Warum genau bekommt einer Haldol verschrieben?«

»Ich bin kein Psychiater, Agent Falconetti. Das kann ich Ihnen aus dem Stegreif nicht sagen. Haloperidol wird bei verschiedenen psychischen Krankheiten verschrieben.«

»Oh, Mann. Da werden die wieder auf Unzurechnungsfähigkeit plädieren«, stöhnte Manny. Die Schuldfähigkeit in Frage zu stellen war eine überaus beliebte Strategie der Verteidigung, wenn der Angeklagte eine entsprechende Vorgeschichte hatte. Konnten seine Anwälte in einem solchen Fall glaubhaft machen, dass er das Wesen oder die Auswirkung seiner Handlungen nicht begriff oder nicht zwischen Gut und Böse unterscheiden konnte, würde das Gericht oder die Jury den Angeklagten für schuldunfähig befinden. Dann übersprang der Angeklagte das Feld »Gehen Sie direkt ins Gefängnis« und wanderte stattdessen ins Irrenhaus. Das Problem war nur, dort gab es keine Mindestfreiheitsstrafe. Sobald er seine »geistige Gesundheit« wiedererlangte, würde er entlassen werden. So einfach war das. Mit ein bisschen Glück und genug Geld, sich günstige psychologische Gutachten zu beschaffen, konnte er sich schon nach kaum zehn Jahren die Rückfahrkarte kaufen, nach Hause in seinen beschaulichen Vorort.

Dominick stellte sich die letzten Minuten des kurzen Lebens der armen Anna Prado vor. Er dachte daran, wie ihn ihre blauen Augen aus dem Kofferraum heraus angestarrt hatten – das Grauen, das sie während der letzten Momente gesehen hatte, war für immer in diesen Blick eingebrannt gewesen. Manny war nicht mehr der Einzige, dem übel war. Dominick stammelte, versuchte seine Gedanken zu ordnen, das Unbegreifliche zu begreifen. Langsam fand er die Worte für das Szenario, das wie ein Horrorfilm in seinem Kopf ablief.

»Dieser Psycho gibt dem Mädchen also Haldol, das eigentlich für ihn bestimmt war. Sie verfällt sofort in hilflose Benommenheit, und er führt sie von der Theke zum Hauptausgang des Level hinaus. Unter den Augen von Hunderten von Zeugen, von denen die Hälfte entweder so zugekokst oder betrunken ist, dass sie nicht einmal merken würden, wenn ihr eigenes Date ein Serienmörder wäre. Sobald er sie draußen hat, lässt er sie eine Weile in Lummerland, indem er ihr Spritzen oder Pillen gibt, und amüsiert sich so lange mit ihr. Und nachdem er sich ein paar Tage oder sogar Wochen an ihr erfreut hat, Spielchen gespielt und sie wahrscheinlich auf unendlich viele perverse Arten vergewaltigt hat, lässt er sie zu sich kommen, damit sie beim großen Finale mit dabei ist. Er legt ihr eine Infusion und gibt ihr eine ordentliche Dosis einer Droge, die jeden Muskel ihres Körpers komplett lähmt, nur leider nicht das Bewusstsein. Also bekommt sie die unmenschlichen Qualen vollständig mit, als er ihr mit einem Skalpell die Brust aufschlitzt, das Sternum aufbricht und ihr Herz rausschneidet. Gottverflucht. Der hier ist wirklich noch schlimmer, als Bundy oder Rolling es waren.«

Dr. Neilson meldete sich noch einmal zu Wort. Glücklicherweise sprudelte er nicht mehr ganz so über vor Begeisterung wie noch vor fünf Minuten, sonst hätte Dominick ihm wahrscheinlich eine reingehauen – oder ihn zumindest festgehalten, während Manny zuschlug. »Ich habe Pflasterspuren an den Augen gefunden, an beiden Lidern fehlte ein Teil der Wimpern.«

»Was bedeutet das?«

»Ich glaube, er hat ihr die Lider festgeklebt, damit sie die Augen nicht schließen konnte.«

»Er hat sie gezwungen, dabei zuzusehen? Als er ihr das Herz rausriss? Was für ein abartiger Wichser!« Dominick schüttelte den Kopf, er versuchte die Bilder aus seinem Kopf zu verscheuchen. »Gott sei Dank haben wir diesen Typen festgenagelt, Bär.«

Manny sah auf Anna Prados nackten, verstümmelten Körper hinunter. Sie war eine Tochter, eine Schwester, eine Freundin gewesen. Ein Mädchen, das hübsch genug war, um zu modeln. Jetzt wurde die Haut auf ihrer Brust von dicken, schwarzen Fäden zusammengehalten, vom Nabel bis zum Hals, das schwarze Zickzackkreuz schloss das Loch, wo ihr Herz gewesen war.

»Ich hasse diese verdammte Leichenhalle«, war alles, was er herausbrachte.

# 34.

*135-05 Dahlia Street, Apt. 13, Flushing, Queens County, New York.*
Da war es, schwarz auf weiß. Erfasst im AutoTrackback, den Dominick ihr gestern Abend vorbeigebracht hatte. William Rupert Bantlings Adresse, wie er sie für seinen New Yorker Führerschein angegeben hatte, von April 1987 bis April 1989. Ein paar Bushaltestellen vom St. John's College, zehn Minuten mit dem Auto über den Northern Boulevard zu ihrem Apartment in der Rocky Hill Road und nur einen Block entfernt von *Bally's Fitness* Ecke Main Street und 135th Street, wo sie zum Aerobic ging.

C. J. lehnte sich zurück und atmete tief durch. Obwohl sie schon in dem Moment, als sie seine kranke Stimme im Gerichtssaal hörte, instinktiv gewusst hatte, dass Bantling der Clown war – erleichtert war sie schon, bestätigt zu sehen, dass sie Recht gehabt hatte. Dass sie nicht wieder durchdrehte. Es war seine Stimme, und C. J. litt nicht unter Verfolgungswahn. Hier hatte sie den Beweis.

Er hatte nur wenige Kilometer entfernt gewohnt. Sie erinnerte sich an seine Worte in jener Nacht, das Kichern, als er in ihr Ohr flüsterte.

*Ich werde dich beobachten, Chloe, immer. Du entkommst mir nicht, denn ich werde dich immer finden.*

Und das hatte er wörtlich gemeint, begriff sie jetzt, denn er hatte sie wirklich beschattet. Wahrscheinlich im Fitnessstudio. Vielleicht in der U-Bahn. Vielleicht im Peking House in Flushing oder bei Tony's, ihrer Lieblingspizzeria auf dem Bell Boulevard in Bayside. Er hatte sie überall beobachten können, denn er war dort gewesen, um die Ecke, die ganze Zeit. Ihre Gedanken rasten zwölf Jahre zurück und suchten in ihrem damaligen Leben nach dem Gesicht, das sie jetzt kannte – doch sie fand es nicht.

Es klopfte, aber bevor sie »herein« sagen konnte, wurde die Tür aufgerissen, und Marisol stand auf der Schwelle. An ihrem Arm rasselten siebzehn goldene Armreifen.

»Sie wollten mich sehen?«, fragte sie.

»Ja. Ich wollte über die Zeugenaussagen im Cupido-Fall sprechen, die wir nächste Woche aufnehmen müssen.« Sie gab ihr Bantlings Festnahmeprotokoll. Neben jeden Beamten hatte sie einen Terminvorschlag für die Vernehmung geschrieben. Dominick hatte sie ganz ans Ende der Woche gesetzt, obwohl er als Leiter der Ermittlungen eigentlich an den Anfang gehörte. Sie hatte heute Morgen nach der Sitzung bei Dr. Chambers noch eine zweite Entscheidung gefällt. Die erste war, dass sie nach besten Kräften den Fall weiter bearbeiten würde, zumindest bis alles in die Wege geleitet war. Zweitens war sie zu dem Entschluss gekommen, dass dies nicht der rechte Zeitpunkt für eine Liebesgeschichte war, und erst recht nicht mit dem leitenden Ermittler eines so wichtigen Falls – dessen Angeklagter auch nicht irgendein Angeklagter war. Sie musste auf Distanz gehen, die Beziehung aufs rein Berufliche zurückschrauben. Ganz gleich, was sie für Dominick empfand oder für ihn empfinden könnte, es gab einfach zu viele Geheimnisse, die zwischen ihnen standen. Und eine Liebe, die auf Täuschung und Lügen basierte, war wie ein Kartenhaus: Am Ende würde alles in sich zusammenfallen.

»Wir haben sehr wenig Zeit, Marisol, und wir müssen eine Menge Zeugen vernehmen.« C. J. versuchte es mal mit dem Teamwork-Ansatz. »Wir müssen den Fall in zwei Wochen vor die Grand Jury bringen. Ich habe für jeden Beamten den Termin vorgeschlagen, der mir am besten passen würde. Vereinbaren Sie fünfundvierzig Minuten mit jedem Officer und drei Stunden mit Alvarez und Falconetti.«

Marisol griff nach dem Festnahmeprotokoll. »Okay. Sonst noch was? Es ist fast halb fünf.«

Ach ja. Die Stunde des fallen gelassenen Griffels. C. J. hätte es beinahe vergessen. Und wenn die Welt unterging, nach 16:30 Uhr arbeitete Marisol nicht mehr.

»Ja. Ich muss in den nächsten Tagen eine Menge Recherchen erledigen. Wahrscheinlich bin ich bis spätabends hier. Bitte verlegen Sie die Vernehmung der Wilkerson-Angehörigen morgen früh und das Meeting im Valdon-Fall mit den Detectives Munoz und Hogan morgen Nachmittag. Bei Valdon sind es noch zwei Wochen bis zur Verhandlung. Sagen Sie ihnen, nächsten Freitag passt es mir besser. Ach, und bitte halten Sie mir in den nächsten Tagen die

Anrufe vom Leib, solange nicht der Oberstaatsanwalt dran ist oder das Gebäude brennt.« Sie lächelte und fragte sich dabei, ob Marisol überhaupt Sinn für Humor hatte.

Anscheinend nicht. »Gut«, war alles, was Marisol sagte, bevor sie die Tür zuknallte. C. J. hörte sie wild auf Spanisch fluchen, während sie zu ihrem Schreibtisch zurückstapfte. Marisol würde ihr bestimmt nicht Bescheid sagen, falls es wirklich einmal brannte; das war der Preis ihrer innigen Feindschaft. Aber es gab ja die Rauchmelder, und außerdem wäre es nur ein Sprung aus dem ersten Stock. Das mit dem Teamwork hatte jedenfalls nicht geklappt.

Wieder allein in ihrem Büro, starrte sie aus dem Fenster auf die andere Straßenseite, wo das Gerichtsgebäude und das Bezirksgefängnis von Dade County standen. Dort saß ihr Vergewaltiger, zu Gast im Knast, ein Gefangener des Staates Florida, ohne Kaution. Sie trank einen Schluck kalten Kaffee und sah zu, wie Kollegen aus dem Gericht zurückkamen, manche trugen Akten unter dem Arm, schleppten Aktenkisten oder zogen Klappwägelchen hinter sich her. Nach der Sitzung bei Dr. Chambers am Morgen begann sich der dicke, undurchdringliche Nebel allmählich zu lichten, der sie während der letzten achtundvierzig Stunden eingehüllt hatte. Die Dinge um sie herum ergaben wieder einen Sinn, und sie hatte eine neue Perspektive. Jetzt hatte sie ein Ziel, eine Richtung, in die sie gehen würde, selbst wenn sie sich am Ende als falsch herausstellte.

Was sie suchte, waren Antworten. Antworten auf die vielen Fragen im Cupido-Fall, die seit einem Jahr an ihr nagten. Und auf die, die sie sich selbst seit zwölf Jahren immer wieder stellte. Sie spürte den überwältigenden Drang, alles herauszufinden, alles, was es über diesen Fremden, dieses Monster zu wissen gab. Wer war Bill Bantling? Hatte er Kinder? Familie? Freunde? Wo hatte er gewohnt? Wie verdiente er seinen Lebensunterhalt? Woher kannte er seine Opfer? Wonach suchte er sie aus?

*Wo war ihm Chloe Larson aufgefallen? Wie war er auf sie gekommen?*

Wann war er zum Vergewaltiger geworden? Und wann ein Mörder? Gab es noch mehr Opfer? Von denen sie vielleicht noch gar nichts ahnten?

*Waren ihr die anderen ähnlich?*

Und dann die Frage nach dem Warum. Warum hasste er Frauen? Schlitzte sie auf und folterte sie? Nahm ihnen das Herz heraus? Warum tötete er? Und warum hatte er genau diese Mädchen ausgewählt?

*Warum hatte er sich Chloe ausgesucht? Weshalb hatte er sie am Leben gelassen?*

Über zwölf Jahre und tausend Kilometer lagen zwischen ihrer Vergewaltigung und den Cupido-Morden, und doch fiel es ihr schwer, die Fragen zu trennen, die gestellt werden mussten. Die Grenzen verschwammen plötzlich, die Fälle schienen unauflösbar miteinander verwoben, verlangten die gleichen Antworten.

Wo hatte sich Bantling die letzten zwölf Jahre versteckt? Wo hatte er seinen kranken, gestörten Trieb ausgelebt? C. J. wusste aus der Erfahrung als Staatsanwältin und aus zahlreichen Seminaren und Konferenzen, an denen sie über die Jahre teilgenommen hatte, dass gewalttätige Sexualtäter nicht einfach so aus dem Nichts auftauchten. Und sie hörten auch nicht einfach mit ihren Verbrechen auf. Im Gegenteil, für gewöhnlich eskalierten sie allmählich, bis zur endgültigen Realisierung ihrer perversen sexuellen Wünsche. Manchmal entwickelten sich diese Fantasien über Wochen, Monate, sogar Jahre, bevor sie in die Tat umgesetzt wurden, und so lange war der Täter nach außen hin der nette Kerl von nebenan, der reizende Nachbar, der freundliche Kollege, der beste Ehemann, der liebste Papa. Alles passiert nur in seinem Kopf, wo keiner sieht, wie die hässlichen, zersetzenden Gedanken kochen und blubbern, bis sie schließlich überlaufen, wie Lava, und alles auf ihrem Weg verzehren. Ein »harmloser« Spanner wird zum Einbrecher. Der Einbrecher wird zum Vergewaltiger. Der Vergewaltiger wird zum Mörder. Allmählich, Schritt für Schritt setzt er seine Zwangsvorstellung um. Und mit jedem Verbrechen, das er begeht, ohne erwischt zu werden, wird er mutiger, Hemmschwellen verschwinden, und der nächste Grad ist umso leichter. Serienvergewaltiger hören nicht auf, bis sie aufgehalten werden. Durch Gefängnis, ein körperliches Gebrechen oder durch den Tod.

Bantling passte ins klassische Profil des Serienvergewaltigers. Offensichtlich war er auch ein Sadist, er zog Lust daraus, anderen Schmerz zuzufügen. C. J. dachte wieder an die stürmische

Gewitternacht vor zwölf Jahren. Er hatte alles perfekt geplant, von Anfang bis zum Ende, hatte sogar eine Tasche mit »Spielzeug« gepackt, um seine Fantasien auszuleben. Sie zu vergewaltigen hatte ihm nicht gereicht. Er hatte sie foltern müssen, sie quälen, ihr auf jede mögliche Art Gewalt antun. Ihre Schmerzen hatten ihn sexuell erregt, aufgegeilt. Doch die grausamste Waffe war weder das Spielzeug noch das Sägemesser, sondern seine detaillierten Kenntnisse über ihr Leben. Die privaten persönlichen Fakten über sie, ihre Familie, ihre Beziehungen, ihre Pläne – vom Spitznamen bis zum Lieblingsshampoo –, und dieses Wissen führte er wie ein Schwert; ganz bewusst zerschnitt er damit ihr Vertrauen zu den Menschen, zerstörte ihre Zuversicht. Chloe Larson war in jener Nacht nicht zufällig sein Opfer geworden. Er hatte sie »auserwählt«. Und dann hatte er sich herangepirscht und zugeschlagen.

Wenn Bantling also ein Serienvergewaltiger war, dessen Verbrechen inzwischen eskaliert waren und ihn zum Serienmörder gemacht hatten – und davon ging sie aus –, wo waren dann die anderen Opfer aus den elf Jahren, bevor im April 1999 die Cupido-Morde angefangen hatten?

Ihr neuer Nachbar aus dem Gefängnis gegenüber hatte an vielen Orten gewohnt: New York, Los Angeles, San Diego, Chicago, Miami. Sie hatte die Polizeiakten jedes Staats angefordert, in dem er gelebt hatte, doch es lag nichts gegen ihn vor, nicht einmal ein Strafzettel.

Auf dem Papier war Bantling ein Musterknabe. Konnte es sein, dass er mehr als ein Jahrzehnt geruht hatte, sein Hass und seine kranken Vorstellungen tief in ihm gegoren hatten, bis sie schließlich zu Cupidos barbarischer Grausamkeit angewachsen und explodiert waren? Das bezweifelte C. J.

Die sorgfältige, genaue Planung ihrer eigenen Vergewaltigung sprach dafür, dass sie nicht sein erstes Opfer gewesen war, und die Brutalität, die er dabei an den Tag gelegt hatte, zeugte von wenig Selbstbeherrschung. Wahrscheinlich fiel es ihm schon schwer, sich während der Monate, in denen er das nächste Opfer aufspürte, zu zügeln. C. J. hielt es für unmöglich, dass er sich ein ganzes Jahrzehnt lang hatte zurückhalten können. Vielleicht hatte er auch sie ermorden wollen, und sie war nur zufällig rechtzeitig gefunden worden? Oder hatte er sie absichtlich am Leben gelassen?

Sie wusste, die Sonderkommission würde Bantlings Leben auseinander nehmen, Stück für Stück, und nach Antworten suchen. Auch dort hatte man bereits die Akte jedes Staats und jedes Gerichtsbezirks angefordert, in dem er gelebt hatte. In den nächsten Tagen würden Ermittler im ganzen Land seine Exfreundinnen, Exchefs und Exnachbarn befragen, um herauszufinden, ob Bantling in Kalifornien vielleicht mit der Axt gewütet hatte, bevor er als Skalpell schwingender Psychopath im Süden Floridas umging. Sein Name und eine Beschreibung der Cupido-Morde waren bereits durch die Datenbanken des FBI und von Interpol geschickt worden, um zu vergleichen, ob es unter einer anderen Gerichtsbarkeit ähnliche ungelöste Fälle gab. Waren in den Städten, die Bantling beruflich besuchte, plötzlich ein paar junge Frauen verschwunden? Doch zumindest bis jetzt hatten sie nichts gefunden. Sie hatten natürlich auch nur nach Morden gesucht.

Mit Lexus/Nexus, der juristischen Online-Datenbank, mit der die Staatsanwaltschaft arbeitete, begann C. J. ihre eigene Suche nach Antworten. Sie fing mit alten Zeitungsartikeln an, aus den Städten, in denen Bantling seit 1988 gemeldet war; zuerst L. A., wo er die längste Zeit verbracht hatte, mit zwei Wohnsitzen zwischen 1990 und 1994. Sie nahm sich die Los Angeles Times vor und gab zunächst Begriffe ein, die sich auf die Cupido-Morde bezogen: *blond, Frauen, verschwunden, zerstückelt, ermordet, entführt, Messer, gefoltert,* etc. Zwanzig Worte in zwanzig Kombinationen. Sie bat sogar den Telefonsupport um Hilfe, wie sie die Suchbegriffe am besten formulierte. Einige verschwundene und ermordete Prostituierte, mehrere zusammenhanglose Familiendramen, ein paar weggelaufene Teenager, doch nichts ähnelte Cupido. Auch keine Studentinnen oder Models oder ungelösten Ritualmorde, keine herausgeschnittenen Herzen. Mit den gleichen Worten fütterte sie den Computer für den *Chicago Tribune*, die *San Diego Times*, die *New York Times*, die *Daily News* und die *New York Post*, doch immer noch nichts. Dann versuchte sie es mit einer neuen Suche. Diesmal tippte sie nur fünf Begriffe ein: Frau, vergewaltigt, Messer, Clown, Maske.

In der *Los Angeles Times* wurden drei Artikel angezeigt.

Im Januar 1991 wurde eine Studentin der UCLA um drei Uhr morgens in ihrer Erdgeschosswohnung von einem Einbrecher geweckt, der mit einer Clownmaske aus Gummi über ihrem Bett stand. Sie wurde stundenlang brutal vergewaltigt, gefoltert und geschlagen. Der Täter konnte nicht identifiziert werden, er entkam aus dem Fenster.

Im Juli 1993 wurde eine Kellnerin nach ihrer Schicht in ihrer Wohnung in Hollywood von einem Unbekannten mit einer Clownmaske aus Latex überrascht. Auch sie wurde brutal vergewaltigt. Sie erlitt außerdem mehrere Messerstiche, befinde sich aber auf dem Weg der Besserung, so der Artikel. Der Angreifer wurde bisher noch nicht gefasst.

Im Dezember 1993 wurde eine Studentin aus Santa Barbara in ihrer Erdgeschosswohnung schwer verletzt aufgefunden, nachdem sie das Opfer einer grausamen Vergewaltigung geworden war, verübt von einem nicht identifizierten Mann, der nachts durch das Fenster eingebrochen war. Der Einbrecher hatte eine Clownmaske getragen. Es gab keine Verdächtigen.

Drei Artikel. Drei Eindringlinge mit Clownmaske. Immer der gleiche Modus Operandi: Erdgeschosswohnungen, maskierter Einbrecher, brutale Vergewaltigungen. Es musste ein und derselbe Täter sein. C. J. weitete die Suchbegriffe aus und fand ein weiteres Opfer die Küste hinauf in San Luis Obispo, gleiche Vorgehensweise, nur diesmal trug der Vergewaltiger eine Alien-Maske.

Vier Opfer. Und sie hatte gerade erst angefangen. Sie waren innerhalb von drei Jahren in vier Countys geschehen, wahrscheinlich in verschiedenen Polizeibezirken, und keiner hatte je eine Verbindung hergestellt. Sie forschte weiter, fand jedoch keine weiteren Einträge. Nur über die Kellnerin aus Hollywood war noch ein kleiner Artikel erschienen. Vier Tage später sei die Frau, deren Name geheim gehalten wurde, aus dem Krankenhaus entlassen worden, hieß es, und erhole sich bei Verwandten. Es habe noch keine Festnahme gegeben und keine Verdächtigen. Die Öffentlichkeit sei aufgerufen, sich mit Hinweisen an das LAPD zu wenden. Bei den anderen drei Opfern gab es nicht einmal das.

Dann nahm C. J. sich die Städte vor, in denen Bantling gelebt hatte, bevor er 1994 nach Miami zog. Sie fand eine Vergewaltigung mit Alien-Maske im September 1989 in Chicago und eine Vergewaltigung mit Clownmaske in San Diego Anfang 1990. Jetzt hatte sie sechs Fälle. Und das waren nur die, über die in der Presse berichtet worden war. Aber war es wirklich jedes Mal Bantling gewesen, oder waren die Übereinstimmungen reiner Zufall? Sie suchte Bantlings alte Adressen in Chicago und San Diego auf den Stadtplänen im Internet, dazu die Adressen der Vergewaltigungsopfer, soweit sie aus den Zeitungsartikeln ersichtlich waren. Er hatte nie mehr als zehn Kilometer entfernt gelebt. Sie hielt den Atem an und sah die Zeitungen in Florida seit 1995 durch: den *Miami Herald*, den *Sun Sentinel*, den *Key West Citizen* und die *Palm Beach Post*. Doch hier fand sie nichts.

Sie blätterte durch die Kopie von Bantlings Pass, der dem Gericht übergeben worden war. Brasilien, Venezuela, Argentinien, Mexiko, die Philippinen, Indien, Malaysia. Früher war es für Indo Expressions gewesen, ein teures Designhaus in Kalifornien, und jetzt war es Tommy Tan – für beide Häuser hatte er ausgedehnte Reisen durch die ganze Welt gemacht. Geschäftsreisen, die jeweils zwischen zwei Wochen und einem Monat dauerten. Die Möbelfabriken und Werkstätten, die Bantling dort aufsuchte, befanden sich laut der Liste, die Tommy Tan ihnen zur Verfügung gestellt hatte, meistens in armen Siedlungen am Rande großer Städte, wo es einfach war, anonym zu bleiben. Viele dieser Städte hatte Bantling häufiger besucht. Gab es vielleicht weitere Opfer im Ausland?

C. J. drehte an ihrem Rolodex und fand die Nummer von Christine Frederick von Interpol in Lyon. Christine und C. J. hatten vor ein paar Jahren bei einem Mordfall zusammengearbeitet, als ein Mann in einem Hotelzimmer in South Beach seine ganze Familie mit einer Schrotflinte ausgelöscht hatte. Er war nach Süddeutschland geflohen, Interpol und die deutsche Polizei trieben ihn schließlich Schnitzel essend in München auf. Christine hatte für die Auslieferung in die Vereinigten Staaten gesorgt. Über die Monate, die es dauerte, bis der Kerl endlich wieder in Miami war, hatte sich so etwas wie eine Freundschaft zwischen den beiden Frauen entwickelt. Doch es war schon eine Weile her, dass sie miteinander gesprochen hatten.

Schon beim ersten Klingeln meldete sich Christines Anrufbeantworter. Auf Französisch, Deutsch, Spanisch, Italienisch und glücklicherweise auch auf Englisch. C. J. sah auf die Uhr. Es war schon halb elf abends. Sie hatte völlig die Zeit vergessen. Mit der Zeitverschiebung musste es in Frankreich kurz vor Sonnenaufgang sein. C. J. hinterließ ihren Namen und ihre Nummer und hoffte, dass Christine sich an sie erinnerte.

Draußen war es dunkel, die Sonne war schon vor Stunden hinter den Everglades untergegangen, und C. J.s Büro wurde nur von der alten Schreibtischlampe erleuchtet, die ihr Vater ihr vor Ewigkeiten geschenkt hatte. Sie mochte die Behaglichkeit dieses Lichts, die grellen Neonröhren im Büro taten ihr in den Augen weh. Der Flur vor ihrer geschlossenen Bürotür lag im Dunkeln, es war längst keiner mehr da. Sie würde den Sicherheitsmann in der Lobby anrufen, damit er sie zu ihrem Wagen begleitete.

Dann sah sie noch einmal aus dem Fenster über die Straße, wo auf jedem Stock Licht brannte. Seltsame, verzweifelte Gestalten lungerten vor dem Stacheldrahtzaun herum, warteten auf ihren Freund oder ihre Freundin, ihren Zuhälter, ihren Geschäftspartner oder ihre Mutter. Streifenwagen standen vor dem Gebäude und brachten neue Insassen. Sie würden die Glücklichen ersetzen, die gegen Kaution freikamen. Irgendwo hinter den schmutzig grauen Mauern und Stahltüren, hinter den vergitterten Fenstern und dem Stacheldraht, dort, in der Obhut des Department of Corrections, saß William Rupert Bantling. Der Mann, vor dem sie zwölf Jahre lang davongelaufen war, befand sich jetzt keine fünfzig Meter von ihr entfernt. Falls er ein Fenster hatte, konnte er sie jetzt in diesem Moment sogar beobachten, genau wie er es versprochen hatte. Bei der Vorstellung überlief C. J. eine Gänsehaut, und ihr wurde kalt.

Sie wandte sich wieder dem Schreibtisch zu, wollte ihre Tasche packen und endlich nach Hause fahren. Das Licht des Bildschirms leuchtete hell im dunklen Büro. Der Bildschirm zeigte den letzten Artikel an, den Lexus/Nexus aus dem Netz gezogen hatte. Er stammte aus der *New York Post*. C. J. starrte auf die Zeilen, aber sie musste sie nicht lesen. Das Datum war der 1. Juli 1988. Und auch wenn die Zeitung die Identität des vierundzwanzigjährigen Vergewaltigungsopfers verschwieg, wusste C. J. nur zu gut, um wen es sich handelte.

Schnell stellte sie den Computer aus und zerrte an der Kette ihrer Schreibtischlampe. Dann legte sie den Kopf in die Hände und begann in der Dunkelheit, wo sie niemand sehen konnte, zu weinen.

## 35.

SCHON UM ZEHN NACH ACHT am Freitagmorgen saß sie wieder am Schreibtisch. Wieder hatte sie unruhig geschlafen und sich mit den vertrauten, grässlichen Albträumen herumgewälzt. Also hatte sie es um fünf Uhr morgens endlich aufgegeben, war aufgestanden, hatte Sport gemacht und war dann zur Arbeit gefahren.

Außer den zwei Nachrichten auf dem Anrufbeantworter in ihrem Büro hatte Dominick gestern Abend auch noch eine bei ihr zu Hause hinterlassen. Er fragte, warum sie nicht in die Gerichtsmedizin gekommen war, ob es ihr nicht gut ginge? Außerdem gab es nach dem Gespräch mit Dr. Neilson anscheinend Neuigkeiten, die den Fall betrafen, sie möge ihn bitte zurückrufen.

Seltsam. Endlich, nach all den Jahren, hatte sie einen Mann kennen gelernt, der in ihrem Leben eine Rolle spielen könnte. Mit dem sie reden konnte, mit dem sie Gemeinsamkeiten hatte und den sie vielleicht sogar irgendwann in den gut verschanzten Fuchsbau, der ihre Seele war, hereinlassen könnte. Wenn sie mit Dominick sprach, war alles so einfach. Es gab keine verkrampften Pausen. Keinen hohlen Smalltalk. Alles war echt, jedes Wort, das sie mit ihm in jedem ihrer Gespräche gewechselt hatte, selbst wenn das Thema unbedeutend war. Und vielleicht klang es albern, aber sie war jedes Mal aufgeregt, wenn sie nur seine Stimme hörte, war gespannt darauf, was er sagen, was er ihr erzählen würde. Denn jedes Wort, jede Information war ein Stück des Millionen Teile großen Puzzles, das diesen Mann ergab – was er dachte, was für ein Mensch er war.

Sie hatte sich noch nie zu einem Cop hingezogen gefühlt. Die meisten von ihnen waren viel zu anmaßend, fand sie, jeder ritt auf seinem persönlichen Powertrip, etwas, das sich bei dieser Arbeit kaum vermeiden ließ. Und C. J. war keine Person, die man herumkommandieren konnte. Daher war sie besonders verblüfft darüber, wie anders Dominick war. Er war stark, aber er war nicht dominant. Er hatte jede Situation im Griff, ohne herrschsüchtig zu sein. Er leitete eine Sonderkommission voller potenzieller Egoisten, doch unter ihm waren sie zu einer vereinten Front verschmolzen – trotz all der Blitzlichter und Kameras im letzten Jahr. Außerdem hatte sie bemerkt, dass Dominick zuerst zuhörte und dann redete – noch ein Zug, der bei Polizisten eher ungewöhnlich war, wenn nicht bei Männern überhaupt. Über die letzten zwölf Monate hatten sie einander eine Menge zu sagen gehabt, auch außerhalb der Welt der Verbrecherjagd und der Strafprozesse. Und wenn sie die Gelegenheit dazu gehabt hätten, dann hätten sie all die Gemeinsamkeiten ausleben können, die sie entdeckt hatten – Rad fahren, Reisen, Kunst und Musik.

Noch nie hatte sie ein Mann so interessiert wie Dominick, nicht einmal Michael. Noch nie hatte sie so sehr alles über jemanden erfahren wollen. Und jetzt, nachdem er ihr neulich Abend seine Gefühle gezeigt hatte, fragte sie sich, ob es ihm vielleicht genauso ging? Ob vielleicht auch er alles von ihr wissen wollte? Und das hätte sie sogar zugelassen. Deshalb war es jetzt umso härter. Diese überwältigenden Empfindungen opfern zu müssen, bevor sie sich überhaupt voll entfalten konnten. Sich danach wohl immer die Frage stellen zu müssen, was gewesen wäre, wenn. Denn vielleicht hätte sie ihn in ihr Herz gelassen – aber die Umstände machten das jetzt unmöglich. Er war ein weiteres Opfer in diesem Spiel.

Einen Moment lang war sie versucht, ihn zurückzurufen, seine Stimme zu hören, vielleicht noch einmal das warme Gefühl zu spüren, das sie vor zwei Tagen an ihrer Wohnungstür gehabt hatte. Aber sie schob die Idee schnell weg. Ihre Entscheidung, weiter am Cupido-Fall zu arbeiten, schloss Konsequenzen ein. Sie wusste das, und sie nahm es in Kauf.

Trotzdem würde sie irgendwann mit ihm sprechen müssen, schon rein beruflich, um mit dem Fall voranzukommen. In diesem Moment klingelte das Telefon.

»Staatsanwaltschaft, Townsend am Apparat.«

»Bonjour, Madame Anklägerin.« Es war Christine Frederick.

»Christine? Wie geht es dir?« C. J. probierte ihr Französisch lieber gar nicht erst aus. Das war besser für alle Beteiligten. Es spielte auch keine Rolle, denn die Stimme am anderen Ende der Leitung sprach perfekt Englisch, mit dem Hauch eines französischen Akzents.

»C. J. Townsend! Hallo! Wie läuft es so in euren tropischen Gefilden?«

»Heiß. Und wie steht's bei dir?«

»Ich sage immer, wenn ich ein Verbrecher wäre, würde ich in Florida arbeiten, C. J. Immer sonnig und warm. Hier ist alles bestens! Ich kann nicht klagen. Nur dass es gerade regnet.«

»Das würde ich dir nicht raten, Christine. Geh lieber an die Riviera, wo die internationalen Verbrecher wenigstens reich sind und das Essen gut ist – wie heißt es noch gleich – *magnifique*?«

Christine lachte. »*Très bien, mon amie!* Ich habe deine Nachricht bekommen. Passt es dir gerade?«

»Ja. Danke, dass du so schnell zurückrufst. Ich brauche deine Hilfe in einem Fall. Ich würde ungern den korrekten Weg über Washington gehen, weil ich es noch nicht offiziell machen will.«

»Na klar, C. J. Wie kann ich dir helfen?«

»Könntest du bei Interpol einen Modus Operandi durchlaufen lassen und sehen, ob sich Parallelen finden? Wir haben hier in Miami nämlich einen möglichen Serienvergewaltiger, der regelmäßig ausgedehnte Reisen macht, vor allem in arme Länder Südamerikas, außerdem nach Mexiko und auf die Philippinen. Ich muss wissen, ob irgendwas auf ihn passt.«

»Was hast du?«

»Er ist weiß, männlich, um die vierzig. Verwendet eine Gummimaske. Meistens eine Clown- oder Alien-Maske, aber vielleicht auch andere Halloween-Verkleidungen. Er bricht in Erdgeschosswohnungen von jungen, allein lebenden Frauen ein. Wahrscheinlich kundschaftet er sie eine Weile aus, bevor er zuschlägt. Seine Waffe ist ein Messer, und in den meisten Fällen fesselt er das Opfer.« Sie holte Luft und fuhr so ruhig wie möglich fort: »Wir haben Hinweise darauf, dass er Sadist ist. Er foltert gerne. Ein paar der

Mädchen wurden ziemlich schlimm zugerichtet, an Brust und im Vaginalbereich verheerend verletzt.«

Sie hörte, wie Christine sich am anderen Ende Notizen machte. »Noch etwas?«, fragte sie.

»Nein. Sieh dir vor allem die letzten zehn Jahre an. Ab 1990. Damals hat er mit dem Reisen angefangen.«

»Habt ihr DNA?«

»Nein. Nichts. Keine Fingerabdrücke, kein Sperma, kein Haar. Er hinterlässt den Tatort blitzsauber.«

»Hast du einen Namen für mich?«

»Den habe ich schon bei Interpol durchgegeben. Jetzt würde ich es gern anders probieren. Tu mir den Gefallen und mach es ohne den Namen. Lass uns einfach nach Ähnlichkeiten schauen.«

»Okay. Das reicht. Um welche südamerikanischen Länder geht es?«

C. J. griff nach der Kopie von Bantlings Pass und las die Namen vor. »Venezuela, Brasilien, Argentinien.«

»Okay. Und dann die Philippinen und Mexiko. Soll ich noch andere Länder durchprobieren?«

»Ja. Sieh dir auch Malaysia und Indien an.«

»Bekommst du. Ich ruf zurück, sobald ich etwas habe.«

»Danke, Christine. Ich gebe dir meine Handynummer, falls du dieses Wochenende schon was hast. Neun-fünf-vier drei-vier-sechs sieben-sieben-neun-drei.«

»Alles klar. Ach, was ist eigentlich aus dem Kerl geworden, der seine Familie im Urlaub in Miami Beach umgebracht hat? Der, den wir in Deutschland gefunden haben?«

»Er hat die Todesstrafe bekommen.«

»Oh.«

C. J. legte auf, und ihr fiel ein, was Dominick auf dem Anrufbeantworter gesagt hatte. Sie musste erfahren, was Joe Neilson in der Gerichtsmedizin für sie hatte. Also griff sie zum Telefon und rief Manny an, in der Hoffnung, dass Dominick nicht gerade neben ihm stand.

»*Buenos días!* Wo warst du gestern, Boss? Wir haben dich vermisst.«

»Hallo, Manny. Bist du schon im Büro?«

»Machst du Witze? Ich bin erst vor zwanzig Minuten aufgestanden. Ich sitze im Auto und fahre die Eighth runter nach Little Havana. Ich brauche meinen morgendlichen Schuss. Ich bin schon an dem Punkt, wo ich ohne das Zeug nicht mehr denken kann.«

»Ich will gerade Neilson anrufen, aber erst wollte ich mit dir reden. Wie war es gestern in der Gerichtsmedizin?«

»Hast du schon mit Dom gesprochen? Ich glaube, er hat gestern nach dir gesucht.«

Ein Schuldgefühl regte sich in ihr, und sie spürte, wie sie rot wurde. *Hatte Dominick ihm etwas erzählt? Von neulich Abend?* »Nein, noch nicht. Mach ich später.«

»Oh. Na gut. Neilson – wenn du mich fragst, ist der ja ein gottverdammter Freak –, aber trotzdem, Neilson sagt, dass Prado voll mit Haloperidol war.«

»Haloperidol?«

»Genau, es läuft unter Haldol.«

»Ist das nicht das Zeug, das Dominick bei Bantling gefunden hat? Bei der Haussuchung?«

»So ist es, Boss. Der Psycho führt uns auf geradem Weg bis an seine Tür.« C. J. konnte im Hintergrund jetzt kubanische Rhythmen und Stimmenlärm hören, Englisch und Spanisch wild durcheinander. Offensichtlich war Manny aus seinem Wagen ausgestiegen und lief zu Fuß, denn C. J. konnte hören, wie er schnaufte.

»Wo bist du, Manny?«

»Hab ich doch gesagt. Ich hol mir meinen Schuss.« Im Hintergrund hörte sie, wie er bestellte. »*Me puede dar dos cafecitos.*« Dann sprach er wieder ins Telefon. »Besser gesagt, gleich zwei, es wird ein langer Tag. Ich muss mein Bestes geben.«

Die Funkverbindung war gut. Zu gut. Sie musste zuhören, wie er beide Kaffees schlürfte, dann ein lautes »Aaah« von sich gab und wieder zurück zu seinem Wagen schnaufte. Die kubanische Musik wurde schwächer und verklang.

»Sie haben also Haldol in Prados Körper gefunden. Warum? Was für eine Wirkung hätte das Medikament auf sie gehabt?«, fragte sie.

»Konnte Neilson etwas darüber sagen?«

»Es ist ein Beruhigungsmittel. Es stellt sogar die Irren ruhig.

Geisteskranke bekommen es gegen Psychosen. Es beruhigt sie, macht sie lenkbar. Meisterdetektiv Neilson glaubt, Cupido hat sie damit noch im Level ruhig gestellt.«

»Und du glaubst das nicht?«

»Doch, doch. Ich glaube, er hat da wirklich was entdeckt. Dieses Haldol scheint die gleiche Wirkung zu haben wie Rohypnol oder Liquid X. Diesen Mist mit den Partydrogen kennt man ja – jede Menge Vergewaltigungen mit dem Zeug. Sogar vor einem Haufen Zeugen. Mädchen werden praktisch bewusstlos aus den Clubs geschmuggelt. Werden so oft durchgevögelt, dass nicht mal mehr ihre Enkelkinder als Jungfrauen zur Welt kommen. Und dann wachen sie wie Dornröschen in irgendeinem Hotelzimmer auf und erinnern sich an nichts. Den Perversen, der neben ihnen liegt, fragen sie:

›Wo bin ich?‹ Das Problem ist nicht, dass ich Neilsons Theorie nicht glaube, Boss. Ich finde ihn nur einfach ekelhaft, so, wie er die ganze Zeit rumzuckt und rumblinzelt.«

»Ja. Wahrscheinlich hat er eine Art nervösen Tic.«

»Er ist jedenfalls verdammt unheimlich, wenn du mich fragst. Und das Beste hab ich dir noch gar nicht erzählt – und Neilson freut sich drüber wie ein Schneekönig –, er hat noch eine Droge bei ihr gefunden. Anscheinend hatte er das Opfer an einen Tropf gehängt, denn nur so kann das Zeug verabreicht werden. Höchstwahrscheinlich floss der Dreck immer noch durch ihre Venen, als sie starb. Es heißt Mivacron. Das ist jedenfalls der Markenname. Hast du schon mal davon gehört?«

»Nein.«

»Ich auch nicht. Das Zeug ist ein Muskelrelaxans, aber es macht dich nicht bewusstlos; es lähmt dich nur. Und die Krone ist: Es hat überhaupt keine schmerzstillende Wirkung. Du spürst alles – du kannst dich nur nicht bewegen. Wie hört sich diese kranke Scheiße an? Neilson sagt, sie hing am Tropf, als Cupido ihr die Brust aufknackte und das Herz rausschnitt. Er meint, er hätte auch Hinweise darauf, dass ihre Lider festgeklebt waren, sodass sie die ganze Zeit zuschauen musste.«

C. J. brachte kein Wort heraus. Eine Szene baute sich vor ihrem geistigen Auge auf. Bantling hatte sie gezwungen zuzusehen, wie er ihr den Busen zerschnitt. Instinktiv legte sie sich schützend die Hand auf die Brust. Sie erinnerte sich an den fürchterlichen Schmerz, der sie durchschoss, den Schrei, der wieder und wieder durch ihren Kopf gellte, aber nur dort. Ihr war schwindelig, als müsste sie sich übergeben. Der Morgenkaffee machte sich unangenehm in ihrem Magen bemerkbar. Sie setzte sich vorsichtig hin.

Es gab eine lange Pause, bis wieder Mannys Stimme zu hören war. »Boss? Bist du noch da?«

»Ja, Manny. Ich denke nur nach«, sagte sie, ihre Stimme war kaum mehr als ein Flüstern. Sie hatte sich nach vorn gebeugt, damit wieder Blut in ihren Kopf floss. Sie musste stärker werden, sich abhärten. Denn sie war fest entschlossen, das alles durchzustehen.

»Ich dachte, du wärst weg. Neilson glaubt, dass Prado nicht die Einzige war, mit der er das gemacht hat. Jetzt, wo er weiß, wonach er sucht, testet er auch nochmal die anderen neun. Vielleicht hat er heute schon ein paar Ergebnisse. Dom ruft ihn an, wenn er bis vier nichts gehört hat. Du solltest mit ihm reden.«

Sie setzte sich wieder auf. Das Schwindelgefühl hatte sich gelegt.

»Ich rufe Neilson selbst an. Ich will mir Prados Leiche ansehen. Vielleicht müssen wir die, die nicht eingeäschert worden sind, exhumieren lassen. Kannst du für mich was über den Arzt herausfinden, der das Haldol verschrieben hat? Ich will wissen, wer ihn behandelt hat und weswegen.«

»Eddie Bowman hat ihn gestern angerufen. Er heißt Fineberg, glaube ich, oder Feinstine. Irgend so was. Der Doc sagte Bowman, ohne richterliche Verfügung könne er sich auf den Kopf stellen. Er hat nicht mal gesagt, ob Bantling sein Patient war. Gottverfluchte Schweigepflicht! ›Oh, nein, Detective, ich kann Ihnen nicht sagen, wie viele Frauen mein Patient umgebracht hat, das wäre nicht in Ordnung! Die Leute müssen mit ihren Therapeuten sprechen können, ohne Angst haben zu müssen, verhaftet zu werden, nur weil sie einem hübschen Mädchen das Herz rausgeschnitten haben.‹«

»Okay, Manny. Gib mir die Daten, und ich beantrage die Verfügung.«

Ein langes Schweigen entstand. C. J. hörte, wie Manny seine Zigarette rauchte, im Hintergrund Verkehrslärm. Schließlich sagte er:

»Dieses kranke Schwein haben wir festgenagelt, oder?«
»Ja, das haben wir, Manny«, sagte sie leise.
»Jetzt bist du dran, Boss. Mach einfach das Richtige, und lass diesen Scheißkerl in der Hölle schmoren.«

## 36.

SIE WARF EINEN BLICK IN DEN TASCHENSPIEGEL und sprach sich ein paar aufmunternde Worte zu, dann stand sie auf und ging ins Gericht hinüber wegen eines Falls, der nächsten Freitag zur Anhörung kommen sollte. Sie musste ihre Gefühle in den Griff bekommen, wenn sie weitermachen wollte. Dr. Chambers hatte Recht – wahrscheinlich würde sie täglich Dinge zu sehen und zu hören bekommen, die schmerzhafte Erinnerungen an den 30. Juni 1988 auslösten. Es hatte bereits begonnen, und jedes Mal war es wie ein Schlag in die Magengrube. Die schlimmsten Albträume waren wieder da. Was würde passieren, wenn sie wieder einen Nervenzusammenbruch bekam? Gummizelle oder eine weitere Psychotherapie?

Sie musste sich zusammenreißen. Ihre Gefühle, ihre Empfindungen unter Kontrolle halten. Sie musste sich wappnen, durfte den Überblick nicht verlieren. *Lass nicht zu, dass er dich noch einmal kleinkriegt. Er darf nicht gewinnen!*

Nach dem Gericht fuhr sie ins Institut zu Neilson, um sich Anna Prados Leiche noch einmal anzuschauen. Sie wollte die Einstiche sehen und die Stelle, wo die Infusion gelegen hatte. Anna Prado würde am Montag beerdigt werden, und die Familie wollte am Samstag und Sonntag die Totenwache halten, jetzt war also die letzte Gelegenheit, bevor die Leiche vom Bestattungsunternehmer abgeholt wurde.

Manny hatte Recht. Neilson machte sein Beruf viel zu viel Spaß. Er hüpfte und zuckte durch den Sektionssaal, aufgeregt zeigte er C. J. die Einstiche am Gesäß der Leiche und die zerstochenen Venen am Knöchel und am linken Arm, dann die Armbeuge, wo die Infusion gelegen hatte, aus der das Mivacron in ihren Blutkreislauf getropft war und Anna Prados Muskeln vor ihrem Tod gelähmt hatte.

Auf den Fotos, die während der Autopsien der anderen neun Opfer gemacht worden waren, hatte Neilson bei mindestens vier der Leichen verdächtige Stellen lokalisiert, die ebenfalls auf Einstiche schließen ließen. Die Ergebnisse der Tests auf Haloperidol waren bis jetzt bei sechs der Opfer positiv. Die auf Mivacuriumchlorid brauchten noch ein paar Tage.

Die Hinterbliebenen trösteten sich gern mit der Vorstellung, dass die Seele im Jenseits »Frieden« findet. Vielleicht war das ja eine Bewältigungsstrategie, mit der sich die Menschen der kalten Realität des Todes entzogen – C. J. hatte da jedenfalls starke Zweifel. Dabei war sie keine Atheistin – sie glaubte an Gott und eine Art Himmelreich und ging sogar ab und zu in die Kirche. Aber sie konnte sich einfach nicht vorstellen, dass die Menschen Frieden fanden, wenn sie starben. Und schon gar nicht, wenn sie zu früh und gewaltsam ums Leben gekommen, auf grausame Weise ihres Lebens beraubt worden waren, ohne jede Vorwarnung. Diese Seelen fanden keine Ruhe. Sie würden sich immer fragen, warum sie hatten gehen müssen, während der Dieb, der ihnen das Leben gestohlen hatte, weiter auf Erden wandelte, seine Mutter küssen und seine Familie umarmen durfte. Heute hatte Anna Prado ihren Termin beim Bestattungsinstitut, um für die letzte Party hergerichtet zu werden. Aber noch lag sie nackt, mit schwarzem Faden zusammengeflickt, auf dem kalten Stahltisch mit getrocknetem Blut im Haar und ausgerissenen Wimpern. Die Farbe des Lebens war aus ihrem Gesicht verschwunden. C. J. musste immerzu denken, wie schrecklich traurig sie aussah. Traurig und entsetzt. Sie würde bestimmt keinen Frieden finden.

C. J. ließ das Mittagessen ausfallen, stattdessen holte sie sich bei Dunkin' Donuts einen Eiskaffee und ein Päckchen Zigaretten. Dann verbarrikadierte sie sich im Büro und öffnete die Mappe mit den sechs Zeitungsartikeln, die sie gestern Nacht ausgedruckt hatte. Sie musste genau wissen, was in jedem Fall passiert war. Auf die Presse allein war kein Verlass. Sie ging es in chronologischer Reihenfolge an, griff nach dem Telefon und rief beim Chicago Police Department an.

»Chicago P. D., Archiv, Rhonda Michaels am Apparat.«
»Hallo, Ms. Michaels. Ich bin Mitarbeiterin der Staatsanwaltschaft von Miami Dade County und bräuchte Ihre Hilfe. Es geht um Informationen zu einer Vergewaltigung, die vor Jahren geschehen und von Ihrem Department bearbeitet worden ist. Leider habe ich nur beschränkte Informationen –«
»Aktenzeichen?« Ms. Michaels unterbrach sie ruppig, müde. Wahrscheinlich suchte sie täglich Hunderte von Dokumenten und Akten aus den Schränken, und ganz offensichtlich hatte sie keine Lust, sich auf ein Gespräch einzulassen.
»Das weiß ich leider nicht. Bedauerlicherweise stammt die einzige Information, die ich habe, aus einem Zeitungsbericht aus dem Jahr 1989.«
»Haben Sie den Namen des Verdächtigen?«
»Nein. Aus dem Artikel geht hervor, dass es keinen Verdächtigen gab. Das ist das Problem. Ich muss unbedingt mehr darüber erfahren, denn die Sache könnte mit einem Fall zu tun haben, an dem ich arbeite.«
»Hm. Kein Name eines Verdächtigen? Haben Sie den des Opfers? Damit könnte ich vielleicht was finden.«
»Nein. Der stand nicht in der Zeitung.«
»Ich glaube nicht, dass ich Ihnen dann helfen kann.« Ein kurzes Schweigen entstand. »Wissen Sie vielleicht das Datum? Die Adresse? Den Namen des Ermittlers? Oder sonst was?«
»Ja, ich habe ein Datum, sechzehnter September 1989. Die Adresse ist eins-eins-sechs-zwei Schiller. Keine Apartmentnummer. Hier steht nur, dass das Chicago Police Department die Ermittlung führt.«
»Gut. Vielleicht reicht das. Warten Sie. Ich muss das eingeben und dann sehen, was dabei rauskommt. Das kann eine Weile dauern.« Genau zwölf Minuten später war sie wieder am Apparat. Plötzlich klang sie netter.
»Ich habe es. Das Aktenzeichen ist F neunundachtzig-zwei-zwei-zwei-drei-vier X. Drei Seiten. Der Name des Opfers war Wilma Barrett, neunundzwanzig. Tätlicher Angriff und Vergewaltigung in der Erdgeschosswohnung, Apartment eins A, steht hier. Ist das die Sache, nach der Sie suchen?«

»Ja, das muss sie sein. Können Sie mir sagen, wie es weitergegangen ist? Wurde das Verbrechen je aufgeklärt?«

»Warten Sie, ich sehe nach. Nein. Wurde es nicht. Keine Festnahme. Der ermittelnde Detective hieß Brena, Dean Brena. Vielleicht gibt es ihn noch. Aber wir haben Tausende von Beamten in unserem Department. Ich kenne längst nicht alle, und das Ganze ist ja auch schon eine Weile her. Soll ich Sie an die Abteilung für Sexualdelikte weiterleiten?«

»Noch nicht, danke. Ich muss mir erst mal den Polizeibericht ansehen, ob der Fall überhaupt mit meinem hier zu tun hat. Können Sie ihn mir faxen?«

»Kein Problem. Es dauert wahrscheinlich ein paar Minuten. Sagen Sie mir Ihre Nummer?«

C. J. gab sie ihr, und dann bezog sie Posten neben dem Faxgerät. Das Sekretariat, wo der Apparat sich neben Marisols Schreibtisch befand, bestand aus zehn Arbeitsplätzen, die jeweils durch eine Trennwand voneinander abgeschirmt waren. Es lag genau in der Mitte der Major Crimes Unit. Von dort aus führten kurze Flure zu den Fensterbüros, in denen die Staatsanwälte arbeiteten, und ein längerer Flur zu der bewachten Sicherheitsschleuse und den Fahrstühlen.

Hier kam C. J. sich wie ein fetter Teenager vor, der uneingeladen in Jeans und Anorak bei einer Poolparty auftaucht. Sie wusste, dass sie hier nichts zu suchen hatte. Die Gespräche und das Lachen, die eben noch in Gang gewesen waren, versiegten sofort, nachdem man sie am Faxgerät erspäht hatte. Argwöhnisches Schweigen senkte sich über das Großraumbüro.

In der Staatsanwaltschaft – genau wie in anderen Unternehmen und Betrieben auch, nahm sie an – herrschte eine stillschweigende soziale Trennung zwischen den Mitarbeitern. Die Kollegen von der Verwaltung gesellten sich zu den Kollegen von der Verwaltung, die Anwälte zu den Anwälten, Sekretärinnen und Assistenten mischten sich mit Sekretärinnen und Assistenten. Grenzüberschreitungen waren zwar nicht direkt anstößig, doch sie waren selten und ungewöhnlich. Und C. J. hatte gleich drei Faktoren gegen sich. Als stellvertretende Oberstaatsanwältin war sie Mitglied des Vorstands und damit der Verwaltung, und als Anklägerin war sie natürlich

Anwältin. Dazu war sie Marisols Chefin, und auch wenn Marisol jeden normalen Menschen in die Trunksucht trieb, war sie immer noch Teil des Sekretariats, und ihre Kolleginnen stellten sich schützend vor sie. Als C. J. also den Schreibpool betrat, war sie in Feindesland, und die Gespräche verstummten.

Während C. J. innerlich betete, das Fax möge endlich ankommen, lächelte sie den Sekretärinnen gekünstelt zu, und die meisten nickten unsicher zurück. Nach einer kurzen Ewigkeit piepte das Gerät endlich und spuckte das fünfseitige Fax aus. Ein letztes verkrampftes Mundwinkelverziehen, und C. J. verschanzte sich wieder in ihrem Büro.

Um sieben Uhr abends hatte sie mit den Archiven aller sechs Polizeidienststellen gesprochen und von allen ein entsprechendes Fax bekommen.

Es war, als läse sie den Bericht ihrer eigenen Vergewaltigung in sechs Variationen. Die Einbruchmethode war stets die gleiche: immer Erdgeschosswohnungen, immer mitten in der Nacht, wenn die Frau bereits schlief. Auch der Tathergang war der gleiche: Die Opfer wurden gefesselt und geknebelt und dann von dem muskulösen Fremden missbraucht, der eine Latexmaske trug, ein Clowngesicht mit abstehendem rotem Nylonhaar und einem riesigen roten Grinsen oder ein Aliengesicht mit schwarzen Augen und grellem Mund. Seine Waffe war stets ein Sägemesser, mit dem er die Unglückliche bedrohte und misshandelte. Die Folterinstrumente unterschieden sich von Fall zu Fall, aber jedes Mal hinterließ er Narben. Die Mädchen sprachen von Bierflaschen, mit denen sie vergewaltigt wurden, von Metalldrähten, Haarbürsten. Jede Frau war körperlich versehrt worden; hatte schwere Verletzungen im Vaginal- und Uterusbereich erlitten. Die Brüste waren mit der gezahnten Klinge entstellt worden, doch nie hatte der Täter auch nur eine Spur von sich selbst hinterlassen. Kein Sperma, kein Haar, keine Faser, keine Fingerabdrücke, nicht der geringste biologische Nachweis. Er hinterließ den Tatort vollkommen sauber.

Doch es waren nicht nur diese konkreten Parallelen zwischen den Verbrechen, die C. J. davon überzeugten, dass es sich um Bantling handelte, sondern auch die intime Kenntnis über das Leben jeder Frau, über die der Vergewaltiger verfügte. Private Details, die er wie eine Waffe benutzte, die ihrerseits eine Art der Folter waren. Lieblingsrestaurants, Parfüms, Seifenmarken. Kleidergröße und Designer, Arbeitszeiten und Namen von Freunden. Von der UCLA-Studentin kannte er jede Zensur, von der Kellnerin aus Hollywood die exakte Summe der Kreditkartenrechnungen der letzten drei Monate. Geburtstage, Jahrestage, Spitznamen. Es war Bantling, daran bestand kein Zweifel. Nicht mehr. Keiner der Fälle war je gelöst worden, man hatte sie nicht einmal miteinander in Verbindung gebracht. Es hatte keine Festnahmen gegeben, keine Spuren, keine Verdächtigen. Bis jetzt.

Aber spielte das jetzt noch eine Rolle? Sie dachte an das Gespräch mit Bob Schurr von der Staatsanwaltschaft Queens County vor zwei Tagen. Selbst wenn Anklage erhoben werden könnte – was in Anbetracht des Mangels an biologischen Spuren höchst unwahrscheinlich war – und wenn sich die Opfer bereit erklärten auszusagen, würden die Verjährungsfristen es zulassen? Die Vergewaltigung in Chicago war 1989 gewesen. C. J. war nicht überrascht, als sie über Lexus/Nexus herausfand, dass in den Statuten von Illinois eine Frist von zehn Jahren galt. Wie bei ihr selbst gab es hier keinen Fall mehr, der vor Gericht kommen könnte, ganz egal wie man es anstellte.

Aber die letzte Vergewaltigung in Kalifornien hatte am 23. März 1994 stattgefunden, das war erst gute sechs Jahre her. Manche Staaten hatten in den letzten Jahren die Statuten geändert, bei bestimmten Sexualdelikten war die Verjährungsfrist verlängert worden. Auch wenn Kalifornien definitiv einer der liberalsten Staaten war, gab es vielleicht doch noch eine Chance. Sie rief die Website der kalifornischen Regierung auf, wo der California Code einsehbar war, und suchte nach den Statuten. Als sie die Antwort fand, war ihr zum Weinen zumute.

Sechs Jahre vom Datum des Verbrechens. Sie war fünf Monate zu spät dran.

# 37.

DOMINICK VERBRACHTE DAS WOCHENENDE DAMIT, William Bantlings derzeitige und ehemalige Chefs, Mitarbeiter, Nachbarn und Freundinnen zu befragen. Er versuchte herauszufinden, wer Bantling war und warum niemand bemerkt hatte, dass er anders tickte als seine Mitmenschen, dass er eine grausame Bestie war. Ein Wolf, der unter Schafen lebte, arbeitete, spielte und ab und zu eins verschwinden ließ. Und niemand, nicht einmal der Hirte, hatte je die Pranken, die großen Ohren oder die Reißzähne bemerkt.

Obwohl die meisten Zeugen bereits innerhalb der ersten achtundvierzig Stunden nach dem Leichenfund verhört worden waren, setzte Dominick nach ein paar Tagen mit einer weiteren Vernehmung nach. Er gab den Zeugen gern etwas Zeit nach ihrer ersten Aussage, damit sich die Dinge setzen konnten. Normalerweise fiel ihnen später noch etwas ein, auf das sie zunächst nicht gekommen waren, was im Rückblick aber verdächtig wirkte oder wenigstens irgendwie seltsam.

*Wenn ich recht darüber nachdenke, Agent Falconetti, mein netter Nachbar Bill hat öfters um drei Uhr morgens einen aufgerollten Teppich zwischen dem Haus und seinem Auto hin- und hergeschleppt. Hat das vielleicht etwas zu bedeuten?*

In ein paar Wochen würde er ihnen dann noch einmal einen Besuch abstatten. Wenn man den Schlick oft genug aufwühlte, fand man manchmal Gold, die Erfahrung hatte er gemacht.

Bantling war am 6. August 1959 in Cambridge in England geboren, die Mutter Alice war Hausfrau, der Vater Frank Tischler. William Rupert war 1982 nach New York gezogen und hatte 1987 am Fashion Institute of Technology seinen Abschluss als Innenarchitekt gemacht. Er hatte zunächst als Assistent in verschiedenen kleineren Unternehmen im Großraum New York gearbeitet, bevor er 1989 nach Chicago zog, wo er eine Stelle als Möbeldesigner einer winzigen Firma annahm. Acht Monate später war der Laden pleite, aber noch im Dezember desselben Jahres fand er einen Job als Salesmanager bei Indo Expressions, einem Einrichtungshaus in einem Vorort von L. A. Er blieb fünf Jahre in Kalifornien, bis er im

Juni 1994 nach Miami zog und bei Tommy Tan in South Beach anfing.

Die Nachbarn auf der LaGorce Avenue sagten alle im Wesentlichen dasselbe: *Er wirkte ganz nett, aber ich kannte ihn kaum.* Von seinen Kollegen wurde er als fleißiger, knallharter Geschäftsmann beschrieben. Charmant zu den Kunden, tödlich wie ein Skorpion in den Verhandlungen hinter geschlossenen Türen. Er hatte nicht viele Freunde – gar keine, um genau zu sein –, nur ein paar Bekannte, die alle aussagten, nicht wirklich eng mit ihm zu sein. Aber dieses Phänomen war Dominick nicht neu. Sobald jemand erfuhr, dass sein bester Freund ein Serienmörder war, gab er normalerweise ungern zu, etwas mit dem Kerl zu tun zu haben – und erst recht nicht, dick mit ihm befreundet zu sein. Das war wohl so eine Art soziales Stigma. Doch wenn man glaubte, was die Nachbarn, Kollegen und Geschäftspartner ausnahmslos beschrieben, dann war Bantling tatsächlich ein Einzelgänger.

Die einzige Ausnahme war Tommy Tan, seit sechs Jahren Bantlings Chef. Dominick hatte zweimal selbst mit Tan gesprochen. Schockiert war das falsche Wort dafür, wie Tan die Nachricht aufnahm, sein bestes Pferd im Stall sei Verdächtiger in einer Mordserie. *Vollkommen fassungslos* passte schon besser. Bei der Befragung brach Tan heulend zusammen – glücklicherweise nicht in Dominicks, sondern in Hectors Armen, eines seiner Assistenten, und beim nächsten Mal an der Schulter von Juan, dem anderen Assistenten. Außer dass er Bantling für arrogant hielt, ein Charakterzug, den Tan »stark und aufregend« fand, hatte er nur Lob für »Bill«. Er war sein bester Einkäufer gewesen und hatte »zauberhafte versteckte Juwelen« auf der ganzen Welt aufgetrieben. Für die sie natürlich in der Dritten Welt ein Trinkgeld bezahlten, um sie in der mondänen kapitalistischen Welt für Tausende von Dollars zu verkaufen. Tan war ein reicher Mann geworden. Kein Wunder, dass er so an Bantling hing.

Dominick hatte direkt nachgefragt, aber Tan stritt jegliche sexuelle Beziehung zwischen ihm und Bantling ab. Er schwor, Bantling sei hetero. Er behauptete weiter, Bill habe immer ein Mädchen im Arm gehabt, wenn er nachts durch die Clubs von South Beach streifte. Immer auffallend hübsche Girls. Und anscheinend zog er

Blondinen vor. Dabei brach Tan wieder in Tränen aus, warf sich an Juans rosa Versace-Hemd, und Dominick erklärte die Vernehmung für beendet.

Es gab keine Mrs. Bantlings, keine zukünftigen und keine ehemaligen, und anscheinend rannten auch nirgends kleine Bantlings herum. Er hatte Freundinnen gehabt, eine ganze Menge sogar, und die Sonderkommission war immer noch dabei, deren Adressen zu recherchieren. Doch keine hatte es länger als ein Date oder zwei mit ihm ausgehalten, und zwar aus gutem Grund. Von den sechs oder sieben, die bis jetzt vernommen worden waren, hatten sie einiges erfahren. Bantling war definitiv ein spezieller Fall, was seine sexuellen Vorlieben anging. Peitschen, Ketten, Fesseln, sadomasochistische Spielzeuge, Videorecorder. Die meisten Mädchen waren schnell abgeschreckt gewesen, und das, obwohl sie selbst bestimmt keine Unschuldslämmer und, wie Dominick vermutete, an allerhand Eigenarten im Bett gewöhnt waren. Doch über Bill Bantling waren sie sich alle einig: Er war wie Dr. Jekyll und Mr. Hyde. Ein echter Gentleman im teuren Restaurant. Ein echtes Arschloch im Bett. Drei der Frauen waren auch auf den Filmen zu sehen, die Eddie Bowman und Chris Masterson in Bantlings Schlafzimmer gefunden hatten. Wenn sich eine von ihnen über Bantlings sexuelle Vorlieben beschwert hatte, wurde er wütend und warf sie raus, ohne sie heimzufahren oder ihr auch nur ein Taxi zu rufen. Eine hatte er sogar splitternackt und weinend vor die Tür gesetzt, mitten auf den manikürten Rasen im Vorgarten. Sie hatte beim Nachbarn klingeln müssen, der ihr etwas zum Anziehen gab und sie telefonieren ließ.

*Jetzt wo Sie es sagen, Agent Falconetti. Vielleicht war mein Nachbar Bill doch etwas seltsam.*

Bantling hatte in den Vereinigten Staaten keine Familie, seine Eltern waren vor ein paar Jahren bei einem Verkehrsunfall in der Nähe von London ums Leben gekommen. Die Mitglieder der Sonderkommission nahmen Kontakt zu Freunden und Angehörigen in England auf, aber keiner schien sich recht an den ruhigen, mürrischen Jungen zu erinnern. Sie fanden weder Schulfreunde noch sonstige Kumpel. Einfach niemanden.

Am Samstagabend zogen Dominick und Manny durch die Clubs, in denen die Mädchen von der »Mauer« zum letzten Mal gesehen worden waren: Crobar, Liquid, Roomy, Bar Room, Level, Amnesia, Clevelander. Sie vernahmen noch einmal alle Barkeeper und das Servicepersonal, diesmal hatten sie Farbfotos dabei. Bantling, das wussten sie bereits, war in der Clubszene bekannt. Und mehrere Kellnerinnen erkannten ihn als einen Stammkunden. Sie sagten, er sei immer todschick gewesen und hatte jedes Mal eine andere hübsche junge Blondine dabei. Doch nein, leider konnten sie ihn nicht mit einem der Opfer in Verbindung bringen, und keine wusste sicher, ob er am fraglichen Abend im fraglichen Club gewesen war.

Bantling passte auf die Beschreibung, die Elizabeth Ambrose, die Profilerin des FDLE, für Cupido zusammengestellt hatte, als sie noch auf der Suche nach dem Mörder waren: männlicher Weißer, fünfundzwanzig bis fünfundfünfzig Jahre alt, Einzelgänger, wahrscheinlich durchschnittlich bis gut aussehend, intelligent, beruflich erfolgreich, stressiger Job. Natürlich traf dieses Profil auch auf eine Menge anderer Männer zu, die Dominick kannte, sich selbst eingeschlossen. Aber die Teile fingen an zusammenzupassen, und der Fall wurde immer schlüssiger, je mehr sie herausfanden. Es gab einen ordentlichen Stapel Indizien, der sich las wie ein gutes Buch. Seine Freundinnen beschrieben Bantling als sexuellen Abweichler, einen arroganten, aggressiven Narzissten, der nicht mit Ablehnung umgehen konnte. Er hatte sadistische gewalttätige Neigungen und bevorzugte blonde Frauen. Er besuchte regelmäßig die Clubs, aus denen die Opfer verschwanden. Das Haldol aus seinem Bad konnte im Blut von wenigstens sechs der Opfer nachgewiesen werden. Als Hobby-Taxidermist stopfte er tote Tiere aus und arbeitete mit glatten Messern und Skalpellen, darunter die mögliche Mordwaffe. Und in seinem Schuppen war menschliches Blut gefunden worden, höchstwahrscheinlich das von Anna Prado, und Anna Prados verstümmelte Leiche hatte in seinem Kofferraum gelegen.

Was den gut aussehenden, vermögenden, erfolgreichen Mann auf derartige Abwege gebracht hatte, konnte man höchstens ahnen. Aber das musste Dominick nicht wissen, um den Fall vor Gericht zu bringen. Die Gründe spielten keine Rolle, solange die Verteidigung nicht versuchte, auf Unzurechnungsfähigkeit zu plädieren. Weil die Morde so schrecklich waren, könnte die Jury auf die Idee kommen, kein Mensch, der nicht komplett geistesgestört sei, wäre zu so etwas in der Lage. Und käme dann die Krankheitsgeschichte des Angeklagten auf den Tisch, hätte die Anklage ein echtes Problem. Dominicks Aufgabe war also nicht nur, Beweise dafür zu erbringen, dass Bantling die Morde begangen hatte, sondern auch Fakten zu sammeln, die dafür sprachen, dass Bantling jederzeit genau wusste, was er tat. Dass er die Konsequenzen seiner Handlung verstand und zwischen Richtig und Falsch unterscheiden konnte. Dass er die elf Frauen nicht gefoltert und getötet hatte, weil er wahnsinnig war, sondern weil er böse war.

Jetzt, um zehn Uhr am Sonntagabend, saß Dominick wieder in der dunklen Zentrale und betrachtete die Fotos an der »Mauer«. Er versuchte, all die Fakten zu finden, die er brauchte, um das Buch zu Ende zu schreiben. Seit Dienstag waren fast siebzig Zeugen vernommen, drei Durchsuchungen gemacht, 174 Kisten mit Beweismaterial sichergestellt worden und Hunderte von Arbeitsstunden mit der Ermittlung draufgegangen.

*Man musste wissen, wo man zu suchen hatte.*

Wieder sah er sich die Luftbilder an, die blauen Pins, die die Fundorte der Mädchen kennzeichneten. *Warum hatte Bantling diese Plätze ausgesucht? Was hatten sie zu bedeuten?*

Dominick rieb sich die Schläfen und warf einen Blick auf sein Handy. Er hätte C. J. gern angerufen, doch er tat es nicht. Er hatte seit Mittwochabend nichts mehr von ihr gehört. Sie hatte nicht auf seine Nachrichten reagiert, und da er nicht aufdringlich sein wollte, hatte er aufgehört, welche zu hinterlassen. Offensichtlich machte sie im Moment etwas durch, woran sie ihn nicht teilhaben lassen wollte. Und offensichtlich war er vollkommen auf dem Holzweg gewesen, was sie beide anging. Er war erwachsen genug, um damit zurechtzukommen. Aber er hatte Angst, dass diese Krise den Fall beeinträchtigen könnte, und das, da war er sicher, wollten sie beide nicht. Er musste es irgendwie schaffen, ihre Beziehung auf eine freundschaftliche, berufliche Ebene zurückzubringen.

Er ahnte, dass C. J. Townsend etwas vor ihm verbarg – am Abend in ihrer Wohnung hatte er es ganz deutlich gespürt. Als er sie im Arm hielt, wusste er, dass irgendwas in ihrem Leben schrecklich schief lief, und er hatte ihr helfen wollen. Sie war so verletzlich, so verängstigt gewesen – vollkommen schutzlos –, und er war sich sicher, dass sie diese Seite niemandem zeigen wollte. Und aus diesem Grund, vermutete er, fiel es ihr jetzt schwer, ihm wieder entgegenzutreten.

*Wovor hatte sie solche Angst, im Gericht, in ihrer Wohnung? War es Bantling? Hatte dieser Fall für sie aus irgendeinem Grund eine besondere, andere Bedeutung?* Er hatte C. J. schon früher bei schwierigen, komplexen, grausamen Fällen erlebt. Sie war immer beherrscht gewesen, hatte sich immer unter Kontrolle gehabt. Aber diesmal nicht – sie war mehr als ängstlich und nervös. *Was war das Besondere an diesem Fall für sie?*

*Und warum war C. J. ihm so wichtig?*

## 38.

UM ZEHN NACH NEUN am Montagmorgen hämmerte Officer Victor Chavez gegen die Tür. Er war schon zehn Minuten zu spät.

»Staatsanwältin Townsend? C. J. Townsend?«

C. J. saß seit sieben Uhr an ihrem Schreibtisch. Sie hob den Kopf und sah den jungen Cop in der Tür stehen, die Vorladung in der Hand. Hinter ihm im Flur entdeckte sie zwei weitere Polizisten in der Uniform des Miami Beach P. D. Der eine war ein Sergeant.

»Wir sind wegen der Vernehmung hier«, sagte der Sergeant und schob sich an Chavez vorbei, der immer noch keinen Fuß in ihr Büro gesetzt hatte. »Lou Ribero«, sagte er und streckte ihr den Arm über den Tisch entgegen. Er zeigte hinter sich. »Das sind Sonny Lindeman und Victor Chavez. Tut mir Leid, dass wir zu spät kommen. Berufsverkehr.«

»Ich dachte, ich hätte ihre Vernehmungen auf separate Termine gelegt, Sergeant Ribero. Zumindest habe ich meine Sekretärin darum gebeten.« C. J. schüttelte seine Hand und runzelte die Stirn, dann sah sie in ihren Terminkalender. Sie malte sich aus, wie sie Marisols dicken Hals zwischen die Finger bekam, wenn sie sich das nächste Mal auf der Toilette begegneten.

»Ja, das stimmt, aber, na ja, wir waren ja alle am Dienstag vor Ort, und wir sind ja zusammen hergekommen, und da haben wir gedacht, gehen wir auch gemeinsam in die Vernehmung. Wir machen das immer so. Das spart eine Menge Zeit.«

Im Geiste gab C. J. Marisols Kehle wieder frei. »Danke, Sergeant, aber ich vernehme meine Zeugen lieber getrennt. Ich glaube, Sie sind um zehn Uhr dreißig dran und Officer Lindeman um elf Uhr fünfundvierzig. Warum gehen Sie beide nicht ins Pickle Barrel, und ich piepe Sie an, sobald Officer Chavez und ich fertig sind? Wenn ich kann, mache ich früher Schluss.«

Der junge Mann in der Tür kam endlich ins Büro. »Guten Morgen, Ma'am«, sagte er und nickte. »Victor Chavez.«

Mit etwas Fantasie könnte C. J. die Mutter dieses Knaben sein, so jung wirkte er. Er war höchstens neunzehn. Und so wenig, wie sie in der letzten Woche geschlafen hatte, sah sie wahrscheinlich auch wie seine *Mama* aus. »Setzen Sie sich, Officer Chavez. Und, Sergeant, bitte machen Sie die Tür hinter sich zu.«

»Also gut«, sagte Ribero und warf einen letzten argwöhnischen Blick auf Chavez. »Viel Spaß, Victor. Bis gleich.«

»Danke, Sarge.« Chavez ließ sich in den Kunstledersessel fallen und machte es sich bequem. Er war zweifellos ein hübscher Kerl, mit dunklem Teint und fein geschnittenen Zügen. An seinen Unterarmen sah sie, dass er zu viel Bodybuilding machte. Sein schwarzes Haar war kurz geschoren wie bei einem Frischling von der Polizei-Akademie. Er konnte noch nicht lange fertig sein. Er ließ den Kaugummi schnalzen und sah sich in ihrem Büro um. C. J. fand, er war vielleicht etwas zu lässig.

»Heben Sie bitte die rechte Hand«, forderte sie ihn auf. »Schwören Sie, die Wahrheit zu sagen und nichts als die Wahrheit, so wahr Ihnen Gott helfe?«

»Ich schwöre«, sagte er und ließ die Hand wieder fallen. Er hatte einen Notizblock auf dem Schoß, das Festnahmeprotokoll und den Polizeibericht. Locker schlug er die Beine übereinander, legte den Knöchel aufs Knie, und C. J. entdeckte sein Wadenholster. Das war vermutlich Absicht. Die Dienststelle gab nur Schulterholster aus. *Na wunderbar. Ein Cowboy.*

Sie holte ihren Notizblock heraus. »Officer Chavez. Waren Sie schon einmal bei einer Vernehmung zur Prozessvorbereitung? Kennen Sie sich damit aus?«

»Ja, Ma'am. Ich war schon bei ein paar.«

»Gut, dann lassen wir die Formalien beiseite. Und nennen Sie mich bitte nicht Ma'am. Sonst komme ich mir so alt vor.« Sie lächelte. »Seit wann sind Sie Polizist?«

»Seit Februar.«

»Februar welchen Jahres?«

»Dieses Jahr.«

»Zweitausend?«

»Ja.«

»Sind Sie noch in der Probezeit?«

»Ja. Noch vier Monate.«

»Arbeiten Sie mit einem FTO zusammen?« FTO stand für Field Training Officer, der die Frischlinge am Anfang begleitete.

»Nein. Seit August nicht mehr. Ich habe jetzt meinen eigenen Streifenwagen.«

»Wann haben Sie den Abschluss an der Polizei-Akademie gemacht, im Januar?«

»Ja, Ma'am.« Kein Frischling, ein Baby.

»Officer Chavez«, sie lächelte wieder, doch diesmal nicht mehr ganz so freundlich, »wir werden uns wunderbar verstehen, solange Sie mich nicht Ma'am nennen.«

Er lächelte zurück und zeigte dabei weiße Zähne. »Okay. Kapiert.«

»Gut, kommen wir zum Dienstag, dem neunzehnten September. Sie waren derjenige, der William Bantlings Wagen angehalten hat. Können Sie mir erzählen, was an jenem Abend geschah?«

»Ja. Ich saß in meinem Wagen und sah einen schwarzen Jaguar mit überhöhter Geschwindigkeit vorbeirasen; er fuhr vielleicht sechzig, siebzig Sachen. Also habe ich ihn angehalten.«

Na, das konnte ja heiter werden. »Danke. Das war sehr informativ, aber ich fürchte, ich brauche mehr Details.«

Sie sah ihn einen Moment an. Er war hibbelig, spielte mit den Schnürbändern seiner glänzenden schwarzen Uniformschuhe, und obwohl er versuchte, ruhig und gesammelt zu wirken, merkte sie, dass er unter der coolen Oberfläche angespannt war. Dies war zweifellos der größte Fall in seiner siebenmonatigen Karriere. Er hatte alles Recht, nervös zu sein. Was sie störte, war der Hauch von Überheblichkeit, das Grinsen hinter dem höflichen Lächeln. Sie wusste aus leidvoller Erfahrung, dass die Frischlinge von der Akademie im ersten Jahr gewöhnlich in eine von zwei Richtungen drifteten. Entweder waren sie total unselbständig, übernahmen nie die Initiative, warteten immer auf Anweisungen, erkundigten sich wegen jeder Lappalie bei ihrem Vorgesetzten. Oder sie waren total unabhängig: Rambos, Klugscheißer, Typen, die nie nachfragten. Die zweite Kategorie – die aufgeblasenen Egos auf dem Powertrip – hatte C. J. fürchten gelernt. Ein Anfänger machte Dinge falsch, das war unvermeidlich. Doch die Rambo-Typen – die logischerweise die meisten Fehler produzierten – waren nie bereit, diese wenigstens zuzugeben.

»Waren Sie in jener Nacht allein auf Streife?«

»Ja.«

»Wo?«

»Ecke Washington Avenue und Sixth Street.«

»In Ihrem Streifenwagen?«

»Ja.«

»Ist Ihnen dort der Jaguar aufgefallen?«

»Ja.«

»Wo genau?«

»Er raste die Washington Avenue runter zum MacArthur Causeway.«

»In südlicher Richtung?«

»Ja.«

»Benutzten Sie eine Radarpistole?«

»Nein.«

»Woher wussten Sie dann, dass er zu schnell fuhr?«

»Er wechselte ständig die Spur und drängelte sich vor, dabei gefährdete er andere Verkehrsteilnehmer, und aufgrund meiner Ausbildung und meiner Erfahrung konnte ich erkennen, dass seine Geschwindigkeit das Tempolimit von vierzig Stundenkilometern überschritt.«

Als würde er es aus dem Handbuch ablesen.

»Wie schnell fuhr er?«

»Ich schätze, sechzig, vielleicht siebzig Stundenkilometer.«

»Gut. Was taten Sie dann?«

»Ich folgte dem Wagen auf den MacArthur Causeway nach Westen in Richtung Miami, wo ich ihn schließlich anhielt.«

Der MacArthur Causeway führte von Miami Beach bis Downtown Miami und war gut drei Kilometer lang. »Officer Chavez, Bantling wurde kurz vor dem Ende des Causeway angehalten, nicht wahr? Genau gegenüber vom *Miami Herald*?«

»Ja.«

»Das ist ein gutes Stück von der Washington Avenue entfernt. Haben Sie sich ein Rennen geliefert, Officer?«

»Nein. Nicht gerade ein Rennen.«

Natürlich nicht. Es war den Polizisten streng verboten, zu rasen, es sei denn, sie verfolgten einen gewalttätigen Schwerverbrecher. Und auch dann nur mit der Einwilligung eines Sergeants. Trotzdem machten sie es natürlich ständig. »Gut. Mit welchem Tempo, schätzen Sie, sind Sie ihm gefolgt?«

»Auf dem Causeway mit schätzungsweise neunzig.«

»Sie wollen mir also erzählen, dass Sie diesem Typ mit Sirene und Blaulicht auf dem Causeway so lange gefolgt sind, ohne die Höchstgeschwindigkeit zu übertreten, bis er endlich von selbst an die Seite fuhr?«

»Ja. Aber ich glaube, die Sirene hatte ich nicht an, nur das Blaulicht.«

»Haben Sie zu diesem Zeitpunkt Verstärkung angefordert?«

»Nein.«

»Warum nicht? Sie sind dem Kerl seit der Washington Avenue auf der Spur, jetzt ist er kurz vor der Stadtgrenze, und Sie funken niemanden an?«

»Nein, nein.« Officer Chavez nahm das Bein herunter und verlagerte das Gewicht. Langsam wurde er nervös.

»Wie haben Sie es schließlich geschafft, ihn zum Anhalten zu bewegen?«

»Er ist einfach rangefahren, auf den Seitenstreifen vom Causeway.«

Langsam fing es an, interessant zu werden. Zu interessant für C. J.s Geschmack.

»Noch einmal, würden Sie das Ganze als Jagd bezeichnen?«
»Nein. Vielleicht hat er mich anfangs im Rückspiegel nicht gesehen. Vielleicht hat er ja deswegen nicht gleich reagiert. Ich weiß nur, dass er irgendwann angehalten hat.«
»Okay. Was passierte dann? Was taten Sie?«
»Ich bin aus dem Wagen gestiegen und habe ihn um seinen Führerschein und die Fahrzeugpapiere gebeten. Ich fragte ihn, warum er es so eilig hatte, wohin er fuhr, und er sagte mir, er wäre auf dem Weg zum Flughafen und dass er seinen Flug nicht verpassen dürfte. Dann wollte ich wissen, wo es hinging, aber das beantwortete er nicht. Ich sah die Tasche auf dem Rücksitz und fragte ihn, ob er noch Gepäck im Kofferraum hätte, aber er antwortete mir immer noch nicht. Dann bat ich darum, einen Blick unter seine Heckklappe werfen zu dürfen, und er weigerte sich. Also ging ich zurück zu meinem Wagen, um ihm einen Strafzettel wegen Geschwindigkeitsübertretung auszuschreiben. Und für das kaputte Rücklicht, das er hatte.«
»Nur dass ich Sie recht verstehe. Der Kerl, den Sie kilometerweit gejagt – okay, kilometerweit *verfolgt* haben –, verweigert Ihnen die Zustimmung, in seinen Kofferraum zu sehen, und Sie lassen sich das gefallen und gehen zu Ihrem Wagen zurück, um ihm ein Ticket zu schreiben?«
»Ja.«
Das konnte nicht stimmen. Kein Cop aus Miami Beach ließ sich irgendetwas verbieten. Ganz egal, ob es überhaupt einen Grund gab, in den Kofferraum zu sehen, oder nicht.
»Schön. Was passierte dann?«
»Dann, als ich hinten an seinem Kofferraum vorbei zu meinem Wagen gehe, steigt mir was in die Nase. Es riecht verwest, wie eine Leiche oder so was.
Ich bitte den Kerl also nochmal um seine Zustimmung, und er sagt nochmal, nein, er müsste los. Das verbiete ich ihm natürlich. Jetzt rufe ich die Hundestaffel. Die Highway Patrol kommt, zusammen mit Beauchamp vom Beach Department und seinem Hund Butch. Am Heck des Wagens spielt Butch verrückt, also brechen wir die Klappe auf. Den Rest kennen Sie. Da liegt eine Leiche drin, der Brustkasten ist offen, und ich weiß sofort, dass wir

gerade Cupido festgenagelt haben. Ich sage diesem Bantling, er soll sofort aussteigen, und dann dauert es ungefähr sechs Minuten, bis Gott und die Welt auf dem Causeway eingetroffen sind.«

C. J. überflog noch einmal das Festnahmeprotokoll. Dann dachte sie daran, was Manny ihr gesagt hatte, nachdem man sie Dienstagnacht wegen der richterlichen Verfügungen rausgeklingelt hatte, und ihr wurde klar, dass es nicht nur ein kleines Problem gab.

»Wo, sagten Sie noch, befanden Sie sich, als Sie Bantlings Wagen das erste Mal sahen, Officer Chavez?«

»Ich war an der Ecke Washington Sixth Street.«

»Stand Ihr Wagen auf der Washington Avenue oder auf der Sixth Street?«

»Auf der Sixth Street. Ich stand auf der Sixth, da hab ich ihn vorbeifahren sehen.«

»Aber auf der Höhe der Washington Avenue ist die Sixth Street Einbahnstraße, Officer Chavez. Sie geht nur nach Osten. Wenn Sie die Washington Avenue beobachteten, mussten Sie nach Westen gesehen haben.«

Chavez rutschte auf dem Sessel herum. Ihm wurde langsam unwohl, aber so leicht ließ er sich nicht in die Enge treiben. »Ja, ich stand an der Ecke Sixth Street entgegen der Einbahnstraße, als ich den Wagen sah. Das mache ich oft. Damit kriege ich die Raser dran. Sie rechnen nicht damit, dass da einer steht.«

»Und als Sie ihn nach Süden in Richtung Causeway fahren sahen, sind Sie direkt hinter ihm hergefahren?«

»Ja.«

»Und haben ihn keine Sekunde aus den Augen verloren?«

»Nein.«

»Na schön. Jetzt, wo wir beide wissen, dass Sie lügen, Officer Chavez, warum erzählen Sie mir nicht, was an dem Abend wirklich geschah?«

## 39.

DIE SIXTH STREET war nicht nur Einbahnstraße, sie war außerdem keine Durchgangsstraße. Selbst wenn Chavez in westlicher Richtung gestanden hatte, hätten Betonpoller verhindert, dass er nach links, in südlicher Richtung, auf die Washington Avenue einbog. Er konnte nur rechts auf die Washington Avenue fahren und dann ein oder zwei Blocks weiter nördlich einen U-Turn machen. Und dabei hätte er den Jaguar unmöglich im Auge behalten können, selbst wenn man glaubte, dass er ihn überhaupt beim Zuschnellfahren gesehen hatte.

Chavez war sichtlich eingeschüchtert. Er wurde rot. Sie hatte ihn erwischt, und er wusste es.

»Also gut. Ich stand auf der Sixth Street. Ich sehe den Jaguar, also fahre ich die Sixth zurück bis zur Collins. Ich biege rechts ab und komme über die Fifth Street direkt auf den Causeway. Ich habe ihn höchstens eine Minute aus den Augen verloren, wenn Sie darauf hinauswollen.«

»Moment, mein Freundchen. Sie sind die Sixth Street zurückgefahren?«

»Ja.«

»Also standen Sie gar nicht falsch rum in der Einbahnstraße? Sie haben die Washington überhaupt nicht beobachtet?« C. J. konnte es einfach nicht fassen. Sie stand auf, lehnte sich über den Tisch. Ihre Stimme zitterte vor Wut. »Jetzt aber mal langsam, Officer, denn ich bin kurz davor, Ihnen die Dienstmarke abzunehmen. Sie stehen unter Eid, und ich will die Wahrheit hören, haben Sie das verstanden? Denn sonst muss ich mich mit Ihrem billigen Gewerkschaftsanwalt unterhalten, während Sie sich in einer überfüllten Zelle von Ihrer Jugend verabschieden!«

Es entstand eine lange Pause. Seine Überheblichkeit war wie weggeblasen. Chavez' Stirn lag in Falten, sein Blick verdunkelte sich. Er hatte Angst.

»Mensch, ich konnte doch nicht wissen, dass ich es mit diesem, mit diesem, diesem ... Riesenfall zu tun hatte. Woher zum Teufel hätte ich wissen sollen, dass der Kerl, den ich rauswinke, Cupido ist?« Er fuhr sich durch die Haare, und C. J. hatte das schreckliche Gefühl, dass ihr der Fall zwischen den Fingern zerrann. »Okay. Ich war also auf der Sixth Street, ich hatte meinen Wagen verlassen und stand an der Ecke, redete mit ein paar Touris, die sich zankten. Dann bekomme ich diesen Funkspruch. Ein anonymer Tipp war eingegangen, angeblich war da ein Typ mit dem Kofferraum voller Drogen unterwegs. Der Anrufer hatte gesagt, es handelte sich um einen neuen Jaguar XJ8, der die Washington Avenue in Richtung Süden fuhr.«

»Ein anonymer Tipp?« C. J. war verblüfft. Davon war bisher noch nie die Rede gewesen.

»Ja. Er sagte, da wären zwei Kilo Kokain im Kofferraum, und der Fahrer wäre auf dem Weg zum Flughafen. Ich sehe also den Jaguar an mir vorbeifahren, sage *adiós* zu den Zankhähnen und springe in mein Auto, die Sixth Street runter und die Collins. Ich biege auf den Causeway, aber ich sehe ihn nicht mehr. Ich weiß, dass er zum Flughafen will, und nach ein, zwei Kilometern sehe ich ihn dann, seelenruhig genau hinter Star Island. Ich denke, der Kerl entwischt mir über die Stadtgrenze, ohne auch nur das Tempolimit zu brechen, so cool, wie er ist. Also halte ich ihn an, bevor er aus Miami Beach raus ist und sich vom Acker macht.«

C. J. setzte sich in ihren Sessel zurück. Ihr Mund war trocken, ihr Herz raste. Das klang nicht gut. »Sie haben ihn also gar nicht zu schnell fahren sehen? Sie haben ihn nur wegen dieses anonymen Tipps angehalten?«

Chavez schwieg und starrte auf die Papiere auf seinem Schoß.

»Was hat der Anrufer genau gesagt?«

»Das hab ich doch schon erzählt. Ein neuer schwarzer XJ8 würde auf der Washington Avenue nach Süden fahren, mit zwei Kilo Koks im Kofferraum.«

»Auf dem Weg zum Flughafen?«

»Genau.«

»Hatten Sie eine Beschreibung des Fahrers? Oder wenigstens die Autonummer? Hat der Anrufer erklärt, woher er die Information hatte? Hat er überhaupt irgendwas gesagt, das einen vernünftigen Polizisten zu der Vermutung bringen würde, der Fahrer wäre in Drogengeschäfte verwickelt?« Sie wurde zu laut, das war ihr klar.

Aber die Gerichte sahen anonyme Tipps nicht gern – jeder konnte jederzeit anrufen, und die Glaubwürdigkeit des Informanten war somit immer fraglich. Ohne detaillierte Informationen gab es keinen Grund für einen hinreichenden Verdacht. Und ein schwarzer Jaguar, der angeblich mit zwei Kilo Kokain im Kofferraum die Washington Avenue hinunterfuhr, war nicht sehr überzeugend.

»Nein. Das war alles. Es war ja auch gar keine Zeit mehr, Ms. Townsend. Er war dabei, die Stadtgrenze hinter sich zu lassen, und ich wollte ihn nicht verlieren, deshalb habe ich ihn angehalten.«

»Stimmt nicht. Sie hatten ihn schon auf der Sixth Street verloren. Außerdem, woher wussten Sie überhaupt, dass der schwarze Jaguar, den Sie auf dem MacArthur Causeway ›einholten‹, derselbe war, den Sie auf der Washington Avenue gesehen hatten? Was hat Sie dazu gebracht, zu glauben, dass der Wagen, den Sie anhielten, der war, den der anonyme Anrufer gemeint hatte, vorausgesetzt, der Tipp taugte überhaupt etwas?«

Wieder schwieg Chavez.

»Richtig. Das wissen Sie nicht, denn der Tipp reichte für das, was Sie da veranstaltet haben, hinten und vorne nicht, und das wussten Sie. Aus diesem Grund haben Sie mir gar nicht erst davon erzählt. Also gut, Sie haben ihn angehalten. Erzählen Sie mir genau, was dann geschah.«

»Ich forderte ihn auf, aus dem Wagen zu steigen, bat ihn um den Führerschein und die Fahrzeugpapiere. Ich fragte ihn, wo er hinfuhr, und er sagte, zum Flughafen. Dann habe ich ihn gefragt, was er im Kofferraum hätte. Sie wissen schon, Gepäck? Er hatte nur diese eine Tasche auf dem Rücksitz, und laut Tipp waren die Drogen im Kofferraum. Sagt er mir doch, ich soll ihn am Arsch lecken. Da ist mir klar, dass was faul ist. Ich sage ihm, er kann seinen Flug vergessen, und rufe die Hundestaffel.«

»Was war in der Tasche auf dem Rücksitz?«

»Klamotten, sein Pass, ein Terminkalender. Ein paar Papiere und so was.«

»Und wann haben Sie die Tasche durchsucht?«

»Als ich auf die Hundestaffel wartete.«

»Und es gab auch keinen Geruch, nicht wahr? Der aus dem Kofferraum kam?«

»Doch, doch, ich hab was gerochen!«, stammelte er. »Es roch komisch, wie eine Leiche oder so.«

»Sie sind ein verdammter Lügner, Officer. Sie haben überhaupt nichts gerochen, und das wissen wir beide genau. Zuerst sagen Sie Manny Alvarez, dass Sie dachten, er hätte Koks dabei. Und jetzt, wo gar keine Drogen gefunden werden konnten, denken Sie sich was anderes aus. Außerdem hätten Sie Anna Prados Leiche gar nicht riechen können, denn sie war erst einen Tag tot. Jetzt geben Sie endlich zu, dass Sie in den Kofferraum schauen wollten, weil Sie wütend waren, dass er seine Zustimmung verweigerte, und Sie wussten, dass Sie kein Recht hatten, ihn selbst aufzumachen. Keine zehn Minuten im Dienst, und Sie sind schon ein Superbulle. Zu Ihnen sagt keiner nein. Sie hatten nicht einmal einen hinreichenden Verdacht, um ihn anzuhalten, ist Ihnen das klar? Und das alles, weil Sie zu faul waren, den Tipp zu überprüfen. Wissen Sie überhaupt, was für einen Fall Sie da eben verpfuscht haben?«

Er stand auf und begann im Büro auf und ab zu gehen. »Mann, ich wusste doch nicht, dass es Cupido war! Ich dachte, der Typ dealt vielleicht. Vielleicht würde ich einen Drogenhändler drankriegen, ganz allein. Mein FTO sagte immer, in Miami passiert so was ständig. Wenn jemand einen nicht in den Kofferraum schauen lässt, dann, weil er was zu verbergen hat. Und immerhin hatte er eine verdammte Leiche da drin! Eine Leiche! Und Sie wollen mir erklären, das spielt keine Rolle?«

»Ja, genau das will ich Ihnen sagen, denn wenn die Fahrzeugkontrolle und die Durchsuchung unrechtmäßig waren, dann gibt es keine Leiche im Kofferraum, kapiert? Die Sache ist geplatzt – der Fall kann nie zur Anklage kommen. Haben Sie in der Polizeischule denn nichts über die Gesetze gelernt? Oder waren Sie so damit beschäftigt, sich Waffen an die Wade zu schnallen, dass Sie nicht aufpassen konnten?« Sie schwieg, und nur das Ticken der billigen Wanduhr war zu hören. Dann fragte sie: »Wer weiß davon?«

»Mein Sergeant, Ribero, er kam, nachdem wir den Kofferraum aufgebrochen hatten. Ich habe ihm die ganze Geschichte erzählt. Er ist ausgerastet, genau wie Sie, er meinte, der ganze Fall wäre versaut. Doch dann hat er gesagt, wir können den Kerl nicht einfach laufen lassen, auf keinen Fall. Also meinte er, wir bräuchten noch einen besseren Grund, warum ich ihn angehalten habe, der Tipp ginge nicht.«

»Wer hat das Rücklicht zerschlagen?«

Chavez antwortete nicht. Er starrte aus dem Fenster.

»Also, Sie und Ribero?«

»Lindeman wusste auch von dem Anruf. Wie schlimm ist es, Ms. Townsend? Werde ich gefeuert?«

»Ihr Wohlergehen ist im Moment das Letzte, worum ich mir Sorgen mache, Officer Chavez. Ich muss mir überlegen, wie ich einen Mann, der zehn Frauen abgeschlachtet hat, hinter Gittern behalte, und im Moment habe ich keine Ahnung, wie ich das anstellen soll.«

## 40.

SIE SASS SCHWEIGEND HINTER IHREM SCHREIBTISCH und versuchte, das weiße Rauschen ihrer Gedanken zu durchdringen. Chavez ließ jetzt die breiten Schultern hängen, hielt den Kopf unterwürfig gesenkt und die Hände gefaltet – es sah aus, als betete er.

Lou Ribero, den sie vom Pickle Barrel zurückbeordert hatte, hockte ihr mit gekreuzten Armen gegenüber und warf seinem Frischling böse Blicke zu. Wahrscheinlich überlegte er sich gerade, für welche Strafdienste er Chavez in den nächsten zehn Jahren einteilen könnte.

Endlich ergriff C. J. das Wort. Sie sprach leise und mit Bedacht. »Ganz gleich, wie der konkrete Fall aussieht, das Gesetz über anonyme Hinweise in Florida ist ziemlich eindeutig. Da es keine Möglichkeit gibt, den Anrufer zu überprüfen – festzustellen, wo und wie er an seine Information gekommen ist, oder sein Motiv zu hinterfragen –, ist so ein Tipp nur dann ein hinreichender Grund für eine Fahrzeugkontrolle, wenn er ausreichend Details liefert, aufgrund deren ein Polizist davon ausgehen kann, dass der Anrufer über genaue Kenntnisse der Sachlage verfügt. Wenn die Information von dem Polizisten unabhängig bestätigt werden kann, dann, und nur dann, hat er einen hinreichenden Grund oder zumindest den begründeten Verdacht, dass eine kriminelle Handlung im Verzug ist, und darf ein Fahrzeug anhalten, um weiter zu ermitteln. Ein Tipp, dem solche glaubhaften Details fehlen, reicht für eine Fahrzeugkontrolle nicht aus. Und wir wissen natürlich, dass die Durchsuchung nach der unrechtmäßigen Fahrzeugkontrolle ebenfalls unrechtmäßig ist, es sei denn, es gibt einen anderweitigen hinreichenden Verdacht, der diese rechtfertigt. Alle Beweismittel, die aus einer unrechtmäßigen Durchsuchung hervorgehen, müssen zurückgezogen werden und sind vor Gericht unzulässig.

So. Ein Fahrzeug darf allerdings jederzeit wegen Übertretungen der Verkehrsregeln angehalten werden, die der Fahrer in Gegenwart eines Polizisten begangen hat, wie zum Beispiel überhöhte Geschwindigkeit oder unerlaubtes Abbiegen; und wegen verkehrsgefährdender Fahrzeugschäden wie einem defekten Scheinwerfer, Blinker oder Rücklicht.

Officer Chavez hat mich darüber in Kenntnis gesetzt, dass er am neunzehnten September um circa zwanzig Uhr fünfzehn in seinem Streifenwagen an der Ecke Sixth Street Washington Avenue saß. Um diese Zeit bemerkte er auf der Washington Avenue in südlicher Richtung, in Richtung MacArthur Causeway, einen neuen schwarzen Jaguar XJ8, Kennzeichen TTR-L57. Der Fahrer war ein männlicher Weißer, blond, zwischen fünfunddreißig und fünfundvierzig Jahre alt. Der Wagen war wahrscheinlich schneller als sechzig Stundenkilometer, die Höchstgeschwindigkeit aber lag bei vierzig. Officer Chavez fuhr die Sixth Street zurück, bog an der nächsten Ecke auf die Collins ab und dann auf die Fifth Street, die direkt auf den MacArthur Causeway führt. Dort entdeckte er wieder den schwarzen Jaguar XJ8 mit dem Kennzeichen TTR-L57, am Steuer saß immer noch der gleiche Fahrer. Auf dem Causeway folgte er dem Fahrzeug ungefähr drei Kilometer, und jetzt bemerkte er den Defekt an dessen Rücklicht, außerdem beobachtete er, wie der Fahrer, ohne zu blinken, die Spur wechselte. Officer Chavez beschloss, eine Fahrzeugkontrolle durchzuführen. Mit Blaulicht und Sirene signalisierte er dem Fahrer, auf den Randstreifen zu fahren.

Er bat den Fahrer, später identifiziert als William Rupert Bantling, um Führerschein und Fahrzeugpapiere. Mr. Bantling wirkte nervös und fahrig. Seine Hände zitterten, als er Officer Chavez den Führerschein aushändigte, und er wich dem direkten Blick des Beamten aus. Auf dem Weg zurück zum Streifenwagen sah sich Officer Chavez das zerbrochene Rücklicht genauer an. Dabei entdeckte er auf der Stoßstange einen Fleck, der von Blut stammen konnte. Als er zurückging, um Mr. Bantling die Papiere wiederzugeben, fiel Officer Chavez außerdem der Geruch von Marihuana in Bantlings Wagen auf. Er bat Bantling um die Zustimmung, einen Blick in den Kofferraum werfen zu dürfen. Sie wurde ihm verweigert. Aufgrund der Gesamtheit der Umstände, dem Fleck auf der Stoßstange, dem Marihuanageruch und Bantlings Verhalten, kam Chavez der Verdacht, dass in dem Fahrzeug Drogen transportiert wurden, und er forderte deshalb eine Hundestaffel an. Beauchamp vom Miami Beach Police Department kam hinzu, und sein Hund Butch schlug am Heck des Fahrzeugs an. Damit hatten die Beamten hinreichenden Tatverdacht, der sie zu einer Durchsuchung des Kofferraums berechtigte, wo sie dann Anna Prados Leiche fanden.«

Sie sah die beiden Männer eindringlich an.

»Ist es so passiert, Officer Chavez? Habe ich Sie richtig verstanden?«

»Ja, Ma'am. Genau so war es.«

Sie sah Ribero an. »Hat man Ihnen den Vorfall so berichtet, Sergeant?«

»Genau so.«

»Gut. Trinken Sie ruhig noch einen Kaffee mit Officer Lindeman, Sergeant Ribero. Ich erwarte ihn dann zu seiner Vernehmung um zwölf.«

Ribero stand auf. »Vielen Dank für Ihre Hilfe, Ms. Townsend. Wir sehen uns.« Er nickte C. J. grimmig zu, dann warf er einen finsteren Blick in Chavez' Richtung. »Komm schon, Chavez.«

Die Tür schloss sich hinter ihnen, und nun war es passiert. Der Deal stand. Ein Pakt mit dem Teufel. Von jetzt an gab es für sie alle kein Zurück mehr.

# 41.

DAS ERSTE MAL IN IHREM LEBEN setzte C. J. ihre Karriere aufs Spiel. Für einen höheren Zweck, sagte sie sich. Ihre berufliche Integrität war ein kleines Opfer für einen höheren Zweck. Damit die Bestie vernichtet, der Drache getötet werden konnte, mussten auch die Guten sich manchmal die Hände schmutzig machen.

Die Fahrzeugkontrolle war unrechtmäßig gewesen – eindeutig. Rechtlich gab es keinen hinreichenden Tatverdacht, um sie zu begründen, und genauso unrechtmäßig war auch die Durchsuchung. Es wäre C. J. lieber gewesen, wenn Chavez ein besserer Lügner gewesen wäre und sie gar nicht erst hätte herausfinden müssen, was sie jetzt wusste. Dann hätte sie nicht die Rolle spielen müssen, zu der sie jetzt gezwungen war.

Ohne Durchsuchung keine Leiche. Ohne Leiche kein Fall. Wenn sie Chavez' Geschichte nicht in Ordnung brachten, war Bantling ein freier Mann. Egal, wie viel Spuren in seinem Haus ihn mit den Morden in Verbindung brachten, die Anklage wäre geplatzt, denn ohne die unrechtmäßige Fahrzeugkontrolle hätte die Polizei nie von Bantlings Existenz erfahren. Sie hätten das Haus nicht durchsucht. Sie hätten kein Haldol gefunden, kein Blut, keine Mordwaffe, keine sadistischen Pornovideos. So war eben das Gesetz.

Das Telefon klingelte und riss sie aus ihren trüben Gedanken.

»C. J. Townsend.«

»C. J.? Hier ist Christine Frederick von Interpol. Tut mir Leid, dass es ein paar Tage gedauert hat. Ich musste die Information, die du mir gegeben hast, durch verschiedene Systeme laufen lassen.«

»Hast du irgendetwas gefunden?«

»Ob ich etwas gefunden habe? Ja, also, ich glaube, ich habe eine ganze Menge gefunden. Ich glaube, wenn du mit ihm fertig bist, hat dein Verdächtiger ein Pied-à-terre in den Gefängnissen einiger Länder. In allen drei südamerikanischen Staaten gab es Übereinstimmungen: in Rio, Caracas und Buenos Aires. Männlicher Weißer mit Maske. Er schneidet und quält gern. Die Masken ändern sich. Es gab einen Alien, ein Monster, einen Clown und ein paar

Gummigesichter, die von den Frauen nicht erkannt wurden. Dein Mann wird auch auf den Philippinen gesucht, vier derartige Vergewaltigungen zwischen 1991 und 1994. Seitdem nichts mehr. Die Fahndungslisten aus den Achtzigern sind größtenteils überholt oder unbrauchbar, daher konnte ich über die Zeit nichts rausfinden. Und in Malaysia gab es nichts. Insgesamt scheint es um die zehn Opfer in vier Ländern zu geben. Aber das ist ja nur das, was in den Fahndungslisten auftaucht. Bei den Konsulaten und Polizeibehörden habe ich nicht angerufen. Ich dachte, das möchtest du lieber selbst tun, falls dein Mann auf die Gesuchten passt, und so sieht es ja aus. Ich faxe dir mein Material, dann hast du es schwarz auf weiß.«

Weitere zehn Frauen. C. J. musste sich Christines Funde gar nicht durchlesen, um zu wissen, dass es Bantling war. Er war ein Serienvergewaltiger, eine Serienmörder, eine Bestie, die es auf Frauen abgesehen hatte. Er hatte über siebzehn Frauen vergewaltigt und gefoltert. Zehn, wahrscheinlich elf Frauen hatte er ermordet – vielleicht auch noch mehr.

Ohne Chavez' »neue« Aussage hätte es keinen Fall gegeben. Bantling könnte wegen des Mordes an Prado nicht belangt werden. In den Vereinigten Staaten waren seine Vergewaltigungen verjährt. Sie wusste, dass die Vergewaltigungen in den anderen Ländern nie vor Gericht kommen würden. Es war immer dasselbe: keine Sachbeweise, und die Rechtssysteme armer südamerikanischer Länder waren nicht besonders vertrauenerweckend, um es milde auszudrücken. Auch dort würde er nicht verurteilt werden. William Rupert Bantling wäre ein freier Mann. Und er würde wieder Frauen auflauern. Würde wieder vergewaltigen und foltern und morden. Es war nur eine Frage der Zeit.

*Sie brachte nur ein kleines Opfer für einen höheren Zweck.*

Jetzt gab es kein Zurück mehr, jetzt und nie mehr. Nur eine Frage blieb. Eine Frage, die sich nicht ignorieren ließ, aber sie glaubte auch nicht, dass sie sie je würde beantworten können.

*Wer hatte den anonymen Tipp gegeben?*

## 42.

»DU GEHST MIR AUS DEM WEG.«

Special Agent Dominick Falconetti stand in der Tür ihres Büros, in der einen Hand eine Dunkin'-Donuts-Tüte, in der anderen eine lederne Aktentasche. Er war klatschnass.

Sie versuchte, so entrüstet wie möglich über seine Anschuldigung zu wirken, und öffnete protestierend den Mund, doch dann besann sie sich eines Besseren. *Schuldig im Sinne der Anklage.*

»Versuch gar nicht erst, es zu leugnen. Letzte Woche hast du mich in der Gerichtsmedizin versetzt und mindestens sechs meiner Nachrichten ignoriert. Manny rufst du zurück, aber mich nicht, und meine Aussage hast du als allerletzte angesetzt.«

»Du hast Recht. Wahrscheinlich bin ich dir ausgewichen.«

»Ich würde gern wissen, warum. Magst du Manny lieber als mich? Er nervt doch viel mehr. Außerdem raucht er in deinem Büro, wenn du nicht da bist.« Er setzte sich ihr gegenüber an den Schreibtisch.

»Könnten sie euch mit der Glock nicht auch einen Regenschirm ausgeben?«

»Es ist eine Baretta, und Schirme gibt es keine. Ist denen doch egal, ob ich nass und krank werde, Hauptsache ich kann noch schießen, wenn's brenzlig wird. Aber jetzt lenk nicht vom Thema ab.«

»Also, Dominick, weißt du, das, was da zwischen uns ist ... wir sollten es bei der beruflichen Ebene belassen. Du bist mein leitender Ermittler in diesem Fall, und es ist keine gute Idee, wenn wir, also, wenn wir etwas miteinander anfangen. Ich wusste wohl einfach nicht, wie ich dir das sagen sollte.«

»Das klingt aber nicht so. Oder hast du eine Woche lang geübt?«

Er stützte sich mit beiden Händen auf die Tischplatte und lehnte sich zu ihr hinüber. Das nasse Haar lockte sich auf seiner Stirn, und kleine Rinnsale liefen ihm in Zickzacklinien die Schläfen hinunter. Wieder roch sie seinen sauberen Geruch. Sie sah zu, wie die Tropfen über seinen Hals krochen und in seinem hellblauen Kragen verschwanden, das durchweichte Hemd klebte ihm an der Brust.

»Vielleicht findest du das überheblich, aber ich glaube dir nicht. Ich dachte, wir ...« Er zögerte einen Augenblick, und sie betrachtete seinen Mund, während er nach den richtigen Worten suchte. »Ich dachte, da passiert was zwischen uns. Und als wir uns küssten, hatte ich das Gefühl, dass du das auch so siehst.«

Sie merkte, dass sie rot wurde, und hoffte, dass niemand ausgerechnet in diesem Moment an der offenen Tür vorbeilief. Sie sah schnell weg, wich seinem forschenden Blick aus.

»Dominick, ich«, stotterte sie, während sie versuchte, ihre Gedanken zu sammeln. »Ich ... Wir müssen es beim Beruflichen belassen. Mein Chef ... für die Medien wäre das ein gefundenes Fressen, wenn es herauskommt –«

Er lehnte sich wieder zurück. »Ach, den Medien wäre es doch scheißegal. Die Sache würde sie höchstens zwei Minuten lang interessieren. Und selbst wenn, wen stört das?« Er griff in die Doughnuts-Tüte, holte zwei Becher mit Kaffee heraus und reichte ihr einen über den Tisch. »Milch und Zucker, richtig?«

Sie lächelte matt und nickte. »Ja, Milch und Zucker. Danke. Sehr aufmerksam.« Für eine Weile herrschte angespanntes Schweigen, während beide in ihren Bechern herumrührten. Der Regen prasselte gegen das Fenster. Seit drei Tagen hatte es ununterbrochen gegossen. Draußen konnte man kaum die andere Straßenseite erkennen, und der ganze Parkplatz stand unter Wasser. Geduckte Gestalten rannten zum Gericht und versuchten verzweifelt, mit großen Schritten den Pfützen auszuweichen. Jemand hatte eine Akte verloren, und die weißen Blätter klebten auf dem Asphalt.

Mit leiser Stimme brach sie das Schweigen. »Du verstehst mich doch, oder?«

Er seufzte und beugte sich wieder zu ihr herüber. »Nein, ich verstehe dich nicht. Lass uns mit offenen Karten spielen, C. J. Ich mag dich, sehr sogar. Ich fühle mich zu dir hingezogen. Und ich hatte den Eindruck, das beruht auf Gegenseitigkeit. Ich dachte, wir würden etwas daraus machen, uns eine Chance geben. Aber vielleicht ist jetzt einfach nicht der richtige Zeitpunkt.

Nur eins weiß ich. Irgendwas ist mit dir los, seit Bantling verhaftet wurde. Ich habe keine Ahnung, was, aber es hat nichts mit den Medien zu tun. Und mit deinen Chef auch nicht. Also, wenn du willst, dass ich akzeptiere, was du sagst, schön, ist okay. Aber verstehen tue ich dich nicht, das ist zu viel verlangt.«

Er strich sich die nasse Strähne aus der Stirn.

»Egal. Ich bin wegen der Zeugenvernehmung hier. Freitag, vierzehn Uhr. Pünktlich.« Resigniert stellte er die Aktentasche auf den Bürostuhl neben sich und öffnete sie. »Ach, eins hab ich vergessen ...« Er griff noch einmal in die Papiertüte. »Ich habe dir ein Boston-Cream-Doughnut mitgebracht und es heldenhaft mit meinem eigenen Leib vor dem Regen geschützt.«

Nur die ersten zwanzig Minuten der Vernehmung waren verkrampft, dann legte sich die Spannung, und eine Weile lang lief das Gespräch wie ganz von selbst. Sie wusste, dass er böse auf sie war, dass sie ihn verletzt hatte. Ausgerechnet nachdem er versprochen hatte, ihr nicht wehzutun, war sie es jetzt, die ihn verletzte. Und dabei war es das Letzte, was sie wollte. Am liebsten hätte sie ihm gesagt, was sie wirklich fühlte, wie sehr sie wünschte, sie könnten sich darauf einlassen. Doch sie setzte ihn unter Eid, nahm seine Aussage auf und hielt den Mund. *Noch ein kleines Opfer für einen höheren Zweck.*

Martin Yars, der Chief Assistant, würde den Fall am folgenden Mittwoch, den 27. September vor die Grand Jury bringen, nur ein paar Tage vor Bantlings Vorführung vor Gericht am Montag, den 2. Oktober. Dort würde Dominick aussagen, die ganze Ermittlung in der Sache des Todes von Anna Prado aufrollen, um die Jury dazu zu bringen, gegen Bantling Anklage wegen Mordes zu erheben. Oberflächlich betrachtet hatten sie einen starken Fall, alle Zeugenaussagen und Berichte sprachen dafür. Sie hatten eine verstümmelte Leiche, und auch wenn die DNA noch nicht analysiert war, die Blutgruppe der Spritzer aus Bantlings Schuppen stimmte schon mal mit der von Anna Prado überein, null negativ. Außerdem gab es eine mögliche Mordwaffe. Eins der Skalpelle, die Jimmy Fulton entdeckt hatte, wies ebenfalls Spuren von Blut auf. Und dann war da noch das Haloperidol, das sowohl in Anna Prados Körper als auch in Bantlings Haus gefunden worden war. Alles zusammen ergab einen wasserdichten Fall, bis auf Chavez und seine beunruhigende Eröffnung am Montag. Trotzdem erwartete C. J., dass die Grand Jury Anklage erhob und dass sie auf Mord lautete. In diesem Stadium hatte nur die Staatsanwaltschaft das Wort, die Verteidigung wurde nicht gehört; es gab keinen Richter, und mittelbare Beweise waren gestattet. Wie C. J.s Juraprofessor am St. John's College es einst ausgedrückt hatte, der Staat konnte ein Schinkenbrot anklagen, wenn er es darauf anlegte.

C. J. sagte Dominick nichts von der regelwidrigen Fahrzeugkontrolle. Sie wollte ihn nicht auch noch da mit hineinziehen, obwohl ihr die Frage, wer der anonyme Anrufer gewesen war, auf der Seele brannte. Nach langem Hin und Her kam C. J. schließlich zu dem Schluss, dass es sich um einen Zufall handeln musste. Es gab gar nicht so wenige schwarze Jaguar XJ8 in South Beach – vielleicht hatte Chavez den falschen angehalten. Oder Bantling hatte jemandem ans Bein gepinkelt, und der rächte sich, indem er einen falschen Tipp gab. Sich weiter den Kopf darüber zu zerbrechen war so, als ließe man die Tür eines Zimmers offen stehen, das niemand betreten sollte.

Es goss immer noch, als sie ein paar Stunden später mit der Vernehmung durch waren und Dominick aufstand. Der Wind peitschte den Regen gegen das Fenster, und C. J. griff in die Schublade und zog einen Schirm hervor.

»Damit du schön trocken bleibst. Du musst besser auf dich aufpassen. Ich kann mich später von den Sicherheitsleuten zu meinem Wagen eskortieren lassen.«

»Die Sicherheitsleute? Guter Witz. Es ist nach fünf an einem trostlosen Freitagnachmittag. Alle sind längst nach Hause gegangen, genau wie deine Kollegen, schätze ich. Danke, aber nein danke. Ich bin hart im Nehmen. Das Wasser perlt einfach an mir ab.«

»Wie du meinst. Aber erkälte dich nicht. Du wirst am Mittwoch vor der Grand Jury gebraucht – ach, fast hätte ich es vergessen. Vorhin habe ich einen Termin für das Arthur Hearing bekommen. Stell dir vor, Bantling will auf Kaution raus. Es ist nächsten Freitag, den Neunundzwanzigsten, um eins. Dafür brauche ich dich auch. Schaffst du das?«

Das Arthur Hearing war sehr viel gründlicher als die Erste Anhörung, in der der Richter ja praktisch nur das Festnahmeprotokoll vorlas und den Tatverdacht feststellte. Selbst wenn die Anklage seitens der Grand Jury bis dahin schon stand, musste C. J. immer noch anhand von Zeugenaussagen glaubhaft darstellen, dass »die Beweislage eindeutig und der Verdacht begründet« war, dass Bantling sich des Mordes schuldig gemacht hatte. Das wiederum bedeutete, dass sie mindestens den leitenden Ermittler in den Zeugenstand rufen musste. Auch hier waren mittelbare Beweise gestattet, aber anders als vor der Grand Jury konnten alle Zeugen ins Kreuzverhör genommen werden. Die Verteidigung nutzte das Arthur Hearing gern als Instrument, um herauszufinden, was die Anklage in der Hand hatte und wie gut sich die Zeugen im Kreuzverhör hielten, selbst wenn sie genau wussten, dass der Richter keine Kaution gestatten würde. C. J. vermutete, dass in diesem Fall genau das Lourdes Rubios Absicht war.

»Machst du das Arthur Hearing?«

»Ja. Yars ist nur wegen der Grand Jury dabei. Danach liegt alles in meinen Händen.«

»Wie sollte ich dann nein sagen? Aber wir wollten das Ganze ja auf einer rein beruflichen Ebene halten, da wirst du mir schon eine offizielle Vorladung schicken müssen.«

Sie spürte wieder, dass sie rot wurde. »Sehr witzig. Danke, hm, für das Verständnis, dass wir ... äh, dass wir es bei dieser beruflichen Freundschaft belassen.«

»Ich habe nichts von Verständnis gesagt. Ich habe nur gesagt, dass ich es akzeptiere. Großer Unterschied.«

Sie begleitete ihn vorbei an den leeren Schreibtischen des Sekretariats und durch die Sicherheitsschleuse zum Fahrstuhl.

Er drehte sich noch einmal zu ihr um. »Manny und ich gehen heute im Alibi einen trinken, um noch ein paar Sachen zu besprechen. Du bist herzlich willkommen, wenn du willst. Wir drei könnten ja über ein paar Bier an unserer beruflichen Beziehung arbeiten.«

»Danke, aber eher nicht. Ich habe noch so viel zu tun.«

»Na gut. Dann ein schönes Wochenende, Boss. Dann sehen wir uns am Mittwoch nach der Grand Jury.«

»Bleib trocken«, rief sie ihm hinterher, als sich die Fahrstuhltüren schlossen, und dann stand sie wieder einmal allein auf dem dunklen Flur.

# 43.

DIE GRAND JURY brauchte nicht einmal eine Stunde, um Anklage gegen William Rupert Bantling wegen Mordes an Anna Prado zu erheben. Und das auch nur, weil sie während der Beratung zu Mittag aßen – denn die Rechnung bezahlte der Staat nur, wenn während der Dauer der Sitzung gegessen wurde.

Innerhalb von Minuten, nachdem es bekannt geworden war, stürzten sich die Medien auf die Nachricht von der Anklageerhebung, und dann fütterten sie die Information in ihre Mikros auf den blütenweißen Marmorstufen des Gerichtsgebäudes von Miami Dade und analysierten für das gebannte Publikum an den TV-Geräten rund um die Welt, was das »im Einzelnen zu bedeuten hat«.

C. J. hatte nicht damit gerechnet, dass die Entscheidung so schnell fiele. Sie befand sich gerade in einem Meeting mit dem Oberstaatsanwalt, als eine der Sekretärinnen mit der Nachricht in den Konferenzraum stürzte und den Fernseher anstellte. Sie und Tigler mussten gemeinsam mit dem U.S. Attorney in Südflorida und dem Special Agent in Charge des FBI Miami ansehen, wie ein überforderter, rotgesichtiger Martin Yars, Chief Assistant der Staatsanwaltschaft von Miami Dade, vor dem Gerichtsgebäude über die einfachsten Sätze stolperte und sich schlicht unfähig zeigte, das Maschinengewehrfeuer der Fragen von gut einem Dutzend Reportern flüssig zu beantworten, die ihn auf dem Weg zu seinem Wagen überfallen hatten. Er machte keine gute Figur. Und das, was er sagte, war auch nicht besser.

Das improvisierte Treffen war gemeinsam vom FBI und der Bundesstaatsanwaltschaft einberufen worden. Anscheinend wollten die Bundesbehörden Cupido haben, und sie wollten nicht teilen. Alle Augen waren auf Yars gerichtet, der ausgerechnet jetzt so herumstottern musste. Nach ein paar peinlichen Momenten kannte sogar *Channel* 7 Gnade und machte Werbepause. Tom de la Flors, der U.S. Attorney in Südflorida, brach das Schweigen.

»Sehen Sie, Jerry? Das ist genau das, wovon ich spreche. Unsere Behörde hat die Möglichkeiten und die Erfahrung, mit dem Medienzirkus fertig zu werden.« Er schüttelte den Kopf, dann schlug er einen vertraulichen Ton an und sah Tigler, der nervös auf seinem Sessel herumrutschte, direkt in die Augen. »Lassen Sie uns die Karten auf den Tisch legen, Jerry. Dieser Fall ist, politisch betrachtet, Dynamit, und das wissen wir alle. Ein Tropfen daneben, ein einziger Fehler, und die ganze Sache explodiert. Direkt unter Ihrer Nase. Mitten im Wahljahr. Und ich weiß, wie schwer es sein kann, sich das Volk wohlgesinnt zu halten, damit es am Wahltag Ihren Namen singt. Ich war ja mal Richter, ich kenne mich da aus. Und die Umfragen lügen nicht, Jerry. Die Leute waren nicht besonders glücklich über die Handhabung dieses Falls, von Anfang an nicht. Achtzehn Monate, bis es einen Verdächtigen gab, und er wird nur für einen der Morde angeklagt. Die Familien der anderen Opfer schreien zetermordio in jedes offene Ohr. Und es interessiert alle, Jerry – alle hören zu.«

Mike Gracker vom FBI fiel wie auf Stichwort ein. »Das FBI ist darauf vorbereitet, die ganze Ermittlung zu übernehmen. Wir brauchen natürlich das Beweismaterial, das die Cupido-Sonderkommission bis zu diesen Zeitpunkt sichergestellt hat; wir nehmen es uns in den Labors des FBI noch einmal vor.«

De la Flors hielt einen Moment inne und ließ das Gesagte sich setzen. Dann lehnte er sich zurück und fuhr in einem resignierten Ton fort, der C. J. frappierend an einen strengen Vater erinnerte. »Die Bundesstaatsanwalt sollte allen Morden nachgehen, Jerry, nicht nur dem an Marilyn Siban. Ich glaube, die Sache würde viel glatter laufen, wenn wir uns hier und jetzt schnell einigten. Damit würden wir uns allen eine Menge Ärger sparen.«

C. J. kochte, als sie sich diese hinter de la Flors aalglatter Verbindlichkeit kaum verschleierten Drohungen anhörte. Wie wunderbar wäre es, wenn Tigler jetzt einfach aufstehen und de la Flors eine vor den Latz knallen würde – aber dazu hatte ihr Chef nicht den Mumm.

Tigler warf einen Blick in die Runde und rutschte weiter auf seinem Stuhl am Kopf des langen Tischs herum. Nach einer kleinen Ewigkeit räusperte er sich und sagte: »Äh – also, Tom, vielen Dank für Ihre Anteilnahme. Ich weiß das zu schätzen. Aber bis jetzt haben wir die Dinge hier noch ganz gut im Griff, glaube ich.

C. J. Townsend ist eine unserer besten Staatsanwältinnen, und ich bin mir sicher, dass sie mit dem Fall zurechtkommt.«

Jerry Tigler bot einen jämmerlichen Anblick. Sein altmodischer brauner Anzug hatte Knitterfalten, ständig verrutschte ihm das Toupet, und der Schweiß stand ihm sichtbar auf der Stirn. Er konnte Tom de la Flors nicht das Wasser reichen, dem strahlenden, Calvin Klein tragenden Exrichter und überlebensgroßen, vom Präsidenten höchstpersönlich ernannten U.S. Attorney.

»Ich bin mir nicht sicher, ob Sie verstehen, Mr. Tigler.« Jetzt schaltete sich Gracker wieder ein. C. J. beobachtete, wie seine dicken kleinen Finger auf den Tisch trommelten, als wolle er so mehr Aufmerksamkeit auf sein kleines Ego ziehen. »Das FBI hat Hunderte von Serienmördern hinter Gitter gebracht. Wir haben die Ressourcen, um die Morde an allen elf Opfern aufzuklären.«

Das war's. Mehr ließ C. J. sich nicht gefallen. »*Zehn* Opfer, Agent Gracker. Bis jetzt haben wir nur *zehn* Leichen – es sei denn, das FBI weiß, wo sich die sterblichen Überreste von Morgan Weber befinden. Bis dahin haben wir nur *zehn* Opfer. Und vielleicht kann ich kurz erklären, warum wir bisher noch keine voreiligen Schlüsse gezogen und Anklage wegen der anderen neun getöteten Frauen erhoben haben. Bisher gibt es noch keine Spur, die von Bantling zu ihnen führt, und wir halten es für vernünftig, zunächst den Fall zu verhandeln, den wir auch beweisen können.«

»Das geht doch nicht gegen Sie, Ms. Townsend«, beschwichtigte Tom de la Flors, doch C. J. schnitt ihm das Wort ab.

»O doch, das tut es. Es ist ein Angriff gegen mich, gegen meine Kompetenz und gegen unsere ganze Behörde, Mr. de la Flors. Aber selbst wenn wir einmal annehmen, der Staat Florida würde die Strafverfolgung aller zehn Morde der US-Bundesstaatsanwaltschaft überlassen, nach welcher Rechtstheorie hätten Sie überhaupt eine Zuständigkeit? Nur Marilyn Sibans Mord ist auf Bundesgebiet verübt worden.«

De la Flors war verblüfft. Er hatte nicht mit Widerspruch von Seiten der Staatsanwältin gerechnet, und auch nur mit minimalen Protesten von Tigler selbst. Er brauchte einen Augenblick, um sich zu fassen. »Soweit ich weiß, wurde im Blut jedes Opfers das Betäubungsmittel Haloperidol gefunden, Ms. Townsend. Allem Anschein nach wurde es ihnen von ihrem Entführer verabreicht, namentlich von William Bantling. Damit hat sich Mr. Bantling einer »fortdauernden kriminellen Handlung« laut Paragraph 848 des U.S. Code schuldig gemacht.«

Doch für seine Rechtsverdrehungen hatte sich Tom de la Flors den falschen Tag und die falsche Frau ausgesucht. »Die Information über die Droge ist durchaus richtig. Aber – und korrigieren Sie mich, wenn ich Unrecht habe – was die fortdauernde kriminelle Handlung angeht: Meines Wissens müssen mindestens fünf Personen daran beteiligt sein. Falls dem FBI die Namen von vier weiteren Verdächtigen bekannt sind, bitten wir höflich um Mitteilung, aber meiner Kenntnis nach handelte Bantling allein. Es fehlen Ihnen also vier Leute für eine fortdauernde kriminelle Handlung. Und damit für Ihre Zuständigkeit.«

Das war's dann wohl. C. J. hatte sich gerade von einer möglichen beruflichen Zukunft in der Regierung verabschiedet, von einer Stelle als hoch geschätzte Bundesstaatsanwältin im Besonderen. De la Flors schoss ihr über den Tisch giftige Blicke zu.

»Nun, ich werde mir den Fall noch einmal genau ansehen müssen, Ms. Townsend, aber das war nur eine der Möglichkeiten, die mir spontan eingefallen sind. Da wäre außerdem der Hobbs Act.« Er wandte sich jetzt wieder an Tigler. »Auf den haben wir uns schon früher berufen, und zwar erfolgreich, als es um die Raubüberfälle auf Touristen hier in Dade County ging.«

»Ja. Aber damals ging es um Raub«, setzte C. J. nach. »Was hat das mit den Morden zu tun? Das reicht doch hinten und vorne nicht für eine Anklage.«

Jetzt hatte de la Flors die Schnauze voll: Was für eine lästige Fliege! Er war Politiker, kein Paragraphenreiter. In den vier Jahren, seit er Bundesstaatsanwalt war, hatte er kaum einen Gerichtssaal mehr von innen gesehen oder einen Blick ins Bundesgesetz geworfen; und er war nicht geneigt, hier irgendwelche juristischen Feinheiten zu diskutieren. »Es reicht für einen Riesenkrach, das gebe ich Ihnen schriftlich. Und wenn Ihre Behörde uns wirklich die Zuständigkeit streitig machen will, dann nehmen wir uns einfach Fall für Fall unter dem Raubaspekt vor.«

»Von welchem Raub sprechen Sie überhaupt, wenn ich fragen darf?« Zaghaft meldete sich Tigler zu Wort.

»Sie dürfen, Jerry. Jedes der Opfer wurde doch nackt und ohne Herz aufgefunden, korrekt? Ms. Prado eingeschlossen? Also sind sie alle beraubt worden. Und diesbezüglich ist das Gesetz klar, Ms. Townsend. Der Fall fällt unter unsere Zuständigkeit. Wir können Mr. Bantling ganz leicht ein paar Jahre lang vor dem Bundesgericht festhalten und jeden Raub einzeln verhandeln. Und das wäre immer noch besser als alles, was Ihre Behörde bis jetzt veranstaltet hat. Wenn wir dann mit ihm durch sind, können Sie ihn aus Camp Leavenworth wiederhaben und die Anklage verhandeln, die Sie bis dahin vielleicht endlich zustande gebracht haben. Vorausgesetzt natürlich, Jerry, dass Sie dann noch Oberstaatsanwalt sind und solche Entscheidungen überhaupt noch treffen können.

Denken Sie darüber nach und lassen Sie mich wissen, ob Sie den Fall nicht doch lieber mit uns gemeinsam vorantreiben wollen, bevor ich darangehe, Anklage zu erheben. In der Zwischenzeit habe ich hier eine Verfügung und einen Durchsuchungsbefehl von Bundesbezirksrichterin Carol Kingsley, die uns Zugang zu Bantlings Haus und seinen Autos und allem Beweismaterial gewährt, das bisher sichergestellt wurde.« Er warf ein Bündel von Papieren auf den Konferenztisch.

C. J. ließ de la Flors keine Sekunde aus den Augen. »Ich werde Ihnen eine Kopie aller sichergestellten Dokumente zukommen lassen, Mr. de la Flors. Ich werde Sie selbst durch die Asservatenkammer führen und Ihnen alle Laborberichte persönlich überreichen. Doch für alles, was darüber hinausgeht, müssen wir Richterin Kingsley einen Besuch abstatten, denn so gerne ich mit Ihnen kooperieren würde – ich habe hier einen Mord zu verhandeln. Und nach Ihren Drohungen muss ich mich offenbar beeilen, bevor ich eine Verfügung brauche, um meinen Angeklagten aus dem Niemandsland des Bundesgerichtshofs zurückzukriegen, wo er wegen *Raub* verklagt wird.«

Sie stand auf und griff nach dem dicken Umschlag auf dem Tisch.

»Wenn Sie mich jetzt bitte entschuldigen würden, Gentlemen, ich muss ja noch die Dokumente kopieren, die Sie wünschen.«

Jerry Tigler sah aus, als beneidete er C. J. um ihren Mut. Nichtsdestotrotz wirkte auch er jetzt fünf Zentimeter größer in seinem unschicken Anzug, und er lächelte, als ein frustrierter Mark Gracker und ein wütender Tom de la Flors aus dem Konferenzraum stürmten.

## 44.

SIE HATTE EIN FLAUES GEFÜHL IM MAGEN, als sie durch das Gerichtsgebäude ging, auf dem Weg zu Saal 4-8, wo um 13:30 Uhr das Arthur Hearing unter Vorsitz von Richter Nelson Hilfaro stattfand. Mit jeder Etage, die der klapprige Fahrstuhl zurücklegte, hämmerte ihr Herz ein wenig schneller, der Insektenschwarm in ihrem Magen schwirrte heftiger, und sie hatte Angst, sich übergeben zu müssen. Aber auch wenn ihre Hände schweißnass waren, blieb ihr Gesicht reglos wie Stein. Die Panik, die ihr an den Eingeweiden riss und ihr die Kehle zuschnürte, war für alle anderen unsichtbar – da passte sie auf. Für den Rest der Welt war sie die starke, souveräne Anklägerin. Nur im Innern fürchtete sie zu zerbrechen.

Im Lauf der letzten Jahre hatte sie an weit über zweihundert Arthur Hearings teilgenommen, wahrscheinlich fast dreihundert oder sogar noch mehr. Es war also reine Routine. Jeder Angeklagte, der eines Verbrechens angeklagt war, auf das lebenslängliche Haft oder sogar die Todesstrafe stand, hatte das Recht auf ein Arthur Hearing. Diese Hearings fraßen zwar viel Zeit, waren aber für gewöhnlich harmlos, solange man einen brauchbaren Fall und einen kompetenten leitenden Ermittler hatte. Aber dies war kein gewöhnlicher Fall.

Seit sie William Bantling in Richter Katz' Gerichtssaal das erste Mal gesehen hatte, waren fast drei Wochen vergangen. Drei Wochen, seit sie die schreckliche Wahrheit kannte, ein Wirklichkeit gewordener Albtraum. Auch wenn sich der erste Schock legte und sie die Tatsachen zu akzeptieren begann, mit denen sie täglich konfrontiert wurde: seitdem hatte sie nicht wieder im gleichen Raum wie er sitzen, den Blick seiner eisblauen Augen aushalten müssen. Der Gedanke war unerträglich, dass sie dieselbe Luft atmete wie er, seinen Geruch, seine Anwesenheit, mit keiner anderen Fluchtmöglichkeit, als aus dem Gerichtssaal zu rennen – vor einer Meute sensationsgieriger Journalisten und einem wütend brüllenden Richter. Wie würde C. J. reagieren, wenn sie ihrem Feind so nah gegenübersaß? Würde die Angst sie überwältigen wie bei der ersten Anhörung? Würde sie heulend zusammenbrechen wie seitdem in jeder einzelnen Nacht? Würde sie ihn anschreien, mit dem Finger auf ihn zeigen, als wäre er das Monster aus einem Horrorfilm? Oder würde sie schlicht den Brieföffner aus der Aktentasche nehmen und ihn Bantling mit einem kalten Lächeln direkt ins Herz rammen, bevor die Sicherheitsbeamten auch nur piep sagen konnten? Das war es, was ihr solche Angst machte und weswegen ihr flau im Magen war. Sie wusste nicht, was sie tun würde. Und sie wusste nicht, ob sie sich wirklich unter Kontrolle hatte.

Sie öffnete die riesige Mahagonitür, holte tief Luft und betrat den überfüllten Gerichtssaal. Sieben Angeklagte hatten bei diesem Arthur Hearing ihren Termin, doch sie waren noch nicht da. Die Geschworenenbank, auf der sie aneinander gekettet sitzen würden, war leer. C. J. fiel ein Stein vom Herzen. Sie hatte also noch eine Gnadenfrist. Vorne neben dem Tisch der Staatsanwaltschaft entdeckte sie Manny Alvarez. Mit seinen fast zwei Metern war er natürlich kaum zu übersehen; seine Glatze ragte weit über die Köpfe der Staatsanwälte und Ermittler hinaus, die sich nervös um den Gerichtskalender scharten, auf dem die heutige Reihenfolge vermerkt war. Rund um den Gerichtssaal waren Dutzende von Kameras aufgebaut. C. J.s Blick schweifte durch den Saal, sie suchte nach dem vertrauten Umriss von Dominick, seinem kastanienbraunen Haar, dem melierten Ziegenbärtchen – ohne Erfolg. Dann legte sich plötzlich eine schwere, warme Hand auf ihre Schulter.

»Suchst du nach mir?« Es war Dominick. Er trug ein frisch gebügeltes weißes Hemd und einen mitternachtsblauen Anzug mit einer schönen gestreiften Krawatte. Er hatte sich das Haar zurückgekämmt, nur eine Locke hatte sich selbständig gemacht und ringelte sich auf seiner Stirn. Er sah sehr seriös und professionell aus. Und verdammt gut.

»Ehrlich gesagt, ja. Manny ist schon vorne«, sagte sie. Seine Hand war warm, als er sie fürsorglich durch die Menge zur Galerie schob.

»Ja, er ist nicht zu übersehen. Er hat sogar Sakko und Krawatte mitgebracht, falls du ihn als Zeugen brauchst. Aber bevor du ihm restlos verfällst, die Jacke riecht nach Mottenkugeln, und an den Ellbogen hat sie braune Flicken. Den Schlips habe ich noch nicht gesehen. Heb dir den Bär lieber für den Notfall auf.«

»Danke für die Warnung. Da bleibe ich doch lieber bei dir. Schick bist du. Sie scheinen dich gut zu bezahlen beim FDLE. Klasse Anzug.«

»Für dich nur vom Feinsten. Wann sind wir dran?«

»Nach dem Kalender sind wir Nummer sechs, aber ich weiß nicht, ob sich der Richter heute an die Reihenfolge halten wird.«

Sie fanden Manny, der an den Tisch der Staatsanwaltschaft gelehnt stand und mit einer jungen Anwältin plauderte. Als er C. J. sah, lächelte er breit und schüttelte ihr die Hand, seine haarige Pranke verschluckte ihre Finger. »*Hola*, Boss! Lange nicht gesehen, was? Wie geht's dir?«

»Hallo, Manny. Danke, dass du dich so fein gemacht hast. Du siehst toll aus.«

»Wirklich, Bär«, stimmte Dominick zu, »du siehst gut aus. Aber zieh dir lieber die Jacke über, bevor du den Arm zum Eid hebst, Buddy.«

»O nein, nicht schon wieder!« Manny hob den Arm und sah die dunkle Verfärbung unter der Achsel. »Immer derselbe Mist, die alten Flecken krieg ich einfach nicht raus.«

»Du brauchst eine gute Reinigung«, sagte Dominick.

»Ach was, ich brauche eine gute Frau. Kennst du nicht eine Süße, Boss?«

»Keine, die gut genug ist für dich.«

»Wie steht's denn mit deiner Sekretärin?«

»Na, um Himmels willen! Ich möchte dich weiterhin respektieren können. Aber mach dir wegen des Jacketts keine Sorgen, Manny, ich brauche nur Dominick im Zeugenstand.«

In diesem Moment öffnete sich die Tür zur Geschworenenbank, und herein kamen drei Gefängnisbeamte in dunkelgrüner Uniform. Hinter ihnen trottete die Reihe von Angeklagten in Handschellen und Fußfesseln herein, die Ketten klirrten, als sie sich auf die zwei Bankreihen verteilten. Die meisten der Insassen trugen Straßenkleidung, denn vor Gericht war ihnen das gestattet. Und bei den meisten Gefangenen blieben es die Klamotten, in denen sie schon verhaftet worden waren; sie würden sie so lange vor Gericht auftragen, bis ihr Verteidiger endlich Erbarmen zeigte und ihnen für die Verhandlung einen Anzug lieh oder was von der Wohlfahrt besorgte. Nur in der zweiten Reihe, ein Stück abseits von den anderen, saß ein gut aussehender blonder Mann in einem knallroten Overall – die Gefängnisuniform für die Insassen, die des Mordes beschuldigt waren. C. J. spürte, wie sich der Raum zu drehen begann, und sie sah schnell woanders hin.

»Da sitzt unser Mann«, sagte Dominick mit Blick in seine Richtung.

»Hmmm ... Schätze, der Knast bekommt ihm nicht besonders, Dom. Er sieht ein bisschen blass aus. Liegt wahrscheinlich am Essen. Oder an der Unterhaltung.« Manny lachte.

Dominick sah C. J. besorgt an, doch sie hatte den Kopf tief über ihre Aktentasche gebeugt, und er konnte ihr Gesicht nicht sehen. »Wo wir vom Teufel reden«, sagte Dominick, »die Grand Jury war ziemlich schnell mit der Anklageerhebung, findest du nicht? Selbst ich hatte damit gerechnet, dass sie mindestens eine Stunde brauchen, und ich bin ein unverbesserlicher Optimist.«

»Ja, Yars hat erzählt, wie gut du dich im Zeugenstand gemacht hast. Der perfekte Zeuge – was mich natürlich nicht überrascht.« C. J. holte Luft. Sie hatte der Geschworenenbank den Rücken zugewandt und sah Dominick jetzt fest in die Augen. Sie kämpfte verzweifelt gegen die lähmende Angst an, die erbarmungslos vom Bauch aufwärts kroch und allmählich ihr Bewusstsein erreichte, gegen den Zwang, sich umzudrehen und dem Wahnsinn ins Gesicht zu blicken. *Gleich. Sie war noch nicht so weit.* Sie wusste, dass Dominick sie beobachtete, ihre Reaktion abwartete, und sie versuchte, sich nichts anmerken zu lassen. »Das erinnert mich an etwas, Dom, ich muss dir noch erzählen, was am Mittwoch passiert ist, falls du es nicht schon gehört hast.«

»Was denn?«

»Der Besuch, den Jerry Tigler und ich hatten, von unseren Kollegen aus Downtown.«

»O nein. Du meinst doch nicht etwa die Federals?«

»Doch, genau die.«

»Wer, jemand vom FBI?«

»Ja. Der Special Agent in Miami, ein kleiner Dicker mit schlechten Manieren. Gracker heißt er, glaube ich, Mark Gracker. Und ihn begleitete kein Geringerer als Seine Majestät der U.S. Attorney höchstpersönlich.«

»Tom de la Flors?«

»Genau der.«

»Du machst Witze. Was wollten sie denn?«

»Kurz gesagt: Cupido.«

»Erheben Sie sich!«, bellte eine laute Stimme, und es wurde still im Saal. Die schwere Flügeltür zur Richterbank schwang auf, und der Ehrenwerte Richter Nelson Hilfaro watschelte herein, die schwarze Robe auf dem Boden hinter sich herschleifend.

»Erzähl ich dir später«, flüsterte C. J.

»Nicht vergessen!«, flüsterte Dominick zurück.

»Setzen Sie sich«, befahl der Gerichtsdiener, und alle setzten sich.

»Guten Tag«, begann Richter Hilfaro und räusperte sich. »In Anbetracht des, na ja, *besonderen* Falles, den wir heute zu verhandeln haben, dessentwegen wahrscheinlich die meisten von Ihnen hier sind« – er nickte in Richtung der Presse, die die letzten zehn Reihen des Gerichtssaals besetzte –, »habe ich beschlossen, die Abfolge zu ändern und zuerst den Fall *Florida gegen William Rupert Bantling* aufzurufen, damit wir danach wieder mehr Platz hier haben. Anschließend werde ich die Tagesordnung wie gewohnt einhalten. Ist die Staatsanwaltschaft bereit zu beginnen?«

C. J. war ein wenig überrumpelt. Sie hatte gedacht, dass sie wenigstens die Verlesung der Tagesordnung und eventuell noch ein oder zwei Fälle Zeit hätte, um sich emotional auf ihren Auftritt vorzubereiten. Aber vielleicht war ein Sprung ins kalte Wasser das

Beste. So konnte sie sich nicht verrückt machen. Sie trat vor den Richter auf das Podium der Staatsanwaltschaft.

»Ja, Euer Ehren. C. J. Townsend für den Staat Florida. Wir sind bereit.«

»Die Verteidigung?«

Lourdes Rubio, im konservativen schwarzen Kostüm, das Haar in einem straffen Knoten, schritt durch den Gerichtssaal zum Podium der Verteidigung.

»Lourdes Rubio für den Angeklagten William Bantling. Auch wir sind bereit, Euer Ehren.«

»Schön. Wie viele Zeugen für die Anklage?«

»Nur einer, Euer Ehren.«

»Gut. Lassen Sie uns anfangen. Die Staatsanwaltschaft soll beginnen.« Richter Hilfaro machte keine Mätzchen. Er legte keinen Wert auf Rampenlicht, und daher mochte er Fälle, die durch die Medien gingen, nicht. Das war einer der Gründe, warum der oberste Richter ihn für Arthur Hearings einsetzte. Die zogen normalerweise kaum Interesse auf sich. Die Presse berichtete bei besonders barbarischen Verbrechen über die erste Anhörung und, falls dann noch Interesse bestand, über den Prozess selbst. Es geschah nicht alle Tage, dass ein Serienkiller, der es in die internationalen Schlagzeilen geschafft hatte, in Richter Hilfaros ruhigem Gerichtssaal landete.

»Die Staatsanwaltschaft ruft Special Agent Dominick Falconetti in den Zeugenstand.«

Mit großen Schritten kam Dominick herüber. Als er vereidigt wurde, waren alle Augen auf ihn gerichtet.

Nach ein paar Formalien befragte C. J. ihren Zeugen zum Abend des 19. September, als Dominick zum MacArthur Causeway gerufen worden war. Er war als Zeuge gut zu gebrauchen – er wusste, welche rechtlichen Gegebenheiten sie brauchte, um ihren Fall abzusichern, und er wusste, welche Aussagen ihr diese lieferten. Außer »Was passierte dann?« brauchte er keine weiteren Stichworte. Er berichtete dem Gerichtssaal über die Fahrzeugkontrolle, die Entdeckung von Anna Prados Leiche und die Hausdurchsuchung, bei der menschliches Blut mit Anna Prados Blutgruppe an der Wand und dem Boden des Gartenhäuschens gefunden worden war sowie Spuren an der möglichen Mordwaffe, einem Skalpell.

Keine Erwähnung wurde von der Substanz gemacht, die man in Anna Prados Körper gefunden hatte, ebenso wenig wie von den Pornovideos aus Bantlings Schlafzimmer. Die Anklage musste in diesem Stadium nur darlegen, dass ein Mord begangen worden war und dass die Indizien den Verdacht nahe legten, dass Bantling der Täter war. Alle weiteren hässlichen, abseitigen Fakten würden erst später im Prozess verwendet werden, wenn es darum ging, einer zwölfköpfigen Jury Motiv und Möglichkeit darzulegen und jeden Zweifel auszuräumen.

Die Presse saugte durstig jedes Wort auf, das Dominick sagte, im Saal war das hektische Kratzen von Dutzenden von Kugelschreibern zu hören. Die meisten Details waren neu für die Öffentlichkeit, und die Aufregung der Journalisten war fast mit Händen zu greifen.

C. J. spürte Bantlings kalte Augen auf sich, sein Blick wanderte langsam, mutwillig über ihren Körper, wahrscheinlich zog er sie im Geist bereits aus, hier, mitten im Gerichtssaal. Während des Arthur Hearing saß der Angeklagte nicht bei der Verteidigung, und von der Geschworenenbank aus hatte Bantling einen ausgezeichneten Blick auf den ganzen Gerichtssaal – und auf sie, wie sie Dominick verhörte. Sie sah aus dem Augenwinkel, dass er sie beobachtete, und einen Moment lang fragte sie sich, ob er sie vielleicht wiedererkannte, und was sie dann tun würde. Doch sie verdrängte den Gedanken schnell wieder. Sie hatte sich seit damals völlig verändert, und sie war sich sicher, dass sein momentanes Interesse nur die kranke Neugier auf jedes weibliche Wesen in diesem Saal war. Für den Bruchteil einer Sekunde hörte sie wieder seinen Atem, das Zischen, wenn er die Luft durch den Schlitz in der Gummimaske blies, und sie hatte wieder den widerlichen Kokosgeruch in der Nase. Doch sie schob die Vorstellung weg, wandte der Geschworenenbank den Rücken zu und zwang sich, Dominick zuzuhören. *Achte nicht auf ihn. Nur nicht durchdrehen.*

»Danke, Agent Falconetti«, sagte Richter Hilfaro schließlich.

»Verteidigung, noch Fragen?«

Lourdes Rubio stand auf und sah Dominick an. »Nur ein paar, Agent Falconetti. Sie haben die Festnahme nicht durchgeführt?«
»Nein.«
»Die Fahrzeugkontrolle, die anschließende Durchsuchung des Kofferraums und die Entdeckung von Ms. Prados Leiche waren von Beamten des Miami Beach Police Department durchgeführt worden, bevor Sie eintrafen, nicht wahr?«
»Ja.«
»Und die Fahrzeugkontrolle und die Entdeckung von Ms. Prados Leiche war mehr oder weniger durch Zufall erfolgt, oder?«
»Nein. Die Überprüfung des Wagens wurde wegen überhöhter Geschwindigkeit und einem Sicherheitsdefekt an Mr. Bantlings Auto durchgeführt, die ein Beamter des Miami Beach Police Department beobachtet hatte.«
»Was ich sagen wollte, ist, dass Ihre Sonderkommission vor dem neunzehnten September Mr. Bantlings Namen nicht auf irgendeiner Liste von Verdächtigen im Zusammenhang mit den Cupido-Morden hatte, richtig?«
»Das stimmt.«
»Um genau zu sein, hatte keins der Mitglieder der Sonderkommission vor diesem Tag jemals den Namen William Bantling gehört, richtig?«
»Das ist richtig.«
»Also war die Fahrzeugkontrolle auf dem MacArthur Causeway reiner Zufall? Eine Routinekontrolle, durchgeführt von einem unserer hoch geschätzten unvergleichlichen Jungs in Blau vom Miami Beach Police Department?« Dieser Kommentar rief im Publikum Gelächter hervor. Jeder kannte den Ruf des MBPD, und der war nicht gerade ruhmreich.
»Ja.«
»Und natürlich würde ein Cop vom MBPD niemals grundlos einen Wagen anhalten oder jemandes Kofferraum durchsuchen, ohne die dafür nötige Zustimmung zu erbitten?«
»Einspruch«, unterbrach C. J. Die Richtung, in die Lourdes' Fragen zielten, gefiel ihr gar nicht. *Hatte sie mit Chavez oder mit Ribero gesprochen? Wusste Sie etwa von dem anonymen Tipp? Oder bluffte sie nur?*

»Stattgegeben. Fahren Sie fort, Frau Anwältin. Wir haben schon verstanden. Wenn Sie einen Klageabweisungsantrag stellen möchten, dann tun Sie das vor dem Prozessrichter und nicht hier. Sonst noch etwas, Ms. Rubio?«

»Nein, Euer Ehren, keine weiteren Fragen. Doch ich würde für meinen Mandanten gerne einen Antrag auf Kaution formulieren.«

»Das ist zwecklos, Ms. Rubio. Ich habe gehört, was ich hören musste. Aufgrund der Tatsachen, die heute vorgebracht wurden, stelle ich fest, dass die Indizien den hinreichenden Verdacht begründen, dass der Angeklagte den Mord verübt hat, dessen er beschuldigt ist. Das Gericht befindet den Angeklagten als eine Gefahr für die Allgemeinheit, und es besteht Fluchtgefahr. Aus diesem Grund wird er bis zum Prozess ohne Kaution in Untersuchungshaft verbleiben.«

»Euer Ehren«, Lourdes' Stimme war jetzt schärfer, »ich habe Grund zu der Annahme, dass die Fahrzeugkontrolle unrechtmäßig war, und auch die Durchsuchung des Kofferraums.«

»Schön. Wie gesagt, es steht Ihnen frei, vor Richter Chaskel einen Antrag zu stellen, die Klage abzuweisen. Jedoch nicht hier vor meinem Gericht. Nicht ohne angemessene Zeugen. Das ist meine richterliche Entscheidung.«

»Darf ich wenigstens alternative Formen bedingter Haftentlassung vorschlagen?«

»Sicher. Machen Sie mir einen Vorschlag, womit man einen Mann, dem man zehnfachen Mord vorwirft, wirksam von der Öffentlichkeit fern hält.«

»Bis jetzt ist er nur wegen eines Mordes angeklagt, Richter, und das ist genau der Punkt. In den Augen des Gerichts und der Öffentlichkeit wird mein Mandant als Killer von zehn Frauen angesehen, während er in Wirklichkeit nur wegen des Todes einer einzigen Frau angeklagt ist.«

»Mir scheint das mehr als ausreichend, Ms. Rubio.« Richter Hilfaro wandte sich an Dominick. »Wird William Rupert Bantling bei den Ermittlungen der anderen neun Cupido-Morde als Verdächtiger gehandelt, Agent Falconetti?«

»Ja, Sir.«

Richter Hilfaro blickte Lourdes Rubio finster an, doch er ließ sie noch ungefähr zehn Minuten fruchtlos für alternative Haftbedingungen sprechen. Aber als sie schließlich um Hausarrest bat, lachte er nur.

Am Tisch der Staatsanwaltschaft, mit Dominick an ihrer Seite, seufzte C. J. erleichtert. Bantling würde auf jeden Fall bis zum Prozess hinter Gittern bleiben. Das war erst mal geschafft.

## 45.

BANTLING WAR KLAR, dass er nicht auf Kaution freikommen würde. Er wusste, dass seine Anwältin nicht gut genug war, das durchzukriegen. Aber sie sollte es wenigstens versuchen. Alle Möglichkeiten ausschöpfen. Er würde die Schlampe für ihre 300 Dollar in der Stunde springen lassen, so oder so.

Er war also nicht zu überrascht, als der ehrenwerte Nelson Hilfaro die Kaution ablehnte. Überrascht nicht, aber er war sauer. Stinksauer auf den ignoranten Richter, der ihn ansah wie einen Aussätzigen; auf die dürre, verklemmte Staatsanwältin, die durch den Gerichtssaal stakste und diesen widerlichen FDLE-Beamten befragte, als würde ihre Scheiße nicht stinken. Dabei war der Cop der Einzige, vor dem er überhaupt minimalen Respekt hatte.

Und Bantling war wütend auf seine Anwältin, weil sie ihn nicht selbst hatte sprechen lassen, kein einziges Wort. Das konnte er nicht ausstehen. Er hasste es, herumkommandiert zu werden, und dann auch noch von einer überbezahlten Tussi. Verdammt, wenn er sich von einer Frau ficken ließ, dann höchstens im Bett.

Eigentlich traute er es keiner Frau zu, ihn zu vertreten, noch nicht einmal im Supermarkt in der Kassenschlange. Erst recht nicht vor Gericht, und dann noch, wenn es um eine so delikate Angelegenheit ging wie sein Leben. Doch Billy Bantling war nicht dumm. Er wusste, was die Zeitungen über ihn schrieben. Ihm war klar, dass die Leute ihn für eine Bestie hielten – für den Teufel höchstpersönlich. In den simplen, geistlosen Köpfen der Millionen von Fernsehzuschauer rund um die Welt war er längst verurteilt worden. Und daher wusste er, dass Lourdes Rubio, die eifrige Spießerin im braven Kostüm, eine weise Entscheidung war. Er hatte seine Hausaufgaben gemacht, lange bevor er sie überhaupt als Anwältin gebraucht hatte. Sie sah gut aus, aber nicht umwerfend, wurde sowohl von den Latinos als auch von der angelsächsischen Gemeinde in Miami respektiert und war gerade hübsch genug, um die Geschworenen zum Nachdenken zu bringen. Bis sie sich fragten, ob dieses nette, hübsche, gebildete, konservative kubanische Mädchen aus Hialeah wirklich eine solch scheußliche teuflische Bestie vertreten würde. Wie konnte sie neben ihm stehen, ihm ins Ohr flüstern, den Tisch mit ihm teilen und aus demselben Krug Wasser trinken und dabei voller Überzeugung seine Unschuld proklamieren, wohl wissend, welcher Verbrechen er angeklagt war? Ja, wenn so eine reizende Dame ihn nicht für schuldig hielt, vergewaltigt, gefoltert und getötet zu haben, vielleicht stimmte es am Ende gar nicht? Als Frau würde sie bestimmt nicht wollen, dass ein soziopathischer Serienkiller frei herumlief.

Bantling wusste, dass er richtig lag, dass er damals die richtige Wahl getroffen hatte für den Zeitpunkt, da er vielleicht einmal eine Verteidigung brauchen würde. Doch angesichts der düsteren Aussicht, weiter in diesem nach Pisse stinkenden, ungezieferverseuchten Loch eingesperrt zu sein, war er mehr als frustriert, und es bedurfte jeder Faser seiner Selbstbeherrschung, nicht den fetten Richter auf der billigen Mahagonibank und die verklemmte Staatsanwältin anzubrüllen oder auch seine mittelprächtige Verteidigerin. Aber er blieb ruhig, genau wie es die nette Anwältin erbeten hatte, die gefesselten Hände scheinbar gottesfürchtig zum Gebet gefaltet, und kaute auf der Innenseite seiner Wangen herum, um das verächtliche Grinsen zu verbergen, das sein ansonsten frommes Pokerface zu entlarven drohte.

Schweigend sah er zu, wie sie alle auf seiner Freiheit herumhackten, als seine Verteidigerin um elektronisch gesicherten Hausarrest bat, um Wochenendfreigang, um Selbstmordverhütung. Dann die graue Maus von Staatsanwältin, wie sie Einzelhaft beantragte, die Aufhebung der Telefonprivilegien, die Einstellung von Pressebesuchen. Die knallharte C. J. Townsend. Er kannte ihren Namen aus der Zeitung, aber jetzt sah er sie sich ganz genau an. Er beobachtete, wie sie sich mit Agent Falconetti die Bälle zuspielte. Irgendetwas irritierte ihn an ihrem Anblick, doch er kam nicht darauf, was es war.

Irgendetwas kam ihm seltsam bekannt vor.

## 46.

»WAS WAR DENN NUN MIT DEN FEDERALS UND CUPIDO?«

Bis sich der Presseauftrieb verlaufen hatte, versteckten sich C. J. und Dominick im Gang des Richters, wo sie allein waren. Richter Hilfaro war es gelungen, nach Bantlings Anhörung alle Journalisten aus dem Gerichtssaal zu werfen, um in Ruhe mit den restlichen Arthur Hearings fortfahren zu können. Die Reporter der großen Agenturen waren längst fort, doch in der Lobby schnüffelten immer noch die weniger ehrenhaften Mitglieder ihrer Zunft herum.

»De la Flors hielt mir einen Gerichtsbeschluss und eine Verfügung von Bundesbezirksrichterin Carol Kingsley unter die Nase«, sagte C. J. »Sie wollen alles, Laborberichte, Beweismaterial, Dokumente. Alles, was wir haben.«

»Das muss ein Witz sein!« Dominick schlug mit der flachen Hand gegen die Wand, der dumpfe Schlag hallte durch den leeren Flur. »Aber wir werden es ihnen doch nicht überlassen, oder?« Er konnte ihr die Antwort am Gesicht ablesen. »Verdammt. Können wir dagegen angehen?«

»Es ist so: Die Bundesstaatsanwaltschaft will Cupido wegen der Morde anklagen, aber außer bei Siban, deren Leiche tatsächlich auf Bundesgebiet gefunden wurde, fehlt ihnen die Zuständigkeit. Das bedeutet, ja, wir können dagegen angehen. Du kannst dir vorstellen, dass de la Flors nicht gerade begeistert war, als ich ihm das an den Kopf geknallt habe.«

»Okay. Aber wenn sie legal keinen Zugriff auf die anderen neun Morde haben, warum müssen wir ihnen dann alles überlassen? Nur wegen Siban?«

»Ja und nein. Sie brauchen, was wir haben, um Bantling mit Siban in Verbindung zu bringen. Aber außerdem wollen sie ihn auch noch wegen – halt dich fest – Raub drankriegen!«

»Raub? Was soll das? Was für ein Raub?«

»De la Flors will Ruhm und Ehre. Er will seinen Namen in der Zeitung sehen. Und er will Cupido. Und wenn er ihn nicht wegen der Morde kriegen kann, schleppt er ihn vors Bundesgericht, um ihn dafür zu verklagen, dass er die Frauen ihrer Kleider und Herzen beraubt hat. Wobei ich mir nicht sicher bin, in welcher Reihenfolge er die Anklage verlesen wird. Da will er Bantling mit dem Hobbs Act ein paar Jahre festhalten, um Tigler zum Affen zu machen, was ja bekanntlich nicht allzu schwer ist. Wenn Tigler seine Wiederwahl verloren hat und de la Flors zum Bundesrichter ernannt wird, vielleicht schickt er uns Bantling dann zurück, und wir können weitermachen, wo wir angefangen haben.«

»Der Hobbs Act? Er glaubt wirklich, dass er es so darstellen kann, als gefährde Cupido den Handel zwischen den Einzelstaaten?«

»Er wird es jedenfalls versuchen.«

»Und was spielt Gracker für eine Rolle? Diese fette Kröte?«

»Er ist de la Flors' Fahnenträger. Hat versucht uns weiszumachen, dass er besser ermitteln kann als wir. Aber wenn es drauf ankommt, ist er ohne de la Flors ein Niemand.«

»Was hat Tigler getan?«

»Dreimal darfst du raten. Außer dass er die Vampire zu Doughnuts und einer Kanne null negativ hereingebeten hat, gar nichts.«

»Sie bekommen also, was sie wollen?«

»Nicht alles. Kopien von Dokumenten, Kopien von Laborberichten. Ich überschütte sie mit solchen Bergen von Papier, dass sie anschließend Brillen mit Gläsern so dick wie Flaschenböden brauchen. Ich habe de la Flors gesagt, er soll sich auf Krieg einstellen, wenn er glaubt, dass ich ihm die Originalbeweisstücke überlasse. Daraufhin ist er abgerauscht.«

Dominick lächelte und lehnte sich zu C. J. hinüber. Er hatte den Arm immer noch gegen die Wand gestützt, ihre Gesichter berührten sich fast. »Ich mag dich. Du bist nicht nur schön, sondern auch ganz schön taff.«

Sie spürte, wie sie rot wurde. »Danke. Ich nehme es als Kompliment.«

»Und so war es auch gemeint.«

In diesem Moment öffnete sich die Tür zum Gerichtssaal, und Manny kam heraus. Dominick ließ den Arm sinken und drehte sich schnell zu seinem Kollegen um, der ein unglückliches Gesicht machte. C. J. spürte, wie sich ihr Herzschlag normalisierte.

»Wo warst du, Bär? Sag mir nicht, du musstest *Channel 7* ein Interview geben.«

»Du hast doch keine Ahnung, Mann. Ich finde zwar beide Sender zum Totlachen, aber wenn schon, hat Cartoon Network die schärfere Reporterin. Was treibt ihr zwei hier? Verstecken im Dunkeln?«

Aus irgendeinem Grund wurde C. J. rot. Dominick antwortete schnell. »Unser Boss hier hat mir gerade von dem Besuch erzählt, den ihr die Federals am Mittwoch abgestattet haben. Anscheinend hat Gracker einen Dummen gefunden – Tom de la Flors. Das Büro des U.S. Attorney will uns Cupido wegnehmen. Sie haben C. J. eine richterliche Verfügung gegeben.«

»Als wäre der Tag heute nicht schon schlimm genug. Diese Arschlöcher. Entschuldige die Ausdrucksweise, Boss.«

»Du musst dir um C. J.s jungfräuliche Ohren keine Sorgen machen. Das Gleiche hat sie de la Flors und seiner Petze auch gesagt. Wir hoffen, dass sie einfach wieder verschwinden.«

»Ich habe so ein dummes Gefühl, dass das nicht passieren wird. Jetzt erst recht nicht.«

»Wieso? Was ist passiert?«

»Eben haben sie Cupidos jüngstes Kunstwerk entdeckt. Sieht aus, als wäre Morgan Webers Leiche, oder zumindest was davon übrig ist, vor ungefähr einer Stunde entdeckt worden. Die Pflicht ruft, mein Freund.«

»Wo wurde sie gefunden?«, fragte Dominick.

»In einer Fischerhütte mitten in den Everglades. Ein besoffener Angler wollte dort seinen Rausch ausschlafen, da hat er sie gefunden, wie sie von der Decke hing. Ziemlich schlimm, hab ich gehört. Der Gerichtsmediziner ist auf dem Weg. Miami Dade und die Florida Marine Patrol haben den Fundort gesichert. Aber die Geier haben von der Sache schon Wind bekommen, und die Helis kreisen bereits am Himmel.«

»Alles klar. Wir sind schon unterwegs.« Verdammt. Dominicks stille Hoffnung, Morgan Weber lebendig zu finden, war dahin.

»Ich fahre euch hinterher. Ich muss mir den Fundort ansehen«, sagte C. J.

»Du kannst mit mir fahren. Ich bringe dich später hierher zurück, oder ein Streifenwagen nimmt dich mit.«

»Okay«, nickte sie.

»Hey, Boss, das hast du gut gemacht, vorhin im Gericht«, sagte Manny, als die drei in Richtung der Sicherheitsschleuse liefen, hinter der sich die Fahrstühle befanden.

»Danke, aber ich muss das Lob weitergeben. Dominick war der Star der Show. Er hätte mich gar nicht gebraucht.«

»Sei nicht so bescheiden. Du hattest auch so deine Fans, Boss.«

»Wovon redest du?«, fragte C. J. Vor Saal 4-8 drängten sich immer noch Journalisten. Offensichtlich hatten sie das Neueste bereits gehört. Als die Sicherheitstür aufglitt, wurden sie von Reportern umringt, und die Kameralampen flammten auf. Die Meute hatte Blut gerochen.

»Na ja, unser Psycho steht auf dich«, zischte Manny durch die Zähne, während er versuchte, für die Kameras ein nettes Gesicht zu machen. »Er hat dich während der ganzen Anhörung nicht aus den Augen gelassen.«

## 47.

SEIT EINER EWIGKEIT hatte C. J. keine acht Stunden am Stück geschlafen. Nachdem sie die Freitagnacht am grässlichen Fundort in den Everglades verbracht hatte, wo Morgan Webers Überreste entdeckt worden waren, hatte sie am Samstag frühmorgens Dominick und Manny in die Gerichtsmedizin begleitet, wo Dr. Neilson die Autopsie durchführte. Am Nachmittag war sie im Büro gewesen und hatte versucht rauszukriegen, ob sich die Fischerhütte auf Bundesgebiet befand oder ob das Gelände zum County Miami Dade gehörte. Glücklicherweise war das Zweite der Fall, und den

Rest des Abends hatte sie sich am Telefon vom widerlichen de la Flors und seiner fiesen Entourage anschreien lassen müssen. Erst nachdem C. J. die Vermessungsunterlagen auf den Tisch geknallt hatte und ihnen mit einer Anzeige wegen unbefugten Betretens und Verdunkelung drohte, rief de la Flors seine FBI-Bluthunde vom Tatort zurück, jedoch nicht ohne ihr und ihrer Behörde ewige Rache zu schwören. Die Jungs von der Sonderkommission ließen sie hochleben. Jedenfalls war sie am Sonntagabend emotional und physisch so erschöpft, dass sie nur noch ins Bett fiel und sich nicht einmal mehr von ihren Albträumen stören ließ.

Morgan Weber. Neunzehn. Blond. Schön. Tot. Als C. J. am Montagmorgen zum Gericht fuhr, hatte sie den Anblick des feschen Möchtegern-Models aus Kentucky im Kopf. Nach den grauenvollen Eindrücken in der Fischerhütte wurde sie das Bild nicht mehr los. Die Leiche hing mit Angelschnur am mürben Gebälk der niedrigen Decke, Morgan Webers zierlicher Körper schwebte dort wie eine Fledermaus, Arme und Beine weit auseinander gespreizt wie bei einem Akrobaten oder einem Schlangenmenschen. Der Hals war schwanengleich zur Decke gebogen, verdrahtet und an einen Balken festgeschnürt. Sie war schon so lange tot, dass von ihrer Leiche fast nur das Skelett geblieben war, hier und da klebten noch ein paar schwarze Stücke Fleisch an ihren zarten Knochen. Anhand des Führerscheins, der voll gespritzt mit ihrem Blut unter der Leiche lag, war eine schnelle vorläufige Identifizierung möglich gewesen. Sie wurde später durch die Zahnarztunterlagen bestätigt.

Es war eindeutig Cupidos Werk. Die Unmengen von Blut auf dem Boden unter der Leiche und die Blutspritzer an den Wänden und an der Decke wiesen darauf hin, dass Morgan an der Stelle getötet worden war, an der sie hing. Die Grausamkeit und Niedertracht des Mordes, die ausgefeilte Inszenierung an dem abgelegenen Ort – das war genau Cupidos Stil. Ironischerweise war es ebendiese Präzision, die Sorgfalt, die besondere Inszenierung, die Bantling zu Fall bringen könnte. Denn so, wie Morgan Webers Leiche wie im Flug an unsichtbarer Angelschnur unter der Decke der dunklen Hütte hing, erinnerte sie geradezu unheimlich an die Fotos der ausgestopften Vögel aus Bantlings Gartenhäuschen. Mit der Anklageschrift in der Hand betrat C. J. den überfüllten Gerichtssaal, der voller montagmorgendlicher Antragsteller war und natürlich voller Presse, die mit angehaltenem Atem auf die große offizielle Anklage der Staatsanwaltschaft wartete. Aufgeregtes Murmeln erhob sich, als sich C. J. nach links zur Galerie begab, wo die Ankläger auf den Aufruf ihres Falls warteten.

Die Angeklagten waren bereits hereingebracht worden, und aus dem Augenwinkel sah sie den knallroten Overall in der Ecke der Geschworenenbank, wieder ein Stück abseits von den anderen Gefangenen, zwischen zwei Gefängnisbeamten. Sie vermied es, ihm in die Augen zu sehen, stattdessen starrte sie auf das Papier in ihren verschwitzten Händen.

Richter Leopold Chaskel III. sah von der Tagesordnung auf und entdeckte den Grund für das Getuschel. Er schnitt einem jämmerlichen Pflichtverteidiger das Wort ab, der gerade für seinen drogensüchtigen Mandanten einen Therapieplatz verlangte, und richtete sich direkt an C. J.

»Ms. Townsend. Guten Morgen. Ich glaube, Sie stehen heute Vormittag auf meiner Tagesordnung.«

»Ja, Euer Ehren, das stimmt.« C. J. trat jetzt zum Podium der Anklage.

»Anscheinend bin ich der glückliche Richter, der den Fall *Florida gegen William Bantling* zu hören bekommt, kann das sein?«

»Ja, Euer Ehren, Sie haben das große Los gezogen – er gehört jetzt Ihnen.«

»Schön. Ist die Verteidigung auch anwesend?«

»Jawohl, Euer Ehren. Lourdes Rubio für den Angeklagten, und er ist ebenfalls da, Euer Ehren«, sagte Lourdes. Sie stand wie ein Schatten neben ihrem Mandaten auf der Geschworenenbank.

»Gut. Dann wollen wir das mal erledigen.« Richter Chaskel wandte sich an den Pflichtverteidiger, der sich immer noch nicht abwimmeln lassen wollte, und sagte mit ernster Stimme: »Ich werde mich gleich mit Ihnen und Ihrem Mandanten befassen, Mr. Madonna. Bitte seien Sie nicht beleidigt, aber heute ist erst Montag, und Sie dürfen diese Woche noch dreimal bei mir vorsprechen. Hank, bringen Sie mir die Akte Bantling.«

Richter Leopold Chaskel III. war der Traum eines jeden Staatsanwaltes. Er war selbst einer gewesen und ließ sich von der Verteidigung ungern auf der Nase herumtanzen. Er hörte sich beide Seiten gründlich an, hasste Tricks oder Gewinsel, und seine Berufungsquote war äußerst gering.

»Also gut. Bitte weisen Sie sich fürs Protokoll aus.«

»C. J. Townsend für den Staat Florida.«

»Lourdes Rubio für die Verteidigung.« Auch Lourdes kam jetzt nach vorn.

»Wir sind heute hier in der Sache *Florida gegen William Bantling*. Heute ist der einundzwanzigste Tag. Hat die Staatsanwaltschaft etwas vorzubringen?«

»Ja, Richter. Die Grand Jury hat Anklage gegen William Rupert Bantling erhoben im Fall F-zweitausend-eins-sieben-vier-zwei-neun wegen Mordes an Anna Prado.« C. J. übergab der Protokollführerin die Anklageschrift.

»Gut«, sagte Richter Chaskel und nahm das Dokument entgegen. »Mr. Bantling. Der Staat beschuldigt Sie des Mordes. Wie bekennen Sie sich zu diesen Anschuldigungen?«

»Unschuldig, Euer Ehren«, sagte Lourdes. Bantling schwieg.

»Wir verzichten auf die Anklageverlesung, wir plädieren auf ›unschuldig‹ und fordern ein Schwurgerichtsverfahren.«

»Staatsanwaltschaft, die Offenlegung der prozesswichtigen Urkunden hat innerhalb von zehn Tagen stattzufinden.«

»Entschuldigung, Euer Ehren. Ich habe mit meinem Mandanten gesprochen, und er hat sich gegen die Offenlegung entschieden. Ihm kommt es nur auf einen schnellen Termin an.«

Richter Chaskel runzelte die Stirn. »Ms. Rubio, falls sie es nicht klar sehen, hier geht es um Mord, es steht eine Menge auf dem Spiel. Was meinen Sie damit, Ihr Mandant will keine Offenlegung?«

»Genau das, was ich sage, Euer Ehren. Ich habe ihm erklärt, dass er das Recht auf Offenlegung hat, aber er hat abgelehnt.«

Jetzt sah Richter Chaskel Bantling fragend an. »Mr. Bantling, Sie wurden soeben wegen Mordes angeklagt. Sie haben das Recht zu erfahren, welche Beweismittel die Anklage gegen Sie hat, Sie haben das Recht, mit den Zeugen, die die Anklage gegen Sie aufruft, zu sprechen. Das versteht man unter Offenlegung, und im Staat Florida ist das Ihr volles Recht.«

»Das weiß ich«, sagte Bantling, ohne dem Blick des Richters auszuweichen.

»Wenn Sie die Offenlegung jetzt ablehnen, dann können Sie sie danach nicht mehr verlangen. Wenn Sie verurteilt werden, ist es zu spät. Verstehen Sie das? Sie verzichten auf Ihr Recht, Einspruch gegen Zeugen und Beweisstücke zu erheben.«

»Ich verstehe das, Richter.«

»Und trotzdem lehnen Sie es ab, an der Offenlegung teilzunehmen und die Zeugen der Staatsanwaltschaft absetzen zu können?«

»Das ist korrekt, Richter. Ich habe mit meiner Verteidigerin gesprochen, ich bin mir meiner Möglichkeiten bewusst, und ich möchte keine Offenlegung.«

Der Richter schüttelte den Kopf. »Na schön. Dann suchen wir mal nach einem Gerichtstermin. Was haben wir, Janine?«

Janine, die Protokollführerin, blickte auf. »Zwölfter Februar zweitausendeins für die Verhandlung. Berichtsdatum Mittwoch, siebter Februar.«

Lourdes räusperte sich. »Euer Ehren, Mr. Bantling möchte die Sache beschleunigen und seinen Namen so schnell wie möglich von den Vorwürfen reinwaschen. Gibt es keinen früheren Termin?«

»Ms. Rubio, Sie verstehen, dass es sich hier um Mord handelt, ein Kapitalverbrechen.«

»Ja, Richter. Es ist die Entscheidung meines Mandanten.«

Der Richter schüttelte verwundert den Kopf. »Also gut. Wir wollen es ja allen Beteiligten recht machen. Janine, geben Sie uns einen früheren Termin. Einen im Dezember, bitte.«

»Achtzehnter Dezember zweitausend. Berichtsdatum Mittwoch, dreizehnter Dezember.«

»Gut. Dann machen wir es im Dezember. Fröhliche Weihnachten. Happy Hanukkah. Joyful Kwanza. Aber kommen Sie in zwei Monaten nicht bei mir an und beklagen sich, Sie hätten zu wenig Zeit gehabt, Ms. Rubio. Sie sind diejenige, die diesen früheren Termin wollte.«

»Nein, das werde ich nicht tun, Euer Ehren.«

»Sehr gut. Wir sehen uns im Dezember. Anträge können innerhalb von dreißig Tagen gestellt werden. Und keine Überraschungen, bitte. Ich hasse Überraschungen.«

»Euer Ehren«, sagte C. J. »Ich habe vor diesem Gericht noch eine Verlautbarung bekannt zu geben.«

»Das dachte ich mir, Ms. Townsend.«

Sie schluckte und reichte der Protokollführerin ein weiteres Dokument.

»Gemäß den Florida Rules of Criminal Procedure reicht die Staatsanwaltschaft die schriftliche Mitteilung ein, dass sie in diesem Fall auf die Höchststrafe plädiert. Die Todesstrafe für William Rupert Bantling.«

## 48.

LANGSAM HATTE ER GENUG. Genug von dem Theater. Der fade Richter, der die Tagesordnung einfach überging, der armen Trotteln das Wort abschnitt, nur um seine selbstgefälligen Reden zu schwingen. Die Kameras auf sein nichts sagendes Gesicht zu lenken. Und dann wieder diese Zicke, die verklemmte Schlampe von Anklägerin in ihrem biederen schwarzen Hosenanzug und der hässlichen Brille, die heute ihre große Ansage machte. Als wäre sie der Star des Tages. *Scheiße.* Die Presse war hier, um ihn zu sehen; sie war doch nur Staffage. *Los, gib's mir, du kleine Spießerin! Wie gern würde ich dir den verkniffenen kleinen Arsch versohlen. Nach fünf Minuten wäre er so weich und geschmeidig wie noch nie.*

Wie sollte mit diesen Luschen eine faire Verhandlung möglich sein? Jeder drängte sich ins Rampenlicht, dabei war er es, der ihnen zu dem bisschen Berühmtheit verhalf. Die Wahrheit war ihnen doch scheißegal. Die erkannten sie nicht mal, wenn sie sie direkt vor der Nase hatten.

Er lehnte sich mürrisch zurück, während die Show, die Farce, das Theater vor seinen Augen weiterlief. Am liebsten hätte er sich umgedreht und in die verfluchten Kameras gegrinst. Bis die eine oder andere Linse gesprungen wäre. Vielleicht kriegte er eine von den zuckersüßen blonden Journalistinnen dazu, ihm Liebesbriefe in die Zelle zu schicken, oder noch besser, für ein Exklusiv-Interview vorbeizukommen. *Komm näher ans Mikro, Schätzchen. So ist es gut. Jetzt nimm es in den Mund und schieb es tief rein.* Das wäre nett. Ihre Kamera dürfte sie auch mitbringen. Seine Gedanken schweiften ab, und sein Schwanz unter dem knallroten Overall regte sich.

Dann setzte die Spießerin zu ihrer Ansage an.

*... reicht die Staatsanwaltschaft die Mitteilung ein ... bla, bla, bla ... die Todesstrafe für William Rupert Bantling.*

Es war nicht so, dass er nicht damit gerechnet hätte. Aber doch nicht heute, nicht mitten in diesem Zirkus. Heute sollte doch nur die Anklageverlesung stattfinden. Nur dasitzen und schweigen. Heute war der Tag, an dem unsere Einlassung gehört wird; und das war's. Wenigstens hatte das seine unfähige Anwältin gesagt. Jetzt wollten sie ihn also hinrichten? Da bräuchten sie aber ein dickes Seil, denn stillhalten würde er ganz bestimmt nicht. Er würde kämpfen. Mit allen Mitteln.

Er hörte das Sirren der Objektive und das Klicken der Auslöser und sah, wie die Spießerin hochnäsig an ihm vorbei aus dem Gerichtssaal stöckelte. Sie war so nah, dass er sie hätte anspucken können. So nah, dass er ihr Parfüm roch. Chanel No. 5. Er sah ihr süßes kleines Näschen, ihre Pfirsichhaut, ihren vollen Mund.

*Und plötzlich fiel es ihm wie Schuppen von den Augen.*

Bill Bantling lächelte ein kalkuliertes, einfältiges Lächeln für die Kameras. Denn genau in diesem Moment erinnerte er sich endlich daran, warum ihm die Staatsanwältin so verdammt bekannt vorkam.

# 49.

»ES HAT EIN WENIG GEDAUERT, aber jetzt hat das Labor die Werte geschickt. Die Angelschnur, mit der Morgan Weber an der Decke hing, ist die gleiche wie die aus Bantlings Schuppen«, sagte Dominick.

Es war Montag, der 16. Oktober, genau zwei Wochen nach Bantlings Anklageverlesung. Manny, Eddie Bowman, Jimmy Fulton und drei weitere Mitglieder der Sonderkommission waren in der Zentrale um den Konferenztisch versammelt. C. J. saß neben Dominick am Kopfende des Tischs. Sie hielten ein Strategie-Meeting ab, Kriegsrat.

»Na schön. Und die schlechte Nachricht? Wie viele Spulen dieser Art wurden in den letzten zehn Jahren hergestellt und in den Anglerläden in ganz Florida verkauft?«, fragte Manny.

»Viele. Wir arbeiten an der exakten Zahl«, gab Dominick zurück.

»Aber es gibt noch eine gute Nachricht, die wir eben reinbekommen haben: Jimmy und Chris haben Tommy Tans hyperpenible Unterlagen durchgearbeitet. Obwohl unser Sofaverkäufer des Jahres über die Hälfte seiner Zeit im Ausland verbrachte, war er zufällig immer, wenn eins der Mädchen verschwand, zu Hause im gemütlichen Florida.«

»Hat ihn jemand mit einem der Opfer gesehen?«, fragte C. J.

»Nein. Nur ein paar Typen, die gern in der Jerry-Springer-Show auftreten würden, aber die sind unglaubwürdig.«

»Na ja, bis jetzt hat er noch keine Alibis beigebracht, und er verzichtet auf die Offenlegung, was mich etwas beunruhigt. Ich weiß nicht, was die Verteidigung plant. Vielleicht erleben wir vor Gericht eine große Überraschung«, sagte C. J.

»So was wie ein missratener eineiiger Zwilling?«, fragte Chris.

»Setzen, Matlock, das tut ja weh«, rief Manny. Alle lachten.

»Wann können wir denn wegen der anderen Morde Anklage erheben?«, fragte Eddie Bowman dann. Er kratzte sich ungeduldig am Kopf. »Ich krieg zu viel, wenn dieser Perverse im Prado-Fall freigesprochen wird und wir nichts haben, womit wir ihn hindern können, rauszumarschieren.«

»Er wird nicht freigesprochen werden«, sagte C. J.

»Der Fall ist doch so ziemlich wasserdicht, oder, C. J.?«, meinte Chris.

»Absolut wasserdicht. Laut DNA-Analyse war es Anna Prados Blut im Gartenhäuschen. Die Leiche im Kofferraum. Die Mordwaffe. Die Verstümmelung und das Herausschneiden des Herzens sind grausam und abartig. Ganz zu schweigen von dem Medikament, mit dem sie gelähmt und doch bei Bewusstsein gehalten wurde, während er sie umbrachte. Die Entführung aus dem Level liefert den Vorsatz, und all diese erschwerenden Faktoren zusammen sprechen für die Höchststrafe. Das Einzige, was ich wirklich gerne hätte, um den Fall zu besiegeln, ist das Herz, und natürlich die Herzen der anderen Opfer. Aber auch ohne das haben wir genug Material gegen ihn in der Hand.«

»Und warum klagen wir ihn dann nicht auch wegen der anderen Mädchen an?«, fragte Bowman noch einmal. Er wirkte genervt. Selbst nach zwölf Jahren im Polizeidienst verstand er manchmal noch nicht, welche krummen Wege das Rechtssystem gehen konnte, nachdem ein glasklarer Fall in die Finger eines Anwalts geraten war. Nimm einen Straßenräuber mit einem Haufen Vorstrafen und ein zweistündiges Tonband mit seinem Geständnis – jede Wette, dass wegen irgendeiner verdrehten Klausel noch nicht mal ein Prozess zustande kam. So wirkte es jedenfalls auf ihn, und von Jahr zu Jahr ärgerte er sich mehr. Erst gab es eine Belobigung und eine Urkunde wegen hervorragender Polizeiarbeit, und im nächsten Moment saßen sie alle im Gerichtssaal und hörten zu, wie der Täter im selben Fall freigesprochen wurde. Er hatte also seine Zweifel, was Bantlings Verurteilung anging, ganz egal wie »wasserdicht« die Staatsanwältin den Fall nannte.

»Bantling geht es um Zeit. Er will seinen Prozess so schnell wie möglich, und ich will nicht vorschnell handeln und dabei irgendwas verpfuschen. Wenn ich ihn wegen Prado drankriege, kann ich die Beweislage später per Williams Rule auf die anderen Fälle übertragen und sie dann alle gemeinsam verhandeln. So kann er auch ohne Sachbeweise direkt mit den anderen Mordopfern in Verbindung gebracht werden; die Geschworenen werden dann über alle Morde unterrichtet, und Bantling wird für mindestens einen Mord verurteilt. Natürlich hängt es immer noch an verschiedenen Umständen, und das macht mich etwas nervös, vor allem bei Geschworenen aus Miami. Ich brauche Sachbeweise – und die Angelschnur ist immerhin ein Anfang –, ein Indiz, das ihn direkt mit diesen Frauen verbindet. Ich will den rauchenden Revolver, Eddie. Findet mir die Trophäe, die er von jedem seiner Opfer mitgenommen hat. Bringt mir die Herzen.«

»Wir suchen ja danach, aber vielleicht hat er sie auch verbrannt oder aufgefressen oder irgendwo vergraben, C. J. Ich verstehe nicht, warum das so wichtig ist.« Bowman kratzte sich wieder am Kopf.

»He, Bowman, was ist mit dir los? Hast du Flöhe?«, rief Manny.

»Vielleicht nisten sie in deinen Ohren, denn du hörst ja nicht richtig zu. Unser Boss hier geht auch ohne die Herzen vor Gericht. Lass ihr Zeit.« Nicht alle teilten Bowmans Pessimismus.

»Ich glaub nicht, dass er die Herzen zerstört hat, Eddie«, sagte C. J. »Ich glaube, er hebt sie irgendwo auf. Ich habe mit Greg Chambers gesprochen, dem forensischen Psychiater, der uns auch beim Tamiami-Würger geholfen hat. Alle Serienmörder bewahren Trophäen ihrer Opfer auf. Schnappschüsse, Schmuck, Haarsträhnen, Unterwäsche, persönliche Gegenstände. Er glaubt, Bantlings Souvenirs sind die Herzen. Es passt ins Muster. Und Bantling würde nicht zerstören, wofür er sich so viel Mühe gegeben hat. Höchstwahrscheinlich hat er sie an einen Ort gebracht, zu dem er jederzeit Zugang hat, wo er sie ansehen kann, sie berühren kann, in seinen Erinnerungen schwelgen. Deshalb glaube ich, dass sie irgendwo sind, Eddie. Wir müssen nur wissen, wo wir suchen müssen.

In der Zwischenzeit habe ich Bantlings Krankengeschichte aus New York kommen lassen. Die Verteidigung hat immer noch keinen Einspruch wegen Unzurechnungsfähigkeit erhoben, und ich bezweifle, dass Richter Chaskel mich in die aktuelle Krankenakte sehen lässt, solange Bantling seine geistige Gesundheit nicht in Frage stellt. Aber die *Diagnose* seines Arztes und das Medikament, das er ihm verschrieben hat, die haben wir. Mit dem Haldol beweisen wir die Verbindung zwischen ihm und den Mordopfern.«

Sie fuhr sich mit beiden Händen durchs Haar und klemmte sich eine Strähne hinter Ohr. Dann fing sie an, ihre Tasche zu packen. »Aber vielleicht müssen wir auch gar nicht so tief in die Trickkiste greifen. Vielleicht macht er es uns auch ganz leicht.«

»Wie das?«, fragte Dominick.

»Gestern hat mich Lourdes Rubio angerufen. Sie wollen eine Unterredung. Wahrscheinlich wollen sie ausloten, ob er irgendwie um die Todesstrafe herumkommen kann.«

»Das ist doch Mist!«, meckerte Bowman aufgebracht. »Er hat elf Frauen in Stücke gehackt, und jetzt soll er von *meinen* Steuergeldern für immer im Gefängnis sitzen und drei Mahlzeiten am Tag bekommen?«

»Darum geht es jetzt nicht«, sagte C. J. »Aber wenn er dem Staat die Zeit und die Mühe sparen will, ihn wegen elf Morden zu verklagen, werde ich ihm selbstverständlich den Gefallen tun. Dann kann er den Geschworenen, wenn sie die Strafe festsetzen, vorheulen, dass er Jesus gefunden hat, und hoffen, dass seine Mithilfe bei der restlosen Aufklärung des Falles ihm den Hals rettet. Doch das Argument hat bei Danny Rolling in Gainsville nicht gezogen ...«

Sie hatte die Tasche bereits in der Hand und ging zur Tür.

»Ich werde euch berichten, wie es ausgeht. Übrigens habe ich den Federals genug Papierkram geschickt, dass sie ganz Manhattan damit schmücken könnten. Wenn sie alles durchgelesen haben, führe ich sie am Freitag durch die Asservatenkammer. Sie wollen immer mehr. Ich brauche also einen starken Mann, der mir die Asservatenkammer aufschließt und auf sie aufpasst. Irgendwelche Freiwilligen?«

»Ja, ich wär für Bowman. Der liebt babysitten. Du kratzt dich ja immer noch! Vielleicht kannst du ein paar von deinen Flöhen an Gracker weitergeben.« Manny lachte.

»Er hat nicht viel auf seinem kahlen Schädel, wo sie unterkommen könnten, Bär«, ließ sich Jimmy Fulton von hinten vernehmen.

»Jetzt hört auf, euch über Männer mit Haarproblemen lustig zu machen. Ich und Bowman sind da etwas sensibel«, sagte Manny ernst.

»Halt's Maul, Bär. Ich habe keine Haarprobleme«, schimpfte Eddie Bowman.

»Doch. Du hast sie dir bald vom Kopf gekratzt«, gab der Bär zurück.

»Wir nennen dich einfach haarbalgtechnisch eingeschränkt, Eddie. Und den Bär nenne ich lieber nichts, denn der ist größer und stärker als ich«, quäkte Chris Masterson.

»Ich begleite dich«, sagte Dominick zu C. J. »Und ihr benehmt euch jetzt, Jungs. Keine Pusterohre!«

Dominick und C. J. verließen den Konferenzraum und gingen den Flur hinunter. Der Regen lief an den Glastüren des Haupteingangs hinunter. Dahinter lag der Parkplatz. Ein lauter Donner rollte.

»Mist. Ich habe meinen Schirm vergessen«, sagte C. J.

»Ich bring dich raus.« Dominick lieh sich einen Knirps am Empfang. Arm in Arm liefen sie zu C. J.s Wagen.

»Wie schläfst du in letzter Zeit?«, fragte er.

Sie sah ihn seltsam an, als wüsste er etwas, das er nicht wissen konnte. »Warum?«

»Du hast gesagt, nach Morgan Webers Tatortbesichtigung hättest du am Wochenende kein Auge zugemacht. Ich wollte nur wissen, ob du das nachholen konntest.«

»Alles in Ordnung, danke.« Sie stieg in ihren Jeep. Er stand in der offenen Tür, und trotz des Schirms waren seine Hosenbeine bereits klatschnass. Die Palmen auf dem Parkplatz bogen sich unter Regen und Wind – ein typischer stürmischer Nachmittag mitten in der Tornado-Saison. Dann lehnte sich Dominick plötzlich mit dem Oberkörper zu ihr hinein. Sein Gesicht war nur Zentimeter von ihrem entfernt. Der schwache Duft seines Aftershaves stieg ihr in die Nase. Sein Atem roch nach Pfefferminz, und sie sah die feinen Linien um seine sanften braunen Augen. Sie dachte an den Kuss vor einigen Wochen und hielt den Atem an. Schmetterlinge im Bauch.

»Wenn das alles vorbei ist, darf ich dich dann zum Essen einladen?«, wollte er wissen.

Sie kam ins Stottern, die Frage hatte sie vollkommen überrumpelt. Als sie nach ein paar langen Sekunden endlich die Stimme wiederfand, war sie von ihrer Antwort selbst überrascht. »Ja. Wenn das alles vorbei ist.«

»Gut.« Die feinen Linien vertieften sich und zogen sich jetzt über sein ganzes sonnengebräuntes Gesicht. Er hatte ein wunderschönes Lächeln. »Wann triffst du sie? Bantling und seine Anwältin?«

»Übermorgen, in der Strafanstalt. Ich rufe dich an und erzähl dir, wie es gelaufen ist.« Unwillkürlich lächelte sie zurück, warm und vertraulich. Die Schmetterlinge flatterten.

Er schloss die Tür und wartete unter seinem Schirm, bis sie ausgeparkt hatte und im strömenden Regen davonfuhr.

# 50.

IN DEN LINDGRÜNEN GÄNGEN DER STRAFANSTALT von Dade County stank es so durchdringend nach altem Schweiß und Fäkalien, dass C. J. die Luft anhielt. Sie hasste das Gefängnis. Wann immer es möglich war, bestellte sie die Angeklagten ins Gericht oder in die Staatsanwaltschaft, doch aus Sicherheitsgründen ging das bei Bantling einfach nicht. Also marschierte sie hier im Neonlicht an der abblätternden Farbe der Wände vorbei und versuchte das Gepfeife und Gegröle der Insassen auf der Galerie über ihr auszublenden. *Geh einfach weiter. Ein bewegliches Objekt ist schwer zu treffen.*

Im sechsten Stock, wo sich die Hochsicherheitszellen befanden, lotste sie der Wachmann von seiner kugelsicheren Plastikkabine aus zu einem massiven Stahltor am Ende des Flurs. Ein lautes Summen ertönte, es öffnete sich und schloss sich dann unmittelbar hinter ihr wieder. Am Ende eines weiteren Gangs mit schäbigem, lindgrünem Anstrich befand sich eine vergitterte Pforte. Drei Videokameras an der Decke zeichneten alles auf. In dem Raum dahinter saßen zwei Personen an einem Metalltisch – einer war Bill Bantling in seinem knallroten Overall. Cupido. Nur wenige Schritte von ihr entfernt. Langsam atmete sie aus. Showtime. Sie stellte sich vor die Pforte, die wiederum automatisch aufglitt. Dann richtete sie sich kerzengerade auf und trat ein. Die Tür fiel scheppernd hinter ihr zu. C. J. war eingeschlossen.

Bei dem Geräusch drehte Bantling sich nach ihr um, aber C. J. versuchte sich auf Lourdes Rubio zu konzentrieren, die neben ihm am Tisch saß. Sie spürte seinen Blick, als sie durch den Raum schritt. Bis auf den Metalltisch und drei Stühle war er leer. Es war kalt, und ein unangenehmes Schaudern überlief sie.

»Hallo, Lourdes.« C. J. setzte sich an die andere Seite des Tisches, öffnete die Aktentasche und holte einen Block heraus.

»Hallo.« Lourdes sah von den Papieren auf, die vor ihr lagen.

»Danke, dass Sie heute Morgen kommen konnten.«

»Sie wollten über eine Einrede sprechen. Nun, ich höre.« C. J. sah Lourdes an.

»Es gibt da in der Tat ein paar Dinge, die eine Einrede begründen würden, das ist wahr.« Lourdes seufzte, und nach einem kurzen Moment schob sie ein dickes Dokument zu C. J. hinüber.

»Was ist das?«, fragte C. J. misstrauisch.

»Mein Antrag, die Fahrzeugkontrolle für illegal zu erklären.«

C. J. überflog den Antrag, während Lourdes resigniert fortfuhr. »Wir glauben, dass Ihre Urteilsfähigkeit in diesem Fall getrübt ist, Ms. Townsend. Wir werden morgen vor Richter Chaskel den Antrag stellen, Sie von dem Fall abzuziehen. Außerdem werde ich mich in dieser Sache an den Oberstaatsanwalt wenden müssen.«

C. J. schluckte. Die Panik, die ein Tier in der Falle spüren musste, stieg in ihr auf. Gleichzeitig fühlte sie sich, als hätte ihr jemand einen Keulenschlag verpasst. Alles, was sie herausbrachte, war: »Entschuldigen Sie bitte? Und wie kommen Sie darauf, dass meine Urteilsfähigkeit getrübt sein könnte?«

»Wir meinen ... uns sind Tatsachen bekannt geworden ...« Lourdes blinzelte, und dann wurde sie still. Sie starrte auf ihre Aufzeichnungen, und der Augenblick verging unangenehm langsam. C. J. spürte Bantlings Blick, er ließ sie nicht aus den Augen. Sie konnte ihn riechen. Seine langen Finger kratzten die grüne Farbe vom Tisch, an den er mit Handschellen gefesselt war; grüne Farbsplitter sammelten sich auf dem Boden unter ihm. Die eine Hälfte seines Munds war zu einem hämischen Grinsen verzogen. Er sah aus wie ein heimtückisches Kind, das mehr wusste als die anderen. C. J. konzentrierte sich mit aller Kraft auf Lourdes, doch unter dem Tisch begannen ihre Knie zu zittern.

Lourdes sprach leise, die Augen immer noch auf ihre Notizen geheftet. »Ich weiß, dass Sie Ihren Namen geändert haben. Sie hießen früher Chloe Larson. Ich weiß auch, dass Sie vor zwölf Jahren in Ihrer New Yorker Wohnung das Opfer einer Vergewaltigung wurden. Ich habe die Polizeiberichte gelesen.« Sie zögerte, und dann sah sie C. J. an. »Ich möchte Ihnen sagen, dass mir sehr Leid tut, was Ihnen passiert ist.« Sie räusperte sich, rückte sich die Brille zurecht und sprach weiter. »Mein Mandant erklärt, dass er derjenige ist, der Sie vergewaltigt hat. Er glaubt, Sie haben ihn wiedererkannt. Wegen der Verjährungsfrist kann er dieses Verbrechens im Staat New York nicht mehr angeklagt werden, und er meint, dass Sie deshalb jetzt einen persönlichen Rachefeldzug gegen ihn führen. Wir sind überzeugt, dass Sie Beweismaterial in diesem Fall zurückhalten, weil Sie wissen, dass er unschuldig ist.« Lourdes atmete aus, offensichtlich erleichtert, es hinter sich gebracht zu haben.

Interessant war Lourdes' Verwendung der Pronomen. Bantling lächelte immer noch und nickte, während Lourdes sprach, bestätigend mit dem Kopf wie bei einer guten Sonntagspredigt. Er ließ seinen bohrenden Blick absichtlich über C. J.s Körper wandern. Sie wusste, was er dachte, und sofort fühlte sie sich schmutzig: nackt und bloßgestellt in einem Raum voller Voyeure. Sie saß reglos da, völlig überrumpelt von dem, was sie gehört hatte. *Was konnte sie darauf sagen? Was sollte sie tun?* Fieberhaft suchte sie nach der Antwort. Ihr Kopf glühte, eine schreckliche Stille hing über dem Raum.

Dann sprach er. Die Stimme aus ihren Albträumen. Kaum einen halben Meter von ihr entfernt.

»Ich weiß noch, wie du schmeckst«, sagte die Stimme. Lächelnd lehnte er sich über den Tisch und leckte sich langsam mit der langen rosa Zunge über die Lippen. Er schloss die Augen. »Lecker, Chloe. Oder soll ich dich lieber *Beany* nennen?«

Lourdes zuckte zusammen und fuhr ihn an: »Mr. Bantling! So kommen wir nicht weiter! Halten Sie den Mund!«

C. J. zitterten jetzt so sehr die Knie, dass sie die Beine leicht anheben musste, damit man ihre Absätze nicht auf dem Zementboden klackern hörte. Ihr war kotzübel, kalter Schweiß brach ihr aus, und sie hatte das unwiderstehliche Bedürfnis wegzurennen. Einfach nur weg von hier. Denn schon wieder hatte er sie in der Falle. Doch sie bewegte sich nicht von ihrem Stuhl. Sie durfte nicht fliehen, denn jetzt war der Moment gekommen. Der Augenblick, auf den sie gewartet hatte; den sie so gefürchtet hatte.

*… der möge jetzt sprechen oder für immer schweigen.*

C. J. sah ihm in die Augen und hielt seinem bösen Blick ein paar Sekunden lang stand. Er grinste gehässig, seine Pupillen tanzten vor Erregung. Dann fand sie ihre Stimme wieder. Sie sprach leise, aber deutlich und entschlossen; sie war selbst erstaunt, wie entschieden sie klang.

»Ich weiß nicht, wie Sie von dem Verbrechen erfahren haben,

dessen Opfer ich gewesen bin, Mr. Bantling – ich weiß es wirklich nicht. Die Polizeiberichte, nehme ich an. Das ist lange her. Aber Ihre Anschuldigung ist wirklich ungeheuerlich, vor allem die Tatsache, dass Sie sich daraus in Ihrem kranken Gehirn einen Vorteil in der Gerichtsverhandlung erhoffen.«

Jetzt war sie an der Reihe. Sie spürte, wie sich die Wut in ihr aufbäumte und die schwache, ängstliche Chloe fortscheuchte, die weglaufen und sich verstecken wollte. Sie lehnte sich über den Tisch und widerstand seinem eisblauen Starren. Ihre Stimme wurde noch leiser, es war kaum mehr als ein Flüstern, doch sie wusste, er konnte sie sehr gut hören. »Doch ich kann Ihnen versichern, nichts in der Welt wird mir mehr Vergnügen bereiten, als zuzusehen, wie man Sie auf die Pritsche schnallt und Ihnen eine Spritze voll Gift in die Venen pumpt. Dann werden Sie voller Verzweiflung den Zeugenraum nach jemandem absuchen, der Ihnen helfen kann. Doch es wird keiner da sein, Mr. Bantling. Niemand außer mir. Und ich werde höchstpersönlich dafür sorgen, dass Sie dort landen.«

Dann stand sie auf und wandte sich noch einmal an Lourdes, die mit offenem Mund dasaß und die Szene beobachtet hatte. »Und was Sie angeht, Ms. Rubio, das war das unethischste Verhalten, das mir in meiner Laufbahn jemals untergekommen ist. Ich werde Richter Chaskel umgehend darüber in Kenntnis setzen. Vielleicht werde ich den Vorfall sogar vor die Anwaltskammer bringen.«

Lourdes wollte etwas sagen, aber C. J. brachte sie mit einem Blick zum Schweigen.

Voller Wut zischte sie: »Sprechen Sie mich nie wieder an! Mit Ihnen kommuniziere ich in Zukunft nur noch über schriftliche Anträge. Wir haben uns nichts mehr zu sagen, was nicht genauso gut vor Gericht gesagt werden kann. Sie sind so verabscheuungswürdig wie Ihr Mandant.« Dann schnappte sie sich ihre Aktentasche, lief zur Tür und klingelte nach dem Wachmann.

Bantling war leichenblass geworden, Schweißperlen sammelten sich auf seiner Stirn. Plötzlich stieß er einen lauten, unmenschlichen Schrei aus, wie eine Katze, die lebendigen Leibes gehäutet wird.

»Verdammt nochmal, Bill! Hören Sie auf!«, rief Lourdes.

C. J. drehte sich nicht um. Die Wut in seiner Stimme war allzu vertraut, und im Stillen begann sie zu beten.

»Ich habe es nicht getan!«, kreischte er. »Sie wissen, dass ich unschuldig bin! Sie können doch keinen Unschuldigen zum Tode verurteilen lassen!«

Die schwere Tür glitt auf. C. J. verließ den Raum und versuchte, nicht loszurennen.

Jetzt stand Bantling auf, der Metallstuhl krachte hinter ihm auf den Boden, die Handschellen rasselten gegen das Tischbein, an das er gefesselt war. Er schrie hinter ihr her: »Du verfluchte dreckige Schlampe! Vor mir kannst du nicht weglaufen, Chloe! Denk immer dran – du miese Nutte!«

Sie klingelte an der zweiten Tür. Der Wachmann in der Kabine sah langsam von seiner Zeitschrift hoch. *Komm schon, komm schon. Mach auf.* Ihre Knie schlotterten jetzt, und sie konnte kaum noch atmen. Luft, sie brauchte Luft. Die Tür summte.

Bantling schrie immer noch und versuchte, sich von dem Tisch loszureißen. C. J. fragte sich, ob es je einer geschafft hatte, den Tisch aus der Verankerung zu hebeln. Wäre er bei ihr, bevor der Wachmann sein Magazin hingelegt hatte und aus der Kabine kam?

»Zwölf Jahre und immer noch auf der Flucht, *Beany*! Ich hab dir doch gesagt, dass ich dich überall finden werde! Jetzt bin ich wieder da – und ich hole dich –«

Der Schrei wurde abgeschnitten, als sich das Metalltor hinter ihr schloss. Sie erreichte den Fahrstuhl und drückte den Knopf mit zitternder Hand. Es schien Stunden zu dauern, bis er kam und sie einsteigen konnte. Endlich war sie allein. Doch sie wusste, dass die Videokameras auch hier alles aufzeichneten. Ihre Knie waren weich wie Pudding, und sie lehnte sich gegen die Wand des Aufzugs. Unten angekommen, lief sie schnell zum Empfangstisch und trug sich aus. Ihre Hand zitterte so heftig, dass sie sie mit der anderen festhalten musste.

»Alles in Ordnung, Ms. Townsend?« Der Mann am Empfang war Sal Tisker. Er hatte früher als Sicherheitsmann im Gericht gearbeitet und die Häftlinge hinübergebracht.

»Ja, Sal, alles o. k. Das ist wohl heute nicht mein Tag.« Selbst ihre Stimme zitterte. Sie räusperte sich und nahm ihre Handtasche von Sal entgegen. Dann holte sie ihre Sonnenbrille heraus und setzte sie auf.

»Einen schönen Tag noch, Ms. Townsend.« Sal ließ die letzte Sicherheitstür aufgleiten, und sie trat hinaus in den grellen Sonnenschein.

Sie wollte so schnell wie möglich über die Straße zu ihrem Büro; vorbei an denselben drei Prostituierten auf den dreckigen Stufen des Gebäudes, die sie schon auf dem Hinweg gesehen hatte. Anscheinend warteten sie darauf, dass ihr Gönner auf Kaution freikam. Der wäre bestimmt nicht begeistert, wenn er herausfand, dass sich seine besten Ladys den Tag freigenommen hatten, um vor dem Knast herumzuhängen. Im Sonnenlicht wirkte alles so surreal. C. J. widerstand dem Drang, in ihr Büro zu rennen. *Verhalte dich normal, nur noch ein bisschen. Du hast es fast geschafft. Dann kannst du zusammenbrechen.*

Plötzlich hörte sie hinter sich eine Stimme auf der Treppe der Haftanstalt. Es war Lourdes Rubio. Sie klang völlig aufgelöst.

»Ms. Townsend! Um Gottes willen, Ms. Townsend! C. J.! Warten Sie, bitte!«

## 51.

»ICH HABE IHNEN NICHTS MEHR ZU SAGEN.«

»Bitte, bitte, geben Sie mir nur eine Chance. Es tut mir Leid. Ich wusste nicht, dass er sich so verhalten würde, dass er solche Dinge sagen würde.« Lourdes hastete neben C. J. her, versuchte ihr in die Augen zu sehen. »C. J. Bitte, hören Sie mich an.«

»Lassen Sie mich raten – Sie haben Ihre Beziehungen spielen lassen und ihm den Polizeibericht aus New York besorgt. Sie haben einem Irren die Pistole geladen, und jetzt wundern Sie sich, dass er schießt? Verschonen Sie mich, Lourdes.« C. J. verlangsamte ihr Tempo nicht.

»Er kannte die Fakten schon vorher, C. J. Ich habe ihm den Bericht erst später gegeben.«

»Ich bin vor über zwölf Jahren überfallen worden, Lourdes. Er hatte zwölf Jahre Zeit, den Bericht zu lesen, bevor Sie so nett waren und ihm seine persönliche Kopie besorgten. Seien Sie doch nicht so naiv.«

»C. J., es tut mir wirklich Leid, wie das Ganze gelaufen ist. Ich weiß, wie schmerzhaft es für Sie sein muss –«

Jetzt blieb C. J. stehen und drehte sich mit einem Blick zu Lourdes um, der Wasser hätte zu Eis gefrieren lassen. Ihre Stimme zitterte. »Sie haben keine Ahnung. Sie können es sich nicht einmal ansatzweise vorstellen, wie es ist, mitten in der Nacht aufzuwachen, an Händen und Füßen gefesselt, und ein Verrückter mit einer Maske steht über Ihnen und schneidet Sie mit einem Sägemesser in Stücke.«

Lourdes zuckte zusammen, sie schloss die Augen und drehte den Kopf zur Seite.

»Haben Sie ein Problem damit, sich das anzuhören, Lourdes?« Leise, hasserfüllt spuckte sie die Worte aus. »Wissen Sie, *Vergewaltigung* klingt so sauber, so ordentlich. So einfach. Gut, man wurde vergewaltigt. Genau wie eine von vier Collegestudentinnen in diesem Land. Man muss eben darüber wegkommen. Aber manchmal ist das nicht ganz so einfach. Zum Beispiel wenn man vier Stunden lang gefoltert worden ist, immer wieder vergewaltigt wurde, mit einem Penis, einer Flasche, einem Kleiderbügel. Sich unter einem Mann winden, der seinen Spaß daran hat, einem die Haut aufzuschlitzen und zuzusehen, wie das Blut hervorquillt. So lange innerlich zu schreien, dass man das Gefühl hat, man würde vor Schmerz und Angst explodieren. Vielleicht haben Sie den Bericht, den Sie Ihrem Mandanten gegeben haben, nicht selbst gelesen. Denn sonst wüssten Sie, dass der Mann, der mich vergewaltigt hat, nicht einfach nur einen kleinen Schnitzer gemacht hat. Ich bin seitdem unfruchtbar. Unter meinen Kleidern sehe ich aus wie ein Monster. Er wollte mich langsam verbluten lassen. Und Sie glauben, dass Sie einfach eine solche Anschuldigung aus dem Hut ziehen können, ohne dass die Wirkung schmerzhaft oder erschütternd oder absolut verheerend ist? Wie kommen Sie eigentlich dazu?«

»Er ist mein Mandant, C. J. Und ihm droht die Todesstrafe.«

Ihre Stimme war ein ersticktes Flüstern, ihre Worte flehten um Verständnis. Aber dazu war C. J. nicht in der Lage.

»Und Ihr Mandant sagt Ihnen auch noch, dass er eine Bestie ist. Und behauptet, dass er vor zwölf Jahren auf bösartigste Weise eine Frau vergewaltigt hat, die zufällig die Anklägerin ist, vor der er vor Gericht wegen Mordes und Vergewaltigung an elf Frauen steht. Wie überaus praktisch. Und ohne einen Gedanken an die Konsequenzen zu verschwenden, werfen Sie einer Frau, von der Sie genau wissen, dass sie das Opfer einer Vergewaltigung gewesen ist, diese Anschuldigung an den Kopf, *während dieser Mensch genau daneben sitzt?* Ich habe keine Ahnung, wie Ihr Mandant an die Information über meine Vergewaltigung gekommen ist, das weiß ich wirklich nicht. Aber ich sage Ihnen so viel – mein Gewissen ist rein. Und wenn er durch irgendeinen Zufall freigesprochen werden sollte, wenn er irgendwann aus dem Gefängnis kommen sollte und wieder eine unschuldige Frau vergewaltigt und ermordet – was so sicher wie das Amen in der Kirche ist, wenn er die Möglichkeit dazu hat –, dann weiß ich, dass ich der Familie dieser Frau ins Gesicht sehen und ehrlich sagen kann: ›Ich trauere mit Ihnen.‹ Aber können Sie das auch, Lourdes?«

Lourdes schwieg. Tränen rollten ihr über die Wangen.

»Tun Sie, was Sie für richtig halten. Und ich tue, was ich für richtig halte. Ich habe einen Termin.«

Und damit wandte sich C. J. ab, überquerte die 13. Street und ließ Lourdes Rubio weinend auf dem Bürgersteig vor dem Dade County Gefängnis zurück.

## 52.

»C. J. TOWNSEND. STAATSANWALTSCHAFT.« Sie zeigte dem Officer am Empfang ihren Ausweis.

»Zu wem wollten Sie, hatten Sie gesagt?«

»Special Agent Chris Masterson.«

»Ach ja, warten Sie einen Moment, er kommt gleich herunter.«

C. J. lief nervös in der Lobby der FDLE-Zentrale auf und ab. An einer Wand hingen Urkunden und Plaketten und ein vergrößertes Foto der goldenen Dienstmarke eines Special Agent. An der anderen Wand befand sich ein großer Glaskasten mit Vermisstenmeldungen, die praktisch übereinander klebten. Auf den meisten Fotos waren ausgerissene Teenager oder Kinder zu sehen, die von einem geschiedenen Elternteil entführt worden waren, aber es gab auch Personen, die unter verdächtigen Umständen verschwunden waren. Sie liefen unter dem Prädikat »gefährdet«. Die Zettel blieben so lange hinter der Scheibe, bis die Person gefunden oder der Fall gelöst war. Die Neuzugänge wurden mit Reißzwecken dazugepinnt, sodass die älteren zum Teil von ihnen verdeckt wurden. C. J. entdeckte das Schwarzweißfoto einer lächelnden Morgan Weber, halb unter dem sommersprossigen Gesicht eines ausgerissenen Teenagers. Sie waren also noch nicht dazu gekommen, ihr Bild abzunehmen.

Die Tür öffnete sich, und Chris Masterson kam herein. »Hallo, C. J., wie geht's? Tut mir Leid, dass es so lange gedauert hat. Dominick hat mir gar nicht gesagt, dass Sie heute die Asservaten ansehen wollen, ich musste noch schnell alles aufbauen.«

»Eigentlich wollte ich erst Donnerstag kommen, Chris, aber da habe ich eine Anhörung, und am Freitag muss ich schon das FBI durchführen. Also bin ich jetzt hier. Danke, dass Sie sich die Zeit genommen haben.«

»Nicht der Rede wert.« Über mehrere verschachtelte Flure erreichten sie schließlich den Konferenzraum. Die Zentrale der Sonderkommission. Chris schloss die Tür auf. Auf dem langen Konferenztisch standen große Pappkartons, auf die C U P I D O und das Aktenzeichen gekritzelt war. »Die Inventarlisten liegen auf dem Tisch. Alles, was wir bei der Durchsuchung sichergestellt haben, ist der Reihe nach aufgeführt. Wenn Sie fertig sind, vergessen Sie nicht, sich auszutragen, und geben Sie Becky im Büro gegenüber Bescheid. Sie hat die Asservatenaufsicht. Ich habe gleich ein Verhör, sonst würde ich Ihnen helfen. Heute Nachmittag ist anscheinend überhaupt keiner da.«

»Kein Problem, ich brauche niemand. Ich wollte nur mal einen Blick auf das werfen, was wir haben. Es dauert nicht lange.«

»Dom nimmt ein paar Aussagen drüben in Miami Beach auf. Er kommt heute wahrscheinlich gar nicht mehr rein, soweit ich weiß. Soll ich ihn anfunken?«

»Nein danke, ich brauche keine Hilfe. Trotzdem danke.«

»Na gut. Viel Erfolg. Ich lasse Sie dann mal arbeiten.« Er schloss die Tür hinter sich und ließ sie allein in dem dämmrigen Zimmer zurück. Es war fast fünf, und die Sonne ging bald unter. Von der »Mauer« starrten die toten Mädchen auf C. J. herunter, als sie sich mit zitternder Hand eine Zigarette anzündete und sorgfältig durch die sechsseitige Inventarliste blätterte. Sie wusste nicht genau, was sie suchte – aber sie wusste, wenn etwas existierte, dann würde sie es finden.

Lourdes' Anfechtung der Fahrzeugkontrolle war ein Schuss ins Blaue – oder ihr Antrag war unvollständig. Lourdes hatte C. J. eine Kopie gegeben und würde ihn morgen früh einreichen. C. J. hatte sich das Papier dreimal gründlich durchgelesen und keine Erwähnung des anonymen Hinweises gefunden oder auch nur eine entsprechende Andeutung. Der Antrag basierte allein auf Bantlings Behauptung, er sei nicht zu schnell gefahren, sein Rücklicht sei nicht beschädigt gewesen und die Fahrzeugdurchsuchung habe ohne seine Zustimmung und ohne hinreichenden Grund stattgefunden. Um ganz sicherzugehen, dass weder Chavez noch Lindeman noch Ribero mit Lourdes oder einem ihrer Mitarbeiter gesprochen hatten, hatte C. J. beim MBPD angerufen. Sie hatte dem Sergeant fast einen Herzinfarkt versetzt mit der Nachricht, dass Bantling wegen unrechtmäßiger Fahrzeugkontrolle die Abweisung der Klage beantragte. Keiner habe geredet, versicherte ihr Ribero. Das Wort des verhafteten Angeklagten stand gegen das Wort eines achtbaren Polizeibeamten. Es war nicht schwer zu erraten, wer diesen Kampf gewinnen würde.

Doch C. J.s Erleichterung hatte nur kurz gewährt, denn der zweite Teil des Antrags befasste sich mit der Anschuldigung, die Lourdes im Gefängnis gemacht hatte. Dass C. J. vergewaltigt worden war, dass Bantling der Täter war und dass C. J. sich des Betrugs und der Vertuschung von Fakten schuldig machte. Und es bestand die Möglichkeit, dass Bantling vielleicht irgendetwas in seinem Besitz hatte, das diese Behauptung beweisen könnte.

Die Inventarliste führte jedes nummerierte Beweisstück einzeln auf, das in Bantlings Haus und Autos sichergestellt worden war. C. J. überflog den Inhalt von Kartons mit Teppichproben, Bettwäsche, Küchenutensilien und Hygieneartikeln und nahm sich dann drei große Kisten mit der Aufschrift EXHIBIT 161A, B und C vor. Oben auf der Liste stand »Persönliche Habe«, darunter waren verschiedene Rubriken aufgelistet: »Fotos, div.«; »Fotoalben 1–12«; »schwarze unbeschriftete Videokassetten 1–98«; »Bücher (44)«; »Zeitschriften (15)«; »CDs 1–64«; »Kleidung, div.«; »Schuhe, div. (7 P.)«; »Kostüme, div.«; »Schmuck, div.«. Es waren diese Kisten, die sie interessierten.

Sie nahm sich jedes Album vor, jedes Foto, ohne auf etwas zu stoßen, und dann arbeitete sie sich langsam durch den Sack mit den diversen Kleidungsstücken. Nichts. Die Bücher waren hauptsächlich zeitgenössische Romane, bis auf ein paar Werke von Marquis de Sade und Edgar Allan Poe; die Zeitschriften waren Soft- bis Hardcore-Pornoheftchen – *Playboy, Hustler, Shaved*. Auf den CDs war Popmusik, und im Büro hatte sie bereits eine Kopie aller Videokassetten erhalten, die sie ein schreckliches Wochenende lang abgespielt hatte. Auch dort war nichts.

*FDLE Exhibit No. 161C, 11: diverse Kostüme* stand handschriftlich auf dem weißen Asservatenetikett, das auf dem Deckel einer blauen Plastikbox in der letzten Kiste klebte. Eine detailliertere Aufzählung des Inhalts gab es nicht, auch nicht auf der Liste. C. J. öffnete den Deckel, der nicht versiegelt war, und schnappte nach Luft.

Dort, ganz obenauf, starrte ihr mit einem blutroten Grinsen und zottigen Nylonaugenbrauen eine unheimliche Clownmaske entgegen. C. J. erkannte sie sofort. Ein kalter Schauer lief ihr über den Rücken, und sie zitterte am ganzen Leib, als die Erinnerungen in ihrem Kopf zu tanzen begannen wie die Gespenster zur Geisterstunde. Das Gesicht am Fußende ihres Betts, wie es im grellen Licht der Blitze fahl aufleuchtete, das Zischen seines Atems durch den Schlitz im Gummi. Sie spürte wieder die behandschuhten Hände auf ihrer Haut, das Kratzen des Nylonhaars an ihren Beinen, ihrem Bauch. Sie roch den Latex und den kalten Kaffeeatem und schmeckte die trockene Seide ihres Slips, und wieder würgte es sie. Nach ein paar qualvollen Sekunden streckte sie die Hand aus, diesmal war sie es, die Gummihandschuhe trug. Sie packte die Maske mit spitzen Fingern am Nylonhaar und hielt sie weit von sich entfernt wie einen Tierkadaver. Sie wusste, was sie zu tun hatte. Sie nahm die Maske und stopfte sie in eine schwarze Plastiktüte, dann schloss sie den Deckel der Plastikbox.

Der letzte Posten im Karton 161C war eine durchsichtige Plastiktüte mit einem weißen Etikett. *FDLE 161C, 12: Schmuck, divers – Schlafzimmerkommode, Schublade oben links.* Sie legte die Tüte flach hin, sodass sie den Inhalt sehen konnte. Eine Uhr. Ein goldener Armreif. Ein goldenes Armband. Ketten. Manschettenknöpfe. Ein Herrenring mit einem schwarzen Onyx. Verschiedene einzelne Ohrringe.

Und dann fand sie, wonach sie suchte. Der goldene Anhänger mit den zwei Herzen und dem Diamanten, den Michael ihr vor zwölf Jahren zum Jahrestag geschenkt hatte. Eine Träne rollte ihr über die Wange, doch sie wischte sie fort. Überaus vorsichtig löste sie das rote Klebeband, das die Tüte mit dem Schmuck versiegelte, ohne die Initialen C. M. zu beschädigen. Wahrscheinlich war es Chris Masterson, der den Schmuck verpackt hatte. C. J. nahm den Anhänger heraus, befühlte ihn mit den Fingerspitzen, genauso wie damals, an jenem Abend. Sie dachte an Michaels Worte. *Ich habe ihn extra für dich anfertigen lassen. Gefällt er dir?*

Ein Unikat – und damit das Einzige, das sie unanfechtbar mit Bantling in Verbindung brachte. Wieder tanzten die Geister, zerrten und zogen an ihr. Das Messer fiel ihr ein, das ihr wütend den Anhänger vom Hals gerissen hatte. Der säuerliche Atem, der immer heftiger und schneller wurde. *Nur nicht durchdrehen! Nur nicht in der Flut der Erinnerungen untergehen. Schon beim letzten Mal hatte es viel zu lange gedauert, bis sie wieder aufgetaucht war.*

Der restliche Schmuck stammte vermutlich von Bantlings anderen Opfern: vielleicht von der Kellnerin aus Hollywood oder der Studentin aus Los Angeles oder der Krankenschwester in Chicago. Andenken, Trophäen von jeder Eroberung. Wie oft hatte sich Bantling den Anhänger angesehen und an sie gedacht? Sich an Chloe erinnert, an das Mädchen, das sie damals gewesen war? Wie oft hatte er sich an dem Gedanken, wie sie langsam auf ihrem Bett verblutete, aufgegeilt? Sie warf den Anhänger in die schwarze Tüte zu der Maske, und dann stopfte sie die Tüte in ihre Handtasche. Sorgfältig verklebte sie die Tüte mit dem Schmuck und legte sie zurück in den Karton. Sie hatte gefunden, weswegen sie gekommen war. Jetzt war der Spielstand wieder ausgeglichen. Sein Wort würde gegen ihres stehen. Und sie wusste, dass sie dieses Match gewinnen würde.

Doch sie hatte sich strafbar gemacht, war zur Kriminellen geworden. Jetzt war sie eine von den Bösen.

*Noch ein kleines Opfer für einen höheren Zweck.*

## 53.

SIE HATTE GERADE DIE AKTENTASCHE GESCHLOSSEN, als plötzlich die Tür aufging. C. J. zuckte zusammen. Dominick stand in der Tür und sah sie forschend an.

»Was machst du denn hier?«, fragte er. »Ich wollte nur mein Laptop holen und habe vom Parkplatz das Licht gesehen. Ich dachte, es ist vielleicht Manny.«

»Du hast mir vielleicht einen Schreck eingejagt. Ich habe dich nicht kommen hören«, sagte sie und drückte die Hand ans Herz.

»Tut mir Leid. Das wollte ich nicht. Du bist ja ganz blass.«

»Chris hat mich reingelassen. Ich musste mir die Beweisstücke ansehen. Am Freitag habe ich doch die Ehre, Gracker und das FBI hier durchführen zu dürfen. Ich hatte keine Lust auf irgendwelche Überraschungen«, sagte sie schnell.

»Pass bloß auf Gracker auf. Am Ende lässt er noch was mitgehen, wenn du nicht hinsiehst.« Dominick sah sich um. »Wo steckt Chris denn jetzt?«

»Er hatte noch ein Verhör.«

»Wo? Oben?«

»Nein, in der Stadt, glaube ich.«

Sie sah Dominick den Ärger an. »Er hätte dich nicht allein lassen dürfen. Er muss die Sachen in der Asservatenkammer ein- und austragen. Er hätte dabeibleiben müssen.«

»Er hat mir gesagt, ich soll mich bei Becky abmelden.«

»Becky ist um fünf gegangen, genau wie alle anderen auch. Es ist niemand mehr hier. Ich muss das Zeug zurückbringen und alles wieder eintragen. Ich schließe nur schnell die Asservatenkammer auf.«

»Tut mir Leid.«

»Ist nicht deine Schuld. Aber morgen knöpfe ich mir Chris vor. Hast du gefunden, was du brauchst?«

»Ja. Ich habe mir alles angesehen.« Sie half ihm, die Kisten den Flur hinunter bis zur Asservatenkammer zu bringen, und sah nervös zu, wie Dominick Stück für Stück sorgfältig wieder eintrug. Ihre Hände wurden feucht, als er den Inhalt der letzten Kiste durchsah, in der sich auch die Tüte mit dem diversen Schmuck und die Box mit den Kostümen befanden. Erleichtert seufzte sie auf, als er endlich abschloss und die Alarmanlage einstellte.

»Wie ist das Treffen mit Bantling und seiner Anwältin gelaufen? Das war doch heute Nachmittag, oder?«, fragte er, als sie den Flur hinuntergingen.

C. J. biss sich auf die Lippe. Außer Chris Masterson und Lou Ribero war Dominick der erste Mensch, mit dem sie sprach, seit im Gefängnis die Hölle losgebrochen war. Sie wusste nicht, ob sie jetzt darüber reden konnte, ohne vollkommen zusammenzubrechen. Wieder kämpfte sie gegen die Tränen an. »Es war okay. Da gibt es nicht viel zu sagen.«

»Will er verhandeln?«

»Nein. Er will einen Klagabweisungsantrag wegen der Fahrzeugkontrolle stellen.«

»Einen Klagabweisungsantrag? Mit welcher Begründung denn?«

»Es habe keinen hinreichenden Grund für die Fahrzeugkontrolle gegeben. Er sagt, Victor Chavez, der Polizist aus Miami Beach, der ihn angehalten hat, lügt und habe Bantling gar nicht beim Zuschnellfahren erwischt. Er habe alles nur erfunden, um die Kontrolle nachträglich zu rechtfertigen. Bantling sagt auch, das Rücklicht war nicht kaputt, auch diese Behauptung sei gelogen. Alles in allem meint er, Chavez ist ein mieser Cop, der sich mit Cupido goldene Sporen verdienen will.« Die zweite Hälfte des Antrags, den wahren Grund, weshalb sie heute ins Gefängnis gerufen worden war, erwähnte sie nicht.

Dominick fiel der kleine rote Plastiksplitter wieder ein, den er in der Nacht von Bantlings Festnahme auf dem Causeway aufgehoben und eingesteckt hatte. Es wäre nicht das erste Mal, dass ein Polizist die Sache selbst in die Hand nahm und mit dem Knüppel, der Taschenlampe oder dem Stiefel nachhalf. Die Spuren dem Verbrechen anpasste.

»Na, großartig«, sagte er kopfschüttelnd und versuchte das Bild zu verscheuchen, wie Chavez auf das Rücklicht eintrat. Auf dem MacArthur Causeway, in Blickweite des *Miami Herald*. »Du hast den Cop doch vernommen. Was denkst du?«

»Er ist ein Frischling – vollkommen unerfahren. Aber ich glaube, die Sache ist in Ordnung.« C. J. fühlte sich nicht wohl in ihrer Haut. Sie konnte Dinge verschweigen, aber eine gute Lügnerin war sie nicht. »Wenn das ginge, hätte ich mir jemand anders für die Fahrzeugkontrolle ausgesucht. Aber ich fürchte, wir müssen mit ihm vorlieb nehmen. Also arbeite ich daran, dass er das vor Gericht hinkriegt.«

»Ich verstehe das nicht. Rubio beordert dich ins Gefängnis, um einen Klagabweisungsantrag zu besprechen? Wieso das denn? Sie hätte damit einfach zum Richter gehen können! Dazu hätte sie dich nicht in das Loch zerren müssen. War Bantling auch dabei?«

»Ja.« Sie zitterte.

»Sonst noch jemand?«

»Nein.«

»Nur du, Rubio und Bantling in einem abgeschlossenen Raum?« Er beobachtete, wie sie mit jeder Frage blasser wurde. *Warum?*

Sie merkte, dass er versuchte, in ihrem Gesicht zu lesen, Antworten zu finden, und in diesem Moment war C. J. leicht zu lesen. Sie drückte ihre Tasche fester an sich. »Dominick, bitte, es war ein langer Tag. Er ist ein Wahnsinniger. Ich will jetzt nicht darüber sprechen.«

»C. J., was ist mit dir los? Warum nimmt dich dieser Fall so mit? Was ist es? Rede mit mir. Vielleicht kann ich dir helfen.«

Wie gerne sie mit ihm geredet hätte! Wie sehr sie sich danach sehnte, er würde diesen Albtraum einfach verschwinden lassen, sie in die Arme nehmen und ihr Sicherheit geben. So wie vor ein paar Wochen an ihrer Wohnungstür. Sicherheit, Schutz, Wärme. Sie hätte dieses Gefühl jetzt mehr denn je gebraucht, denn ihr Leben entglitt ihrer Kontrolle, und sie versuchte verzweifelt, die Zügel wieder in die Hand zu bekommen. »Nein, nein. Wie schon gesagt, er ist ein Irrer, das ist alles. Ich muss nach Hause. Es ist spät, und ich bin erschöpft.«

Er sah zu, wie sie nach der Aktentasche griff. »Hat der Antrag Chancen?«

»Nein. Nur heiße Luft. Sollte kein Problem sein.«

»Könnte ich die Kopie mal sehen?«

»Sie ist bei mir im Büro«, log sie. Natürlich wusste sie, dass die Presse sich auf die Information stürzen würde, sobald der Antrag vor Gericht gestellt wurde und damit ein öffentliches Dokument war. Ihre Vergewaltigung würde in den Medien breitgewalzt werden, von jungen Journalisten durchgekaut, die versuchten, sich bei *MSNBC* einen Namen zu machen. C. J. würde alles wieder und wieder durchleben müssen, bis die Öffentlichkeit endlich das Interesse verlor. Und selbst wenn es nicht reichte, ihr den Fall zu entziehen, wäre Richter Chaskel nicht gerade erbaut, dass sie ihm nichts davon gesagt hatte. Außerdem fürchtete sie, dass Tigler sie von der Anklage abziehen und einen anderen Staatsanwalt einsetzen würde: einen, der keine derartigen Anschuldigungen als Ballast im Gepäck hatte. Ihr war klar, dass sie es Dominick sagen sollte, bevor die Sache an die Öffentlichkeit kam. Sie musste üben, alles abzustreiten, ohne alle zwei Sekunden zu heulen. Doch nicht heute Abend. Jetzt konnte sie einfach nicht mehr.

»Na gut. Ich begleite dich raus.« Er bedrängte sie nicht; er wusste, dann würde sie sich nur noch weiter zurückziehen. Also wechselte er das Thema. »Ich wollte Manny anrufen und ihn fragen, ob er mit mir essen geht. Ich habe mich den ganzen Nachmittag in den Clubs von Miami Beach herumgetrieben, und mitten am Tag ist das ziemlich deprimierend.« Er schloss die Zentrale hinter sich ab und winkte dem wachhabenden Beamten beim Hinausgehen zu.

Schweigend gingen sie zum Jeep und C. J. stieg ein. Heute würde es keinen so vertrauten Abschied geben wie neulich. »Danke, Dominick«, war alles, was sie zustande brachte.

»Gute Nacht, C. J. Ruf mich an, wenn du mich brauchst. Jederzeit.«

Sie nickte und fuhr los.

Dominick drehte sich um und ging zu seinem Wagen. Im Dunkeln blieb er noch einen Moment sitzen und dachte über ihr Gespräch nach, darüber, dass C. J. schon wieder so merkwürdig auf die Erwähnung von Bill Bantlings Namen reagiert hatte. Er hinterließ eine Nachricht auf Mannys Anrufbeantworter, und dann hörte er seine Mailbox ab. Plötzlich klopfte es leise an die Scheibe.

Es war C. J. Er ließ das Fenster herunter.

»Himmel. Du solltest dich nicht so anschleichen. Vor allem nicht bei Leuten, die mit Pistolen im Halfter auf dunklen Parkplätzen sitzen. Ist alles in Ordnung?« Er sah sich nach ihrem Wagen um, der wahrscheinlich mit geöffneter Motorhaube mitten auf der Straße stand.

»Steht die Abendesseneinladung von neulich noch?«, fragte C. J. mit einem erschöpften Lächeln. »Ich bin am Verhungern.«

## 54.

ES WAR ACHT UHR ABENDS, und Lourdes Rubio saß immer noch an dem Eichenschreibtisch in ihrem verlassenen Büro. Sie starrte ihr Diplom von der University of Miami an der Wand an und fragte sich, wie alles hatte so schief laufen können. Neben ihrem Diplom hingen zahlreiche Medaillen und Urkunden an der cremeweißen Wand, mit denen sie über die Jahre von verschiedenen juristischen Vereinigungen und Wohltätigkeitsorganisationen ausgezeichnet worden war.

An den Schwur, den sie als Anwältin hatte leisten müssen, erinnerte sie sich Wort für Wort – als sie vom alten Oberrichter Fifler vereidigt worden war, in einem grauenhaften lila Anzug mit riesigen Schulterpolstern, den sie sich extra für den Anlass gekauft hatte. Das war jetzt vierzehn Jahre her. Richter Fifler war gestorben, der lila Anzug aussortiert, und die Jahre waren irgendwie vorbeigeflogen.

Zum Entsetzen ihrer Mutter hatte Lourdes immer schon Strafverteidigerin werden wollen. Sie hatte tatsächlich die Verfassung hochhalten wollen, die Rechte der Unschuldigen schützen vor Big Brothers zudringlichen Augen und Ohren. Die ganzen idealistischen Flausen von der Uni hatte sie für bare Münze genommen. Dann war sie als Pflichtverteidigerin ins kalte Wasser gesprungen und hatte zusehen müssen, wie ihre Illusionen zerbröckelten.

Es gab keine Bleibe für die Obdachlosen, keine Hilfe für die Geisteskranken. Anwälte wollten Geld machen und handelten Vergleiche aus. Richter wollten sich das Arbeitspensum erleichtern. Ankläger wollten sich einen Namen machen. Für viele war das Rechtssystem einfach nur Mittel zum Zweck. Und trotzdem hatte Lourdes immer noch Strafverteidigerin sein wollen.

Bis heute.

Sie hatte sich mit den Schwächen des Systems arrangiert, indem sie das Public Defense Office verließ und ihre eigene Kanzlei eröffnete. Nicht genug, dass sie eine Frau war, ihre Familie stammte auch noch aus Kuba. Also hatte sie jahrelang kämpfen müssen, um sich in einer Welt einen Namen zu machen, in der es fast nur Männer gab, ihre Mandanten eingeschlossen. Nach acht harten Jahren hatte sie es dann geschafft; sie konnte sich mit den Erfolgreichsten von ihnen messen. Sie war ganz oben, gehörte zu den bestbezahlten und respektiertesten Strafverteidigern in Miami. Doch jetzt betrachtete sie ihr Diplom mit Abscheu statt mit Stolz. Dachte an ihren Mandanten mit Hass statt mit Anteilnahme.

Wann hatte sie sich von dem System korrumpieren lassen, das sie hasste, gegen das sie angeblich seit Jahren kämpfte, Tag für Tag? Wie hatte sie zulassen können, dass sie ein Opfer mit seinem Vergewaltiger konfrontierte, der sein Verbrechen als legales Mittel einsetzte, um seine Freiheit zu erreichen? Natürlich, um zu gewinnen, musste man manchmal knallhart sein, egal, was es kostete. Sie wusste, dass Bantlings Anschuldigungen den Fall schnell zu Ende bringen könnten. Es wäre ein schneller Sieg.

Sie räumte die Akten zusammen, um sich auf den Heimweg zu

machen. Sie würde ihrer alten Mutter ein Abendessen kochen und sich vielleicht einen Film im Fernsehen ansehen. Doch dann hielt sie plötzlich inne und legte den Kopf in die Hände.

Heute hatte sie den Sieg mit Gerechtigkeit verwechselt, und sie bereute es tief.

## 55.

CHLOE LARSON. Die scharfe kleine Jurastudentin aus Queens war erwachsen geworden und spielte Staatsanwältin. Junge, die Zeit hatte ihr schwer zugesetzt. Er hatte sie fast nicht wiedererkannt mit dem straßenköterbraunen Haar und den spießigen Klamotten, die viel zu viel von ihrem einst so knackigen Arsch und den kecken Titten verdeckten. Aber dieses Gesicht. Ein Gesicht vergaß er nie. Vor allem nicht eins wie Chloes. Deswegen hatte er sie sich ja damals ausgesucht. Sie war nicht einfach nur hübsch – sie war eine Schönheit.

Und jetzt hatte er sie wieder. Nach zwölf Jahren hatte er sie gefunden – glücklich vereint. Ihre Miene, als seine Anwältin ihr die Neuigkeiten eröffnete, war umwerfend gewesen. Einfach umwerfend. Schock. Dann Angst. Und schließlich Grauen. Er hatte sie erwischt. Ihr Fänger hatte sie wieder erwischt. Jetzt musste sie ihm in die Augen sehen und zugeben, dass sie am Ende war. Sie hatte wieder gegen ihn verloren.

Mit dem Umschlag seines Notizblocks säuberte er sich die Zahnzwischenräume. Er saß in seiner Zelle auf der nach altem Fisch und Pisse stinkenden Pritsche.

*Halten Sie den Mund und setzen Sie sich.* Seine nutzlose Verteidigerin hatte ihn tatsächlich angeschrien. *Halten Sie den Mund und setzen Sie sich.* Für wen zum Teufel hielt die sich? Er musste ihre Rolle in dem Ganzen überdenken. Ursprünglich hatte er sie für die richtige Wahl gehalten, aber jetzt ... Andererseits hatte sie ihm den Polizeibericht aus New York besorgt, und der war eine wunderbare Bettlektüre gewesen. Schwarz auf weiß zu sehen, was er getan hatte, aus dem Blickwinkel von Dritten. Vor allem diese strunzdummen Cops vom NYPD, die ihren Arsch nicht vom Gesicht unterscheiden konnten. Ein ziemlich anregender Zeitvertreib. Und dann hatte Lourdes ihm mit ihren Anträgen und Einsprüchen geholfen, der Frau Staatsanwältin den Schock ihres Lebens zu versetzen. Aber jetzt behauptete diese blöde Kuh von Verteidigerin auf einmal, sie könne den Antrag noch nicht einreichen, sie müsse noch recherchieren. Und er fragte sich langsam, ob sie mit den großen Jungs in der Ersten Liga mithalten konnte.

*Lassen Sie mich das machen. Sie würden ja zugeben, dass Sie ein brutaler, Messer schwingender Vergewaltiger sind. Wenn Sie einfach sagen: »Ich habe es damals getan, aber heute war ich es nicht«, und Ihr Opfer, die Anklägerin, beschuldigen, müssen Sie sich doch über eins im Klaren sein, Bill – jeder wird Sie dann für schuldig halten und noch mehr hassen, und sie wird man bemitleiden. Es ist eine sehr delikate Situation, und wir können nicht einfach mit solchen Behauptungen um uns werfen. Sie streitet alles ab, und, ehrlich gesagt, hat Ihr Wort vor Gericht nicht das geringste Gewicht – nicht gegen das der Staatsanwältin. Sie brauchen Beweise.*

Die Beweise könnt ihr haben. Auch wenn ich mich nur äußerst ungern davon trenne.

*Ausbrüche wie der von heute werden Ihnen weiß Gott nicht helfen. Sie verhalten sich genau wie der Serienmörder, für den Sie gehalten werden. Sie müssen mich machen lassen, und zwar so, wie ich es für richtig halte. Und Sie dürfen nichts mehr sagen. Ab jetzt halten Sie einfach den Mund.*

Sie hatte Angst. Jetzt, da Lourdes Rubio wusste, mit wem sie es zu tun hatte, mit wem sie im Gerichtssaal saß und in der Zelle flüsterte. Und er hatte seine Zweifel, ob sie auf die Geschworenen jetzt noch so überzeugend wirken würde, wie sie es getan hätte, wenn sie ihn für völlig unschuldig gehalten hätte. Der treuselige Rehblick war verschwunden.

Bill Bantling lief in der Zelle auf und ab wie ein wildes Tier im Käfig. Er war in Einzelhaft, da er angeblich ein Sicherheitsrisiko darstellte. *Scheiße.* Jetzt dämmerte ihm, dass man ihn nur in Einzelhaft sperrte, weil *Chloe, Beany, die Frau Staatsanwältin* die ganze Zeit gewusst hatte, wer er war. Sie hatte ihn zu ihrem eigenen

Schutz wegschließen lassen. Für ihr Seelenheil. Je mehr Gitterstäbe ihn einschlossen, desto besser konnte sie schlafen. Doch jetzt kannte er ihr Spiel, und er würde mithalten. Er würde es genießen, zuzusehen, wie sie langsam zusammenbrach.

*Nichts in der Welt wird mir mehr Vergnügen bereiten, als zuzusehen, wie man Sie auf die Pritsche schnallt und Ihnen eine Spritze voll Gift in die Venen pumpt.*

Was hatte sie für eine große Klappe. Aber er wusste, solche Dinge konnte sie nur sagen, weil er mit Hand- und Fußschellen an einen verdammten Tisch gefesselt war.

Er wusste, dass sie Angst hatte, dass sie von Angst zerfressen war. Und das sollte sie auch.

Denn wenn er hier rauskam, würde er sie umbringen.


## 56.

»ICH HABE EINE BEZIEHUNG mit Dominick Falconetti angefangen.«

»Wollen Sie mir davon erzählen?« Greg Chambers war jetzt ganz der Therapeut. Er hatte seinen Bürostuhl hinter dem Schreibtisch hervorgezogen, um besser zuhören zu können. Die Spätnachmittagssonne schien in Streifen durch die Fensterläden und tauchte das Sprechzimmer in warmes, karamellfarbenes Licht.

»Es ist einfach passiert. Obwohl ich versucht habe, dagegen anzukämpfen, vor allem seit Bantlings Festnahme.« Er sah zu, wie sie ihre Zigarette ausdrückte, nachdem sie sich die nächste schon angezündet hatte. Der Rauch hing in der Luft, kräuselte sich in den Lichtstrahlen. Sie atmete langsam aus und klemmte sich eine Haarsträhne hinters Ohr.

»Wie geht es Ihnen dabei? Wollen Sie es?« Seine Stimme war sanft, ganz urteilsfrei. Wäre da nur die leiseste Andeutung einer Meinung, hätte sie sich wahrscheinlich zurückgezogen – hätte zugemacht wie eine Muschel – alles für sich behalten, wo ihre Zweifel und Empfindungen dann an ihrer Magenwand fraßen.

»Wie es mir geht? Ich habe Angst, bin nervös, glücklich, aufgeregt, fühle mich schuldig. Alles auf einmal. Ich weiß, ich hätte es nicht so weit kommen lassen dürfen, aber ... Mein Gott, er lenkt mich ab. Lenkt mich von all dem ab. Und das ist gut. Wie eine gute Therapie, Doktor. Wenn ich bei ihm bin, bin ich *bei ihm*. In Sicherheit. Anders kann ich es nicht beschreiben. Mein Schutzzaun, dieses Radargerät, das ich immer auf Empfang habe – ich kann alles runterfahren. Abschalten. Das Gesicht dieses Irren verschwindet endlich aus meinem Kopf, wenn auch nur für ein paar Stunden. Ich bin weit weg, und dieses bleischwere Gewicht auf meinem Herzen ... es ist fort. So ein Gefühl hatte ich noch nie bei einem Mann – und ich will es nicht verlieren.«

Sie erhob sich aus dem blauen Ohrensessel und ging nervös im Zimmer auf und ab. »Aber ich habe auch Angst. Fürchterliche Angst. Ich will ihn nicht zu nah an mich heranlassen. Es gibt Dinge, von denen er nie erfahren darf.«

»Meinen Sie vielleicht sich selbst? Sie wollen nicht, dass er Ihr wahres Selbst sieht? Befürchten Sie, dass es ihm nicht gefällt?«

»Nein. Ja. Gefühlsmäßig kann ich mich vielleicht irgendwann in der Zukunft öffnen. Mich ihm mitteilen, wie Sie es nennen. Aber es gibt Dinge, Tatsachen, die ich ihm momentan einfach nicht sagen kann. Dinge, die er nie akzeptieren könnte. Und ich glaube einfach nicht, dass eine Beziehung, die auf Halbwahrheiten aufgebaut ist, funktionieren kann.«

»Sprechen Sie über den Überfall, Ihre Vergewaltigung?«, hakte er nach. »Vielleicht könnten Sie daran zusammenwachsen.«

»Nicht nur. Da gibt es noch ein paar Dinge, über die ich hier nicht sprechen will. Noch nicht.« Sie dachte daran, was die ärztliche Schweigepflicht nicht abdeckte, geplante Straftaten. Zurückhalten von Beweisen, Beeinflussung von Zeugen, Anstiftung zum Meineid. Das alles waren Straftaten. Sie musste mit dem, was sie sagte, jetzt sehr vorsichtig sein.

»Sind Sie mit ihm intim geworden?«

Die Frage war ihr unangenehm. Dr. Chambers stand in beruflichem Kontakt mit allen Beteiligten. Unbewusst stellte sie sich hinter ihren Sessel. »Ja«, antwortete sie.

»Und?«

»Und es war« – sie zögerte einen Moment, als ob ihr etwas einfiele – »es war *schön*. Es ist nicht gleich passiert. Wir sind zusammen essen gegangen an dem Abend, nach dem ... nach dem Vorfall im Gefängnis.«

»Nachdem Bantling und seine Anwältin mit Ihnen gesprochen hatten?«

»Ja. An diesem Abend.« Sie hatte ihm von Bantlings Behauptung erzählt. Doch sie hatte ihm nichts von Lourdes' Vorwurf erzählt, dass sie wissentlich Beweise zurückhielte. »Ich konnte nicht nach Hause fahren. Ich brauchte Gesellschaft. Ich hatte Panik – alles war plötzlich wieder da, als wäre es gestern gewesen, und ich konnte einfach nicht in eine leere Wohnung kommen. Ich weiß, das ist keine gute Basis für eine Beziehung – Angst –, aber wir haben in dieser Nacht auch noch nicht miteinander geschlafen. Wir haben nur zusammen gegessen. Zeit miteinander verbracht. Eigentlich hatte es ja auch schon viel früher angefangen. Ich brauchte ihn in meiner Nähe in dieser Nacht. Ich kann es nicht erklären.«

Sie ging ans Fenster und sah durch die Schlitze in den Läden auf die belebte Straße hinaus, wo der Berufsverkehr eben einsetzte. Geschäftige Menschen, die hin und her hetzten und ihrem Leben nachgingen.

»Na ja. Irgendwie ist es dann einfach passiert. Langsam. Gestern Nacht. Seit dem Börsenmakler vor ein paar Jahren war ich mit niemandem mehr zusammen, und ehrlich gesagt wusste ich nicht, dass es so *schön* sein kann. Es war warm und zärtlich, und es war *schön*. Aber sogar im Stockdunklen hatte ich Angst, was er von meinen Narben halten würde, was er denken würde ...«

Sie dachte an das Schlafzimmer und an Dominicks warme Hände, die ihr zärtlich über den Rücken streichelten, während er sie sanft küsste, wie sich ihre Zungen berührten, seine Finger ihre Bluse öffneten, wie er sich mit der nackten Brust an sie drückte. Und sie erinnerte sich an die nervöse Verlegenheit, die plötzlich in ihr aufstieg, weil sie wusste, dass er die Narben fühlen würde. Vielleicht sogar sehen, wenn sich seine Augen an die Dunkelheit gewöhnt hatten, die hässlich aufgewölbten Linien, die sich im Zickzack über ihre Brüste und ihren Bauch zogen.

Sie hatten zwei, drei Flaschen Wein getrunken – zu viel Wein –

und den Schiffen zugesehen. Wein und nette Gespräche. C. J. war entspannt und fühlte sich wohl, sie war zum ersten Mal seit einer Ewigkeit *glücklich*. Und als er sich auf dem kleinen Balkon zu ihr herüberbeugte und sie vor den mondbeschienenen Palmen im Hintergrund küsste, wehrte sie sich nicht. Sie drückte sich an ihn, und schließlich landeten sie in der Dunkelheit ihres Schlafzimmers. Seine forschenden Hände erregten ihren Körper und erschreckten ihren Kopf. Aber dann hatte er ihr die Bluse, den BH ausgezogen und sie gestreichelt, ohne etwas zu sagen. Nicht einmal gezögert hatte er. Er küsste sie in der Dunkelheit, und ihre Körper wiegten sich in einem langsamen Tanz zu lautloser Musik, als würde nichts auf der Welt eine Rolle spielen. Und am Morgen, als sie aufwachte, war er immer noch da und spielte mit ihrem Haar im Nacken.

»... aber es hat ihn nicht gestört«, fuhr sie fort. »Er hat nichts gesagt. Ich wusste, dass er die Narben ertasten konnte, also sagte ich ihm, sie kämen von einem Autounfall. Es ist mir einfach rausgerutscht.«

»Und wie hat er reagiert?«

»Er fragte mich, ob es noch wehtut. Er fragte mich, ob es wehtut, wenn er sie berührt. Ich sagte nein, aber es sei schon lange her, dass ich mit jemandem zusammen gewesen sei. Und dann schliefen wir miteinander. Ganz langsam, ganz zärtlich ...« Sie wurde still. »Ich sollte Ihnen nicht davon erzählen. Es ist sehr intim, und Sie kennen die Beteiligten. Aber Sie sind der Einzige, der die ganze Geschichte kennt, Greg – Dr. Chambers. Ich weiß, dass ich mich in ihn verliebe. Vielleicht bin ich schon verliebt. Sie müssen mir sagen, ob es töricht ist, dem Ganzen eine Chance zu geben.«

»Nur Sie können das wissen, C. J.«

»Ich schaffe es nicht einmal, ihm von der Vergewaltigung zu erzählen. Und er darf nie erfahren, dass es Cupido war. Ich habe so viele Geheimnisse, muss so viel lügen ...«

»Was ist mit dem Klagabweisungsantrag? Sagten Sie nicht, Ihre Vergewaltigung werde dort genau beschrieben? Wird er nicht von allem erfahren, wenn der Antrag gestellt wird?«

»Ja, in dem ursprünglichen Antrag, den mir Lourdes gegeben hatte, stand eine genaue Beschreibung der Vergewaltigung. Aber ich glaube, nach dem Gespräch auf der Straße vor dem Gefängnis hat sie Zweifel bekommen. Zumindest fürs Erste. Denn in dem Antrag, den sie dann tatsächlich gestellt hat, ist die Sache mit keinem Wort erwähnt. Chaskel hört sie nächsten Dienstag an. Ausgerechnet an Halloween. Natürlich kann sie mich dann immer noch überraschen und Bantling in den Zeugenstand rufen. Wenn das passiert, würde Dominick zur gleichen Zeit von der Vergewaltigung erfahren wie die Öffentlichkeit.«

»Und wie fühlen Sie sich bei dieser Vorstellung? Ihrer Unfähigkeit, die Ereignisse zu lenken?«

»Ich habe nichts unter Kontrolle, wie es scheint. Aber diesen Fall kann ich nicht loslassen, und ich werde es auch nicht tun. Aber falls es passiert und ich vor der ganzen Welt zusammenbreche, hoffe ich ... nun, es wäre schön, wenn Sie dann da wären. Denn wenn Bantling aussagt, dann drehe ich vielleicht wieder durch.«

»Wenn Sie wollen, dass ich dabei bin, werde ich dort sein.«

C. J. war erleichtert. Wenigstens hätte sie einen Menschen auf ihrer Seite, wenn alles zusammenbrach. »Sie müssen früh kommen, um noch einen Sitzplatz zu bekommen – die Show ist heiß begehrt. *CBS* schlägt sein Zelt schon am Abend vorher auf, habe ich gehört.«

Er lachte.

Sie dachte laut nach. »Vielleicht hat Lourdes doch ein Gewissen. Vielleicht glaubt sie, ihr Mandant lügt, was die Vergewaltigung angeht. Vielleicht hält sie es auch einfach für eine schlechte Verteidigungsstrategie. Ich schätze, wir werden es am Dienstag erfahren.«

Dr. Chambers faltete die Hände unter dem Kinn und stützte die Ellbogen locker auf die Knie. »Ich bin froh, dass Sie sich entschlossen haben, die Therapie wieder aufzunehmen, C. J. Ich möchte Sie regelmäßig mittwochabends hier sehen, wenigstens, solange die Verhandlung läuft. Ich glaube, die Sache kann anstrengender werden, als Sie es sich vorstellen.«

Sie lächelte. »Sehe ich aus, als würde ich verrückt? Rolle ich mit den Augen? Klinge ich für einen Nichtjuristen noch verständlich?«

»Lassen wir es nicht so weit kommen. Sie können die Ereignisse mit niemandem teilen, und das ist ein Faktor, der für eine wöchentliche Sitzung spricht. Das hat nichts mit *wieder verrückt werden* zu tun, wie Sie es ausdrücken.«

Sie nickte nervös. *Wenn die Metamorphose von vorn begann, würde sie die Zeichen erkennen, oder müsste sie jemand darauf stoßen?*

»Es tut mir Leid«, sagte sie leise, »dass ich im letzten Frühjahr die Therapie abgebrochen habe – ohne ... ohne mit Ihnen darüber zu sprechen. Ich wollte sehen, ob ich allein mit meinem Leben zurechtkomme ...«

»Sie brauchen mir nichts zu erklären. Ich verstehe das. Das Wichtige ist, Sie haben erkannt, dass Sie Hilfe brauchen, dass Sie diese Sache nicht allein durchstehen können.« Dann, nach einer verlegenen Pause, wechselte er das Thema. »Wie kommen Sie mit dem Fall voran?«

»Alles beginnt zueinander zu passen. Das FBI hat sich ein wenig zurückgezogen. Ich glaube, de la Flors wartet ab, was aus dem Antrag wird. Wenn ich verliere, kreuzigt er mich öffentlich und springt dann selbst als rettender Engel mit einer Klage ein. Wenn ich gewinne, macht er vielleicht genau das Gleiche. Je nachdem, aus welcher Richtung der politische Wind weht. Ich habe Bantlings Krankengeschichte aus New York bekommen«, fuhr sie fort. »Die Diagnose zumindest. Chaskel hat sich die Unterlagen angesehen und entschieden, dass nur die Diagnose relevant ist, solange Bantling nicht auf Schuldunfähigkeit plädiert. Jedenfalls habe ich damit einen weiteren Nachweis für die Verbindung zu Anna Prado und den anderen sechs Frauen, bei denen Haloperidol gefunden wurde. Sein Psychiater hat ihm zwanzig Milligramm Haldol täglich verschrieben.«

»Das ist eine extrem hohe Dosierung. War er immer noch bei diesem Arzt in Behandlung?«

»Bei Dr. Fineburg? Gelegentlich. Oft genug, dass er alle drei Monate seinen Nachschub bekam.«

»Und wie lautete die Diagnose?«

Sie drückte ihre letzte Zigarette aus, dann stand sie seufzend auf. »Eine Borderline-Persönlichkeitsstörung mit extremen und gewalttätigen antisozialen Ausschlägen. In anderen Worten, er ist ein kompletter Soziopath. Als ob ich einen Mediziner bräuchte, der mir das bestätigt.«

# 57.

AM DIENSTAGMORGEN WAR ES DRÜCKEND HEISS. Eine Warmfront hing seit zwei Tagen über Miami und hatte unerträgliche dreißig Grad bei 95 Prozent Luftfeuchtigkeit und stürmische Gewitter am Nachmittag mitgebracht. Dominick stand vor dem Graham Building, das Hemd unter dem Jackett klebte ihm jetzt schon am Körper. Es war Viertel vor zehn; fast wäre er zu spät gekommen.

Er hatte sein Meeting mit Regional Director Black und dem Leiter des FDLE abgekürzt, weil er spürte, dass er hier gebraucht würde. C. J. hatte ihn zwar nicht darum gebeten und würde ihn wahrscheinlich auch nie bitten, aber er wusste, dass er da sein musste. Er hatte oft genug gesehen, wie sie reagierte, wenn die Rede von Bantling war; und ihr merkwürdiges Verhalten, wenn sie gezwungen war, mit dem Kerl in einem Raum zu sein, war ihm aufgefallen. In ihren Augen stand die nackte Angst geschrieben, und sie begann jedes Mal zu zittern. Während sie sich in den letzten Tagen auf die Anhörung vorbereitete, spürte er, wie sie von ihm abrückte, wie gequält sie war. Sie wollte nicht mit ihm darüber sprechen und schob es auf den Druck von außen, der mit jedem Mordverfahren verbunden war. Sie hatten so viel zu verlieren, wenn sie versagte. Zu viel. Also wusste er immer noch nicht mehr, nur, dass er nicht glaubte, dass es allein der Stress war, der sie so ängstlich aussehen ließ. Also hatte er beschlossen, dass er hier sein musste, trotz all ihrer Einwände, um sie durch den lauten, drängelnden, ungesitteten Pressemob zu eskortieren, vorbei an den neugierigen Zuschauern und denen, die hinter einem Lächeln hofften, dass C. J. stürzte. Dominick wäre an ihrer Seite, wenn C. J. gegen die unsichtbaren Geister ankämpfte, die sie ihm verschwieg.

Die Glastür des Graham Building öffnete sich. C. J. blieb stehen, als sie ihn entdeckte, er sah ihre Überraschung sogar durch die große Sonnenbrille hindurch. Sie trug einen gut sitzenden schwarzen Anzug, das dunkelblonde Haar hatte sie zu einem lockeren Knoten gebunden. Über der Schulter hing ihre schwere Aktentasche, und hinter sich her zog sie einen Trolley mit drei Kisten voller Akten.

»Ich dachte, ich helfe dir beim Tragen«, sagte er schließlich.

»Und ich dachte, du hättest ein Meeting mit Black«, antwortete sie langsam.

»Hatte ich auch. Aber das hier schien mir wichtiger.«

Es war immer noch alles so neu, die *Beziehung*, die sich zwischen ihnen entwickelte. Obwohl sie die letzte Nacht miteinander verbracht hatten, waren jetzt beide verlegen. Er war sich nicht sicher, in welche Richtung das alles ging oder was er eigentlich wollte. Aber ihm war klar, dass sie ein Problem damit hatte, mit ihm gemeinsam in der Öffentlichkeit aufzutreten. Also hielt er einen unauffälligen Abstand ein, als sie schweigend nebeneinander zum Gericht hinübergingen und zog das voll beladene Wägelchen hinter ihr her.

## 58.

VICTOR CHAVEZ WAR NERVÖS. Schwitzend sah er zu, wie sich die verdammten Reporter zusammenrotteten. Wie die Geier. Sie lauerten nur darauf, dass jemand den Fall verpfuschte, wollten die Ersten sein, die darüber berichteten. Er saß auf der Bank vor Gerichtssaal 2-8 und wartete, bis er aufgerufen wurde. Alle Welt war hier versammelt. Alle Welt sah zu. Sein Sergeant, der Lieutenant, die Jungs aus der Stadt.

Es war nicht einmal sein erster Gerichtstermin als Zeuge. Im Gegenteil, es war schon der dritte Strafprozess, in dem er aussagen musste, und bisher war immer alles glatt gelaufen. Doch der Cupido-Fall war natürlich ein anderes Kaliber. Und bei den vorigen Fällen hatte er auch nicht so einen totalen Mist gebaut. Jetzt wurde er von der Verteidigung als Zeuge gerufen in diesem bescheuerten Antrag, der die ganze Klage abschmettern sollte. Es ging um *seine* Fahrzeugkontrolle. *Seine* Durchsuchung. Der Typ fährt mit einer Leiche im Kofferraum durch Miami, und die Fahrzeugkontrolle soll illegal gewesen sein? *Was sollte der ganze Scheiß eigentlich?*

Sergeant Ribero ließ ihn seit dem Vorfall praktisch nicht mehr aus den Augen. Mann, er musste sich sogar abmelden, wenn er im Dienst nur mal pinkeln ging, und es ging ihm ziemlich auf die Nüsse, gebabysittet zu werden. Aber er wusste, alles würde noch viel schlimmer, wenn er jetzt versagte, in der kommenden Stunde, vor laufenden Kameras. Dann wäre er nicht nur seinen Job los. Es würde auch noch ein Verfahren gegen ihn eingeleitet werden. Und der verdammte Irre käme frei. Er musste sich ganz genau an die Geschichte halten.

Das war das Schwierigste. Sich an jedes verdammte Detail zu erinnern, genau wie die Staatsanwältin es ihm eingebläut hatte, exakt in der gleichen Reihenfolge. *Das ist das Problem bei Lügenmärchen,* sagte seine Mutter immer, *du vergisst, was du erzählt hast.* Vor allem, weil alle Leute immer von ihm hören wollten, was an dem Abend passiert war und wie er Cupido geschnappt hatte. Nicht nur vor Gericht. Jeder, überall, wollte alles wissen. Nachbarn, Schulfreunde, Fremde auf der Straße. Die Mädchen in den Kneipen, am Strand, am Pool. Er war so was wie eine Berühmtheit. *Der Cop, der Cupido geschnappt hat.* Und auch wenn der Sergeant ihm verklickert hatte, dass er den Mund halten sollte – es war schließlich nicht der Sergeant, dem die Mädels einen blasen wollten, wenn er ihnen die Geschichte erzählte. Wie er, Victor Chavez, obwohl noch in der Probezeit, praktisch mit links und nur durch seinen Instinkt den schlimmsten Serienkiller Amerikas gefasst hatte.

Aber jetzt war die Uhr abgelaufen, und er musste jedes Detail richtig haben. Jedes kleine Detail. Alles schwirrte in seinem Kopf wie ein verspultes Tonband.

Mit feuchten Händen saß er in seiner MBPD-Uniform auf der Bank und wartete darauf, in den Abgrund zu stürzen, als sich die Tür öffnete und der Gerichtsdiener mit lauter Stimme seinen Namen rief.

# 59.

BANTLING IN SEINEM KNALLROTEN OVERALL saß bereits neben Lourdes Rubio am Tisch der Verteidigung, als C. J. den Saal betrat. Sie spürte seinen Blick, als sie an der Richterbank vorbei zum Tisch der Anklage ging und mit Dominicks Hilfe die Akten auspackte. Obwohl sie ihn nicht ansah, wusste sie, dass er lächelte. *Konzentrier dich. Konzentrier dich. Wie bei jedem anderen Fall.*

Dominick setzte sich hinter sie, zwischen Manny und Jimmy Fulton in die erste Reihe. Chris Masterson und Eddie Bowman kamen zu spät und konnten gerade noch einen Sitzplatz ganz hinten neben Greg Chambers ergattern. Auf der anderen Seite des Gerichtssaals entdeckte sie die Blues Brothers: Carmedy, Stevens und den Bandleader Gracker, wie immer in schwarzen Anzügen, die schwarze Sonnenbrille in der Brusttasche verstaut. Auch wenn sie ihn nicht ausmachen konnte, war sie sicher, dass auch de la Flors da war oder zumindest seine Assistenten. Wahrscheinlich hatten sie die Anklage der Bundesstaatsanwaltschaft schon in der Tasche, für den Fall, dass C. J. verlor. Wie üblich war jede Fernsehanstalt vertreten, die Kameras waren im ganzen Saal verteilt. Und natürlich die Zeitungsreporter von jedem größeren Blatt des Landes. Volles Haus.

Lourdes hatte sie nicht angesehen, als sie hereinkam, sondern sich absichtlich in ihre Papiere vertieft. C. J. wusste nicht, was sie heute von ihr zu erwarten hatte, und das war kein angenehmes Gefühl. Jetzt öffnete sich die Tür des Richters, und Hank, der Gerichtsdiener, rief: »Die Verhandlung ist eröffnet. Der Ehrenwerte Richter Leopold Chaskel III. führt den Vorsitz. Nehmen Sie Ihre Plätze ein und Ruhe bitte. Keine Mobiltelefone, keine Pager.«

Richter Chaskel setzte sich hin und verschwendete keine Zeit mit Reden oder Ankündigungen; er schien die aufgeregte Journaille gar nicht zu bemerken. Nach zehn Jahren als Staatsanwalt und weiteren zehn Jahren auf der Richterbank hatte er alles gesehen, und seinen Namen in der Zeitung zu lesen interessierte ihn nicht mehr. Das war einfach nur eine nervtötende Begleiterscheinung seines Berufs. Er wandte sich an Lourdes und fing sofort an.

»Nun, Ms. Rubio, wir sind heute hier, um Ihren Klagabweisungsantrag wegen einer unrechtmäßigen Fahrzeugkontrolle und Durchsuchung im Fall *Florida gegen William Bantling* zu hören. Ich habe Ihren Antrag gelesen. Bitte, schießen Sie los. Rufen Sie Ihren ersten Zeugen auf.«

## 60.

DA DER ANTRAG VON DER VERTEIDIGUNG gestellt worden war, trug die Verteidigung auch die Beweislast. Sie musste nachweisen, dass die Fahrzeugkontrolle illegal gewesen war, und nicht der Staat das Gegenteil. Und natürlich konnte der Beweis nur durch Zeugen erbracht werden, die vor Ort gewesen waren. Lourdes' erster Zeuge war der Miami Beach Police Officer Victor Chavez.

Chavez betrat den Saal durch die große Mahagonitür und nickte Richter Chaskel feierlich zu, bevor er im Zeugenstand Platz nahm. Er rückte sich die Krawatte seiner Uniform zurecht und räusperte sich, dann wurde es still im Gerichtssaal.

Lourdes ordnete ihre Papiere, und nach sekundenlangem Schweigen erhob sie sich von ihrem Platz neben Bantling und ging zum Zeugenstand hinüber. In diesem Moment packte Chavez die kalte Angst, sein Mund wurde trocken, und er wusste, dass alles aus war.

Es war ein paar Wochen her, dass er mit seinem Bruder durch die Kneipen in South Beach gezogen war. Sie hatten auch im Clevelander Station gemacht, dem Club, aus dem Morgan Weber verschwunden war. Und wie immer, wenn sich herumsprach, dass er da war, *der Cop, der Cupido geschnappt hat,* war er von Frauen umringt gewesen, die alle genau wissen wollten, wie es passiert war. *Ob er bewaffnet war. Wo er die Waffe hätte. Ob sie sich die Rückbank seines Streifenwagens ansehen durften.* Es war einfach unglaublich. So viele Weiber, dass sogar für seinen Bruder noch welche übrig blieben. Und jene Nacht war keine Ausnahme gewesen.

Sobald sie saßen, kam eine süße Rothaarige im engen pinken Rock mit ihrer dunkelhaarigen Freundin an den Tisch, setzte sich dazu und wollte alles über die Festnahme von Cupido wissen. Chavez hatte schon ein paar Drinks intus, und sie tranken weiter; er kam sich ganz groß vor. Sein Bruder war so voll, dass er kaum noch laufen konnte, wenn er sich recht erinnerte. Und die Rothaarige war total scharf auf ihn gewesen – sie hatte ihm praktisch jedes Wort von den Lippen gesaugt.

Jetzt saß Chavez auf der harten Holzbank, jedes Auge im überfüllten Gerichtssaal war auf ihn gerichtet, jede Kamera lief, und er wusste, dass er es endgültig versaut hatte. Schweißtropfen sammelten sich auf seiner Stirn und kullerten ihm die Schläfen hinunter. Er spürte, wie es ihm nass in den Kragen lief, und er kaute auf seinen trockenen Lippen herum.

Die zierliche Strafverteidigerin, die jetzt im konservativen grauen Kostüm vor ihm stand, die Arme vor der Brust gekreuzt, war die dunkelhaarige Freundin aus dem Clevelander.

Und sie hatte jedes Wort gehört.

## 61.

WAS HATTE ER GESAGT? *Was hatte er bloß gesagt?* Er erinnerte sich an verschwommene, gelallte Sätze. Von tausendundeinem Märchen, welches hatte er erzählt? Welche Version kannte sie? Er war so besoffen gewesen, dass er am Ende der Nacht kaum mehr seinen eigenen Namen wusste.

»Bitte sagen Sie uns, wer Sie sind«, begann sie.

»Victor Chavez. Miami Beach Police Department«, stotterte er. *Locker. Ganz locker.*

»Seit wann sind Sie Beamter beim Miami Beach Department?«

»Äh, seit Januar. Januar zweitausend.«

»Kommen wir gleich zu der Verfolgungsjagd, Officer. Am neunzehnten September zweitausend, dem Tag, als mein Mandant William Bantling verhaftet wurde, hatten Sie die Schicht von fünfzehn bis dreiundzwanzig Uhr. Ist das korrekt?«

»Ja. Das ist korrekt.«

»Nur fürs Protokoll: Sie waren der Beamte, der seinen Wagen angehalten hat, nicht wahr?«

»Ja.«

»Welche Ereignisse haben dazu geführt, dass Sie Mr. Bantlings Wagen anhielten?«

Chavez sah sich Hilfe suchend um, als hoffte er, dass ihm jemand die Antwort vorsagte.

»In anderen Worten, was ist an dem Abend passiert, Officer?«

Chavez sah auf seinen Bericht hinunter, doch Lourdes hielt ihn davon ab. »In Ihren eigenen Worten, Officer, aus dem Gedächtnis, wenn das möglich ist.«

C. J. erhob sich. »Einspruch. Der Zeuge hat das Recht, Dokumente einzusehen, die ihm helfen, sich zu erinnern.«

Richter Chaskel beugte sich vor und sah skeptisch zu Chavez hinunter. »Er hat dem Gericht noch nicht gesagt, dass er eine Erinnerungshilfe braucht, Ms. Townsend. Außerdem, Officer, kann ich mir vorstellen, dass es der größte Tag Ihrer Karriere bei der Polizei war, und da werden Sie sich praktisch an jede Sekunde des Abends erinnern. Warum versuchen wir es nicht erst mal ohne den Bericht und sehen, wie weit wir damit kommen?«

C. J. hielt den Atem an und versuchte, dem Blick des verzweifelt wirkenden Officers auszuweichen.

»Ich war auf Streife. Unten an der Washington Avenue, als ich den Jaguar sah, amtliches Kennzeichen TTR-L fünf sieben, er fuhr mit überhöhter Geschwindigkeit in Richtung Süden zum Causeway. Zum MacArthur Causeway. Also bin ich ihm hinterher. Ich habe ihn eine Weile verfolgt, auf dem Causeway, und ihn beobachtet. Dann wechselte er, ohne zu blinken, die Spur, und ich sah, dass eins seiner Rücklichter nicht ging. Also habe ich ihn angehalten. Ich ging zu seinem Wagen, genau vor dem *Herald*-Hochhaus, und bat ihn um den Führerschein. Er wirkte nervös, wissen Sie, so fahrig, und er schwitzte. Als ich mit seinem Führerschein zu meinem Wagen zurückging, sah ich mir sein Rücklicht an. Und dabei habe ich was gesehen, das aussah, ähm, wie Blut. Auf der Stoßstange. Ich gab ihm den Führerschein zurück, und dabei roch ich Marihuana in seinem Wagen. Ich, äh, ich fragte ihn, Bantling, ob ich in seinen Kofferraum sehen dürfte, und er sagte nein. Also habe ich die Hundestaffel und Verstärkung angerufen. Beauchamp vom MBPD kam mit seinem Hund Butch, und Butch hat am Kofferraum total verrückt gespielt. Entschuldigung, ich wollte sagen, er schlug an. Also haben wir den Kofferraum aufgebrochen und die Leiche des Mädchens gefunden.«

»Waren Sie allein auf Streife, oder war noch jemand dabei?«

»Ich war allein.«

»Wie schnell fuhr Mr. Bantling, als er Ihnen das erste Mal auffiel?«

»Er ist ungefähr sechzig gefahren, in einer Vierzigerzone.«

»Haben Sie seine Geschwindigkeit mit einem Radargerät gemessen?«

»Nein.«

»Oh. Folgten Sie ihm und stellten dabei auf Ihrem eigenen Tacho fest, dass er um die sechzig Stundenkilometer fuhr?«

»Nein.« Chavez rutschte unruhig auf dem Sitz herum.

»Wo waren Sie genau, Officer Chavez, als Sie diese grobe Geschwindigkeitsübertretung zuerst bemerkten? Diesen Banditen, der in einem neuen Jaguar ganze zwanzig Stundenkilometer zu schnell die Washington Avenue hinunterraste?«

»Ich war auf der Sixth Street, Ecke Washington.«

»In welcher Richtung standen Sie?«

»Mein Wagen stand in östlicher Richtung. Ich stand an der Ecke.«

»Sie befanden sich gar nicht in Ihrem Streifenwagen? Also, wenn ich Sie richtig verstehe, Officer, Sie benutzten kein Radar, Sie folgten meinem Mandanten nicht in Ihrem Streifenwagen, sondern Sie standen an einer Straßenecke, als Sie diesen Wagen sahen, der geringfügig die Geschwindigkeit übertrat?«

»Ja.«

»Und gerade mal neun Monate nach Ihrem Abschluss an der Polizeischule können Sie mit bloßem Auge erkennen, dass dieses schwarze Auto ungefähr zwanzig Stundenkilometer über dem Limit fährt?«

»Ja. Ja, das konnte ich. Er wechselte in dichtem Verkehr immer wieder die Spur. Er gefährdete die anderen Verkehrsteilnehmer.«

*Wie aus dem Handbuch.*

»Und was taten Sie an dieser Ecke?«
»Ich schlichtete einen Streit zwischen ein paar Kids.«
»Und Sie ließen die Streitenden zurück, die sich vermutlich schlagen würden, sprangen in Ihren Streifenwagen, der in die andere Richtung parkte, und was taten Sie dann?«
»Ich, äh, ich folgte Ihrem Mandanten auf den Causeway.«
»Wie kamen Sie denn auf die Washington Avenue, um meinem Mandanten auf den Causeway zu folgen?«
»Ich fuhr die Sixth Street runter, dann über die Collins auf die Fifth, überquerte die Washington und kam auf den Causeway.«
»Als Sie die Sixth Street hinunterfuhren, haben Sie meinen Mandanten aus den Augen verloren, vermute ich.«
Chavez nickte.
»Bitte sprechen Sie ins Mikrophon, Officer Chavez, für das Tonband reicht es nicht, wenn Sie mit dem Kopf nicken.«
»Ja. Ich habe ihn aus den Augen verloren. Ich habe ihn aber wieder gefunden. Ziemlich schnell. Dasselbe Auto mit demselben Nummernschild TTR-L fünf sieben, auf dem Causeway.« Chavez wurde es nicht nur deutlich unbehaglicher; offensichtlich begann er Lourdes Rubio zu hassen. Seine Antworten waren knapp, scharf.
»Fuhr er da immer noch mit überhöhter Geschwindigkeit?«
»Äh, ja. Er fuhr ungefähr hundert in einer Achtzigerzone.«
»Aber Sie haben ihn nicht gleich angehalten, oder?«
»Nein.«
»Wie viele Kilometer sind Sie ungefähr auf dem Causeway gefahren, bis Sie zu der Entscheidung kamen, er stelle eine solche Gefahr für die Bürger von Miami dar, dass Sie ihn anhalten müssten?«
»Ungefähr drei Kilometer. Ich habe ihn vor dem *Herald* angehalten, bevor er aus meiner Zuständigkeit war.«
»Aha. Und hat er sofort angehalten?«
»Ja.«
»Hat er zu fliehen versucht?«
»Nein.«
»Aber Sie sagen, er war fahrig, verschwitzt und nervös, als Sie an seinen Wagen kamen?«
»Ja.«

»Ungefähr so, wie Sie jetzt?«

Im Saal erhob sich leises Gelächter.

»Einspruch.« C. J. erhob sich wieder.

»Touché. Ms. Rubio, machen Sie weiter«, sagte Richter Chaskel.

»Und dann sahen Sie sich das Rücklicht an, das Ihnen nach drei Kilometern Verfolgungsjagd plötzlich auffiel?«

»Nein. Ich hatte das kaputte Rücklicht gleich bemerkt, als ich ihn auf dem Causeway wiederentdeckt hatte.«

»Und da haben Sie das Blut auf der Stoßstange gesehen.«

»Na ja, es sah aus wie Blut. Es war ein dunkler Fleck. Später stellte sich raus, dass es welches war, das Blut des Mädchens.«

»Um wie viel Uhr war das, Officer?«

»So um fünf vor halb neun.«

»Hatten Sie eine Taschenlampe bei sich?«

»Nein. Die war im Auto.«

»Und um fünf vor halb neun am Abend, im Scheinwerferlicht des vorbeifahrenden Verkehrs, konnten Sie einen dunklen Fleck auf der Stoßstange dieses Mannes erkennen und gingen automatisch davon aus, dass es sich um Blut handelte?«

»Ja. Es war hell genug durch die Straßenlaternen und die benachbarten Häuser. Der Fleck war dunkel und klebrig. Eben wie Blut.«

»Und dann gingen Sie wieder zu Bantling und gaben ihm den Führerschein zurück?«

»Ja.«

»Haben Sie Ihre Waffe gezogen?«

»Nein.«

»Obwohl Sie Blutflecke entdeckten, mein Mandant angeblich nervös und fahrig war und Sie den Verdacht hatten, dass da etwas nicht stimmt, haben Sie Ihre Waffe nicht gezogen?«

»Nein. Da noch nicht. Erst als ich das tote Mädchen in seinem Kofferraum fand, zog ich meine Pistole.«

»Sie haben dem Gericht bereits berichtet, dass in seinem Kofferraum eine Leiche war, Officer. Schon mehr als einmal, aber darum geht es hier überhaupt nicht.«

Chavez nahm sich zusammen. »Als ich wieder zu Mr. Bantling kam, roch ich Marihuana im Wagen.«

»Der Wagen wurde in jener Nacht gründlich durchsucht, nicht wahr, Officer Chavez?«

»Ja.«

»Und es wurde keine Spur von Marihuana gefunden, oder etwa doch?«

»Offensichtlich hatte er es geraucht, Ma'am. Wahrscheinlich hat er den Stummel verschluckt, bevor ich ihm den Führerschein zurückgab.« Chavez war genervt. Sie machte ihn vollkommen lächerlich.

Lourdes Rubio sah den jungen Polizisten eindringlich an. Dann drehte sie sich zu C. J. um, während sie ihm die nächste Frage stellte.

»Was hatten Sie wirklich gedacht, was Sie in dem Kofferraum finden würden, Officer Chavez?«

»Drogen, Waffen – ich wusste es nicht genau. Aber ich wusste, dass da was faul war. Der Hund war ja ganz verrückt; hat das ganze Heck mit seinen Pfoten zerkratzt.«

»Hatten Sie damit nicht die ganze Zeit gerechnet, Officer? Drogen zu finden?«

C. J.s Hände begannen zu kribbeln.

»Nein. Ich hielt ihn an, weil er zu schnell fuhr. Er verletzte die Straßenverkehrsordnung. Später kamen zusätzliche Faktoren dazu, die meine Vermutung begründeten, dass er in seinem Kofferraum Drogen oder Waffen schmuggelte. Der Hund hat das bestätigt.«

»Lassen Sie uns ehrlich sein, Officer. Haben Sie nicht schon seit dem Moment, als Sie den Jaguar auf der Washington Avenue sahen, vermutet, dass er Drogen mit sich führte?«

»Einspruch«, rief C. J. »Die Frage wurde bereits gefragt und beantwortet.«

»Abgelehnt. Der Zeuge soll antworten«, sagte Richter Chaskel.

Jetzt fiel es Chavez wieder ein, was er der Rothaarigen in der Bar erzählt hatte, aber es war zu spät. Sie hatte ihn in die Ecke gedrängt. Seine ganze Karriere als Cop hing jetzt von seiner Antwort ab. »Nein. Ich hielt ihn wegen überhöhter Geschwindigkeit an.«

»Wie kommen Sie dazu, sich beim Schlichten eines Streits stören zu lassen, ins Auto zu steigen und einen Raser einzufangen? Was hat Ihnen Ihr Instinkt eingeflüstert? Oder hatte Ihnen vielleicht ein Dritter erzählt, dass Sie etwas in dem Kofferraum finden würden?«

*Sie wusste von dem Anrufer.* C. J. sprang auf. »Einspruch! Die Frage ist gestellt und beantwortet worden.«

»Abgelehnt. Lassen Sie uns weiterkommen, Ms. Rubio.«

»Er fuhr zu schnell. Das war der Grund. Nichts anderes.« Chavez würde nicht klein beigeben. Ab jetzt herrschte Krieg. Es sei denn, sie hatte Beweise. »Und dann hat Ihr Mandant, als ich endlich einen Blick in den Kofferraum werfen kann, eine Leiche da drin liegen.«

»Du verdammter Scheißlügner«, sagte Bantling plötzlich sehr laut und vernehmlich. Lourdes Rubio ließ Chavez stehen und drehte sich entsetzt zu ihrem Mandanten um.

»Mr. Bantling, bitte unterbrechen Sie die Zeugenaussage nicht. Und diese Sprache duldet das Gericht nicht«, wies ihn Chaskel scharf zurecht. Er hatte von Bantlings Auftritt bei der Vorverhandlung gehört und würde Derartiges nicht zulassen – in seinem Gerichtssaal nicht.

Jetzt stand Bantling auf, die Fußschellen rasselten. »Es tut mir Leid, Euer Ehren, aber er ist ein Lügner. Sie lügen alle. Sehen Sie ihn sich doch an.«

»Das ist genug, Mr. Bantling. Setzen Sie sich.«

»Ich habe etwas zu sagen, Euer Ehren.« Bantling starrte C. J. an, und ein schmieriges Lächeln breitete sich auf seinem Gesicht aus.

»Da ist etwas, wovon ich das Gericht in Kenntnis setzen sollte.«

C. J. spürte, wie der Raum sich zu drehen begann, und sie versuchte, sich an den Stift in ihrer Hand zu klammern. Sie wich Bantlings Blick aus und sah den Richter an. Jetzt war der Augenblick gekommen, in dem alles einstürzen würde. *Wie würde es sich anfühlen, vor all den Leuten am Pranger zu stehen?* Mit angehaltenem Atem wartete sie auf Bantlings nächsten Satz.

»Alles, was das Gericht wissen muss, wird uns Ihre Verteidigung mitteilen. Setzen Sie sich hin, Mr. Bantling, oder Sie müssen den Saal verlassen. Ms. Rubio, gibt es sonst noch etwas?«

Lourdes Rubio sah zu, wie ihr Mandant von zwei stämmigen Gefängnisbeamten auf seinen Platz zurückbefördert wurde. Dabei starrte er unablässig die Anklägerin an. Er genoss das Katz-und-

Maus-Spiel, das er mit ihr trieb. *Ich weiß etwas, was du nicht weißt.* Doch Lourdes würde ihn nicht sich amüsieren lassen. Nicht heute. Nicht mit ihr.

»Nichts weiter, Euer Ehren«, sagte sie kurz und setzte sich.

## 62.

C. J. BLIEB NOCH LANGE AM TISCH DER ANKLAGE SITZEN, nachdem die Anhörung beendet war und sich der Gerichtssaal hinter ihr leerte. Sie hatte einen Blick mit Lourdes gewechselt, als sie am Tisch neben ihr die Tasche gepackt hatte, doch es gab nichts, was sich die beiden zu sagen hatten. Lourdes war hinausgeeilt, sobald das Gefängnispersonal ihren offensichtlich unzufriedenen Mandanten zurück in seine Hochsicherheitszelle brachte.

Chavez war ein Idiot. Und ein miserabler Lügner. Und Lourdes hatte ihn am Kragen gehabt. Doch plötzlich hatte sie einen Rückzieher gemacht. *Warum?* Ganz offensichtlich wusste sie von dem Tipp. *Woher?* Und dann die Vergewaltigung. Lourdes hatte Bantlings Anschuldigung mit keinem Wort erwähnt, selbst dann nicht, als Bantling sie praktisch dazu drängte. *War das Strategie, oder steckte mehr dahinter?*

Eine Welle von Schuldgefühlen stieg in C. J. auf. Vor Bantling hatte sie Lourdes sogar gemocht. Sie hatten während der letzten Jahre an zwei Mordfällen miteinander gearbeitet, und Lourdes war immer offen und ehrlich gewesen. Weder wehleidig noch skrupellos wie die meisten Verteidiger. Und jetzt wusste sie, dass Lourdes sich in eine kompromittierende Situation brachte. C. J. hatte kurzfristig ein schlechtes Gewissen. Doch seit dem Gespräch im Gefängnis wusste C. J. auch, dass sie sich vor Lourdes hüten musste. Jetzt fragte sie sich, ob ihre Gegnerin nicht vielleicht doch noch etwas im Schilde führte. Ob sie sich die verfluchte Information für einen wirksameren Moment aufhob? Vielleicht nachdem die Geschworenen vereidigt waren und der Prozess begonnen hatte? Denn wenn Lourdes den Vorwurf vor Gericht brachte, nachdem die

Strafverfolgung erst einmal begonnen hatte, und der Richter das Verfahren wegen standeswidrigen Verhaltens seitens der Staatsanwaltschaft für fehlerhaft erklärte, würde Bantling wegen des gleichen Verbrechens nicht noch einmal angeklagt werden können. Niemals mehr. Dann wäre er ein freier Mann. C. J.s Gedanken wanderten wieder zu dem Tag zurück, als Bill Bantling höhnisch lächelnd neben seiner einst so aufrichtigen Verteidigerin saß und seine tödliche Munition direkt auf sein Opfer abfeuerte. Lourdes musste schon zuvor gewusst haben, dass ihr Mandant ein Irrer war. Er hatte es ihr selbst gesagt, und der Polizeibericht hatte es bestätigt. Und trotzdem hatte Lourdes ihm geholfen. Sie hatte arrangiert, dass C. J. ihrem Albtraum in einer geschlossenen Zelle in die Augen sehen musste. Nur um des Effekts willen. Und bei dieser Erkenntnis verflogen C. J.s Schuldgefühle sofort.

Nachdem Bantling weggebracht worden war, stürzte sich der Pressemob auf die Mitglieder der Sonderkommission und die FBI-Agenten auf dem Flur. C. J. hatte das Gefühl, durchatmen zu können, zumindest für den Moment. Nach einer Weile, sie wusste nicht, wie lang, setzte sich Dominick in dem leeren Gerichtssaal neben sie.

»Gut gemacht«, sagte er leise.

»Ich habe doch gar nichts getan.«

»Der Antrag ist nicht angenommen worden, das reicht doch. Ganz ohne die Hilfe dieses großspurigen Winzlings aus Miami Beach. Für den Prozess braucht seine Aussage nochmal Feinabstimmung.«

»Er ist nicht besonders leicht zu stimmen. Ich habe es versucht. Und sein Sergeant auch.«

»Vielleicht lassen wir Manny da mal dran. Er hat großes pädagogisches Talent.« Er schwieg einen Moment, versuchte, ihr in die Augen zu sehen, doch C. J. fixierte immer noch die Akten auf dem Tisch. »Ich weiß, dass du dir Sorgen machst, aber die Sache sieht doch gut aus, selbst wenn sich Chavez noch so viel Mühe gibt, alles zu verpfuschen.«

»Hoffentlich.«

»Und Bantling tut sich selbst auch nicht gerade einen Gefallen. Ich glaube, wenn er den Mund nicht halten kann, lässt Chaskel

Cupido den eigenen Prozess auf dem Bildschirm verfolgen, in einer Zelle auf der anderen Straßenseite.«

C. J. sagte nichts.

»Deine Zusammenfassung hat mir gefallen.«

»Danke. Was für ein Tag.«

»Das kannst du laut sagen. Heute sind wirklich die Geister los. Übrigens, fröhliches Halloween. Kann ich dir helfen, die Sachen zurück ins Büro zu bringen?«

»Sind alle weg?«

»Mehr oder weniger. Ich glaube, im Flur sind nur noch Manny und die Jungs und deine Sekretärin.«

»Marisol ist hier?«

»Ich glaube, sie wollte dich anfeuern.«

»Das bezweifle ich.«

»Sie hat die ganze Anhörung verfolgt. Jetzt unterhält sie sich draußen mit Manny. Sie hat heute wieder ein interessantes Outfit an.«

»Wie immer. Also gut. Ich kann Hilfe gebrauchen.«

Er begann, die Akten vom Tisch auf das Wägelchen zu wuchten. Dann zog er es mit einer Hand hinter sich her, in der anderen trug er ihre schwere Tasche. Nebeneinander durchquerten sie den Saal.

»Wie steht's mit einem Abendessen heute?«, fragte er.

»Das wäre schön«, sagte sie. Diesmal zögerte sie nicht. Keine Sekunde.

# 63.

LOURDES RUBIO zog die unterste Schreibtischschublade auf und holte die bernsteinfarbene Flasche Chivas Regal heraus, den guten, den sie für besondere Gelegenheiten aufhob, für Feiern, positive Urteile, Freisprüche. Doch heute brauchte sie ihn aus einem anderen Grund. Heute trank sie ihn, um sich einen anzusaufen und ihre Nerven zu beruhigen.

Sie schenkte sich ein Glas ein und starrte auf ihren Schreibtisch, der mit schrecklichen Tatortfotos übersät war. Anna Prados abgeschlachtete, blutverschmierte Leiche starrte mit schreckgeweiteten Augen aus dem Kofferraum des nagelneuen Jaguar ihres Mandanten.

Sie hasste sich. Für das, was sie heute bei Gericht gesagt hatte. Für das, was sie fast gesagt hätte. Für das, was sie nicht gesagt hatte. Keiner konnte gewinnen. Keine Feier, kein Sieg heute.

Sie wusste, dass ihr Mandant ein Vergewaltiger war. Ein kranker, sadistischer, brutaler Vergewaltiger. Und sie wusste, dass er die Staatsanwältin vergewaltigt hatte und dass er nicht den Hauch von Reue darüber empfand, deren Leben ruiniert zu haben. Lourdes hatte den Verdacht, dass er auch andere Frauen vergewaltigt hatte, auch wenn er das nicht zugab. Noch nicht. Bill Bantling gab ihr nur so viel Information, wie sie seiner Meinung nach unbedingt brauchte. Doch das überraschte sie nicht; die meisten ihrer Mandanten teilten dieses Verhalten.

*War er ein Mörder?*

Am Anfang ihrer Zusammenarbeit hätte sie das absolut abgestritten. Ihm wollte jemand etwas anhängen, das Ganze war eine Falle, ein Irrtum. Auf keinen Fall war dieser Mann ein Vergewaltiger, ein Mörder. Er war nie im Leben Cupido. Doch sie hatte sich täuschen lassen, und das kam selten vor. Gerade als Strafverteidigerin wusste sie, dass die meisten ihrer Mandanten Geheimnisse hatten, logen; auch die Leute, die Lourdes dafür engagierten, die Kohlen für sie aus dem Feuer zu holen, und das akzeptierte sie. Doch Bill Bantling war anders aufgetreten als die meisten ihrer Mandanten. Er war ein erfolgreicher Geschäftsmann, attraktiv, charmant, ehrlich. Sie hatten sich angefreundet, lange bevor er verhaftet wurde. Sie joggten zusammen, samstagmorgens in South Beach, und manchmal tranken sie im Buchladen einen Cappuccino. Sie hatte die ganze Geschichte gekauft, und jetzt stellte sie fest, dass er sie getäuscht hatte. Sie hatte sich blenden lassen von einem aalglatten Psychopathen. Das war das, was sie am tiefsten traf.

Und dann war da C. J. Townsend, die Anklägerin, die sie immer respektiert und bewundert hatte. Eine Person, die keine politischen

Spielchen machte oder miese Tricks anwendete, nur um die Staatsanwaltschaft besser dastehen zu lassen. Lourdes wusste, dass auch C. J. log, und auch wenn ihre Motive vielleicht verständlich waren, machte das die Sache nicht weniger verwerflich. Lourdes war die Inventarlisten der Haussuchung durchgegangen. Sie hatte sich die Kisten mit den Beweismitteln gründlich angesehen. Und nichts gefunden. Nichts von dem, das, laut ihrem Mandanten, hätte da sein müssen. Noch ein blinder Fleck. Lourdes war so weit, dass sie ihrem eigenen Urteil, was Menschen anging, nicht mehr traute.

Sie trank das erste Glas in einem Zug aus, den Blick immer noch auf die schrecklichen Fotos gerichtet. Wo war die Gerechtigkeit für Anna Prado? *Wo war die Gerechtigkeit für ihren Mandanten, den zu verteidigen sie so ehrgeizig geschworen hatte? Was zum Teufel bedeutete Gerechtigkeit überhaupt noch?*

Heute hatte sie als seine Anwältin versagt. Sie hatte den Cop bereits in der Falle, doch dann hatte sie aufgehört. Sie hatte aufgehört, weil sie wusste, dass ihr Mandant ein Vergewaltiger war. Er hatte im selben Moment im Gerichtssaal sein Opfer mit Blicken durchbohrt, ohne Reue und ohne Mitleid. Als sie den Hass und die Verachtung in seinen Augen sah, wusste sie, dass er es wieder tun würde, wenn er die Gelegenheit dazu bekam. Und sie konnte es nicht zulassen, dass sie diejenige war, die es ihm ermöglichte. Sie, die sich für die Rechte der Frauen in der kubanischen Gemeinde einsetzte. Sie war sogar im Vorstand von La Lucha, einem Verein, der Opfern von Gewalt in der Ehe half, ihnen Sicherheit und Schutz vor ihren Schändern bot. Wie konnte sie von sich selbst behaupten, dass sie für die Rechte der Frauen eintrat, und im nächsten Atemzug ihre Fähigkeiten dafür nutzen, einen brutalen Vergewaltiger auf freien Fuß zu setzen? Sie hatte den Schaden, den er einem Opfer zugefügt hatte, aus erster Hand gesehen; wer weiß, was er dem nächsten antun würde.

Lourdes trank den nächsten Whiskey, und das zweite Glas ging schon viel besser runter. Es war leichter zu schlucken, brannte nicht mehr ganz so stark. Vielleicht gab es da ja eine Parallele zu der Farce, an der sie hier teilnahm. Vielleicht würde ab jetzt jeder Schritt leichter werden. Wenn sie dabei half, ihren Mandanten in die Todeszelle zu bringen. Vielleicht brannte es dann weniger, wenn sie zusah, wie ihm die Spritze angelegt wurde. Eine Komplizin im *Mord* an ihrem eigenen Mandanten.

Denn dass er ein Killer war, glaubte sie wirklich nicht. Und sie wusste, dass sie ihn freibekommen konnte, dass sie ihn schon heute freibekommen hätte. Sie wusste von dem merkwürdigen anonymen Tipp, der am 19. September beim Miami Beach Police Department einging. Letzten Monat im Clevelander hatte der dämliche Cop ihrer Praktikantin alles erzählt: Er war besoffen gewesen und auf eine schnelle Nummer aus. Lourdes wusste genau, warum er den Jaguar in Wirklichkeit angehalten hatte, auch wenn Chavez beschlossen hatte, jetzt ein anderes Lied zu singen. Er dachte, er könnte einfach abstreiten, was er in der Bar erzählt hatte, so tun, als hätte er nie was gesagt. Aber so einfach war das nicht.

Sie betrachtete die Kassette, die sie nach jenem Abend vom Miami Beach Police Department angefordert hatte. Auf dem Etikett stand *19. 09. 2000 20:12*. Routinemäßig wurden die Polizeiruf-Mitschnitte dreißig Tage aufbewahrt, dann wurden sie gelöscht. Glücklicherweise hatte Lourdes ihre Kopie am neunundzwanzigsten Tag erhalten.

Der Whiskey wirkte. Sie fühlte sich leichter, ein bisschen schwindelig und viel besser. Lourdes betrachtete die Fotos von Anna Prado und goss sich ein drittes Glas ein.

Diesmal lief es ihr ganz leicht die taube Kehle hinunter.


## 64.

ER SAH ZU, wie sich die Szene im voll gepackten Gerichtssaal vor ihm abspielte. Es war sogar noch besser, als er gehofft hatte. Wie im Theater gingen die verschiedenen Darsteller aufeinander ein, spielten miteinander. Emotionen kochten hoch, die Spannung war so dicht, dass man sie hätte in Würfel schneiden können. Der atemlosen, Nägel kauenden Menge um ihn herum fehlte nur noch das Popcorn; die Zuschauer knipsten wie Billigtouristen, während sie das Schauspiel genossen. Und er war einer von ihnen. Das Spiel, das er in Gang gebracht hatte, entwickelte sich prächtig, mit all seinen Nebenzweigen, und die Spannung, wie es ausginge, brachte ihn fast um.

Doch er brauchte mehr. Seit Monaten hatte er sich schon zurückgehalten, und er merkte, länger konnte er nicht warten. Das Gefühl in seinem Kopf war wie das eines Wüstenbewohners auf der Suche nach Wasser. Ein unstillbarer Durst, das Schmachten nach Leben. Nach Tod.

Doch er durfte das Schauspiel, das sich entwickelt hatte, nicht gefährden, indem er die Schuld des Schuldigen in Frage stellte. Er musste sich von dem verabschieden, was die Polizei seinen *Modus Operandi* nannte. Es würde Verdacht erregen, wenn er sich wieder an einer Blondine vergriff, egal wo er sie diesmal hernahm. Und, im Gegensatz zu den anderen, musste er natürlich dafür sorgen, dass diese Leiche nie gefunden würde. Denn was er mit ihrem Körper vorhatte, war unaussprechlich. Und was er vorher mit ihrem Geist machen würde, war schlicht unvorstellbar. Wenn sie wüssten, was für Grauen er auf Lager hatte, würden sie William Bantling für eine Schmusekatze halten.

O ja. Eine dunkelhaarige Schönheit. Schwarz wie Ebenholz, weiß wie Schnee und rot wie Blut. Er würde sein eigenes kleines Schneewittchen zum Spielen haben. Und er hoffte, er würde ihr Herz gewinnen.

Der Mörder, dem die Polizei den Namen Cupido gegeben hatte, erhob sich mit der Menge und verließ den überfüllten Saal. Dann fuhr er die Rolltreppe hinunter, trat hinaus in das gleißende Sonnenlicht und begab sich auf die Suche nach seiner nächsten großen Liebe.

# DRITTER TEIL

## 65.

C. J. FAND MANNY UND DOMINICK im Pickle Barrel bei Café con leche. Sie versorgte sich an der Selbstbedienungstheke und setzte sich mit ihrem Becher dazu.
»Wie lief die Statusverhandlung?«, fragte Dominick. Heute war der dreizehnte Dezember, Bantlings Berichtsdatum vor Richter Chaskel. Die Anwälte mussten den Status des Falls erörtern, Einreden verhandeln und schließlich den Prozessplan für die kommende Woche festlegen.
»Keine Vertagung. Es sieht so aus, als ob ich die Geschworenen am Montag früh aussuchen kann.«
»Ehrlich?«, fragte Manny. »Ich hätte gewettet, dass dieser Irre mit einhunderteiner Entschuldigung daherkommt, warum wir ihn nicht noch vor Heiligabend fertig machen dürfen. Na prima. Bringen wir's hinter uns.«
»Ich muss sagen, ich bin auch überrascht«, sagte Dominick vorsichtig. »Zwei Monate Vorbereitung für ein Kapitalverbrechen, hier in Miami, dem gelobten Land der Vertagungen und lahmen Richter? Keine Verwahrung, keine Offenlegung? Nicht mal der Versuch einer Verlegung an eine andere Zuständigkeit? Das wird doch hoffentlich nicht später zum Problem werden, oder, C. J.?«
»Du meinst, als Grundlage für eine Revision? Nein. Es ist Bantling, der den schnellen Prozess will, nicht Rubio. Und ich glaube, Bantling will auch hier in Miami bleiben, das ist immer noch besser als die nördlichen Bezirke, wo das Durchschnittsalter der Jury bei fünfundsechzig liegt und das Wort eines Polizisten Gold ist. Und darauf, dass er nicht genug verteidigt worden ist, kann er sich auch nicht berufen. Richter Chaskel hat Bantlings Aussage im Protokoll, dass der Verzicht auf die Offenlegung mit seiner vollen Kenntnis der Lage und Zustimmung erfolgt ist. Und von mir wollte Richter Chaskel trotzdem so ziemlich alles haben. Er will einfach nicht, dass dieser Fall noch einmal aufgerollt wird. Lourdes nimmt

seit Bantling keine Mandanten mehr an. Sie ist eine angesehene Anwältin, die sechs Verfahren mit Kapitalverbrechen hinter sich hat, sie weiß also, worum es geht, und ich glaube nicht, dass sie in Zeitnot ist. Sie hat auch schon Prozesse ohne Offenlegung durchgezogen. Manchmal ist es reine Strategie: Ich will deins nicht sehen, aber meins zeig ich dir auch nicht. Vielleicht zieht sie noch eine Überraschung aus dem Hut. Ich hoffe nicht.«

»Warum hat es Bantling so eilig? Denkt er wirklich, er hätte dann noch Zeit für seine Weihnachtseinkäufe?«, fragte Manny.

»Jedenfalls ist es besser für uns, wenn es schnell geht. Ich hasse es, wenn solche Fälle endlos im Fegefeuer warten. Zeugen vergessen ihre Aussagen, Beweismittel gehen verloren, aller mögliche Mist passiert«, sagte Dominick.

»So sehe ich es auch«, stimmte C. J. zu. »Aber in einer Sache wäre eine Vertagung auch uns zugute gekommen: Auch wir hätten dann mehr Zeit gehabt.« Sie schwieg einen Moment, dann sprach sie weiter: »Tigler hat mich heute Morgen angerufen. De la Flors bringt den Siban-Mord und die Raubdelikte nächste Woche vor die Grand Jury. Wenn wir im Fall Prado verlieren, schnappt er uns Bantling weg und bringt ihn so schnell vors Bundesgericht, dass wir nicht mal blinzeln können. Dann müssen wir uns hinten anstellen und warten, bis jede einzelne Bundesanklage verhandelt ist.«

»Damit hat der Karrierehengst dann die Aufmerksamkeit, die er braucht, um sich das Bundesrichteramt zu sichern«, folgerte Dominick.

»Genau«, sagte C. J.

»Warum nageln wir Bantling dann nicht auch wegen der anderen Morde fest, Boss?«, fragte Manny.

»Weil wir außer der Angelschnur, die bei Morgan Weber gefunden wurde, kein Beweisstück haben, das ihn mit den anderen Opfern in Verbindung bringt, und die Angelschnur reicht nicht. Und im Prado-Fall habe ich noch keine Verurteilung.« Sie wandte sich wieder an Dominick. »Ich brauche die Herzen. Du musst mir seine Trophäen finden«

»Ich dachte, du hast gesagt, die brauchen wir für die Verurteilung nicht?« Manny war verwirrt.

»Eigentlich nicht. Aber du hast ja gesehen, wie Victor Chavez im Zeugenstand war. Er ist ausweichend, großspurig, arrogant.«

»Ein Vollidiot erster Klasse«, unterbrach Manny.

»Genau. Er ist ein furchtbarer Zeuge, aber es geht nun mal nicht ohne ihn. Was, wenn er die Geschworenen so vor den Kopf stößt, dass sie Bantlings Version kaufen? Und falls sie Bantling im Fall Prado laufen lassen, dann habe ich kein Urteil, auf das ich das Williams Rule anwenden kann, um ihn wegen der anderen Morde mit dranzukriegen. Vielleicht erlaubt mir der Richter dann nicht einmal, dass ich beim nächsten Prozess die Fakten aus dem Prado-Fall anführe. Wir stünden mit leeren Händen da.«

»C. J., wir haben alles abgeklappert«, sagte Dominick. »Wir haben mit dreihundert Zeugen gesprochen, Tausende von Beweisstücken analysiert. Ich weiß nicht, wo ich noch suchen soll.«

»Vielleicht weiß sein Psychiater in New York, wo sie stecken könnten. Hast du mal mit diesem Dr. Fineburg gesprochen, Boss?«, fragte Manny.

»Nein. Bantling will nicht auf Schuldunfähigkeit plädieren, endgültig nicht, behauptet Lourdes. Ich darf seine Krankengeschichte nicht einsehen. Mir sind die Hände gebunden, und alles, was er mit seinem Psychiater besprochen hat, unterliegt dem Arztgeheimnis. Der Seelenklempner sagt euch nicht mal, wenn Bantling die Herzen in seinem eigenen Garten vergraben hat.«

»Was, wenn Bowman Recht hatte und er die Jeffrey-Dahmer-Nummer durchgezogen hat – die Herzen aufgegessen?«, fragte Manny. »Man kann nie wissen.«

»Das glaube ich nicht, Bär. Ich glaube, C. J. hat Recht. Das kenne ich schon von anderen Serienmorden. Sie behalten immer eine Trophäe. Es würde passen, dass es hier die Herzen sind. Er will, dass wir danach suchen, glaube ich. Bantling neckt uns. Er hat sich solche Mühe gegeben, uns mit der Art, wie er sie rausgenommen hat, zu schockieren, und er will uns nochmal zu Tode erschrecken, wenn wir sie finden.«

»Geht alle Beweisstücke nochmal durch. Seht euch all seine Papiere an. Vielleicht haben wir etwas übersehen«, sagte C. J., »eine unwichtige Lagerquittung, einen Schließfachschlüssel. Ich weiß es nicht. Wir müssen es einfach versuchen. Der Prozess wird höchstens drei Wochen dauern. Aber wenn ich die anderen dann mit in die Anklage nehmen kann, wird ihn kein Richter dem Club Fed überlassen, bevor ich ihn für alle elf Morde dranhabe.«

»Drei Wochen Prozess, was?« Manny seufzte. »Na dann, fröhliche Weihnachten und ein gutes neues Jahr. Ich schätze, dieses Jahr hat keiner von uns Zeit für den Weihnachtsmann. Egal wie brav wir waren.«

## 66.

MANNY WARTETE, bis C. J. wieder ins Büro ging, dann sagte er: »Ich mag den Boss, aber sie ist doch verrückt, wenn sie hofft, dass wir so spät im Spiel noch die Herzen auftreiben. Wenn Bantling sie nicht irgendwo im Eisfach hat, sind sie doch längst verwest.«

»Gut. Dann lass uns eben das Eisfach suchen.«

»Mann, bist du ein Optimist. Seit wann läuft die Sache zwischen euch eigentlich schon, zwischen dir und dem Boss?«, fragte Manny plötzlich und sah Dominick über sein Pastelito merkwürdig schüchtern an.

Dominick holte Luft. »Ich würde es vielleicht nicht unbedingt eine Sache nennen. Ist es so offensichtlich?«

»Für mich schon, Buddy. Ich würde von mir behaupten, dass ich in Frauen lesen kann wie in einem offenen Buch, Dom. Und ich lese, dass der Boss was für dich übrig hat.«

»Wie in einem offenen Buch, was?«

»Genau. Und du hast auch was für den Boss übrig. Seit wann?«

»Ein, zwei Monate.«

»Und?«

»Nichts und. Ich weiß nicht. Ich mag sie, sie mag mich. Sie lässt mich nicht zu nahe an sich heran. Wir sind irgendwie stecken geblieben.«

»Weiber! Immer wollen sie eine Beziehung, eine Beziehung, eine Beziehung. Bis du ihnen eine anbietest – und dann wollen sie plötzlich nicht mehr. Deswegen war ich dreimal verheiratet, Dom. Ich verstehe sie immer noch nicht. Aber egal, wie oft ich mir geschworen habe, die Finger von den Frauen zu lassen, sie kriegen mich doch immer wieder rum. Genau wie mit den Pastelitos. Plötzlich hab ich Verstopfung und frag mich, wieso ich wieder damit angefangen habe.«

»Jedenfalls will sie nicht, dass es bekannt wird, deshalb behalt es bitte für dich, und setz die Lesebrille ab. Sie kriegt die Krise, wenn sie das Gefühl hat, die Leute merken was. Wegen Tigler und der Presse.«

»Ich schweige wie ein Grab. Aber wehe, ihr knutscht im Streifenwagen.«

»Trotzdem glaube ich, dass sie Recht hat, Manny. Ich bin sogar überzeugt davon.« Dominick zögerte. Er war sich nicht sicher, ob er mit Manny so offen über seine Gedanken reden sollte. Er blickte sich um, das Pickle Barrel hatte sich geleert, und sie hatten den hinteren Teil für sich allein. Leise fuhr er fort: »Ich habe nachgedacht, Bär, und mir die Berichte und Fotos alle nochmal durchgesehen. Auf der Suche nach dem, was wir die ganze Zeit übersehen haben. Warum gibt es keine biologischen Spuren? Weil Cupido nicht will, dass wir welche finden? Nein, das passt nicht, denn dann hätte er uns auch die Körper nicht so präsentiert. Ich glaube, es gibt keine Spuren, weil er zu schlau ist, Bär. Er ist hohe Risiken eingegangen. Die Mädchen einfach so aus den Clubs zu entführen, vor der Nase ihrer Freunde. Dann hat er sich Zeit gelassen, bis er sie tötete, die Fundorte auswählte, mit den Leichen spielte und sie dann für uns drapierte. Alles ist vollkommen kontrolliert, berechnet.

Er will, dass wir sehen, was er getan hat, Manny. Er will, dass wir wissen, was er mit diesem Medikament, Mivacron, mit ihnen gemacht hat, bevor er sie tötete. Er will, dass wir schockiert sind, bestürzt, und ihn gleichzeitig dafür bewundern, wie schlau er ist. Egal, wie offensichtlich er vorgeht, wir erwischen ihn doch nicht. Jeder Fundort, bis auf den von Anna Prado, war genau geplant. Er berechnete, wann und wie er seine Opfer tötete, und wann und wo *wir* sie finden sollten. Bis ins letzte Detail.«

»Gut. Er ist also schlau. Er plant alles, selbst wie wir sie finden sollen. Aber worauf willst du hinaus? Was ist das Bindeglied?«, fragte Manny.

»Denk an Marilyn Siban auf dem verlassenen Armeegelände. Ich glaube, er wusste, dass die Cops es als Trainingsgelände nutzen. Er wusste, die Cops würden sie finden, und dass selbst die härtesten Jungs bei dem Anblick ihre Karriere nochmal überdenken würden. Nicolette Torrence. Gefunden in dem verlassenen Crackhaus. Ein Gebäude, das zufälligerweise wegen Verstoßes gegen die Drogengesetze unter Beobachtung des Coral Gables Police Department und der Drogenbehörde Südflorida stand. Hannah Cordova. Gefunden in einer stillgelegten Zuckerfabrik, die vier Wochen zuvor vom Zoll wegen eines Heroin-Tipps durchsucht wurde. Krystal Pierce. Gefunden in einem leer stehenden Supermarkt, wo keine sechs Monate früher drei Menschen ermordet worden waren. Das Miami Dade P. D. war zuständig. Fast alle Fundorte haben irgendeine Verbindung zu einer Polizeidienststelle oder einer ähnlichen Behörde.«

»Was willst du damit sagen, Dom? Glaubst du, Bantling ist ein Trittbrettfahrer? Oder kaufst du es ihm sogar ab, wenn er behauptet, dass ihm einer was anhängen will? Das mit der Polizei kann doch einfach Zufall sein. Verdammt, die Heulsusen von der Bürgerrechtsbewegung behaupten, dass die Cops fast bei jedem Bürger von Miami schon mal das Haus auf den Kopf gestellt haben. Und die vom FBI sind echte Kakerlaken, wenn sie nach Drogen suchen. Die Leichen sind bestimmt nicht in den nettesten Gegenden gefunden worden, Dom, aber das ist bei Leichen meistens so.«

»Ich glaube nicht, dass Bantling ein Trittbrettfahrer ist, Bär. Ich glaube, er ist der echte Cupido. Die Schnitte am Torso waren genau an der gleichen Stelle, in der gleichen Reihenfolge. Anna Prado hatte die gleichen Medikamente intus. Beides hätte niemand anderes wissen können. Aber trotzdem glaube ich, dass es irgendeine Verbindung zur Polizei gibt.«

»Du meinst, wir haben übersehen, dass Bantling gern Cop geworden wäre? Oder dass seine Katze mal von einem Cop überfahren worden ist? Es gibt ne Menge Gründe, warum Leute Cops hassen, Dommy. Wir sind doch immer der Sündenbock.«

Dominick nickte und nahm langsam einen Schluck Kaffee, bevor er seinen letzten Gedanken formulierte. »Vielleicht. Aber was Anna Prado angeht – ich glaube, Bantling hatte andere Pläne für sie. Er wurde unterbrochen, weil er gefasst wurde. Wenn wir herausfinden, was er vorhatte, wissen wir vielleicht, wo er die Trophäen hat.«

Manny schüttelte den Kopf. »Ich weiß nicht, Dom. Eine Verbindung zu den Cops. Wie sollte Bantling von den Durchsuchungen Razzien, Trainings und dem ganzen Mist gehört haben?« Dominick schwieg.

Manny versuchte, den Faden weiterzuspinnen, dann stieß er einen leisen Pfiff aus. »Ach du Scheiße, Dom. Du glaubst, es gibt einen zweiten Mann, oder? Du glaubst, dass unser Freund Bantling einen Partner da draußen hat, jemand, der sich die ganze Zeit totlacht. *Und du denkst, dass es vielleicht einer von uns ist.*«

## 67.

NOCH FÜNF TAGE. C. J. hatte nur noch fünf Tage, bevor der größte Prozess ihrer Karriere begann. Seit über einem Jahr hatte sie für diesen Fall gelebt, geatmet, geschlafen, und sie wusste, dass sie als Anwältin nicht besser vorbereitet sein konnte. Sie kannte die Zeugen, sie kannte die Beweisstücke, sie kannte die Opfer. In- und auswendig. Vorwärts und rückwärts. Fast jeden Tag, seit sie die Sonderkommission unterstützte, hatte sie im Kopf an ihrem Schlussplädoyer gebastelt, hatte immer wieder neue Fakten hinzugefügt, wenn neue Spuren, neue Leichen aufgetaucht waren, und schließlich, seit September, konnte sie auch den Namen eines Täters einsetzen. Auf den sie im Gerichtssaal mit dem Finger zeigen konnte, den sie vor einer entsetzten, rachsüchtigen Jury an den Pranger stellen konnte.

Doch jetzt drohte der Angeklagte zum Ankläger zu werden. Der Vorfall im Gerichtssaal war sechs Wochen her, als Bantling versucht hatte, mit dem Finger auf *sie* zu zeigen, *sie* vor ihren Kollegen, vor der Jury der öffentlichen Meinung an den Schandpfahl zu binden. Richter Chaskel hatte ihn unwissentlich davon abgehalten, die Verteidigerin hatte ihn beschwichtigt, die Lage war brenzlig, aber nicht fatal gewesen. Seitdem war es sechs Wochen lang still geblieben, und C. J. fragte sich fast täglich, wann der nächste Antrag ins Haus flattern, wann es von der Titelseite schreien würde: *Anklägerin von Cupido vergewaltigt! Racheplan vereitelt!* Wie lange würde sich Bantling noch bremsen lassen? Bis zur Geschworenenvernehmung? Den Eröffnungsworten? Chavez' oder Dominicks Aussage? Dem Expertengutachten des Pathologen? Den Schlussplädoyers? Oder würde die große Explosion vielleicht kommen, wenn er beschloss, zu seiner eigenen Verteidigung auszusagen. Nicht, um seine Schuld zu bestreiten, sondern um die Ankläger anzuklagen. Jeder einzelne Tag dieser Gerichtsverhandlung würde ihr wie eine Ewigkeit erscheinen, der Druck in ihrem Kopf und ihrer Brust würde wachsen, wenn er sie täglich mit Blicken penetrierte und sich mit der langen rosa Zunge über die Lippen leckte, bis sie wahrscheinlich irgendwann zusammenbrach.

Ihr war völlig klar, was er wollte. Hinter seinem charmanten Reklamelächeln ließ er das Geheimnis über dem schwarzen Abgrund baumeln, das sie ihm verzweifelt zu entreißen versuchte. Er hatte sie vollkommen unter Kontrolle, und er genoss es. Es war ein Spiel, das er sogar von seiner Zelle aus spielen konnte, hinter all den Gitterstäben und Panzertüren, wo sie ihn weder hören noch sehen konnte.

Sie musste diesen Fall gewinnen. Wenn nicht, kam er frei. Vielleicht nicht gleich – die Federals würden ihn eine Weile dabehalten, doch für Raub gab es ebenso wenige Beweise wie für die Morde. Dann würde er entlassen, und sie würde nicht wissen, wo er war. Bis er vielleicht als Nachbar in ihrem Apartmenthaus auftauchte oder im Fahrstuhl im Gericht oder in einem Restaurant, in dem sie regelmäßig aß. Genau wie damals in New York, als sie sich immer und überall bedroht gefühlt hatte. Nur diesmal wäre es anders, denn selbst wenn sie ihn entdeckte, könnte sie nichts gegen ihn tun. Egal wie laut sie schrie, wenn er auf der Straße an ihr vorbeiging, sich im Bus neben sie setzte, ihr im Restaurant die Tür aufhielt, sie wäre machtlos, bis er wieder zuschlug. Aber sie wusste, dann war alles zu spät.

Das graue Leuchten des Computerbildschirms im dämmrigen Raum zwang sie zu blinzeln, als sie den ersten Entwurf der Geschworenenvernehmung fertig stellte, die Fragen, die sie bei der Jury-Auswahl stellen würde. Wenn sie abends allein im Büro war, schloss sie die Jalousien, um sich vor den gierigen Blicken ihres schrecklichen Nachbarn auf der anderen Straßenseite zu schützen. Auf dem Tisch lagen die ersten drei Entwürfe ihrer Eröffnungsrede. Jeder war anders, je nachdem, ob und wie der Vulkan ausbrach und seine flüssige Lava verspritzte. Und ob Dominick und die Sonderkommission die fehlenden Beweisstücke auftrieben, die sie brauchte. Die Antwort war irgendwo da draußen, sie wusste es, und sie würde nicht aufhören zu suchen, bis …

*Was, wenn Bantling gar nicht der Mörder war?*

Sie glaubte es nicht, aber was, wenn doch? Was, wenn sie weder die Herzen noch andere Spuren fanden, weil es sie nicht gab? Was, wenn es jemand anders war? Jemand, der, während sie voll und ganz damit beschäftigt war, den Teufel da drüben im Knast in Schach zu halten, sein bestes Messer wetzte und auf die Gelegenheit wartete, aus dem Schatten hervorzukommen? Was, wenn er schon wieder zugeschlagen hatte, und sie wussten es nicht, weil sie nicht mehr hinsahen? Alles in ihr sträubte sich, in diese Richtung weiterzudenken, sich auf so unsicheres Terrain zu begeben. Jedes Beweisstück, das sie gefunden hatten, deutete eindeutig auf Bantling, mit einer einzigen Ausnahme.

C. J. drehte die Kassette in ihrer Hand herum, bevor sie das Band in den Recorder auf ihrem Schreibtisch steckte.

»Neun-eins-eins. Um was für einen Notfall handelt es sich?«

*»Da ist ein Wagen. Ein neuer schwarzer Jaguar XJ8. Er fährt auf der Washington Avenue in südlicher Richtung. Er hat zwei Kilo Kokain im Kofferraum und ist auf dem Weg zum Flughafen. Er nimmt den MacArthur Causeway, falls Sie ihn auf der Washington verpassen.«*

»Wie heißen Sie, Sir? Von wo rufen Sie an?«

Doch das Telefon tutete bereits, er hatte aufgelegt.

Sie hatte sich das Tonband mindestens dreißig Mal angehört, seit sie die Kopie vom MBPD angefordert hatte. Die Stimme war gedämpft, als hätte sich der Anrufer ein Tuch vor den Mund gehalten. Doch es war eindeutig ein Mann. Er klang ruhig, weder nervös noch gehetzt. Im Hintergrund war leise Musik zu hören, vielleicht eine Oper.

Warum würde jemand einen falschen Hinweis abgeben? Wem wäre daran gelegen gewesen, dass der Jaguar angehalten und der Kofferraum durchsucht wurde? Ein wütender Autofahrer, der sich rächen wollte, weil man ihm die Vorfahrt genommen hatte? Die tiefe, ruhige Stimme wirkte nicht zornig, nicht einmal ärgerlich. Es klang auch nicht wie ein Anruf aus einem Wagen. Es war nie ein Hinweis gefunden worden«, der den Verdacht bestätigte, dass Bantling überhaupt Drogen nahm, geschweige denn damit dealte.
*Wem lag daran, dass der Kofferraum durchsucht wurde?*
Die einzig mögliche Antwort ließ C. J. das Blut in den Adern gefrieren.
Jemand, der genau wusste, was die Polizei darin finden würde.

## 68.

DER DUFT NACH ZITRONEN-PAPRIKA-HÄHNCHEN und ofenfrischen Buttermilchkeksen kam ihr entgegen, als sie die Tür öffnete. Lucy versuchte sich durch C. J.s Beine zu drängeln, um nach der Quelle des Wohlgeruchs zu suchen. C. J. konnte sie gerade noch festhalten. Tibby II schaffte es zu dem Menschen mit den Leckerbissen auf dem Hausflur und rieb sich laut schnurrend an seinem Bein, als hätte er seit Wochen nichts zu fressen bekommen.
»Du hast uns was zu essen mitgebracht«, stellte C. J. fest.
»Kein Kriegsrat ohne das«, sagte Dominick und kam herein.
»Freu dich nicht zu früh, es ist vom Take-Away. Aber die Kekse sind frisch vom Bäcker.« Dann zog er eine braune Papiertüte hinter dem Rücken hervor und überreichte sie C. J. »Und was wäre ein Abendessen ohne eine Flasche guten Chardonnay?«
Er beugte sich hinunter und streichelte die Hündin. »Hallo, Lucy, altes Haus. Hast du armes, armes Tier noch nichts zu fressen bekommen? Ich habe eine Überraschung für dich!« Tibby maunzte laut. »Für dich auch, Tibby, ist doch klar.« Aus einer zweiten Tüte zauberte er eine Plastikschale mit gekochter Hühnerleber hervor.

Lucy heulte begeistert auf. Tibby sprang Dominick fast auf den Kopf. »Ich hole euch nur noch einen Napf.«

C. J. sah der Vorstellung zu, während sie in der Küche den Tisch deckte. »Wahrscheinlich muss sie jetzt heute Abend nochmal raus.«

»Schon gut. Ich gehe später mit ihr.« Dominick stellte sich hinter sie und griff nach dem Wein. »Lass mich das machen.«

C. J. drehte sich zu ihm um. Er drückte sie mit seinem Gewicht gegen den Tisch, küsste sie zärtlich auf den Mund und griff nach ihrer Hand. »Wer braucht schon Abendessen?«, flüsterte er.

C. J. lachte. »Los, Casanova. Zeig mir deine Muskeln, und mach den Wein auf.«

»Kein Problem.« Doch er bewegte sich nicht. Er drängte sich enger an sie, hinter ihrem Rücken fand er den Korkenzieher. Er küsste sie wieder, diesmal leidenschaftlicher. Sie fuhr mit den Händen über sein Polohemd, streichelte ihm die muskulöse Brust, die starken Schultern, dann schlang sie ihm die Arme um den Nacken. Durch ihre dünne Bluse spürte sie die kalte Weinflasche im Kreuz, die Seide klebte feucht an ihrer Haut. Der Korken ploppte aus der Flasche, doch der Kuss hörte nicht auf. Dominick stellte die Flasche zur Seite und zog ihr die Bluse aus der Hose. Er legte eine warme Hand auf die klamme Stelle in ihrem Kreuz. Dann löste er den Verschluss ihres BHs, streichelte ihr über die Rippen und fand, was er wollte. Er schob das lästige Dessous weg und spielte zärtlich mit ihren Brüsten, dabei spürte er, wie ihr Atem unter seinen Händen schneller wurde.

Jetzt ließ er eine Hand über ihren Bauch nach unten gleiten. Er ignorierte die hässlichen Narben und begann am Knopf ihrer Hose zu nesteln. Sie wollte sich nicht von dem Kuss lösen, und einen Moment später war der Knopf auf, der Reißverschluss unten und seine Hand glitt tiefer, in ihren Slip und traf dort auf ihre feuchte Wärme. Die Hose fiel auf den Küchenboden. Mit einem kräftigen Ruck hob er sie auf den Küchentisch, ohne dabei aufzuhören, sie zwischen den Beinen zu streicheln. Durch seine Jeans spürte sie den harten Penis, der sich an ihre Schenkelinnenseite presste.

Sie ahnte, was Dominick vorhatte. C. J. löste sich von dem Kuss. Sie öffnete die Augen und blinzelte im grellen Licht der Küchenlampe.

»Dominick, lass uns ins Schlafzimmer gehen«, flüsterte sie. Seine Hand bewegte sich schneller und die ersten Schauer der Erregung erfassten sie.

»Lass uns hier Liebe machen, C. J. Ich will dich sehen. Du bist so schön«, hauchte er ihr ins Ohr, seine Zunge spielte an ihrem Ohrläppchen. Mit der anderen Hand begann er, ihr die Bluse aufzuknöpfen.

»Nein, nein. Im Schlafzimmer. Bitte, Dominick.« Die Erregung hatte jetzt ihren ganzen Körper ergriffen, und sie begann auf dem Tisch zu beben. Aber gleichzeitig hinderte die ganze Situation sie daran, sich wirklich fallen zu lassen.

»Lass mich dich sehen. Ich will sehen, was ich mit dir mache. Ich liebe deinen Körper.« Er zog ihr den Slip aus. Nur die dünne weiße Seidenbluse bedeckte sie jetzt noch, und die Knöpfe waren bereits offen.

»Nein.« Sie schüttelte den Kopf. »Bitte.«

Er zog sich ein wenig zurück und sah ihr in die Augen. Ohne ein weiteres Wort nahm er sie sanft in die Arme und trug sie durch den Flur ins dunkle Schlafzimmer, aus dem verräterischen Küchenlicht hinaus.

## 69.

SIE LAGEN IM DUNKELN HINTEREINANDER WIE ZWEI LÖFFEL in der Besteckschublade. Er sah ihr im schwachen Schein des Weckers beim Dösen zu und spielte mit dem Haar in ihrem Nacken, wo die Wurzeln so blond nachwuchsen. Nachdem sie miteinander geschlafen hatten, hatte sie sich, wie immer, schnell ein T-Shirt übergezogen, bevor sie zurück zu ihm ins Bett kroch. Darunter streichelte er ihren warmen Rücken, ihren schmalen Körper, die Wölbungen der Muskeln, die weiche Haut. Er sah zu, wie sie schlief, wie ihr Körper sich bei jedem Atemzug unter seiner Hand hob und senkte.

Wie so oft musste er an Natalie denken, und in dem trügerischen Licht meinte er fast, ihr langes dunkles Haar zu sehen, das sich über ihren Rücken ergoss, während sie schlief. Natalie. Seine Verlobte von vor Jahren, die einzige Frau, für die er je so viel empfunden hatte, die er genauso sehr gebraucht hatte. Allein in ihrer Nähe zu sein, ihr beim Schlafen zuzusehen. Und er erinnerte sich daran, wie intensiv der Schmerz gewesen war, als sie ihm langsam entglitt, als sie schließlich fort war. Seine Trauer war überwältigend gewesen. Sie hatte ihn vollkommen zerrüttet, und er hatte das Gefühl gehabt, ein Teil von ihm wäre mit ihr gestorben; als hätte ihm jemand das Herz aus dem Leib gerissen. Seit ihrem Tod verstand er, was die Verwandten der Opfer bei seinen Fällen meinten, wenn sie von dem unerträglichen Schmerz über den Verlust eines geliebten Menschen sprachen. Ein Schmerz, der so grenzenlos war, dass er alles mit einschloss, jede Beziehung – der ihnen die Seele auffraß. Sie alle waren Mitglieder eines makabren Clubs und hüteten ein schreckliches, brutales Geheimnis: Die Zeit heilte nicht alle Wunden.

Er konnte diesen Schmerz nicht noch einmal ertragen. Er dachte an die Qual, morgens aufzuwachen, und alles in der Wohnung erinnerte an sie: jedes Foto, jedes Möbelstück, das sie zusammen gekauft hatten, ihr Lieblingskaffeebecher. Er hatte so lange gelitten, bis es ihn schließlich taub gemacht hatte und er sich schwor, nie wieder eine Frau derartig nahe an sich heranzulassen. Er hatte die Erinnerungen verdrängt, doch manchmal brach eine vertraute Situation die Wunden plötzlich wieder auf. Dann sah er Natalies fröhliches Gesicht und ihr zauberhaftes Lächeln, bevor es sich in die kalte, starre Totenmaske verwandelte.

Dominick lag neben C. J., ihre Körper berührten sich, er saugte den Duft ihres Haars ein. Gegen all seine Vernunft spürte er, dass er mehr von ihr wollte, alles wissen wollte, das es zu wissen gab. Wer war sie, diese schöne, rätselhafte, kummervolle Frau?

Er küsste ihr den Nacken, und sie bewegte sich, rutschte näher an ihn heran. »Wie spät ist es?«, fragte sie schläfrig.

»Zwölf. Du hast eine ganze Stunde geschlafen.«

»Hoffentlich habe ich nicht geschnarcht.«

»Heute nicht.«

Sie drehte sich um und legte ihm den Kopf auf die Brust. »Ich bin am Verhungern«, sagte sie und betrachtete den Lichtstreifen unter der geschlossenen Schlafzimmertür. Die Stille draußen war unheimlich. »Ich frage mich, ob das Hähnchen noch da ist.«

»Ich habe ihnen die Leber nicht mal hingestellt. Ich schätze, sie haben sich bitter gerächt.«

»Wie in einem schlechten Horrorfilm. Wo die sexy Studentin ihren Freund bittet, ein Bier zu holen, nachdem sie rumgeknutscht haben. Aber er wird dabei Opfer der Attacke der hungrigen Haustiere und kehrt nie zurück.«

»Gott sei Dank habe ich die Tür zugemacht, sonst wäre der dicke Kater vielleicht mit meiner Pistole reingekommen und hätte mehr verlangt. Er ist der Anführer, weißt du.«

»Ich müsste noch Tiefkühlpizza haben. Vielleicht auch eine Dosensuppe.«

Sie lagen einen Augenblick schweigend in der Dunkelheit, bevor Dominick wieder sprach. »Was bedeuten eigentlich die Initialen C. J.?«, wollte er plötzlich wissen. »Ich habe dich noch nie danach gefragt.«

Sie zuckte zusammen. Darauf war sie nicht vorbereitet gewesen.

»Chloe«, flüsterte sie kaum hörbar. »Chloe Joanna.«

»Chloe. Das gefällt mir. Was für ein schöner Name. Warum benutzt du ihn nicht?«

»Bitte nenn mich nicht so.«

»Nicht, wenn du es nicht willst. Aber warum?«

»Ich möchte nicht darüber reden. Das kann ich nicht.« Sie rollte weg von ihm.

Er wartete einen Moment, dann fragte er seufzend: »Warum hast du so viele Geheimnisse? Warum vertraust du dich mir nicht an?«

»Der Name gehört zu einer anderen Zeit. Etwas, über das ich nicht sprechen will.«

»Aber das ist doch ein Teil von dir.« Leise fügte er hinzu: »Und ich möchte auch ein Teil von dir sein.«

»Die Vergangenheit ist das, was ich war; nicht das, was ich bin. Und was ich bin, ist alles, was ich dir geben kann, Dominick.« Sie setzte sich auf.

Er stand auf und schlüpfte in seine Hose. »Schon gut. Schon

gut.« Es klang resigniert. »Soll ich uns ein Omelett machen? Hast du Eier im Haus?«

Sie zögerte einen Moment, dann sagte sie: »Hör zu, Dominick. Wir müssen reden. Bitte, versteh mich nicht falsch.« Sie saß im Dunkeln auf der Bettkante, mit dem Rücken zu ihm. »Aber in ein paar Tagen fängt der Prozess an, und es wäre mir, glaube ich, lieber, wenn wir uns währenddessen nicht sehen. Die Presse wird uns beide unter die Lupe nehmen, und unsere Chefs auch. Meine Gefühle für dich stehen mir ins Gesicht geschrieben, wenn wir zusammen sind. Ich finde, ein bisschen Abstand wäre gut.«

Ihre Worte trafen ihn wie ein Keulenschlag. »C. J., was ist denn so schlimm daran, wenn die Leute erraten, dass wir ein Paar sind? Das ist doch ganz egal.«

»Für mich spielt es eine große Rolle. Ich darf diesen Fall nicht gefährden, Dominick. Das geht einfach nicht. Bantling muss verschwinden für das, was er getan hat.«

»Da sind wir einer Meinung, C. J., und er wird auch verurteilt werden. Wir haben einen wasserdichten Fall. Du bist eine großartige Anklägerin. Er wird bezahlen.« Er ging zu ihr, sah ihr in die Augen und zog ihr Gesicht näher zu sich heran. »Warum geht dir dieser Fall so unter die Haut? Was hat er noch getan, C. J.? Bitte, sprich mit mir.«

Einen Augenblick schien sie nahe daran, ihm alles zu erzählen. Ihre Lippen zitterten, und stille Tränen liefen über ihre Wangen. Aber dann riss sie sich zusammen. »Nein.« Trotzig wischte sie die Tränen weg. »Dominick, du bedeutest mir sehr viel. Mehr, als du ahnen kannst. Aber während dieser Verhandlung brauchen wir Abstand voneinander. Ich brauche diese Distanz, und ich brauche dein Verständnis. Bitte.«

Dominick griff nach seinem Hemd und zog sich schweigend an, während sie auf der Bettkante sitzen blieb, ohne sich umzudrehen. Die Schlafzimmertür ging auf, Licht fiel ins Zimmer. Seine Worte waren distanziert und kühl. »Bitte mich nicht um Verständnis, denn das habe ich nicht.«

Dann nahm er seine Waffe und die Schlüssel vom Küchentisch und ging aus der Wohnung.

# 70.

DIE TÜR DER RICHTERBANK FLOG AUF, und Richter Chaskel hastete herein. Die schwarze Robe bauschte sich hinter ihm, als er sich setzte.

»Erheben Sie sich! Die Verhandlung ist eröffnet. Der Ehrenwerte Richter Leopold Chaskel III. führt den Vorsitz«, rief Hank, der Gerichtsdiener, überrascht.

Im Gerichtssaal wurde es still, während der Richter die Brille aufsetzte und sich mit gerunzelten Brauen die Liste der potenziellen Geschworenen ansah, die ihm Janine, seine Assistentin, auf den Tisch gelegt hatte. Die Geschworenenbank war leer und auch die rechte Seite des Zuschauerraums, die mit einem Seil abgesperrt war. Dort würde die Jury während der Vorvernehmung sitzen. Die Zuschauer und natürlich die Presse belegten die Bankreihen auf der linken Seite. Es war 9:10 Uhr am Montag, den achtzehnten Dezember.

»Guten Morgen allerseits. Entschuldigen Sie meine Verspätung. Ich musste an dem offiziellen Weihnachtsfrühstück der Richterschaft teilnehmen. O Tannenbaum ...« Über den Rand seiner Brille sah er von der Richterbank zu Janines Tisch hinunter, der direkt vor seinem Podium stand. »Da wir gerade davon sprechen, Janine, bitte keine Kopfbedeckungen während der Verhandlung.« Er meinte die Nikolausmütze, die seine Assistentin auf dem Kopf trug. Sie nahm sie verlegen ab und steckte sie in die Schreibtischschublade. Er räusperte sich. »Wir sind heute hier, um den Fall *Florida gegen* ...« Dann hielt er inne und sah sich im Gerichtssaal um. »Wo ist der Angeklagte?«, fragte er stirnrunzelnd.

»Er wird eben aus der Zelle herübergebracht«, sagte Hank.

»Warum ist er noch nicht da? Ich hatte neun Uhr gesagt, Hank, nicht neun Uhr fünfzehn. Der Richter ist hier der Einzige, der zu spät kommen darf.«

»Ja, Sir, aber anscheinend hat es heute Morgen auf der anderen Straßenseite Ärger gegeben«, erklärte Hank. »Er verweigerte seine Kooperation.«

Richter Chaskel schüttelte irritiert den Kopf. »Ich will nicht, dass der Angeklagte vor den Geschworenen hereingeführt wird. Das könnte sie beeinflussen. Lassen Sie sie noch warten, bis er da ist. Wie viele potenzielle Geschworene haben wir, Hank?«

»Zweihundert.«

»Zweihundert? So kurz vor den Ferien? Nicht schlecht. Fangen wir mit den ersten fünfzig an und sehen wir, wie weit wir kommen. Und ich möchte mit Mr. Bantling sprechen, bevor wir die Jury zusammenstellen.« Er sah Lourdes Rubio über den Rand seiner Brille an. »Ms. Rubio, Ihr Mandant macht sich einen Ruf als Unruhestifter, sowohl im Gerichtssaal als auch außerhalb.«

Lourdes wirkte verlegen, als trüge am Benehmen ihres Mandanten sie die Schuld. Bei der Statusverhandlung letzte Woche hatte C. J. sie das erste Mal seit Halloween gesehen, und wieder war ihr aufgefallen, dass Lourdes ihrem Blick auswich. »Es tut mir Leid, Euer Ehren –«, begann sie, doch sie wurde unterbrochen, als sich die Tür zur Geschworenenbank öffnete. Drei bullige Gefängnisbeamte führten William Bantling in Hand- und Fußschellen herein. Er trug einen dunklen italienischen Designeranzug, eine weißes Hemd und eine hellgraue Seidenkrawatte, ebenfalls teure Markenware. Obwohl er fast zehn Kilo abgenommen hatte, sah er blendend aus – bis auf die rot verschwollene linke Seite seines Gesichts. Die Wärter schubsten ihn rüde auf den Platz neben Lourdes, die, wie C. J. registrierte, ihren Stuhl kaum merklich von ihm abrückte.

»Nehmen Sie die Handschellen noch nicht ab, Officer. Ich habe noch ein Wörtchen mit Mr. Bantling zu reden«, sagte der Richter streng. »Warum wird er erst jetzt hergebracht?«

»Er hatte einen Wutanfall, Sir«, antwortete der Wärter. »Er hat geflucht und geschrien, er würde nicht vor Gericht gehen, ohne dass man ihm seinen Schmuck zurückgibt. Diebe hat er uns genannt. Wir mussten ihn fesseln, bevor wir ihn aus der Zelle holen konnten.«

»Warum bekommt er die Sachen nicht?«

»Sicherheitsrisiko.«

»Eine Uhr ist doch kein Sicherheitsrisiko! Machen Sie sich doch nicht lächerlich, Officer. Mit meiner Erlaubnis darf er hier im Gericht seinen Schmuck tragen.«

Richter Chaskel sah Bantling scharf an. »Hören Sie zu, Mr. Bantling. Ich habe Ihre Ausbrüche im Gericht gesehen, und ich weiß auch von Ihren Tobsuchtsanfällen außerhalb. Ich möchte Sie warnen, ich bin weder ein toleranter noch ein geduldiger Richter. Dreimal, und Sie fliegen raus, und zweimal haben Sie schon hinter sich. Ich lasse Sie fesseln und knebeln und jeden Tag in Ihrem roten Overall hierher schleppen, falls Sie sich nicht anständig benehmen. Habe ich mich klar ausgedrückt?«

Bantling nickte, seine kalten Augen wichen dem herausfordernden Blick des Richters nicht aus. »Ja, Euer Ehren.«

»Also gut, hat noch jemand etwas vorzubringen, bevor wir die Geschworenen auswählen?«

Bantling richtete seinen Blick auf C. J. Das Geheimnis baumelte gefährlich über dem Abgrund.

Richter Chaskel wartete einen Moment, dann fuhr er fort. »Gut. Anscheinend nicht. Lassen Sie uns zur Sache kommen. Officer, nehmen Sie Mr. Bantling die Hand- und Fußschellen ab, und Hank, holen Sie bitte die ersten fünfzig herein. Ich will vor Ende der Woche eine Jury haben. Lassen Sie uns die Sache nicht bis nach den Weihnachtsferien verschleppen.«

Obwohl sich der Raum zu drehen begann und ihr die Luft wegblieb, hielt C. J. Bantlings Blick tapfer stand. Für den Rest des Saals kaum sichtbar ließ er die rosa Zungenspitze über die Lippen gleiten, und ein wissendes Lächeln verzog sein Gesicht. Sein Mund glänzte im Licht der Saalbeleuchtung.

Sie wusste, dass er sein Schweigen nicht heute brechen würde. Er würde sie zappeln lassen. Er würde das Geheimnis wie eine tödliche Waffe führen, die er erst dann hervorzog, wenn er sie brauchte, und dann würde er schnell und hart zuschlagen und dabei genau auf die Schlagader zielen.

Und sie würde es nicht rechtzeitig kommen sehen.

# 71.

AM FREITAGNACHMITTAG um 14:42 Uhr, genau sechzehn Minuten bevor das Gericht über die Feiertage schloss, wurde die Jury, bestehend aus fünf Frauen und sieben Männern, vereidigt. In Florida mussten sich die Geschworenen nicht in Isolation begeben, und daher konnten alle nach Hause zu ihren Familien fahren. Bantlings Geschworene waren vier Hispanoamerikaner, zwei Afroamerikaner und sechs Weiße, von einem vierundzwanzigjährigen Tauchlehrer bis zu einer sechsundsiebzigjährigen pensionierten Buchhalterin. Alle lebten in Miami, und alle hatten von den Cupido-Morden gehört oder gelesen. Alle gaben an, sich noch keine Meinung über Schuld oder Unschuld des Angeklagten gemacht zu haben, und alle sagten unter Eid aus, sie würden fair und unparteiisch entscheiden.

Als C. J. ihre Akten zusammenpackte, war das Gerichtsgebäude menschenleer. Sogar die Presse hatte ihre Zelte abgebrochen, denn die Auswahl der Geschworenen hatte sich als ereignislos und damit langweilig erwiesen.

In der Staatsanwaltschaft war es nicht anders. Tigler hatte die Behörde offiziell um 15:00 Uhr geschlossen, aber die meisten waren schon mittags gegangen. C. J. lief an den verlassenen, weihnachtlich geschmückten Schreibtischen des Sekretariats vorbei. Die Papierkörbe quollen über vor rotem, grünem und weißem Geschenkpapier. Halb leere Plastikbecher und Pappteller mit Essensresten stapelten sich auf einem großer Rollwagen, mit dem normalerweise Aktenordner aus dem Keller geholt wurden und der jetzt einsam neben dem Kopierer stand – die Überbleibsel der Weihnachtsfeier, die C. J. verpasst hatte. Die meisten Anwälte der Major Crimes Unit waren schon Anfang der Woche in die zweiwöchigen Ferien aufgebrochen, um ihren Resturlaub zu nehmen, bevor er verfiel. Die Büros lagen dunkel da.

C. J. packte die Akten ein, die sie über die Feiertage brauchte, um ihre Eröffnungsworte fertig zu stellen, und schloss die anderen in den Schrank. Sie nahm ihren Mantel, die Handtasche, den Aktenkoffer und das Wägelchen mit den Ordnern und machte sich auf den Weg zum Fahrstuhl. Kein Wunder, dass die Selbstmordrate an Thanksgiving, Weihnachten und Neujahr rapide anstieg. Denn es waren nicht nur die schönsten Tage des Jahres, es konnten auch die einsamsten sein.

C. J. ging durch die Lobby auf den inzwischen dunklen Parkplatz und zog den Mantel enger um sich. Selbst so weit im Süden konnte die Nachtluft kalt werden, und im Dezember blies manchmal ein unangenehmer Wind über den Miami River.

Alle anderen hatten Pläne. Besuche bei Freunden, geliebten Menschen. Nur sie nicht. Für C. J. gab es kein Weihnachten, und auch diesmal würden die Feiertage vergehen wie in den vergangenen Jahren – ohne Lieder, ohne Segenswünsche oder was die vorgedruckten Weihnachtskarten sonst noch so alles versprachen. Natürlich, da waren ihre Eltern in Kalifornien. Aber es war verrückt, für zwei Tage an die Westküste zu fliegen. Außerdem überschatteten die bösen Erinnerungen diese Besuche und machten jedes Gespräch unmöglich. Ihre Mutter wollte immer alles Unangenehme ausblenden und hätte am liebsten eine Woche lang über das Wetter und Musicals geredet. Und ihr Vater starrte sie pausenlos traurig an; wahrscheinlich wartete er still auf ihren nächsten Zusammenbruch. Eine Woche im Sommer konnte C. J. emotional gerade noch verkraften – aber nicht im Winter, nicht an Weihnachten. Bantling hatte ihr auch das genommen: Auch die Beziehung zu ihren Eltern hatte er zerstört. Wie schon die letzten Jahre gäbe es wieder Truthahn mit Lucy und Tibby zu Hause. Allerdings ohne Jimmy Stewart im Fernsehen. Stattdessen würde sie in der Einsamkeit ihrer Küche an den Eröffnungsworten arbeiten, Kreuzverhöre vorbereiten, das Schlussplädoyer formulieren, all ihr Können darauf konzentrieren, einen Mörder zu erledigen.

Es war genau eine Woche her, dass sie Dominick das letzte Mal gesehen hatte, und sie fragte sich, wie er Weihnachten wohl verbrachte. Mit Familie? Freunden? Allein? Plötzlich merkte sie, wie wenig sie von ihm wusste und wie sehr sie einst gehofft hatte, mehr über ihn zu erfahren. Zu gern hätte sie daran geglaubt, dass sie nach dem Prozess dort weitermachen könnten, wo sie aufgehört hatten. Aber war das denn überhaupt möglich? Er hatte sehr endgültig geklungen, als er neulich ging – als sie ihn gehen ließ.

*Noch ein Opfer für einen höheren Zweck. Aber dieses Opfer war alles andere als klein.*

Sie erreichte den Jeep, lud ihre Akten und Ordner ein und winkte dem Wachmann zu, der in der warmen, hell erleuchteten Lobby des Graham Building Dienst hatte. Dann fuhr sie los, in Richtung Fort Lauderdale und der einzelnen Portion Truthahn, die sie dort erwartete, ohne das vertraute Gesicht zu bemerken, das sie aus dem Schatten beobachtete.

Sie beobachtete. Wartete ab.

## 72.

»WENN ICH HIER AN MEINEM PLATZ sitzen bleiben und schweigen würde, einfach nur hier sitzen und kein Wort sagen – dann würden Sie ihn für schuldig halten, obwohl er laut Gesetz nicht schuldig ist.« Lourdes blieb auf ihrem Stuhl sitzen, als sie ihre Eröffnungsworte begann. Sie blickte zur Richterbank, und es wirkte, als würde sie laut denken.

C. J. hatte sich eben gesetzt, nachdem sie vor der aufmerksamen Zuhörerschaft und den Kamerateams eine gute, solide, eindringliche Eröffnung gehalten hatte, die keinen Raum für Spekulationen ließ. Jetzt war Lourdes an der Reihe.

Lourdes ließ ein paar Sekunden verstreichen, dann drehte sie sich endlich um und sah die Geschworenen voller Zweifel und Enttäuschung an. »Sie alle betrachten meinen Mandanten, als wäre er ein Meuchelmörder. Sie haben Angst und ekeln sich angesichts des überaus farbigen, blutigen Bilds, das Ihnen die Anklage in den letzten sechzig Minuten ausgemalt hat. Ohne Frage, Anna Prado war eine schöne junge Frau, die von einem Verrückten brutal abgeschlachtet wurde. Und jetzt glauben Sie, hier vor Ihnen säße der Schuldige, als wären die Worte der Staatsanwältin Beweis genug. Denn Sie wollen Angst haben und sich ekeln beim Anblick von William Bantling, selbst wenn Ihr gesunder Menschenverstand Ihnen bestimmt sagt, dass dieser attraktive, gut erzogene, erfolgreiche Geschäftsmann diese Reaktion nicht unbedingt verdient.« Sie legte die Hand locker auf Bantlings Arm und tätschelte ihn. Dann schüttelte sie den Kopf. »Aber was die Anklägerin in ihrer Eröffnung vorgebracht hat, ist kein Gutachten, Ladies und Gentlemen. Es ist keine Beweisführung. Es ist keine Tatsache. Es ist Theorie. Annahme. Spekulation. Es ist die *Vermutung*, dass die Spuren und die vermeintlichen Tatsachen, die sie in diesem Fall vorzubringen *hofft*, dass diese Tatsachen auf einer Schnur aufgefädelt eine erdrückende Beweiskette bilden. Sie will Sie alle hier zu dem Schluss zwingen, den sie bereits für Sie gezogen hat: dass mein Mandant des Mordes schuldig ist. Aber ich warne Sie, Ladies und Gentlemen, die Dinge sind nicht immer so, wie sie scheinen. Und Tatsachen – ganz gleich wie böse, wie blutig sie sein mögen – lassen sich nicht immer in einer Kette aufreihen.«

Jetzt erhob sich Lourdes und stellte sich vor die Jury, suchte den direkten Blick. Manche der Geschworenen sahen weg, voller Scham, dass sie genau den Schluss gezogen hatten, dessen Lourdes sie beschuldigte, dass sie jetzt schon den Eid brachen, den sie erst am letzten Freitag geschworen hatten.

»Genau das Gleiche passiert in Hollywood, genauso machen es die Produzenten. Sie sollen ins Kino gehen, den Film kaufen, für den diese Leute viele Millionen Dollar ausgegeben haben. Sie sollen Poster und T-Shirts kaufen, den besten Schauspieler wählen, bevor Sie überhaupt in Ihren Kinosesseln sitzen. Und um Sie davon zu überzeugen, werden Zwei-Minuten-Trailer produziert, voll gepackt mit Blut und Action. ›Toller Streifen!‹, sollen Sie sagen, dabei haben Sie ihn noch gar nicht gesehen. Und viele tun das auch. Alles wegen zweier aufregender Minuten. Und Ms. Townsend hat es sehr gut gemacht, Ladies und Gentlemen. Sie hat Action und Blut und all die schauerlichen Details und Special Effects in ihren Trailer mit hineingepackt. Sieht toll aus. Klingt toll. Aber ich warne Sie, kaufen Sie sich noch keine Karte. Denn nur weil der Trailer vielversprechend ist« – und jetzt drehte sich Lourdes zu C. J. um –, »heißt das noch lange nicht, dass der Film gut ist. Ein Haufen blutiger, fürchterlicher Fakten ergibt noch lange keinen guten Fall. Egal wie viele Special Effects – ein schlechter Film bleibt ein schlechter Film.

Mein Mandant ist unschuldig. Er ist kein Mörder. Und erst recht kein Serienkiller. Er ist ein talentierter, erfolgreicher Geschäftsmann, der in seinem Leben noch nie einen Strafzettel bekommen hat.

Ein Alibi? Mr. Bantling war nicht einmal zu Hause in dem Zeitraum, als Anna Prado angeblich in seinem Gartenhäuschen ermordet wurde. Das kann er auch beweisen – obwohl er gar nicht die Verpflichtung hat, hier irgendetwas zu beweisen.

Die Mordwaffe? Mr. Bantling ist ein anerkannter Taxidermist, seine Präparate sind in mehreren örtlichen Museen und Instituten ausgestellt. Das Skalpell in seinem Gartenhäuschen ist ein Werkzeug, das er für sein Handwerk braucht, keine Mordwaffe. Die mikroskopischen Blutspuren stammen von Tieren, nicht von einem Menschen. Und auch das wird er beweisen, obwohl er gar nicht die Verpflichtung hat, hier irgendetwas zu beweisen.

Das Blut? Das verspritzte Blut, von dem Ms. Townsend so lebhaft in ihrer Eröffnung gesprochen hat, das überall an den Wänden im Schuppen war, sichtbar gemacht durch die Chemikalie Luminol, es ist ausschließlich tierischer Natur, nicht menschlicher. Ich möchte betonen, es sind nur *drei*« – sie hielt drei Finger hoch, während sie langsam vor den Geschworenen auf- und ablief und ihnen dabei tief in die Augen sah – »*drei* mikroskopisch kleine Bluttropfen im Gartenhäuschen gefunden worden, die mit Anna Prados DNA identisch waren, obwohl alles im Schuppen voll von Anna Prados Blut hätte sein müssen, falls ihre Aorta tatsächlich dort durchtrennt wurde. Stattdessen wurden nur *drei mikroskopisch kleine Tropfen* entdeckt. Entdeckt von einem verzweifelten Special Agent der Polizei, der einen Namen und ein Gesicht brauchte für den Serienmörder Cupido, nach dem er schon über ein Jahr vergeblich suchte. Dessen ganze Karriere davon abhing, diesen Namen, dieses Gesicht zu finden.

Der Kofferraum? Der Jaguar war zwei Tage lang in einer Autowerkstatt gewesen, bevor ihn Mr. Bantling am 19. September abholte. Er befand sich nicht in seinem Gewahrsam, unter seiner Aufsicht oder seiner Kontrolle. Mr. Bantling warf nicht einmal einen Blick in den Kofferraum, als er seine Tasche auf den Rücksitz warf und zu einer Geschäftsreise Richtung Flughafen fuhr. Und auch das wird er beweisen, obwohl er immer noch keine Verpflichtung hat, hier irgendetwas zu beweisen.

Bitte denken Sie daran, es wurde kein einziger Fingerabdruck, kein Haar, keine Faser, kein Kratzer, kein Fleck, kein Sekret am Körper von Anna Prado gefunden, kein einziges Indiz, das ihren Tod mit Mr. Bantling in Verbindung bringt. Und obwohl er nicht für die Morde an den anderen Frauen hier steht, informiere ich Sie, dass auch bei den anderen zehn Opfern keinerlei biologische Spuren gefunden wurden, die auf ihn verweisen. Kein Fingerabdruck, kein Haar, keine Faser, kein Fleck, kein Kratzer. Keine DNA. Nicht die geringste biologische Spur. Nichts.«

»Einspruch.« C. J. erhob sich. »Der Ermittlungsstand in anderen Fällen ist nicht Teil dieser Verhandlung. Er ist irrelevant.«

»Einspruch angenommen.«

Doch es war zu spät. Lourdes hatte den Geschworenen bereits klar gemacht, dass es nichts gab, was Bantling mit den anderen Morden in Verbindung brachte. Rein gar nichts.

Lourdes fing den Blick einer Frau auf, die sich noch vorher abgewandt hatte. Jetzt nickte die Frau kaum merklich und sah neugierig zu Bantling hinüber. C. J. konnte praktisch hören, was sie dachte: *Er sieht nicht aus wie ein Serienmörder.* Bantling lächelte die Frau schwach an, und sie lächelte zurück, bevor sie verlegen wegsah.

»Die erdrückende Beweiskette ist gar nicht mehr erdrückend, nicht wahr, Ladies und Gentlemen? Der Film ist gar nicht so gut. Also lassen Sie sich nicht von den Special Effects blenden, von den blutigen Beweisen und dem bösen Wort *Serienmörder im Miami Herald*. Denken Sie an den Schwur, den Sie geleistet haben, und – warten Sie noch etwas ab, bis Sie die Kinokarte kaufen.«

Mit diesen Worten setzte sich Lourdes. Nachdenkliches Schweigen herrschte im Saal. Ihr Mandant legte die Hand auf ihre, als Zeichen seiner Dankbarkeit, während ihm eine perfekt inszenierte Krokodilsträne über die Wange rollte.

Und C. J. war klar, dass sie ein Riesenproblem hatte.

# 73.

»HERRGOTT NOCHMAL, wie haben Sie das nicht wissen können, C. J.?« Tigler lief in ihrem Büro auf und ab und strich sich nervös über den Schädel. »Jetzt stehen wir da wie ein Haufen College-Studenten im Debattierclub!«

»Jerry, ich habe es einfach nicht gewusst. Er hat eine Offenlegung abgelehnt. Wir dachten, wir hätten alles im Kasten. Offensichtlich war das ein Irrtum.«

»Der Wagen dieses Mannes stand vor dem Mord zwei Tage lang in der Werkstatt, und die Sonderkommission, und zwar eine Sonderkommission von erfahrenen Ermittlern, hat das nicht rausfinden können, ohne dass man sie mit der Nase darauf stößt?« Tigler war puterrot im Gesicht. C. J. hatte ihn noch nie so wütend gesehen.

»Nur weil sein Wagen in der Werkstatt war, bedeutet das nicht, dass er unschuldig ist. Er saß immer noch am Steuer, als man das tote Mädchen in seinem Kofferraum gefunden hat.«

»Richtig. Aber jetzt sehen wir aus wie blutrünstige Ankläger, die die Augen vor den Fakten verschließen, nur um einem Serienmörder einen Namen zu verpassen und den verschreckten Bürgern einen Sündenbock zu liefern. Wir stehen da wie Anfänger, und das kann ich weiß Gott nicht gebrauchen. Schon gar nicht im Wahljahr.«

»Ich regele das, Jerry. Ich treffe mich in zehn Minuten mit Detective Alvarez und Agent Falconetti. Ich bringe das in Ordnung.«

»Das hoffe ich, C. J. Denn jetzt wollen sich nicht mal mehr die Federals mit dem Kerl die Finger schmutzig machen. Tom de la Flors hat sofort seine Anklage zurückgezogen, als er davon hörte. Seiner Meinung nach bedarf es weiterer Ermittlungen, bevor jemand, der vielleicht ein harmloser Bürger ist, nur aufgrund von Indizienbeweisen angeklagt wird.« Er hielt inne und wischte sich die Hände an der Hose ab. »Verdammt. Wir haben uns komplett zum Narren gemacht.«

»Ich bringe das in Ordnung, Jerry.«

»Das will ich Ihnen auch geraten haben. Ich habe Ihnen vertraut,

C. J. Das ist alles, was ich Ihnen dazu noch zu sagen habe.« Er rückte sich das Toupet zurecht und ging zur Tür. »Ich empfehle Ihnen dringend, alles zu tun, damit wir nicht einem Unschuldigen die Nadel in den Arm stechen!«

Mit einem lauten Knall schlug er die Tür hinter sich zu. Ein paar Sekunden später klopfte es leise, und sie öffnete sich wieder. Manny streckte den Kopf herein.

»Dein Chef sieht echt mies aus, C. J. Ich glaube, er kriegt gleich nen Herzinfarkt.«

»Da ist er nicht der Einzige hier!«

Manny trat ein, gefolgt von Dominick. Alle drei sahen sich ein paar Sekunden schweigend an.

»Was zum Teufel ist passiert, Jungs?«, sagte C. J. schließlich, die Hände flach auf dem Tisch. Sie klang erschöpft. »Wie konnte uns das mit der Werkstatt entgehen? Wo genau war er während der zehn bis vierzehn Stunden, bevor Anna Prados Leiche gefunden wurde?«

»C. J., du weißt, dass er nie mit uns geredet hat. Er hat nach seinem Anwalt geschrien, bevor wir ihn überhaupt vom Causeway hatten. Und es gab auch keine Offenlegung«, sagte Dominick leise. Es fiel ihm schwer, ruhig zu bleiben. »Wir haben dreihundert Leute befragt. Mit keinem davon ist er am achtzehnten oder am neunzehnten September zusammen gewesen. Und es gab nicht den geringsten Anlass zu vermuten, der Jaguar sei vielleicht in der Werkstatt gewesen – der Wagen ist nagelneu.«

»Er hat das alles lange geplant. Er wollte uns in Sicherheit wiegen und uns dann vor den Geschworenen zum Narren halten. Ich hätte es kommen sehen sollen, denn genauso hat Lourdes auch früher schon taktiert. Angriff aus dem Hinterhalt. Aber ich hätte nicht gedacht, dass sie es diesmal wieder versucht, bei allem, was auf dem Spiel steht. Dabei sind die Indizien wasserdicht ...«

»Hör zu, mich hat sie direkt beschuldigt, Beweismaterial gefälscht zu haben. Was glaubst du, wie ich mich dabei fühle, C. J.?« Dominick war wütend. »Du bist hier nicht die Einzige, die mit allen Kräften versucht, diesen Kerl hinter Gitter zu bringen.«

Manny versuchte zu schlichten, seine Stimme war so sanft, wie der Bär es überhaupt hinbekam. »Boss, wir tun alles, reden mit jeder Werkstatt in einem Radius von zehn Kilometern –«

»Mach daraus zwanzig. Wir müssen diese Werkstatt finden. Hört euch um, ob jemand was gesehen hat.«

»Schön. Zwanzig Kilometer. Wir fangen nochmal an und reden mit den Zeugen. Mit jedem Bekannten, den er in Miami je hatte ...«

»Es muss schnell gehen, denn Richter Chaskel ist fest entschlossen, voranzukommen. Er fängt früh an und hört erst spät am Abend auf. Wir haben nicht viel Zeit.«

»Dann müssen wir eben abwarten, was er sagt, wenn er seine Argumente vorbringt«, meinte Dominick.

»Dann ist es vielleicht schon zu spät, Dominick. Wenn die Geschworenen denken, wir sind nicht gut genug, oder schlimmer noch, wir halten Beweismittel zurück, dann lassen sie ihn ziehen. Und das kann ich nicht zulassen. Das lasse ich nicht zu!« Wie früher schon einmal spürte sie die Risse in der zerbrechlichen Fassade, die mit jahrelanger Therapie wieder geklebt worden war. Die Risse wurden länger und breiter und verästelten sich in alle Richtungen. C. J. fuhr sich durchs Haar, versuchte, ihre Gedanken in normale Bahnen zu zwingen. Dominick sah sie eindringlich an.

*Sah zu, wie sie zerbröckelte. Wie sie vor seinen Augen in Stücke brach.*

»Ich brauche seine Akten. Alles. Ich muss wissen, womit er als Nächstes auf uns losgeht. Und ich muss es herausfinden, bevor er zu Wort kommt«, sagte sie, vor allem zu sich selbst.

Sie blickte auf. Manny und Dominick beobachteten sie. Das betretene Schweigen ernüchterte sie.

»Versteht ihr denn nicht? Er hat das alles von langer Hand geplant«, sagte sie schließlich, ihre Stimme war nur noch ein raues Flüstern. »Wir sind ihm in die Falle gegangen. Und ich habe es nicht kommen sehen ...«

# 74.

DAS MELODISCHE KLINGELN DES HANDYS riss Dominick aus dem Tiefschlaf. Er lag auf der Couch, die Jay-Leno-Show war längst vorbei, und jetzt lief eine Dauerwerbesendung für ein brandneues Enthaarungsmittel. Blinzelnd sah er sich nach dem Telefon um. Er wusste nicht genau, ob er noch schlief oder schon wach war.

»Falconetti«, meldete er sich dann.

»Wer ist DR?«, fragte die Stimme am anderen Ende.

»Was? C. J., bist du das?« Er rieb sich die Augen und suchte nach einer Uhr. »Wie spät ist es?«

»Es ist eins. Wer ist DR? Was ist DR?«

»Wovon redest du? Wo bist du?«

»Im Büro. Ich habe die letzten Stunden damit verbracht, Bantlings Terminkalender durchzugehen, und seit 1999 tauchen immer wieder diese beiden Buchstaben auf, ohne weitere Erklärung. Am Tag, bevor Anna Prado verschwand zum Beispiel, und an dem, bevor Bantling verhaftet wurde. Hast du das gesehen?«

»Klar. Wir sind dem auch nachgegangen. Wir haben jeden verhört, den wir mit diesen Initialen finden konnten. Kam aber nichts dabei raus. Wir wissen nicht, für wen oder was DR steht.«

»Bei den letzten drei Opfern ist es dasselbe. Zwei bis acht Tage vor ihrem Verschwinden steht in seinem Kalender DR. Was zum Teufel heißt das?«

»Es könnte alles Mögliche sein. Oder gar nichts. Ich weiß es nicht. Manny ist wohl nicht zu Hause?«

»Was meinst du denn damit?«

»Seit fast zwei Wochen habe ich nichts von dir gehört, und ich weiß, dass du ihn anrufst, wenn du was brauchst. Also schätze ich, du meldest dich bei mir, weil du ihn nicht zu fassen kriegst.«

Ohne auf seinen Sarkasmus einzugehen, sagte sie dann: »Na ja. Ich dachte nur, DR könnte was sein, das wir übersehen haben. Vielleicht eine Stelle, an der wir noch nicht waren. Vielleicht der Ort, den er besucht, wo er die …«

»Wir sind das schon alles durchgegangen. Du klammerst dich an einen Strohhalm. Es ist spät.«

Schweigen. Ihre einmalige Chance, einfach aufzulegen. Aber sie überraschte ihn, denn sie sprach mit sanfterer Stimme weiter. »Es tut mir Leid wegen gestern im Büro. Ich hätte dich nicht so anfauchen dürfen. Aber es macht mich einfach total nervös, dass ich nicht weiß, wo Lourdes mit ihrer Verteidigung hinwill.«

»Ach, C. J., wir wissen doch alle, dass der Mann ein Irrer ist. Es macht ihm Spaß, uns aus dem Takt zu bringen. Das gibt ihm einen Kick. Deshalb hat er keine Offenlegung verlangt. Er will, dass wir im Gericht alt aussehen, er will uns austricksen. Wenn er nichts mit der Sache zu tun hätte, dann hätte er uns doch von Anfang an die Informationen gegeben, die seine Unschuld beweisen. Für ihn ist das Ganze ein Spiel, C. J., denk dran. Lass nicht zu, dass es dir so unter die Haut geht, denn genau darauf legt er es an.«

»Du warst gut heute, bei der Vernehmung und auch im Kreuzverhör. Das wollte ich dir noch sagen, aber du warst so schnell weg. Du hast dir nicht von Lourdes ans Bein pinkeln lassen.«

»Versucht hat sie's. Und trotzdem hat sie es geschafft, mich wie einen verzweifelten Cop aussehen zu lassen, dessen Karriere im Eimer ist, wenn er den Fall nicht knackt. Hast du auch das Gefühl, dass ich es so nötig habe?«

»Nein. Vergiss nicht, *ich* habe *dich* angerufen.«

Er lachte. »Glaubst du, sie hat die Jury überzeugt?«

»Im Gegenteil. Ich finde, du hast das wunderbar hingekriegt.«

»Wie hat sich Chavez gehalten?« Die Zeugen durften während der Verhandlung nicht im Gerichtssaal sein, damit sie nicht von den Aussagen der anderen beeinflusst wurden.

»Nicht viel besser als beim letzten Mal. Immerhin war er nach dem letzten Desaster nicht mehr ganz so vorlaut. Aber auch wenn seine Aussage diesmal glatter war, klang sie dafür ziemlich auswendig gelernt. Wir haben also unterm Strich nichts gewonnen.«

»Was denken die Geschworenen?«

»Dass Chavez entweder was zu verbergen hat oder blöd ist. Vielleicht beides. Die Spannung zwischen den beiden war nicht zu übersehen. Lourdes und er waren wie Katz und Maus.«

C. J. erzählte Dominick nicht, dass Lourdes Chavez wieder in dieselben Untiefen wie beim letzten Mal gelotst hatte, mit den gleichen vagen Andeutungen bezüglich seines eigentlichen Motivs, den Jaguar anzuhalten. Mit klopfendem Herzen und Schweiß auf der Stirn hatte C. J. auf die nächste Frage gewartet. Auf die Frage, die dem ganzen Theater ein Ende machen würde.

*Der Tipp.* Wusste Lourdes wirklich Bescheid, oder bluffte sie nur? Und wenn ja, würde sie ihr Wissen hier verwenden? Hatte auch sie eine Kopie des Tonbandes? Oder wusste sie vielleicht sogar, wer der Anrufer war? Musste C. J. damit rechnen, dass die mysteriöse tiefe Stimme plötzlich als Zeuge der Verteidigung hier aufmarschierte, als böser Überraschungsgast, und ihren Fall zur Strecke brachte?

Aber genau wie beim letzten Mal trieb Lourdes Chavez zwar in die Enge, doch dann zog sie sich zurück und beließ es dabei, die Jury ahnen zu lassen, dass etwas faul war an der Geschichte des jungen Cops. Zögernd hatte C. J. aufatmen können.

»Was steht noch an?«

»Der Pathologe, die Spurenermittlung, Masterson mit den Porno-Videos. Vielleicht noch zwei, drei Tage. Wahrscheinlich werden wir erst im neuen Jahr fertig, aber bei diesem Richter weiß man nie. Vielleicht kommt er schon übermorgen zum Schluss.«

»Du hattest Recht, als du sagtest, Chaskel hat es eilig. In einer Woche hat er mehr durchgezogen als die meisten Richter in einem Monat. Und das bei einem Kapitalverbrechen. Wann fängt er morgens an?«

»Um acht. Gestern und heute sind wir erst abends um neun fertig geworden. Die Jury ist sauer. Wir verderben ihnen die Ferien. Und ich habe das Gefühl, sie geben mir die Schuld daran. Dabei war ich es nun wirklich nicht, die es drauf angelegt hat, zur schönsten Zeit des Jahres einen Mord verhandeln.«

»Wie hast du die Feiertage verbracht?« Das Gespräch hatte sich entkrampft, wurde wieder vertrauter. Es tat fast körperlich weh, wie sehr er sie vermisste.

»Ganz gut«, log sie. »Tibby hat mir eine Wollmaus geschenkt. Eine große. Und bei dir?«

»Nett«, behauptete er. »Manny hat mir nichts geschenkt. Dafür hat er einen Knutschfleck bekommen, aber nicht von mir. Und ganz im Geist von Weihnachten hat er auch ein paar verteilt, glaube ich.«

»Wirklich?«
»Ich fürchte, deine Sekretärin muss diese Woche Rollkragenpullover tragen.«
»Oh, Gott. Männer sind so dämlich.«
»Ja, das sind wir wohl.«
Sie sagte nichts, aber er merkte, dass sein billiger Kommentar nicht gut angekommen war. Schnell versuchte er abzulenken.
»Hat sich Tigler wieder beruhigt?«
»Nein. Das tut er bestimmt auch erst, wenn ich gewonnen habe. Und das sieht immer wackliger aus.«
Er hörte das Zittern in ihrer Stimme; sie klang genauso verzweifelt wie neulich im Büro. »Wie geht es dir?«, fragte er besorgt. »Ist alles in Ordnung? Möchtest du vielleicht, dass ich zu dir –«
Doch sie schnitt ihm das Wort ab, als sie merkte, was er vorschlagen wollte. »Hör zu, ich lass dich jetzt wieder schlafen«, sagte sie schnell, bevor ihr die Tränen kamen. »Tut mir Leid, dass ich dich geweckt habe. Gute Nacht.«
Sie legte auf. Er wusste, dass sie weinte. Dass sie allein in der Dunkelheit ihres einsamen Büros mitten in dieser verdammten Stadt saß und weinte. Dominick stand auf und lief rastlos durch die Wohnung. Er war jetzt hellwach.
Sie balancierte zu nah am Abgrund entlang. Er hörte es an ihrer Stimme, sah es in ihrem Blick, in den vergangenen Monaten, den letzten Tagen. Wenn sie nur einen falschen Schritt machte oder stolperte ...
Er sah aus dem Wohnzimmerfenster in Richtung Innenstadt, wo sie war, einsam und verzweifelt.
Er hoffte nur, dass er da wäre, um sie aufzufangen, wenn sie fiel.

## 75.

DR. IMMER WIEDER WAREN DIESE BEIDEN BUCHSTABEN in Bantlings Kalender gekritzelt. An verschiedenen Tagen der Woche, zu verschiedenen Zeiten. Tag oder Nacht. Das letzte Mal nur einen Tag, bevor Anna Prado in Bantlings Kofferraum entdeckt wurde. *Was hatten diese Buchstaben zu bedeuteten? War* DR *ein Ort? Eine Person? Eine Sache? Eine Idee? Gar nichts?*

C. J. dröhnte der Kopf vom vielen Nachdenken. Sie schüttete kalten Kaffee in sich hinein, weigerte sich aufzugeben und nach Hause zu gehen. Bald lohnte es sich sowieso nicht mehr. Der Prozess ging um acht Uhr weiter, und jetzt war es halb drei. Auf ihrem Tisch stapelten sich Papiere, Adressbücher, Bankauszüge, Steuerbelege. Alles, was in Bantlings Haus und Wagen beschlagnahmt worden war oder Tommy Tan der Sonderkommission zur Verfügung gestellt hatte. Vor ihr lag alles, was es über William Bantling zu wissen gab, ausgebreitet wie ein offenes Buch. Sie hatte die Kalender und Notizbücher durchgeblättert, sich seine Geschäftstermine angesehen, Steuererklärungen und Quittungen gelesen. Man würde sie für verrückt halten, dass sie Aufzeichnungen durchkämmte, die so banal, so alltäglich waren und wahrscheinlich gar keinen Beweiswert hatten. Außerdem waren die gleichen Bücher, Kalender, Adressverzeichnisse und Dokumente schon von erfahrenen Ermittlern durchleuchtet worden. Aber trotzdem musste C. J. alles noch einmal durchgehen, musste mit eigenen Augen sehen, wie Bantlings es schaffte, mit sich leben zu können, jeden einzelnen Tag, einen ganz normalen Alltag zu verbringen. Und vielleicht, ganz vielleicht, hatten die erfahrenen Ermittler ja irgendetwas übersehen ...

Sie blätterte durch den Terminkalender, der mit der Reisetasche vom Rücksitz des Jaguar sichergestellt worden war. Der abgewetzte schwarze Ledereinband war voll gestopft mit Adresslisten und Visitenkarten, mit Streichholzbriefchen und Bierdeckeln, auf die Namen und Nummern gekritzelt waren. Sie versuchte, Bantlings unleserliche Schrift zu entziffern, auf der Suche nach irgendwas. Was, wusste sie selbst nicht. Ein Graphologe hatte ihr einmal erzählt, dass er allein an der Unterschrift erkennen konnte, ob er einen gesunden Menschen oder einen Verrückten vor sich hatte. Daran dachte sie jetzt und fragte sich, was ihm wohl das Gekliere in Bantlings kleinem schwarzem Buch sagen würde.

Im Adressteil waren Hunderte von Einträgen, oft nur Vorname und Nummer, und fast alles waren Frauen. Anscheinend hatte er den Namen jedes weiblichen Wesens, das er überhaupt je kennen gelernt hatte, hier eingetragen. Manche Namen kannte sie aus den Vernehmungsberichten der Sonderkommission. Andere sagten ihr gar nichts. Als sie die Namen von Dutzenden von Frauen durchging, kam ihr plötzlich ein beklemmender Gedanke, und sie überschlug ein paar Seiten bis L, um sicherzugehen, dass in dem unheimlichen schwarzen Buch nicht etwa ihr eigener Name auftauchte. Sie ging die Seite durch, aber es war keine Larson dabei. Dann blätterte sie zu den Einträgen unter C zurück; hastig überflog sie die Zeilen. Halb erwartete sie, dass dort in seiner irren Sauklaue quer über eine Seite gekrakelt stünde: *Für einen besonderen Abend: Chloe! 202-18, Apt. 1B, Rocky Hill Road, Bayside, New York.* Mit angehaltenem Atem las sie sich einen Eintrag nach dem anderen durch. Doch ihr Name stand dort nicht, und sie atmete auf.

Die Erleichterung war nur von kurzer Dauer. Sie hatte unter C einen anderen Namen in Bantlings schwarzem Buch entdeckt, in winzigen, hastig gekritzelten Buchstaben, beinahe unleserlich, aber eben nur beinahe. Ein Name, der sie vollkommen verblüffte, mit dem sie niemals gerechnet hätte. Und sie wünschte auch, sie hätte ihn niemals entdeckt.

*Chambers, G.*
*22, Almeria Street*
*Coral Gables, FL*

# 76.

GREG CHAMBERS. Wie kam sein Name in Bantlings Adressbuch? Woher kannten sich die beiden? Und kannten sie sich überhaupt, oder hatte Bantling Gregs Namen irgendwo aufgeschnappt und ihn vorsorglich als Psychiater, als Kontaktadresse notiert?

C. J. stand auf und lief durch ihr Büro, ihre Gedanken rasten. *Falls sie sich kannten, hätte ihr Greg dann nicht davon erzählt?* Doch, das hätte er. Ganz sicher. Also hatte er nicht gewusst, dass Bantling seinen Namen hatte. Hatte keine Ahnung, dass er in Bantlings Buch stand. So, wie der Terminplaner aussah, konnten die Einträge Jahre alt sein. Vielleicht hatte sein New Yorker Arzt Bantling die Adresse gegeben, oder sie hatten sich vor Ewigkeiten flüchtig kennen gelernt. Greg wäre sicher genauso überrascht wie sie, seinen eigenen Namen hier zu entdecken. Es konnte gar nicht anders sein.

Doch während sie im Büro auf und ab marschierte, tauchten alle möglichen Szenarien vor ihr auf. Die wohl bekannte Paranoia schnürte ihr wieder die Kehle zu, bemächtigte sich ihrer Gedanken. Die Frage *Was wäre wenn?* drängte sich immer wieder in ihr Bewusstsein.

*Was wäre, wenn sich die beiden kannten? Was wäre, wenn sie Freunde waren? Was wäre, wenn sie noch mehr waren?* Sie kämpfte gegen die lähmende Angst. Angst, dass Bantling es geschafft haben könnte, aus seiner Gefängniszelle heraus diese kleine Überraschung für sie zu planen. Angst, dass er die Worte, die er ihr vor Jahren eingeflüstert hatte, wahr machte.

*Ich werde dich immer beobachten, Chloe, immer. Du entkommst mir nicht, denn ich werde dich immer finden.*

Angst, dass er überall war, sie beobachtete, ihr selbst die abwegigsten Gedanken diktierte.

Sie betrachtete die Papiere auf ihrem Schreibtisch, den kalten Kaffee, die heruntergelassenen Jalousien in dem dunklen Büro, das nur vom schwachen Schein der Schreibtischlampe beleuchtet wurde. Es war drei Uhr morgens, und sie musste um acht im Gericht sein. Seit September hatte sie so gut wie keine Nacht mehr als vier Stunden geschlafen.

*Du siehst Gespenster. Bleib rational! Der Fall frisst dich auf. Bantling frisst dich auf. Er saugt dich bei lebendigem Leib aus. Und du lässt es zu.*

Stress spielte bei vielen Erkrankungen eine große Rolle, egal ob körperlich oder geistig. Sie wusste, dass Stress auch ihren letzten Zusammenbruch mit ausgelöst hatte. Sie musste ihn in den Griff bekommen, bevor er sie überwältigte, bevor sie wieder die Kontrolle verlor. Ihr Privatleben, ihre Karriere – alles geriet ins Schleudern, genau wie damals. *Genau wie damals. Alles wiederholte sich.* Die Parallelität war beängstigend.

Nachdem sie ihre letzte Zigarette ausgedrückt hatte, schnappte sie sich ihre Tasche; das Adressbuch nahm sie mit. Sie rief am Empfang an, weckte den Wachmann und nahm den Fahrstuhl nach unten.

Sie musste raus hier. Wenigstens kurz. Nachdenken. Sich ausruhen, sagte sie sich.

Bevor alles außer Kontrolle geriet.

So wie damals.

## 77.

ESTELLE PACKTE GERADE IHRE SIEBENSACHEN in einen großen Strohkorb, als C. J. an die Glasscheibe klopfte. Es war kurz nach neunzehn Uhr am Donnerstagabend, drei Tage vor Silvester.

»Oh, Ms. Townsend!« Überrascht blickte sie von der Tasche auf und legte die klauenbewehrte Hand aufs Herz. »Sie haben mich vielleicht erschreckt. Ich habe Sie gar nicht gesehen.«

»Tut mir Leid, Estelle. Ist Dr. Chambers da?«

»Ja«, sagte sie zerstreut und ging das Terminbuch durch. »Aber, also, er hat gerade einen Patienten.« Sie sah C. J. an und runzelte die Stirn. »Das muss ein Missverständnis sein, ich habe Sie für heute Abend gar nicht eingetragen.«

C. J. wusste, dass Estelle darauf brannte, die große Preisfrage zu stellen: *Wie geht es Ihnen? Sie sehen aber gar nicht gut aus!* Selbst Richter Chaskel hatte sie heute unter vier Augen sprechen wollen, um zu fragen, was mit ihr los war. Das Make-up konnte die Augenringe nicht mehr verbergen. Sie war sowieso schon zu dünn und hatte allein in der letzten Woche drei Kilo abgenommen. Die Sorgenfalten auf ihrer blassen Stirn wurden täglich tiefer. C. J. erklärte jedem, es sei nur der Schlafmangel. Sie fürchtete, die Wahrheit wollten die Leute sowieso nicht hören – dass sie gerade dabei war, wieder durchzudrehen. *Nur noch ein paar Tage bis zum Irrenhaus. Beeilen Sie sich, wenn Sie die Show nicht verpassen wollen.* Doch Estelle hatte es täglich mit Verrückten zu tun und war klug genug, sich die Frage zu verkneifen.

»Ich habe keinen Termin, Estelle. Könnte ich Dr. Chambers sprechen, wenn er fertig ist? Es ist sehr wichtig, er wird das verstehen.«

»Oh. Wenn Sie meinen. Aber wenn er im Gespräch ist, störe ich ihn nur ungern.« Sie sah auf die Uhr, die im Wartezimmer hing. »Und ich muss los. Ich bin mit meinem Mann verabredet.«

»Das ist kein Problem, Estelle. Ich warte einfach, bis er fertig ist. Aber es muss unbedingt heute Abend noch sein.«

»Ach, geht es um Ihren Fall?« Jetzt flüsterte sie. »Ich sehe Sie jeden Abend im Fernsehen, in den Elf-Uhr-Nachrichten.«

»Ich will nur mit ihm reden.«

Estelle dachte einen Moment nach. »Also gut, Sie sind ja befreundet. Er hätte bestimmt nichts dagegen. Setzen Sie sich doch. Der letzte Patient für heute ist gerade im Sprechzimmer, und Dr. Chambers sollte spätestens um halb acht fertig sein. Dann erwischen Sie ihn, wenn er rauskommt.«

»Wunderbar, vielen Dank.«

Estelle nahm den Strohkorb und ihre Jacke und ging durchs Wartezimmer zur Tür. »Normalerweise würde ich ja bleiben, aber wir gehen heute mit Franks Chef und seiner Frau essen, na ja, Sie wissen schon. Da können wir nicht zu spät kommen.«

»Überhaupt kein Problem, Estelle.«

An der Tür hielt sie noch einmal inne. Jetzt flüsterte sie wieder: »Glauben Sie wirklich, dass er es getan hat, Miss Townsend? Ich meine, ganz ehrlich?«

»Wenn ich das nicht glauben würde, würde ich ihn nicht anklagen.« *Und ich muss es wissen, Estelle. Ich weiß, dass er schuldig ist. Nur, ob er auch ein Mörder ist, da bin ich mir nicht mehr ganz so sicher.*

»Man weiß eben nie, woran man bei einem Menschen ist, nicht wahr?« Estelle schüttelte den Kopf. »Schönen Abend, Ms. Townsend.«

»Nein, das weiß man nie«, murmelte C. J., als Estelle gegangen war. Ein paar Minuten saß sie im leeren Wartezimmer und versuchte ihre Gedanken zu ordnen. Doch irgendwie klappte es heute nicht. Seit ihrer Entdeckung letzte Nacht war dies die erste Gelegenheit, mit Greg Chambers zu reden. Wenn sie nur wüsste, was und wie sie es sagen sollte? Sie wollte nicht paranoid oder hysterisch klingen. Aber vermutlich machte sie genau diesen Eindruck.

Die Tür zur Anmeldung war nur angelehnt. Offenbar hatte Estelle vergessen, sie hinter sich zuzuziehen, als sie ging. C. J. stand auf und lief nervös im Wartezimmer auf und ab. Am Fenster zu Estelles Reich hielte sie inne und warf einen Blick in den Gang. Die Sprechzimmertür war geschlossen, wie immer, wenn er einem seiner Patienten die tiefsten Geheimnisse entlockte. Auf dem Empfangstisch sah sie das aufgeschlagene Terminbuch, das Estelle noch vor ein paar Minuten durchgesehen hatte. Wieder drängten sich die Fragen in ihrem Kopf und verlangten nach Antworten. *Was wäre, wenn?*

Leise ging C. J. zur Tür und blieb stehen. Nichts war zu hören. Dann schob sie die Tür einen Spalt auf. Die Sprechzimmertür war immer noch geschlossen. Sie drehte sich um und warf einen Blick auf die Wartezimmeruhr. Es war sieben Uhr zweiundzwanzig.

Ohne weiter nachzudenken, öffnete sie leise die Tür und schritt über die Schwelle, die die Kranken von den Gesunden trennte. Das Terminbuch auf Estelles Schreibtisch war bei der Woche vom Montag, 25. Dezember, bis Freitag, 29. Dezember, aufgeschlagen. Die letzte Seite des Jahres zweitausend. C. J. berührte sie zögernd, dann blätterte sie schnell zurück, durch die Bleistifteintragungen für November und Oktober, bis sie die Woche vom Montag, 18. September, bis Freitag, 22. September, fand.

Sie überflog die Liste der Montagstermine. Und dort fand sie ihn, den letzten Eintrag des Tages. Montag, 18. September. Der Tag, bevor Anna Prados Leiche gefunden wurde.

Ihr stockte der Atem, als sie ihre schrecklichsten Ängste bestätigt fand.

Eingetragen für den Termin um neunzehn Uhr war B. Bantling.

## 78.

SIE SUCHTE NACH ALLEN SIEBEN DATEN, die sie nachts noch aus Bantlings Kalender herausgeschrieben hatte. Alle stimmten mit dem Terminbuch überein. Dieselben Daten, dieselben Uhrzeiten, derselbe Name: *B. Bantling.*

Es war also kein Zufall. DR. Plötzlich war alles sonnenklar. Dr. *Doktor.* Chambers war sein Arzt. *Chambers war Bantlings Psychiater.*

Unwillkürlich wich C. J. vor dem Kalender zurück, vor der Wahrheit, die sie die ganze Zeit vor Augen gehabt hatte. Das Zimmer drehte sich, und ihr wurde speiübel. *Was hatte das zu bedeuten? Wie konnte das sein?* Er hatte sie beide behandelt. Er hatte ihren Vergewaltiger behandelt. *Wie lange ging das schon so? Jahre?* Ihre Erinnerungen flatterten durcheinander wie ein Schwarm aufgeschreckter Vögel. War sie Bantling hier begegnet? Hatte sie hier im Wartezimmer neben ihm gesessen, ein Lächeln oder eine Zeitschrift mit ihm ausgetauscht oder Smalltalk über das Wetter mit ihm gemacht, bis der Onkel Doktor sie aufrief? *Was wusste Chambers? Was hatte Bantling ihm mitgeteilt? Was wusste Bantling? Was hatte Chambers ihm erzählt?* Gedanken, die sie gestern Nacht noch als paranoid und unvernünftig verdrängt hatte, rasten ihr jetzt durch den Kopf und drohten sie zu überwältigen. Die Luft verdichtete sich, und das Atmen fiel ihr schwer.

Das konnte doch nicht sein. Nicht schon wieder. *Bitte, Gott, nicht noch mehr. Kein Mensch kann so viel ertragen. Ich bin am Ende. Das war's.* Sie musste raus hier. Nachdenken. Sie sprang auf und stieß dabei Estelles Bürostuhl um. Er polterte rückwärts, ein Bild fiel von der Wand. C. J. lief los, schnappte sich im Wartezimmer ihre Tasche und stürmte hinaus. Hinter sich hörte sie gedämpfte Worte: »Was ist denn hier los, verdammt, Estelle?«, dann ging die Tür zum Gang auf, doch sie war schon weg. Sie riss an der schweren, gusseisernen Klinke und rannte vorbei an den gelb-weiß-roten Blumenbeeten über den Backsteinweg zur Straße. Fort von dem hübschen spanischen Haus auf der Almeria Street im hübschen, sicheren Vorort Coral Gables. Nur weg von dem netten, verständnisvollen Arzt, an den sie sich zehn Jahre lang gewendet hatte, wenn sie Hilfe brauchte, um im Leben zurechtzukommen. Rat, um mit ihren lähmenden Angstzuständen fertig zu werden. Nun floh sie vor ihm, so schnell sie nur konnte. Sie stieg in den Jeep und raste los. Im letzten Moment konnte ein Radfahrer ihr ausweichen; er schrie ihr einen Schwall Flüche hinterher.

Sie war bereits die Almeria Street hinunter verschwunden, in Richtung Dolphin Expressway, als Dr. Chambers ins leere Wartezimmer kam, um nachzusehen, was den Krach verursacht hatte.

## 79.

»DER ERSTE SCHNITT wurde am oberen Ende des Brustbeins begonnen und dann parallel zum Sternum ausgeführt, bis zum Nabel hinunter. Er war sauber, glatt, ohne weitere Hautverletzungen.«

Joe Neilson zuckte unwillkürlich, während er die Schnitte an der Schaufensterpuppe demonstrierte, die man vor den Geschworenen aufgestellt hatte. Der Laserpointer in seiner Hand hüpfte nervös mit.

»Der zweite Schnitt wurde horizontal unterhalb des Thorax angesetzt, beginnend genau unter der rechten Brust, und dann waagerecht rüber, bis unter die linke Brust. Auch hier nur ein einziger, präzise ausgeführter Schnitt.«

»Können Sie daraus schließen, von was für einem Instrument die Schnitte wahrscheinlich stammen?«, fragte C. J. Im Gerichtssaal war es mucksmäuschenstill. Gebannt warteten die Zuschauer auf jedes einzelne Wort.

»Ja, das kann ich. Es war ein Skalpell. Die Schnitte sind tief. Sie gehen bis auf den Knochen, durch drei Schichten, Haut, Fettgewebe und Muskel. Es sind keine Risse oder Auszackungen vorhanden. Wir haben das Fünfer-Skalpell, das in der Wohnung des Angeklagten sichergestellt wurde, mit den Einschnitten in Anna Prados Brust verglichen. Breite und Tiefe der Schnitte stimmen mit dem Instrument genau überein. Sie sind identisch.«

Zwei vergrößerte Fotografien waren auf Staffeleien neben der

Schaufensterpuppe aufgestellt. Auf einer war das Skalpell aus Bantlings Gartenhäuschen zu sehen, in fünfzigfacher Vergrößerung. Auf dem anderen eine Nahaufnahme des Einschnitts in Anna Prados Brust, ebenfalls fünfzigfach vergrößert.

»Nach den Inzisionen wurde das Brustbein, das die Thoraxwand verstärkt und Herz und Lungen schützt, aufgebrochen und der Brustkorb auseinander gespreizt.«

»Können Sie sagen, mit was für einem Werkzeug das Brustbein aufgebrochen wurde?«

»Nicht mit Sicherheit. Wahrscheinlich aber mit einem Bolzenschneider.«

»War Anna Prado zu diesem Zeitpunkt noch am Leben?«

»Ja. Der Tod tritt ein, wenn das Herz aufhört zu schlagen. In dem Moment werden alle anderen Körperfunktionen eingestellt, die Atmung und so weiter. Beim Exitus kommt alles zum Stillstand. Deswegen können wir feststellen, was jemand als Letztes gegessen hat, welche Gifte sich in Blut und Leber befanden, et cetera. Mit der Öffnung von Ms. Prados Brustkasten wurden die Lungen zwar der Luft und dem Luftdruck ausgesetzt, was sie nach kurzer Zeit zum Kollabieren bringt. Doch in Ms. Prados linkem Lungenflügel haben wir bei der Autopsie noch Luft gefunden, also wissen wir, dass sie nicht an Sauerstoffmangel gestorben ist. Und somit auch, dass sie noch am Leben war, als –«

Plötzlich jammerte es im Zuschauerraum laut auf. Es war Anna Prados Mutter. Sie schluchzte und schrie und musste von mehreren Angehörigen festgehalten werden. »Bestie! Bestie!«, heulte sie.

»Ruhe, bitte!«, verlangte Richter Chaskel, er war dunkelrot im Gesicht. »Hank, bitte bringen Sie Mrs. Prado während dieses Teils der Zeugenbefragung hinaus. Es tut mir Leid, Mrs. Prado, aber derlei Ausbrüche sind im Gerichtssaal nicht gestattet.«

»Er hat mir mein Baby genommen!«, kreischte sie, während die Angehörigen sie unter den Augen der Geschworenen hinausbrachten. »Das Monster hat mir mein kleines Mädchen gestohlen, er hat mein Kind umgebracht! Und jetzt sitzt er hier und grinst!« Als die Tür sich hinter ihr schloss, waren die Schreie nur noch gedämpft zu hören.

»Die Geschworenen werden hiermit angehalten, diesen Vorfall

nicht in ihre Überlegungen einzubeziehen«, mahnte der Richter ernst, bevor Lourdes auch nur Einspruch erheben konnte. Die zwölf Geschworenen sahen in Richtung von William Bantling, der jetzt sichtlich erschüttert war, er schüttelte den Kopf und hatte das Gesicht in den Händen vergraben.

Unangenehmes Schweigen lastete auf dem Gerichtssaal, während Mrs. Prados Weinen draußen langsam verebbte.

»Also gut, Ms. Townsend. Sie können jetzt fortfahren«, sagte Richter Chaskel.

»Was also brachte Anna Prados Herz zum Stillstand, Dr. Neilson?«

»Die Durchtrennung der Aorta, der Hauptschlagader, die das Blut vom Herzen in den Körper pumpt. Direkt nachdem der Brustkorb aufgebrochen war, noch bevor auch der zweite Lungenflügel kollabierte, wurde die Aorta durchtrennt und der Herzmuskel entfernt. Das führte sofort zum Tod.« Der Laserpointer hüpfte jetzt über ein neues Bild im Großformat, das eine graue, nackte Anna Prado zeigte, auf dem Metalltisch in der Gerichtsmedizin, ein großes schwarzes Loch dort, wo ihr Herz gewesen war.

»War sie zu diesem Zeitpunkt bei Bewusstsein?«

»Es ist unmöglich, das mit Sicherheit festzustellen, doch wie ich bereits sagte, das Mivacuriumchlorid, das sich in ihrem Kreislauf befand, führt nicht zur Bewusstlosigkeit. Es bewirkt nur die vollständige Muskellähmung. Sein relaxierendes Moment verlangsamt oder verhindert wahrscheinlich sogar, dass der Körper in den Schockzustand fällt, die natürliche Abwehrreaktion des Organismus auf schwere Verletzungen. Also würde ich sagen, ja, es ist wahrscheinlich, dass sie bei Bewusstsein war, als ihr das Herz entfernt wurde.« Kollektives Murmeln brandete durch den Gerichtssaal.

»Vielen Dank, Dr. Neilson. Ich habe keine weiteren Fragen.«

»Gut. Ms. Rubio? Kreuzverhör?«

»Ich habe nur ein paar Fragen. Doktor, Sie haben ausgesagt, dass die Schnitte in Anna Prados Leiche mit dem Fünfer-Skalpell übereinstimmen, ist das korrekt?«

»Ja.«

»Und sie könnten von einem beliebigen Fünfer-Skalpell stammen, nicht wahr? Nicht unbedingt von dem, das in Mr. Bantlings Gartenhäuschen gefunden wurde?«

»Ja. Von jedem Fünfer-Skalpell.«

»Und Fünfer-Skalpelle sind auch keine Seltenheit, oder? Sie sind sogar ziemlich verbreitet, sowohl in der Medizin als auch in der Taxidermie, richtig?«

»In der Taxidermie kenne ich mich nicht aus, aber es stimmt, unter Ärzten sind sie ziemlich verbreitet. Sie sind in jedem medizinischen Großhandel erhältlich.«

»Vielen Dank, Doktor.« Lourdes ging wieder zu ihrem Platz zurück, dann drehte sie sich noch einmal um. »Oh«, rief sie, als wäre ihr eben noch etwas eingefallen, »und welcher Beamte war es, der Ihnen dieses Skalpell brachte, die angebliche Mordwaffe, und Sie bat, die Untersuchungen durchzuführen? Welcher Detective war das?«

»FDLE-Agent Dominick Falconetti.«

»Aha«, sagte sie nachdenklich und setzte sich. »Keine weiteren Fragen.«

»Staatsanwaltschaft, haben Sie sonst noch etwas?«, fragte Richter Chaskel.

Es war zehn nach sechs am Freitagnachmittag, den 29. Dezember 2000. Der letzte Werktag des Jahres. Als sie am Morgen ins Gericht gekommen war, hatte C. J.s Welt bereits zu bröckeln begonnen, die Risse vergrößerten sich, und alles war kurz davor, über ihr zusammenzubrechen. Eine weitere schlaflose Nacht hatte ihre Augen schwarz umschattet und noch tiefere Linien in ihre Stirn gegraben. Sie war aus dem schlichten Grund gekommen, weil es inzwischen gar keine Alternative mehr gab; und gegen die andere Mannschaft aufzugeben, kam einfach nicht in Frage.

Genau wie in Lourdes' Kreuzverhör war inzwischen alles voller Mehrdeutigkeiten, jeder war verdächtig. Antworten führten zu noch mehr Fragen. Klarheiten wurden diffus. Nichts war mehr wirklich; bei nichts konnte sie sicher sein. C. J. hatte die Kontrolle verloren sowohl über ihr Privatleben als auch über die beruflichen Angelegenheiten. Ihre Zeugen sagten plötzlich für die andere Seite aus. Ärzte, die ihr helfen sollten, unterstützten unwillentlich auch den Feind. Vertraute waren möglicherweise Spione. Und die Risse in der Fassade wurden tiefer und verästelten sich in tausend Richtungen. *Genau wie damals.*

»Nein, Euer Ehren. Keine weiteren Zeugen«, sagte sie und erhob sich. Joe Neilson war ihr letzter Zeuge gewesen, seine schmerzhafte und aussagekräftige Beschreibung der letzten quälenden Momente im Leben von Anna Prado hatte ihre Darlegung des Falls beschließen sollen. »Die Beweisführung auf Seiten des Staates ist abgeschlossen.«

»Sehr gut. Das ist genau der richtige Zeitpunkt, um ins Wochenende zu gehen«, erklärte Richter Chaskel. Und dann begann er, die routinemäßigen Mahnungen an die Geschworenen herunterzuleiern, bevor er sie über die Neujahrsfeiertage entließ.

C. J. drehte sich nach Bantling um, der auf dem Platz neben Lourdes saß. Er hatte das Gesicht immer noch in den Händen vergraben, schüttelt immer noch den Kopf. Doch erst jetzt sah sie, wieso er sein Gesicht vor der Jury verbarg.

William Rupert Bantling lachte.

## 80.

»HAST DU VERSUCHT, SIE ANZURUFEN, DOM?« Der glitzernde Partyhut hing gefährlich schräg auf Mannys kahlem Schädel. Er hatte mächtig einen sitzen, wie fast jeder hier im Raum.

»Ja, aber es geht immer nur die Mailbox dran. Ich mache mir Sorgen, Manny.«

»Das sehe ich dir an, Amigo. Trink noch ein Bier. Mari!«, schrie er quer durch Eddie Bowmans überfülltes Wohnzimmer, in dem sich Cops, Profiler, Special Agents und Detectives amüsierten, alle mit Partyhüten auf dem Kopf und Plastiksektgläsern in der Hand.

»Mari, hol Dommy Boy noch ein Bier!«

Marisol, die mit sechs Frauen in der Runde stand, sah zu ihm rüber. Sie steckte von Kopf bis Fuß in lila Pailletten, nur die Taille war kokett entblößt. Sie warf Manny einen strengen Blick zu und runzelte unwirsch die Stirn.

»Okay, okay. *Bitte* bring Dom noch ein Bier.« Manny drehte sich zu Dominick um. »Weiber! Einmal im Heu gewesen, und jetzt will sie plötzlich, dass ich Manieren habe. Wär ich doch bloß wieder Single, Dom. Vielleicht solltest du froh sein, wie es jetzt ist.«

»Lass mal, Manny, ich trinke heute sowieso nichts mehr. Ich geh gleich heim.«

»Alter, es ist gleich zwölf. Du kannst doch jetzt nicht abhauen. Vielleicht ist sie ja gar nicht da. Vielleicht ist sie übers Wochenende verreist.«

»Vielleicht. Aber ihr Auto ist da.«

»Du wirst doch wohl nicht zum Spanner werden, mein Freundchen. Bei ihr zu Hause vorbeifahren und so.«

»Ich mache mir wirklich Sorgen, Bär. Sie sieht schrecklich aus. Sie hat abgenommen. Sie isst nichts, und offensichtlich schläft sie auch nicht. Sie ruft keinen von uns zurück. Nicht mal dich. Dieser Bantling treibt irgendein übles Spiel mit ihr, und es sieht so aus, als ob er gewinnt. Irgendwas ist da los. Du kennst sie doch seit Jahren – hast du sie schon je so gesehen?«

»Nein. Ich mach mir ja auch Sorgen. Vielleicht ist sie einfach nur ausgebrannt. Vielleicht macht sie dieses Wochenende mal tranquilo.« Er schwieg, dann nahm er noch einen großen Schluck Bier.

»Vielleicht hat sie ja auch einen anderen, Dom.«

»Wenn es das wäre, dann würde ich mich nicht einmischen. Aber das glaube ich nicht. Ich glaube, sie hat andere Probleme, irgendwas, das sie alleine nicht in den Griff bekommt, aber sie will sich von niemandem helfen lassen. Es zerreißt sie, und trotzdem will sie sich keinem anvertrauen, und daran zerbricht sie fast. Ich sehe es in ihren Augen. Wenn sie mich denn mal in ihre Augen sehen lässt.«

»Aber sie hat es so gut wie geschafft. Was kann schon noch groß kommen? Ein paar Tage noch!«

»Nur die Verteidigung.«

»Das ist allerdings ein Problem. Keiner weiß, was der Psycho sagt, oder ob er überhaupt in den Zeugenstand tritt. Mit der Werkstatt hatten wir kein Glück, oder?«

»Nein. Wir haben überall nachgefragt. Eddie hat bis heute Morgen eine Spur verfolgt. Nichts. Wir müssen einfach abwarten, was

Bantling als Nächstes tut. Und dann entscheiden, wie wir weiter vorgehen.«

»Seine Anwältin redet gequirlte Scheiße.« Manny verstellte die Stimme: »*Wir beweisen, dass es Tierblut ist. Wir beweisen, dass er nicht wusste, was in seinem verdammten Kofferraum ist. Selbst wenn wir gar keine Verpflichtung haben, irgendwas zu beweisen.* Bockmist. Mit Luminol kann man das Blut nicht bestimmen, das überall im Schuppen verspritzt ist. Man kann es nur sehen. Das weiß sie auch, und trotzdem verdreht sie alles. Bantlings Märchen mit dem Tierblut kann sie genauso wenig beweisen. Wie viele Vögel kennst du, die Blut bis an die Decke spritzen? Aber das ist der Rubio egal. Sie verdreht den Geschworenen völlig den Kopf.« Manny schüttelte angewidert sein massiges Haupt. »Hast du schon gehört? Chaskels Assistentin hat mir erzählt, dass die eine Geschworene in der ersten Reihe Bantling schöne Augen macht. Sogar noch nach Neilsons blutigen Ausführungen. Mann, muss diese Frau es nötig haben?«

Wie auf Stichwort erschien Marisol mit zwei Bier. »Hier, Bär«, gurrte sie und reichte ihm das Bier. »Weil du lieb bitte gesagt hast.«

»Alles klar, Manny, ich geh dann mal. Ich will morgen ein paar Sachen erledigen. Mit ein paar Leuten sprechen. Vielleicht bekomme ich Antworten, bevor Bantling diese Woche seinen Auftritt hat.«

»An Neujahr?«

»Keine ruhige Minute. Aber so komm ich wenigstens nicht zum Nachdenken.«

»Ruf sie morgen wieder an, Buddy. Bleib am Ball. Wir haben's doch fast hinter uns.«

»Wen anrufen?«, flüsterte Marisol Manny ins Ohr.

Dominick verabschiedete sich flüchtig und arbeitete sich durch die Partygäste zur Tür.

»Fünf, vier, drei, zwei, eins … Prost Neujahr!«, rief Dick Clark aus dem Fernseher, und dann brach der Raum in Jubel und Pfeifen und Tuten und Lärm aus. »Und 2001 wird ein fantastisches Jahr werden!«

Aus den Lautsprechern begann *Auld Lang Syne* zu spielen.

»Das bezweifle ich, Dick«, murmelte Dominick, als er die Tür von außen schloss und durch den Vorgarten zur Straße lief. »Das bezweifle ich sogar sehr.«

## 81.

AM DIENSTAGMORGEN UM NEUN begann Lourdes Rubio mit der Darlegung der Verteidigung. Als Ersten rief sie den Besitzer einer Autolackiererei in North Miami Beach in den Zeugenstand, danach den Direktor der American Taxidermy Association, dann einen Professor für forensische Pathologie der Albert Einstein School of Medicine. An einem einzigen Tag musste C. J. mit ansehen, wie ihr Fall zu einem Häufchen begründeter Zweifel zusammenschrumpfte.

Bantlings Jaguar wurde am Montag und Dienstag, 18. und 19. September, umgespritzt. Bantling holte ihn am Dienstagabend gegen 19:15 Uhr ab. Louie von Louie's House of Tinting sagte aus, dass der Jaguar über Nacht auf einem unbewachten Parkplatz gestanden hatte und tagsüber mehr als zehn Angestellte Zugang zu dem Wagen gehabt hatten. Außerdem sagte er, dass keiner in den Kofferraum gesehen habe, nachdem Bantling den Wagen am Morgen des 18. September abgeliefert hatte. Dazu habe ja auch kein Grund bestanden.

Als anerkannter Tierpräparator war William Bantling für sein Können von der örtlichen Dependance der amerikanischen Taxidermisten mehrfach ausgezeichnet worden. Bei der Tierpräparation kam das Fünfer-Skalpell häufig zum Einsatz. Normalerweise war das Tier tot, bevor es ausgestopft wurde, aber es gab Ausnahmen, bei denen das Tier beim Aufschneiden noch lebte, zum Beispiel wenn es darum ging, einen »realistischeren Ausdruck« in den Augen des Tiers zu erzielen. Das erklärte natürlich die vom Luminol sichtbar gemachten Blutspritzer.

Für eine DNA-Analyse war auf dem Fünfer-Skalpell aus Bantlings Schuppen zu wenig Blut gefunden worden. Andere Tests dagegen wiesen Tierblut nach, höchstwahrscheinlich das Blut eines

Vogels. Die roten Blutkörperchen an der Klinge wiesen Nuklei auf, was bei menschlichem Blut nicht der Fall war. Außerdem schienen die Blutspuren, die ursprünglich mit Anna Prados Blut übereinzustimmen schienen, nach genauer Untersuchung »gezinkt« zu sein, ebenso wie die drei Tropfen auf dem Fußboden des Schuppens. Das sagte der Professor für forensische Pathologie der Albert Einstein School of Medicine.

C. J. wusste genau, dass man für alle möglichen Behauptungen Experten auftreiben und selbst wasserdichte Beweise widerlegen lassen konnte, wenn man bereit war, einen entsprechenden Preis zu zahlen. Es gab Psychologen, die den angeblich aggressionsfördernden Sportunterricht in der Schule für einen kaltblütigen Mord unter Teenagern verantwortlich machten; Ärzte, die einem Herzinfarkt die Schuld am Tod des Unfallopfers gaben, um einen betrunkenen Autofahrer zu entlasten. Für genug Geld gab es Zeugen für jede Verteidigung, für jede Strategie. Und manchmal funktionierte es sogar. Nur – mit eigenen Augen zuzusehen, wie ihre Anklage nach Strich und Faden auseinander genommen wurde ... wie Bantlings Grinsen immer breiter wurde, während die Geschworenen zu den Zeugenaussagen unwillkürlich nickten; wie sich die koketten Blicke der Jurorin Nummer fünf in Bantlings Richtung häuften, die Angst, die man ihr anfangs angesehen hatte, von lüsterner Neugier verdrängt wurde ... das alles war zu viel.

C. J. ahnte, dass ihre Kreuzverhöre nicht besonders überzeugend waren, dass ihre Stimme mit jedem Zeugen immer verzweifelter klang. Es war offensichtlich, dass ihre Fragen an die Zeugen unvorbereitet waren. Lourdes hatte sie kalt erwischt, C. J. hatte es nicht kommen sehen. Sie spürte, wie die Geschworenen das Vertrauen in die Anklage verloren.

Sie hatte das ganze Wochenende kein Auge zugemacht. Statt der Albträume von ihrer Vergewaltigung hatte sie jetzt Albträume von Bantlings Freispruch. Im Gerichtssaal sah sie das verzerrte blutrote Grinsen des Clowns. Wie er lachte, als Hank, der Gerichtsdiener, die Hand- und Fußschellen aufschloss und ihn freiließ. Lachend kam er auf sie zu, und alle sahen reglos zu. Dominick, Manny, Lourdes, ihre Eltern, Michael, Richter Chaskel, Greg Chambers, Jerry Tigler, Tom de la Flors. Alle sahen zu, wie er sie auf den

Tisch der Anklage warf, ihr den Slip in den Mund stopfte, das blitzende, nagelneue Sägemesser hervorzog und ihr einen nach dem anderen die Knöpfe von der Bluse schnitt.

C. J. sah zum Fürchten aus, das war ihr klar. Die dunklen Augenringe auf ihrem bleichen Gesicht ließen sich nicht mehr kaschieren, ihre Fingernägel waren so weit heruntergekaut, dass sie nicht einmal mehr für künstliche Nägel reichten. Das Kostüm hing an ihr herab wie an einer Schaufensterpuppe in einer miesen Boutique.

*Nur heute musst du noch durchstehen, ab morgen wird es sicher besser*, redete sie sich wieder ein, auch wenn sie nicht daran glaubte. Sie wusste nur zu gut, dass sich die Spirale nur in eine Richtung drehte. Wenn Bantling freikam, war sie am Ende. Dann war alles vorbei. Und das schien im Moment nur noch eine Frage der Zeit zu sein.

Um Viertel vor sechs entließ Richter Chaskel die Jury in den Feierabend. »Ms. Rubio, wie viele Zeugen werden Sie noch aufrufen, nur damit ich einen Überblick über die zeitliche Planung habe?«

»Noch zwei oder drei, Richter.«

»Wird Ihr Mandant aussagen?«

»Das kann ich jetzt noch nicht beantworten, Richter. Ich weiß es nicht.«

»Und für den Fall, dass er es tut, denken Sie, dass Sie morgen Abend fertig werden?«

»Ja, Richter. Das heißt, es hängt natürlich auch vom Kreuzverhör der Anklage ab.« Sie sah zu C. J. hinüber.

»Nehmen wir es, wie es kommt, Euer Ehren. Ich weiß nicht, wie lang mein Kreuzverhör dauern wird. Wenn der Angeklagte aussagt, brauche ich wahrscheinlich etwas Zeit, um mich vorzubereiten«, sagte C. J. gequält. *Wenn er aussagt, werde ich wahrscheinlich des Amtes enthoben, Euer Ehren. Dann kommen die Männer in den weißen Anzügen.*

»Ich verstehe. Aber wir kommen ja ganz gut voran. Ich würde die Schlussplädoyers gern am Donnerstag hören, es sei denn natürlich, Sie brauchen mehr Zeit, Ms. Townsend. Dann könnten sich die Geschworenen am Freitagmorgen beraten. Ein schnelles Urteil, und bis zum Wochenende sind wir fertig.«

*Und bis zum Wochenende sind wir fertig.* Und alles ist vorbei. Einfach so. Bis zum Wochenende. Pünktlich zum Entscheidungsspiel der Dolphins und dem Coconut Grove Art Festival.

Bis zum Wochenende wäre ihr Schicksal besiegelt.

## 82.

SIE SASS IM BÜRO, natürlich bei heruntergelassenen Jalousien, im Hintergrund liefen kaum hörbar die *Channel-7*-Nachrichten auf dem kleinen tragbaren Fernseher. Ein Berg von Papierkram türmte sich auf ihrem Tisch, daneben stand ein Teller kalt gewordener Suppe und ihre zehnte Tasse Kaffee. Natürlich war der Cupido-Prozess die Top-Story in den Sieben-Uhr-Nachrichten, danach würde noch von einer betrügerischen Investment-Firma berichtet, die ein paar Senioren aus Florida um Millionen geprellt hatte, und über eine verschwundene Studentin aus Fort Lauderdale, die unter Epilepsie litt. C. J. konnte nicht nach Hause gehen. Sie konnte auch nicht hier bleiben. Es gab kein Asyl, nirgends. Und das war das Problem. Zumindest bis zum Wochenende.

*Bis zum Wochenende sind wir fertig.*

Es klopfte leise an die Tür, und bevor sie antworten konnte, öffnete sie sich. Sie hätte mit einem tobenden Jerry Tigler gerechnet oder vielleicht mit einem besorgten Dominick Falconetti oder Manny Alvarez, deren Anrufe sie die ganze Woche abgewimmelt hatte. Doch den lächelnden Gregory Chambers hatte sie nicht erwartet.

»Darf ich reinkommen?«, fragte er und trat ein, ohne die Antwort abzuwarten. Er sah sich in ihrem Büro um.

Sie schrak zusammen und schüttelte den Kopf, doch sie fand ihre Stimme nicht rechtzeitig wieder, und so setzte er sich vor sie auf den Besucherstuhl.

»Wie geht es Ihnen?«, fragte er und runzelte besorgt die Brauen. »Ich war gerade bei einem Triebtäter-Symposium unten und dachte, ich schau einfach mal vorbei. Sie sind zu unserem letzten Termin nicht erschienen, und das beunruhigt mich. Bei dem ganzen Stress, unter dem Sie stehen.«

»Mir geht es gut. Gut«, sagte sie, immer noch den Kopf schüttelnd. »Bitte gehen Sie jetzt«, war alles, was sie herausbrachte.

»Sie sehen aber nicht so aus, als ginge es Ihnen gut, C. J. Sie sehen krank aus. Ich habe Sie im Fernsehen gesehen und mache mir große Sorgen um Sie.«

»*Sie* machen sich um mich Sorgen?« Jetzt konnte C. J. die Wut, den Schmerz, die Verwirrung nicht mehr unterdrücken. »Ich war bei Ihnen, weil ich Hilfe suchte, Greg – Dr. Chambers – ich habe Ihnen als Arzt vertraut, als Freund, und Sie haben mich die ganze Zeit hintergangen!«

Greg Chambers sah verletzt und überrascht aus. »Wovon reden Sie überhaupt, C. J.?«

»Ich war dort, in Ihrer Praxis!«, schrie sie.

»Ja, Estelle sagte mir, dass Sie letzte Woche da waren«, begann er abwehrend, immer noch verwirrt. »Aber Sie waren verschwunden, als ich fertig war. Und genau wegen dieses Verhaltens bin ich ja beunruhigt –«

Mit tränenerstickter Stimme schnitt sie ihm das Wort ab. Tränen, die sie nicht mehr zurückhalten konnte. »Ich habe es gesehen. Dort, an der Rezeption, habe ich es gesehen. In Ihrem Terminbuch.«

»Sie haben in meinem Terminbuch herumgeblättert? C. J., wie konnten Sie nur –«

»Er war bei Ihnen in Behandlung! Bantling, das verdammte Schwein. Die ganze Zeit, und Sie haben mir nichts davon gesagt. Sie wussten immer schon, dass er mich vergewaltigt hatte, Sie haben mich zum Narren gehalten.«

Greg Chambers war sichtlich schockiert. Seine Miene verfinsterte sich, als er ihre Anschuldigungen hörte. »Ich habe nichts davon gewusst. Hören Sie zu, C. J. Er war bei mir in Behandlung, Bill Bantling, so viel stimmt –«

»Und das haben Sie mir nicht gesagt? Wie konnten Sie nur! Wie konnte Sie mir das verschweigen?«

»Ich schulde Ihnen weder eine Entschuldigung noch eine Erklärung, aber in Anbetracht unserer langen Beziehung will ich es trotzdem versuchen. Um unserer Freundschaft willen.« Jetzt war er wütend, und sein Ton war scharf, auch wenn er versuchte, sich zusammenzunehmen. Auf einmal fühlte C. J. sich klein und unsicher. Schwach. »Als Staatsanwältin wissen Sie sehr gut, dass schon die Tatsache, dass jemand mein Patient ist, vertraulich ist und der Schweigepflicht unterliegt. Ich würde diese Information nie weitergeben. Niemals. Ich habe einen Eid geschworen. Niemals und niemandem, ohne die Zustimmung des Patienten. Außer es bestünde ein ausreichend gravierender Konflikt, und das war hier nicht der Fall.

Ich hatte keine Ahnung, dass es eine Verbindung gibt, bis Sie zu mir kamen und mir davon erzählten. Dass der Mann, der wegen der Cupido-Morde festgenommen wurde, Ihr Vergewaltiger war. Und nach diesem Zeitpunkt fand logischerweise keine Therapie mit Bantling mehr statt, denn er war ja verhaftet worden. Selbstverständlich werde ich Ihnen kein Wort von dem sagen, was in meinen Sitzungen mit Bill gesprochen wurde, also versuchen Sie gar nicht erst, danach zu fragen. Ich würde keinen meiner Patienten kompromittieren. Niemals. Auch wenn das vielleicht eiskalt klingt. Aber, C. J., ich will Ihnen sagen, wie beleidigend und unverschämt es von Ihnen ist, meine Integrität als Arzt anzuzweifeln und derartige Vermutungen zu hegen, ohne mit mir darüber gesprochen zu haben. Ich war in einer schwierigen Position, und ich tat das, was ich ethisch am ehesten vertreten konnte.

Ich bin hergekommen, um zu sehen, wie es Ihnen geht und ob ich Ihnen irgendwie helfen kann. Aber das war wohl keine gute Idee. Als Arzt rate ich Ihnen dringend, die Therapie bei einem anderen Therapeuten fortzusetzen, denn die Zeichen eines bevorstehenden Zusammenbruchs sind überdeutlich.« Er stand auf.

Plötzlich schämte sie sich. Sie war völlig verwirrt und am Boden zerstört. »Ich weiß nicht mehr, was ich tun soll«, flüsterte sie. »Ich weiß nicht, was ich glauben darf, wem ich vertrauen kann. Alles löst sich auf, ich habe die Kontrolle verloren. Nichts ist mehr wirklich. Ich weiß nicht mehr, was ich noch glauben soll, Dr. Chambers.« Wieder liefen ihr Tränen über das Gesicht, auch wenn sie gedacht hätte, es wären keine mehr übrig.

Doch es war zu spät. Sie hatte Dr. Chambers vor den Kopf gestoßen, die Worte waren raus, und sie konnte nichts mehr zurücknehmen. »Ich habe Sie davor gewarnt, den Fall zu übernehmen, C. J. Vielleicht hat der Mangel an Distanz Ihre Sicht auf die Dinge getrübt, auf die Menschen. Vielleicht haben Sie sich mit den Falschen zusammengetan, Bündnisse geschlossen, denen Sie jetzt nicht mehr trauen können. Man trifft unter Stress und Verwirrung keine guten Entscheidungen.«

»Dominick? Sprechen Sie von ihm?«

»Ich gebe Ihnen nur denselben Rat, den ich Ihnen schon vor Monaten gegeben habe. Abstand rückt die Dinge in die richtige Perspektive, und genau das scheint Ihnen im Moment zu fehlen. Setzen Sie die Therapie fort, dann erkennen Sie es selbst. Gute Nacht.« Mit einem dumpfen Geräusch schloss er die Tür hinter sich, und dann war sie wieder allein im Büro.

Schluchzend vergrub sie das Gesicht in den Händen. Die Risse in der Fassade wurden tiefer. Alles, was sie sich seit zehn Jahren versucht hatte aufzubauen, drohte über ihr zusammenzustürzen.

Und so sah sie weder das Foto der einundzwanzigjährigen Studentin Julie LaTrianca, das hinter ihr über den Bildschirm flimmerte, noch hörte sie den Kommentar der unerträglich gut gelaunten Nachrichtensprecherin, die das Verschwinden der dunkelhaarigen Schönheit aus einer Bar in Fort Lauderdale als »mysteriös« bezeichnete.

## 83.

ZWANZIG MINUTEN nachdem Greg Chambers gegangen war, klingelte das Telefon. Zuerst ließ sie es klingeln, doch der Anrufer ließ nicht locker, und nach dem zehnten Klingeln wischte sie sich die Tränen vom Gesicht und nahm ab.

»Townsend, Staatsanwaltschaft.«

»C. J., ich bin's, Dominick.« Sie hörte jede Menge Polizeisirenen im Hintergrund, dazu lärmendes Stimmengewirr.

»Dominick, es passt gerade nicht besonders gut. Kann ich dich zurückrufen –«

»Nein, du kannst mich nicht zurückrufen. Und es passt gerade sehr gut, glaub mir. Wir haben sie gefunden, du musst sofort herkommen.«

»Was? Wovon redest du?«

»Ich bin in einem Wohnwagen, in einem Trailer-Park auf Key Largo, einen Katzensprung von der Route 1 entfernt. Das Ding gehörte Bantlings verstorbener Tante, einer gewissen Viola Traun. Wir haben die Herzen gefunden. Alle. Sie lagern in einer Kühltruhe in der Küche. Wir haben auch Fotos entdeckt, C. J. Tonnenweise Bilder von jedem Opfer, vor einem schwarzen Hintergrund, während sie auf diesem Metalltisch gefoltert werden. Manche sogar davon, wie sie getötet werden. Snuff Pictures. Könnte sich alles in Bantlings Schuppen abgespielt haben. Er hatte alles da.«

»Wie seid ihr darauf gekommen?« Das Herz schlug ihr bis zum Hals, die unterschiedlichsten Gefühle wallten in ihr auf, Erleichterung, Aufregung, Angst, Panik. Zu viele Emotionen auf einmal, die sie völlig überforderten.

»Ich bin auf eine richterliche Verfügung gestoßen, ausgestellt von einem Richter in Monroe County. Sie ist erst ein paar Wochen alt – daher konnten wir sie bei unseren ersten Überprüfungen auch nicht finden. Es geht um einen Verstoß gegen die Bürgerpflicht. Bantling hatte die Pflegschaft für seine Tante, als sie noch am Leben war. Und als er es versäumt hatte, innerhalb von sechzig Tagen nach ihrem Tod irgendwelchen bürokratischen Kram zu erledigen, hat der Richter diese Verfügung erlassen, anscheinend ohne zu merken, dass Bill Bantling eben der William Bantling war, der in Miami wegen Mordes vor Gericht stand. Als ich von der Bude hier hörte, bin ich gleich – mit Manny rausgefahren. Der Besitzer des Trailer-Parks hat uns reingelassen. Was für ein Horror! Die Fotos waren bei den Herzen in der Kühltruhe. Keine Sorge, alles ist legal, der Wohnwagen sollte nämlich wegen der ausstehenden Platzmiete zwangsversteigert werden. Der Typ hatte sämtliche Papiere. Ich habe genau aufgepasst. Aber jetzt brauchen wir eine richterliche Verfügung, um weiterzumachen. Es darf auf keinen Fall was schief laufen.«

»O mein Gott.« Sie holte Luft. »Okay. Ich bin unterwegs.«

»Wir haben ihn, C. J.«, flüsterte Dominick aufgeregt. »Jetzt ist er dran.«

## 84.

DIE GESCHWORENE NUMMER FÜNF hörte auf zu lächeln, und Bill Bantling hörte auf zu lachen, als C. J. am Mittwochmorgen verkündete, dass neues Beweismaterial aufgetaucht sei. Bis zum Mittag wurde Special Agent Dominick Falconetti erneut als Zeuge vernommen, zwei Stunden lang, und keiner der Geschworenen warf auch nur noch einen Blick in Bantlings Richtung. Kaltes Grausen beherrschte den Gerichtssaal. Bis zum Nachmittag waren zwei männliche Geschworene in Tränen ausgebrochen und drei weibliche Jurymitglieder mussten sich übergeben, nachdem sie Anna Prados Herz in der durchsichtigen Beweismitteltüte gesehen hatten, gefolgt von den grausigen Fotos aus Violas Trauns Kühltruhe. Unter ihnen war auch die Jurorin Nummer fünf, die sich vielleicht vorstellte, dass sie selbst in ein paar Monaten so von Bantling geknipst worden wäre. Wieder musste Anna Prados Mutter schreiend und schluchzend aus dem Saal gebracht werden, und diesmal beschloss Richter Chaskel, die Verhandlung erst nach der Mittagspause fortzusetzen. Das Blatt hatte sich gewendet.

Während der Mittagspause beschuldigte Dominick William Rupert Bantling des Mordes in zehn weiteren Fällen und hinterlegte vorsichtshalber im Dade County Jail zehn weitere rosa Haftbefehle, für den unwahrscheinlich gewordenen Fall, dass die Geschworenen Bantling freisprachen. Lourdes verzichtete im Namen ihres Angeklagten auf die erste Anhörung, und am späten Nachmittag kündigte sie Richter Chaskel an, dass ihr Mandant aussagen würde. Bantlings arrogantes Grinsen war einem nervösen Zucken gewichen, und er war kreidebleich. Zwischen ihm und seiner Anwältin waren Wortgefechte von mühsam unterdrückter Lautstärke zu hören.

Die Schlussplädoyers wurden am Freitagnachmittag gehalten, auch wenn Lourdes bei ihrem Resümee die Überzeugungskraft fehlte, mit der sie bei der Eröffnung für Bantling eingetreten war. Nachdem sich die Jury zurückgezogen hatte, wurden die zwei Ersatzgeschworenen entlassen. Noch in der Lobby stürzten sich die

Sprecher der rivalisierenden Sender *MSNBC*, *CNN* und *Fox News* auf sie, um sie nach ihrer Einschätzung zu fragen. Die übrigen zwölf Geschworenen wurden inzwischen über das Gesetz instruiert. Schließlich, um 16:27 Uhr, ging die Jury in Klausur, um das Schicksal des Angeklagten zu beschließen.

Nicht einmal eine Stunde danach, um 17:19 Uhr, klopfte es von innen an die Tür der Jurykammer, und Hank überbrachte die Nachricht ins Büro des Richters.

Sie waren zu einem Urteil gekommen.

## 85.

»VEREHRTE GESCHWORENE, ist dies das Urteil, zu dem Sie gekommen sind?«, fragte Richter Chaskel und sah den Obmann über die Lesebrille hinweg an. Die Zuschauer im Gerichtssaal nahmen hastig ihre Plätze ein. Keiner hatte bei einem Kapitalverbrechen so schnell mit der Urteilsfindung gerechnet. Auch C. J. wollte gerade vom Kaffeeautomaten im Erdgeschoss in ihr Büro zurückgehen, um in der Wartezeit dort zu arbeiten, als Eddie Bowman ihr von der Rolltreppe aus zurief, dass die Jury zurück sei.

Mit steinerner Miene las der Richter sich die Urteilsverkündigung durch. Im Saal gab es nur noch Stehplätze – so viele Staatsanwälte, Verteidiger, Journalisten, Zuschauer und Angehörige der Opfer waren gekommen. Die Atmosphäre war elektrisch geladen.

»Ja, Euer Ehren, das ist unser Urteil«, antwortete der Obmann nervös. Der vierzigjährige Müllmann aus Miami Beach bemühte sich tapfer, die Kameras und Mikrophone zu ignorieren, die über ihm hingen und jeden seiner Atemzüge und jedes nervöse Zucken aufnahmen. Schweißperlen bildeten sich auf seiner Oberlippe, und er wischte sie mit dem Handrücken weg.

»Also gut. Setzen Sie sich bitte, Sir. Der Angeklagte möge sich erheben.« Richter Chaskel faltete das Urteil zusammen und reichte es Janine, der Protokollführerin.

Der Obmann war sichtlich erleichtert, aus dem Rampenlicht zu sein, als er sich zurück zu den anderen elf Jurymitgliedern auf die Geschworenenbank setzte. Alle starrten jetzt unbehaglich zur Richterbank. Keiner wagte es, einen Blick in Bantlings Richtung zu werfen.

»Protokollführerin, bitte verlesen Sie das Urteil.« Richter Chaskel setzte sich in seinem hohen ledernen Stuhl auf, die Hand ruhte auf dem hölzernen Hammer auf der Richterbank.

»Am fünften Januar zweitausendeins sind wir, die Geschworenen in Miami Dade County im Staat Florida, zu dem Urteil gekommen, dass William Rupert Bantling schuldig im Sinne der Anklage ist.«

*Schuldig. Schuldig im Sinne der Anklage.* Ein ersticktes Schluchzen war zu hören, C. J. nahm an, es kam von Ms. Prado.

»Bitte bleiben Sie noch auf Ihren Plätzen, Ruhe im Gerichtssaal, bitte«, sagte der Richter ernst, seine tiefe Stimme verlangte Gehorsam von der erregten, zappeligen Menge. »Ms. Rubio, möchten Sie die Geschworenen einzeln befragen?«

Lourdes zögerte, dann sagte sie schlicht: »Ja, das möchte ich, Euer Ehren.« Sie hielt sich mit beiden Händen an der Tischkante fest. Bantling starrte den Richter an, als hätte er nicht verstanden, was eben verkündet worden war.

»Ladies und Gentlemen der Jury, ich werde jetzt jeden einzelnen von Ihnen fragen, ob Sie das Urteil selbständig gefällt haben. Geschworene Nummer eins, zu welchem Schluss sind Sie gekommen?«

»Schuldig«, sagte die Sekretärin im Ruhestand aus Kendall weinend.

»Geschworener Nummer zwei?«

»Schuldig.«

Und so ging es die ganze Reihe durch. Einige der Geschworenen hatten feuchte Augen, andere wirkten erleichtert, und wieder andere bestätigten das Urteil, als sie an der Reihe waren, voller Zorn und Abscheu.

Nachdem auch der Geschworene Nummer zwölf die Schuld des Angeklagten festgestellt hatte, brach im Gerichtssaal Chaos aus. Ms. Prado heulte laut, Angehörige der anderen Opfer schrien und klatschten Beifall, die Journalisten stürmten aus dem Saal, um ihre

Agenturen zu informieren, und C. J. senkte den Kopf zu einem stillen Dankgebet zu einem Gott, an dessen Existenz sie schon nicht mehr geglaubt hatte.

*Es war vorbei. Endlich war es vorbei.*

## 86.

IN DIESEM MOMENT begann William Rupert Bantling zu schreien.

Es war das gleiche haarsträubende, tobsüchtige Gekreische, das C. J. schon im Gefängnis gehört hatte. Der Lärm im Gerichtssaal verstummte, und alle Augen und Kameras richteten sich auf Bantling.

Er riss sich mit beiden Händen an den Haaren und schüttelte heftig den Kopf. Sein Gesicht war purpurfarben, die Augen weit aufgerissen. Er drehte sich in C. J.s Richtung, zeigte mit dem Finger auf sie und schrie außer sich vor Zorn: »Du dreckige Fotze!«, gellte er. »Ich hätte dich umbringen sollen, du verdammte Hure! Ich hätte dich damals umbringen sollen! Damit kommst du nicht durch!«

»Ruhe! Ruhe im Gerichtssaal! Jetzt, sofort!«, bellte Richter Chaskel, auch sein Gesicht lief dunkelrot an. »Mr. Bantling, hören Sie? Ich will, dass Sie schweigen!«

Lourdes legte die Hand auf Bantlings Arm, um ihn zu beruhigen, doch er schüttelte sie ab, warf sie fast gegen das Geländer. »Fass mich nicht an, du doppelzüngige Schlampe! Du steckst mit ihr unter einer Decke – ich weiß es!«

»Mr. Bantling, ich werde diesen Ton in meinem Gerichtssaal nicht dulden. Ich lasse Sie knebeln, wenn das nötig sein sollte!« Er sah sich nach Hank um. »Führen Sie die Geschworenen hinaus, Hank! Jetzt gleich!«

Hank drängte die Geschworenen, die Bantlings Zusammenbruch mit offenem Mund zusahen, in die schalldichte Geschworenenkammer.

Bantling wandte sich jetzt zur Richterbank. »Euer Ehren, ich verlange einen anderen Anwalt. Ich will jetzt sofort einen anderen Anwalt.«

»Mr. Bantling, Sie sind gerade wegen Mordes verurteilt worden. Wenn Sie in Berufung gehen, können Sie sich jeden Verteidiger aussuchen, den Sie haben möchten und den Sie bezahlen können. Und wenn nicht, dann sucht das Gericht Ihnen einen aus. Aber nicht jetzt.«

»Euer Ehren, Sie verstehen nicht! Ich habe es nicht getan, und das wissen die beiden ganz genau!«

»Sie müssen sich erst einmal beruhigen! Reißen Sie sich zusammen.«

»Vor Jahren habe ich die Staatsanwältin gefickt! Schlimm gefickt, in ihrem Apartment in New York, und jetzt rächt sie sich dafür! Ich bin unschuldig! Ich will eine neue Verhandlung! Ich will einen neuen Anwalt!«

Richter Chaskel runzelte die Stirn. »Mr. Bantling, das ist hier weder die Zeit noch der Ort für derart absurde Anschuldigungen. Sie können diese Punkte später mit Ihrem Berufungsanwalt besprechen.«

»Fragen Sie sie doch! Sie kann es bestätigen! Sie muss zugeben, dass sie vergewaltigt worden ist. Und sie weiß, dass ich es war! Und Lourdes Rubio weiß das auch, aber sie hat Mitleid mit Ms. Townsend. Mitleid mit der armen Chloe. Deshalb hat sie mich auch nicht so verteidigt, wie es eigentlich ihre Pflicht ist. Sie hätte die Klage gleich abweisen müssen!«

»Ms. Townsend? Ms. Rubio? Wissen Sie, wovon der Angeklagte spricht?« Richter Chaskel war verwirrt.

Nun war er da. Der Augenblick, den sie immer gefürchtet hatte. Sie hatte immer gewusst, dass er früher oder später kommen würde. Aber irgendwie hatte sie seit ein paar Stunden gedacht, sie käme doch irgendwie ungeschoren davon. *Wie würde es sich gleich anfühlen, wenn alles um sie herum zusammenbräche?*

C. J. schluckte ein paarmal, dann erhob sie sich und wandte sich an den Richter. »Euer Ehren«, begann sie langsam, »ich war vor Jahren tatsächlich das Opfer einer brutalen Vergewaltigung – in New York, während meines Jurastudiums.«

Das Publikum schnappte nach Luft. Jemand flüsterte: »O Gott«,

ein anderer: »Ach du Scheiße!«, ein Dritter: »Hast du das gehört?«
*CNN, live aus Miami: Schockierende Enthüllung im Gerichtssaal, Anklägerin im Cupido-Prozess packt aus.*

C. J. räusperte sich und fuhr etwas lauter fort. »Offensichtlich ist der Angeklagte an die Information durch alte Polizeiberichte oder sonstige öffentlich zugängliche Dokumente gekommen. Daher weiß er auch, dass der Täter nie gefasst wurde. In einem Versuch, das Gericht zu täuschen und die Eröffnung des Verfahrens durch einen Antrag wegen Befangenheit und Verdunkelung zu behindern, hatte Mr. Bantling in letzter Minute ein obskures Geständnis abgelegt und behauptet, er sei derjenige, der mich damals vergewaltigt hat. Doch ich versichere diesem Gericht, dass das nicht der Wahrheit entspricht. Mr. Bantling ist nicht der Mann, der mich überfallen hat, und ich habe dies seiner Anwältin in einem früheren Treffen mitgeteilt. Ich glaube, auch sie hält diese Behauptung ihres Mandanten für unwahr.«

Sprachlos saß Richter Chaskel hinter dem Richterpult. Er schätzte es nicht, in eine solche Lage gebracht zu werden. Nicht, nachdem er gerade einen scheinbar perfekten Prozess zu Ende gebracht hatte. »Warum höre ich hier und jetzt zum ersten Mal davon? Bitte?« Er sah Lourdes an. »Ms. Rubio, haben Sie in dieser Angelegenheit etwas zu sagen?«

Lourdes sah dem Richter direkt in die Augen und warf nicht einmal einen Blick in C. J.s Richtung. »Euer Ehren, ich habe meinen Mandanten befragt, und ich habe die Polizeiberichte des Überfalls auf Ms. Townsend gelesen. Auch mit Ms. Townsend selbst habe ich gesprochen.« Sie machte eine kleine Pause, dann fuhr sie fort.

»Ich glaube, die Anschuldigungen meines Mandanten gegen Ms. Townsend entbehren jeder Grundlage.«

Richter Chaskel dachte schweigend darüber nach, wie er sich jetzt verhalten sollte. Auch im Gerichtssaal war es still. Endlich sprach er. Er klang betroffen, aber trotzdem wählte er seine Worte dem Protokoll zuliebe sorgfältig aus. »Ms. Townsend, es tut mir Leid, dass Sie gezwungen wurden, heute vor Gericht eine derart private Angelegenheit offen zu legen. Ich hoffe, dass die anwesenden Medien die Information mit der nötigen Diskretion und mit Taktgefühl behandeln.«

»Das ist doch totale Scheiße!« Bantling stieß mit beiden Händen gegen den Tisch der Verteidigung, sodass der umkippte und Lourdes' Akten durch die Luft flogen. »Das alles hier ist der letzte Scheiß! Ihr wollt mich umbringen, weil ihr alle Mitleid mit der verlogenen Schlampe habt!« Die Gefängniswärter packten ihn von hinten und hielten ihn an Armen und Beinen fest. Er strampelte verzweifelt. Als sie ihm Handschellen und Fußfesseln umgelegt hatten, knurrte er C. J. wie ein Tier an, seine Augen sprühten Hass, und er hatte Schaum vor dem Mund.

Jetzt wurde Richter Chaskel laut. »Ihr Berufungsanwalt kann sich mit Ihren Behauptungen auseinander setzen. Aber hier und jetzt ist das Urteil gefällt. Knebeln Sie ihn, Hank.«

»Du verlogene Hure, Chloe! Es ist noch nicht vorbei! Es ist noch nicht vorbei!«, schrie Bantling.

Dann verstummte er. Der Gerichtsdiener hatte ihm den Mund zugeklebt.

## 87.

SIE KONNTE NICHT NACH HAUSE GEHEN. Irgendwie hatten die Medien ihre sorgsam geheim gehaltene Adresse herausgefunden; und jetzt kampierten die Kamerateams auf dem Parkplatz der Port Royale Towers, um sie vor ihrer Haustür abzufangen. Offensichtlich hatten sie den Wachmann fürs Wegsehen bezahlt, als die Busse der Nachrichtenteams an ihm vorbeifuhren. Inzwischen war es halb elf Uhr abends, und C. J. versuchte, vom Büro aus ein Hotelzimmer für ein paar Nächte zu finden, so lange, bis sich die Presseleute langweilten, ihre Richtmikrophone wieder einpackten und die Zelte auf dem Parkplatz abbrachen. Den Schatten im Türrahmen hatte sie gar nicht bemerkt, als er plötzlich leise ihren Namen rief.

»C. J.?«

Sie hätte um diese Zeit höchstens den Oberstaatsanwalt noch hier erwartet, aber stattdessen stand Dominick in der Tür.

»Hallo«, war alles, was sie rausbrachte. Auch er war im Saal gewesen, als das Urteil verkündet wurde.

»Was machst du da?«

»Also, ehrlich gesagt, suche ich gerade nach einem Unterschlupf für die nächsten paar Tage. Mrs. Cromsby, die alte Dame aus Apartment zehn-sechzehn, die immer auf Lucy und Tibby aufpasst, wenn ich arbeite, hat mir geraten, mich eine Weile zu verdrücken. Anscheinend ist dort die Hölle los.« Sie wich seinem Blick aus.

Dominick trat ein, kam auf ihre Seite des Schreibtischs und setzte sich auf die Tischkante. Sie hatte das Gefühl, er versuchte in sie hineinzusehen. Konnte er nicht bitte einfach wieder gehen?

»Du hast mir erzählt, es wäre ein Autounfall gewesen. Aber daher stammen die Narben gar nicht, stimmt's?«

Ihr Kinn zitterte, und sie biss sich auf die Lippe. »Nein, sie kommen nicht von einem Unfall.«

»Warum hast du es mir nicht erzählt?«

»Ich wollte nicht, dass du es erfährst. Ich will nicht, dass irgendjemand davon weiß. Und jetzt – oh, Ironie des Schicksals –, jetzt geht es als Schlagzeile um die ganze Welt. Wird in vierundzwanzig Sprachen übersetzt.« Sie fuhr sich durchs Haar und stützte den Kopf in die Hände. »Ich wollte nicht, dass du davon hörst, das ist alles.«

»Hast du gedacht, es würde sich etwas zwischen uns ändern, wenn ich davon wüsste? War es deshalb?«

»Ich brauche dein Mitleid nicht, Dominick. Bitte nicht.«

»Ich habe kein Mitleid mit dir, C. J. Ich dachte, es geht um viel mehr. Hältst du mich für so oberflächlich?«

»Weißt du, das Ganze hat mit dir gar nichts zu tun. Das gehört in die Vergangenheit. *Meine* Vergangenheit. Und ich versuche immer noch, jeden Tag damit fertig zu werden, so gut ich eben kann. Und heute war nicht gerade einer der Tage, an denen das leicht ist.«

»Schließ mich nicht einfach aus.«

»Dominick, ich kann deshalb keine Kinder bekommen. Da, jetzt ist es heraus. Vielleicht spielt es für dich eine Rolle, vielleicht nicht. Aber jetzt weißt du es. Jetzt weißt du es!«

Es entstand ein langes Schweigen. Die billige Wanduhr tickte laut. Schließlich brach Dominick die Stille, er flüsterte: »War er es? War es Bantling?«

Innerhalb von wenigen Stunden hatten die Medien alle spektakulären Details von C. J.s Vergewaltigung herausgefunden und häppchenweise an eine sensationsgierige Öffentlichkeit verfüttert. Dominick war wieder eingefallen, wie Manny ihm über Funk beschrieben hatte, dass er in Bantlings Schrank eine Clownmaske gefunden hatte. Und C. J.s erschreckte Reaktion, als er sie mit den Beweismitteln überrascht hatte. Es war alles da. *Man musste nur wissen, wo man zu suchen hatte.*

Sie dachte mehrere Sekunden lang über ihre Antwort nach. In ihren Augen standen die Tränen, dann konnte sie sie nicht länger zurückhalten, und sie liefen ihr heiß über das Gesicht. C. J. blickte ihn an, direkt in die fragenden braunen Augen, und endlich sagte sie resigniert, ihre Stimme ein kaum hörbares Flüstern: »Nein. Nein. Er war es nicht.«

Dominick sah sie an. Ihr wunderschönes Gesicht, umrahmt von dem dunkelblonden Haar, das wie bei einem Kind an den Wurzeln heller nachwuchs. Ihre tiefen smaragdgrünen Augen und die Besorgnis erregenden dunklen Ringe darunter. Er dachte einen Moment lang daran, was Bantling getan haben musste, um solche Narben zu hinterlassen. Er stellte sich dieses Gesicht vor, das Gesicht, das er inzwischen so sehr liebte, weinend, verzerrt und gefoltert unter dem Gewicht eines brutalen Schänders. Er wusste, dass sie ihn anlog. Aber irgendwie spielte es keine Rolle.

»Schlag das Buch zu.«

»Was?«

»Mach das Telefonbuch zu. Leg den Hörer weg.«

»Warum?«

»Weil du mit zu mir kommst, darum. Ich bringe dich nach Hause.«

Er griff nach ihrer Hand und zog sie aus dem Stuhl hoch. Dann nahm er C. J. in die Arme und küsste sie auf den Scheitel. Er drückte sie fest an sich, lauschte ihrem Schluchzen und streichelte ihr Haar. Er würde sie nie wieder gehen lassen.

## 88.

NACH EIN PAAR TAGEN schaffte es die Cupido-Story nur noch auf Seite zwei, und eine Woche später wurde sie gar nicht mehr erwähnt. Die Medien waren längst beim nächsten tragischen Mord, der nächsten Brand- oder Flutkatastrophe. Anfangs hatten sich auf der Titelseite schmerzliche Details der Vergewaltigung und Spekulationen über eine eventuelle Vergeltungsaktion seitens der Staatsanwältin gefunden. Dann aber gerieten die Redaktionen selbst ins Kreuzfeuer der Kritik. Eine heftige Debatte über das Recht von Vergewaltigungsopfern auf ihre Privatsphäre entbrannte, in der die Presse zum Buhmann wurde.

C. J. nahm sich eine Weile frei, um sich zu erholen und um Gras über die Sache wachsen zu lassen. Bantlings Anklage wegen der anderen zehn Morde wurde leise und ohne viel Aufsehen erhoben, und überraschenderweise wärmten die Journalisten die Vergewaltigungsanschuldigungen nicht noch einmal auf. Es spielte ohnehin keine große Rolle mehr. Rose Harris vertrat diesmal die Anklage. C. J. musste nur noch eine letzte Anhörung durchstehen, eine letzte Konfrontation mit dem Teufel, noch eine Begegnung mit den hungrigen Skandalreportern, und dann wäre für sie der Fall erledigt.

Sie fuhr mit Dominick nach Key West, um dort abzuwarten, dass sich der Aufruhr in Miami legte. Es waren ruhige und entspannte Tage, die sie damit verbrachten, zu reden und bei spektakulär schönen Sonnenuntergängen Wein zu trinken. Die überwältigende Erleichterung, die sich in ihr ausbreitete, war wunderbar. Es war ein ganz neues Lebensgefühl, dass sie endlich ihre einsame, isolierte Seite mit jemandem teilen konnte – die Seite, die sie zwölf Jahre lang unter Verschluss gehalten hatte. Auch wenn sie mit Dominick über die Vergewaltigung selbst nicht sprach: allein das Gefühl, dass er alles wusste und dass es keine Rolle spielte, dass er sie einfach liebte, war für sie eine grundlegende Erfahrung. Es beflügelte sie, und sie liebte ihn dafür nur umso mehr.

Sechs Wochen später begann die Verhandlung über das Strafmaß. Auf Anordnung von Richter Chaskel nahm Bantling an

Händen und Füßen gefesselt und geknebelt an ihr teil. Der Richter hatte Bantling natürlich vorher angehört, um festzustellen, ob der Angeklagte sich ohne diese Maßnahmen benehmen würde, und Bantling hatte ihm in den ersten vier Minuten deutlich gesagt, er könne ihn am Arsch lecken und die Staatsanwältin auch. Also hatte Chaskel sich gezwungen gesehen, die Fesseln anzuordnen. Er wollte vermeiden, dass die Geschworenen jetzt, nachdem der eigentliche Prozess schon gelaufen war, noch durch einen weiteren Gewaltausbruch vor Gericht beeinflusst wurden. Er hatte dem Angeklagten die Gelegenheit gegeben, sich zu äußern, und seine eigene Anwältin hatte die groteske Anschuldigung zurückgewiesen. Sollte sich doch das Berufungsgericht seine Wutanfälle anhören und sich einen Reim darauf machen. Denn nachdem die Geschworenen das Strafmaß festgesetzt hatten, wäre es deren Problem und nicht mehr seins.

Bei einem Kapitalverbrechen war die Straffestsetzung eine Art Mini-Prozess, bei dem beide Seiten Zeugen aufrufen konnten. Nur ging es diesmal nicht mehr um Schuld oder Unschuld. Es ging allein darum, ob er leben oder für seine Verbrechen sterben sollte. Innerhalb von drei Tagen legte C. J. die Position der Staatsanwaltschaft dar. Die Geschworenen erfuhren jetzt alles über die weiteren Beweisstücke, die im Wohnwagen von Viola Traun sichergestellt worden waren. Sie sahen die Bilder der anderen zehn Herzen, die mit dem von Anna Prado in der Kühltruhe lagerten, und jede Menge weitere grausige Fotos. Die anderen zehn Entführungen wurden jetzt zur Sprache gebracht, die anderen zehn Opfer, die mit dem gleichen schwarzen Kreuz und dem tiefen Loch in der Brust gefunden worden waren. Beweise, die während des Prozesses nicht statthaft gewesen waren, konnten jetzt, zum Festsetzen der Strafe, hinzugezogen werden. Und die ganze Zeit saß ein wutschäumender Bantling mit zugeklebtem Mund neben Lourdes.

Am vierten Tag ließ Richter Chaskel die Geschworenen, bevor die Verteidigung an der Reihe war, aus dem Saal führen.

»Ms. Rubio, werden Sie Zeugen aufrufen, die für Ihren Mandanten aussagen werden?«

»Nur einen, Euer Ehren. Mr. Bantling wünscht nur einen Zeugen. Er wünscht, selbst in den Zeugenstand zu treten.«

Richter Chaskel holte hörbar Luft. »Nun gut. Das ist sein Recht. Wir werden ja sehen, ob er in der Lage ist, sich an die Spielregeln zu halten.«

C. J.s Herz begann schneller zu schlagen. *Ganz ruhig. Es wären nur die Worte eines Verrückten. Er hat keine Beweise.* Dafür hatte sie gesorgt. Sie sah sich um, Dominick nickte ihr von der letzten Reihe im Gerichtssaal zu. Er beruhigte sie. Alles würde gut werden.

Der Richter sah Bantling über den Brillenrand an, sein Blick war streng. »Mr. Bantling, Ihre Anwältin hat mich davon unterrichtet, dass Sie in den Zeugenstand treten möchten. Das ist Ihr gutes Recht. Jedoch nur, solange Sie mit Ihrer Aussage nicht gegen die Gerichtsordnung verstoßen. Sie verwirken das Recht, auszusagen, wenn Sie sich nicht zusammenreißen«, sagte er ernst. »Können Sie dem Gericht jetzt versichern, dass es zu keinen weiteren unpassenden Ausbrüchen mehr kommt? Falls nicht, müssen Sie wieder geknebelt werden. Wie äußern Sie sich dazu, Mr. Bantling?«

»Unpassende Ausbrüche?«, schrie Bantling. »Verdammte Scheiße. Sie und das verdammte Affengericht hier, ihr könnt mich doch alle mal am Arsch lecken. Die dreckige Schlampe hat mich in die Falle gelockt!«

Und so wurde er wieder geknebelt.

Die Jury brauchte weniger als fünfundzwanzig Minuten, um einstimmig eine Strafempfehlung zu beschließen. Die Todesstrafe.

Damit bestand keine Notwendigkeit, die Verhandlung auch nur noch einen Tag länger auszudehnen. Richter Chaskel verurteilte Bantling zum Tod durch Injektion. Dann gab er Befehl, Bantling zu entfernen, den Gerichtssaal zu räumen, und verließ eilig die Richterbank. Bantling wurde von drei Gefängniswärtern nach draußen geschleppt. Er brüllte unter dem Knebel.

Die Reporter rannten hinaus, um ihre Redaktionen anzurufen und die Geschworenen auf ihrem Weg nach draußen zu interviewen. Dominick, Manny, Chris Masterson und Eddie Bowman wurden von verschiedenen Nachrichtensendern in Beschlag genommen, um live ihre Meinung zu dem Urteil zu verkünden. Die Einzigen, die im Gericht zurückblieben, waren die Protokollführerin, C. J. und Lourdes. Sie packten die Aktenberge zusammen –

alles, was vorerst vom Fall *Der Staat Florida gegen William Rupert Bantling* übrig geblieben war.

Auf dem Weg nach draußen kam Lourdes mit ihrem Wägelchen, auf dem sie zwei große Kisten balancierte, am Tisch der Anklage vorbei. Es war das erste Mal seit dem Gespräch vor dem Gefängnis, dass Lourdes ihr ins Gesicht sah.

C. J. streckte die Hand aus. Ein Friedensangebot. »Es war gut, mit Ihnen zu arbeiten, Lourdes.«

Doch Lourdes überging sowohl die Hand als auch C. J.s Worte.

»Werden Sie die Anklage auch in den anderen zehn Mordfällen leiten?«

»Nein. Nein, eher nicht.«

»Das ist wahrscheinlich auch besser so.«

C. J. ignorierte die Spitze, drehte Lourdes den Rücken zu und schloss ihre Tasche.

»Es gibt zahllose Aspekte in diesem Fall, die Fragen offen lassen, C. J. Manche davon mit meinem Zutun, und dafür trage ich auch die Verantwortung. Heiligt der Zweck die Mittel? Ich weiß es nicht. Ich weiß es einfach nicht.« Sie sah sich im leeren Saal um, als würde sie das Bild ein letztes Mal in sich aufnehmen. »Aber da ist eine Sache, die mir einfach nicht aus dem Kopf will. Und ich dachte, dass es Ihnen vielleicht genauso geht.«

C. J. starrte ihre Akten an und wünschte sich, Lourdes würde endlich ihr Gewissen einpacken und gehen.

»Um fünf vor zwölf, ausgerechnet in dem Moment, als die Schlussplädoyers gehalten werden sollen, findet Falconetti ganz plötzlich den Wohnwagen von Bantlings toter Großtante. Und das, nachdem Falconetti monatelang umsonst jedes Blatt aus der Vergangenheit des Angeklagten einzeln umgedreht hatte. Welch glücklicher Zufall, C. J., dass er diese Verwandte just auftreibt, als er nur noch wenige Stunden Zeit hat. Was für ein Held. Und wie genial, Bantlings Polizeiakte so spät im Spiel noch einmal zu checken. Brillante kriminalistische Arbeit? Oder wieder ein merkwürdiger Zufall? Vielleicht hat ein weiteres anonymes Vögelchen gezwitschert. Aber das werden wir wahrscheinlich nie erfahren.«

C. J. sah auf, ihre Blicke trafen sich.

*Jetzt weißt du, dass ich es gewusst habe. Die ganze Zeit.* Und damit drehte sich Lourdes um und ging an der verlassenen Geschworenenbank vorbei den Gang zwischen den Bankreihen hinunter. Als sie an der Tür stand, hielt sie noch einmal inne.

»Es heißt, Justitia sei blind, C. J., aber ich glaube, in manchen Fällen beschließt sie einfach nur, nicht hinzusehen. Vergessen Sie das nicht.«

## 89.

»ICH MÖCHTE MICH BEI IHNEN ENTSCHULDIGEN«, begann C. J. »Das müsste ich wahrscheinlich bei vielen Leuten, aber zu Ihnen wollte ich zuerst kommen.«

Sie stand in dem blaugelben Wartezimmer – auf der Seite der Kranken. Greg Chambers war auf der anderen Seite hinter dem Fenster an der Anmeldung, zwischen ihnen die quadratische kugelsichere Scheibe. C. J. musste in die Gegensprechanlage sprechen, was dem Ganzen etwas Absurdes gab. »Außerdem«, fügte sie dann mit einem unsicheren Lächeln hinzu, »habe ich mittwochabends doch eine stehende Verabredung.«

Er wirkte überrascht, sie zu sehen. Überrascht, aber nicht schockiert. Er nickte und drückte auf den Summer, um sie hereinzulassen. Als sie die Tür aufdrückte, erwartete er sie auf der anderen Seite.

»Dr. Chambers«, fing sie noch einmal an. »Ich habe mich da in etwas hineingesteigert. Jetzt weiß ich, dass ich Unrecht hatte. Sie sind doch in den letzten zehn Jahren nicht nur als Arzt für mich da gewesen, sondern auch als Freund, und –«

»Bitte, C. J., Sie müssen sich nicht entschuldigen. Obwohl ich mich natürlich über den Entschluss freue. Kommen Sie rein, kommen Sie rein. Sie haben mich gerade noch erwischt.«

Er ging voraus in sein Büro und knipste das Licht an.

»Setzen Sie sich doch, bitte. Mir tut es auch Leid. Wir haben uns ja seit dem Gespräch in Ihrem Büro nicht mehr gesehen. Ich fürchte, Ihren festen Termin haben wir an eine depressive Hausfrau aus Star Island weitergegeben. Sie ist eben in ihrem Mercedes davongebraust, zum Dinner im Forge«, sagte er lächelnd.

»Schön, dass Sie sich immer noch unermüdlich für die Gemeinde einsetzen«, sagte sie flapsig und lächelte zurück. Die Unterhaltung war nicht so angespannt, wie sie erwartet hatte.

»Ich habe heute von dem Urteil gehört. Jetzt haben Sie es hinter sich, nicht wahr? Oder wollen Sie auch den Rest machen?«

»Nein, ich habe meine Schuldigkeit getan. Rose Harris übernimmt die anderen zehn Morde. Ich bin nicht gerade scharf drauf, weiterhin die Ballkönigin zu sein. Nein danke.«

»Na, dann sollte ich Ihnen wohl gratulieren. Im Kühlschrank habe ich eine Flasche Champagner für besondere Anlässe. Für Patienten, deren Therapie erfolgreich abgeschlossen wurde – wenn sie sich wieder Saisonkarten für die Dolphins kaufen oder so. Ich habe vor langer Zeit eine Flasche für Sie kalt gestellt in der Hoffnung, dass wir sie irgendwann gemeinsam austrinken können. Ich glaube, die Zeit ist reif. Sie haben es geschafft. Sie sind ausgesöhnt.« Er sah sie eindringlich an. C. J. hatte schon immer gefunden, dass er freundliche Augen hatte. Er klang ganz ernst. »Aber lassen Sie mich die Flasche als Ihr Freund aufmachen, bitte, nicht als Ihr Arzt.«

Sie nickte lächelnd. Es war klar, was er damit meinte. Nach dem, was beim letzten Mal gesagt worden war, konnte sie nicht mehr zu ihm als Psychiater zurückkehren. Das wäre für beide Seiten nicht gut. »Nur, wenn ich dabei eine Zigarette rauchen darf. Ich kann nur eine Sucht nach der anderen aufgeben, und der Seelenklempner ist sowieso schon das größere Opfer.«

Er lachte. »Ich habe auch noch Käse und Cracker da. Essen Sie was, bevor ich Sie betrunken mache.«

»Machen Sie sich keine Umstände.«

»Keine Sorge.« Er stand auf und ging an die kleine Küchenzeile hinter ihr. »Wie ist es Ihnen mit all der Presse ergangen, C. J.?«

»Ehrlich gesagt, ich bin davongelaufen und habe mich versteckt. Bei Dominick. Erst als ich nicht mehr der Star des Tages war, bin ich wieder zurück nach Hause. Aber anscheinend meint es die Öffentlichkeit gut mit mir. Sie halten Bantling für einen Schurken, der mich zum Sündenbock abstempeln will.« Es war immer noch komisch, Bantlings Namen vor Chambers auszusprechen, und sie nahm sich vor, behutsamer zu sein. Er sprach jetzt zwar als Freund zu ihr und nicht mehr als Arzt. Aber er konnte trotzdem nicht wegwischen, in welcher Beziehung er zu dem Mann gestanden hatte. Auch wenn ihnen beiden das lieber gewesen wäre. »Tigler hat mir eine Gehaltserhöhung gegeben und drei Wochen Urlaub. Es war wunderbar, eine Zeit lang nicht ins Büro zu müssen.« Hinter ihr knallte der Korken.

»Falconetti und Sie, läuft das immer noch?«

»Ja. Wir hatten zwischendurch mal eine Auszeit, aber jetzt sind wir wieder zusammen. Ich glaube, er tut mir gut.«

»Keine falsche Bewunderung«, bemerkte er, als er das Tablett mit dem Champagner, zwei Gläsern und einem Teller mit Kanapees auf das Tischchen zwischen den beiden Sesseln stellte. »Das sind die Reste von Estelles Geburtstagsparty am Wochenende.« Dann setzte er sich zu ihr. »Er hat kurz vor Schluss den Durchbruch geschafft, oder? Das Blatt gewendet, sozusagen?«

»Ja, er ist ein toller Ermittler. Er hat die Trophäen entdeckt. Und diese Fotos. Fürchterlich. Das war das Schlimmste, was ich je gesehen habe.«

»Das kann ich mir denken.«

»Mir läuft es jetzt noch eiskalt den Rücken runter, wenn ich mir überlege, wie es vielleicht ausgegangen wäre, wenn er sie nicht noch gefunden hätte.«

»Oder wenn er nicht gewusst hätte, wo er suchen sollte. Ein Glück, dass ich nach der Konferenz nochmal mit ihm gesprochen habe. Sonst wäre er wohl nie darauf gekommen.«

»Worauf gekommen?« Plötzlich überfiel sie ein unerklärliches Unbehagen.

»Na, wo er suchen sollte. Ich habe ihn darauf gebracht, Bantlings Namen noch einmal durch den Polizeicomputer zu jagen. Man weiß doch nie, was noch so alles auftaucht. Champagner?«

Plötzlich schossen ihr wieder die Fragen durch den Kopf. Fragen, auf die sie vielleicht gar keine Antwort wollte. Und sie dachte an Lourdes' letzte Worte im Gerichtssaal. »Es tut mir Leid wegen jenem Abend«, sagte sie langsam. Sie wollte das Thema wechseln. Sie brauchte Zeit, um ihre Fantasie wieder zu zügeln, ihre Gedanken

zu ordnen. »Ich war unter Schock. Der Fall glitt mir durch die Finger. Ich habe wohl Dinge gesagt, die ich nie hätte äußern sollen.«
»Sie standen unter großem Druck.«
»Ja, das stimmt.«
Er zeigte auf den Champagner und bat sie einzuschenken. Sie konnte das Unbehagen nicht abschütteln. Ihr Instinkt sagte ihr, dass hier irgendetwas nicht stimmte.
»Ich hoffe, Sie verstehen meine schwierige Lage damals, C. J., weil Bill doch mein Patient war und so weiter«, sagte er. »Und die noch viel schwierigere Lage, in die Sie mich jetzt gerade bringen.«
Sie schüttelte fragend den Kopf, während sie die Flasche eiskalten Moët Rosé aus dem wunderschönen alten Sektkübel aus Bleikristall nahm. Das Eis am Boden war dunkelrot.
»Der Umstand, dass ich Sie ficken will, zum Beispiel«, sagte er.
Ein Schrei durchbrach die ruhige Atmosphäre des Sprechzimmers und wurde von den Wänden zurückgeworfen, wieder und wieder und wieder. Er saß vor ihr im Sessel und beobachte sie, die Beine locker übereinander geschlagen, ein amüsiertes Lächeln auf den Lippen.
Es dauerte einige Sekunden, bevor ihr das Grauen bewusst wurde, bevor ihr Hirn das Unbegreifliche begriff und vor Entsetzen zu kollabieren drohte. Bevor sie endlich verstand, dass das dunkelrote Gefrorene, das sie aus dem Eiskübel anstarrte, ein menschliches Herz war, und dass der Schrei, den sie wieder und wieder hörte, ihr eigener war.

## 90.

SIE HIELT DIE CHAMPAGNERFLASCHE NOCH IN DER HAND, als sie aufsprang, den Sessel zurückstieß. Er fiel polternd um. Die Tür! Raus hier! So schnell sie konnte, rannte sie los. Seine Hand packte sie am Rücken des Jacketts, er riss sie zurück, aber sie drehte sich um, holte aus und wollte ihm die Flasche mit voller Kraft ins Gesicht schlagen.

Doch er war schneller. Mit dem rechten Arm wehrte er den Schlag ab, sie hörte ihn aufstöhnen, als das schwere Glas auf seinen Unterarm krachte. Die Flasche zerbrach, und Champagner spritzte durchs Zimmer, sie war klitschnass. Wieder drehte sie sich zur Tür, doch er hielt sie immer noch am Kragen fest. Sie wand sich unter seinem Griff, und es gelang ihr, aus der Jacke zu schlüpfen. Dann erreichte sie die Tür, riss sie auf und rannte den Flur hinunter zu Estelles leerem dunklem Platz an der Anmeldung. Als sie das Wartezimmer fast erreicht hatte, war er plötzlich über ihr, sie spürte seinen schweren Atem am Ohr, er zerrte sie an den Schultern zurück. Ihre Hand rutschte vom Türgriff ab, und sie fiel rückwärts und landete hart auf den mexikanischen Fliesen.

Ein scharfer, heftiger Schmerz explodierte in ihrem Bein, und sie knallte mit dem Hinterkopf auf den Boden. Einen Moment lang wurde es schwarz um sie herum, dann spürte sie, wie ihr verdrehtes Bein unter ihrem Körper pulsierte. Zuerst dachte sie, sie hätte es sich beim Sturz gebrochen.

Chambers hockte noch ganz außer Atem neben ihr und beobachtete, wie sie sich am Boden krümmte. Sie stellte fest, dass er lächelte. *Warum lächelte er?*

Sie sah zu ihrem Bein, dachte, vielleicht hatte er sie mit dem Messer erwischt. Halb erwartete sie, ihr Blut auf den Fliesenboden strömen zu sehen. Aber dann entdeckte sie die Nadel in ihrem Schenkel, die Spritze war fast leer. Der Raum begann sich zu drehen, und ihre Gedanken wurden unzusammenhängend. Sie versuchte, die Spritze herauszuziehen, doch ihre Arme waren völlig kraftlos. Sie lag mit dem Rücken auf dem kalten Boden, ihr Körper wurde müde und schwer. Er hockte neben ihr an der Wand und beobachtete sie aufmerksam, sein Lächeln verschwamm ihr immer wieder vor Augen. Das Deckenlicht über ihr blinkte so seltsam, wenn sie blinzelte. Sie versuchte etwas zu sagen, aber es ging nicht; ihre Zunge war zu dick. Das Letzte, was sie hörte, war ein Bach-Konzert, das aus den Lautsprechern erklang. Die Musik, die die Verrückten beruhigen sollte.

Und dann wurde alles schwarz.

# 91.

SIE ÖFFNETE LANGSAM DIE AUGEN. Sie erwartete, von den Neonröhren an der Decke geblendet zu werden, doch stattdessen sah sie in ihr eigenes Gesicht. Ihr Spiegelbild starrte von der Decke herunter: Da lag sie, immer noch in ihrem olivgrünen Kostüm, ausgestreckt auf einem Stahltisch, Arme und Beine festgeschnallt. Sie blinzelte, bis sie begriff, dass über ihr ein Spiegel hing. Die erwarteten Neonröhren befanden sich daneben und erleuchteten einen Raum, der vollkommen schwarz gestrichen war. Auch ohne zu sehen, was hinter ihr war, hatte sie das Gefühl, dass es ein kleiner Raum war, vielleicht vier mal vier Meter groß. Es gab keine Fenster. Vor dem Stahltisch stand eine Kamera auf einem Stativ. Das *Halleluja* von Mozart spielte leise im Hintergrund.

Ihr Körper war noch immer schwer, ihre Glieder fühlten sich an wie vom Rumpf abgetrennt. Wenn sie versuchte einen Finger zu krümmen, wusste sie nicht, ob er sich tatsächlich bewegte. Ihre Sinne funktionierten nicht richtig. Jedes Mal, wenn sie blinzelte, hatte sie danach Schwierigkeiten, den Blick wieder zu fokussieren. Sie roch den schalen Champagner in ihrem Haar. Sie versuchte zu sprechen, doch ihr ganzer Mund war taub und fühlte sich geschwollen an. Die Worte kamen entstellt und undeutlich heraus, als hätte sie gar keine Zunge.

Sie drehte den Kopf nach rechts und sah ihn mit dem Rücken zu ihr in einer Ecke stehen. Er summte vor sich hin. Sie hörte Wasser fließen und das Scheppern von Metall. Die Geräusche hämmerten ihr in den Ohren, wurden abwechselnd laut und leise, laut und leise, pulsierend wie Kopfschmerzen.

Jetzt drehte er sich zu ihr um und legte nachdenklich den Kopf schief. »Du scheinst ja einiges zu vertragen. Ich hätte dich erst in ein paar Stunden zurückerwartet.«

Wieder versuchte sie zu sprechen, aber es kam nur ein unverständliches Lallen dabei heraus. Neben ihm stand ein Metallwagen. Auf einem weißen Tuch lagen scharfe, blanke Instrumente, die im Neonlicht blitzten. Und dann sah sie den Bolzenschneider.

»Vielleicht ist das Zeug abgelaufen? Egal. Du bist hier, das ist alles, was zählt. Wie geht es dir, C. J.?« Er leuchtete ihr mit der Taschenlampe in die Augen. Sie blinzelte. »Nicht allzu gut, schätze ich. Sag lieber nichts, ich kann dich sowieso nicht verstehen.« Er schnallte ihren Arm los, legte ihr einen Finger auf das Handgelenk und fühlte den Puls. »Oho, eigentlich solltest du schlafen. Du solltest praktisch im Koma sein, aber dein Puls rast. Du bist wohl eine Kämpfernatur, was?«

Er ließ ihre Hand los und beobachtete, wie sie mit einem dumpfen Geräusch auf den Metalltisch fiel. Sein Unterarm war verbunden, und die Champagnerflasche fiel ihr wieder ein.

»Nicht doch, nicht kämpfen. Nur kein Stress. Das erhöht den Puls, das Blut fließt schneller, und ehrlich gesagt, macht das eine größere Sauerei. Nicht, dass ich etwas dagegen hätte, in deinem Blut zu baden, aber das Saubermachen hinterher will ja auch bedacht sein.«

Sie versuchte den Kopf zu bewegen.

»Jetzt verstehst du langsam, oder?« Lächelnd beobachtete er, wie sie das Grauen, mit dem er sie fütterte, allmählich erfasste. Wie sie trotz ihres Zustands zu begreifen versuchte. »Glaub ja nicht, ich verrate dir jetzt mein wohl gehütetes Familienrezept und liefere dir in letzter Minute ein ausführliches Geständnis, um alle Fragen zu klären, denn das werde ich nicht tun. Ein paar Rätsel wirst du einfach mit ins Grab nehmen müssen.« Er seufzte und berührte ihr Haar. »Es genügt, wenn ich sage, dass ich schon immer Blondinen bevorzugt habe, C. J. Seit ich dich vor zehn Jahren kennen gelernt habe, gehst du mir nicht mehr aus dem Kopf. Die schöne C. J. Townsend, die sensationelle Staatsanwältin, die sich Tag für Tag vergebens bemüht, ihre Schönheit zu verbergen, nicht aufzufallen. Und die ein dunkles, schlimmes Geheimnis mit sich herumträgt, das sie nur einem einzigen Menschen anvertraut. Ihrem Psychiater. Verbringt ihr trauriges, einsames Leben mit den Dämonen der Vergangenheit, den Albträumen, die sie nachts nicht schlafen lassen, die immer zwischen ihr und einem Partner stehen, der ihr das Leben weniger traurig und einsam machen würde. Die Diagnose lautet auf posttraumatischen Stress. Und jeweils an Weihnachten und am Valentinstag reaktive Depressionen. Kommt dir das bekannt vor, C. J.? Bringt es das auf den Punkt? Mal sehen, fünfundsiebzig Dollar die Stunde, wegen des Polizeirabatts, mal wie viele Monate Therapie? Wie viele Jahre? Und ich kann dich mit zwei Sätzen erklären.«

Er strich ihr das Haar aus dem verschwitzten Gesicht. Dann lehnte er sich über sie. In den blauen Augen, die sie immer für so freundlich gehalten hatte, sah sie jetzt Bedauern. Und einen Hauch Verachtung?

»Und weißt du, was das Schönste ist, C. J.?«, flüsterte er ihr ins Ohr. »Du warst gar nicht so angeknackst. Nicht depressiver als die Durchschnittshausfrau aus Star Island, die sich in ihrem goldenen Käfig langweilt. Der einzige Unterschied ist, dass dir dein kaputtes Leben bewusst war. Und unglücklicherweise hast du dir mich ausgesucht, um dir beim Ausbessern zu helfen.«

Aus der Brusttasche zog er eine Spritze und eine Ampulle hervor. »Ich habe ja versprochen, dich nicht in letzter Minute mit den Geständnissen all meiner Missetaten zu langweilen. Aber du und Bill, ihr wart ein wunderbares Experiment, das muss ich schon sagen. Eine außerordentliche Versuchsanordnung. Der Vergewaltiger und sein Opfer. Was passiert, wenn man die Vorzeichen vertauscht? Wenn die Gejagte zur Jägerin wird? Vor die Wahl gestellt, welchen Weg würde sie nehmen – den ethischen oder den gerechten? Und wie weit würde sie für ihre Rache gehen? Womit müsste Billy Boy für sein Verbrechen aus Leidenschaft zahlen? Mit seinem Leben?

Es war wirklich spannend, dir zuzusehen, C. J. Und dem ahnungslosen Billy Boy, dessen einziges Problem ja wohl ist, dass er den Schwanz nicht in der Hose lassen kann. Und natürlich, dass er seine Aggressionen nicht im Griff hat.« Chambers deutete auf ihren Bauch, während er die Spritze aufzog. »Als du geschlafen hast, habe ich mir sein Werk angesehen. Du hattest Recht. Wirklich barbarisch.« Er verzog den Mund. »Und dann – mit ansehen zu dürfen, wie er mit seinem übersteigerten Ego die ganze Zeit glaubte, er käme frei. Er hat dich einfach unterschätzt.

Ich war versucht, ihn laufen zu lassen. Alle meine Trophäen zu behalten. Und abzuwarten, was passiert, wenn sie ihm die Zelle aufschließen und fünf Dollar für die Busfahrt in die Hand drücken. Hättest du dort mit der Spielzeugpistole deines Vaters im Schatten gewartet, um ihn mit Blei voll zu pumpen?

Doch dann fand ich, das hier wäre das glücklichere Ende. Jetzt stehst du bald vor deinem Schöpfer, in dem Bewusstsein, dass du andere Leute dazu gebracht hast, bald einen Unschuldigen zu töten. Versuch das mal Gott zu erklären. Oder aber sie tun es doch nicht ... Vielleicht, vielleicht gewinnt Billy die Berufung ja auch. Und wird freigelassen. Wäre das nicht zynisch? Du wärst tot, und er lebt und fickt noch ein paar Frauen mit seinem großen, hässlichen Messer.«

Sie versuchte etwas zu sagen, aber heraus kamen nur verzweifelte, unverständliche Laute.

»Hab doch keine Angst, C. J. Einmal muss ich dich noch allein lassen, aber bald komme ich wieder. Ich wollte dir nur etwas zum Nachdenken mitgeben bis zur nächsten Sitzung. Aber jetzt muss ich los, meine Brötchen verdienen. Um neun Uhr habe ich einen Patienten – eine Zwangsneurose –, und Estelle steckt im Berufsverkehr fest. Ich muss in die Praxis.«

Er stach ihr die Nadel in den Arm.

»So, das macht dich erst mal wieder glücklich. Du hast sicher schon davon gehört. Haloperidol? Schlaf schön, wir sehen uns später. Dann machen wir ein paar Fotos und haben ein bisschen Spaß.«

Sie hörte das Rasseln des Schlüssels, und die Tür öffnete sich knarrend.

Der schwarze Raum wurde wieder unscharf und verschwamm. Sie spürte, wie sich ihre Lider schlossen, ihre Fäuste wurden locker, dann taub. Ihr Körper wurde schwerelos, und dann hatte sie das Gefühl, ins Bodenlose zu fallen.

»Bis dann«, war das Letzte, was sie hörte.

## 92.

DOMINICK HIELT DIE LUFT AN, als er am anderen Ende die vertraute Stimme hörte. Doch im nächsten Moment wurde ihm klar, dass es wieder nur der Anrufbeantworter war, und sein Magen krampfte sich zusammen.

*Wo ist sie? Wo zum Teufel steckt sie?* Sie hatte ihn gestern im Restaurant versetzt, und heute war sie nicht im Büro erschienen. Zu Hause war sie auch nicht. Seit der Urteilsverkündung hatte keiner mehr von ihr gehört.

*War ihr die Beziehung wieder zu eng geworden? War sie davongelaufen, weil sie Zeit für sich brauchte? Ohne ihm etwas zu sagen?*

Doch ein ungutes Gefühl überschattete seine Gedanken, und er konnte es nicht abschütteln. Eine böse Ahnung, ein Instinkt, der ihm sagte, dass hier etwas mehr als faul war. Vor lauter Sorge hatte er die ganze Nacht nicht geschlafen. Ein Unfall? Er hatte ergebnislos in allen umliegenden Krankenhäusern angerufen, und auf den Polizeirevieren lag auch nichts vor.

Sie war jetzt seit über vierundzwanzig Stunden verschwunden. Er konnte nicht länger warten. Er rief im FDLE an, gab Anweisung, nach ihrem Wagen zu suchen, und meldete Signal 8. Vermisste Person, verdächtige Umstände.

## 93.

ALS SIE DIE AUGEN WIEDER AUFSCHLUG, war es vollkommen schwarz um sie herum. *War sie tot? War alles vorbei?*

Sie drehte den Kopf nach rechts und links. Es gab nicht den kleinsten Lichtschimmer. Vielleicht war sie tot. Doch dann berührte sie mit der Wange den kalten Stahl der Liege, und ihr fiel ein, dass die Wände schwarz waren und der Raum keine Fenster hatte. Es gab kein Licht, weil er es ausgeschaltet hatte.

Wie viele Stunden waren vergangen? Wie viele Tage? War er immer noch hier? Hier im Raum und beobachtete sie? Sie versuchte, die Finger anzuheben, doch sie waren zu schwer. Sie versuchte mit den Zehen zu wackeln, aber sie wusste nicht, ob sie sich tatsächlich bewegten. Ihr Mund war trocken, die Zunge dick. Wie viel von dem Medikament hatte er ihr gespritzt?

Greg Chambers. Cupido. Brillanter Psychiater. Guter Freund. Grausamer Serienmörder. Warum? Wie? Die Therapie war all die

Jahre ein Spiel für ihn gewesen. Er hatte sich die ganze Zeit über sie lustig gemacht. Es hatte ihn amüsiert, wie sie gegen die schrecklichen Spätfolgen der Vergewaltigung kämpfte. Dann hatte er den verrückten Bill Bantling kennen gelernt und begonnen, mit ihnen beiden eine Partie Schach zu spielen. Bis zum Tod.

*Nicht kämpfen ... ehrlich gesagt, macht das eine größere Sauerei.*

Wessen Herz war im Sektkübel gewesen? Die Herzen der elf Cupido-Opfer waren anhand einer DNA-Analyse eindeutig zugeordnet worden. Was sie gesehen hatte, bewies, dass es noch mehr Opfer gab. Und auch sie wäre bald eines, doch keiner würde die Verbindung herstellen. Denn keiner sah mehr hin. Es würde lange dauern, bis man wieder auf einen Serienmörder schloss. Wenn überhaupt.

Er würde sie töten. Und sie wusste auch wie. Sie konnte seine Methode mit den prosaischsten medizinischen Begriffen beschreiben, denn sie hatte elf Mal die Gelegenheit gehabt, sein Werk zu studieren. Sie hatte dem Gerichtsmediziner zugehört, hatte die Obduktionsberichte gelesen, die makabren Trophäenfotos gesehen.

Und sie wusste, dass er sie dazu zwingen würde, zuzusehen. Sie dachte an das Klebeband an Anna Prados Augenlidern. Er würde ihr die Lider festkleben und sie zwingen, in den großen Spiegel an der Decke des schwarzen Raums zu sehen, ihrer Todeskammer. Wo sie keiner schreien hörte.

Sie wimmerte. Sie versuchte zu rufen, aber es ging nicht. Tränen liefen ihr unaufhaltsam übers Gesicht, den Hals hinunter und bildeten eine Pfütze auf dem Stahltisch.

Dann fiel ihr der Rollwagen in der Ecke ein, die blitzenden scharfen Instrumente. Dr. Neilsons Gesicht tauchte vor ihr auf, und sie dachte an seine Worte, als er den Laserpointer über die Brust der Schaufensterpuppe hüpfen ließ.

*Es war ein Skalpell. Die Schnitte sind tief. Sie gehen bis auf den Knochen, durch drei Schichten: Haut, Fettgewebe und Muskel.*

Sie wusste, wie es enden würde. Sie ahnte sogar, wie es sich anfühlen würde.

*Wann würde der Tod kommen? Oder war er bereits hier, beobachtete sie lautlos im Dunkeln? Sah zu, wie sie wimmerte und weinte? Wie sie kämpfte? Hoffte er, dass ihr Puls nicht zu schnell wurde?*

In der völligen Dunkelheit konnte sie nichts tun, als abzuwarten. Einfach nur abzuwarten.

## 94.

»ENTSCHULDIGEN SIE DIE STÖRUNG, Dr. Chambers, aber da möchte Sie jemand sprechen.« Estelles Stimme knisterte aus dem Lautsprecher auf seinem Schreibtisch. Er starrte das Gerät an. »Es ist Special Agent Falconetti vom FDLE.«

»Na schön. Bitten Sie ihn, im Wartezimmer Platz zu nehmen, bis ich hier fertig bin«, antwortete er. Dann ging er noch einmal die Notizen durch, die er sich während der letzten Sitzung gemacht hatte.

Estelle sah Dominick Falconetti deutlich an, dass er besorgt war. Sie kannte ihn aus den Fernsehübertragungen von der Verhandlung, und da hatte er immer so kontrolliert, so souverän gewirkt. Heute war er furchtbar nervös. Bestimmt wegen der Nachrichten, dachte sie. »Mr. Falconetti, der Doktor kommt gleich, setzen Sie sich doch bitte noch einen Moment.« Sie zeigte auf die Sessel im Wartezimmer.

»Danke«, sagte Dominick.

Neugierig beobachtete sie, wie er zu den Sesseln hinüberging. Er blieb stehen. Er ging im Wartezimmer herum, zweimal sah er auf die Uhr.

Dann ging die Tür auf, und Dr. Chambers erschien an der Anmeldung. »Hallo, Dominick. Bitte, kommen Sie doch rein«, sagte er und lotste ihn über den gefliesten Gang in das pastellfarbene Sprechzimmer. Hinter ihnen schloss er die Tür. »Was kann ich für Sie tun, Dom?«

»Sie haben sicher davon gehört –«, begann Dominick.

»Dass C. J. Townsend verschwunden ist? Ja, ja, natürlich. In den Nachrichten ist das ja seit zwei Tagen das Hauptthema. Gibt es irgendwelche Hinweise?«

»Nein. Nichts. Deshalb bin ich hier.« Er zögerte, dann fuhr er fort: »Ich weiß nicht, ob Sie wissen, dass wir zusammen sind. C. J. hat mir erzählt, dass sie bei Ihnen in Behandlung ist. Daher wollte ich Ihnen ein paar Fragen stellen.«

»Natürlich, ich helfe Ihnen selbstverständlich, so gut ich kann; aber bitte fragen Sie nicht, worüber C. J. und ich in den Sitzungen gesprochen haben. Darüber darf ich nichts sagen und werde es auch nicht tun.«

»Das verstehe ich. Aber ich muss wissen, wann Sie C. J. das letzte Mal gesehen haben.«

Greg Chambers sah ihn an. Er hatte mit der Möglichkeit gerechnet, dass Falconetti zu ihm kam. Aber wenn der fabelhafte Cop die Antwort auf seine Frage gewusst oder auch nur geahnt hätte, dann hätte er schon vor zwei Tagen an die Tür des Onkel Doktors geklopft. Und genauso wenig Ahnung hatte er anscheinend, welcher Name noch auf der Liste seiner Lieblingspatienten stand. Offensichtlich hatte C. J. ein paar Dinge vor ihm geheim gehalten. »Oh, schon seit der Verhandlung nicht mehr. Es ist sicher ein paar Wochen her.«

»Haben Sie mit ihr gesprochen?«

»Nein, seit damals nicht. Wir haben die Sitzungen eingestellt. Ich wünschte, ich könnte Ihnen weiterhelfen.« Er zuckte die Achseln.

»Ich verstehe. Fällt Ihnen sonst irgendetwas ein? Wo sie hingegangen sein könnte? Zu wem? Hatte sie vielleicht vor jemandem Angst?«

Eindeutig – er fischte total im Trüben. Die Polizei wusste nicht einmal, ob sie es mit einer Vermissten zu tun hatte, oder ob C. J. freiwillig verschwunden war. Was für ein geradezu tragischer Anblick: Der große Ermittler haderte mit dem Gedanken, dass seine Geliebte ihn vielleicht verlassen hatte. Mit einem anderen durchgebrannt war. Und jetzt grübelte er darüber nach, ob er sie je richtig gekannt hatte.

»Nein, tut mir Leid, ich kann Ihnen nicht helfen. Außer …« Er zögerte, wägte seinen nächsten Gedanken scheinbar einen Moment ab, ehe er ihn aussprach. »C. J. hat ihren eigenen Kopf. Wenn Sie mich schon so fragen – es ist nicht völlig undenkbar, dass sie etwas auf Abstand gegangen ist, einen Freiraum gesucht hat, wenn sie das

Gefühl hatte, sie brauchte das.« Er sah dem Cop direkt in die Augen, und sein vielsagender Blick gab Dominick die Antwort, die er erwartete, aber sicherlich nicht hören wollte.

Dominick nickte langsam. Dann sagte er: »Danke. Bitte rufen Sie mich an, wenn Sie doch etwas von ihr hören. Auf die Rückseite habe ich meine Nummer zu Hause geschrieben, aber ich bin immer übers Handy zu erreichen, nur für den Fall, dass Sie mich nicht erwischen ...«

»Das mache ich. Nochmal, Dom, es tut mir wirklich Leid, dass ich Ihnen keine größere Hilfe sein kann.«

Dominick drehte sich um und trottete mit gesenktem Kopf und hängenden Schultern den Gang hinunter. Die klassische, unverkennbare Körpersprache. Dr. Chambers sah zu, wie er davonging, wie er Estelle erschöpft zunickte; wie er die Worte des Onkel Doktors verdaute und das, was der nicht gesagt hatte. Alles, was zwischen den Zeilen gestanden hatte.

Er schaute zu, wie Special Agent Dominick Falconetti durch die schwere Eichentür hinausging, in den Wagen stieg und davonfuhr.

## 95.

DIE TÜR GING AUF, und gleißendes Licht erfüllte den Raum. Hinter sich hörte sie das Rasseln des Schlüssels.

Er ging ans Waschbecken in der Ecke und wusch sich mit dem Rücken zu ihr die Hände. Neben dem Waschbecken stand der Wagen mit dem Besteck. Skalpelle, der Größe nach geordnet, Schere, Bolzenschneider, Nadeln, Pflaster, eine Braun'sche Kanüle, Rasierklingen und ein Infusionsbeutel. Er verbrachte mindestens fünf Minuten damit, sich wie ein Chirurg die Hände über dem Waschbecken zu schrubben, dann trocknete er sie sorgfältig mit Papierhandtüchern ab. Er öffnete eine Schublade unter dem Waschbecken, holte ein Paar sterile Gummihandschuhe aus einer Schachtel und zog sie über.

»Es tut mir Leid, dass ich so spät komme«, sagte er. »Ich bin in einer Sitzung stecken geblieben. Du denkst, du hättest Probleme. Du solltest mal hören, was die Leute da draußen mit sich herumschleppen. Schizophrene Siebzehnjährige, die mit dem Messer auf die eigene Mutter losgehen. Ist das denn zu fassen? Auf die eigene Mutter?«

Er ging zum Stativ und warf einen Blick durch die Kamera. Er richtete das Objektiv auf ihr Gesicht. Sie starrte mit offenen Augen an die Decke. Dann drückte er auf den Auslöser. »Du bist bestimmt fotogen. Du hast ein wunderschönes Gesicht.« Er machte noch ein Foto, dann veränderte er den Ausschnitt, sodass jetzt der ganze Tisch mit aufs Bild kam.

Dann wandte er sich dem Metallwagen zu und dachte einen Moment nach. Er griff wieder in die Schublade unter dem Waschbecken und holte einen frischen grünen OP-Anzug hervor. In der Ecke des Raums stand ein Stuhl. Er zog sich das Jackett aus und hängte es ordentlich über die Lehne, dann löste er die Krawatte und zog sich auch Hemd und Hose aus. Alles legte er ordentlich auf dem Stuhl zusammen. Während er in den Kittel schlüpfte, summte er vor sich hin.

»Dein Freund war heute Morgen in der Praxis«, sagte er, als er sich die lindgrünen Füßlinge über die Schuhe zog. »Dominick. Er wollte wissen, ob ich ihm helfen könnte. Ob ich wüsste, wo du vielleicht hingegangen bist, und mit wem. Er war traurig, nachdem er meine Meinung gehört hatte. Am Boden zerstört.«

Er zog den Metallwagen an die Seite der Pritsche. Dann setzte er sich die O P-Haube auf.

»Wusstest du, dass ich meine Assistenzzeit in der Chirurgie gemacht habe?« Dann sah er auf ihren Arm hinunter und runzelte die Stirn. Der Arm war nicht gefesselt. Er hatte vergessen, ihn wieder festzuschnallen, nachdem er ihr die Spritze gegeben hatte. Er hob ihn an und ließ ihn los, mit einem dumpfen Geräusch fiel er auf den Stahltisch.

Sie murmelte etwas, das er nicht verstand. Sinnlose Laute. Tränen liefen ihr seitlich über das Gesicht, ins Haar.

Es war wirklich schade. Dieses wunderschöne Exemplar, sein Work-in-progress. Dabei hatte er gedacht, dass er dem Ende mit einem Hochgefühl entgegensehen würde, Freude darüber empfinden würde, seine Hypothese bestätigt zu sehen. Doch als Bill zum Tode verurteilt wurde, als das Spiel aus war und nur noch der letzte Zug vollstreckt werden musste, war er – er war tatsächlich *unglücklich*. Er hatte das Experiment von Anfang an geplant; seit Bill vor drei Jahren in die Praxis spaziert kam, mit einem Koffer voller Probleme, vom Pech verfolgt und ohne eine Menschenseele, mit dem er sprechen konnte. Nur der gute Onkel Doktor hatte Bills Geifern und Wettern gegen die Welt zugehört. Zugehört, was für Scheußlichkeiten Bill all den netten Frauen über die Jahre angetan hatte. Und er hatte verstanden. Hatte gleich gewusst, dass Zufälle zwar selten sind, aber doch vorkommen. Und in diesem Moment wusste Dr. med. Dipl.-Psych. Gregory Chambers, dass er die zwei idealen Exemplare für das außergewöhnlichste Experiment der Geschichte der modernen Psychiatrie gefunden hatte. Und auch wenn er schon früher mit dem Tod experimentiert hatte, lange vor den Sitzungen mit der depressiven C. J. oder dem narzisstischen Soziopathen Bill – diese ersten Versuche waren einfach nur läppisch gewesen. Man hatte die Versuchskaninchen noch nicht einmal vermisst. Ihr Tod war unbedeutend, belanglos. Doch das hier, das Experiment, war eine wahrhafte *Sinfonie*. Er dachte an den Kitzel, die Aufregung, als er damals den Entschluss gefasst hatte – und den Ausdruck auf dem Gesicht der armen Nicolette, als er sie aufschlitzte. Sie hatte nicht einmal gewusst, wie wichtig ihre Rolle in dem Ganzen war. Sie war die Erste gewesen. Die Erste von vielen in dieser Blindstudie.

Und jetzt, wo alles vorbei sein sollte, war er traurig. Auch weil er wusste, dass er sein größtes Werk mit niemandem teilen durfte, dass sein Meisterstück vor der Welt verborgen bleiben musste. Seine Kollegen würden nie davon erfahren; seine Beobachtungen und Resultate konnten den Zeitgenossen nicht zugänglich gemacht werden. Für sie bliebe er irgendein Vororts-Seelenklempner.

»Aber, aber, keine Tränen«, sagte er einfühlsam. »Ich würde dir ja gern versprechen, dass es nicht wehtut, aber ich fürchte, das wäre gelogen. Wie du weißt, werden wir dir erst mal eine Infusion legen.«

Er hantierte mit dem Rollwagen und brachte eine Spritze zum Vorschein und eine Gummimanschette, um die Vene abzubinden.

Doch plötzlich drehte er sich um und packte blitzschnell nach ihrem rechten Handgelenk, mit eisernem Griff knallte er es auf die Liege. Er beugte sich tief über ihr Gesicht. Forschend sah er in ihre leeren Augen, die hilflos an die Decke starrten.

»Aber bevor wir anfangen –«, er lächelte, »sei ein braves Mädchen und gib mir mein Skalpell zurück.«

## 96.

WIE RAFFINIERT, WIE ÜBERAUS RAFFINIERT. Natürlich hatte er gemerkt, dass das Skalpell fehlte, schon in dem Moment, als er den Raum betrat. Für wie dumm hielt sie ihn? Ein klassischer Fehler, den andere vor ihr gemacht hatten, und die waren viel raffinierter gewesen als sie. In der Aufregung hatte sie ihn unterschätzt, für einen Dummkopf gehalten.

Der Sieg beim Schach wird durch eine Reihe von scheinbar bedeutungslosen, aber komplizierten Zügen vorbereitet – bis der andere in der Falle sitzt. Der Kitzel lag darin, *Schachmatt* zu flüstern, während der verblüffte Gegner noch dabei war, sein ach so fatales Komplott gegen die feindliche Dame zu schmieden.

Genauso war es hier. Und ein würdiger Gegner erhöhte den Kitzel nur. Während er durch den Raum schritt, stellte er die Figuren auf, legte die Falle aus, und der Gedanke an die Verblüffung auf ihrem schönen Gesicht erfüllte ihn mit Euphorie.

Er entdeckte, dass ihr Arm nicht festgeschnallt war und ihre Faust vor nervöser Anspannung zitterte, bevor sie versuchen würde, ihr Leben zu retten, ihn in einer letzten, verzweifelten Anstrengung anzugreifen. Er sah ihre vor Angst geweiteten Augen und wartete ab, bis sie ihren Bauern in Position gebracht hatte. Dann griff er blitzschnell zu. Der Präventivschlag war vereitelt, seine Worte waren das Schachmatt.

Sie hatte die Hand zur Faust geballt, und er sah das leuchtend rote Blut, das daraus hervorquoll, über das Handgelenk lief und auf den Stahltisch tropfte. Mit beiden Händen bog er ihr die Finger auseinander. Sie stöhnte. Da war es, das Fünfer-Skalpell, und die klaffende Wunde, die es in ihrem Fleisch hinterlassen hatte. Er wand ihr die Klinge aus der Faust wie einem widerspenstigen Kleinkind.

Langsam schüttelte sie den Kopf, offensichtlich hatte sie ihre Niederlage eingesehen, und Tränen strömten ihr über das Gesicht. Ihre letzte Chance war vertan. Er freute sich, dass sie überhaupt so viel Kraft besessen hatte. Ein würdiger Gegner: vielleicht sogar besser als all die anderen. Aber leider nicht gut genug.

Erst jetzt hörte er den Schrei, ihre Worte waren klar, nicht gelallt, und in diesem Moment begriff er, dass das Haldol nicht mehr richtig wirkte. Damit hatte er nicht gerechnet. Schmerz, heiß und stechend, schoss ihm durch den Hals, und er spürte den warmen Strom seines eigenen Blutes, der ihm in den OP-Anzug lief, der grüne Stoff färbte sich langsam rot.

Seine Freude wich der Verblüffung, und er starrte sie an, wie sie ihn anschrie, das tränenüberströmte Gesicht war dunkel und zornig. Er griff sich an den Hals, versuchte das Loch zuzuhalten, doch das Blut spritzte ihm durch die Finger. Er spürte, wie er in seinem eigenen Blut ertrank, wollte sprechen, doch jetzt waren seine Worte nur noch ein ersticktes Röcheln. Er musste zusehen, wie das Leben aus ihm heraussprudelte, langsam an seinem Körper herab über die Schuhe auf den Boden floss.

Er wollte sie packen und sie erwürgen, doch er taumelte rückwärts und fiel gegen die Wand. Sie setzte sich auf dem Stahltisch auf, ihre Augen funkelten vor Hass. In der linken Hand hielt sie die zweite Klinge, von der rotes Blut auf die Liege tropfte. Sein Blut.

In diesem Moment bekam er Angst, denn ihm wurde klar, dass er den allerklassischsten Fehler begangen hatte.

Er hatte sie unterschätzt.

# 97.

SIE WUSSTE GENAU, SIE HATTE NUR EINE CHANCE. Die Chance, ihn so nah herankommen zu lassen, dass sie ihm die Klinge ins Auge, Ohr oder den Hals rammen konnte. Ihr war klar, dass ihre Kräfte noch nicht wieder voll da waren, die Arme immer noch geschwächt.

Summend kam er in seinem grünen O P-Anzug durch den Raum. Dann stand er über ihr, runzelte die Stirn. Sie spannte die Faust, drückte das Skalpell in ihrer Hand. Hatte sie sich mit der Liege nicht an den richtigen Ort zurückgerollt? Hatte sie den Wagen mit den Instrumenten, bei dem Versuch, sich von der Wand abzustoßen, zu sehr verschoben? In der vollkommenen Finsternis war es unmöglich gewesen, zu erkennen, wie die Dinge vorher genau gestanden hatten.

Er war nahe, aber nicht nahe genug. Doch offensichtlich merkte er, dass etwas nicht stimmte. *Die rechte Hand.* Er sah, dass sie nicht festgeschnallt war. Auf ihrer Stirn sammelte sich Schweiß, selbst hier, in diesem eiskalten Raum. Dann griff er nach ihrem Arm, hob ihn hoch und ließ ihn dumpf auf den Stahl fallen. Sie versuchte ihn wie gelähmt fallen zu lassen, nur das Skalpell ließ sie nicht los. *Nicht loslassen. Egal was passiert, nicht loslassen.* Er schien zufrieden und drehte sich zu dem Rollwagen hinter ihm um.

Innerlich seufzte sie erleichtert auf. *Näher, komm noch ein kleines Stück näher mit deiner Infusion. Nur ein kleines Stück noch.*

Doch plötzlich packte er brutal ihre Hand, knallte sie gegen die Liege, zwang ihre Finger auseinander. *Nein. Nein. Nicht loslassen!* Sie ballte die Faust fester, spürte, wie die Klinge ihr ins Fleisch schnitt, in die Sehnen und den Muskel. Aber sie ließ nicht los. Nicht, bis er den letzten Finger aufgebogen hatte. Er lächelte, ein selbstgefälliges Lächeln, er hatte sie durchschaut. Ihren Plan vereitelt. Tränen rollten ihr in scheinbar letzter Verzweiflung über das Gesicht.

*Näher, komm näher, du Scheißkerl. Ich habe noch ein Ass im Ärmel. Ein Abschiedsgeschenk, bevor du mich für immer zur Ruhe bettest. Mit etwas Glück schaffe ich es beim ersten Versuch. Denn sonst ist es endgültig vorbei.*

Sein selbstgefälliges Gesicht, Zentimeter über ihrem. Die Manschette und die Spritze in seiner Hand.

»Fahr zur Hölle!«, schrie sie.

Sie spie ihm die Worte ins Ohr. Das Dreier-Skalpell war unter der linken Hand versteckt, die Armfessel lag nur lose über dem Handgelenk. Mit aller Kraft, die sie aufbringen konnte, holte sie aus und rammte ihm die Klinge in den Hals. Blut spritzte wie aus einer Fontäne. Sein Blick, der sie eben noch triumphierend fixiert hatte, weitete sich vor Schreck.

Er taumelte rückwärts, stieß gegen den Rollwagen und torpedierte ihn gegen die Wand. Chirurgische Instrumente flogen klappernd zu Boden. Mit der einen Hand hielt er sich den Hals, mit der anderen versuchte er, nach ihr zu greifen, die Pupillen jetzt starr vor Schock, doch er stürzte gegen die Wand.

Alles war voller Blut. Sie musste die Halsschlagader getroffen haben. Der ganze OP-Anzug färbte sich rot. Er starrte sie immer noch an, aber jetzt war sein Gesicht finster. Seine Worte waren erstickt, er schien keine Luft zu bekommen.

Sie rollte sich von der Liege und knallte hart auf den Boden. Ein sengender Schmerz schoss ihr durch die Seite, und sie fühlte, wie ein Knochen brach. Sie konnte die Beine immer noch nicht richtig bewegen. Das Haloperidol hatte sie fürs Erste unbrauchbar gemacht, sie fühlten sich an wie Ballons, aus denen die Luft entwichen war. C. J. robbte über den Boden und schleppte sich bis zu der schwarzen Tür. Sie griff nach oben, ertastete den Türknauf über ihrem Kopf, dabei ließ sie ihn keine Sekunde aus den Augen. Sie hatte starke Schmerzen in der Seite und bekam kaum Luft.

Das Blut aus seiner Halswunde ergoss sich über den schwarzen Fußboden, es sah aus wie frisch lackiert. Sie versuchte um Hilfe zu schreien, doch sie brachte nur ein Röcheln hervor. Dann machte er ein gurgelndes Geräusch, und sie sah, dass sich seine Hand bewegte, nach etwas zu greifen versuchte.

Sie musste raus hier, brauchte Hilfe. Als sie den Türknauf drehte, passierte nichts. Jetzt fiel ihr wieder das Rasseln des Schlüssels ein.

Er hatte sie beide eingeschlossen.

## 98.

Der Schlüssel. Der verdammte Schlüssel! Er war in seinem Jackett über dem Stuhl. Genau neben der Stelle, wo er an der Wand lehnte, seine Finger bewegten sich am Boden wie eine Krabbe. Seine Augen standen offen, doch er blinzelte nicht, und bis auf die tastenden Finger sah er aus wie tot. Wahrscheinlich hatte er einen Schock, und seine Organe stellten allmählich die Funktion ein. Sie robbte durch die wachsende Blutlache zum Stuhl hinüber. Das Jackett hing über der Lehne. Die Schmerzen in der Brust wurden immer unerträglicher. Mit jeder Bewegung fiel ihr das Atmen schwerer.

Ohne ihn aus den Augen zu lassen, zerrte sie das Jackett herunter und durchwühlte voller Panik die Taschen. Überall war Blut, und es war noch ganz warm. *Brusttasche, nichts, Innentasche, nichts. Linke Seitentasche, Bingo.* Das Klimpern eines Schlüsselbunds. Sie zog ihn heraus und schleppte sich wieder über den Fußboden. In ihren Beinen begann es langsam zu kribbbeln, aber sie hatte immer noch keine Kraft.

Plötzlich, blitzschnell, packte er sie mit einer Hand am Knöchel und zerrte sie zurück. Sie schrie, versuchte ihn abzuschütteln, doch sie konnte die Beine einfach nicht bewegen. Als sie sich umdrehte, sah sie, dass er die andere Hand nicht mehr gegen den Hals drückte. Stattdessen hielt er die Spritze in die Höhe.

»Nein! Nein!«, schrie sie. »O Gott, nein!« Ihre Hände glitten auf dem rutschigen Boden aus, sie kam nicht fort von ihm. Unaufhaltsam zog er sie durch das Blut in seine Richtung. Da war sie, die Spritze mit der klaren Flüssigkeit, aus der scharfen Nadelspitze perlte das Gift. Er hatte den Finger schon auf dem Kolben, bereit, sie ihr im nächsten Moment ins Fleisch zu rammen. Er zielte auf ihren Schenkel, während er sie immer näher zog. Eine solche Menge Mivacron ohne die Verdünnung der Infusion würde sie sofort töten. Panisch suchte sie nach einem Halt, doch sie fand nichts, woran sie sich festklammern konnte. Die Nadel kam immer näher, war nur noch wenige Handbreit von ihrem Bein entfernt. Obwohl er spüren musste, dass er starb, war jetzt ein Ausdruck des Triumphs auf seinem Gesicht. Wahrscheinlich weil er dachte, dass sie nun gemeinsam in den Tod gingen.

Dann fand ihre Hand auf dem Boden etwas Kaltes, Metallenes. Die Schere. Sie packte zu, warf sich mit aller Kraft auf ihn. Dabei holte sie aus und rammte ihm die Schere in die Brust.

Sie war schneller gewesen. Sein Griff wurde schlaff, die Hand ließ ihren Knöchel los und glitt zu Boden. Auch die Spritze fiel herunter, sie rollte durch das Blut und blieb an der Wand liegen. Sein Blick wurde starr. Nur der triumphierende Ausdruck blieb.

C. J. schleppte sich zurück zur Tür, tastete nach dem Knauf über sich. Sie zog sich daran hoch und fand das Schloss. Doch ihre Hand war voller Blut, sie rutschte ab und schlug hart mit dem Kinn auf dem Boden auf. Heftige Schmerzen schossen ihr wie eine Schockwelle durch den Kopf, und ihr wurde plötzlich schwarz vor Augen.

*Nein. Nicht. Wach bleiben. Bloß nicht ohnmächtig werden! Auf keinen Fall!*

Sie schüttelte den dröhnenden Kopf, um wieder klar zu werden, dann zog sie sich noch einmal am Türknauf hinauf. Ihre Finger fanden das Schloss. Der Schlüsselbund klimperte, während sie zitternd versuchte, den richtigen Schlüssel zu finden. Die Schmerzen in der klaffenden Schnittwunde ihrer rechten Hand waren rasend; sie konnte die Finger kaum gebrauchen. Endlich steckte sie den richtigen Schlüssel ins Schloss, es klickte. Sie drehte den Schlüssel um, zog die Tür einen Spaltbreit auf, dann ließ sie sich wieder zu Boden gleiten. Sie schaffte es, die Tür nach innen aufzubekommen, und schließlich fiel sie auf einen dunklen Flur mit Teppichboden. Das Ticken einer Standuhr war zu hören.

*Wo war sie? Wo zur Hölle war sie hier? Hatte er noch mehr Überraschungen für sie auf Lager?*

Sie sah noch einmal in den schwarzen Raum. Er saß immer noch still und reglos gegen die Wand gelehnt, der Blick leer und leblos. Sie schleppte sich den Flur entlang, auf der Suche nach einem Telefon. Um sie herum war es finster, fast so schwarz wie der Raum, den sie gerade hinter sich gelassen hatte. Keine Fenster, kein Licht.

*Ein Telefon. Die Polizei kann den Anruf zurückverfolgen. Sie finden* heraus, wo ich bin. Wahrscheinlich bei ihm zu Hause, wo immer das auch sein mag.

Sie konnte jetzt kaum noch atmen. Die Luft schien schwer, der Schmerz betäubend. *Nicht jetzt. Nicht ohnmächtig werden, Chloe!*

Nach ein paar Metern erreichte sie das obere Ende einer Holztreppe. Sie hielt sich am Geländer fest und ließ sich die Stufen hinuntergleiten. Unten landete sie auf kühlen Fliesen. Hier war es etwas heller, es gab Fenster. Draußen war Nacht. Die Straßenlaternen warfen gelbes Licht durch die geschlossenen hölzernen Fensterläden. Am Ende des blaugelben Flurs stand ein schöner alter Schreibtisch und auf ihm das Telefon – neben den Fotos von Estelle und ihrer Familie.

Jetzt wusste sie, wo sie war, wo sie die ganze Zeit gewesen war. Und dann lag sie weinend in der Dunkelheit, auf den mexikanischen Fliesen des hübschen spanischen Hauses auf der Almeria Road, in der tröstlichen Umgebung der Praxis ihres Psychiaters, und wartete, bis die Polizei kam.

## 99.

»BOSS, DU BIST ECHT EIN GLÜCKSPILZ. In der Bude sieht es ja aus wie in einem schlechten Horrorfilm. Alles voller Blut«, sagte Manny, als er in ihr Zimmer polterte. Aus seinen Klamotten war er offensichtlich seit Tagen nicht herausgekommen, und ein schwarzer Vollbart überwucherte sein Gesicht. In einer Hand trug er einen Korb mit tropischen Blumen, in der anderen ein Tablett mit Pastelitos. »Die Blumen sind von den Jungs. Sogar Bowman, der alte Geizhals, hat was dazugegeben. Und die Pastelitos sind von mir. Der Doc hat gesagt, dass du eine Weile keinen Café con leche trinken sollst, deshalb kriegst du nur die Milch.«

»Glückspilz?« C. J. verzog das Gesicht. »Hol du mir den Lottoschein, Bär. Ich glaub, dazu bin ich noch nicht in der Lage.« Das Atmen tat weh. Sprechen war noch schlimmer. »Vielen Dank. Sie sind wunderschön.«

»Du siehst echt schrecklich aus, aber wenigstens bist du am Leben. Was man von Dr. Seltsam nicht gerade behaupten kann. Ich komme gerade aus seiner Praxis. Hübsches Loch, das du in seiner Brust hinterlassen hast, Boss. Und erst das am Hals. Hoffentlich fällt mir das rechtzeitig ein, bevor ich das nächste Mal in deinem Büro rauchen will. Was sagt der Arzt? Bekommen wir dich zurück, oder muss ich einen neuen Staatsanwalt finden, der mich Vernehmungen übers Telefon machen lässt?«

»Drei gebrochene Rippen. Eine durchtrennte Sehne an der rechten Hand. Gehirnerschütterung. Pneumothorax. Aber sie wird wieder«, sagte Dominick, der in einem Stuhl am Krankenbett saß, wo er die ganze Nacht gewacht hatte, seit sie eingeliefert worden war.

»Ich stell die Blumen hierhin, neben die vierzigtausend Rosen. Ich frag mich, von wem die wohl kommen?« Manny lachte und warf Dominick einen vielsagenden Blick zu. »Du siehst auch echt schlimm aus, Dommy Boy. Aber du hast keine Entschuldigung.« Dann wandte er sich wieder C. J. zu, sein Gesicht bekam einen sanften Ausdruck. Sie sah die Besorgnis, die sich hinter der sonst so rauen Schale verbarg. »Ich bin froh, dass du wieder auf die Beine kommst. Ich hätte dich vermisst, Boss. Da hast du uns allen ja einen ganz schönen Schrecken eingejagt.«

»Was habt ihr gefunden –?« Sie schluckte, versuchte, den Satz zu beenden.

»Nicht sprechen. Das tut ja schon beim Zuhören weh.« Sein grantelige Ton war irgendwie tröstlich. »Viel gab es ehrlich gesagt nicht zu finden. Dr. Seltsams Todeskammer war ein ausgewachsener O P, vor allem was die Instrumente und die Körperflüssigkeiten angeht. Aber das war's auch schon. Das Herz, das du gesehen haben willst, konnten wir nicht finden. Der Kristallkübel ist sauber. Keine Leiche in der Praxis oder der Wohnung, die wir gerade auseinander nehmen. Alles spiegelblank. Keine Fingerabdrücke, kein Blut, außer natürlich das des Onkel Doktors, das ist überall und auf allem. Er war total ausgelaufen, als wir ihn gefunden haben. Wenn es dort oben noch Blut von irgendjemand anders gegeben hat, dann finden wir das jetzt bestimmt nicht mehr. Die Polizei aus Fort Lauderdale ermittelt in dem Club, wo die Studentin verschwunden ist, aber zu dieser Jahreszeit sind dort vor allem Touristen, und keiner hat ihn bis jetzt wiedererkannt.«

»Ich fürchte, wir werden nichts finden, C. J.«, sagte Dominick behutsam.

»Was? Glaubt ihr, ich habe mir das alles nur eingebildet?«

Dominick schwieg. Jetzt ergab alles Sinn. Zu viel Sinn. Chambers hatte die Polizeiverbindung. Als polizeilicher Ratgeber hatte er Zugang zu allen Informationen gehabt. *Man musste nur wissen, wo man zu suchen hatte.* Auf jede Aktion gab es eine Reaktion. Und wenn man eine Theorie zu intensiv verfolgte, zu offen, dann konnte die Reaktion tödlich sein. Er wollte lieber nicht zu weit gehen. An manche Dinge rührte man besser nicht. Schließlich sagte er: »Nein. Ich glaube, er wollte, dass du glaubst, was du gesehen hast. Ich glaube, er war von dir besessen. Vielleicht war er ein Trittbrettfahrer. Darauf deutet eigentlich alles hin.«

Manny nickte. »Wir haben bestimmt den richtigen Irren hinter Gittern. Der hier war noch nicht ganz so weit. Mensch, ich muss los, ich muss Bowman in Chambers' Haus wach halten. Wir haben ihn von einer Junggesellenparty geholt. Genau in dem Moment, als sich die Tänzerin auf seinen Schoß setzen wollte. Jetzt heult er uns was vor, er sei erschöpft. Ich ruf euch später an und erzähl, was wir gefunden haben.« An der Tür drehte er sich noch einmal um. »Schön, dass du wieder bei uns bist, Boss!«

Die Tür schloss sich hinter ihm, und sie waren wieder allein. Dominick griff nach ihrer Hand. »Bald geht es dir wieder besser. Alles wird gut.« Sie hörte die Erleichterung in seiner Stimme. Und auch die Angst.

»Was hat er noch getan?« Sie schluchzte, konnte nicht weiterreden. Sie sah ihm nicht in die Augen, sondern starrte gegen die Decke.

»Es weist nichts darauf hin.« Er wusste, was sie meinte. Doch laut den ärztlichen Untersuchungen war sie nicht vergewaltigt worden.

Sie nickte, kämpfte gegen die Tränen an, die ihr über die Wangen liefen, und drückte seine Hand noch fester.

Er war in die Praxis gekommen, und sie war dort gewesen, genau über ihm, im Netz der Spinne, doch er hatte sie nicht gefunden. Er war wieder gegangen, und fast wäre das Undenkbare geschehen. Noch einmal.

»Diesmal wird alles gut, C. J. Das verspreche ich dir.« Er nahm ihre Hand und küsste sie. Mit der anderen streichelte er ihr übers Gesicht. Seine Stimme klang rau. »Und ich halte meine Versprechen.«

# EPILOG

*November 2001*

DIE TÜR DES GERICHTSSAALS 5-3 GING AUF. Der Gang war voller Menschen, erschöpfte und verwirrte Angehörige von Opfern und Angeklagten, die darauf warteten, dass ihre Fälle aufgerufen wurden. Richter Katz war besonders schlechter Laune – eine Zumutung, am Tag vor Thanksgiving arbeiten zu müssen. Er hetzte durch die morgendlichen Anhörungen, in rasendem Tempo übte er Gerechtigkeit, gewährte Kautionen oder lehnte sie ab.

C. J. kam heraus und schloss die Tür hinter sich, drinnen war Richter Katz' Tirade noch voll im Schwange. »Keine Kaution! Jetzt nicht und niemals!«, schrie er. »Wenn Sie ihn so lieben, dann besuchen Sie ihn im Gefängnis. Und gehen Sie zum Augenarzt, damit Sie nicht gleich wieder in einen Baseballschläger laufen!«, war das Letzte, was C. J. hörte. Ein ganz normaler Tag im Paradies.

An der Wand des Flurs, Gesetzbücher in der Hand, lehnte Paul Meyers von der Staatsanwaltschaft, der Leiter der Prozessabteilung, und wartete offenbar auf sie. Er sah ernst aus, zurückhaltend.

»C. J.«, rief er und bahnte sich einen Weg durch die Menge. »Ich habe mir sagen lassen, dass ich Sie hier finden kann. Ich muss mit Ihnen sprechen. Bevor das hier an die Öffentlichkeit kommt und die Telefone heiß laufen.«

Sie bekam sofort ein flaues Gefühl in der Magengegend. Wahrscheinlich konnte sie die Reise über das lange Wochenende jetzt vergessen. Der persönliche Besuch des juristischen Leiters im Gericht verhieß selten Gutes. »Hallo, Paul, was gibt es denn?«

»Es geht um Bantlings Berufung. Wir haben die Entscheidung eben bekommen. Das Büro des Generalstaatsanwalts hat es per Fax geschickt, und die haben es direkt vom Protokollführer des Dritten Berufungsgerichts. Ich wollte es Ihnen persönlich sagen. Denn bestimmt haben Sie bald die Presse am Hals.«

*Bitte nicht. Jetzt kommt es. Überleg dir schon mal, wo der Umzug hingehen soll, denn jetzt ist er ein freier Mann.*

Er war wieder da, der Albtraum, den sie fast ein Jahr lang hatte vergessen können. Sie bekam schweißnasse Hände, und ihr Mund wurde trocken.

Sie nickte langsam. »Und?«

»Und? Wir haben gewonnen. In allen Punkten.« Endlich lächelte er. »Das Gericht hat die Verurteilung einstimmig bestätigt. Ich habe das Gutachten hier.« Er hielt ein Bündel Papiere hoch. »Ich lasse Ihnen eine Kopie machen. Aber im Grunde steht da vor allem, es habe kein Konflikt darin bestanden, dass Sie die Anklage vertraten. Die Behauptung, er sei ihr Angreifer gewesen, sei ›opportunistisch und haarsträubend‹ und entbehre jeglicher Beweise. Außerdem heißt es, einer solchen Behauptung den geringsten Glauben zu schenken, würde, ich zitiere, ›die Schleusen dafür öffnen, dass andere Straftäter, ebenfalls in der Absicht, die Justiz zu täuschen, in der Vergangenheit ihrer Ankläger wühlten‹. Falls man aufgrund einer schieren Behauptung eine Klagabweisung verlangen könnte, in diesem Fall praktischerweise auch noch nach Verjährung der vorgeblichen früheren Straftat, könnte ein Angeklagter sich in Zukunft nicht nur das Tribunal, sondern auch den Ankläger aussuchen, ohne die schändlichen Vorwürfe auch nur beweisen zu müssen.« Paul zeigte auf die hervorgehobene Stelle des Gutachtens und ließ C. J. selbst lesen.

»Auch seine Verschwörungstheorie und die Beschuldigungen gegen seine Verteidigung haben sie ihm nicht abgekauft. Sie meinen, Rubio habe mehr als angemessene Arbeit geleistet, und für die Entscheidung, auszusagen oder nicht auszusagen, trug laut Protokoll eindeutig er die Verantwortung.

Und schließlich, das Wichtigste: Auch das Argument, die Beweislage habe sich geändert, lassen sie nicht gelten. Hier, ich habe es Ihnen angestrichen. Richter Chaskel hatte ja im Frühling Bantlings Antrag auf eine Neuverhandlung abgelehnt, und das Berufungsgericht ist der gleichen Meinung. Chambers' Angriff auf Sie stellt keine neue Beweislage dar. Im Gutachten wird erwähnt, dass in seinem letzten Prozess im Sommer die Geschworenen das Argument ja ebenfalls schon nicht gelten ließen und ihn für zehnfachen Mord verurteilten. Punkt. Satzende. Das war's. Sie können aufatmen, C. J.«

»Und, was denken Sie, macht er als nächsten Schritt?« Sie hatte Herzrasen.

»Geht zum Florida Supreme Court, meinen Sie? Bestimmt – aber ich würde mir gar keine Sorgen machen. Ich finde, das Gutachten des Dritten Berufungsgerichts ist sehr entschieden. Und dann wird er sich wahrscheinlich durch die Instanzen bis zum U.S. Supreme Court klagen.«

Sie nickte nachdenklich und überlegte rasch, was diese Nachricht alles für sie beinhaltete. Sie war überrascht, dass sie keine Reue empfand und auch keine Schuldgefühle hatte. Nur eine seltsame Ruhe breitete sich in ihr aus.

»Es dauert mindestens acht bis zehn Jahre, bis sie ihn hinrichten, so ist das nun mal in Florida. Vielleicht sogar noch viel länger. Vielleicht wird er ja auch noch begnadigt. Aber wahrscheinlich sind wir längst nicht mehr hier, wenn es so weit ist.«

»Ich bestimmt«, sagte sie ausdruckslos.

»Sie sind ja auch noch jung. Ich werde dann wahrscheinlich meine magere Pension draußen auf meinem Boot vor den Keys genießen. Sechs Jahre noch, der Countdown läuft. Nur die Fische und ich. Nicht mal meine Frau nehme ich mit. So, ich muss los, C. J. Ich lasse Ihnen heute Nachmittag eine Kopie ins Büro bringen. Fahren Sie weg?«

»Ja, ich fliege heute Abend zu meinen Eltern nach Kalifornien, um mit ihnen Thanksgiving zu feiern.« Sie glaubte, diese Beziehung jetzt kitten zu können. Und sie wollte es, denn sie bedeutete ihr so viel.

»Na, dann können Sie die Feiertage jetzt noch mehr genießen. Guten Flug.« Er drehte sich um und bahnte sich den Weg durch die unruhige Menge zum Fahrstuhl, wahrscheinlich beflügelt von angenehmen Gedanken an seinen Ruhestand und den Truthahn. Sie sah Meyers nach, wie er im Fahrstuhl verschwand, und winkte noch einmal.

*Ich werde dich immer beobachten, Bantling, immer. Du entkommst mir nicht, denn ich werde dich immer finden ...*

C. J. schüttelte unwillkürlich den Kopf. Dann sah sie auf die

Uhr. Es war fast Mittag, und sie musste noch nach Hause, packen. Sie fuhr in die Lobby und kam am Pickle Barrel vorbei. Es war wegen der Feiertage nicht so voll wie sonst, die meisten Verteidiger, Staatsanwälte und Richter verließen das Gericht direkt nach den morgendlichen Terminen.

C. J. drückte die Glastür auf und lief die Stufen hinunter. Der Hintereingang des Gerichts führte auf die Thirteenth Street und zur Strafanstalt. Aus Sicherheitsgründen war dieser Teil der Straße für den Verkehr gesperrt, außer für Fahrzeuge der Polizei. Sie erkannte den Pontiac sofort.

Dominick parkte genau vor den Stufen. Als sie näher kam, ließ er das Beifahrerfenster herunter. »Hallo, schöne Frau«, rief er, »kann ich Sie mitnehmen?«

»Meine Mutter sagt, ich soll nicht mit fremden Männern reden«, lachte sie. »Was machst du denn hier? Ich dachte, wir treffen uns bei mir?«

»Das wollte ich auch. Aber dann dachte ich, ich hole dich so früh wie möglich hier raus. Wir könnten uns schon mal auf die Bloody Marys im Flugzeug einstimmen.«

Sie öffnete die Beifahrertür und setzte sich neben ihn. Er beugte sich zu ihr, legte ihr die Hand in den Nacken und zog sie zärtlich an sich. Seine Lippen waren warm.

Nach einem langen Kuss seufzte sie. »Was für eine schöne Begrüßung. Gut, dass du gekommen bist. Ich habe nämlich auch Lust auf einen kalten, tropischen Urlaubs-Cocktail. Hast du schon gepackt?«

»Alles im Kofferraum. Und du?«

»Natürlich nicht«, lachte sie. »Aber du kannst mir vielleicht helfen. Es dauert nicht lange.«

»Also los. Bring die hässlichen Akten in dein Büro, und ich fahr dir hinterher. Und dann gibt es nur noch dich und mich, Baby.«

»Und meine Eltern. Vergiss nicht, du darfst sie kennen lernen.«

»Ich kann's kaum erwarten«, sagte er und meinte es sogar so.

Sie lächelte und küsste ihn noch einmal. Dann sprang sie aus dem Wagen, um die Akten loszuwerden und in die Ferien zu starten. Der Flug nach San Francisco ging um halb sechs, und sie wollte ihn nicht verpassen.

# Danksagungen

ICH DANKE ALLEN BETEILIGTEN für die Mithilfe und dafür, dass sie mir ihr unschätzbares Wissen bedingungslos zu Verfügung gestellt haben: Dr. Reinhardt Motte und Dr. Lee Hearn vom Miami Dade County Medical Examiner's Office; den Mitarbeitern des Florida Department of Law Enforcement, vor allem Special Agent Eddie Royal; der Leiterin der Domestic Violence Division Esther Jacobo und der Staatsanwaltschaft Miami Dade County; Julie Hogan und Marie Perikles vom Office of Statewide Prosecution; der Pharmazeutin Elizabeth Chasko und Dean Mynks.

Besonderer Dank gilt auch Marie Ryan, Leslie Thomas, Penny Weber, Thea Sieban und John Pellman für die kostbare Zeit und das Verständnis; meinen Freunden und meiner Familie für die Unterstützung und meiner Mutter für ihre Gabe.